KB252944

한국 근대 초기의 어문학자

한국 근대 초기의 어문학자

한국 근대 초기의 어문학자

초판 1쇄 인쇄 2013년 12월 23일
초판 1쇄 발행 2013년 12월 30일

지은이 송철의 외
펴낸이 지현구
펴낸곳 태학사
등 록 제406-2006-00008호
주 소 경기도 파주시 광인사길 223
전 화 마케팅부 (031)955-7580~2   편집부 (031)955-7585~90
전 송 (031)955-0910

전자우편 thaehak4@chol.com
홈페이지 www.thaehaksa.com

값은 뒤표지에 있습니다.

ISBN   978-89-5966-629-4 93810

송철의·김명호·양승국 외 지음

한국 근대 초기의 어문학자

태학사

이 책은 2007년 정부(교육과학기술부)의 재원으로 한국연구재단의 지원을 받아 수행된 연구임(NRF-2007-361-AL0016).

이 책에서 우리는 19세기 말에서 20세기 전반기에 주로 활동했던 어문학자 11명을 조명해보았다. 이 시기의 한국은 서양신문물을 받아들이면서 자주독립국을 건설하고 근대화를 이룩하기 위한 노력을 아끼지 않았지만, 불행히도 국권을 상실하고 식민 치하에서 생활하는 아픔을 겪었다. 그렇지만 그러한 어려운 여건 속에서도 많은 선각자가 우리말을 연구하고 표기법을 정비하기 위하여 심혈을 기울였으며, 우리 문학을 근대화하기 위한 노력 또한 게을리하지 않았다.

서구적 방법론에 의한 어문학 연구의 초창기였기에, 그리고 시대 상황이 녹록지 않았기에 1인 2, 3역을 하였고 넓은 범위에 걸친 다방면의 연구를 한 경향이 없지 않으나, 이들의 피땀 어린 노력에 의하여 어문이 정비되고 근대한국어문학의 기초가 튼튼히 놓이게 되었다고 할 수 있다. 이에 우리는 이분들을 추모하는 뜻도 담아 이 책을 간행한다.

우리는 독자들이 이 책을 통하여 한국 근대 초기의 어문학자들이 어떤 고민을 했고 무엇을 하려고 노력했는지, 그들의 노력은 어떤 의미가 있는지 등을 파악할 수 있기를 바라며, 어학과 문학이 그렇게 멀리 떨어져 있는 분야가 아니라는 것을 깨달을 수 있기를 바란다. 이학자와 문학자를 한 책 속에서 다룬 이 책의 의의는 바로 그런 데에 있는 것이라고 우리는 믿는다.

이 책은 서울대학교 인문학연구원 HK문명연구사업단의 연구비 지원으로 한국어문학연구소에서 공동 연구를 수행한 결과물이다. 원래 공동 연구에는 10명이 참여하여 한국 근대 초기 어문학자 10명을 다루었는데, 공동 연구의 결과물을 책으로 간행함에 즈음하여 김명호 교수의 도남 조윤제에 대한 글도 함께 묶기로 하였다. 우리의 제안을 흔쾌히 받아주신 김 교수께 감사드린다.

상업성이 없는 이 책을 아무 조건 없이 출판해주신 태학사 지현구 사장님께 감사드리며, 어문학 논문이 섞여 있어 편집이 까다로웠을 텐데도 아무 불평 없이 말끔하게 꾸며주신 신은정 선생께도 감사드린다.

2013년 10월 31일
저자들을 대표하여 송철의 삼가 씀

차례

Ⅱ. 자산 안확의 생애와 국어 연구 _정승철

I. 지석영과 개화기 어문 정리[*]

1. 서론

송촌(松村) 지석영(池錫永, 1855~1935), 그는 잘 알려진 바와 같이 한국
종두법의 창시자요, 한국 서양의학 건설의 제일인자였으며[삼목영(三木
榮), 1935], 또한 개화기 어문 연구 및 어문 정리에 크게 기여한 선각자
이기도 하다.

가난한 선비의 집안에서 태어났으나 불굴의 의지로 종두법을 배워서
그것을 널리 보급함으로써 수많은 생명을 구하였으며, 서양의학을 받
아들여 의원을 길러내고 위생에 대한 계몽을 부지런히 함으로써 국민
건강에 이바지하기도 하였다. 그뿐만 아니라 혼란된 어문에 대해서도
관심을 가지고 어문 연구에 많은 노력을 기울임으로써 어문을 정리하
고 국문을 보급하는 데에도 크게 기여하였다.

본고에서는 '편민이국(便民利國)'의 정신으로 어문을 연구하고 또한
정리하려 힌 지석영의 어문 관련 업적들을 고찰해보고자 한다. 그의 어
문 관련 업적에 대해서는 이미 많은 논의가 있었는데, 본고에서는 그간
의 논의들을 참조하면서 특히 그의 어문관과 표기법에 초점을 맞추어
기술해보고자 한다. 물론 그의 업적들을 재음미해보는 기회도 가질 것
이다.

---

* 이 글은 같은 제목으로 『관악어문연구』 37(2012)에 실렸던 것을 약간 수정한 것이다.

2. 지석영의 생애

지석영은 1855년 서울에서 지익룡(池翼龍)의 넷째 아들로 태어났다. 지익룡은 한학과 한의학에 조예가 깊었던 것으로 알려져 있다. 그러나 지석영의 가계(家系)나 어린 시절에 대해서는 별로 알려진 것이 없다. 지금까지 알려진 자료들을 종합하여 그의 생애를 정리해보기로 한다.

지석영의 수학 과정에 대해서도 자세하게 알려진 것은 없다. 아마도 당시의 일반적인 풍습대로 서당에 다니면서 공부하였을 것으로 여겨지는데, 집안 형편이 매우 어려워서 양반 자제들이 다니는 서당에는 다니지 못하고 일반인이 다니는 서당에 다녔던 것으로 짐작된다. 서당에서 공부하다가 약관 무렵에 아버지의 친구였던 박영선(朴永善)의 문하에 들어가 한학을 배우면서,[1] 다른 한편으로는 때때로 집으로 찾아오는 강위(姜瑋)에게서 형 지운영, 유길준, 여규형, 정만조 등과 함께 강론을 들었다고 한다(유동준 1997 : 37).

박영선 역시 한학과 한의학에 조예가 깊었던 인물로 알려져 있다. 1876년 수신사(修信使) 김기수(金綺秀)의 수행 의관으로 일본에 가게 되었던 것을 보면 박영선은 한의사이기도 하였던 것으로 생각된다. 박영선의 문하에서 공부하던 중에, 스승의 영향을 받아서인지,[2] 지석영은 의술에 취미를 얻어 의술을 배워보기로 하고 스승에게 자기의 뜻을 말하게 된다.

나히 스물두 살에 의술에 취미를 어더가지고 의술을 배우랴고 뜻을 세운 후 그째 자긔를 가르치는 한학(漢學) 선생 박유선(朴有善)이란[3] 이에게 자긔의 뜻을 말한 바 잇섯드니[4]

---

1 지석영은 박영선을 '나의 선생'이라고 지칭한 바 있다.
2 아버지의 영향도 있었을 것이다.
3 '박영선(朴永善)'의 잘못인 듯하다.

그렇게 의학을 공부하던 중 스승 박영선이 수신사 김기수의 수원(隨員)으로 일본에 갔다 오면서 구아극명(久我克明)의 저서인 『종두구감(種痘龜鑑)』을 구해와 전해주자, 지석영은 그 책을 읽고 종두법을 배워서 천연두로 아깝게 죽어가는 사람들을 구해보고자 결심하게 된다.

내가 종두를 배와서 앗가운 생령을 곤처보고자 하기는 나의 선생 되는 박영선(朴永善) 씨가 수신사 김긔수(修信使金綺秀) 씨의 수원으로 일본에 갓다가 종두구감(種痘龜鑑)이라는 것을 갓다주기에 이것을 보고 비로소 종두법(種痘法)을 배워보고자 결심하고[5]

그러나 책으로만 종두법을 익히기는 어려웠던 모양이다. 책으로 배운 지식만으로는 종두를 시술할 수가 없었던 것이다. 그러던 차에 그의 조카딸이 천연두로 목숨을 잃었다. 이에 지석영은 종두술을 익혀야겠다고 결심하고[6] 자기에게 종두술을 가르쳐줄 수 있는 의사를 찾아서 부산에 있던 일본인 거류지에 가게 된다. 거기서 그는 우연히 한국어를 잘하는 한 일본인을 만나게 되었는데 그 일본인이 바로 강화도 수호조약 때(1876) 통역을 맡았던 포뢰유(浦瀨裕)였다. 일본어를 전혀 몰랐던 지석영은 포뢰유의 소개로 제생의원 원장인 송전양(松前讓)를 만나게 되었고, 그로부터 종두법 및 종두술과 기초 서양의학을 배웠으며, 그의 소개로 일본해군(海軍) 소의(少醫) 호총적재(戶塚積齊)를 만나 교제하기도 하였다.[7] 이때 포뢰유는 일본영사에게 지석영에 대한 이야기를 하여 지석영

____

4 「(1) 種痘輸入 池錫永氏 - 各方面의 成功苦心談 (五)」, 『중외일보』 1929. 10. 22., 3면.

5 「活人의 種痘術을 殺人妖로 嫉視」, 『조선일보』 1928. 9. 21., 석간 2면.

6 내가 종두법을 배우게 된 것은 지금으로부터 52년 전이 지난 긔묘년의 일인데 그 動機는 당시 나의 姪女가 疫疾로 죽은 째문이엿소. 「朝鮮의 '쩬너-' 松村池錫永先生, 辛未의 光明을 차저 (二十)」, 『매일신보』 1931. 1. 12., 2면.

7 이런 사실과 관련하여 일본 『報知新聞』 明治 12년(1879) 12월 기사에 다음과 같은 내용이 실렸다고 한다. 삼목영(1935ㄱ : 59)에서 그대로 재인용한다. 삼목영은 坂本蕙塾의 『續種痘辨疑』에서 인용하였다고 한다.

의 체재비 일체를 지원 받게 해주었다. 그러고서 지석영에게 『교린수지(交隣須知)』와 『인어대방(隣語大方)』을 새로 간행하려 하는데 한국어 부분을 순수 경성어로 수정해달라고 요청하였다. 지석영은 포뢰유에게 은혜를 입은 셈이어서 종두법을 배우러 병원에 가는 때를 제외하고는 최선을 다해 수정해주었다.[8]

두 달간 종두술을 익히고 서양의학의 기초 지식을 습득한 지석영[9]은 집으로 돌아오는 길에 충주 처가에 들러 두 살짜리 처남에게 종두를 시술하는데, 다행히도 성공한다. 그리고 다른 아이 40여 명에게도 시술한다. 다음 해(1880) 음력 1월에 집으로 돌아온 지석영은 한성에 우두국을 설치하고 우두를 보급하기 시작한다. 그러나 두묘(痘苗)를 생산하지 않고서는 종두를 많은 사람에게 시술할 수 없었다.

그리하여 1880년 김홍집이 수신사로 일본에 갈 때 김옥균과 대원군의 형 흥인군의 소개[10]로 수신사 일행에 끼여 일본에 가서 두묘 제조법을 비롯하여 종두법과 관련한 제반 사항을 배우고 익혀가지고 오게 된

"明治十二年十二月(註, 陽曆) 報知新聞 朝鮮釜山浦發ノ來狀ヲ擧テ曰, 當國モ 近邇追追開明ノ曙光ヲ催シ 醫術ノ如キモ漸ク開進ノ端緒ヲ開キ 旣ニ去十日(註, 陰曆 十月二十四日) 京城ノ 醫師 池錫永 二十五 歲 ノ人 浦瀨裕ノ紹介ヲ以テ 本浦醫員ニ來リ 今般草梁ニ寄宿シ 日日醫院ヘ出頭シテ 種痘術稽古致度願出タルニ 付醫院ヨリ 官廳ヘ 問合セタルニ 差支コレ 無キ 趣ニ付 早速 二十日ヨリ 敎授ヲ 始メラレシニ 此者ハ 曾テ 支那譯ノ洋書ヲ 讀ミ 少シク 種痘ノ理ニ 通シタル 故時日ヲ 費サスシテ 其法ヲ了解セリ 此節ハ最早種痘ノ事ハ 濟タレト 更ニ 醫術上ノ事件數條ノ疑問ヲ認メ 日日出頭シテ答辯ヲ乞ヒ 頗ノ啓發スル 所アリト云"

8 지석영이 종두법을 배우려고 부산에 간 일과 포뢰유를 만난 일, 종두법을 배운 과정, 『교린수지』와 『인어대방』을 경성어로 수정한 일 등에 대해서는 이완응(1928)과 三木榮(1935ㄱ, ㄴ)이 가장 자세하다. 이완응은 지석영으로부터 직접 들은 이야기가 있었던 것이 아닌가 짐작된다.

9 여기서 또 한 가지 중요한 것은 이때 지석영이 포뢰유의 호의로 의약 서적 및 자연과학 서적, 그리고 시사적인 서적을 구입할 수 있었다는 점이다. 의약 서적은『全體新論』,『內科新說』,『婦嬰新說』,『西醫略論』,『內科闡徵』,『西藥略釋』,『皮膚新論』,『儒門醫學』 등이었고 자연과학 서적은『博物新論』,『格物入門』 등이었으며 시사적인 서적은『瀛環志略』,『普法戰記』 등이었다.

10 「朝鮮의 '쩬너 ―' 松村池錫永先生」,『매일신보』 1931. 1. 25.

다. 지석영이 그렇게 할 수 있었던 데에는 김옥균의 독려가 큰 힘이 되었다.[11] 이때 수신사 일행에는 강위와 김옥균도 포함되어 있었다.

1880년 9월에 귀국한 지석영은 종두장을 차리고 사람들을 계몽하면서 종두를 보급하기 위해 노력하였다. 그리고 한편으로는 일본공사관의 의관으로부터 서양의학을 배우려고 노력하였다. 그러나 1882년 임오군란 때 친일 개화파로 몰려 종두장이 방화되고 목숨마저 위협받는 처지에 놓였다. 다행히 잘 피신하여 큰 화는 면하였다.

종두법 보급을 위하여 노력하던 중 1883년 2월 과거에 응시하여 합격하게 된다. 이때부터 몇 년간은 관직 생활을 한다.

그러다 1887년 4월에는 전라도 강진현 신지도로 유배를 간다. 거기서 1892년 1월까지 5년 가까이 유배 생활을 하게 된다. 이 유배 기간이 지석영에게는 공부와 연구를 할 수 있는 의미 있는 기간이 아니었나 싶다. 1888년 유배지에서 그는 『중맥설(重麥說)』이라는 농서(農書)를 저술하였고, 1891년에는 위생 의학서 혹은 예방 의학서라 할 수 있는 『신학신설(新學新說)』을 순국문으로 저술하였다. 서문에 보면 이 책은 여러 서양서적[12]에서 가려 뽑아 편하게 볼 수 있게 만든 것이라고 한다. 편하게 볼 수 있게 하였다는 것은 국문으로 썼다는 의미일 것이다. 이 책을 국문으로 저술하는 과정에서 국문에 대한 인식을 더욱 깊게 하였을 것이다. 당시는 표기법이 상당히 혼란한 시대이어서 책을 저술하는 과정에서 표기법과 관련한 의문이 적지 않았을 터인데, 준거로 삼을 만한 어떤 것도 없었기 때문이다. 유배 생활을 하던 중에 두창의 유행으로 종두법 보급의 필요성이 대두되어 1892년 1월 의업에만 종사한나는 조건으로 유배에서 풀려난나. 그 후 2년 동안은 '우두보영당(牛痘保嬰堂)'을 세우고 우두 접종하는 일에만 종사한다.

---

11 위와 같음.
12 여기서 서양서적이란 아마도 한문으로 번역된 것일 것이다.

1894년 김홍집 내각이 들어서면서 지석영은 다시 관직 생활을 하게
된다. 그는 1896년에는 「국문론」을 발표하고 1899년 3월 의학교가 설
립되자 교장으로 부임하여 이후 한일병합이 될 때까지 의학 교육에 헌
신하였다. 그러나 의학교 교장으로 있으면서도 국문 연구를 게을리하
지 않았던 듯하다. 1901년 『훈몽자략(訓蒙字略)』을 지었고, 1905년에는
「신정국문(新訂國文)」을 지어 국가로 하여금 공포하게 하였으며 1907년
에는 「대한국문설(大韓國文說)」을 발표하였다. 같은 해에 국문연구회를
조직하여 활동하기도 하였고, 1908년부터는 국문연구소 위원으로 활동
하기도 하였다. 1908년 『아학편(兒學編)』을 개편하여 간행하였고, 1909
년에는 『언문(言文)』과 『자전석요(字典釋要)』를 간행하였다.

1896년 「국문론」을 발표한 이후 1909년까지가 지석영이 어문 운동
및 어문 연구를 활발하게 전개하던 시기이다. 이 시기에 지석영은 주시
경의 예방을 받아[13] 주시경과도 교유하면서 국어국문에 대하여 논의하
기도 하고, 주시경에게 자기가 가지고 있던 고전 자료를 보여주기도 한
다.[14] 지석영과 주시경은 20여 세의 나이 차에도 불구하고 국어국문에
관한 한 훌륭한 토론 상대가 아니었던가 생각된다.

1910년 한일병합 이후에는 국어국문과 관련한 의미 있는 업적을 내
지는 못하였다. 그렇다고 1910년 이후에 국어국문과 관련한 활동을 전
혀 하지 않은 것은 아니다. 1920년 조선총독부의 '언문철자법' 개정위원

---

13 주시경의 회고에 따르면, 지석영과 주시경이 처음 만난 것은 임인년(1902) 정월이
었다. 주시경이 김선신의 천도로 지석영을 찾아감으로써 만남이 이루어졌다.

"임인 정월 십스일에 지지 김션신 쳔도로 숑촌 디교쟝을 찾아보고 이후붙어 죵〃 국
문으로 다소 의론이 만앗고"(대한국어문법 31b-32a)

14 지석영은 주시경에게 『훈민정음』(「문헌비고 악고」에 실린 것), 『용비어천가』 등의
책을 보여주었다고 한다.

"을ᄉ년 여름에 디교쟝이 문헌비고 樂考에 실린 훈민정음을 찾아 내게 보이니"(대한국
어문법 32a), "隆熙元年 十二月 日에 池松村 錫永氏를 訪尋ᄒ즉 同氏가 龍飛御天歌를 求來
ᄒ여 余에게 示ᄒ거늘 余가 此歌를 閱覽ᄒ다가 ㅈ, ㅊ, ㅍ을 終聲으로 記ᄒ 字가 有ᄒᆷ을
見ᄒ고 大喜ᄒ여"『국어문전음학』 58

회 위원으로 활동하는 등 국어국문 관련 사회 활동을 하였던 것으로 생각된다. 『조선일보』 1923년 6월 3일 자 3면 '조선문(朝鮮文)에 대한 협의(協議)'라는 제하의 기사에 의하면, 조선문통신강습회에서 강습록을 만드는데 그것을 어떻게 만들지에 대하여 조선문에 다년간 연구가 풍부한 현채, 지석영, 김필수, 박승빈, 장지영, 이필수, 안확, 이창식 제씨가 모여 난상토의를 하였다고 한다. 『매일신보』 1926년 11월 6일 자 3면 '전선(全鮮)에 문맹 소멸(文盲消滅)코저 실행위원(實行委員)을 선거(選擧)' 제하의 기사를 보면, 조선글을 널리 보급하기 위하여 위원회를 결성하고자 위원을 선거하였다는데 그 위원 중 지석영도 들어 있다.

1928년 종두 실시 50주년을 맞이하여 지석영은 조선의 은인(恩人)으로 추앙받으며 전국 각지의 유지 2백여 명이 발기한 '조선 종두 50년 기념사업회'로부터 표창을 받기도 하였다. 표창식은 지석영이 처음 종두를 배우기 시작한 날인 음력 10월 25일(양력 12월 6일)에 시행되었다.[15]

종두법을 도입하여 많은 아까운 목숨을 구하고 이 땅에서 곰보를 퇴치하였으며 서양의학의 기초를 세우고 국어국문의 연구와 국문의 보급에 헌신한 지석영은 1935년 2월 향년 81세로 서거하였다.

3. 지석영의 어문관

지석영은 「신정국문청의소(新訂國文請議疏)」에서 문명의 근본은 교육에 있고, 교육의 도구로는 백성으로 하여금 쉽게 알게 하고 쉽게 행하게 하는 것보다 나은 것이 없는데, 그 도구란 국문이라고 하면서[16] 국문

---

15 지석영이 종두법을 배우기 위하여 부산의 일본인 거류지에 도착한 것은 1879년 음력 10월 24일이고(앞의 각주 7 참고), 종두법을 배우기 시작한 것은 다음 날인 10월 25일이었던 것으로 판단된다.

16 이런 내용은 『고종실록』에 실린 상소문에는 없고 『황성신문』 1905년 7월 28일 자

은 실로 나라의 보배로운 문자이며 교육의 도구 중 기본이 되는 것(指南)이라고 하였다.[17] 국문은 세종 대왕이 창제하여 백성에게 주신 것으로서 간결하고 쓰임이 무궁무진하며 배우기가 아주 쉬운 것인데도 학문하는 사람들이 국문을 연구할 생각은 하지 않고 민간에게만 맡겨두어서 혼윤(混淪)과 와오(訛誤)가 심하게 되었다고 비판하였다. 그러고서 교육을 담당한 신하에게 교육의 도구인 국문을 정리하게 하고 경전의 일부와 신학문의 중요한 것을 국문으로 번역하여 민간에 널리 반포하라고 하였다. 이상의 내용은 문자를 교육의 도구라고 본 것으로서 문자의 효용성을 언급한 것이라 할 수 있겠다. 지석영 문자관의 일면을 볼 수 있는 내용이다.

한편 지석영은 표기법의 기본 정신을 '편민이국(便民利國)'에 두어야 한다고 하였다. '편민이국'이란 민중에게 알기 쉽고 편리한 것(표기법)이 국가에 이익이 된다는 것으로서, 이것도 지석영의 문자관, 나아가서는 어문관을 잘 보여주는 것이다. 지석영은 아무리 이론적으로 훌륭한 표기법이라 하더라도 그것이 일반 대중에게 걸맞은 것이 아니라면 아무런 소용이 없는 것이라고 보았다. 따라서 그는 학술적으로나 역사적으로 보았을 때 약간의 무리가 있다 하더라도 평이하고 간결한 표기법이 좋다고 주장하였다. 이러한 주장은 표기법이 쉽고 간결해야만 일반 대중에게 국문을 쉽게 널리 보급할 수 있다는 생각에서 나온 것이라 할 수 있다. 지석영으로서는 무엇보다도 국문을 빨리 보급해서 민중을 계몽하는 것이 필요하다고 생각한 듯하다.[18]

'別報'에 실린 상소문에만 있다. 『고종실록』을 편찬할 때에 이 앞부분은 생략한 듯하다. 원문은 다음과 같다. "伏以文明之本 亶在乎敎育而敎育之具 莫善乎使民易知而使民易行也 其具維何 國文是已"

　17 "我東國文 (……) 皇室之寶文 而敎具中指南也"
　「대한국문설」(1907)에서 위와 비슷한 내용이 반복된다.
　"(大韓國文) 皇室之寶文 敎具中指南也"
　18 "大正 9년 柴田 學務局長 시절에 조선어철자법개정위원회가 열려 나도 위원으로 선발되어 참석한 적이 있다. (……) 시전 씨는 연필을 들어 '개정의 조건은 무엇에 근거

지석영은 국문의 학적 유래나 이론의 관점에서 보면 주시경의 학설에 아무도 반대할 사람이 없을 것이라고 하였다. 그러나 학문적인 것과 실용적인 것은 서로 다른 것이어서 이론적으로 타당한 것이 반드시 실용적인 것은 아니라고도 하였다. 주시경의 표기법은 이론적으로는 타당할지 모르나 실용상으로는 전혀 역할을 하지 못한다고 보았다. 된소리를 각자병서가 아니라 ㅅ계 합용병서로 표기하는 것이 타당하다는 주장이나 주시경의 새받침설(ㅈ, ㅊ 등을 종성으로 쓰자는 것)을 부정하고 전통적인 7종성법에 가까운 표기법을 써야 한다는 주장은 모두 이러한 간편주의 어문관에서 비롯된 것이라 할 수 있다.

지석영은 문자, 또는 표기법 관련 논의에서 "본의(本意)에난 합(合)하나 일반 인민(一般人民)의 습관(習慣)에난 생소(生疎)하야 행용(行用)하기 극난(極難)하리니"[19]라거나 "(국민의) 안목(眼目)에 과(過)히 생소(生疎)하지 안코 행용하기 편이(便易)하야야만"[20]이라거나 "음리(音理)난 비록 고연(固然)하드래도 세안(世眼)에 생소(生疎)함으로 행용하기 용이(容易)하지 못하야"[21]와 같은 표현을 자주 썼다. 이를 통해 우리는 지석영이 표기법이란 일반인에게 너무 생소하지 않아야 하고 행용하기에 용이해야

하여야 하는가?'라는 뜻의 말을 써서 보여주었다. 그리하여 나는 '便民利國'이라 써서 그에 대답한 것이었다. 이에 대해서는 시전 씨도 깊이 동의한 모양이었다. 바로 민중들에게 알기 쉽고 편리하게 만드는 것이 국가에 이익이 되기도 하고 국가를 위한 것이기도 하다는 것이 나의 대답이었던 것이다. 아무리 훌륭한 學理에 근거하였더라도 그것이 대중들에게 걸맞지 못하다면 그것은 결국 아무런 소용이 없다. 그런 까닭으로 당시 나는 언문의 학적 유래라든지 역사적으로 볼 때에는 다소 무리가 있다 하더라도 가능한 한 평이하고 간결하게 만들어야 한다는 것을 강력하게 주장하였다. 적어노 언문을 일반 대중에게 쉽게 보급하기 위해서는 이와 같은 태도가 요구되는 것이다. 그리고 나의 이 주장은 오늘날에 이르기까지 전혀 달라진 바 없다." 지석영(1929). [원문은 일본어로 되어 있는데 번역하여 싣는다. 이 부분의 번역은 스기야마 유타카(杉山 豊) 군의 도움을 받았다. 이 자리를 빌려 감사의 뜻을 전한다.]

19 지석영, '二. 初聲의 ㄲ ㄸ ㅃ ㅉ ㆅ 六字竝書의 書法一定', 「국문연구안」.

20 지석영, '四. 終聲의 ㅅ ㄷ 二字用法及 ㅈ ㅊ ㅋ ㅌ ㅍ ㅎ 六字도 終聲에 通用當否', 「국문연구안」.

21 위와 같음.

한다는 생각을 가지고 있었음을 알 수 있다. 이는 국민을 위하고자 하는 마음이 늘 바탕에 깔려 있었음을 말해주는 것이 아닌가 한다.

그 밖에 그는 문자, 또는 표기법의 개혁은 점진적으로 해야 한다는 생각을 가지고 있었다. 주시경의 새받침설에 대하여,

國文字典辭典等書를 編製할 時에 音理의 正則이 如此하다고 例言에 說明하야 次次 進行함을 期할 것이요 今에 行用하지난 못할지니 ㅈ, ㅊ 等字의 終聲으로 用함은 留案함이 可하다 하나이다[22]

라고 하였다는 점에서 그러하다. 주시경이 혁신적인 개혁주의자였다면 지석영은 점진적인 개혁주의자였다고 할 수 있을 것이다.[23]

이상 간단히 논의한 바를 통해서 본다면 지석영은 문자를 교육의 도구로 보는 어문관, 쉽고 간편한 것을 추구하는 간편주의(실용주의) 어문관, 나아가서는 국민을 편안하게 하려는 위민주의[24] 어문관을 가지고 있었다고 할 수 있다.

4. 지석영의 어문 연구와 어문 운동

1) 어문 연구

지석영이 언제 어떤 동기로 국어국문에 대하여 관심을 가지게 되었는지는 잘 알려져 있지 않다. 이와 관련하여 지석영이 직접 언급한 적

---

22 위와 같음.

23 권재선(1988 : 513-4)에서는 지석영의 표기법 이론을 '反切主義', 주시경의 표기법 이론을 '訓民正音主義'라고 하였고, 신유식(1999 : 93)에서는 지석영이 전통적인 표기법을, 주시경이 새로운 표기법을 주장하였다고 하였다.

24 김성진(1973 : 284)에서 지석영을 '한글 개량 운동을 전개시킨 爲民主義人'이라고 한 바 있다.

이 없고 그것을 알 수 있게 해주는 직접적인 자료도 없기 때문이다. 따라서 대개는 여러 정황을 고려하여 그 동기 또는 계기를 짐작해왔다.

지석영이 국어국문에 대하여 관심을 가지게 된 동기로 흔히 언급된 것은 강위로부터의 영향이었다. 지석영은 앞에서 언급한 바와 같이 형 지운영, 유길준 등과 함께 아버지의 친구이기도 한 강위에게서 강론을 들었다고 한다. 그리고 때로는 그를 스승으로 모시고 함께 시를 읊기도 하였다고 한다.[25] 강위는 잘 알려진 것처럼 한학자이기는 하지만 민족 자각 의식이 강한 개화파 인물이고(이병근 1998 : 3), 「동문자모분해」를 짓는 등 한글 연구에도 조예가 깊었던 사람이다. 정상각오랑(井上角五郎)이 회고한 바에 따르면, 한국 최초의 신문인 『한성순보(漢城旬報)』를 간행하기 위해 준비할 때(1882년 말 내지 1883년 초) 자신은 국한문 혼용체를 개발하려 하였는데, 이를 위해서 강위를 가정교사로 두고 연구하였다고 한다.[26] 이런 점으로 보면 당시에 강위는 한글 연구가로서 명성이 있었음을 알 수 있다. 지석영은 「대한국문설」에서 다음과 같이 언급한 바 있는데,

(대한국문은) 황실(나라)의 보배로운 문자이며 교육의 도구 중 기본이 되는 것이다. (그런데) 슬프다 오랜 세월이 흘러가면서 교육이 해이해져 참된 이치를 잃은 것이 많고 또 학문하는 사람들이 연구할 생각은 하지 않고 거칠고 서툰 민간에 맡겨두었기 때문에 어린이를 가르치는 과정에서 점점 잘

---

25 강위는 50세 전후한 시기에 광교 일대의 역관들과 어울려 지내면서 시를 읊기도 하였는데, 이 시절에 강위를 스승으로 모시고 함께 시를 읊은 인물 중에 지운영, 지석영 형제도 포함되어 있다고 한다(주승택 1991 : 102).

26 "나의 見學旅行의 目的은 漢諺混合의 文章을 創始하는데 잇섯슴으로 漢城旬報를 發刊하기 前에 特히 姜瑋라는 사람을 家庭敎師로 두고 硏究를 쌌는 同時에 漢諺混合의 模範을 만드러 사람들에게 보인즉 大槪는 이것을 便利한 것으로 認定하는데도 不拘하고 (……) 諺文을 使用하는 것은 不可能하다고 하야 나의 主張은 實行이 안 되고 旬報는 純漢文으로 發行하게 되엿슬 際에(……)" 井上角五郎, 「漢諺混合體 創始에 對하야 (二)」, 『매일신보』 1938. 5. 4., 1면.

못 전해지게 되었다. (그래서) 뜻있는 사람들이 모두 걱정하는 바가 되었으며 예전에 강추금[27] 선생님과 더불어 한탄하기도 하였다.[28]

(大韓國文) 皇室之寶文敎具中指南也 惜乎 世遠敎弛多失眞諦 且學問家不思硏究 一任鹵莽民間 訓蒙轉轉訛誤 爲有志者所共憂 往年與姜秋琴先生唔也

_ '서(序)', 「대한국문설」

이로써 본다면 강위는 학문가(學問家)들이 언문을 연구하지 않아서 언문이 '전전와오(轉轉訛誤)'된 것을 한탄한 듯하고, 지석영을 포함한 문하생들도 이에 동감한 것으로 여겨진다. 이런 점에서 볼 때 국어국문에 대한 지석영의 관심이 강위의 영향을 받은 것임은 분명하다고 할 수 있겠다. 유동준(1997 : 39)은 강위의 한글에 대한 관심과 연구가 유길준, 지석영에게 영향을 끼쳐 유길준은 국한문 혼용의 문체 개발과 국어문법서 저술로 이름을 떨쳤고, 지석영은 젊어서부터 국문에 대한 관심이 대단하였을 뿐만 아니라 만년에 국문 연구에 몰두하게 되었다고 하였다.

또 하나는 지석영이 종두법을 배우러 부산에 갔을 때『교린수지』와『인어대방』의 한국어 부분을 당시의 경성어로 교정하는 일을 하였던 것이 국어국문에 관심을 가지게 된 계기가 되었을 것이라고 보는 견해이다.

씨(지석영)는 명치 12년, 부산에서 浦瀨 씨를 도와『교린수지』와『인어대방』의 경성어 수정에 참여하면서 조선의 언문과 관계를 맺게 되었으며, 그 이후 외국인과 교제를 하게 되면서 조선의 언문이 중요하다는 것이 분명해짐에 따라 이것(언문)에 대한 연구도 게을리하지 않았다.

氏は 明治十二年, 釜山に於いて 浦瀨氏を助けて 交隣須知や隣語大方の

---

27 강위.
28 밑줄은 필자, 이하 같음.

京城語修正に 參與してから 朝鮮の諺文に 關係が 生じ, 以來 外國人と 交際するに及び, 朝鮮の諺文なるもの 重要なることが 明かになつて 來るにつれて, これが 研究をも 怠らなかつたのであつた[29]

한국어의 실제적인 자료를 다루어볼 기회를 가졌었다는 점에서, 그리고 외국인 한국어 전문가라고 할 수 있는 포뢰유를 만났다는 점에서 보면 부산에 머문 2개월 동안이 국어국문에 대한 관심을 더욱 깊게 하고 국어국문 정리의 필요성을 깨닫게 하는 또 하나의 계기가 되었을 가능성은 충분히 있는 것이라고 할 수 있다.[30] 그러나 이때 처음으로 국어국문에 관심을 가지기 시작하였다고 보기는 어렵지 않은가 한다. 앞에서 언급한 바와 같이 지석영은 이미 강위의 영향으로 국어국문에 대한 관심은 가지고 있었다고 여겨지기 때문이다.

그런데 국어와 국문에 대해 일찍부터 관심을 가지기는 하였을 것이나 젊어서부터 국어국문 연구에 몰두하지는 않았던 듯하다. 앞에서 언급한 것처럼 20여 세 무렵에 의학을 공부하려고 결심한 이래 그의 주된 관심사는 의학, 그것도 서양의학이었다. 종두법을 습득하여 보급하고 서양의학을 나름대로 학습하여 한국에서 서양의학의 기초를 닦았을 뿐만 아니라 의학교가 설립되자 교장직을 맡아 서양식 의사를 길러내는 데에도 크게 기여하였다. 한때는 과거에 급제하여 관직 생활을 하기도 하였다. 따라서 이런 와중에서 그의 청장년 시절에 국어국문을 연구하는 데에 많은 시간을 할애하기는 어려웠을 것이다. 다만 그는 질병의

---

29 이완응, 「朝鮮のゼンナ 種痘先生' (九)」, 『朝鮮思想通信』 昭和 3(1928). 11. 28.
30 삼복영(1935ㄱ:59)에서도 이외 비슷한 견해를 피력하였다.
　釜山滯在二ケ月間に池錫永は種痘法を習得した許りてなく, 西洋醫學一般に就いても朧なからも其の大概を敎へられた. 又た浦瀨の囑に依つて雨森芳洲の交隣須知及び司譯院の隣語大方の日鮮語學書に現代通行の京城語を以て修正した. 是等の事は朝鮮開化史上 特筆大書す加きで, 池錫永が朝鮮の ゼンノ-, 或は朝鮮に於ける西洋醫學の創建者, 或は朝鮮近代語學界開進の第一人者として認められろは, 實に この釜山に於ける二ケ月間の遊學に胚胎してゐるのである.

예방을 위해서 의학 지식이나 위생 지식을 널리 보급할 필요가 있다고
생각한 듯한데, 의학 지식이나 위생 지식을 대중에게 널리 보급하기 위
해서는 국문을 사용해야 한다고 생각하였을 듯하다.[31] 간행되지는 않았
지만 한국 최초의 위생학서라고 할 수 있는『신학신설』을 순국문으로
집필한 것은 그러한 그의 인식이 반영된 결과라고 할 수 있을 것이다.
『신학신설』의 '서'에서 그는 모든 사람으로 하여금 병의 근원을 끊는 이
치(아마도 병의 예방법을 말하는 듯함)에 밝게 한다면 누구나 강녕하고 오
래 살 수 있을 것이라고 하였다. 이는 위생 지식을 널리 보급할 필요가
있음을 말한 것이라고 할 수 있다. 이『신학신설』을 집필하면서 그는
당시의 한글 표기법이 정제되어 있지 못하다는 것을 다시금 인식하였을
것이다. 나름대로 표기법을 통일시켜보려고 노력한 흔적이 보이기는 하
나 아직은 여전히 표기법이 제대로 정비된 것 같지는 않기 때문이다.
그럼에도 불구하고 그는 곧바로 국문과 관련된 업적을 내지는 않았다.

　지석영의 국문과 관련한 최초의 업적은 1896년에『대조선독립협회
보(大朝鮮獨立協會報)』에 실은「국문론」이다. 이 글에서 지석영은 우리
나라 사람들이 국문 귀중한 줄을 모르고 한문 좀 하는 사람들은 국문을
계집사람의 글이라 하여 무시하는데, 그 이유는 한자나 우리말을 국문
으로 적어놓으면 소위 동음이의어가 분간되지 않아서 어음을 분명하게
기록할 수 없기 때문이라고 보았다. '동(東) : 동(動) : 동(棟)'이 구별되지
않으며, '버릴(棄) : 버릴(列)', '들(擧) : 들(野)'이 구별되지 않는다는 것이
다. 그리하여 그는 그 해결책으로써 세종께서 창안하신 방점법의 재도
입을 주장하였다. 글자 옆에 방점을 찍어 고저를 표시해주면 동음이의
어가 잘 구별될 수 있어서 어음을 분명하게 기록할 수 있게 될 것이며,
그렇게 되면 사람들이 새로이 국문을 귀중하게 여기게 될 것이라고 하

---

31 이관일(1994:91)은 지석영에게 있어 국문은 의술을 보급하고 새 문물을 받아들이
는 도구로 인식되었을 것이라고 하였다.

였다. 그리고 국문으로 어음을 분명하게 기록할 수 있게 하는 것은 독립하는 나라에 확실한 기초가 되리라고 하였다.

그러면 지석영이 「국문론」을 쓰게 된 동기는 무엇이고 이 글에서 주장하고자 한 것은 궁극적으로 무엇일까? 이를 밝히기 위해서는 먼저 국문 사용과 관련한 당시의 상황을 검토해볼 필요가 있다. 이 글이 쓰인 1896년이면 국문 사용을 칙령으로 공식화한 지 2년이 지난 시점이다. 그러나 그럼에도 불구하고 국문 사용을 반대하는 사람들이 적지 않았다. 국문 사용을 반대하는 사람들은 한문으로 읽고 쓰기가 가능한 식자층이었다. 이들이 국문 사용을 반대하는 이유는 국문이 미진한 것이 많다는 것[32]과 국문으로 쓰인 글은 읽기가 어렵다, 즉 의미 파악이 어렵다는 것이었다. 이런 점들은 당시로서는 부정할 수 없는 사실이었다. 음소적 표기를 하는 데다가 띄어쓰기를 하지 않고, 표기법이 정제되어 있지 않았으니 국문이 미진하다는 비판도 일리가 있었고, 한글로 된 글을 읽고 의미를 파악하기가 한문으로 된 글보다 어렵다는 것도 일리가 있는 것이었다.[33]

따라서 국문 사용을 주장하는 사람들로서는 이러한 문제들을 해결하여야 하였다. 그러한 작업은 두 가지 측면에서 이루어졌다. 하나는 국문 사용의 당위성과 필요성을 밝히는 것이고, 다른 하나는 띄어쓰기를 비롯한 표기법을 정비하는 것이었다.

첫 번째 문제와 관련하여서는 먼저 자주성을 들었다. 독립된 국가로

---

32 후세 사름이 강명 ᄒ들 안코 우리 국문이 미진ᄒ 거시 만타 ᄒ야 귀즁ᄒ 줄을 모르니(지석영 : 국문론)

33 이러한 사정은 『독립신문』 창간사에서 잘 말해주고 있다.

"한문만 늘 써 버릇ᄒ고 국문은 폐ᄒ 까ᄃᆰ에 국문만 쓴 글을 조선 인민이 도로혀 잘 알어보지 못ᄒ고 한문을 잘 알아보니 그게 엇지 한심치 아니ᄒ리요 쏘 국문을 알아보기가 어려운 건 다름이 아니라 쳣지는 말마듸을 쎼이지 아니ᄒ고 그져 줄줄 닉려 쓰는 까둙에 글즈가 우희부터는지 아릭부터는지 몰나셔 몃 번 일거본 후에야 글즈가 어듸부터는지 비로소 알고 일그니 국문으로 쓴 편지 ᄒ 쟝을 보자 ᄒ면 한문으로 쓴 것보다 더듸 보고 쏘 그나마 국문을 자조 아니쓴는 고로 셔툴어서 잘 못 봄이라"

서 자기 나라 문자가 있는데도 그것을 공식적으로 사용하지 않는 것은 부끄러운 일이라는 것이다. 그리고 또 하나는 신문물과 관련된 지식을 빨리 받아들이고 널리 보급해야 하는데, 그러기 위해서는 누구나 쉽게 배울 수 있는 국문을 사용해야 한다는 것이다. 그러면서 한문을 배워서 한문으로 글을 쓰고 읽을 수 있으려면 수십 년이 걸린다는 점을 들어 한문의 폐해를 부각시키려고 하였다.

국문으로 쓰인 글이 의미를 파악하기가 어렵다는 문제를 해결하기 위해서는 표기법을 통일시키기 위한 노력을 계속하였으며 띄어쓰기를 실행하였다.[34] 주시경은 새로운 표기법, 즉 본음주의 표기법을 창안하였는데, 주시경 자신이 그러한 주장을 한 것은 아니나 결과적으로 주시경의 본음주의 표기법은 의미 파악에 편리한 표기법이었던 것이다.

이러한 맥락 속에서 지석영의 「국문론」을 다시 보면, 그것은 결국 국문 사용의 당위성과 필요성을 역설하면서 국문으로 쓰인 글의 의미 파악을 수월하게 하는 한 방안을 제시한 것이라고 할 수가 있겠다. 방점으로 동음이의어를 구별해줌으로써 국문 사용에서 제기되는 문제점을 해결해보자는 것이다.[35] 그래야 사람들이 마음 놓고 국문을 사용하게 될 것이며 한문 하는 사람들이 국문을 무시하지 않을 것이라고 지석영은 생각하였던 것이 아닌가 싶다. 따라서 이 「국문론」은 국문을 사용하였을 때의 문제점을 해결하기 위한 하나의 방안을 최초로 제시한 글이라는 점에서 큰 의의가 있는 것이라 할 수 있다. 물론 그러한 방점법이 현대 한글 표기법에서 받아들여지지는 않았지만.

한편 이 「국문론」을 통해서 지석영이 국문에 대해서 이전부터 관심을 가져왔다는 것을 알 수가 있다. 국문으로 적었을 때의 동음이의어를

---

34 『독립신문』 창간호에서 "또 귀절을 쎄여 쓰기는 알어보기 쉽도록 홈이라", "국문을 이러케 귀절을 쎄여 쓴즉 아모라도 이 신문 보기가 쉽고 신문 속에 잇는 말을 자세이 알어보게 홈이라"라고 하였다.

35 이기문(1977 : 172)에서도 이와 유사한 견해가 제시된 바 있다.

어떻게 구별할 것인가, 여기에 대해서 항상 답답한 마음이 있어서 국문에 뜻이 있다는 사람을 만나면 누누이 강론을 하였다고 하였는바,[36] '항상', '누누이' 같은 표현을 통해서 국어국문에 대한 관심이 오래된 것임을 알 수 있다.

지석영의 다음 업적은 「신정국문(新訂國文)」(1905)이다. 지석영은 앞에서 언급한 것처럼, 「신정국문청의소」에서 국문은 교육의 도구인데 그것이 혼란되어 있으므로 그것을 빨리 정리(정비)하라고 요구하였다. 그러면서 나름대로 정리한 하나의 안을 제시한 것이 「신정국문」이라고 할 수 있다. 이것은 개화기 이후 최초의 국문 정리 업적이라는 점에서 의의가 크다.

그러면 「신정국문」에는 어떤 내용이 들어 있는가? 그 내용은 이미 다 잘 알려져 있기 때문에 그 내용을 자세히 설명할 필요는 없겠다. 여기서는 「신정국문」에 왜 그런 내용들이 들어갔는가를 구명하는 데에 초점을 맞추기로 하겠다.

「신정국문」은 6개의 조항(辨)으로 되어 있는데 첫 번째 조항은 '신정국문오음상형변(新訂國文五音象形辨)'이다. 이것은 국문의 제자 원리를 설명한 것인데 국문의 연원을 밝힌 것이라고 할 수 있다. 개화기 이후 사람들이 국문에 관심을 가지게 되면서 가장 궁금해한 것 중의 하나가 국문의 연원 내지는 기원설 같은 것이었다. '국문연구회취지서(國文硏究會趣旨書)'에서도 보면 이 연구회에서 먼저 연구할 것은 '국문의 원류(源流)'라고 되어 있다.[37] 이런 상황이었기 때문에 지석영은 비록 홍양호의 『경세훈민정음도설(經世訓民正音圖說)』에서 가져오기는 하였으나 나름대로 문헌을 뒤져서 훈민정음의 상형설을 제시하였던 것이다. 이 국문의 연원 문제는 이후 국문연구소의 주제 중의 하나가 되기도 한다. 필

---

36 "내가 흥샹 여긔 답답한 무음이 잇서셔 국문에 유의 혼다 흐는 사롬을 듸흐면 미샹불 노노히 강론흐더니" 지석영, 『국문론』

37 "不得不先究國文之源流", 『황성신문』 1907. 1. 12., 3면 잡보.

자의 지나친 추측일지는 모르나 이 당시 사람들은 국문의 연원을 밝히는 것이 국문의 위상을 정립하는, 혹은 국문 사용의 당위성을 뒷받침하는 일이라고 여겼던 것이 아닌가 한다.

두 번째 조항은 '신정국문초중종삼성변(新訂國文初中終三聲辨)'이다. 이것은 당시의 국어 표기를 위한 문자 체계를 제시한 것이며 8종성법(실제로는 7종성법)에 의한 표기법의 원칙을 천명한 것이다. 이것은 물론 최세진의 『훈몽자회』를 모방한 것이기는 하지만 현실에 맞게 조정하였다는 점은 주목할 만하다. 19세기 말, 국문에 관심을 가지게 되면서 사람들은 국문을 세종 대왕이 창제하셨다는 것, 원래의 명칭은 훈민정음(訓民正音)이었고 글자 수는 28자였다는 것, 28자 중 현재 쓰이지 않는 글자는 'ㆆ, ㅿ, ㆁ'이라는 것, 'ㆍ'는 그 음가가 모호하다는 것 등을 알게 되었다. 그리하여 당시의 국어를 표기하기 위한 문자 체계의 정비 필요성이 대두되었다. 이에 지석영은 여기서 25자 체계(초성종성통용 8자, 초성독용 6자, 중성독용 11자)의 문자 체계를 제시한 것이다. 이는 『훈몽자회』의 27자 체계에서 초성종성통용의 'ㆁ'(옛이응)과 초성독용의 'ㅿ'을 제외시킨 것이다. 그리고 초성독용의 'ㅇ'을 초성종성통용으로 가져온 것이다. 이는 당시의 문자 사용의 현실을 그대로 반영하여 정리한 것이다. 중성독용 11자에 'ㆍ'를 빼고 '='를 넣었는데 이론적으로는 타당한 것이었지만 실용성은 없는 것이었다. 지석영은 주시경으로부터 'ㅣ, ㅏ'의 합음은 'ㅑ'가 되고 'ㅣ, ㅓ'의 합음은 'ㅕ'가 된다는 등의 설명을 듣고 합음의 이치를 깨달았던 듯하며, 'ㅣ, ㅏ', 'ㅣ, ㅓ', 'ㅣ, ㅗ', 'ㅣ, ㅜ'의 합음이 있다면 'ㅣ, ㅡ'의 합음도 있어야 한다는 주시경의 주장에 동의하였던 것으로 보인다(「대한국문설」 참조). 다만 지석영은 'ㅣ, ㅡ'의 합음을 'ㆍ'에 배정하는 것에는 반대하였다. 'ㆍ' 자와 'ㅏ' 자가 동음으로 발음된 지가 오래여서 'ㆍ' 자의 음가(音價)가 'ㅣ, ㅡ'의 합음이라고 새로 정한다 하더라도 혼란이 있을 수 있다는 것이 반대의 이유였다.[38] 그리하여 'ㆍ' 자 대신에 '=' 자를 새로 만들었다. 그러나 '=' 자가 쓰이는 실제 예를

든 적이 없고 한글 표기에서 이 글자를 사용한 적이 없다.[39] '믜' 자는 이론상으로나 체계상으로는 있을 수 있는 글자였지만 당시의 중앙어를 표기하는 데에는 필요 없는 글자였기 때문이었을 것이다.

자음자를 초성종성통용자와 초성독용자로 나누어 제시한 것은 8종성법에 따른 음소적 표기 원칙을 천명한 것이라고 할 수 있다. 이는 대체로 전통적 표기법과 같은 것이다. 그런데 여기서 한 가지 지적해야 할 것이 있다. 지석영은 초성종성통용자로 8자를 제시하였는데, 그의 실제 표기법에서는 종성으로 7자만 쓰였다. 'ㄷ'을 받침으로 쓴 적이 없는 것이다. 따라서 이를 염두에 두었다면 '초성종성통용 8자, 초성독용자 6자'가 아니라 '초성종성통용 7자, 초성독용자 7자'로 제시하였어야 할 것이다. 그는 결국 '7종성법'에 따른 표기법을 주장한 것이다. 그의 구체적인 표기법에 대해서는 다음 장에서 논의하겠다.

세 번째 조항은 '신정국문합자변(新訂國文合字辨)'이다. 이 조항 역시 『훈몽자회』의 합자법(合字法)을[40] 거의 그대로 가져온 것이다. 이 합자법은 국문(한글) 운용의 기초가 되는 것이고 국문에 의한 표기법의 기초가 되는 것이다. 따라서 지석영은 표기법의 일환으로 합자법을 여기에 넣은 것이라 할 수 있다. 지석영은 「대한국문설」에서 어린이에게 한글을 가르칠 때에 "초중성(初中聲)을 병합(倂合)하야 성음(成音)홀 줄을 강구(講究)치 못하고 단(但) 성자(成字)한 후(後)(의) 음(音)으로 혼윤독거(混淪讀去)하야 전전와오(轉轉訛誤)하기"에 이르렀다고 비판하였다. 이는

---

38 "ㅣ에 ㅡ를 合讀ᄒ면 ᆖ가 되니 此는 ㅣ字가 上下를 貫徹ᄒ 證據가 的確ᄒ도다 噫라 이으 倂合ᄒ야 所發ᄒᄂ 新音으로 으字下에 位ᄒ야 中聲을 爲ᄒ면 得ᄒ바 新音이 三百餘種에 至ᄒ리니 豈不偉哉아 但 ㅇ字가 아字로 與ᄒ야 同音홈이 行之久矣라 今에 비록 新定ᄒ 音으로 命ᄒ지라도 混淆ᄒ고 防碍홀 弊가 必有ᄒ리니 ㅇ字를 ᆖ字로 換ᄒ야 ㅑ ㅕ ㅛ ㅜ ㅠ ㅡ ᆖ ㅣ로 定例홈이 妥當홀 듯ᄒ기에 (……)" 지석영, 「대한국문설」.
39 이기문(1970 : 27, 102)에서 이 점을 지적한 바 있다.
40 『훈몽자회』의 내용은 다음과 같다.
"以ㄱ爲初聲 以ㅏ爲中聲 合ㄱㅏ爲字則가 此家字音也 又以ㄱ爲終聲 合가 ㄱ爲字則각 此各字音也 餘倣此"

지석영이 반절표를 가지고 한글 교육하는 것을 못마땅하게 생각하였음을 말해주는 것이 아닌가 한다. 그는 기본 자모를 가르친 다음 합자법을 가르쳐서 한글 운용법을 알도록 할 필요가 있다고 생각하였던 듯하다. 그 밖에 반절표 154자 중에 첩음(疊音), 실음(失音)된 글자가 상당수 있어서 반절표의 효용성이 떨어졌다고 생각하였을 수도 있다. 그래서 반절표를 가지고 한글 교육을 하는 것은 적절치 않다고 생각하고 합자법에 의한 한글 교육을 제안한 것인지도 모른다.

네 번째 조항은 '신정국문고저변(新訂國文高低辨)'이다. 이것은 '상성, 거성'과 '예성(曳聲, 긴소리)'에 '좌가일점(左加一點)'하자는 것인데, 방점법으로 동음이의어를 구별해주자는 것이다. 이는 지석영이 일찍이 「국문론」에서부터 주장해온 것이다. 그러나 실용성은 없었던 것이 아닌가 한다.

다섯 번째 조항은 '신정국문첩음산정변(新訂國文疊音刪定辨)'이다. 이 조항은 'ㄱ ㄴ ㄷ ㄹ……' 등을 '가 나 다 라……'로 표기한다는 규정이다. 이는 'ㆍ'가 'ㅏ'와 동음이므로 'ㆍ'를 폐기하고 'ㆍ'로 적히던 것들을 'ㅏ'로 표기한다는 것으로서 'ㆍ'의 폐기를 선언한 것이라고 할 수 있다. 'ㆍ'의 폐기를 가장 먼저 선언하였다는 점에서 의미가 크다.

여섯 번째 조항은 '신정국문중성이정변(新訂國文重聲釐正辨)'이다. 이것은 'ㄱ, ㄷ, ㅂ, ㅅ, ㅈ'의 경음(硬音), 즉 된소리를 'ㅺ, ㅼ, ㅽ, ㅆ, ㅾ'과 같이 ㅅ계 합용병서로 표기한다는 규정이다. 전통적으로 된소리는 ㅅ계 합용병서로 표기해왔는데, 개화기에 오면 된소리를 각자병서로 표기하는 것이 타당하다는 견해가 상당한 힘을 가지게 된다. 따라서 표기법을 정비하려면 이 문제도 어떤 쪽으로든 결정해야 하였는데, 지석영은 음리상으로는 된소리가 홑소리의 겹(重聲)임을 인정하지만 표기는 ㅅ계 합용병서로 해야 한다고 하였다. 그 근거로 ㅅ계 합용병서의 'ㅅ'은 한문가(漢文家)에서 동자(同字)를 표시하는 부호 '〻'에서 왔을 것이라는 점을 들었다. 그러니까 'ㅺ'은 음가상으로는 'ㄲ'과 같다는 것이다. 그러나 이는 그리 합당한 주장은 아닌 듯하다. 지석영은 된소리 표기에 있어서 전통을 따르되 그 전통적인 표기가 타당하다는 근거를 찾으려 하였던 셈이다. 그러나 그가 찾아낸 근거는 타당한 것이 못되었다.

이상의 논의를 통해서 보면, 「신정국문」은 당시에 국문과 관련해서 논란이 분분하였던 문제들을 정리해서 종합한 개화기 이후 최초의 국문 표기법안이었다고 할 수 있다. 지석영 자신의 독창적인 주장이 많지는 않지만 "참호고금(然互古今)ᄒ야 시의(時宜)에 윤합(允合)ᄒ게 교정(校正)'[41]한 표기법안이었다는 점에서 이 「신정국문」의 의의는 매우 큰 것이라 하겠다. 다만 「신정국문」에서 한 가지 아쉬운 점이 있다면 구개음화와 치찰음 뒤에서의 이중모음의 단모음화(單母音化)로 인한 표기법의 혼란을 수습할 규정을 포함시키지 않았다는 점이다. '뎌, 져, 저', '텨, 쳐, 처', '디, 지', '티, 치' 등이 서로 구별되지 않게 되었는바, 이와 관련한 표기법 규정도 필요하고 시급한 것이었는데 그런 규정이 포함되어 있지 않은 것이다. 지석영이 「신정국문청의소」에서 현용(現用) 언문 14행 154자 중 첩음(疊音)이 36자요 실음(失音)이 36자라고 한 것을 보면 구개음화와 치찰음 뒤에서의 이중모음의 단모음화로 인해 첩음이 발생하였음을 알고 있었고, 그로 인해 표기법의 혼란이 있다는 것도 알고 있었을 것 같은데, 그리고 일부에서는 이미 이들 첩음을 산정한다고 결정하기도 하였다는데,[42] 왜 '신정국문첩음산정변(新訂國文疊音刪定辨)'에서 'ᆞ' 관련 사항만 언급하고 구개음화와 치찰음 뒤에서의 이중모음의 단모음화로 인해 발생한 첩음의 산정(刪定)에 대해서는 언급하지 않았는지 의문이다.[43]

---

41 「國文校正」, 『황성신문』 1905. 7. 21., 잡보

42 『대한미일신보』 1904. 9. 16. '잡보외방통신'란에 다음과 같은 기사가 실려 있다.
"국문기정 직작일에 련동 예수교회당에 셔양목ᄉ 모모졔 씨가 회동ᄒ엿다가 대한국문의 기정홀ᄉ를 연셜ᄒ엿는듸 그 기정ᄒᄂ 기의를 드른즉 국문 반졀 즁에 동음으로 두 세 가지 되ᄂ 거슬 한 가지 음만 두기로 산뎡ᄒ엿다더라."

43 구개음화와 치찰음 뒤에서의 이중모음의 단모음화로 인해 발생한 첩음의 산정은

지석영의 다음 업적은 1909년 국문연구소에 제출한 「국문연구안(國文硏究案)」이다. 이에 대해서는 이기문(1970 : 101-103)에서 자세히 언급된 바 있다. 지석영의 국문에 대한 견해는 「신정국문」과 거의 달라진 것이 없다. 된소리 표기에 대해서는 여전히 ㅅ계 합용병서를 주장하였고, 'ㆍ'는 폐지하고 '='자를 신제함이 타당하다고 주장하였으며, 받침과 관련해서는 여전히 7종성법을 주장하였다. 'ㄷ' 자 종성이 이미 'ㅅ'자와 합용되었으니 'ㄷ' 자를 종성으로 별도 설정하는 것은 "필요(必要)가 무(無)하다"고 하였으며, 'ㅈ, ㅊ, ㅋ, ㅌ, ㅍ, ㅎ' 등과 관련해서도 이들을 종성으로 사용하면 "음리(音理)난 비록 고연(固然)하드래도 세안(世眼)에 생소(生疎)하여 행용하기가 쉽지 않을 것이므로 이들을 종성으로 쓰는 것은 유안(留案)함이 가하다"고 하였다. 그래서 결국 종성으로는 '7종성(ㄱ, ㄴ, ㄹ, ㅁ, ㅂ, ㅅ, ㅇ)'만 사용하자고 주장한 셈이다. 지석영은 'ㅈ, ㅊ, ㅋ, ㅌ, ㅍ, ㅎ'을 종성으로 사용할 경우, 이런 종성을 갖는 어간이 단독으로 쓰이거나 자음어미와 결합할 때는 'ㅈ, ㅊ, ㅌ, ㅎ'은 'ㅅ'과 혼용되고 'ㅍ'은 'ㅂ'과 혼용되는 '말류지폐(末流之弊)'가 있을 것이라고 하였다. 그런 위치에서는 소위 중화가 일어나서 'ㅈ, ㅊ, ㅌ, ㅎ'이 발음상 구별되지 않으며 'ㅍ'과 'ㅂ'이 구별되지 않는 것은 사실이다. 방점법과 관련하여서는 상거(上去) 이성(二聲)과 국어음 고성(高聲)에는 각각 우견(右肩)에 1점을 찍는 것이 편당(便當)하다고 하였다. 「신정국문」에서 '예성(曳聲)'이라고 하였던 것을 '고성'으로 바꾼 것을 제외하면 차이가 없다. 자모 명칭, 자모의 배열 순서 등에서도 차이가 없는데, 다만 모음자에서 'ㆍ'를 폐기하고 '='를 창제하는 것이 타당하다고 하였으면서도, 그리고 실제로 'ㆍ' 자를 사용하지 않으면서도 모음자에 'ㆍ'를 포함시키고서는 글자 아래에 '이으 합음(合音)'이라고 하였는바, 왜 여기에서는 '='를 제시하지 않고 'ㆍ'를 그대로 제시하였는지 알 수가 없다.

『자전석요』 범례에서 명문화된다.

이상 지석영의 표기법 규정들을 살펴본 셈인데, 이기문(1970 : 101)에서 지적한 바와 같이 그의 표기법은 보수적인 특징을 가진다. 그는 누누이 쉽고 간편한 표기법, 일반인에게 생소하지 않을 표기법을 주장하였다. 그러다 보니 자연히 혁신적인 변화를 원치 않았고 결과적으로 보수적인 표기법을 주장한 셈이 되었다.

다음으로 들 수 있는 지석영의 업적은 국문으로 한자의 음과 뜻풀이를 제시한 한자 학습서와 한자자전을 편찬하고 간행한 것이다. 『독립신문』의 다음 기사를 보면, 지석영은 이미 1890년대 말 옥편을 간행하려 한 듯하다.

> 지셕영 씨가 수년 동안에 한문옥편을 국문으로 번역ᄒᆞ여 쉬히 ᄀᆡ간ᄒᆞᆫ다 ᄒᆞ니 아마 이 옥편을 ᄀᆡ간ᄒᆞ여 셰상에 젼ᄒᆞ면 대한 남녀의게 ᄆᆡ우 유죠 ᄒᆞᆯ 터이니 지씨가 학문상에 유의ᄒᆞᆯ섇더러 동포 남녀들을 위ᄒᆞ야 이 ᄀᆞᆺᄒᆞᆫ ᄉᆞ업을 힘쓰니 대단히 죠흔 일이더라[44]

그러나 이 기사에서 언급한 옥편이 간행이 되었는지, 간행되었다면 그것이 어떤 것이었는지는 알 수가 없다. 이와 관련한 실물이 전해지지 않고 있기 때문이다. 이 옥편이 간행되었다면 이것이 지석영의 한자자서 관련 첫 번째 업적이 되었을 것이다.[45]

현재까지 전해지는 한자자서와 관련된 지석영의 첫 번째 업적은 『훈몽자략』이다. 이 책은 한자 3,104자에 대하여 한글로 훈과 음을 제시한 자서(字書)인데 간행되지는 않았다. 현재 원고본으로 전해지고 있다. 한자자서 관련 두 번째 업적은 정약용의 『아학편』을 다시 편찬하여 간행한 것이다. 세 번째 업적은 『사진석요』(1909)의 편찬·간행이다.[46] 『자전

44 『독립신문』 1897. 11. 20., 4면 잡보.
45 이때 간행하려고 한 것이 『훈몽자략』이 아니었을까 하는 생각도 든다.
46 『자전석요』는 1909년에 간행되었는데, 서문을 1906년에 쓴 것을 보면 책의 원고는

석요』에서 그는 최초로 현실한자음을 제시하였는바, 이는 현대 한국 한자음 정립에 있어서 중요한 역할을 하였다. 2백여 년 전에 간행된『전운옥편』의 한자음을 고수하려던 것이 당시의 일반적인 경향이었음을 고려할 때 지석영이『자전석요』에서 현실한자음을 제시하였다는 것은 획기적인 일이었다. 1915년에 간행되는『신자전(新字典)』에서도 시도하지 못한 현실한자음 표기를 지석영은 과감하게 실천하였던 셈이다. 이런 점에서 본다면 그가 늘 보수적이지만은 않았다고 할 수 있다.

그의 마지막 업적은『언문(言文)』(1909)이라고 보아야 할 터인데, 상편에서는 우리나라 한자어 1만 9천여 개를 국문·한자 병렬로 제시하였고[47], 하편에서는 상편에서 쓰인 한자들을 음별로 모아놓고 각 한자에 훈을 제시해주었다.[48] 이것은 당시 우리나라의 한자어 어휘를 정리하였다는 점에서 중요한 의미가 있다.[49] 뿐만 아니라 당시로서는 국문을 사용하는 어문 생활에 직접적으로 도움을 주는 것이었을 것이다. 이 책의 광고문에서는 "몽매(蒙昧)를 계도(啓導)ᄒᆞᆫ 광선(光線)"[50]이라고 하였다. 그런데 한 가지 의문스러운 것은 한자음 표기에서『자전석요』와는 달

1906년에 완성된 것으로 추정된다.『황성신문』의 기사에 의하면 판권 승인은 1907년 12월경에 받은 듯하다.

"有志竟成

大韓醫院舍監 池錫永 氏가 我國의 字書를 國文으로 解釋하야 字典釋要 二冊을 纂輯하고 學部에 請願하야 板權을 認許하얏다니 氏가 十餘年의 苦心을 費하야 未曾有ᄒᆞᆫ 字書를 창유하고 板權ᄭᅵ지 承認하얏스니"『황성신문』1907. 12. 8., 잡보.

47 몇 예를 들어보면 다음과 같다.

　가로街路　가로샹街路上　가동주졸街童走卒
　가긱歌客　가곡歌曲　가스歌詞　가무歌舞

48 가 街거리 歌노래 嘉아름다올 家집 加더할

49 이『언문』의 내용과 의의에 대해서는 이병근(1998) 참조.

50『언문』에 대한『대한매일신보』1909. 7. 17., 광고 참조(이관일 1994 : 105에서 재인용).

"大韓人民이 毋論京鄕ᄒᆞ고 行用ᄒᆞᄂᆞᆫ 言語가 漢文音으로 된 것이 太半인바 無識ᄒᆞᆫ 男子와 婦人 小兒들은 입으로ᄂᆞᆫ 옴기되 如何ᄒᆞᆫ 글ᄌᆞ인 줄은 알지 못ᄒᆞᄂᆞᆫ지라 池松村先生이 此를 慨歎ᄒᆞ야 我國 言語에 漢字音으로 國語된 것을 類輯ᄒᆞ야 此書를 編成ᄒᆞ니 實로 蒙昧를 啓導ᄒᆞᄂᆞᆫ 光線이라 潛心 閱覽ᄒᆞ면 言文이 一致ᄒᆞ야 全國 同胞가 거의 一人도 書札 通情 못홈이 업슬 것이오 外國人이 韓語를 講習ᄒᆞᄂᆞᆫ딕 津筏이 될지라"

리 현실한자음대로 표기하지 않고 전통적인 한자음으로 표기하였다는 점이다. 이에 대해서 구체적인 언급은 없으나 이 책이 교과서적인 성격의 책으로 편찬되었기 때문은 아닌가 한다. 당시 어문 정책상으로는 한자음을 현실한자음으로 표기하도록 되어 있지 않았다. 따라서 교과서 성격의 책을 간행하면서는 당시의 어문 정책을 따를 수밖에 없었던 것이 아닌가 한다.

2) 어문 운동

지석영의 어문 운동과 관련된 자료도 별로 없다. 따라서 신문 기사 등을 바탕으로 간략히 논의해보겠다.

지석영의 본업은 의학이었다. 그러나 그는 다른 사람들로부터 그 당시의 대표적인 국문 연구가로도 인정을 받았다. 그런데 그는 국문 연구가였을 뿐만 아니라 어문 운동을 펼친 사람이기도 하다. 그는 국문 사용의 당위성과 필요성을 역설하였고 국문을 보급하기 위한 노력도 아끼지 않았다. 그는 순국문으로 『신학신설』이라는 위생 의학서를 집필하였고, 오로지 국문만으로 가르치는 국문학교를 특설할 것과 경사제서(經史諸書)를 국문으로 번역하여 간포(刊布)할 것을 학부에 건의하가도 하였다.[51] 김가진이 설립하려 한 사립국문학교의 교감으로 내정되기도 하였다.[52] 이 사립국문학교는 교사(校舍) 건축을 시작하였다는 기사[53]까지는 있으나 그 후 어떻게 되었는지는 알 수 없다.

지석영은 1905년 「신정국문」을 지어 국문 개정에 관한 상소를 하였

---

51 '國文學校設立瑣聞', 『황성신문』 1902. 2. 13., 「論說」 부분 참조.

52 "金嘉鎭氏가 私立國文學校를 설립코져 學部認許를 得홈은 本報에 已記ᄒ엿거니와 該校長은 金嘉鎭氏오 副校長은 義陽君 李載覺氏오 事務長은 趙東完氏오 校監은 池錫永氏라더라." 「國文校任員」, 『황성신문』 1902. 2. 15., 4면.

53 「國文校醵金」, 『황성신문』 1902. 4. 17., 4면.

다. 「신정국문」은 황제의 재가를 받아 반포되었다. 지석영은 또 「대한국문」이라는 한 장짜리 한글 교재를 만들어 판매함으로써 한글 보급에도 기여하였다. 1907년에는 국문연구회를 조직하여 국문 연구를 활성화시키는 역할도 하였다. 이 국문연구회에는 주시경도 참여하였다. 이 국문연구회는 오래 지속되지는 못하였으나 우리나라 최초의 어문 관련 연구회였다는 점에서 의의가 있을 것이다.[54] 국문연구소가 개설된 얼마 후부터는 위원으로 위촉되어 활동하였고, 10여 년간 작업 끝[55]에 국문으로 음과 뜻풀이를 제시한 『자전석요』를 편찬·간행하여 보급하였다. 앞에서 언급한 것처럼 이 『자전석요』는 현대 한국 한자음 정립에 크게 기여하였다. 당시로서는 한자음 정립이 한글 표기법 정립의 중요한 한 부분이었다고 해도 과언이 아니므로 이러한 한자음 정립은 한글 표기법 정립에도 크게 기여하였다고 할 수 있다. 뿐만 아니라 국어사전이 없던 당시로서는 『자전석요』의 자훈 부분 한글 표기는 한동안 우리말 한글 표기의 규범 역할을 하였을 것으로 짐작된다. 그 표기법이 나름대로 정제된 것이었기에 더욱 그러하였을 것이다. 그리고 당시의 한자어 어휘를 정리한 『언문』을 편찬하여 대중의 어문 생활에 도움이 되게 하였다.

　이상 간략히 살펴본 바에 따르면, 지석영은 개화기 대표적인 어문 운동가이기도 하였다고 할 수 있겠다. 그는 관직에도 있었기 때문인지 학부에 어문 관련 건의를 하기도 하고 상소를 올려 어문 관련 규정을 제정하려는 노력도 하였다. 따라서 당시 어문과 관련한 그의 영향력은 매우 컸던 것이 아닌가 생각된다.

---

　54 주시경의 '國文同式會'가 먼저이기는 하나 국문동식회는 조직의 구체적 내용이 밝혀져 있지 않다. 따라서 국문동식회를 최초의 어문 관련 연구회라고 하기는 어렵지 않은가 한다. 이에 반해 국문연구회는 다음과 같은 조직을 가졌다.
　"회장 : 윤효정, 총무 : 지석영, 연구원 : 주시경·박은식·이능화 등, 편찬원 : 지석영·유병필·주시경, 서기 : 전용규" 「國文研究會組織」, 『황성신문』 1907. 2. 6., 1면.
　55 이와 관련하여서는 앞의 각주 45의 『황성신문』 기사 참조.

5. 지석영의 표기법

지석영이 한글 및 한글 표기법을 어떻게 익혔는지는 정확히 알 수 없다. 그러나 그 당시의 일반적인 한글 학습 방법을 고려하면 반절표를 가지고 한글 및 기초적인 한글 표기법을 익힌 다음, 한글 문헌(언해서류)을 통해서 세부적인 표기법을 익혔을 것으로 짐작된다. 잘 알려진 것처럼 20세기 초까지 한글 교육의 가장 일반적인 기초 교재는 반절표였다.[56]

지석영은 한글 표기법과 관련된 정식 교육을 받은 적은 없지만 위에서 추정한 바와 같은 방법으로 한글 표기법을 익혀서 순한글 문장을 쓸 수 있었다. 그래서 『신학신설』이라는 순한글로 된 책을 집필할 수도 있었던 것이다. 그러나 당시의 한글 표기법은 상당히 혼란된 상태여서 지석영의 초기 글에서도 그러한 혼란상이 드러난다. 지석영은 그러한 혼란상을 극복하기 위하여 적지 않은 노력을 기울였다. 그리하여 나중에는 나름대로의 정비된 표기법을 보여주었다. 다만 앞에서도 언급한 바와 같이 지석영의 표기법은 주시경의 표기법과는 달리 이론적인 표기법이 아니라 현실적이고 실용적인 표기법이었다.

지석영의 표기법을 살펴볼 수 있는 자료로는 『신학신설』(원고본, 1891), 「국문론」(1896), 『훈몽자략』(원고본, 1901)[57], 『아학편』(1908), 「국문연구안」(1909), 『자전석요』(1909), 『언문』(1909) 등이 있다. 본 장에서는 이들 자료를 분석하여 지석영의 표기법의 실제를 정리해보기로 한다.

지석영의 구체적인 표기법을 살펴보기에 앞서 그 당시 한글 표기법에서 문제가 되었던 것들은 무엇인가를 간략히 검토해볼 필요가 있다. 지석영은 나름대로 자기의 표기법을 정비해나갔는데, 그 과정은 결국 당시에 문제가 되었던 표기법을 정비해나간 것이라고 할 수 있기 때문이다.

---

56 반절표와 전통시대 한글 교육에 대해서는 송철의(2008ㄴ) 참조.
57 이병근(1998 : 4)에서 『훈몽자략』을 1901년에 지었다고 하였다.

그 당시(19세기 후반) 한글 표기법에서 문제가 되었던 것은 크게 세 가지였다고 볼 수 있다. 첫째는 언어 변화를 표기법이 제대로 수용하지 못하여 표기가 극심한 혼란을 보이고 있었다는 것이고, 둘째는 문법 의식을 표기법에 반영하려는 경향이 나타나는데 그것이 일률적이지 못하여 역시 표기상의 혼란을 보이고 있었다는 것이며, 셋째는 잘못된 표기법의 전통으로 현실과 부합하지 않는 표기가 일부 일반화되어 있었다는 것이다.

이를 좀 더 구체적으로 살펴보자. 언어의 역사적 변화와 관련된 표기의 혼란을 세부적으로 열거해보면 (1) 'ㆍ'와 관련된 것(사름/사람), (2) 구개음화와 관련된 것(텬디/천지), (3) 치찰음 뒤에서의 이중모음의 단모음화와 관련된 것(셤/섬, 젹다/적다), (4) 두음법칙과 관련된 것(란간/난간, 량식/양식), (5) 어두 'ㅣ' 앞에서의 'ㄴ' 탈락과 관련된 것(녀름/여름, 닑다/읽다) 등이다. 이들은 모두 역사적으로 음운 변화가 완료된 것들인데 표기법의 보수성으로 인하여 이들 변화가 표기에 일관성 있게 반영되지 못함으로써, 그리고 이들과 관련한 표기법의 정비가 공식적으로는 이루어진 바 없어서 표기상의 혼란을 보이게 되었던 것이다. 그 밖에 'ㅢ > ㅣ'변화와 관련된 것(여긔/여기, 긔운/기운)도 문제가 될 수 있었다.

문법 의식과 관련된 표기법의 문제로는 분철 표기의 문제, 유기음의 재음소화 표기 문제, 사이시옷 표기 문제 등이 있다. 잘 아는 바와 같이 한글 창제 이후 한글 표기법은 연철 표기를 원칙으로 하였다. 그런데 문법 의식이 나타나면서 어간과 조사, 어간과 어미를 분간하여 표기하려는 경향이 나타나게 된다. 그 과정에서 중철 표기라는 과도적인 표기법도 나타나게 된다. 19세기는 이러한 세 가지 표기법, 즉 연철 표기·중철 표기·분철 표기가 혼재하던 시기였다. 따라서 그것은 당연히 표기법의 혼란으로 이어질 수밖에 없었다. '이것 + 이'가 '이거시, 이것시, 이것이'로 표기된 경우가 대표적이라 할 수 있다.

유기음의 재음소화 표기도 분철 표기와 밀접한 관련이 있을 것이다. 받침 표기를 7종성으로 국한시킨 상태에서 분철 표기를 하자니 자연히 어간말음이 유기음인 경우들이 문제가 되었을 것이다. 그래서 그런 경우에는 유기음을 재음소화하여 하나는 선행음절의 말음으로, 하나는 후행음절의 초성으로 표기한 것이 아닌가 한다. '깊 + 으니'를 전통적으로는 '기프니'로 표기해왔으나 이 시기에 오면 이것을 '깁흐니'와 같이 표기하는 경향이 나타났다. 그리고 절충적인 표기로 '깁프니'와 같은 표기도 있었다.

사이시옷 표기 문제란 사이시옷을 어떤 위치에 표기할 것인가 하는 문제이다. 선행어의 종성으로 표기할 것인가(맷돌), 후행어의의 초성과 함께 표기할 것인가(매똘), 혹은 선행어와 후행어의 사이에 표기할 것인가(매ㅅ돌) 하는 문제이다.

잘못된 표기법의 전통이란 'ㄷ' 받침을 'ㅅ'으로 표기한 전통을 말한다. 한글 창제 당시에는 받침 'ㄷ'과 'ㅅ'이 잘 구별되어 표기되다가 음절말 위치에서 'ㅅ'이 'ㄷ'으로 중화되면서부터는 잠시 원래의 받침 'ㅅ'을 'ㄷ'으로 표기하는 경향이 나타났다. 이는 음운 현상을 표기에 반영한 것일 것이다. 그러다가 17세기 초엽부터는 'ㄷ' 받침을 'ㅅ'으로 표기하려는 경향이 나타난다. 그리고 17세기 후기가 되면 받침 'ㄷ'을 'ㅅ'으로 표기하는 경향이 일반화되어 종래의 '8종성법'이 '7종성법'으로 정착되어갔다(이익섭 1992 : 325-349). 그런데 받침 'ㄷ'을 'ㅅ'으로 표기하는 것은 음리에 맞지 않는 것이어서 개화기 한글 표기법 논의에서 논란의 대상이 되었다.

그 밖에 이 시기의 표기법을 고찰할 때에 염두에 두어야 할 것이 하나 더 있다. 고유어 표기와 한자음(또는 한자어) 표기를 구별하여 고칠 할 필요가 있다는 것이 그것이다. 고유어 표기와 관련해서는 표기의 근거로 삼을 만한 어떤 규범도 존재하지 않았지만 한자음과 관련해서는 『규장전운(奎章全韻)』과 『전운옥편(全韻玉篇)』이라는 '어정(御定)' 운서와 옥편이 있었기 때문이다. 물론 이들은 2백여 년 전에 편찬된 것이어서 거기에 제시되어 있는 한자음들 중 상당수는 현실한자음과 일치하지 않는 그런 것이었지만 개화기 당시의 많은 사람은 한자음의 표기를 이 문헌들에서 제시하고 있는 한자음에 의거해야 한다고 생각한 것으로 여겨진다.『규장전운』과『전운옥편』에 제시되어 있는 한자음은 국가에서 공식적으로 정해놓은 표준한자음이라는 인식이 있었기 때문일 것이다. '어정'이기 때문에 더욱 권위가 있다고 생각하였을 것이다. 그리하여 고유어 표기에 있어서는 현실음대로의 표기가 비교적 쉽게 정착되었지만, 한자음 표기에 있어서는 현실음대로의 표기가 정착되기까지 상당한 진통을 겪었던 것이다.

이상과 같은 19세기 후기 한글 표기법의 문제점들을 염두에 두고서 지석영의 실제 표기의 양상을 살펴보기로 하겠다. 먼저 당시에 별로 혼란이 없었던 7종성 제한 표기를 살펴보고, 문제가 되었던 표기들을 살펴보겠다.

1) 7종성 제한 표기

앞의 4장 1)에서 언급했던 바와 같이 지석영은 '7종성법'에 따른 표기법을 주장하였다. 종래의 8종성에서 'ㄷ'을 제외하였다.

종성을 7개(ㄱ,ㄴ,ㄹ,ㅁ,ㅂ,ㅅ,ㅇ)로 제한함으로써 음소적 표기에 가까운 표기를 하게 되었다. 어간이 단독으로 쓰일 때나 자음으로 시작되는 요소와 결합할 때에 이 7종성법이 잘 드러난다. 7종성법에 따른 표기의 예들을 보이면 다음과 같다. 이 7종성법에 따른 표기는 별다른 혼란이나 변화를 보여 주지 않으므로『자전석요』에서만 몇 예씩 찾아 제시하기로 한다.

ㅈ : 젓 유(乳)
ㅊ : 쏫는 / 쏘츨, 푸른 빗
ㅌ : 밧 전(田) / 밧흐로, 쯧 말(末), 쯧진 곳, 믿셋개 말(沫)

ㅍ : 압 전(前) / 압헤, 무릅 슬(膝), 닙싸귀, 놉짜랄 / 놉흘 고(高), 배 덥
    는 삿자리

ㅎ : 담 쌋는 흙 올닐 구(捄)

ㄲ : 석박귀 날 지(池)

위에서 볼 수 있는 것처럼 흔히 중화가 일어난다고 하는 위치에서
'ㅈ, ㅊ, ㅌ'은 'ㅅ'으로 표기되고 'ㅍ'은 'ㅂ'으로 표기되며 'ㄲ'은 'ㄱ'으로
표기되었음을 알 수 있다. 'ㅎ'는 'ㄴ'으로 시작되는 어미 앞에서만 'ㅅ'
으로 표기되었다. 'ㅋ' 종성을 가지는 어간은 확인하지 못하였다.

2) 언어 변화와 관련된 표기

(1) 'ㆍ' 표기

개화기 표기법 논의 과정에서 가장 먼저 논란의 대상이 되었던 것은
'ㆍ'자였다. 'ㆍ'자는 당시 표기법 혼란의 주범으로 인식될 정도였다고
해도 과언이 아닐 것이다. 이는 윤치호와 지석영의 다음과 같은 언급을
통하여 알 수 있다.

우리나라 국문은 지극히 편리고 지극히 용이ᄒ나 아(ㅏ, ㆍ) 음이 둘이
되ᄂ 고로 가량 네 사름이 사름 인 즉를 쓰랴면 혹은 (사람) 혹은 (사름) 혹
은 (ᄉ람) 혹은 (ᄉ름)이라 쓰니 뉘가 올코 뉘가 그른지 엇지 알니요[58]

以上 論述한 바를 據한즉 'ㆍ' 字의 本音이 分明 是 'ㅣ, ㅡ'의 合音이어날
近俗에 'ㅏ' 字의 發音과 同一하야 萬口一聲인바 由是로 弊害甚多하야 枚擧
하기 難하나 其 一二를 槩論할진대 心을 ᄆ음이라도 하고 마암이라도 하

---

58 윤치호, 『독립신문』 1897. 5. 27.

고 무암이라도 하고 마음이라도 하며 海를 바드라도 하고 바다라도 하고 바다라도 하고 바드라도 하야 四種으로 譯하야도 無碍하리니[59]

위와 같은 언급은 하나의 단어가 심하게는 네 가지로 표기될 수도 있음을 말한 것일 터인데, 이는 결국 'ㆍ'의 사용과 관련한 표기법이 극심한 혼란을 보이고 있었음을 말해주는 것이라 할 수 있을 것이다. 'ㆍ'는 이미 음가를 소실한 문자였으니 그 사용에 혼란이 일었음은 당연한 일일 것이다. 이러한 'ㆍ'의 폐기를 가장 먼저 선언한 사람이 지석영이었다. 그는 「신정국문」(1905) '첩음산정변(疊音刪定辨)'에서,

> ᄀ ᄂ ᄃ ᄅ ᄆ ᄇ ᄉ ᄋ ᄌ ᄎ ᄏ ᄐ ᄑ ᄒ 十四字가 가 나 다 라 마 바 사 아 자 차 카 타 파 하 字의 疊音으로 用하기에 刪定함이라

라고 하였는데, 이는 'ㆍ' 자를 폐기하고 'ㆍ' 자로 표기되던 것들을 'ㅏ' 자로 표기한다는 규정이라 할 수 있다.[60] 한편 1909년 국문연구소에 제출한 「국문연구안」에서도 다음과 같이 'ㆍ'의 폐기를 주장하였다.

> 此에 人이 有하야 書籍을 譯할새 第一冊에난 海를 바다로 譯하고 第二 第三 第四에난 바드 바드 바다로 譯하며 甲은 바다로 譯하난대 乙과 丙과 丁은 바드 바드 바다라 譯하면 非但 全一하지 못하야 歧異와 雌黃을 惹生할 쑨 아니라 文明의 面目에 大段이 妨害가 有하리니 所以로 ᄀ ᄂ 等 十四字난 廢止하야 가나 等 十四字와 疊音되난 弊를 改善하난 것이 必要하다 하나이다.[61]

---

59 지석영, '五 中聲中·字廢止 ＝字刱製의 當否', 「국문연구안」.
60 비슷한 내용이 『자전석요』의 '凡例'에서도 다시 언급되었다.
"諺文每行尾末之 ᄀ ᄂ ᄃ ᄅ ᄆ ᄇ ᄉ ᄋ ᄌ ᄎ ᄏ ᄐ ᄑ ᄒ 等字 各有本音 而今并通用於 每行頭字 讀若 가 나 다 라 마 바 사 아 자 차 카 타 파 하 尤屬無證 幷廢之 而直用頭字"

잘 알려져 있는 바와 같이 음운으로서의 'ㆍ'는 대체로 제2음절 이하에서는 'ㅡ'로 변하고[사슴(鹿)>사슴], 제1음절에서는 'ㅏ'로 변하였는데[ᄃ리(橋)>다리], 지석영을 비롯한 개화기 당시의 사람들은 대개 'ㆍ' 자가 'ㅏ' 자와 음가가 같다는 식으로만 인식을 하였다. 그래서 'ㆍ' 자로 표기되던 것들을 'ㅏ' 자로 표기해야 한다는 생각을 가지게 되었던 것이다. '하ᄂᆞᆯ(天), ᄀᆞ르치-(敎)'를 '하늘, 가르치-'로 표기하지 않고 '하날, 가라치(갈아치)-'로 표기하였던 것은 바로 그러한 인식을 반영한 표기라 할 수 있다. 당시의 현실 발음은 '하늘, 가르치-'였을 것인데, 'ㆍ'와 'ㅏ'가 동음(同音)이라는 인식이 작용하여 '하늘, ᄀᆞ르치-'에서의 'ㆍ' 자를 기계적으로 'ㅏ' 자로 대치함으로써 '하날, 가라치(갈아치)-'와 같은 표기가 나타나게 되었던 것이다.

그러면 지석영의 실제 표기에서는 'ㆍ' 자 사용이 어떻게 나타나는지 검토해보기로 하자.

우선 「신정국문」 이전의 글들에서는 당연히 'ㆍ' 자를 사용하였다. 『신학신설』, 『훈몽자략』, 「국문론」의 경우를 보자.

『신학신설』: 비록이로ᄃᆡ, 졍헌비 잇다, 쌔지는, 듸기, 힝동, 쳥히서, 오 리, 사는

「국문론」: 힝용 ᄒᆞᄂᆞᆫ, 사름의, 말슴, ᄀᆞᆺᄒᆞ니, ᄒᆞ되, 싱각ᄒᆞ야도, 군ᄌᆞ는, 쓰는 ᄋᆞ희를, ᄀᆞ르침, ᄀᆞ라치랴, ᄆᆞ음이, ᄒᆞ나를, 붉히어서

『훈몽자략』: 가운ᄃᆡ, 오릴, ᄒᆞ날, 싱각, 둘씨, 오리, 홈계, 돍, 아리, 비부를

위에서 볼 수 있는 것처럼 'ㆍ' 자를 사용하기는 하였는데, 일관성이 있어 보이지는 않는다. 다만 당시의 다른 문헌들에 비해서 'ㆍ' 자의 사

---

61 지석영, '五. 中聲中ㆍ字廢止 ᅌᅳ字刱製의當否', 「국문연구안」.

용 빈도가 훨씬 적은 편이었다는 점은 지적할 필요가 있겠다. 이는 아마도 현실 발음대로 표기하려는 의식이 있었기 때문일 것이다. 여기서 한 가지 재미있는 것은 「국문론」에서의 'ㆍ' 자의 사용이 다른 경우에 비해서 월등히 많다는 점이다. 몇몇 어사를 통해서 이를 확인해보자.

	신학신설	국문론	훈몽자략	아학편	자전석요	언문
사ᄅᆞᆷ	사람	사ᄅᆞᆷ	사람	사람	사람	사람
ᄀᆞ틀	가틀	ᄀᆞᆺ흐니	갓틀	갓흘	갓흘	
ᄀᆞ르치-	ᄀᆞ르치라	가릇칠	갈아칠	갈아칠	갈아칠	
ᄒᆞ-	잘허면	못ᄒᆞ야	더헐(加)	더할	더할	더할

왜 이러한 양상이 나타나게 되었는지 정확히 알기는 어렵다. 「국문론」이 실렸던 매체의 일반적인 표기법을 따랐기 때문이거나, 아니면 처음에는 자기 나름대로의 표기를 하다가 옛 한글 문헌들을 보면서 그 문헌들에서의 전통적 표기(역사적 표기)를 「국문론」에서 일시적으로 따랐다가 'ㆍ' 자를 폐기하려는 생각을 가지면서 다시 'ㆍ' 자를 'ㅏ' 자로 대치하여 표기하게 되었기 때문이 아닐까 추정해볼 뿐이다. 이와 유사한 양상은 주시경에게서도 일부 나타났던 현상이다(송철의 2010 : 223).

「신정국문」에서 'ㆍ' 자 폐기를 선언한 이후에는 적어도 고유어 표기에서는 'ㆍ' 자를 사용하지 않는다. 『아학편』, 「국문연구안」, 『자전석요』, 『언문』을 보면, 고유어 표기에 'ㆍ' 자를 쓴 경우가 없다.[62]

『아학편』 : 하날, 아들, 마암, 흙, 닭, 사슴
「국문연구안」 : 用할, 用하난, 하면, 當時에난, 하난지라, 송아지난, 하지 아늘씃한대, 되난대
『자전석요』 : 아래, 오랠, 하날, 바람, 흙, 닭

---

62 『언문』에는 약간의 예외가 있다. 지조 기(技), ᄋᆞ희 동(童), 싀집 셔(棲), ᄋᆞ달 자(子) 등.

『언문』: 오랠, 쌀, 흙, 닭, 말(馬), 가온대, 다리(橋)

다만 예외적으로 「대한국문설」 후편[63]에서는 '〮' 자를 사용하였다.

    恭錄ᄒ온바, 讀ᄒ며, 點일시, 言ᄒ올진되, 有ᄒ거늘, ㅏ字는, 想컨되, 初
聲에는, 至ᄒ야는 등
    cf. 深思함에, 合하야, 못하고, 無하니

'ᄒ-'의 경우에는 'ᄒ-'와 '하-'가 거의 반반씩 혼기되고 있는 양상인데, 어쨌든 「신정국문」 이후의 글에서 고유어 표기에 '〮'를 사용하였다는 것은 예외적이다.

한자음 표기에서는 『아학편』에서부터 '〮' 자를 사용하지 않는데, 특이하게도 『언문』에서는 '〮' 자를 사용하고 있다. 각각 몇 예씩 들어보면 다음과 같다.

『신학신설』[64] : 틔원(太原), 히(害), 힝동(行動), 기환(改換), 치소(菜蔬)

『훈몽자략』: 션비 ᄉ(土), 맛 빅(伯), 대신 되(代), 안 닉(內), 사긔 ᄉ
    (史), 아들 즈(子)

「국문론」[65] : 힝용(行用), 본릭(本來), 칙(冊), 즈(字), 군즈(君子)

『아학편』 : 아들 자(子), 선배 사(土), 안 내(內), 맛 백(伯)

『자전석요』 : 아들 자(子), 선배 사(土), 안 내(內), 맛 백(伯), 대신 대
    (代), 사긔 사(史)

---

63 『대한자강회월보』 13(1907. 7.).

64 『신학신설』은 한글 전용이어서 원전에는 한자가 없다. 괄호 속의 한자는 필자가 채워 넣은 것이다. 이하도 마찬가지다.

65 「국문론」도 한글 전용이어서 원문에는 한자가 없다. 괄호 속의 한자는 필자가 채워 넣은 것이다. 이하 마찬가지다.

『언문』: ᄋ달 ᄌ(子), 선배 ᄉ(土), 안 ᄂᆡ(內), 맛 ᄇᆡ(伯), 디신할 ᄃᆡ(代),
　　ᄉᆞ긔 ᄉᆞ(史)

『아학편』, 『자전석요』에서는 한자음 표기에서도 ' ㆍ ' 자를 폐기하였
다가, 『언문』에서는 왜 한자음 표기에서 ' ㆍ ' 자를 부활시켰는지 정확
한 이유는 알 수 없다. 이에 대한 언급이 없기 때문이다. 다만 앞에서
언급한 바와 같이 『언문』이 교과서적인 성격을 띠는 것이라면 당시의
어문 정책이 한자음은 역사적 표기를 하도록 되어 있어서 어쩔 수 없
이 그랬던 것이 아닐까 짐작될 뿐이다. 『아학편』, 『자전석요』를 기준
으로 해서 본다면 한자음 표기에서 ' ㆍ '를 제일 먼저 폐기한 사람은 지
석영인 셈이다.

(2) 구개음화와 관련된 표기

　구개음화도 형태소 내부의 경우 19세기 중엽에 이르면 이미 완료되
었다고 보아야 할 것이다. 그런데도 불구하고 구개음화를 표기에 반영
하는 데 있어서 일관성이 없었다. 먼저 고유어의 경우를 보자.

『신학신설』: 고치면, 고치고, 지나지, 갓치, 조흔이라, 조하헌이, 엇
　　지, 면허지
　　cf. 됴하하야, 됴흔 일, 마시던디, 먹던디, 엇디
『훈몽자략』: 죠을 호(好), 져를 단(短), 엇지 하(何) 붓쳐 불(佛), 칠 타
　　(打), 쩌러질 락(落)
　　cf. 뎌 이(伊), 뎌 피(彼), 고틸 기(改), 어딜 량(良)
「국문론」: 엇지, 이곳치
『아학편』: 저 피(彼), 조을 호(好), 저를 댱(短), 칠 격(擊)
『자전석요』: 저 이(伊), 조을 호(好), 저를 단(短), 칠 타(打), 고칠 개
　　(改), 찌를 자(刺)

『언문』: 저 이(伊), 조을 호(好), 져를 단(短), 칠 타(打), 고칠 기(改),
　　　　 찌를 즈(刺)

위에서 보면『신학신설』과『훈몽자략』에 구개음화되지 않은 형태가
약간 나타나나 대체로는 구개음화를 반영한 표기를 하고 있음을 알 수
있다. 「국문론」 이후에는 고유어 표기에서 구개음화를 반영하지 않은
표기를 찾아보기 어렵다.

　한자음 표기에서는 구개음화와 관련된 표기가 다음과 같이 나타난다.

『신학신설』: 쳔하(天下), 졍(定), 치병(治病), 졔일(第一), 젼긔(電氣)
　　　 cf. 디(至), 디면(地面)
『훈몽자략』: 뎡(丁), 텬(天), 뎡(定), 톄(體)
「국문론」: 어졍(御定), 셰종죠(世宗朝)
　　　 cf. 뎨일(第一),
『아학편』: 뎐(電), 뎡(頂), 뎨(帝), 디(地), 텰(鐵), 톄(體)
『자전석요』: 정(丁), 정(定), 제(帝), 지(地), 천(天), 철(鐵), 철(凸)
『언문』: 뎡(丁), 뎡(定), 뎨(帝), 지(地), 텬(天), 톄(體)

　위에서 보면,『아학편』까지에서는 한자음 표기에 구개음화를 반영시
키지 않은 표기[66]가 나타나지만,『자전석요』에 오면 그러한 표기가 완
전히 사라진다는 것을 알 수 있다. 지석영은『자전석요』에서 구개음화

---

[66] 여기서도 재미있는 것은『신학신설』에서 구개음화가 반영된 표기를 하던 것을
『훈몽자략』,「국문론」,『아학편』에서는 구개음화가 반영되지 않은 표기를 하는 경우가
있다는 것이다. 이는 아마도『신학신설』을 집필할 때에는 한자음에 대해서 크게 신경을
쓰지 않다가 다른 문헌들을 참조하게 되면서, 특히『규장전운』이나『전운옥편』등을 참
조하게 되면서 거기에 제시된 음을 따르게 되었기 때문이 아닌가 생각된다. 당시의 많은
사람이 그것을 표준음으로 보려 하였기 때문일 것이다. 그러나 결국 지석영은『규장전
운』이나『전운옥편』의 한자음이 현실과 괴리된 한자음이라는 것을 인식하고서『자전석
요』에서 현실한자음을 받아들이기로 한 것이 아닐까 여겨진다.

가 반영된 현대한자음을 정립시켰다고 할 수 있다.

구개음화된 한자음과 관련하여 지석영은 『자전석요』의 '범례'에서 다음과 같이 말하였다.

근래 언문을 어린이에게 가르침에 있어서 자모를 합독하여 음(음절)을 이루게 할 줄을 모른다. 단지 글자를 이룬 후의 음(음절)만 가지고 혼탁시켜놓았기 때문에 읽어가는 과정에서 점점 잘못 전해지어 '天'의 본음은 '텬'인데 '천'으로 읽고 '丁'의 본음은 '뎡'인데 '정'으로 읽는다. (……) 심지어 '댜뎌됴듀디'와 '자저조주지'를 같은 음으로 읽고, '탸텨툐튜티'와 '차처초추치'를 같은 음으로 읽는다. (그러나) 습속[67]이 이미 오래되어 갑자기 변경하기 어려우므로 이 책에서는 해당 한자 아래에 먼저 원음을 적고 그 다음에 현행 속음을 적어서 독자를 편하게 하고자 한다.

挽近諺文之訓蒙也 不能以子母合讀成音 但以成字後音 混淪 讀去 轉轉訛誤 天音本텬 讀若천 丁音本뎡 讀若정 (……) 甚至於 댜뎌됴듀디與자저조주지 同讀 탸텨툐튜티與차처초추치同讀 習俗已久 有難卒變 今於此書 先書原音 於逐字之下 次書現行俗音以便讀者

이는 결국 구개음화를 받아들여 한자음을 현실한자음으로 정비하겠다는 의미라고 할 수 있다.

그런데 여기서도 재미있는 것은 『언문』이 예외적이라는 것이다. 간행 일자로 보면 『자전석요』보다 한 달 앞서지만, 실제 편찬된 시기로 보면 『자전석요』보다 뒤의 문헌이라고 보아야 할 『언문』에서 한자음 표기가 역사적 표기로 후퇴한 듯하기 때문이다. 『언문』의 이러한 특징은 앞에서도 언급한 바와 같이 이것이 교과서 또는 교재의 성격을 띠는

---

67 여기서 '습속'이란 한자음을 구개음화된 대로 읽는 것이다. 즉, '天'을 '텬'으로 읽지 않고 '천'으로 읽는 것을 말하는 것이다. '습속'이란 현실한자음을 말하는 것이라고도 할 수 있다.

것이었기 때문인 듯하다. 『언문』의 한자음은 현실한자음이 아니라 『규장전운』에서 제시되었던 한자음이다. 교과서적인 성격의 책이기 때문에 규범을 따르려 하였거나 따를 수밖에 없었던 것이 아닌가 한다.

(3) 치찰음 뒤에서의 이중모음의 단모음화와 관련된 표기

치찰음 뒤에서 'ㅑ, ㅕ, ㅛ, ㅠ'가 'ㅏ, ㅓ, ㅗ, ㅜ'로 되는 현상은 구개음화와 밀접한 관련이 있다. 'ㅈ, ㅊ' 등이 치경음에서 경구개음으로 구개음화됨에 따라 'ㅈ, ㅊ' 뒤에서 반모음 'j'가 실현될 수 없게 되어 'ㅑ, ㅕ, ㅛ, ㅠ'가 'ㅏ, ㅓ, ㅗ, ㅜ'로 변하게 되었기 때문이다. 치찰음 뒤에서의 이중모음의 단모음화로 인하여 치찰음 뒤에서의 'ㅏ:ㅑ, ㅓ:ㅕ, ㅗ:ㅛ, ㅜ:ㅠ'의 대립은 중화되었다. 따라서 치찰음 뒤에서는 단모음(ㅏ, ㅓ, ㅗ, ㅜ)과 이중모음(ㅑ, ㅕ, ㅛ, ㅠ)이 발음상 구별되지 않게 되었고, 이와 관련한 표기상의 혼란이 있게 되었다.

지석영은 일찍이 이러한 사실을 인식하고 『자전석요』의 '범례'에서 다음과 같이 언급하였다.

현행 字音에서 '天텬'은 '천'이 되고 '定뎡'은 '정'이 되었다. 즉 '텬 뎡'은 그 글자는 있으나 음을 잃었다. 그 밖에 '댜뎌됴듀디, 탸텨툐튜티, 샤셔쇼슈, 쟈져죠쥬, 챠쳐쵸츄'도 역시 그 글자는 있으나 음을 잃었다. (그래서) 이제 (그런 글자들은) 폐지하고 (현행) 속음에 합치시킨다.

現行字音 以天텬爲천 以丁뎡爲정 則텬뎡爲有其字而爽其音也 他如댜뎌됴듀디, 탸텨툐튜티, 샤셔쇼슈, 쟈져죠쥬, 챠쳐쵸츄 亦爲其字而爽其音 今姑廢止 以諧俗聽

이는 '텬(天), 뎡(丁)'은 폐지하고, '천, 정'으로 표기하며 '댜뎌됴듀디, 탸텨툐튜티, 샤셔쇼슈, 쟈져죠쥬, 챠쳐쵸츄'를 폐지하고 이들을 각각 '자저조주지, 차처초추치, 사서소수, 자저조주, 차처초추'로 표기한다는

선언이라고 할 수 있다. 전반부는 구개음화를 반영한 표기를 하겠다는
의미이고, 후반부는 치찰음 뒤에서의 이중모음을 단모음으로 표기하겠
다는 의미라 할 수 있다. 이로써 적어도 형태소 내부의 치찰음 뒤에서
는 이중모음 표기(ㅑ, ㅕ, ㅛ, ㅠ)가 사라지게 되었다.

그러면 실제 지석영의 업적들에서는 이와 관련한 표기가 어떻게 나
타나는지 살펴보도록 하자. 먼저 고유어 표기의 경우부터 본다.

『신학신설』: 적고, 져름이(短), 졀문, 쎡에, 져리고, 먼져, 나졔

    cf. 조곰도, 안에서, 어더서

『훈몽자략』: 셤(島), 목슘(命), 졋(乳), 이졔(今), 먼져(先), 션비(士), 졀
    믄(少)

    cf. 서울(京), 선비(儒)

「국문론」: 잇서셔, 홀 슈, 들으쇼셔, 국가에셔, 만나셔, 졔가, 젹다,
    몬져, 죠곰

『아학편』: 셤(島), 목숨(命), 졋(乳), 이졔(今), 션배(士), 졂을(少), 서울(京)

『자전석요』: 셤(島), 목숨(命), 졋(乳), 이졔(今), 션배(士), 졂을(少), 서
    울(京)

『언문』: 셤(島), 목숨(命), 졋(乳), 이졔(今), 션배(士), 졂을(少), 서울(京)

위에서 볼 수 있는 바와 같이 고유어 표기에서 치찰음 뒤 이중모음
의 단모음화가 말끔하게 정비되는 것은 『아학편』에서부터이다. 고유어
표기에서는 『언문』도 별다른 특이성을 보여주지 않는다.

한자음 표기의 경우는 다음과 같다.

『신학신설』: 총논(總論), 쳔하(天下), 졈졈(漸漸), 거쳐(居處), 졉(接)허
    지, 이쳔(二千)

    cf. 금수(禽獸), 싱장(生長), 무셩(茂盛), 부족(不足), 셩닉(城內), 근

세(近世)

『훈몽자략』: 샹(上), 츅(丑), 셰(世), 즁(中), 취(吹), 쇼(小)

「국문론」: 젼일(全一), 귀즁(貴重), 자셰(仔細)히, 졈졈(漸漸), 가셕(可
惜), 통속(通俗), 션싱(先生), 군슈(郡守), 샤고(史庫), 셰죵죠(世宗
朝), 평셩(平聲)

『아학편』: 상(上), 세(細), 소(小), 사(史), 성(聲), 수(守), 접(接), 중(中),
조(朝), 중(中), 중(重), 천(天), 천(千), 처(處), 충(忠), 취(吹)

『자전석요』: 상(上), 세(細), 소(小), 사(史), 성(聲), 수(守), 접(接), 중
(中), 조(朝), 중(中), 중(重), 천(天), 천(千), 처(處), 충(忠), 취(吹)

『언문』: 샤(社), 샹(上), 쇼(小), 셩(城), 슈(守), 쟈(者), 쟝(長), 즁(中),
쳔(千), 츙(忠), 취(吹)

위에서 볼 수 있는 것처럼 한자음 표기에서 치찰음 뒤의 이중모음이
말끔히 사라지는 것은 『아학편』과 『자전석요』에 와서의 일이다. 『언문』
은 여기서도 예외적이다. 전통적인 한자음 표기를 그대로 따르고 있다
는 점에서 그러하다.

(4) 두음법칙과 관련된 표기

개화기의 표기법에서 누구에 의해 왜 그런 표기법이 나타났는지는
모르겠으나 한자어 표기에서 두음법칙을 반영하지 않는 표기법이 광범
위하게 나타난다. 이와 관련하여 지석영(1929)에서는 우리 생활에서 한
자를 배제할 수는 없는바, 한자를 배세할 수 없다면 한자음을 정확히
붙여주어야 한다고 하였다. 그러면서 '里'의 바른 음은 '리'이지만 어떤
때는 '이'로(里程, 이정), 어떤 때는 '리'로(五里, 오리), 또 어떤 때는 '니'로
(十里, 십니) 발음되어 음이 세 가지로 나타나는데, 하나의 한자에 이 세
가지 음을 모두 붙여준다면 아이들에게 가르칠 수가 없으니 '里'의 바른
음인 '리'로만 가르치고 나머지는 음편(音便) 또는 지방적 발음의 습관

으로 보자고 하였다. 이는 결국 한자음을 하나로 고정시켜 표기하자는
주장일 것이다. 그렇게 되면 자연히 한자어의 표기에서 두음법칙은 반
영되지 않게 된다. 지석영의 표기법에서 보면,『신학신설』에서는 두음
법칙을 반영한 표기를 많이 하다가 그 후에는 두음법칙을 반영하지 않
은 표기를 하였다. 다음 예들을 보면 이를 알 수 있다.

『신학신설』: 록식(綠色)

    cf. 녹식(綠色), 잇치(理致), 유리(琉璃)창, 닝풍(冷風), 여인이, 육
    왈(六曰)

『훈몽자략』: 령리헐 령(伶), 록봉 봉(俸), 리헐 리(利), 란간 란(欄), 로
    나라 로(魯), 류리 류(琉), 리질 리(痢), 류황 류(硫), 록두 록(菉),
    뢰물 로(賂), 륙디 륙(陸), 리어 리(鯉), 련어 련(鰱), 로어 로(鱸),
    룡 룡(龍)

    cf. 유리 리(璃)

「국문론」: 례문관

『아학편』: 녀승 니(尼), 류황 류(硫), 란초 란(蘭), 량식 량(糧), 록봉 록
    (祿), 리치 리(理)

    cf. 넘녀할 려(慮)

『자전석요』: 녀승 니(尼), 류황 류(硫), 란초 란(蘭), 량식 량(糧), 록봉
    록(祿), 리치 리(理), 류리 류(琉), 리별할 리(離)

    cf. 넘녀할 려(慮)

『언문』: 류리 류(琉), 륙디 륙(陸), 란초 란(蘭), 량식 량(糧), 령롱할 령
    (玲), 로나라 로(魯), 록봉 록(祿)

    cf. 넘려할 려(慮)

(5) 어두 'ㅣ' 앞에서의 'ㄴ' 탈락과 관련된 표기

어두 위치의 'ㅣ'나 반모음 'j' 앞에서 'ㄴ'이 탈락한 것은 구개음화의

일환이다. 'ㄴ'이 구개음화를 입으면 약화되는 셈이 되어서 결국은 탈락하게까지 되는 것이다. 이 현상도 18세기쯤부터 나타나기 시작하여 19세기 말쯤 완료되었을 것으로 추정되는데, 지석영의 업적들에서는 다음에서 볼 수 있는 바와 같이 'ㄴ' 탈락형과 'ㄴ' 유지형이 공존하고 있다. 'ㄴ' 유지형은 역사적 표기가 아닌가 여겨진다.

『신학신설』
　　'ㄴ' 탈락형 : 옛사람, 일으되, 일으느이, 옛말, 일어나서, 이불, 익어서, 익의여(이기어), 익키며, 임몸(잇몸), 이[齒], 입어서
　　'ㄴ' 유지형: 없음
『훈몽자략』
　　'ㄴ' 탈락형 : 여름 하(夏), 일글 독(讀), 이 치(齒), 이 아(牙), 이마 뎡(頂), 이마 젼(顚), 이몸 은(齗), 이 안마즐 어(齬)
　　'ㄴ' 유지형: 니를 격(格), 니 슬(蝨)
「국문론」
　　'ㄴ' 탈락형 : 읽어
　　'ㄴ' 유지형 : 닐으기를, 닛게, 닐으되
『아학편』
　　'ㄴ' 탈락형 : 이불 금(衾), 읽을 독(讀), 이길 승(勝), 이마 액(額), 엿흘 쳔(淺), 일곱 칠(七)
　　'ㄴ' 유지형 : 녜 고(古), 리웃 린(隣), 닉힐 습(習), 닙사귀 엽(葉), 니 치(齒), 너름 하(夏)
『자전석요』
　　'ㄴ' 탈락형 : 예 고(古), 익을 숙(熟), 이길 승(勝), 일을 운(云), 엿흘 쳔(淺)
　　'ㄴ' 유지형 : 니블 금(衾), 니를 도(到), 닑을 독(讀), 니을 사(嗣), 니마 액(額), 닐을 위(謂), 니 치(齒), 닐곱 칠(七), 녀름 하(夏)

『언문』

　　‘ㄴ’ 탈락형 : 예 고(古), 익을 슉(熟), 이길 승(勝), 엿흘 쳔(淺), 일
　　　　곱 칠(七), 여름 하(夏)

　　‘ㄴ’ 유지형 : 니을 계(繼), 니블 금(衾), 니러날 긔(起), 니를 도
　　　　(到), 낡을 독(讀), 니즐 망(忘), 닙사귀 엽(葉), 닐늘 위(謂), 니
　　　　마 익(額), 니를 지(至), 니 치(齒), 녀름하날 호(昊)

위에서 볼 수 있는 바와 같이『신학신설』에서는 ‘ㄴ’ 유지형이 없었
는데, 그 후로 점차 ‘ㄴ’ 유지형이 많아지고 있다. 이는 아마도 옛 한글
문헌들을 보게 되면서 의고적인 표기를 하게 되었기 때문이 아닌가 싶
다. 다른 경우에 있어서는 현실음 위주의 표기로 나아갔으면서 어두 위
치에서의 ‘ㄴ’ 탈락과 관련해서는 왜 오히려 의고적인 표기로 돌아가려
하였는지 정확한 이유는 알 수 없다. 이 어두 위치에서의 ‘ㄴ’ 탈락과
관련된 표기는 앞서의 두음법칙과 관련된 표기와 유사한 면이 있다.

(6) ‘ㅢ>ㅣ’ 변화와 관련된 표기

‘ㅎ’ 이외의 자음을 초성으로 가지는 음절에서 ‘ㅢ’가 ‘ㅣ’로 변하는 변
화는 19세기쯤에 시작되어 20세기 초반쯤에 완료되지 않았나 추정된
다. 1876년생인 주시경의 후기 업적들에서는 이 ‘ㅢ>ㅣ’변화가 적어도
고유어에서는 거의 완료되어가고 있음을 알 수 있는데(송철의 2010 :
222~3), 1855년생인 지석영의 업적들에서는 아직 ‘ㅢ’가 그대로 유지되
고 있다는 점에서 그러하다. 음절초성을 가지고 있는데도 ‘ㅢ’가 유지
되고 있는 예들을 제시해보면 다음과 같다.

『신학신설』

　　고유어 : 여긔, 더듸고, 더딀, 아희, 희고, 흰, 목쥴띄

　　한자음 : 긔운, 공긔, 젼긔, 양긔, 탄긔

『훈몽자략』

　　고유어 : 길(徊), 디릴(享), 틔슬(塵), 씌(帶)

　　한자음 : 긔(丌, 基, 氣), 희(希, 喜)

「국문론」

　　고유어 : 여긔

　　한자음 : 긔록, 긔초

『아학편』

　　고유어 : 사나희(男), 씌글(塵), 씌(茅), 일희(狼), 거믜(蛛), 모긔
　　　　　　(蚊), 독긔(斧) 바듸(筬), 짜븨(耒), 호믜(鉏)

　　한자음 : 긔운, 연긔, 긔린, 향긔, 긔(箕), 긔(旗), 긔(氣), 긔(器), 희
　　　　　　(喜)

『자전석요』

　　고유어 : 길(徊), 함끠(俱), 이긜(勝), 씌글(塵), 샐희(根), 흰(白), 모
　　　　　　긔(蚊), 바듸(筬), 대마듸(節), 거믜(蛛), 호믜(鉏)

　　한자음 : 싀(媤), 긔(基, 氣, 期, 記, 器, 己, 汽, 旗, 飢 등), 희(喜, 希,
　　　　　　熙 등)

『언문』

　　고유어 : 길(徊), 독긔(斧), 모긔(蚊), 이긜(勝), 마듸(節), 씌슬(塵),
　　　　　　흰(白), 사나희(男), 샐희(根)

　　한자음 : 긔(基, 氣, 期, 記, 器, 己, 汽, 旗, 飢, 등), 희(喜, 希, 熙 등)
　　　　　　긔약(期約), 긔수(旗手), 긔본(基本), 긔억(記憶), 긔록(記錄),
　　　　　　긔운(氣運), 긔션(汽船), 긔거(汽車)

3) 문법 의식과 관련된 표기

(1) 분철, 중철, 연철 표기

한글이 창제된 이후 얼마 동안은 연철 표기가 엄격하게 지켜졌다. 그

러나 16세기에 접어들면 분철 표기가 조금씩 나타나기 시작하고 18세기가 되면 분철 표기가 상당한 정도로 일반화된다. 한편 연철 표기가 분철 표기로 이행되는 과정에서 중철 표기가 나타나기도 하였다.[68] 19세기는 분철 표기가 우세한 가운데 이 세 가지 표기법이 혼재하는 혼란한 상태였다.

지석영은 연철, 분철 표기와 관련하여 『자전석요』의 '범례'에서 다음과 같이 언급하였다.

'을' 자는 漢字를 읽을 때 音과 義를 이어주는 어사이니 '喫먹을끽 抱안을포 受받을수 黑검을흑 執잡을집 紅붉을홍 烹삶을팽 廣넓을광'과 같은 예들이 인접의 정칙이다. '折꺽글절 坐안즐좌 無업슬무 有잇슬유 報갑흘보 從조츨종 迎마즐영 脫버슬탈' 등의 경우도 정칙을 따라서 당연히 '折꺾을절 坐앉을좌 無없을무 有있을유 報갚을보 從좇을종 迎맞을영 脫벗을탈'과 같이 적어야 할 것이나 '넓을광 붉을홍 삶을팽'과 같은 예들은 행해진 지 이미 오래되어 사람들이 모두 이해하지만 '坐 報' 등을 '앉을 갚을'로 옮기면 사람들이 반드시 경이롭게 여길 것이다. (따라서) 지금은 아직 습속을 따른다.

을字爲讀漢字時 音義引接之詞 而喫먹을끽 抱안을포 受받을수 黑검을흑 執잡을집 紅붉을홍 烹삶을팽 廣넓을광之類 爲引接之正則也 折꺽글절 坐안즐좌 無업슬무 有잇슬유 報갑흘보 從조츨종 迎마즐영 脫버슬탈 等字 如從正則 當作 折꺾을절 坐앉을좌 無없을무 有있유 報갚을보 從좇을종 迎맞을영 脫벗을탈 而넓을광 붉을홍 삶을팽 之類 行之已久 人皆曉之 坐報等字譯之而앉을 갚을 則 人必驚異 故今姑從俗

위의 내용은 'ㄱ, ㄴ, ㄷ, ㅁ, ㅂ' 등의 홑받침[69]과 'ㄺ, ㄻ, ㄼ'과 같은 겹받침에 대해서는 분철 표기를 하는 것이 타당하나 나머지 받침에 대해서는 습속을 따르는 표기, 즉 연철 표기를 하는 것이 타당하다는 주장이라 할 수 있겠다. 지석영은 대체로 너무 혁신적인 것은, 그것이 이론적으로는 타당한 것이라 하더라도 보류하려는 경향이 있다.

그러면 지석영의 업적에서 분철, 연철, 중철 표기가 어떻게 나타나는지 보기로 하자. 먼저 『신학신설』의 경우를 보면 다음과 같다.

분철 표기

   용언 : 익어서, 안어서(앉어서), 갈어서, 만들어서, 베풀어서, 담어서, 입어서

   체언 : 속에, 안에서, 물은, 불을, 이불이, 식털이, 사람이, 집을, 병을, 일광을, 쓰임을, 잇슴으로

연철 표기

   용언 : 다더(닫-), 미드나(믿-), 어들(얻-), 아러(알-), 거러(걸-), 씨서(씻-), 씨스면(씻-), 씨슬(씻-), 마즈면(맞-), 자즈며(잦-), 너어(넣-), 너으면(넣-), 안즐(앉-), 씨언즈라(씨었-), 만어서(많-), 만으면(많-), 불근(붉-), 굴머서(굶-), 열버서(엷-), 슬을(싫-), 업서(없-)

   체언 : 마리(말, 馬), 마리라(말, 言), 얼고리(얼골), 고세(곳), 거슨(것), 오슬(옷), 이거시(이것), 쉬우빈(쉬움)

---

69 'ㄹ'이 없는데, 'ㄹ'을 제외한 이유가 무엇인지는 알 수 없다. 분철하는 받침 목록에 'ㄷ'이 들어 있으나 실제로는 'ㄷ'은 받침으로 쓰이지 않았다. 여기서는 '수(受)'의 훈을 '받을'로 표기하였으나 실제에서는 '밧을'로 표기하였다. 수(受) 밧을 수. 즉, 받침 'ㄷ'을 'ㅅ'으로 표기하되 분철하였다. 신(信) 밋을 신, 직(直) 곳을 직. 'ㅅ' 받침은 연철하였다. 소(笑) 우슬 소, 탈(脫) 버슬 탈.

　　　체언 : 것시라(것이라), 것슨(것은), 곳슨(곳은), 옷슬(옷을), 옷슨
　　　　　(옷은)

　위의 예들을 통해서 보면 대체로 어간말음이 'ㄱ, ㄴ, ㅁ, ㅂ, ㅇ'일 경우에는 분철 표기를 하고 'ㄷ, ㅅ, ㅈ'이나 'ㄺ, ㄻ, ㄼ, ㅄ' 등과 같은 자음군일 경우에는 연철 표기를 하였다. 어간말음이 'ㅎ'일 경우에는 연철 표기를 하였으나, 이런 환경에서 'ㅎ'은 탈락하여 표기상으로는 잘 드러나지 않는다. 어간말음이 'ㄹ'일 때에는 분철 표기를 하기도 하고 연철 표기를 하기도 하였다. 중철 표기는 그리 많이 나타나지 않는데, 어간말음이 'ㅅ'일 때에 중철 표기가 많이 나타나는 편이다. 그런데 위에서 보았던 것처럼 어간말음이 'ㅅ'이면 연철 표기를 하기도 하였다. 중철 표기와 연철 표기의 빈도를 보면 연철 표기 쪽이 훨씬 우세한 편이다. 어간말음이 'ㅊ, ㅌ, ㅍ' 등의 유기음일 때에는 분철 표기도 아니고 연철 표기도 아닌 일종의 재음소화 표기를 하였는데, 이에 대해서는 뒤에서 다시 논의할 것이다.

　「국문론」의 경우에는 분량이 얼마 되지 않아 표기법을 자세히 논의하기가 어렵다. 특징적인 것 몇 가지만 언급하기로 한다. 「국문론」에서는 어간말음이 'ㄹ'일 때에도 모두 분철 표기를 하였다(말을, 들으쇼셔). 어간말음이 'ㄺ'일 때도 분철 표기를 하였다(읽어). 어간말음이 'ㅅ'일 때에는 연철 표기를 하기도 하고 중철 표기를 하기도 하였다. 거시(것이), 거슨(것은) / 쯧시(쯧이), 쯧슬(쯧을).

　『훈몽자략』의 경우는 다음과 같다. 한자자서이기 때문에 체언의 곡용형이 나타나는 경우가 거의 없어서 체언의 경우는 살펴볼 수가 없다.

분철 표기

　　　먹을, 젹을, 남을, 다듬을, 잡을, 씹을

cf. 주근어미(죽-), 마글(막-), 거믈(검-), 바루자불(잡-)

연철 표기

아늘(안-), 신시를[70] 셥(躡, 신-)

바들(받-), 무들(묻-), 우슬(웃-), 나즐(낮-), 이즐(잊-), 너흘(넣-)

안즐(앉-), 불글(붉-), 졀믈(젊-), 발불(밟-), 홀틀(훑-), 을풀(읊-), 올
흘(옳-), 업슬(없-)

cf. 굿을(굳-)

위에서 볼 수 있는 바와 같이 『훈몽자략』에서는 어간말음이 'ㄱ, ㅁ,
ㅂ'이면 대체로 분철하였는데, 연철한 경우도 더러 있으며 어간말음이
'ㄷ, ㅅ, ㅈ, ㅎ'이거나 자음군이면 거의 예외 없이 연철하였다. 어간말
음이 'ㄴ'인 경우에는 예가 적어서 단정적으로 말하기는 어려우나 나타
난 예(2개)만 보면 연철을 하였다. 어간말음이 'ㄹ'인 경우는 연철, 분철
여부를 판별할 수 있는 예가 나타나지 않아 알 수가 없다. 복합어상에
서는 대개 연철을 하였다. 도롤 회(回, 돌-), 어러터질 군(皸, 얼-). 어간
말음이 유기음이나 경음인 경우에는 뒤에서 따로 검토하기로 한다.
다음에는 『아학편』의 경우를 보자

분철 표기

죽을, 안을(抱), 까불을, 쏨을, 굽을, 웃을(웃-), 벗을(벗-), 씻을
(씻), 밝을, 붉을, 삶을, 젊을, 밟을, 넓을

cf. 밋을(믿-), 엇을(언-), 닷을(닫-), 밧을(받-)

---

70 '시를'은 '시늘'의 'ㄴ'을 'ㄹ'로 표기한 것일 것이다. 이 시기에 드물지 않게 보이는
현상이다.

연철 표기

나즌(낮-), 느즐(늦-), 차즐(찾-), 조츨(좇-), 안즐(앉-), 업슬(없-), 싸을(쌓-), 조을(좋-), 끈을(끊-), 만을(많-), 올을(옳-), 일을(잃-)

중철 표기

없음

위에서 볼 수 있는 것처럼 『아학편』에 오면 표기법이 상당히 정비된다. 어간말음이 'ㄱ, ㄴ, ㄹ, ㅁ, ㅂ, ㅅ'이면 거의 예외 없이 분철 표기한다. 어간말음이 'ㅅ'일 때에도 분철 표기한 것이 특이하다.[71] 자료의 성격상 용언 활용의 경우만 볼 수 있으나 체언의 곡용에서도 사정이 달라지지는 않을 것으로 생각된다. 어간말음이 'ㅇ'인 경우를 확인할 수 없으나 곡용상에서 'ㅇ'이 어간말음일 경우 분철 표기한 것은 역사가 오래므로 'ㅇ'일 경우에도 분철 표기하였을 것임은 의심의 여지가 없다. 이로써 본다면 전통적인 8종성 중 'ㄷ'을 제외한 나머지 자음이 어간말음일 때에는 분철 표기하는 것이 정립되었다고 할 수 있다. 어간말음이 'ㄺ, ㄻ, ㄼ'과 같이 'ㄹ'로 시작되는 자음군일 때에도 역시 분철 표기하고 있다. 어간말음이 'ㄷ'일 때에는 분철 표기를 하기는 하는데 받침을 'ㅅ'으로 표기하고 있다.[72] 8종성에서 7종성으로 이행되는 과정에서 나타난 표기법이다.

어간말음이 'ㅈ, ㅊ'이거나 'ㄵ, ㅄ'과 같은 자음군일 때에는 연철 표기를 하였다. 어간말음이 'ㅎ, ㄶ, ㅀ'일 때에는 모음어미 앞에서 'ㅎ'이 탈락하여 표기상으로 드러나지 않는다. 그러나 역시 연철 표기를 하였다고 보아야 할 것이다. 'ㄶ, ㅀ'일 때 'ㅎ'이 탈락한 후, 남은 'ㄴ, ㄹ'이 연철되지 않는다는 것이 흥미롭다. 어간말음이 유기음이나 경음인 경우

---

[71] '쌔아슬(쌔앗-)'과 같은 예외가 있기는 하다.
[72] 여기에도 '바들(받-)'과 같은 예외가 있다.

는 뒤에서 논의하겠다. 여기서도 중철 표기는 나타나지 않는다.

다음에는『자전석요』의 경우를 보자.『자전석요』의 표기법도『아학편』의 표기법과 크게 다르지 않다. 다만 어간말음이 'ㅅ'일 때는 연철 표기를 한다는 점이 다를 뿐이다. 째아슬(째앗-), 우슬(웃-), 버슬(벗-), 씨슬(씻-). 그러니까『아학편』에서는 어간말음이 'ㅅ'인 경우와 'ㄷ'인 경우가 표기상으로 구별되지 않았는데,『자전석요』에서는 구별되게 되었다고 할 수 있다. 한 예씩만 보이면 다음과 같다.

믿-(信) : 밋고, 밋지, 밋어, 밋어서, 밋을, 밋으니
웃-(笑) : 웃고, 웃지, 우서, 우서서, 우슬, 우스니

그 밖에『자전석요』에서는 체언의 곡용 예들도 더러 볼 수가 있는데,

손ㅅ가락으로, 눈에, 여럿이, 흙으로

용언 활용의 경우와 다르지 않은 듯하다. 다만 어간말음이 'ㅅ'일 때에 분철 표기한다는 점이 다를 뿐이다. 체언의 경우에는 말음이 'ㄷ'인 예가 없어서 어간말음이 'ㅅ'일 때 분철 표기를 하여도 혼동될 염려는 없다.

(2) 유기음 재음소화 표기

유기음의 재음소화 표기는 유기음이 평음과 'ㅎ'으로 분석될 수 있나는 인식과 분철 표기의 영향으로 나타난 표기라 할 수 있을 것이다. 분철 표기가 확대되면서 문제가 된 것은 어간말 유기음들이었을 것이다. 8종성법 혹은 7종성법의 표기법에서는 이런 유기음들을 분철 표기할 방법이 없기 때문이다. 그래서 일종의 절충안으로서 이들에 대하여는 재음소화하여 평음은 선행음절의 종성으로, 'ㅎ'은 후행음절의 초성으로

표기하는 방식이 나타났다고 볼 수 있는 것이다. 예컨대, '깊-(深) + -은'이 15세기의 연철 표기에서는 '기픈'로 표기되었었는데, 이것이 분철 표기 시대에 오면 '깁흔'과 같이 표기되었던 것이다. 이는 'ㅍ'을 'ㅂ'과 'ㅎ'으로 재음소화하여 'ㅂ'은 앞음절의 종성으로, 'ㅎ'은 뒤음절의 초성으로 표기한 결과인 것이다. 그리고 그 과도기적인 표기로서 중철 표기와 유사한 '깁픈'과 같은 표기도 나타났던 것이다.

불휘 <u>기픈</u> 남근(根深之木, 龍飛御天歌 2장)

<u>깁픈</u> 모술(深池, 御製內訓 2 : 107a)

<u>깁흔</u> 못 가온대(深池中, 增修無冤錄諺解 3 : 5b)

그 밖의 유기음 'ㅊ, ㅋ, ㅌ'의 경우에는 다음과 같이 나타났다. 홍윤표(1994:260)에서 인용하기로 한다.

ㅊ	비체	빗체	빗헤	(빛)
	조차	좃차	*	(좇-)
ㅋ	녀크로	녁크로	녁흐로	(녁)
ㅌ	ᄀᆞ트니	ᄀᆞᆺ트니	ᄀᆞᆺ히니	(ᄀᆞᇀ-)
	겨틔	겻틔	겻희	(곁)

19세기 말의 상황은 재음소화 표기가 우세하기는 하였으나 이 세 가지 표기가 공존하는 시기였다. 그러면 지석영의 실제 표기를 살펴보도록 하자.

『신학신설』

좃차서(좇아서)

밋테(밑에), 숫트로(숱으로), 숫틀(숱을), 맛트면(맡으면), 갓튼(같은), 갓터서(같아서), 훗터(흩어), 훗터서(흩어서)

입히(잎이), 덥허서(덮어서), 덥푸라(덮으라), 놉흔(높은)

「국문론」

　　궃흐니(같으니), 궃흐며(같으며)

　　엽헤(옆에), 놉흔(높은)

『훈몽자략』

　　좃츨(좇을, 從), 좃츨(좇을, 遵) cf. 쓰ᄂ츨(쓰ᄂᄎ을, 追)

　　맛틀(맡을, 任), 갓틀(같을, 似) cf.가틀(같을, 類)

　　갑흘(갚을, 償), 깁흘(깊을, 深), 놉흘(높을, 高) cf. 훌틀(훑-), 을풀

　　(읇-)

『아학편』

　　조츨(좇을, 從)

　　맛흘(맡을, 嗅), 갓흘(같을, 同), 엿흘(옅을, 淺)

　　놉흘(높을, 高), 갑흘(갚을, 報)

　　읇흘(읊을, 詠)

『자전석요』

　　조츨(좇을, 從), 조츨(좇을, 率), 쏘츨(쫓을, 逐)

　　맛흘(맡을, 任), 갓흘(같을, 似), 갓흘(같을, 如), 볏헤(볕에)

　　갑흘(갚을, 報), 놉흘(높을, 高), 압헤(앞에)

　　읇흘(읊을, 詠), 읇흘(읊을 吟)

『언문』

　　조츨(좇을, 從), 쏘츨(쫓을, 逐)

　　갓흘(같을, 如), 엿흘(옅을, 淺)

　　놉흘(높을, 高), 갑흘(갚을, 報)

위에서 볼 수 있는 바와 같이 유기음의 경우, 지석영은 초기에는 재음소화 중철 표기를 많이 하다가 나중에는 'ㅊ'의 경우는 연철 표기를, 'ㅌ, ㅍ'의 경우는 재음소화 분철 표기를 하고 있다. 'ㄿ'의 'ㅍ'도 마찬가지다. 『훈몽자략』에서는 '을풀'로 표기하였던 것을 『아학편』에서는 '읇

흘'로 표기하고 있다. 유기음 표기도 뒤로 올수록 일관성을 가지는데, 이것도『아학편』에서 정립되었다고 할 수 있다. 'ㅋ'말음어간은 발견되지 않아 확인할 수 없다.

(3) 어간말 경음 표기

어간말 경음으로는 'ㄲ'과 'ㅆ'이 있다. 이들이 어떻게 표기되는지『훈몽자략』과『자전석요』만 살펴보기로 한다.

『훈몽자략』

　　닥글(닦을, 修), 싹글(깎을, 削), 묵글(묶을, 束)

　　니슬(잇을, 有), 잇슬(있을, 在)

『자전석요』

　　싹글(깎을, 削), 싹글(깎을, 剝), 썩글(꺾을, 折) cf. 뭇글(묶을, 束)

　　잇슬(있을, 有), 잇슬(있을, 在)

약간의 예외가 없지 않으나 어간말 'ㄲ'은『훈몽자략』에서부터 선행음절의 종성과 후행음절의 초성으로(ㄱ $ ㄱ)[73] 나뉘어 표기되는 것이 정착되는 듯하다. 그런데 'ㄲ'은 'ㅅ'으로부터 발달한 것이어서 'ㅅ $ ㄱ'으로 표기되는 경우도 더러 있다. 어간말 'ㅆ'은 19세기 후반에 발달한 것으로 추정되는데(송철의 2002 : 227~8/2008 : 435), 'ㄲ'의 경우와 마찬가지로 'ㅅ $ ㅅ'으로 분리되어 표기된다.『훈몽자략』에서는 어간말음이 'ㅅ'으로 여겨지는 표기도 보인다(니슬).

(4) 사이시옷 표기

사이시옷 표기와 관련하여 지석영은『아학편』의 앞쪽에 범례처럼 실

---

[73] '$'은 음절경계 표시이다.

은 「대한국문」에서 다음과 같이 사이시옷을 선행 요소와 후행 요소의
사이에 표기하기를 제안하였다.

> 新訂名詞聯音辨
> 　　배쫏 맷돌 等 名은 ㅅ字를 中間에 置하야 上下의 名詞로 하야곰 障碍됨
> 이 업시 聯讀하면 其音義가 了然하니 배ㅅ돗 매ㅅ돌 之類

그러면 실제 표기에서는 어떠하였는가? 『신학신설』과 「국문론」에서는
예가 잘 찾아지지 않는다. 『훈몽자략』의 경우부터 보기로 하자.

『훈몽자략』
　　머리쏠(腦), 심쭐(筋), 고기쑥(급 月立), 큰발까락(胲), 반듸쓸(螢),
　　바리쌔(鉢)
　　cf 1. 쇳돌(礦), 묏비둘기(鶉)
　　cf 2. 물결(波), 큰발가락(蹞), 이몸(齗)
『아학편』
　　머리ㅅ골(腦), 손ㅅ가락(指), 쎠ㅅ골(髓), 물ㅅ결(波)
『자전석요』
　　잠ㅅ간(乍), 고ㅅ집(倉), 섬ㅅ돌(階), 고기ㅅ점(戠), 쇠ㅅ돌(礦), 머
　　리ㅅ골(腦), 큰발ㅅ가락(胲), 물ㅅ결(波), 니ㅅ몸(齗)
　　cf. 반딋불(螢)
『언문』
　　즈럼ㅅ길(徑), 쇠ㅅ돌(礦), 들ㅅ보(樑), 섬ㅅ돌(階)
　　cf. 집ㅅ대마루(棟), 다북ㅅ쑥(蓬)

위에서 볼 수 있는 것처럼 사이시옷 표기는 『훈몽자략』까지는 일관
성이 없다. 대체로 후행 요소의 초성으로 표기해주지만 선행 요소의

종성으로 표기해주기도 하고, 사이시옷이 들어갈 자리라고 생각되는데 사이시옷을 표기해주지 않은 경우도 있다. 그런데『아학편』에 오면 그 범례에서 규정한 대로 선행 요소와 후행 요소의 사이에 사이시옷을 일관되게 표기해준다. 따라서 사이시옷 표기도『아학편』에서 정립되었다고 할 수 있다.『아학편』이후 문헌들에서도 사이시옷 표기는 일관성 있게 이루어진다. 다만『언문』에서 '집ㅅ대마루(棟), 다북ㅅ쑥(蓬)'과 같이 사이시옷을 쓰지 않아도 되는 경우에 사이시옷을 쓴 경우가 더러 있다.

4) 종성 'ㄷ, ㅅ' 표기 문제

종성 'ㄷ, ㅅ' 표기 문제는 음절말 위치에서 'ㄷ'과 'ㅅ'이 중화되는 음운 변화와 체언어간말의 'ㄷ'이 'ㅅ'으로 재구조화되는 변화와 관련되어 재미있는 양상을 보여준다. 종성 'ㄷ'과 'ㅅ'이 중화되던 초기에는 원래의 'ㅅ'이 음운 변화의 영향을 받아 'ㄷ'으로 표기되는 경향을 보인다. 그러다가 나중에는 원래의 'ㄷ'이 모두 'ㅅ'으로 표기되게 된다. 그리하여 'ㄷ'이 종성으로 쓰이지 않게 되어 8종성이 7종성으로 줄어들게 된다. 그 과정에서 어간말음이 'ㄷ'인 경우와 'ㅅ'인 경우를 어떻게 구별하여 표기할 것인가 하는 문제가 등장한다. 결론부터 말하자면 그 두 경우는 대체로 다음과 같이 구별 표기되었다.

'ㄷ'말음어간 : 밋고 밋지 / 밋어 밋으니
'ㅅ'말음어간 : 씻고 씻지 / 씨서 씨스니

즉, 자음어미와 결합할 때에는 다 같이 종성을 'ㅅ'으로 표기하되 모음어미나 매개모음어미와 결합할 때에는 'ㄷ'말음어간의 경우는 종성을 'ㅅ'으로 표기하되 분철하고 'ㅅ'말음어간의 경우에는 연철하였다. 그러나 대체적인 경향은 이러하였으나 이와 같이 정립되어가는 과정에서 상당한 혼란이 있었다.[74] 그러면 지석영은 'ㄷ'말음어간과 'ㅅ'말음어간을 어떻게 표기하였는지 살펴보도록 하자.

지석영은 대체로 7종성법에 따른 표기를 하였으므로 'ㄷ'말음어간이나 'ㅅ'말음어간이 자음어미와 결합할 때는 늘 종성을 'ㅅ'으로 표기하였다. 문제는 모음어미나 매개모음어미와 결합할 때인데, 다음에서 그 양상을 보기로 하자.

『훈몽자략』

　　미들(믿-, 信), 바들(받-, 受), 어들(얻-, 得)

　　우슬(웃-, 笑), 씨슬(씻-, 洗)

『아학편』

　　굿을(굳-, 固), 엇을(얻-, 得), 뭇을(묻-, 埋), 밋을(믿-, 信)

　　웃을(웃-, 笑), 벗을(벗-, 脫) cf. 쌔아슬(쌔앗-, 奪)

『자전석요』

　　밋을(믿-, 信), 엇을(얻-, 得), 굿을(굳-, 固), 뭇을(묻-, 埋)

　　우슬(웃-, 笑), 버슬(벗-, 脫), 씨슬(씻-, 洗), 쌔아슬(쌔앗-, 奪)

『언문』

　　상동

위에서 볼 수 있는 바와 같이 대체로 초기에는 'ㄷ'말음어간이나 'ㅅ'말음어간 모두 연철하는 경향을 보인다. 그런데 재미있게도 『훈몽자략』에서는 모두 연철하다가 『아학편』에서는 모두 분철하더니 『자전석요』에 와서야 'ㄷ'말음어간의 경우는 종성을 'ㅅ'으로 표기하되 분철하고 'ㅅ'말음어간의 경우에는 연철하였다. 이는 용언 어간말음 'ㅅ, ㄷ'에 대

---

74 이와 관련한 자세한 논의는 이익섭(1992 : 306~353) 참조.

해서는 『자전석요』에 와서야 나름대로의 표기법이 정립되었음을 말해
주는 것이라 하겠다.

5) 불규칙 활용 표기

지석영은 불규칙 활용에 대해서는 별다른 인식이 없었던 듯하다. 게
다가 그는 실용적인 표기법, 간편한 표기법을 지향하였기 때문에 불규
칙 활용의 경우 발음 나는 대로 표기하였다. 즉, 불규칙 활용을 그대로
표기에 반영하였다. 몇 예씩만 보기로 한다.

『신학신설』

　　씨다러(씨닫-)

　　더운(덥-), 히로운(히롭-), 어둔(어둡-)

　　나은(낫-)

　　일너스되(이르-)

　　이르러(이르-)

『훈몽자략』

　　물을(問), 씨다를(惺), 드를(聽)

　　우는 모양(汎), 나는 고기(鰷)

　　도을(佑), 쉬울(易), 더울(溫)

　　이을(承), 지을(制), 그을(劃)

　　굴너(구르-), 흘너(흐르-)

『자전석요』

　　무를(問), 드를(聽)

　　나는 고기(鰷)

　　도을(助), 쉬을(易), 어두을(昏), 어려을(難)

　　그을(劃), 지을(作), 니을(嗣)

굴너(구르-), 흘너(흐르-)

불규칙 활용의 예들을 모두 제시하지는 못하였지만 이상의 예들만으로도 지석영 표기법에서 불규칙 활용이 어떻게 표기되고 있는지는 알 수 있을 것이다. 'ㅂ'불규칙의 경우 'ㅂ'이 탈락하는 쪽으로 통일하였다는 것이 특징적이다.

위와 같은 예들 외에 오늘날의 표준어와 한글 맞춤법에서는 인정되지 않는 '여'불규칙이 있는데, 지석영의 표기법에서는 이 '여'불규칙이 거의 예외 없이 나타난다. 여기서 '여'불규칙이란 '하다'를 가리키는 것이 아니고 어간이 모음 'ㅣ, ㅐ, ㅔ, ㅚ, ㅟ, ㅢ'로 끝나는 경우에 '어'계모음어미가 결합되면 그 '어'가 '여'로 실현되는 경우를 말한다. 예컨대, '되- + -어'가 '되어'로 실현되지 않고 '되여'로 실현되는 것을 가리킨다. 몇몇 예들을 제시해보면 다음과 같다. 이 경우도 문헌에 따른 차이는 거의 없다고 여겨져서 『자전석요』에 나타나는 예들만 제시하기로 한다.

비계 끼여
쌔여, 드어내여, 깨여날, 성 내여, 목 매여
목 메여
웃되여
쥐여, 쒸여 날, 쒸여 넘을
엉킈여질, 흘긔여 볼, 씌여 노코

6) 지석영의 표기법 종합

앞에서 살펴본 바를 종합해보면 지석영의 표기법은 『신학신설』(1891)에서 당시의 일반적인 표기법을 보여주다가 점점 정비되어 『아학편』에 이르러서야 나름대로의 일관성 있는 표기법을 보여준다. 그리고 『자전석요』에서 그의 표기법이 완성된다고 할 수 있다. 그의 최종적인 표기법을 정리해보면 다음과 같다.

(1) 역사적인 표기를 지양하고 국어를 현실음대로 적는 것을 원칙으로 한다. 한자음의 경우도 마찬가지다.

(2) 'ㆍ'는 폐지한다.

(3) 한글 자모는 24자로 한다.[75] 자음자 14자 모음자 10자.

ㄱ ㄴ ㄷ ㄹ ㅁ ㅂ ㅅ ㅇ ㅈ ㅊ ㅋ ㅌ ㅍ ㅎ

ㅏ ㅑ ㅓ ㅕ ㅗ ㅛ ㅜ ㅠ ㅡ ㅣ

(4) 종성은 'ㄱ, ㄴ, ㄹ, ㅁ, ㅂ, ㅅ, ㅇ' 7개로 국한한다.

(5) 어두 경음(된소리)은 'ㅺ, ㅼ, ㅽ, ㅆ, ㅾ'으로 표기한다.

(6) '댜뎌됴듀디, 탸텨툐튜티'로 적어왔던 것은 '자저조주지 차처초추치'로 적는다.

(7) '샤셔쇼슈 쟈져죠쥬 챠쳐쵸츄'로 적어왔던 것은 '사서소수 자저조주 차처초추'로 적는다.

(8) 음절초성을 가지는 경우라도 'ㅢ(의)'로 발음되는 것은 'ㅢ'로 적는다.

고유어 : 긔다(匍), 함씌(俱), 이긔다(勝), 띄글(塵), 뿔희(根), 희다(白), 모긔(蚊), 바듸(筬), 대마듸(節), 거믜(蛛), 호믜(鉬)

한자음 : 싀(媤), 긔(基, 氣, 期, 記, 器, 己, 汽, 旗, 飢 등), 희(喜, 希, 熙 등)

(9) 말음이 'ㄱ, ㄴ, ㄹ, ㅁ, ㅂ, ㅇ'이거나 'ㄺ, ㄻ, ㄼ'인 어간이 모음조사나 모음어미(매개모음어미 포함)와 결합할 때는 어간과 조사, 어간과 어미를 분리하여 표기(분철 표기)한다.

쑥 : 쑥이, 쑥을 　 밥 : 밥이, 밥을 　 흙 : 흙이, 흙을

먹- : 먹어, 먹으니 　 잡- : 잡아, 잡으니 　 맑- : 맑아, 맑으니

옮- : 옮아, 옮으니 　 밟- : 밟아, 밟으니

75 '=' 자를 신제하기는 하였으나 실제 사용한 적이 없으므로 여기서는 제외하였다.

(10) 어간말음이 'ㅈ, ㅊ, ㄵ, ㅄ'인 경우에는 연철 표기한다.

    찾- : 차저, 차즈니   좇- : 조차, 조츠니

    앉- : 안저, 안즈니   없- : 업서, 업스니

(11) 어간말음이 'ㅅ'인 경우, 용언활용에서는 연철 표기를 하고, 체언 곡용에서는 분철 표기를 한다.

    웃- : 웃고, 웃지, 우서, 우스니

    옷 : 옷과, 옷이, 옷을

(12) 어간말음이 'ㄷ'인 경우에는 다음과 같이 표기한다.

    얻-(得) : 엇고, 엇지, 엇어, 엇으니

    받-(受) : 밧고, 밧지, 밧아, 밧으니

(13) 어간말음이 'ㅌ, ㅍ, ㄿ'인 경우에는 다음과 같이 표기한다.

    맡- : 맛고, 맛지, 맛하, 맛흐니

    높- : 놉고, 놉지, 놉하, 놉흐니

    읊- : 읇고, 읇지, 읇허, 읇흐니

(14) 어간말음이 'ㄶ, ㅀ'인 경우에는 다음과 같이 표기한다.

    많- : 만타, 만코, 만아, 만으니

    옳- : 올타, 올코, 올아, 올으니

(15) 어간말 경음 'ㄲ'과 'ㅆ'은 다음과 같이 표기한다.

    꺾- : 썩고, 썩지, 썩거, 썩그니

    있- : 잇고, 잇지, 잇서, 잇스니

(16) 불규칙활용은 소리 나는 대로 적는다.

    듣- : 듯고, 듯지, 드러, 드르니

    돕- : 돕고, 돕지, 도와, 도으니

    짓- : 짓고, 짓지, 지어, 지으니

    날- : 날고, 나지, 나는, 나니

    <u>흐르</u>- : 흐르고, 흐르지, 흘너

    이르-(到) : 이르고, 이르지, 이르러

하- : 하고, 하지, 하여, 하니

찌- : 찌고, 찌지, 찌여, 찌니

내- : 내고, 내지 내여, 내니

메- : 메고, 메지, 메여, 메니

되- : 되고, 되지, 되여, 되니

쒸- : 쒸고, 쒸지, 쒸여, 쒸니

엉킈- : 엉킈고, 엉킈지, 엉킈여, 엉킈니

(17) 사이시옷은 선행어와 후행어의 사이에 독립하여 표기한다.

머리ㅅ골(腦), 손ㅅ가락(指), 쎠ㅅ골(髓), 물ㅅ결(波), 섬ㅅ돌(階)

잠ㅅ간(乍), 고ㅅ집(倉), 고기ㅅ점(臧)

(18) 한자어를 국문으로 표기할 때 두음법칙은 적용시키지 않는다. 동일한 한자는 어떤 위치에 나타나든 동일한 음으로 표기하는 것을 원칙으로 한다.

女僧	녀승(○)	여승(×)
蘭草	란초(○)	난초(×)
良心	량심(○)	양심(×)

6. 마무리

지석영은 가난한 선비의 집안에서 태어났지만 약관의 나이 무렵에 의학을 공부하기로 결심하고 종두법을 익혀서 한국에 도입하였다. 그리하여 많은 생명을 빼앗아가던 천연두를 퇴치할 수 있는 길을 열어놓았다. 또한 서양의학을 공부하여 이 땅에 그 기초를 마련하고 의학교 교장의 직을 맡아 현대식 의사를 길러냄으로써 국민의 보건 향상에도 기여하였다. 그가 조선의 은인으로 추앙받은 것은 당연한 일인지도 모른다.

한편 그는 강위의 강론을 들으면서, 그리고 당시의 개화파 인사들과 교유하면서 국어국문에 대한 관심을 가지게 되었고, 국어국문에 대한 연구를 게을리하지 않아 국문의 정리와 보급에도 크게 기여하였다.

지석영은 국어와 국문을 교육의 도구로 생각하는 어문관, 표기법은 쉽고 편해야 한다는 간편주의(또는 실용주의) 어문관을 가지고 있었다. 쉽고 편해야 한다는 것은 민중을 위한 것이었으므로 그는 위민주의(爲民主義) 어문관을 가지고 있었다고도 할 수 있다. 그는 표기법의 기본 정신을 '편민이국(便民利國)'에 두어야 한다고 주장하였다. 그는 이론적으로는 아무리 타당하더라도 민중에게 어렵거나 생소한 표기법은 제 역할을 할 수 없다고 하였다. 지석영이 주시경의 표기법에 반대한 것은 이런 이유 때문이었다.

지석영은 국어국문이, 특히 국문이 '전전와오(轉轉訛誤)'하게 된 것은 학문가(學問家)들이 국문을 연구하지 않고 서툰 민간에 맡겨두었기 때문이라고 보고서 혼란된 어문을 바로잡기 위하여 많은 노력을 하였다. 「국문론」을 발표하여 국문에 대한 관심을 불러일으켰고, 당시의 국문이 가지고 있던 문제점, 즉 동음이의어의 구별이 잘되지 않는다는 문제점을 해결하기 위하여 방점법 도입을 제안하기도 하였다. 이는 국문이 미진하다는 한문가(漢文家)의 비판에 대응하기 위한 것이었다고도 할 수 있다.

「신정국문」은 그의 대표적인 업적이라 할 수 있는데, 당시에 국문과 관련해서 논란이 분분한 문제들을 종합적으로 정리한 개화기 이후 최초의 국문 표기법안이었다고 할 수 있다. 오늘의 관점에서 보면 그리 타당한 표기법안은 아니지만 당시 상황에서는, 다시 말해 교육의 기회가 많지 않을 뿐만 아니라 교육 수준이 높지도 못한 일반 민중에게 국문을 빨리 보급해야 하는 상황에서는 일면의 타당성이 있는 것이었다고 할 수 있다. 국가에서 이를 받아들여 공포한 것은 「신정국문」의 그러한 타당성을 어느 정도 인정하였기 때문일 것이다.

『자전석요』는 한자의 음과 뜻풀이를 한글로 하면서 현실한자음을 제시한 최초의 자전이었다. 한자의 음과 훈을 한글로 한 자전으로『국한문신옥편(國漢文新玉篇)』이 1년 먼저 간행되기는 하였으나 그것은 뜻풀이가 단순하다든가 현실한자음을 제시하지 않았다든가 하는 점에서『자전석요』에는 미치지 못한 것이었다.『자전석요』는 현대한국한자음 정립에 크게 기여하였다는 점에서도 의의가 큰 업적이다. 그랬기에 사람들로부터 가장 사랑받은 자전이 되었을 것이다.[76]

『언문』은 당시에 우리나라에서 사용되던 한자어를 모아 제시해주고 (상편) 다시 거기에 쓰인 한자들을 음별로 분류하여 훈과 함께 제시해준 것으로서 한자어 어휘를 정리하였다는 점에서 의의가 크다. 당시로서는 물론 국민의 어문 생활에 직접적으로 도움을 주는 것이었을 것이다. 이 책의 광고문에서는 "몽매(蒙昧)를 계도(啓導)ㅎ는 광선(光線)"이라고 하였다.

지석영은 위와 같은 업적을 낸 이외에 국문학교 설립을 학부에 건의하기도 하고 경사제서(經史諸書)와 실무 관련 책들에서 필요한 내용을 가려 뽑아 국문으로 번역하여 간포(刊布)할 것을 건의하기도 하였다. 김가진이 사립국문학교를 설립하려 하자 교감으로 참여하기도 하고, 국문연구회를 조직하여 국문 연구를 활성화시키려 하기도 하였다.「대한국문」이라는 한 장짜리 국문 교재를 간행하여 판매하기도 하고 스스로 국문 연구를 게을리하지 않았다. 당시에 지석영만큼 어문 정책 수립에 영향을 끼친 사람도 드물 것이다. 또 국문 보급에 지석영만큼 기여한 사람도 드물 것이다.

쉽고 간편한 표기법을 추구한 지석영의 표기법은 당시로서는 실용적인 표기법이었을 터인데 결과적으로는 전통적인 표기법에 가까운 것이

---

[76] 하강진(2010 : 691)에 따르면,『자전석요』는 초판 포함 21회나 간행되었다고 한다. 1910년대에는 가장 인기 있는 자전이었다고 한다.

되었다. 그래서 보수적인 표기법이라는 평가를 받기도 하였다. 그렇지만 혼란된 표기법을 정비하는 데에 크게 기여한 것만은 틀림없다. 그의 정비된 표기법은 『자전석요』에서 볼 수 있다.

그는 주시경의 이론 지향적 표기법이 학술적으로는 타당할지 모르지만 일반 대중에게는 어렵고 생소하여 실효성이 없을 것이라고 보았다. 또 당시로서는 시기상조라고 보았다. 그리하여 주시경의 표기법에 반대하였다. 주시경의 표기법이 형태음소적 분철 표기법이요, 이론적 표기법이라면 지석영의 표기법은 7종성 제한의 음소적 분철 표기법이요, 당시로서는 실용적인 표기법이었다고 할 수 있을 것이다.

지석영은 국가가 부강해지려면 국민을 계몽해야 하고 국민을 계몽하려면 배우기 쉬운 국문을 하루빨리 보급해야 하는데, 그러려면 표기법이 쉽고 편리해야 된다는 신념을 가지고 있었던 것으로 믿어진다.

송철의(宋喆儀)

서울대학교 국어국문학과 교수. 대표 논저로 『국어의 파생어 형성 연구』, 『한국어 형태 음운론적 연구』, 『주시경의 언어 이론과 표기법』, 「곡용과 활용의 불규칙에 대하여」, 「형태론과 음운론」, 「한국 근대 초기의 어문 운동과 어문 정책」 등이 있다.

참고 문헌

권재선(1988), 『국어학 발전사』(대구 : 우골탑).

기창덕(1994), 「池錫永 先生의 生涯」, 대한의사학회 편, 『松村 池錫永』(아카데미아), 23~52면.

김민수(1963), 「新訂國文에 관한 연구 : 特히 '이으'合音과 아래아를 問題로 하여」, 『아세아연구』 5권 1호(통권 11호, 고려대학교 아세아문제연구소), 205~247면.

______(1987), 『國語學史의 基本理解』(집문당).

김성진(1973), 「池錫永」, 『韓國人物大系 (6) − 近代의 人物 1』(박우사), 275~284면.

김영진(1999), 「池錫永의 國文研究와 普及」, 『어문논총』 14(동서어문학회), 51~69면.

대한의사학회 편(1994), 『松村 池錫永』(아카데미아).

문화체육부·한국문화예술진흥원(1993), 『7월의 문화인물 지석영』.

박병채(1980), 「『言文』에 관한 研究 : 聲調를 중심으로」, 『민족문화연구』 15(고려대학 교 민족문화연구원), 1~60면.

박호현(1991), 「지석영의 국어학 연구」(대구대학교 교육대학원 석사학위논문).

송철의(2002), 「用言 '있다'의 通時的 發達에 대하여」, 『조선어연구』 1[조선어연구회 (일본)], 207~237면. 송철의(2008ㄱ)에 재수록.

______(2004), 「한국 근대 초기의 어문 운동과 어문 정책」, 『韓國文化』 33(서울대학 교 한국문화연구소), 1~36면. 이병근 외(2005)에 재수록.

______(2008ㄱ), 『한국어 형태음운론적 연구』(태학사).

______(2008ㄴ), 「반절표의 변천과 전통시대 한글 교육」, 홍종선 외, 『세계 속의 한 글』(도서출판 박이정), 165~194면.

______(2010), 『주시경의 언어이론과 표기법』(서울대학교 출판문화원).

신유식(1988), 「近代國語書記法研究」(청주대학교 대학원 석사학위논문).

______(1993), 「池錫永의 國文研究」, 『語文論叢』 8·9(청주대학교), 149~184면.

______(1999), 「지석영과 주시경의 비교 연구 : 서기법이론을 중심으로」, 『어문논총』

14(청주대학교 동서어문학회), 71~95면.

신용하(1985), 「池錫永 全集 解題」, 『池錫永全集』 1·2·3, 한국학문헌연구소 편(아세아문화사).

______(2004), 「池錫永의 開化思想과 開化活動」, 『한국학보』 30권 2호(통권 115호), 89~112면.

여찬영(2003), 「지석영 『자전석요』의 한자자석 연구」, 『어문학』 79(한국어문학회), 193~212면.

유동준(1997), 『兪吉濬傳』(일조각, 重版 : 초판 1987).

이관일(1994), 「松村 池錫永과 國文研究」, 『松村 池錫永』, 대한의사학회 편(아카데미아), 91~107면.

이광린(1993), 「송촌 지석영」, 『개화기의 인물』(연세대학교 출판부) 165~201면.

이기문(1970), 『開化期의 國文研究』(일조각).

______(1977), 「19世紀末의 國文論에 대하여」, 『朴晟義博士回甲紀念論叢』, 169-178.

이병근(1986), 「開化期의 語文政策과 表記法 問題」, 『국어생활』 4호(국어연구소), 24~45면.

______(1998), 「統監府 時期의 語彙整理와 그 展開 : 池錫永의 『言文』을 중심으로」, 『한국문화』 21(서울대학교 한국문화연구소), 1~24면.

이병근 외(2005), 『한국 근대 초기의 언어와 문학』(서울대학교 출판부).

이완응(1928), 「朝鮮のゼンナ 種痘先生 (一)~(九)」, 『朝鮮思想通信』 1928년 11월 19~2일(9회 연재).

이익섭(1992), 『國語表記法研究』(서울대학교 출판부).

이준환(2012), 「『자전석요(字典釋要)』의 체재상의 특징과 언어적 특징」, 『반교어문연구』 32(반교어문연구회), 113~144면.

이충구(1991), 「한국자전 성립의 考」, 『반교어문연구』 3(반교어문연구회), 9~27면.

______(1994), 「池錫永의 漢字整理」, 『松村 池錫永』, 대한의사학회 편(아카데미아), 111~138면.

임형택(1999), 「근대계몽기 국한문체(國漢文體)의 발전과 한문의 위상」, 『민족문학연구』 14호, 8~41면.

전일주(2006), 「강희자전과 한국 초기 자전 비교 연구 : 『자전석요』와 『신자전』을 중심으로」, 『한국교육연구』 26호(한국한문교육학회), 357~386면.

주승택(1991), 「姜瑋의 著述과 『古歡堂集』의 史料的 가치」, 『奎章閣』 14(서울대학교

규장각), 93~120면.

지석영(1929), 「理論としては結搆 實行されては困ろ, 總督府の 朝鮮文綴字法改正案
    を見て (五, 六, 七)」, 『朝鮮思想通信』 1929년 7월 8, 9, 10일(3회 연재).

하강진(2010), 「『자전석요』의 편찬 과정과 판본별 체제 변화」, 『한국문학논총』 56,
    663~728면.

한성우(2010), 『근대 이행기 동아시아의 언어 지식 : 지석영 편찬의 '兒學編'의 언어
    자료』(인하대학교 출판부).

한국학문헌연구소 편(1985), 『池錫永全集』 1·2·3(아세아문화사).

허경진(1993), 「평민문학이 개화에 끼친 영향 : 육교시사를 중심으로」, 『목원대학교
    논문집』 23(목원대학교), 63~102면.

황상익(2008), 「지석영」, 『한국의학인물사』, 서울대학교 한국의학인물사 편찬위원
    회 편(태학사).

홍연진(2008), 「대한제국기 지석영의 활동과 그 성격」, 『동아시아사의 인물과 라이
    벌』, 조동원 교수 정년기념논총간행위원회 편(아세아문화사).

홍윤표(1994), 『근대국어연구 (I)』(태학사).

三木榮(1935ㄱ), 「朝鮮種痘史」, 별쇄본(東京醫事新誌 第二九二八, 三三, 三六號 拔冊)

______(1935ㄴ), 「朝鮮種痘史話」 1~6, 『京城日報』, 1935년 7월 3, 4, 5, 6, 9, 11일.(6회
    연재).

1891   신학신설(純國文 사용)

1896   국문론(大朝鮮獨立協會會報 제1호)

1901   訓蒙字略

1905   新訂國文請議疏[고종실록 46권(광무 9, 1905년) 7월 8일 기사,『황성신문』1905.
        7. 28., 別報]

1905   新訂國文[고종실록 46권(광무 9, 1905년) 7월 19일 자 기사, 관보 3200호(1905. 7.
        25.)]

1907   大韓國文說(大韓自強會月報 11, 13호 연재).

1909   國文硏究案(국문연구소에 제출).

1908   주석 兒學編

1909   言文

1909   字典釋要

1929   理論としては結搆 實行されては困ろ, 總督府の 朝鮮文綴字法改正案を 見て
        (五, 六, 七),『朝鮮思想通信』1929년 7월 8, 9, 10일(3회 연재)

Ⅱ. 자산 안확의 생애와 국어 연구[*]

1. 머리말

자산(自山) 안확(安廓, 1886~1946)은 일생 동안 8편의 저서와 1백 수십 편의 논문 등을 발표하여 매우 방대한 업적을 남긴 인물이다. 더구나 그의 업적은 언어·문학·역사·철학부터 정치·경제·종교·군사 및 음악·미술·무용·체육 등에 이르기까지 인문·사회·예술의 거의 전 영역에 걸치는바, 그는 방대하면서도 다양한 분야에 관심을 가진 연구자였다고 할 수 있다. 그러면서도 그의 업적이 '국학(國學)'으로 일관되어 있다는 점은 그가, 당시의 시대적 상황에 무감각한 연구자가 아니었음을 직접적으로 드러내준다.

그럼에도 그의 연구 성과가 해당 학계에서 주목을 받은 것은 비교적 늦은 시기의 일이었다. 이동영(1965)에서 안확의 생애가 처음으로 조망된 이래 최원식(1981)과 이태진(1984), 이기문(1988), 권오성(1990)에 이르러서야 그의 업적에 대해 각 분야에서의 전면적 검토가 이루어졌다. 또 권오성·이태진·최원식 편(1994)의 『자산 안확 국학논저집』(여강출판사)과 김창규(2000)의 『안자산의 국문학 연구』(국학자료원), 한국국학신흥원 편(2003)의 『자각론·개조론』(한국국학진흥원)이 출간되면서 비로소, 안확 업적의 진모를 확인하는 일이 가능해졌다고 할 수 있다

---

* 이 글은 『진단학보』 116에 실린 것이다. 이 책에 다시 실으면서 내용을 약간 보완하고 인용문을 이해하기 쉽도록 현대적 문체로 상당 부분 바꾸었으며, 부록으로 '논저 목록'을 추가하였다.

하지만 여전히, 그의 생애에서 불투명한 부분이 여기저기 존재하며 논저의 서지(書誌) 사항이 잘못된 것들도 제법 많이 발견된다. 심지어 아직까지 그 내용이 알려져 있지 않은 업적들도 간혹 보인다. 이러한 차원에서 안확의 생애 전반기(前半期)를 아주 상세히 조사·정리한 송성안(2003)이나, 그의 초기 문법서 『조선문법』(1917)을 새로이 찾아 검토·소개한 정승철(2012a)는 주목할 만하다. 안확의 생애와 업적에 대한 좀 더 정밀한 조사·확인 작업이 요구된다고 하겠다.

이 글은 안확의 생애와 업적에 관한 종합적 검토를 목적으로 한다. 특히 그의 생애나 업적과 관련하여 불투명성을 해소하고 그의 업적을 관류하는 기본 사조를 파악하는 것에 주된 관심을 둔다. 아울러 안확의 국어 연구 전반을 살피는 가운데, 이러한 기본 사조가 국어학 영역에서는 어떻게 반영되어 있는지 관찰한다. 이를테면 안확의 국어 연구 업적을 그의 국학 체계 속에서 총체적으로 살피고자 하는 셈이다(참고를 위해, 안확의 업적을 출간 시기 순으로 정리한 논저 목록을 부록에 제시한다).

안확의 생애는, 그의 사회 활동 및 학술 궤적을 기준으로 다음과 같이 크게 4기로 나눌 수 있다.

제1기(1886~1906) : 유소년기. 출생에서부터 초중등 학업을 마칠 때까지의 시기.

제2기(1907~1917) : 20대의 청년기.[1] 경남 지역에서 교사로 활동하면서 자신의 학적 기반을 쌓아 나가던 시기.

제3기(1918~1924) : 30대의 장년기. 사회 활동을 하면서 국학 연구와 저술에 힘쓴 시기.

제4기(1925~1946) : 40~50대의 중노년기. 집필 활동과 칩거를 반복하면서 문필가로서 활동하던 시기.

---

1 당시는 오늘날과 '세대'의 성격이 다르므로, 20대를 '청년기'라 불러도 괜찮을지는 따져보아야 할 문제다. 이는 후술할 '장년기'에 대해서도 마찬가지다. 그러나 이 글에서는 잠정적으로 '청년기, 장년기'란 표현을 그대로 사용한다.

　이러한 시기 구분에 따라 이 글에서는 각 시기별로 그 업적의 상세를 밝히고 더불어 안확 국학의 특징과 그 변화를 서술한다(서술의 편의상, 생애의 제1기는 제외한다). 이 모든 작업이, 국권 상실의 어려웠던 시기에 민족자강을 위해 살아간 선인의 자취를 따라 밟는 데에 궁극적인 뜻을 두고 있음은 물론이다.

2. 안확의 생애와 업적

　안확은 1886년, 서울 우대마을(현재, 서울시 종로구 누상동)에서 중인 출신으로 태어났다. 1895년, 수하동(水下洞)소학교[2]에 입학하여 1899년에 심상과, 1901년에 고등과를 졸업하였다. 1902년 3월에 그는 경성관립중학교[3]에 입학하였으나(송성안 2003 : 261) 그 후의 기록은 발견되지 않아 이 학교를 언제까지 다녔는지 현재로선 알 수 없다.

1) 학적 기반의 형성 및 국학의 발견(1907~1917)[4]

　안확은 1907년 가을에 경남 진주의 안동(安東)학교[5] 교사로 부임하였다(송성안 2003 : 266). 그는 1911년 3월에 경남 마산의 창신(昌信)학교로 직장을 옮겼으며 그 후 1917년 사직할 때까지 이 학교에서 근무하였다.

---

　2 수하동(관립)소학교는 1895년 9월 10일, 옛 圖畵署 터(현재 을지로입구)에서 개교하였다. 졸업 연한은 보통과 3년, 고등과 2년이었다. 1906년 이후, 4년제의 보통학교로 바뀌었다.

　3 경성관립중학교(심상과 4년, 고등과 3년)는 1900년, 종로구 화동에서 개교하였다. 1906년에 관립한성고등학교로, 1911년에 경성고등보통학교(4년제, 훗날의 경기고등학교)로 이름이 바뀌었다.

　4 이 시기에 그가 사용한 호는 '自山'이고 필명은 '安廓' 또는 '半山, 硏語生'이었다.

　5 안동학교는 1907년 4월에 설립되었으며 1909년 8월에 柴園학교(1907년 9월에 설립)와 통합, 光林학교가 되었다(송성안 2003 : 266).

이를테면 이 시기의 안확은 경남 지역에서 교사로 헌신하면서 국학 연구에 지속적인 노력을 기울였던 셈이다.

안확의 학적 기반과 관련하여 이 시기를 특징짓는 것은 그가 일본 유학을 경험하였다는 사실이다. 비교적 이른 시기에 그를 소개한 국어국문학 사전의 '안확' 항목을 보자.[6]

(1) ㄱ. **안확**(安廓). 국학자. 호는 자산(自山). 서울 출생. 일본 <u>니혼(日本)대학 졸업</u>. 한문, 시조, 문학사 등에 관한 연구가 깊었음. 저서에 '조선문학사'(1923), '시조시학'(1940), '조선무용전'(1947) 등이 있음.[7]

ㄴ. **안확**(安廓). 『인명』 학자. 호는 자산(自山). 서울 출신. <u>니혼(日本) 대학 졸업</u>. 「조선문학사(朝鮮文學史)」 「시조시학(時調詩學)」 등을 저작하여 초기 국문학 연구에 큰 공적을 남겼다.[8]

두 책 모두에서 안확을 문학 연구자로,[9] 또 일본의 "니혼(日本) 대학"을 졸업한 인물로 규정하고 있다. 하지만 그의 초중등 학력이나 일본에서의 유학 기간[10]을 감안할 때 적어도, 대학 "졸업"이라는 학력은 그 개연성이 매우 부족한 것으로 판단된다. 또 그가 "니혼 대학"을 다녔음에 대해서도, 이 사실을 입증해주는 어떠한 기록도 발견되지 않아 문제가 된다. 미루어 짐작하건대, 그가 '일본(에 있는) 대학'을 다녔다는 말이 확대·재생산되어 후에 '일본대학(日本大學)', 즉 "니혼 대학"을 "졸업"하였다는 데에까지 이르게 된 것이 아니었을까 한다.[11]

---

6 이하의 모든 밑줄은 필자.

7 허웅·박지홍 편, 『증보 국어국문학사전』(일지사, 1973), 176면.

8 서울대학교 동아문화연구소 편, 『국어국문학사전』(신구문화사, 1973), 396면.

9 이들 사전에서 안확을 문학 연구자로만 본 것은 그의 업적을 종합적으로 검토하지 못한 데서 비롯된 잘못이다.

10 이태진(1984/1994 : 18-21)에서는 안확이 "일본대학 정치학과에 다니면서" 『학지광』 (일본조선유학생학우회의 기관지)에 기고한 글을 바탕으로 그의 유학 시기를 1914년에서 1916년까지로 추정하였다.

그렇더라도 안확이 1914년도 말에 유학생 자격으로 일본 도쿄에 있었던 것만은 분명하다.[12] 다음은 『학지광』 4호(1915. 2.)에 실린 소성(小星) 현상윤(玄相允, 1893~1950)의 「유학생 망년회(1914. 12. 26. 토)」란 글인데 이 기사 속에 "유학생(留學生)" 안확이 등장하고 있다는 사실이 이를 단적으로 증명해준다.[13]

(2) 단상을 바라보니 安廓君이 "삼한시대 이래 우리 留學生이……" 하면서 높은 목소리로 방금 忘年辭를 진술하는 마당이더라. _53면~54면

아울러 안확의 『조선문명사』(1923)에 나오는 다음 진술은 그가 일본에서 '정치학'을 수학하였음을 시사한다.

(3) 나는 19년 전부터 역사 연구에 着味하더니 中路에 정치학을 講究한 후 다시 정치사를 연구함에 立한지라. _述例 1

이로써 보면 안확은 1914년에서 1916년 사이에 "일본의 대학에서 정치학"을 "공부"(김용섭 1972 : 43)한 것이 된다. 당시에 그가 일본대학의 정식 학생이었든 단순한 청강생이었든, 이 시기에 그가 접한 유학 경험

---

11 일부 인명사전에 "니혼 대학 졸업"으로 기재되어 있으나 "명백한 오류"로 판명(강영주 2004 : 176)된 홍기문(洪起文, 1903~1992)의 경우도 이와 유사하다. 홍기문은 1925년 2월에 도일(도쿄 거주)하여 1926년 여름에 귀국하였다.

12 이 당시에 안확은 도쿄에서 일본어 교육을 받고 있는 중이었을 듯하다. 따라서 『학지광』 등에 나타나는 그의 필명 '硏語生'은 말뜻 그대로 '언어(=일본어) 연수생'을 가리킨 것으로 여겨진다. 한편 '연어생'의 「조선문자의 소론」(1915)과 「조선어학자의 오해」(1916)가 안확의 업적이라는 점은 고영근(1990 : 8) 참조.

13 이해의 편의를 위해, 이 글에서는 원문을 인용할 때 당시의 표기를 그대로 두지 아니하고 거의 대부분 현행 맞춤법 규정(띄어쓰기 포함)에 맞추어 바꿔 표기한다(그 과정에서 문장 부호를 새로 부가하기도 한다). 한편 인용되는 논문의 제목을 밝힐 필요가 있을 때는 편의상, 제목을 한글로 바꾸어 제시하기로 한다(논문의 정확한 제목이나 서지 사항은 덧붙인 부록을 참조).

이 자신의 학적 기반을 형성하는 데에 매우 중요한 배경이 되었으리라는 점은 두말할 필요도 없다.

특히 안확은, 이 기간 동안에 획득한 일본어 자산과 일본의 근대학문을 학적 기반으로 하여 자신의 국학을 구성하게 된다.[14]

(4) ㄱ. 근래 일본 工學 文學의 전문가가 (……) 評하기를, 조선 미술은 그 연원이 支那 및 印度에서 수입하여 倣倣하였다 하는지라. 그러나 내가 연구한 바로는 그렇지 않도다. _「조선의 미술」(1915. 5.), 권5 : 128

ㄴ. 우리 문학은 歐洲보다 수백 년 전에 발달됨을 可知니라. _「조선의 문학」(1915. 6.), 권4 : 222

ㄷ. 조선어가 이와 같이 四面에 분포한 中 (……) 그중에 一大 感化를 받은 나라를 말할진대 일본이라. _「조선어의 가치」(1915. 2.), 권5 : 10

(4)에서 보듯, 우선 그는 한국 고유의 특성에 주목하였다. 그리하여 안확은 한국미술이 중국 및 인도 미술을 '효방(倣倣)'한 것이 아니라 하였다. 한국의 문학 또한, 서양보다 훨씬 앞서 '발달'을 이룬 것이며 그가 보기에 국어는 일본어를 비롯한 다른 여러 언어에 '일대(一大) 감화(感化)', 즉 상당한 영향을 미칠 정도로 독자성을 갖춘 것이었다.[15]

(5) ㄱ. 한 사람도 탐구의 힘을 起하여 자기 長處를 과장하는 사람이 없으니 인민의 愛祖心이 어디에서 生하며 自信力이 어디에서 興하리오. _「조선의 미술」, 권5 : 130

ㄴ. 만일 문학자가 신풍조에만 惑하여 순전한 외래문학만 숭상하다가

---

14 특별한 경우가 아니라면, 이 논문에서 원전의 인용은 권오성·이태진·최원식 편(1994)의 『자산 안확 국학논저집』에 의지한다. 그러므로 인용 면수 또한 해당 책의 면수를 따른다(가령 '권5 : 128'은 '5권 128면'을 가리킨다).

15 이러한 인식은 안확이 "민족주의자"였음(최원식 1981/1994 : 68)을 단적으로 드러낸다.

는 前儒佛에 迷惑함같이 조선 고유의 특성을 永滅하고 다시 外風에 化할 뿐이니 어찌 措心치 않으리오. _「조선의 문학」, 권4 : 228

ㄷ. <u>학술적으로는 발달치 못함</u> (……) 진정한 언어학자가 없어 神聖한 조선어로써 蠻語가 되게 하고 오히려 외국학자에게 그 연구를 讓하게 되었으니 어찌 통탄치 않으리오. _「조선어의 가치」, 권5 : 11

(6) ㄱ. 嗚呼 학자·제군이여! <u>速速히 이 분야에 熱心하여</u> 聲音의 원리, 문법의 조직을 발견·공포하여 조선어로써 세계 一等語를 作하게 하라. _「조선어의 가치」, 권5 : 11

ㄴ. 한문학을 擊退하고 <u>배달혼을 發揚코자 함</u>. _「조선의 문학」, 권4 : 222

그럼에도 불구하고 아무도 '탐구'하는 이가 없고 '신풍조'에만 빠져 국학은 '학술적'으로 전혀 발달치 못한 상태에 있었다. 그러기에 그는 이러한 상황의 극복과 "배달혼"의 고양을 위해, 한국 고유의 특성에 대한 연구, 즉 국학에 '열심(熱心)'할 것을 요구한다. 그런 그가 생각하고 있던 국학은 다음 진술에서 보듯, 실증적이면서 '서술적(敍述的)'(=기술적, 사실적)이고 실용적인 것이었다.

(7) ㄱ. <u>由此觀之</u>하면 우리 조선의 미술품은 支那나 印度의 製法을 摸함으로써 思想의 動機라 함이 만부당하니라. _「조선의 미술」, 권5 : 128

ㄴ. 본서는 특히 <u>敍述的</u>, 실용적(Descriptive, Practical)의 體로 편찬함. (……) 외래어를 放逐한다, 고어를 사용한다 함[16]은 모두 분법상, 사실상 위반되는 일이라. _『조선문법』 著述要旨 1(1917)

이를테면 안확은, 주시경·신채호 등의 이념적 국학에 대비되는 실재

---

16 안확에 따르면, 이는 주시경 또는 '周氏 일파'의 주장이다.

적 국학[17]을 연구의 궁극적 목표로 삼았던 셈이다. 그의 교직 경험과 일본에서의 근대학문 경험이, 그로 하여금 실재적·실증적 성격의 국학을 추구하게 하였을 것으로 짐작된다. 그가 『조선문법』(1917)의 구성에서 '주시경'이 아니라, 『대한문전』(1909)으로 대표되는 '유길준'의 문법을 따른 것(정승철 2012a)도 동일한 차원에서 이해된다.

2) 외래이론의 수용과 안확 국학의 정립(1918~1924)[18]

안확은 1917년에 창신학교 교사직을 그만둔 후 '불우사'라는 상호로 "조달상(曹達商)"을 경영하였다(이현희 1994 : 177). 또 1918년에는 우당(友堂) 이회영(李會榮, 1867~1932)이 주도한 고종(高宗)의 해외 망명 계획[19]에 참여하였으며 1919년에는 마산 지역의 3·1 운동에 관여하는 등 이 시기의 안확은 지속적으로 항일운동을 전개하였다(최원식 1981/1994 : 65-66). 이러한 움직임은 모두 조선국권회복단 마산지부장으로서의 활동의 연장선상에 있는 것이었다.[20]

그리고 1921년에 그는 조선청년연합기성회 기관지 『아성(我聲)』[21]의 편집인, 1922년에는 『신천지(新天地)』[22]의 편집인으로 활동하였다. 하지

---

17 이때의 '이념적/실재적'은 상대적인 개념이다. 안확의 국학이 언제나 실재적이고 이념적이었다거나, 주시경이나 신채호의 국학이 절대적으로 이념적이고 실재적이지 않았다는 말은 아니다.

18 이 시기 그의 필명은 '安廓, 安自山, 自山'이었다. 이 시기에 이르러 '자산'이란 호가 필명으로 완전히 정착된 것으로 보인다.

19 이회영은 고종을 중국으로 망명시켜 임시정부를 세우려는 계획을 세웠으나 1919년 1월 21일, 고종의 갑작스런 죽음으로 이 계획은 수포로 돌아갔다.

20 조선국권회복단(독립군 지원을 목적으로 경상도의 지식층 인사들이 결성한 비밀결사단체)은 1915년 1월 15일에 결성되었는데 당시에 안확은 이 단체의 마산지부장이었다(송성안 2003 : 275-276).

21 朝鮮靑年聯合期成會는, 각 지방에 설립된 청년 단체의 연합을 위해 吳祥根을 위원장으로 1920년 12월에 결성되었다(1924년 4월에 해산). 이 단체에서 1921년 3월부터 10월까지, 기관지 『아성』을 발행하였다.

22 월간종합잡지 『신천지』는 1921년 7월에 창간, 1923년 8월에 통권 제9호를 내고 폐

만 그 후 안확은, 어떤 이유에서인지 알 수 없으나 모든 사회적 활동을 접고 국학 연구와 저술에만 전념하였다(최원식 1981/1994 : 67).

안확의 학술 활동과 관련하여 이 시기를 특징짓는 것은, 그의 저서 상당수가 이 시기에 출간되었다는 사실이다. 1920년의 『자각론』(회동서관), 1921년의 『개조론』(조선청년회연합회), 1922년의 『조선문학사』(한일서점), 그리고 1923년의 『조선문명사』(회동서관)와 『수정조선문법』(조선어학총서 1, 회동서관)이 바로 그것이다.[23] 이들은 사상, 문학, 역사, 언어의 면에서 안확의 국학을 대표하는 저서들이다. 아울러 이 시기에 유독, 사회문화 일반에 관한 논저가 많다는 점도 특기할 만하다.

(8) 『자각론』(1920), 「인민의 삼종류」(1920. 9.), 「유식 계급에 대하야」, 「독일민족의 기질」(1920. 10.), 『개조론』(1921), 「삼중 위험과 자각」, 「청년회의 사업」(1921. 3.), 「정신의 정리」, 「불평론」, 「세계문학관」(1921. 5.)

(9) 본래 사회의 상태는 각 개인이 자유의사로 이성을 발휘할새 그 정도가 不同하면 長이 短을 律하여 교화하며 자타 정신이 角鬪하는 동시에는 優勝劣敗가 生하니 이 교화와 與奪이 相通하는 동시에 인류는 益益改進하고 사회는 愈愈開化하여 (……) 그 실상의 정도인즉 진보, 발달이라. _『자각론 (10)』

(8)에 제시된 대로 이 시기에 집필된 논저의 반 이상은 일반론이다.[24] 물론 이러한 일반론은 그가 접한 고서, 한서(漢書), 양서 등을 바탕으로

간되었다.

23 여기에서 제외되는 것은 1917년의 『조선문법』(유일서관), 1940년의 『시조시학』(조광사)과 『조선무사영웅전』(명성출판사) 세 책이다.

24 수적으로만 판단할 때, '조선'을 중심으로 한 논저가 다른 시기에 비해 그리 많지 않았다는 말이다.

구성된 것이었음에 틀림없다(이 중, 양서의 대부분은 일본을 통해 간접 수용된 것이었으리라 여겨진다). 특히 유길준(兪吉濬, 1856~1914)의 『서유견문』(1895)과 양계초(梁啓超, 1873~1929)의 『음빙실문집(飮氷室文集)』(1903)은 안확의 사상 형성에 매우 큰 영향을 미쳤다. (9)에 드러나 있는 사회진화론은 그러한 영향 관계의 일단을 보여준다. 결국, 안확 국학의 근간을 이루는 "진보 가능성에 대한 강한 확신"은 『서유견문』의 "문명진보론(文明進步論)"이나 『음빙실문집(飮氷室文集)』의 "사회진화론(社會進化論)"(이 태진 1984/1994 : 17-18) 등에서 비롯하였다고 할 수 있다.

이에서 보듯 안확은 자신이 습득한 외래이론을 기반으로 사회문화에 대한 일반론을 전개하였다.[25] 이러한 사실은 안확이 외래의 문화와 이론을 수용하는 데 매우 능동적이었음을 알려준다. 그리하여 그는 다음과 같이, 외래의 선진화된 문명과 사상을 적극적으로 수용할 것을 주장하였다.

(10) ㄱ. 現今 여러 방면에 漲溢한 <u>신사상</u>은 일찍이 거절할 수 없는 사실적 근거가 있어 (……) 이에 대한 방침은 오직 적당히 導함을 務치 아니치 못함에 있는 것이라. _『개조론 (23)』

ㄴ. 지식과 진리는 <u>천하의 共有物</u>이라. _『수정조선문법』 著述要旨 1

ㄷ. 近日에 이르러서는 더욱 세계의 <u>신문명을 수입하여 개조, 이용</u>을 取함이 實地上 긴급한 일이라. 『조선문학사 (169)』

ㄹ. 학자의 본령 (……) <u>사상의 교환을 怠치 말지니</u> (……) 타인의 新說을 관용치 아니함은 학자의 태도가 아니니라. _『자각론 (20~21)』

그러한 외래요소, 즉 신문명·신사상은 거절하기 어려운 세계적 '공

유물(共有物)'이기에, 이를 주체적으로 받아들여 '개조(改造), 이용(利用)'
하는 일에 게으르지 말아야 한다고 역설하였던 것이다. 나아가 안확은,
이러한 외래요소의 수용이 고유 특성의 '개선(改善), 진화(進化)', 즉 그
것의 발전을 가져온다고 믿고 있었다.

(11) ㄱ. 이 사상의 변천은 즉 남방 불교의 사상과 서방 漢文의 중화사
상을 수입하여 고대 고유의 '倧' 사상[26]을 協和한바 하나의 신사상을 만든
것이라. _『조선문학사 (13~14)』
ㄴ. 혹은 외래문화를 흡수하고 혹은 자발적 문화를 吐하여 改善, 進化를
經由하다. _『조선문명사 (1)』

한편 그는 언제나, '진화'된 한국 고유의 특성을 발견하기 위해 여러
나라의 사례들을 비교, 검토하였다. 다음 진술에 근거할 때 그 비교, 검
토의 중심에는 늘 서양의 '구주(歐洲) 각국'이 놓여 있었다.

(12) ㄱ. 조선의 철학사는 서양에 비하면 異色이 있는지라. _「조선철학
사상개관」(1922. 11.), 권4 : 41
ㄴ. 이 自治制를 현대 歐洲 각국에 비하면 불란서식의 對抗主義도 아니
요, 독일식의 欽定主義도 아니요, 영국식의 保護主義도 아니라. _『조선문
명사 (102)』

(13) ㄱ. 세계의 개조 운동 (……) 영국과 프랑스에는 改造省을 설치하
고 改造 大臣까지 두어 전문으로 개조 운동을 擧하니 _『개조론 (2~3)』
ㄴ. 그중 皇城新聞은 (……) 그 문체는 독립신문과 달라 諺漢文 혼용으

---

26 유준필(1990/1994 : 115)에 따르면, 안확의 '倧' 사상은 "환인 – 환웅 – 단군의 三神思
想"을 가리킨다.

로 한문 직역체에 불과하고 文藻는 중국 飲氷室文集에 本하여 想보다 形을 중시한지라. 그러나 서양 루소의 자유 평등설이 이로부터 유행하니라. _『조선문학사 (121)』

ㄷ. 중성은 능히 獨發하되 초성은 獨發치 못한다 하다 (……) 영어에 Table은 'B, L'의 두 음이 중성 아니라도 能發하나니라. _『조선문학사 (230)』

이러한 비교 작업의 궁극적인 목표는, 다른 나라(특히 동양 각국)에 비해 진화한 한국 고유의 특성을 발견하고 이를 널리 알림으로써 대중에게 민족적 자부심을 고취하는 데 있었다. 다음 (14)에서 보듯 한국의 문자, 언어, 자치제 등은 다른 나라와의 비교를 통해 그가 발견한 한국 고유의 특성 중 세계적으로 내세울 만한 것들이었다.

(14) ㄱ. 今日 세계 문자의 발원지는 여섯 곳인데 조선이 그중 하나를 占하니 이것이 우리 조선의 명예라. _『조선문학사 (79)』

ㄴ. 조선어는 複音語로 第二種 우랄알타익어에 속한 말이니 이 어족 간에 조선어가 가장 으뜸이니라. _『수정조선문법 (2)』

ㄷ. 조선 自治制는 단군 건국시대로부터 있었는데 희랍 정치와 같은 것으로 동양에 先進 또 독특한 生活이라. _『조선문명사 (3)』

(15) 본서는 종래의 오류됨을 배제하고 公衆的, 보편적에 의지하여 만든 것이라. _『수정조선문법』 著述要旨 1

아울러 그러한 작업은 세계 각국의 사례 비교를 통해 보편성을 확인하고 이에 근거하여 국가 간, 문명 간의 우열을 판단하고자 하는 데에 뜻을 두고 있었다. 그러한 차원에서 위 (15)는, 자신의 국학이 보편성에 의지하고 있음을 직접적으로 드러낸 진술이라 할 만하다.

이처럼 안확은 외래의 근대학문을 직간접적으로 수용하면서 자신이 추구한 국학의 이론적 기반을 마련하고자 하였다. 이를테면 그는 근대 학문의 보편성을 바탕으로, 실증적이면서[27] 실재적인 자신만의 국학을 정립하고자 한 셈이다. 그러한 까닭에 당시의 국학 특히 국어 연구를 주도하던 주시경(周時經, 1876~1914) 계열의 연구자들은 그가 보기에, '이론과 사실을 혼동'[『조선문학사 (231)』]하는 사람들이었다. 「조선어원론」[28]의 제13절 '주씨(周氏) 일파의 곡설(曲說)'(229~234면)에서 그는 이러한 사실을 전면적으로 거론하였다.

(16) ㄱ. (주씨 일파는) 논리상 판단으로 일반 언어를 개량코자 한지라. 大抵 문법은 사실을 추상적으로 記載하는 것이오. _231면
ㄴ. 聲音을 논함에는 반드시 문자를 벗어나 음향적, 價値生理的 상태 등을 精察하여 聲은 聲으로써 解하여야 可하니라. _231면
ㄷ. 각국의 예로 보아도 외래어를 放逐한 일이 없나니_232면

(17) ㄱ. 그 연구한 바 저서를 읽으면 誤解曲說이 많아 後日 학생으로 하여금 誤從케 함이 많으니_230면
ㄴ. 표기법 개량 (……) 나도 그 개량을 찬성하노라. 그러나 (……) 新奇를 좋아하여 實地 영향은 돌아보지 않고 보통 사람들이 불가해할 新字를 獨行코자 함은 불가한 일이니 항상 학자는 과학적 이익을 위하여 실용상 손해를 돌아보지 않는 것이 큰 폐단이니라. _233~234면

위의 진술에서 안확은, 국어 연구가 '사실'에 바탕을 두고 실증적으로 이루어져야 할 것을 이야기하였다. 그리고 '주씨 일파'처럼 이론에 의지

---

27 물론 그의 업적에서 실증적이지 못한 진술도 발견된다 ; 거북선은 즉 잠수정이라. 「조선육해군사」(1923. 1.), 권2 : 615.
28 이는 『조선문학사』(1922)의 '附編二', 즉 부록 2(176~240면)로 실려 있다.

해 사실을 '개량'하려는 것은, '학자'가 가져야 하는 올바른 태도가 아니라 하였다. 그에게 있어 그러한 태도는, 언어 연구의 면에서 초보자들을 '오종(誤從)'케 하는 일이며 언어생활의 면에서 '실용상 손해'를 자초하는 일이었다. 결국, 안확은 '주씨 일파의 곡설'에서의 비판을 통해 자신이 정립한 국학의 정당성을 설파하고자 한 것이다.

3) 안확 국학의 전개 : 언어·문학·역사에서 예술·체육까지(1925~1946)[29]

안확은 1925년 7월에 "아악정리(雅樂整理)"를 위한 제안서를 이왕직(李王職, 일제강점기에 조선 왕실과 관련된 사무를 담당하던 관청)에 제출하였는데 이 제안이 받아들여지면서 그는 "1926년 4월부터 촉탁(囑託)에 임명"(권오성 1990/1994 : 180), 이왕직 아악부(雅樂部)에서 근무하게 된다. 하지만 그는 "4년 만에" 당시의 아악부 부원이었던 "함화진(咸和鎭) 등과의 불화로"(안병희 2003 : 329) 해고되어 아악부를 그만두었다. 그 후 안확은 그리 주목할 만한 사회 활동을 하지 않으며[30] 집필 활동과 칩거만을 반복하다가 광복 이듬해(1946)에 사망하였다.

안확의 학술 궤적에서 이 시기를 특징짓는 것은, 그의 업적이 매우 다양한 분야에 걸쳐 있다는 점일 터이다. 해당 시기에 출현한, 언어·문학·역사[31] 이외의 업적들을 두세 개씩 나열해보면 다음과 같다.

---

29 이 시기의 안확은 '안확, 안자산, 자산' 이외에 '文三平, 雲文生, 風流郎, 自山生, 八大曳, 安之覃, ㅇㅎ生' 등의 다양한 필명을 사용하였다. 특히 '문삼평'은 「동양문자의 종종」(1927. 7.)의 필자명으로 출현하는데 논문의 내용이나 당시의 출판 상황 등에 근거해 판단할 때 이는 안확 자신을 가리키는 필명임(안병희 2003 : 332)에 틀림없다.

30 1934년의 진단학회 贊助 회원(김창규 2000 : 30), 1935년의 출판사 以文堂[安廓 씨가 하는 以文堂 ;「三千里機密室」, 삼천리 7-3(1935)], 1946년의 全朝鮮文筆家協會 추천 회원(『동아일보』 1946. 3. 13.) 정도가 언급될 수 있다.

31 물론 이들 세 영역 내에서도 진전이 발견된다. 가령 문학 영역에서, 그가 "詩歌"를 본격적으로 논급하였다든지(이태진 1984/1994:40), '悼二將歌' 등 새로운 시가 자료를 "발

(18)

ㄱ. 경제 :「조선상업사소고」(1931),「조선화폐고」(1934)

ㄴ. 종교 :「조선음악과 불교」(1930),「유교의 진화와 신유」(1932)

ㄷ. 군사 :「朝鮮古代の軍艦」(1930),「조선병함고」(1931)

ㄹ. 음악 :「조선고대의 무악」,「천 년 전의 조선군악」(1930),「조선음악
　　　　　사」(1931)

ㅁ. 미술 :「黃帝の戰爭傳說の壁畵」(1930),「조선 미술사요」(1940)

ㅂ. 무용 :「山臺戲と處容舞と儺」(1932),「가면무용극고」(1937)

ㅅ. 체육 :「신라의 무사혼」(1928),「고래의 체육고」(1930),『조선무사영
　　　　　웅전』(1940)

나아가 이 시기의 안확은 자신이 관심을 가진 영역의 폭을 넓혔을
뿐 아니라 해당 영역에서 깊이를 더해 자신만의 독창적인 주장을 내어
놓기도 하였다. 가령, 이른 시기부터 관심을 가져온 훈민정음에 대해
그는 악보자(樂譜字) 기원설을 새로이 주창하였다.

(19) ㄱ. 諺文字는 실상 古來 학설을 이상화한 것이라. 세종이 음운을
연구한 결과, 구강은 천지조화를 포함한 우주로 알며 동시에 구강은 樂器
로 알았나니 (……) 초성자는 음악상 본체가 되는 5음을 本으로 하여 된
것이라. (……) 중성자 (……) 그 모양은 자연히 간단한 부호로써 作定하
다. (……) 고로 樂譜字와 언문은 약간의 관계가 있는 것 같으니라. _「언문
의 연원」,『시대일보』 1925. 5. 12.

　　ㄴ. 음운학은 (……) 송나라 때 와서는 그 學이 완성할새 일체 어음을
음익의 이치와 합하여 音階인 宮商角徵羽와 합일하였다. (……) 더욱 송나

라 때 유행하던 樂譜字가 있으니 그는 半宮體樂書에 朱子의 설을 인용함에 있는바 正히 언문 자양과 흡사하다 ; ㅿㄴㄷㅁㄱㅣㅗㄴㅅㅜㅡㄹㅣㅊㅜㅏㅋ. 이의 대조로 보면 언문의 기초가 음운 및 樂理와 관계됨을 부인할 수 없는 것이다. _「언문의 기원과 기가치」(1931. 1.), 권5 : 96-97

(19ㄱ)의 「언문의 연원」(1925)은 훈민정음의 악보자 기원설을 처음으로 제기한 글이다. 이러한 주장은 (19ㄴ)에 이르면 더욱 선명해진다. '음운' 및 '악리(樂理)'와의 관련 속에서 '송나라 때'에 쓰이던 '악보자(樂譜字)'를 본 따 훈민정음의 초성 글자를 만들었음을 '부인'할 수 없다고 한 것이다.

이는 그의 학문이 심도 있어졌음을 시사하는바, 주장의 타당성[32] 여부를 떠나 그의 악보자 기원설은 안확 국학의 확고한 정립을 상징한다고 할 만하다. 두말할 것도 없이 이러한 새로운 주장의 출현은, 안확 그 자신이 외래의 문화와 이론을 폭넓게 섭렵한 데에서 비롯한 결과였다. 이를테면 안확은 외래문화와 이론의 '자가화(自家化)'를 통해, 자신만의 국학을 구축하려 한 셈이다.

(20) ㄱ. 이렇게 일본이 조선음악을 수입한 것은 조선의 영광도 아니요, 또 일본의 부끄러움도 아니다. 조선도 支那의 음악을 全用한 것이니 大抵 지식은 세계 공유물이요, 정신은 自家의 전유물이라. 고로 外國物을 이용할지라도 自家化함이 긴요한 것이다. _「일본음악의 월단」, 『중외일보』 1928. 3. 29.

ㄴ. 무조건적으로 外物을 崇拜餐取함이 아니다. 자국의 문화를 풍부케 하기 위하여 採長補短의 이용을 한 것이다. _「조선 미술사요」(1940. 6.), 권 5:398

---

32 이 주장이 지니는 문제점에 대해서는 안병희(2003 : 335-340) 참조.

이처럼 안확은 외래이론을 수용하는 가운데 '채장보단(採長補短)'하여 자신의 국학을 정립하고자 하였다. 물론 이전 시기와 마찬가지로, 안확 국학의 궁극적 목적은 한국 고유 특성을 발견하고 이를 '속히 발표하여 세인(世人)에게' 알려 민족적 자부심을 높이는 데 두어져 있었다. 이는, 다음 (22)에서 천명한 바대로 한국민족의 무한한 진보를 확신하고 있었기에 가능한 일이었다.

(21) ㄱ. <u>時調詩</u>의 定型은 가장 과학적으로 된바 세계적으로 발표할 만한 것이니 장차 刊하겠고 이 <u>고구려 문학</u>도 일층 세계에 소개할 만한 것이다. _「고구려의 문학」(1939. 7.), 권4 : 623

ㄴ. <u>조선의 검법</u>이 自來로 동양의 제일이 되었나니 (……) 명나라 때 조선에 검법을 學하여 비로소 兵事에 통용하니 이 말은 茅元儀의 武備志에 詳說한 바이다. (……) 나는 이것을 眞說인가 浮言인가 의아하여 여러 가지 문헌을 조사·연구해본바 茅씨의 말이 거짓이 없음을 믿게 되었다. (……) 이 검법이 <u>중국에 傳한 名譽</u>에 대하여는 이상한 感發이 나서 한참 묵묵히 앉았던 일도 있다. 그리하여 이 발견을 속히 발표하여 世人에게 알리고자 하였다. _「고래의 체육고」(1930. 7.), 권4 : 83

(22) 이 新自覺時代가 얼마의 기한을 겪어갈지 모르나 각성의 限이 찬 미래시대에 가서는 自覺하니만큼 세계적 雄飛를 해볼지니 <u>장차</u>는 설혹 세계가 다 睡眠할지라도 오직 朝鮮族은 大活步로 생동하리라 생각한다. _「조선민속사」(1930. 10.), 권4 : 102

아울러 ㄱ는, '학문' 또는 '학술'의 영역에서 국학은 실증적·실재적·실용적이 되어야 한다고 하였다. 다음 (23)의 「고문 연구의 태도 – 입장성과 속단적의 위험」(1939. 11.)이란 글을 보자.

(23) ㄱ. <u>재료를 널리 採訪</u>하고 積年의 공력을 들여 완전함을 요할지오, 속단적으로 결론을 쉽게 하거나 혹은 立場性을 가지고 자기의 공을 세우고자 하여 학자 간의 도덕을 산란케 하거나 함은 大不可하다. … 학자는 그런 독단을 피하고 어디까지든지 <u>고증을 취하는 것이 필요</u>하다.(권4 : 641) (……) 실지의 증거를 완전히 포착 (……) 의외의 증거도 많으니 고로 千思萬慮로 考에 考를 더하지 아니키 불가(권4 : 644)

ㄴ. 그다음에는 隱蔽의 오류다. 자기 立論에 형편상 좋은 것만 열거하고 그 형편에 좋지 않은 것은 고의로 棄却하니(권4 : 642) (……) 洋書의 해석학에 보면 (……) 관심이 見地를 결정하고 그로부터 입장을 규정하고 입장에 대한 <u>立場性</u>은 黨派性으로서 일종의 정치적 성격을 발휘한다 하였다. (……) 동양의 고증학은 淸朝에서 시작하였는데 그때에 고증을 가지고 漢學派, 宗學派들이 相爭하고 실지 학문에는 하등 이익을 끼치지 못하였다. (권4 : 644)

ㄷ. 學究 諸氏에게 권고할 것이 있다. 諸君은 <u>학술을</u> 문화활동에 기본하여 상식적으로 取하여라. (……) 현대는 학문을 지배계급이나 특권계급의 物로 치는 시대가 아니다. (……) 아무쪼록 어려운 것도 쉽게 해석하여 <u>보통 사람이 알도록</u> 하는 것이 문화 운동의 大要點이다.(권4 : 645)

이는 안확이 자신의 연구 태도를 직접 밝혀놓은 것인데 이에서 그는 의의 있는 국학 연구를 위해 과학적 태도가 필요함을 강조하였다. 모름지기 학술 연구자라면 자료를 '널리 채방(採訪)'하여 '천사만려(千思萬慮)'로 철저히 '고증'하는 실증적 태도(23ㄱ), '입장성(立場性)', 즉 이념적·정치적 성격을 가급적 배제하려는 실재적 태도(23ㄴ), 그리고 '학술'을 쉽게 설명하여 '보통' 사람들이 알 수 있도록 하는 실용적 태도(23ㄷ)를 지녀야 한다고 역설하였던 것이다. 이러한 면에서 보면 당대의 대표적 역사학자 신채호(申采浩, 1880~1936)에 대한 안확의 비판은 피할 수 없는 하나의 과정이었다고 할 수 있다.

(24) ㄱ. 金澤씨 후 小倉씨 전에 신채호 씨의 해설이 『동아일보』에 소개
된지라. (……) 본문의 제목은 「吏讀文名詞解釋」이라 하였으나 그 내용은
古文을 일일이 검토·설명한 것이 아니라 해석의 방법론이라. (……) 氏는
사고의 형식을 말함에 先한 고로 <u>주관적 설명이 많지</u>마는 오늘날의 우리
들은 아무쪼록 주관을 피하고 객관의 재료에 의지함을 도모할지니 _「신채
호 씨의 이두해석 (1)」, 『중외일보』 1928. 3. 6.

ㄴ. 氏는 <u>방언을 등한시</u>하는 듯하다. 氏가 碧骨池[33]의 '벽골'을 '벼골' 즉
'稻邑'이라 한바 '벼'는 즉 백제의 방언이라 한 것이나 本是 남도에서는 '稻'
를 '벼'라 하지 않고 '나락'이라 하나니 고로 『櫟翁稗說』에도 '羅祿'이라 한
것도 이것이라. _「신채호 씨의 이두해석 (2)」, 『중외일보』 1928. 3. 7.

ㄷ. 遺失한 고대사를 오직 漢史에서만 採할 것이 아니라 일본사에서도
참고를 取할지라. 씨는 일본古史의 기록을 引함이 弱한 모양이라. (……) 이
와 같이 <u>주관적 의사</u>만 取하면 그 학설은 鹿皮曰字라 하기 可하다. (……)
오히려 金澤 설이 근사한 것 같으니라. _「신채호 씨의 이두해석 (3)」, 『중
외일보』 1928. 3. 8.

(25) 씨의 史論에 있어서도 고려할 여지가 많으나 … 씨는 이런 <u>불필요
를 除하고 필요 있는 것만 案題하매 나는 많은 感想을 起하는 동시, 그의
학설을 얼마큼 敬讀하는</u> 것이라. _「신채호 씨의 이두해석 (3)」, 『중외일보』
1928. 3. 8.

위 진술에서 보듯, 안확에게 있어 신채호의 연구 성과는 상당 부분
실증적 자료에 기반하지 않은 '주관적'인 것이었다. 나아가 안확은, 신
채호가 이념상의 이유로 피하였음직한 가나자와 쇼자부로(金澤庄三郎,
1872~1967)의 주장에 대해 '근사'한 것 같다고까지 말한다. 그는 '객관',

---

33 전북 김제시에 남아 있는 백제시대의 저수지.

즉 실증을 위해서는, 한국인의 이념과 배치될 수 있는 '일본고사(古史)의 기록'이나 일본인의 '학설'에 의지해도 무방하다는 태도를 보이기도 하였다. 그럼에도 불구하고 (25)에서는 신채호의 역사학이 '필요'한 것, 실용적인 것을 다뤘던 까닭에 '경독(敬讀)'할 만한 가치를 지닌다고 덧붙인다. 이로써 안확의 신채호 비판에 대한 검토를 통해 안확이 실증적·실재적·실용적 국학을 추구하고 있었음을 확인하게 된 셈이다.

3. 안확과 국어 연구

국어와 관련하여, 안확은 일생 동안 2편의 저서와 30여 편의 논문을 발표하였다. 그는 음운론, 문법론, 문자론 그리고 계통론·국어학사 등 국어학의 거의 전 영역에 걸쳐 매우 방대한 업적을 남겼다. 이들 업적을 종합하여 살필 때 그는 대체로, 다음과 같은 성향을 가지고 국어 연구를 수행하였다고 할 수 있다.

1) 과학주의

안확은 자신이 획득한 서양의 일반언어학적 방법을 바탕으로 국어 연구를 진행하고자 하였다.

(26) ㄱ. 본서는 여러 曲見詭說을 배제하고 문법학, 음성학, 문자학 또는 언어학 등의 원리원칙을 취하며 _『수정조선문법』 著述要旨 2(1923)

ㄴ. 우리는 먼저 언어학을 연구하여 학술적으로 연구할 것이니 (······) 근래 문법론자의 설명은 과학적이 아니오 _「조선어 연구의 실제」(1926. 12.), 권5 : 46-49

ㄷ. 하나의 국어를 관찰한 뒤에 눈을 돌려 다른 나라의 언어를 관찰한

즉 각기 특질의 있는 것을 知得할지라. _「조선어의 연구」(1931. 2.), 권5 :
  100

그는 일반언어학에 기반을 두지 않은 언어 연구는 과학적이 아니라
고 여기고 있었다.[34] 그리하여 그는 국어에 대한 과학적 연구를 위해,
가능한 한 실재 자료에 의지하는 실증적 방법과 여러 언어의 예를 견주
어 설명하는 대조적 방법을 사용하였다. 이는 자신의 국어 연구가 보편
성에 위배되지 않도록 하는 데 궁극적인 뜻을 둔 것이었다.

(1) 실증적 연구 방법

안확의 국학은 실재하는 자료에 근거하여 실증적으로 이루어지는
경향을 보였다. 이러한 경향은 국어 연구의 영역에서 또한 마찬가지
였다.

(27) ㄱ. 인용한 책은 頗多하야 일일이 기재치 못하니 書院과 古家의 장
서며 일본 우에노(上野) 도서관, 북경 관립 藏書閣, 상해 천주교 書樓 등에
周遊耽讀한바 (……) 漢書로는 九通, 각종 법전, 古今 治平畧, 연감, 類書
등과 서양서로는 독일 법제사, 로마 법제사, 각종 정치사, 정치학 등 통합
8,500책이 되다. _『조선문명사』述例 1(1923)

ㄴ. 그 변화된 내용에 있어서는 古文獻이 전해지지 않아 자세히 알기가
어렵다. 古語의 완전한 형태를 알기는 세종 때로부터 세조 때까지 諺文으

---

34 19세기 서양의 학문적 전통은 역사적인 것이 아니면 과학적 가치를 인정하지 않던
역사주의다(정승철 2010·174). 이에 따라 서양에서는 역사비교언어학이 학문적 주류를
형성하게 되는데 안확 또한 이러한 사정을 잘 알고 있었던 듯하다 ; 동양비교언어학의 건
설은 大事業, 大運動이요, 또 언어 연구의 진면목이라.[「조선어원론」 239(1922)] 그런데 사
실적 차원에서 안확의 국어 연구는 역사비교언어학의 범주에 든다고 말하기 어렵다. 현
대적 관점에서 굳이 이야기하자면 그의 국어 연구는 오히려, 대조언어학의 영역에 더 가
깝다고 할 수 있다.

로 기록하여 나온 서적에 의지할 수밖에 없다. _「조선어의 연구」(1931. 2.),
권5 : 106

(27ㄱ)은 그가 박람(博覽)한 서적이 8천5백 책에 달함을 밝혀놓은 진
술이다. 이와 같은 참고 자료의 방대함에다가 그는, (27ㄴ)에서 보듯 실
재하는 자료에 철저히 의지하는 신중함을 보인다. '박람'하면서 실증적
인 경향, 안확의 국학에서 연구사가 유독 많이 나타난다는 사실도 이러
한 성향과 관련된다. 국어 연구의 영역으로 한정할 때『조선문학사』
(1922 : 120-124)의 문체사(文體史), 「조선어원론」(1922)의 "조선어학사(朝
鮮語學史)"(권2 : 244-248), 「사서의 류」(1925. 5.)에 보이는 사전사(辭典史),
「언문에 관한 참고」(1925. 5.)와 「각국의 철자론과 한글문제」(1930. 1.)
의 국내외 표기법사, 「언문과 문화 급 민족성」(1938. 7.)의 "언문사(諺文
史)"(권5 : 114-115), 즉 훈민정음사 등은 바로 그러한 계열에 속하는 업
적들이라고 할 수 있다.[35]

(2) 대조적 연구 방법

안확의 국어 연구 업적에서 논의의 근거로 외국어의 예를 제시하는
경우는 매우 흔한 일이다.

---

[35] 안확의 업적에서 다음과 같은 견해가 이미 제시되어 있다는 점도 특기할 만하다.
① 兪龜堂의 (……) 저술 '大韓文典'은 실상 조선어학의 개척이라. 崔光玉의 '大韓文典'이
가장 먼저 나왔다 하나 이는 兪씨의 원고를 借印한 것인 듯하다 하노라.[『조선문학사』
121(1922)] ② 본래 鄭麟趾 서문에 '字倣古篆'이라 한 일이 있으나 이는 세종께서 諺文을
한자와 관계가 있게 만들었으니 반대하지 말고 한자와 한가지로 尊崇하여라 하는 암시
에 불과한 문구요.[「언문의 출처」(1926. 10.), 권 5 : 42] ③ 근일 합리주의자들은 말하되 한
글 표기법의 불규칙은 崔씨의 죄라고 역설하나 그는 大不可한 誤論이다.[「각국의 철자론과
한글 문제」(1930. 2.), 권5:6] ①은 兪吉濬의 『大韓文典』(1909), ②는 훈민정음 해례의 '字倣
古篆', ③은 崔世珍에 관한 내용인데 이들은 광복 이후에 한참을 지나서야 학계의 주목을
받게 된 주장들이다.

(28) ㄱ. 두 개 父音으로써 初頭音을 이루지 않으니 <u>서양어</u>에는 Clas, Glad, Spell, Tree 등으로 두 개 父音을 合發하다. 朝語는 받침만 二終聲이 있어 '밟, 늙' 등이 있느니라. _「조선어원론 (223)」(1922)

ㄴ. 各國語는 같은 계통이 아니라도 서로 相同한 것이 있으니 조선어의 '똥, 보리, 어느' 등은 <u>영어</u>의 'dung, Barley, any' 등과 같으며 支那語의 '猫'는 埃及語의 'Mau'와 같으며 小兒의 '빠빠(父), 맘마(食, 母)' 등은 세계가 동일하다. _「조선어의 성질」(1930. 7.), 권5 : 79

(29) ㄱ. 내가 학자 제군에 향하여 (……) 크게 바라는 것은 <u>외국어를 배워 비교 연구</u>를 施하라 함이로다. _「조선어원론」 239(1922)

ㄴ. 외국어를 알지 못하면 <u>자국어의 가치를 발견할 수 없다</u> 한지라. _「범어와 조선어와의 관계 (3)」(1928. 12.), 권5 : 77

ㄷ. 이 '謎'[36]란 것은 각국에 모두 있는바 一種 戲謔的 弄舌에 불과한 것이라 할지라. 그러나 <u>조선의 '謎'</u>는 매우 기묘하게 발달된 것이니 연구하여 보면 3종으로 분별하기 可하다. _「조선어의 연구」(1931. 2.), 권5 : 108

(30) 조선어도 크게 전파하여 <u>외국어로 化作한 것</u>이 많은지라. (……) 본보 지면에 제한이 있어 약간만 보이노라. (……) 馬 : 말(조선어), 우마(일본), 모리(몽고), 모린(만주) (……) 母 : 으미(조선어), 오모(일본), 아매(유구), 에메(몽고, 妻), 에메(만주) _「조선어의 가치」(1915. 2.), 권5 : 9

(28)에서처럼 안확은 자신의 주장을 내세우는 가운데 종종, 외국어의 예를 들어 대조언어학적인 서술을 시도하였다. 이를 통해 안확이 목표한 바는 대체로, 외국과의 '차이' 또는 '공통성'을 부각시켜 '자국어의 가치', 즉 한국 고유의 특성을 찾아내고 그 특성이 다른 나라에 미친 영향

---

36 이는 '수수께끼'를 가리킨다.

관계를 파악하는 데 있었다.

(30)은 이러한 사정을 잘 보여준다. 이들 단어에 대한 '비교 연구'의 결과, 안확은 형태상으로 유사한 '우마(일본), 모리(몽고), 모린(만주)' 등을 국어 '말'에서 '화작(化作)'한 예로 간주하였다. 국어가 조어(祖語)이고 그 영향의 흔적이 이들 단어에 남은 것으로 이해하였다는 말이다. 하지만 국어가 이들 언어보다 앞선 단계의 언어였다는 점에 대해 어떠한 실재적 증거도 발견되지 않는다. 이는 안확의 국학이 부분적으로, 이념적 성향을 띠고 있었음[37]을 시사한다. 말하자면 그의 국학은, 한국 고유의 특성이 원조적(元祖的)이고 매우 우수하다는 믿음[38] 위에 굳건히 자리하고 있었던 셈이다.

물론 어떠한 경우에도 그의 대조언어학은 '보편성'에 깊이 의지하고 있었다. 다음 진술이 이를 단적으로 잘 드러낸다.

(31) ㄱ. 이와 같은 변화 법칙은 <u>세계 어법상 제일 절묘한 규칙</u>이라. 이를 모음조화라 (……) 자연과학에 있어서는 <u>公理를 표준</u>할 뿐이니 2와 1의 합이 3이라 하는데 어떤 이유로 3이 되느냐 하는 것은 논리를 키지 못해. _「근모음변화의 조직」(1927. 2.), 권5 : 52-53

ㄴ. 우선 바울 氏의 문법 원리를 공부하는 것이 可해. (……) 우리는 <u>보편적을 위주로 함</u>이 可하니 好奇的이나 一便的의 쑥스런 일은 休할지라. (……) 순행동화(progressive assimilation), 역행동화(Regressive assimilation)

---

37 흥미롭게도 그는 '45세 이전', 즉 1930년 이전에 이룬 자신의 연구가 약간의 이념적 성향을 띠었음을 반성하기도 한다 ; 나도 45세 이전의 저술과 <u>그때에 가졌던 立場性을 지금 와서 크게 후회</u>한다.[「고문 연구의 태도」(1939. 11.), 권4 : 645]

38 물론 1930년 이후의 저술에서는 이러한 믿음이 다소 약화된다 ; 조선어의 성질을 고찰하면 <u>우랄알타익語族의 通有性과 相同</u>하니 이는 다음 10개조로 보기 용이하다. (……) 이런 비교로써 보면 조선어가 우랄어족이라 논단하기 어렵지 않은 바라[「조선어의 연구」(1931. 2.), 권5 : 109]. 여기에서는 '우랄어족'에 끼친 영향을 언급함이 없이 그저 객관적으로 국어의 계통에 대해 진술하고 있을 뿐이다. 이와 같은 이념성의 약화는 '실증'의 강조에서 비롯된 필연적 결과로 여겨진다.

등으로 음성학상 법칙이 있어 <u>세계가 동일한 현상</u>이니라. _「병서불가론」,
(1927. 3.), 권5 : 57-61

2) 실용주의

안확은 의사소통 수단을 '표준어'로 통일하고 그것을 바탕으로 한 언
문일치를 달성하기 위해 국어 연구를 진행하였다.

(32) ㄱ. 본서는 특히 敍述的, <u>실용적</u>(Descriptive, Practical)의 体로 편찬
함. _『조선문법』著述要旨 1(1917)
ㄴ. 우리가 문법을 배움은 <u>언어를 통일</u>하고 文의 <u>書하는 법을 일치</u>코자
함에 있는 것이라. _『수정조선문법 (136)』(1923)

이를테면 안확의 국어 연구는, 그 궁극적인 목표가 '실용'에 두어져 있
었던 셈이다. 그리하여 그는 '표준어'나 '문체'에 큰 관심을 기울이게 된다.

(1) '표준어'에 대한 관심

안확의 국학은 사회진화론에 기반을 두었는바 그의 언어관 또한 이
에서 크게 벗어나지는 아니하였다.

(33) ㄱ. 언어의 기원은 感覺으로 生한다. (……) <u>미개인의 언어</u> 수와 문
명인의 언어 수를 비교할지라도 또한 可知라. (……) 또한 <u>언어는 항상 진
화</u>하여 不止하나니라. _「조선어원론 (176-179)」(1922)
ㄴ. 미개인의 어수와 문명인의 어수를 비교하여 (……) 본래 <u>사람의 사
고작용은 점차 진화</u>된 고로 언어도 그 사고의 발전에 의지하여 가공적,
制作的의 언어를 이룬 것이다. _「조선어의 성질」(1930. 7.), 권5 : 78-85
(34) 조선어도 역시 우랄어족의 일종인데 <u>이 어족 중에서는 조선어가</u>

가장 가치 있는 것이니 말하면 조선어의 주인인 조선인은 같은 지방 내에서 제일 진보된 文明古國의 사람으로서 찬란한 문화에 생활하여 내려온지라. _「조선어의 성질」(1938. 11.), 권5:118

(33)에서 보듯 그는 인간의 언어를 '미개인'의 말에서 '문명인'의 말로 점차 '진화'해가는 것으로 이해하였다. 이처럼 안확은 사회진화론을 언어의 영역에 투사한 '진화론적 언어관'(정승철 2009 : 169)을 드러내었는데 이에 따르면 한국어는 '제일 진보된 문명고국(文明古國)'의 사람들이 사용하는 언어 중에 하나였다.[39]

나아가 안확은 언어의 '진화'가 방언과 표준어 사이에서도 성립하는 것으로 간주하였다. 그리하여 그는 표준어[40]에 비해 열등한 존재로서의 방언을 "逐"하자고, 당시로서는 매우 강력하게 주장하였다.

(35) ㄱ. 만일 이 방언의 발달을 자유에 방임하면 한 민족의 말이 決裂하여 사상 교통이 不能할지라. 고로 표준어를 세우고 방언을 逐하나니 이는 언어를 不自由케 함이 아니라, 한 나라의 언어를 통일하여 사상을 단합함으로써 국어를 보전하는 목적이니라. _「조선어원론 (186)」(1922)

ㄴ. 표준어 중에도 또한 표준이 있어야 되는 것이니 「조선말본」의 예와 같이 '뻑다귀, 늑다리' 같은 卑言, 俗言을 쓰는 것은 不可한 것이라. _「병서불가론」(1927. 3), 권5 : 57

ㄷ. 오늘날 표준어를 세움에 대하여 말하면 絶代의 文豪가 나오지 아니하면 (……) 京城語로써 함이 타당할 것이다. (……) 구어에 있어서는 특

---

39 이로써 보면 안확의 국어 연구가 목표한 바는, 국어를 "第一 進步"된 언어로 만드는 데 있었다고 하겠다.

40 안확은 한국 표준어의 역사를 두 단계로 나누어 이해하였다 ; 第一期의 표준어는 卽 경상도 방언이다. (……) 지금이라도 尙州·善山語가 全國의 正言이라 하는 傳說이 있다. (……) 第二期의 표준어는 畿湖 방언으로 된 것이다.[「조선어의 성질」(1930. 7.), 권5 : 82-83]

히 京城言을 '京詞'라 하여 귀하게 여긴 일이 있고 地方言을 '사토리'라 하여 천하게 여긴 일이 있는 고로_「조선어의 성질」(1930. 7.), 권5 : 82-83

(36) 본서는 京城言의 발음 및 그 雅言에 표준하여 그 법칙을 서술하고 동시에 언어 통일을 목적함이라._『수정조선문법』著述要旨 1(1923)

국어를 '보전'하고 발전시키기 위해 방언(또는 '사토리')을 없애고 표준어를 사용해야 한다는 것이다. 이러한 주장은 방언이 어문의 통일을 방해하므로 표준어로써 이를 대체하게 해야 한다는 생각에 바탕을 두고 있었다. (36)에서 보듯, 안확이 자신의 문법 기술에서 그 대상을 '경성언(京城言)'으로 한정한 것도, 그가 가진 '표준어'에 대한 관심에서 비롯되었다고 할 수 있다.

(2) '문체'에 대한 관심

안확은 국어 연구 초기부터 '문체'에 대해 지대한 관심을 가지고 있었다. 이러한 관심은 유길준의 영향(정승철 2012a : 190)에서 비롯되었음에 틀림없다.

(37) ㄱ. 본서를 지음에 있어서 현대 사용하는 諺漢文混用法을 쓰노라._『조선문법』著述要旨 1(1917)

ㄴ. 兪龜堂의 서유견문 (……) 그 문체는 諺漢文混用體의 대표가 된 것이라._『조선문학사 (121)』(1922)

(37ㄱ)에는 '언한문혼용법(諺漢文混用法)'을 써 문법을 기술하겠다는 뜻이 밝혀져 있다. (37ㄴ)에서는 안확이 '언한문혼용체'의 대표로서 유길준의 『서유견문』(1895)을 지목하였다. 유길준의 이른바 '국한문 혼용체'가 안확에게 준 영향이 가히 짐작된다.

아울러 안확은 문어와 구어의 구별, 그리고 언문일치에 대해서까지 상당히 심도 있게 언급하였다.

(38) ㄱ. 문어와 구어가 生하니 가령 助辭으로 말하여도 '하노니, 진뎌, 건대, 호니' 등은 보통 구어에는 사용치 않고 특히 문자를 사용하는 문장 중에만 行하는 것이라. 此語層의 <u>文口語 二別</u>은 서양어 제국에도 모두 있으나 (……) 文을 作하는 사람은 언문일치의 道를 求함에 노력함이 可하다 하노라. _「조선어원론 (193)」(1922)

ㄴ. 근래 신문이나 소설에 <u>怪文体</u>를 사용하여 '<u>이다, 하얏다</u>' 등 吐를 사용하여 이로써 언문일치를 표방하는 사람이 있는지라. 그러나 이는 아직 不可廢할 語措法을 强排하여 도리어 청자의 입지를 혼란케 하는 사상을 起하는 弊에 이르게 되나니 이는 실상 문법 幼稚의 自白을 不免이니라. _「조선어원론 (193)」(1922)

흥미로운 것은, 이때까지만 해도 안확은 "이다, 하얏다" 등의 '-다'체에 대해 우호적이지 않은 태도를 보였다는 사실이다. 심지어 그것을 '괴문체(怪文体)'라 부르기도 하였다.

하지만 1925년에 들어서면 사정이 달라진다. 이때부터 그가 해당 '괴문체'를 사용하여 글을 쓰기 시작하였기 때문이다. 이를 확인하기 위해 1925년 이전과 이후의 글을 비교하여 제시해본다(이하의 인용문은, 한자 표기를 제외하면 거의 원문 그대로다).

(39) ㄱ. 전혀 언어의 발달이 幼稚함에 在하다 <u>할지라</u>. (……) 今日에 이르러서는 此音이 다 <u>消滅한지라</u>. (……) 관념이 크게 발달한 <u>것이라</u>. _「조선어원론 (215)」

ㄴ. 그 본체의 姿는 失함이 明하다 <u>하노라</u>. _「조선어원론 (228)」

(40) ㄱ. 조선인의 일대 恨事이라 하갯다. (······) 이때로써 비롯하얏다 할 것이다. (······) 新訂國文 實施의 件이다. _「언문에 관한 참고」, 권5 : 12

ㄴ. 조선어의 辭書는 新機軸을 發하게 되얏다. _「사서의 류」, 권5 : 17

(39)는 1922년, (40)은 1925년 5월에 나온 글이다. 선행 구성의 차이를 무시할 때 (39)의 '-ㄹ지라', '-ㄴ지라', '-이라', '-노라'가 각각, (40)에서는 '-ㄹ 것이다', '-얏다', '-이다', '-갯다'로 대응된다. 이로써 후자의 글에서 이른바 '-다'체가 사용되었음을 알 수 있다.[41]

그런데 이보다 더욱 흥미로운 것은, 1926년부터 1928년 사이에 쓴 글에서 '-다'체 이외의 문체[42]가 얼마 더 발견된다는 점이다.

(41) ㄱ. 근래 조선어를 연구하자는 소리는 四面에 들녀. 그러나 그 연구라하는것은 다感情的이오, 학술적이 안이야. (······) 필경 효과를 성취치 못하엿서. _「조선어 연구의 실제」(1926. 12.), 권5 : 45[43]

ㄴ. 이는 참으로 문학사의 眞相을 탐구하기 可한 재료라 할 만할새 (······) 수효가 30여 편에 屆達해. (······) 향가 다시 말하면 鄕土의 歌라 햇서. _「여조시대의 가요」(1927. 5.), 권4 : 280

(42) 만흔 열정이 잇는 줄로 알겟습니다. (······) 신라의 유물이외다.

---

41 김미형(2002)에 따르면, "1923년" 무렵부터 논설문의 문체는 거의 '-다'체로 고정된다.

42 이러한 특이 문체의 글들이 모누, 『농상』과 『현대평론』에 실려 있다는 점도 특기할 만하다.

43 이 인용문에서는 원문의 띄어쓰기를 그대로 두었다. 독특하게도, 이 시기의 몇 저술에서 안확은 어절 단위의 띄어쓰기를 사용하고 있다. 그런데 안확의 저술에서 이러한 띄어쓰기가 일반화되기 시작한 것은 「언문과 문화 급 민족성」(1938. 5.) 이후의 일이다. 따라서 이 시기에 나타난 안확의 띄어쓰기는 본인이 의도하지 않은 것일 가능성이 있다. 이러한 띄어쓰기를 보인 업적의 게재 잡지가 『동광』으로 한정된다는 점은, 이의 편집인이었던 주요한(朱耀翰, 1900~1979)이 관여한 데서 그러한 결과가 초래되었음을 짐작하게 한다(초고를 보시고 이를 지적해주신 서울대학교 이현희 교수님께 감사드린다).

(……) 내가 7년 전에 支那 북경에 가서 악기를 조사하야 보앗스나 거긔는 淸朝時의 遺品인 最近品박게 업고 조선은 참 4천 년 전 유물이 만히 <u>잇슴이다</u>. _「세계인이 흠탄하는 조선의 아악」(1928. 5.), 권5 : 142

(41)은 이른바 '반말체', (42)는 '-습니다'체가 쓰인 글이다. 거칠게 대비하여 '-다'체를 문어체라 한다면 여기서의 '반말체'나 '-습니다'체는 구어체에 해당한다. 따라서 (41), (42)는 안확이 자신의 저술에서 구어체의 글쓰기 방식을 시험하고 있었음을 시사해준다. 짐작하건대, "言文一致의 道를 求함에 努力"[「조선어원론 (193)」]한 결과의 하나로서 그의 이러한 시도가 이루어졌던 것으로 여겨진다.[44]

그러나 이와 같은 문체에 관한 새로운 시도는 그리 오래 지속되지는 않았다. 1928년 중후반에 이르러, 다시 '-다'체로 회귀하고 만 것이다.

(43) ㄱ. 그것은 자서이 알 수가 <u>업다</u>. (……) 다 와서 드럿다 한다. _「조선고악의 변천과 역대악단의 명인물」(1928. 5.), 권5 : 138

ㄴ. 서양언어학계에서도 梵語의 성질을 연구한 후에야 비로소 과학적 근거가 확립한 <u>것이다</u>. _「범어와 조선어와의 관계」(1928. 10.), 권5 : 77

그 이유야 어찌되었든[45] 안확의 구어체 글쓰기는, 약간의 습작물만을 남긴 채 실패로 귀결되었다.

(44) 더구나 <u>君의 신문체인 '해, 햇서'</u> (……) 조선의 신문체 '한다, 하였

____

44 이로 보아 안확은 '언문일치'를 말뜻 그대로 이해하고 있었던 듯하다. 그의 '언문일치'에 따라, 말(言)과 글(文)을 동일하게 하기(一致) 위해 말, 즉 '구어'를 소리 나는 대로 표기하는 방식을 자신의 저술에서 시험해보았으리라는 말이다.

45 자신의 신문체가 대중의 그리 큰 호응을 받지 못한 데에서 비롯하여 구어체 글쓰기를 포기한 것인지, 그가 '-다'체를 언문일치의 문체로 인정하게 된 데에서 비롯하여 그것을 포기한 것인지 분명히 밝혀 말하기 어렵다.

다'를 李光洙씨가 쓰기 시작하여서 일반이 좇아가는 것을 보고 安廓씨식 문장을 보급시키고 싶은 野心에서 前記 서투른 말버릇을 쓴 것이렸다. (……) 신문체를 건설하고자 초조하였으나 마침내 時人의 조소를 받고 만다._정열모, 「안확 군에게 여함」(1927. 5.)

그렇더라도 안확의 문체 시험은, 그의 국어 연구가 실용적 관심에 기반을 두고 있었다는 주장(정승철 2012a)을 단적으로 지지해준다. 이로써 안확의 실재적·실용적 국학에서 '문체'의 문제가 매우 중요한 위치를 차지한 이유를 새삼 확인하게 된 셈이다.

4. 맺음말 ─ 과학과 실용 사이에서

안확은 자신의 국학을 '과학적'이라고, 철석같이 믿고 있었다. 그러한 그가 생각한 '과학'은 실제 문제의 해결을 위한 과학, 즉 '응용과학'이었다. 그러기에 그에게 있어 과학은 결코 '이론적'일 수 없었다.

(45) ㄱ. 본서는 平易와 實地됨을 주장하며 이론에 흐름을 피하여 학자로 하여금 조선어의 일반 지식을 理會케 함이라._『수정조선문법』著述要旨 1(1923)

ㄴ. 반침을 잘 써야 옳다 하나 이 옳다는 것은 이론이요, 實地를 주장하는 문법과는 관계가 없다. (……) 문법은 결코 이론에 의지하어 밀하는 것이 문법학상 定則이 아니니라. (……) 근래 문법론자의 설명은 과학적이 이니오. _「조선어 연구의 실제」(1926. 12.), 권5 : 48-49

실재에 기반하되 '이론'에 너무 기울어져서는 안 된다는 말이다. '이론' 과학이 아니라 '응용' 과학, 그것이 안확 국학이 추구한 과학이었던 것이다. 그리하여 그는 (45ㄴ)에서 보듯, '이론에 의지'한 업적들에 대해 단호하게 과학적이 아니라고 선언하였다. 그가 보기에, 주시경 또는 주시경 계열 학자들의 업적은 너무 '이론' 중심적이어서 '과학'이 될 수 없었다.

한편 그의 과학은 그 자체로 연구의 '가치'를 갖지만 '이념적'이어서는 안 되는 것이었다.

(46) ㄱ. 학술은 <u>학술 자신의 가치를 위하여 연구</u>하는 것이오 _「조선어 연구의 실제」(1926. 12.), 권5 : 45

ㄴ. 그다음에는 <u>隱蔽의 오류</u>다. 자기 立論에 형편상 좋은 것만 열거하고 그 形便에 좋지 않은 것은 고의로 棄却하니 _「고문 연구의 태도」(1939. 11.), 권4 : 642

연구자의 이념에 따라 필요한 자료에만 근거하여 이루어진 '설명'들은 '과학적'이라 부를 수 없다는 말이다. 이처럼 안확은 자신의 국학에서 가급적, '이념'을 배제하고자 하였다.

하지만 그가 활동하였던 때는 '일제(日帝)로부터의 독립'이라는 '이념'이 지배하던 시기였다. 그러한 까닭에 '실증'을 바탕으로 '이념'을 구축(驅逐)하려는 그의 국학은 당시의 지식인들로부터 배척당할 소지를 다분히 가지고 있었다. 또 '과학'이란 본질적으로, '이론'에 바탕을 두지 않으면 안 되는 것이었다. 그가 주시경을 '이론적'이라 평할 수는 있어도 그것만으로 '과학적'이 아니라 할 수는 없는 일이었다. 그러한 차원에서 '주시경 일파'의 한 사람으로서 정열모(鄭烈模, 1895~1967)의 다음 비판은 바로 이를 겨냥한 것이었다.

(47) 君은 적어도 과학의 뜻을 모르는 사람 같다. (……) 君은 첫 꼭대기에서 문법의 과학적 연구를 제창하고 여기 와서는 "空然히 理論上 個人 意

見을 가지고 云云" 하였으니 <u>이론 없는 과학이 어디 있던가</u>. _정열모, 「안확 군에게 여함」(1927. 5.)

　이와 같이 안확은 실용을 위한 과학을 주장하였다. 그러기에 그의 '과학'은 이론적이어서는 안 되었다. 아울러 과학은 실증적이므로 그의 '과학'은 이념적이어서도 안 되는 것이었다. 이론적이지도 이념적이지도 않은 과학 나아가 실용적이며 실증적인 과학 그것이, 안확이 추구한 국학의 궁극적인 목표였다. 하지만 '국학'이 언제나 실용적이면서 실증적일 수만은 없다는 데에서 안확의 과학은 한계를 지니고 있었다. 이를테면 과학과 실용, 그 사이에 안확 국학의 한계가 이미 자리하고 있었던 셈이다. 그러한 제한이 '신분'상의 제약과 더불어, 안확 자신에 대한 외면의 빌미를 제공하였다고 할 수 있다.

정승철(鄭承喆)
서울대학교 국어국문학과 교수. 대표 논저로는 『제주도 방언의 통시 음운론』, 『한국의 방언과 방언학』, 「근대국어학과 주시경」, 「순국문 『이태리건국삼걸젼』(1908)에 대하여」, 「일제강점기의 언어 정책 – 언문 철자법을 중심으로」, 「小倉進平의 생애와 학문」 등이 있다.

참고 문헌

강복수(1972), 『국어 문법사 연구』(형설출판사).

강영주(2004), 「국학자 홍기문 연구」, 『역사비평』 68, 154~198면.

고영근(1998), 『한국어문 운동과 근대화』(탑출판사).

구본관(2003), 「안자산의 언어관과 국어 연구」, 『어문연구』 31-1, 367~391면.

권오성(1990/1994), 「자산 안확 국악 연구에 대한 고찰」, 『자산 안확 국학논저집』 6
        (여강출판사), 173~190면.

권오성·이태진·최원식 편(1994), 『자산 안확 국학논저집』 1-6(여강출판사).

김미형(2002), 「논설문 문체의 변천 연구」, 『한말연구』 11, 23~71면.

김용섭(1972), 「한국근대역사학의 성립」, 『(월간) 지성』(1972. 3.), 22~45면.

김창규(2000), 『안자산의 국문학 연구』(국학자료원).

동아문화연구소 편(1971), 『국어국문학사전』(신구문화사).

유준필(1990/1994), 「자산 안확의 국학사상과 문학사관」, 『자산 안확 국학논저집』 6
        (여강출판사), 101~172면.

배수찬(2006), 「근대적 글쓰기의 형성 과정 연구」(서울대학교 대학원 박사학위논문).

송성안(2003), 「자산 안확과 마산」, 『근현대의 마산 사회(경남지역문제연구원 연구총
        서 8)』(경남대학교), 259~291면.

안병희(2003), 「안확의 생애와 한글 연구」, 『어문연구』 31-1, 321~344면.

이기문(1988/1994), 「안자산의 국어 연구—특히 그의 주시경 비판에 대하여」, 『자산
        안확 국학논저집』 6(여강출판사), 77-99면.

이동영(1965), 「'안자산(확)' 연구」, 『청구공전논문집』 2, 37~46면.

이승민(2011), 「자산 안확의 생애와 체육사상」(중앙대학교 대학원 석사학위논문).

이태진(1984/1994), 「안확의 생애와 국학세계」, 『자산 안확 국학논저집』 6(여강출판
        사), 11~58면.

이현희(1994), 『한국민족운동사의 재인식』(자작아카데미).

이희정(2008), 『한국근대소설의 형성과 '매일신보'』(소명출판).

정승철(2005), 「근대국어학과 주시경」, 『한국 근대 초기의 언어와 문학』, 이병근 외 (서울대학교 출판부), 77~138면.

______(2009), 「어문민족주의와 표준어의 정립」, 『인문논총』 23(경남대학교), 159~180면.

______(2010), 「小倉進平의 생애와 학문」, 『방언학』 11, 155~184면.

______(2012a), 「안확의 『조선문법』(1917)에 대하여」, 『한국문화』 58(서울대학교), 179~195면.

______(2012b), 「자산 안확의 생애와 국어 연구」, 『진단학보』 116, 241~265면.

정열모(1927), 「安廓君에게 與함」, 『동광』 13, 48~67면.

최원식(1981/1994), 「안자산의 국학 – '조선문학사'를 중심으로」, 『자산 안확 국학논저집』 6(여강출판사), 59-76면.

한국국학진흥원 편(2003), 정승교 해설·윤문, 『자각론·개조론』(한국국학진흥원).

허웅·박지홍 편(1973), 『증보 국어국문학사전』(일지사).

1914. 12.	偉人의 片影(학지광 3)
1915. 2.	偉人의 片影(학지광 4)
	今日 留學生은 何如(학지광 4)
	朝鮮語의 價値(학지광 4)
	朝鮮文字의 小論(불교진흥회월보 8)
1915. 5.	二千年來 留學의 缺點과 今日의 覺悟(학지광 5)
	朝鮮의 美術(학지광 5)
1915. 6.	朝鮮의 文學(학지광 6)
1916. 9.	偉人의 片影(학지광 10)
	朝鮮語學者의 誤解(학지광 10)
1917. 1.	『朝鮮文法』(唯一書館)
1920. 3.	『自覺論』(匯東書館)
1920. 9.	人民의 三種類(공제 1)
1920. 10.	有識階級에 對하야(공제 2)
	獨逸民族의 氣質(공제 2)
1921. 2.	『改造論』(조선청년회연합회)
1921. 3.	三重危險과 自覺(아성 1)
	靑年會의 事業(아성 1)
	朝鮮文學史(아성 1)
1921. 5.	精神의 整理(아성 2)
	不平論(아성 2)
	世界文學觀(아성 2)
1921. 6.	朝鮮奴隸史(공제 8)
1922. 4.	『朝鮮文學史』(韓一書店)

朝鮮語原論(『朝鮮文學史』의 부록)

1922. 11.　　朝鮮哲學思想槪觀(신천지 7)

1922. 12.　　朝鮮의 音樂(신천지 8)

1923. 1.　　『朝鮮文明史』(匯東書館)

朝鮮陸海軍史(『朝鮮文明史』의 부록)

1923. 4.　　『修正朝鮮文法』(朝鮮語學叢書 1, 匯東書館)

1925. 5.　　諺文에 關한 襍考(계명 8)

辭書의 類(계명 8)

諺文의 淵源(시대일보 5. 12.)

1926. 1.　　諺文の淵源(조선사학 1)

1926. 2.　　朝鮮諺文の淵源(예문 17-2, 京都大)

1926. 3.　　朝鮮雅樂に就て(조선사학 3)

1926. 4.　　檀君說話に就ての管見(上)(조선사학 4)

1926. 5.　　檀君說話に就ての管見(下)(조선사학 5)

諺文發生前後의 記錄法(신민 13)

1926. 6.　　朝鮮語の本質より見たる朝鮮文化(조선사학 6)

1926. 10.　　諺文의 出處(동광 6)

1926. 11.　　古朝鮮民族과 二大別(동광 7)

1926. 12.　　朝鮮語硏究의 實題(동광 8)

古朝鮮族과 太極(동광 8)

自山詩話(동광 8)

1927. 1.　　朝鮮歌謠史の槪觀 (上)(예문 18-1, 京都大)

1927. 2.　　朝鮮歌謠史の槪觀 (下)(예문 18-2, 京都大)

根母音變化의 組織(동광 10)

1927. 3.　　竝書不可論(동광 11)

1927. 4.　　自山詩話(동광 12)

1927. 5.　　麗朝時代의 歌謠(현대평론 1-4)

1927. 6.　　吾東가 構說이냐(동광 14)

1927. 7.　　東洋文字의 種種(현대평론 1-6)

1927. 8.　　時調作法(현대평론 1-7)

1927. 11.　　各國言語의 個性 1~4(중외일보 11. 6~9.)

朝鮮民謠의 古今(조선 151)

朝鮮雅樂曲解題(朝鮮 180)

1930. 5~6.   朝鮮古代の軍艦 1~8(조선통신 5. 24~31., 6. 2.)

1930. 6.   端午와 朝鮮民粹(신생 21)

1930. 7.   朝鮮民族의 根本(신생 22)

鮮語의 性質(조선 153)

古來의 體育考(조선 153)

1930. 8.   黃帝の戰爭傳說の壁畵(조선학보 1)

1930. 9.   金剛山과 朝鮮民族(신생 23)

時調의 淵源 1~5(동아일보 9. ·24~30.)

1930. 10.   朝鮮民族史(신생 24)

歌詩와 民族性 1~2(동아일보 10. 1~2.)

朝鮮文學史(조선일보 10. 1~8.)

1930. 10~11. 朝鮮文學의 起源 1~7(조선일보 10. 31.~11. 7.)

1930. 11.   詩歌考의 二三(신생 25)

1930. 12.   朝鮮語의 音聲(신생 26)

雪夜思 · 讀書樂(신생 26)

時調四篇(동아일보 12. 13.)

歲暮四詠(동아일보 12. 24.)

1931. 1.   朝鮮의 三貴(신생 27)

新旦吟 · 鍾鳴曲 · 別曲(신생 27)

諺文의 起源과 其價值(조선 159)

慶州六曲(조선일보 1. 18.)

1931. 2.   瞻星臺(신생 28)

朝鮮語의 研究(조선 160)

雜詠一束(조선일보 2. 24., 5. 2.)

1931. 3.   新春別曲(신생 29)

俗謳行(조선일보 3. 1.)

朝鮮兵艦考(조선 161)

朝鮮歌詩의 研究(조선 161)

1931. 4.   時調의 體格風格 1~4(조선일보 4. 11~18.)

三國時代의 文學 1~5(조선일보 4. 11~18.)

1931. 5.　　　高麗時代의 歌詩(조선 163)

　　　　　　　高句麗曲(조선일보 5. 1.)

　　　　　　　時調의 旋律과 語套(조선일보 5. 8~10.)

　　　　　　　雨夜遇成(동아일보 5. 21.)

　　　　　　　時調의 詞姿 1~4(조선일보 5. 21~29.)

　　　　　　　初夏隨詠(동아일보 5. 29.)

1931. 6.　　　閑居雜詠(동아일보 6. 6.)

　　　　　　　閒居感懷(조선일보 6. 7.)

1931. 6~8.　時調의 硏究(조선 164~166)

1931. 7~8.　處容考에 對하야 1~6(조선일보 7. 27.~8. 2.)

1931. 8.　　　雨中雜詠(조선일보 8. 4.)

　　　　　　　詠物(조선일보 8. 8.)

1931. 9~10.　朝鮮商業史小考(조선 167~168)

1931. 10.　　時調의 作法(조선 168)

1931. 11.　　朝鮮文學史總說(조선 169)

1931. 12.　　朝鮮音樂史(조선 170)

1932. 1.　　　朝鮮音樂史(조선 171)

1932. 2.　　　山臺戲と處容舞と儺(朝鮮 201)

　　　　　　　處容考(조선 172)

1932. 3.　　　李朝時代의 歌詩(조선 173)

　　　　　　　朝鮮文學의 起源(조선 173)

　　　　　　　模範의 古時調(조선 173)

　　　　　　　朝鮮の音樂に就て(朝鮮 202)

1932. 4.　　　安晦軒의 事蹟(조선 174)

1932. 5.　　　漢詩法의 硏究(조선 175)

　　　　　　　朝鮮文學의 變遷(조선 175)

1932. 6.　　　朝鮮文學의 起源(조선 176)

　　　　　　　朝鮮史의 槪觀(조선 176)

　　　　　　　漢文詞曲의 小考(조선 176)

1932. 7.　　　漢文小說의 槪觀(조선 177)

『朝鮮武士英雄傳』(明星出版社)

1940. 5~6.　　朝鮮美術史要　1~13(조선일보 5. 1~29., 6. 1~11.)

1942. 1.　　　朝鮮武士小史　1~5(讀史餘祿, 조선일보 1. 18~25.)

1943. 1.　　　高句麗의 文學[平山(申)瑩鐵 編, 半島史話와 樂土滿洲, 滿鮮學海社]

　　　　　　　半島武士道의 由來와 發展[平山(申)瑩鐵 編, 半島史話와 樂土滿洲, 滿鮮學

　　　　　　　海社]

Ⅲ. 애류 권덕규의 생애와 국어학적 업적[*]

1. 들어가기

이 글은 권덕규(權悳奎, 1891~1949?)의 생애와 그가 행한 국어학적 업적을 되씹어보기 위하여 작성되었다. 그는 구한말부터 해방 직후까지 한평생을 어학자·역사가·교육자·수필가·시인·만담가·독설가·기인으로서 살다간 인물이었다. 그는 「조선백인물(朝鮮百人物)」(1939)[1]에 선정될 정도의 당대 명사로서 1920~1930년대 잡지의 인물평이나 이면사 소개에 단골손님으로 등장할 만큼 숱한 일화를 남겼다. 석실거사라는 필자가 『삼천리』 제7권 제8호(1935)에 '단채록(短彩錄)'이라고 하여 57명의 명사들을 사자어구(四字語句)로 표현하였는바, 그는 "전탄백석(箭灘白石) 권덕규"라 표현되어 있다.

그는 애류(崖溜)·한별·환민(桓民)·노덧물[2] 등의 아호 또는 필명으로 많은 글을 남겼다. '애류 권덕규'[3], '애류생(崖溜生)'[4], '환민(桓民) 한별'[5], '환민

---

* 이 글은 2012년 12월 30일에 발행된 『규장각』 41의 87~156면에 「권덕규의 생애와 그의 국어학적 업적에 대한 한 연구」라는 제목으로 게재된 바 있다. 게재를 허락해준 서울대학교 한국어문학연구소에 감사드린다.

1 이 글 뒤에 붙은 '참고 문헌'란에 나오는 논저류나 부록인 '권덕규의 국어학적 업적 목록'에 등재된 업적들은 본문에서 제목과 출간 연도만을 적기로 한다.

2 '노덧물'은 흔히 소파 방정환의 수많은 필명 가운데 하나인 것으로 파악되거나[대표적으로 최수일(2008 : 739)], 노산 이은상의 별명인 것으로 파악되기니(고항범 1994 : 19·20) 하였다. 노덧물이 쓴 「閒者의 辭典」을 언급하는 제5장에서 노덧물이 권덕규의 필명임을 알려주는 구체적인 증거를 들기로 한다.

3 「朝鮮語文에 就ㅎ야」(1919~1920) 등.

4 「北城磯」[『청춘』 15(1919)] ; 「新舊歲에 除ㅎ야」[『중앙청년회보』 27(1917)] 등.

생(桓民生)’[6], ‘한별 권덕규’[7], ‘권한별’[8], ‘한별생(生)’[9], ‘한별’[10], ‘ㅎㅂ’[11], ‘노 덧물’[12] 등으로 기록되어 나온 것이다.

그런데 조동걸(1993 : 172)에서는 ‘환민 한별’이라는 필명으로 씌어진 당대 최고의 화제논설 ‘가명인두상(假明人頭上)에 일봉(一棒)’(『동아일보』 1920)과 같은 유형의 글로서 「자아를 개벽하라」[『개벽』 창간호(1920)]를 ‘좀 소략하지만 같은 논지를 가지는 글’로 파악하고 있고, 대갈생(大喝 生)의 「좀 그러지 말아주셔요」[『개벽』 창간호(1920)] 등의 수필도 ‘그와 비슷한 요지의 글’이라고 언급하고 있다. 그러나 전자는 권덕규의 글이 지만, 후자는 결코 권덕규의 글이 아니다. 즉, ‘대갈생’은 권덕규의 필명 이 아닌 것이다. 「좀 그러지 말아주셔요」는 ‘대갈생’이라는 필명으로 여 러 글을 써낸 바 있던 박달성의 글이기 때문이다. 박달성은 『개벽』의 핵심 멤버 가운데 한 사람이었다.

권덕규의 연보는 정재승 역주(2009 : 145~150)에 작성된 바 있기는 하

---

5 「假明人頭上에 一棒」(『동아일보』 1920) 등.
6 「전인미답의 별금강 ‘仙倉洞天’ 답파기」(『동아일보』 1940) 등.
7 「시조기행」(『동아일보』 1931) 등.
8 「옛글 말의 몇낱 참고」(1939) 등.
9 「신삼는 말」(1939) 등.
10 「가을한숨(窮農家)」[『개벽』 4(1920)] 등. 그 외, 「시평」(『현대평론』 1. 3., 1927년 3월 호) 등, ‘한결’이라는 필명으로 씌어진 글이 두 회 더 보인다. 분야가 너무나 다른 일종의 정치 평론이기 때문에 그 ‘한결’이 과연 권덕규를 가리키는 것인지 의심스러운 국면이 없지는 않다.
11 「놀이말」(1939), 「곡식이름」(1939) 등. ‘价川地方 한별生’, ‘价川地方 한별’, ‘价川 ㅎㅂ’ 식으로 나타나기 때문에 권덕규의 고향 김포군과 너무나 멀리 떨어진 평안남도 개천군은 이 필명들이 과연 권덕규의 것이 맞는가 의심을 하게 한다. 그러나 ‘「부록 1」 권덕규 연보’에 서 살펴볼 수 있듯이 그는 1932년 8월 1~11일 사이에 동아일보 주최의 하기 조선어 강습회와 좌담회의 강사로서 관북·관서 지방(평양·진남포·황주·철원·함흥)을 순회하며 강의를 한 사 실과 “특히 방언 연구에 있어서는 방학 때마다 시골에 내려가 머슴방에 묵어가면서 그들이 사용하는 사투리를 알아내는 데 귀를 기울이기까지도 하였다.”(임종국·박노준 1966 : 233)는 증언을 통하여 개천지방과 권덕규 사이에 얽힌 인연을 읽어 낼 수 있을 것이다.
12 「화장사의 아츰」[『개벽』 2(1920)] ; 「한자의 사전」[『개벽』 8(1921)] ; 「부듸치기」[『동명』 2(1922)] 등.

지만 아직 더 추가할 사항들이 많이 있어 보인다. 이 글에서는 먼저 그의 연보를 작성하여 제시하기로 한다. 그것은 이 글 뒤의 부록 1 '권덕규 연보'에 실어둔다. 그다음에는 그의 국어학적 연구에 한정하여 그 학문적 궤적을 구체적으로 살펴보기로 한다. 그의 국어학적 업적과 관련된 글의 서지사항을 한자리에 모아 부록 2 '권덕규의 국어학적 업적 목록'으로 실어둔다. 그의 국어학적 업적과 관계있는 글들을 통독해보면, 지금까지 잘 알려지지 않은 몇 가지 미시적인 사실들을 찾을 수 있다. 그의 글 이곳저곳에는 국어학사의 서술을 몇 가지 수정해야 할 만큼 매우 흥미로우면서 유의미한 사실들이 많이 숨어 있는 것이다.

그는 크게 보아 민족주의자요, 국수주의자라 할 수 있다. 잘 알려진 것처럼 그의 학문적인 성숙은 한힌샘 주시경(1876~1914)을 통하여 이루어졌지만,[13] 정신적 방면의 그러한 면모는 석농(石儂) 유근(1861~1921)의 영향 아래 대종교와의 만남을 통하여 이루어진 것으로 보인다.[14] 그런데 그는 1930년대 들어가야 비로소 '국수'에 대한 언급을 하게 된다.

함으로 그가 語彙도 만히 알며 民族的 宗敎心理도 매우 짐작하야 그를 보면 그의 言行의 <u>民族的-朝鮮的 國粹</u>에 많이 쏠림으로 그가 남 보기에 한 國粹主義者-國學專主者가티 보이기도 하얏스려니와 아무튼지 그가 사람이 밋는 대가 잇서야겟다 하얏스며 自己 생각으로는 大倧敎가 가장 自己가 依信할 째라 생각한 것 갓다. 이 大倧敎로 하야 그의 餘年에 朝鮮學 所養이 더욱 깁헛스며 所信이 더욱 컷섯다. 그리하야 그의 말이 갑갑지 아니

---

13 그 외, 그는 白淵[배못, 히못] 김두봉(1889~1960)과 검돌 이규영(1890~1920) '두 언니'의 영향을 크게 입었다[이규영의 유저 『현금 조선문전』(1920)을 간행하면서 붙인 권덕규의 「머리에 씀」 참조].

14 1910년대 대종교와 국수(보존)주의 사이의 관계에 대하여는 특히 이지원(2002)와 삿사 미츠아키(2003)을 참조하기 바란다. 권덕규는 1910년대 말 이후 대종교에 대한 언급을 많이 하게 되는바, 1920년대 들어서는 특히 『동아일보』를 통하여 단군과 대종교를 선양하는 일을 많이 하게 되었다.

하고 行動이 국임이 업섯다. 하야서 그 니아기가 갓금 神敎(大倧敎)仙敎에 當한 것이며 외우는 글이 그쪽의 것이 만핫다. 먼저 바독을 두면서 외우든 詩도 亦是 仙派의 詩임을 보아 알 것이다.[15] _「석농 선생과 역사 언어 (3)」(1932)[16]

다시 말을 돌리어 儒敎편으로 보면 네나 이제나 排他性의 富하고 包容力의 부족한 儒學者들은 자기의 國土, 자기의 國粹를 떠나서 도무지 자기 몸둥이를 일우인 細胞 알알이 儒經漢文字 속에 拘禁된지라. 新羅에 있어도 朝鮮國粹의 하나인 新羅의 그것을 어찌 그리 짓밟어버리든지 이것을 보다 못한 眞聖女帝가 新羅의 國粹를 保存코저 角干魏弘과 大矩和尙을 命하야 三代目이란 書名下에 傳來의 思想感情을 싫은 詩歌를 蒐輯케 하며 國學復興을 運動하얏었다. 이에 儒學者들은 例의 行動으로 京鄕이 奮起하야 甚至히 女帝와 魏弘사이에 醜行이 있다는 등 거리에 辱을 써 붙이며 百方으로 沮戱하매 이 國學復興運動이 中途에 失敗하니 이를 宗儒의 衝突 곳 倧敎와 儒敎와의 倧敎戰爭으로 아니 볼 수 없거늘 그래도 倧敎徒들은 無爲而處하며 不言而敎(國仙道碑文의 一節)로 戒喩를 삼어 이런 等事에는 아무케도 생각지 않는데 儒敎는 暗裏에 奮勵하야 振興의 度가 尋常치 아니하여도 그래도 오히려 香燈處處皆祈佛, 簫管家家盡事神. 惟有數間夫子廟, 滿庭春草寂無人(安裕의 扎子廟詩)을 지어 後學을 勉勵하얏다. 이와 같이 倧敎와 佛敎 또는 儒敎 사이에 暗鬪가 적지 아니하얏으며 衝突이 한두 번이 아니였건만 宗敎徒들은 늘 한 모양 누가 나를 건드리랴 晏如하얏다. 그러나 이 宗敎徒들의 晏如한 行動은 倧理에 떼어볼 수가 없을지니 우리 眞倧의 理는 그 宏深廣博한 법이 한을과 바다이라. _「대종교관 : 대종교는 력사상으로 어떠한가」, 『삼천리』 제8권 제4호(1936)

---

15 원문의 표기법은 그대로 살리지만, 띄어쓰기는 현대식으로 재조정하였다. 이하에서 행해지는 모든 인용문들도 다 마찬가지 조처가 취해짐을 밝혀둔다.
16 밑줄은 인용자의 것인바, 이하 마찬가지이다.

2. 권덕규의 생애

이 장에서는 권덕규의 생애와 관련하여 지금까지 학계에서 언급되어온 사실들 가운데 몇 가지를 되씹어보기로 한다. 그의 생애에 대하여는 최기영(1997/2003)에서 매우 면밀히 다루어진 바 있어 크게 참조된다.

권덕규의 출생 연도에 대하여는 1890년 출생설과 1891년 출생설이 있었지만, 검돌 이규영에 의해 작성된 『한글모죽보기』[17]와 최기영 (1997)에 의해 1891년생임이 분명하게 밝혀졌다. 그가 1891년생임은 권덕규 자신의 기록을 통하여서도 한 번 더 확인할 수 있다. 그의 「조선어문에 취ᄒᆞ야 (5) : 6. 조선문의 창제에 협찬흔 제씨의 고심」(1919)에는,

正音 紀元 四百七十四年 뒤에 正音에 對흔 研究도 發明도 업ᄂᆞᆫ <u>二十九歲</u>의 이 不肖少生은 이 글을 抄흠이 先正에 對ᄒᆞ야 크게 逕庭이 잇스나 또흔 偶然이 아니도다.

라 되어 있어 1891년생임이 확인되는 것이다.

그런데 1930년대에 삼천리사에서는 권덕규를 엉뚱하게도 1885년생인 것으로 소개하고 있다. 『조선사상가총관(朝鮮思想家總觀)』(삼천리사, 1933 : 28)에는,

權悳奎

現在 = 朝鮮日報編輯部員

曾歷 = 中央高普敎員, 朝鮮日報記者

---

17 「한글모죽보기」의 '언문회특별회원'항에 들어 있는 기록 "權悳奎 京畿道 金浦郡 霞城面 石灘里 四二二四. 八. 七"을 통하여 그의 原籍과 생년월일을 알 수 있는 것이다.

學歷 = 東京留學

著書 = 한글에 對한 著 及 假明人頭上에 一捧('捧'의 잘못이다 – 인용자)

等論文有

曾遊足跡 = 東京

原籍 京城 現住 京城

一八八五年四十九歲

라 되어 있는바, 학력·원적·현주소·생년월일이 다 잘못 기재되어 있다. 참고로 이 책에 등재된, 그와 비슷한 연배의 몇 인물의 나이만 들자면 최남선(50), 이광수(48), 현상윤(46)으로 되어 있다. 1890년생인 최남선, 1892년생인 이광수, 1893년생인 현상윤의 나이도 다 잘못 기재되어 있는 것이다. 비단 이 자료만이 아니라, 『삼천리』 제6권 제8호(1934)에는 「삼천리기밀실(The Korean Black chamber)」 칼럼에 '오십객(五十客)'으로 "李東輝(西伯利亞) 金東三(北滿) 柳東悅(俄領) 徐廷禧(新幹會) 安鍾元(養正校長) 崔麟(天道敎) 李始榮(上海) 韓龍雲(佛敎) 梁柱三(基督敎) 玄憲(布哇) 金恒圭(新幹會) 尹琦燮(北平) 尹海(上海) 金昶濟(梨花女高) 朴榮喆(商業銀行) 韓相龍(朝鮮生命) 南亨祐(南京) 金重世(帝大講師) 韓明世(莫斯科) 尹德炳(勞總) 鄭廣朝(天道敎) 安昌浩(大田) 崔奎東(中東校長) 韓明世(西伯利亞) 申興雨(基督敎) 李鍾麟(天道敎) 許憲(前新幹會) 金奎植(南京) 吳夏黙(西伯利亞) 金河錫(海叅威) 趙素昂(南京) 吳兢善(세醫專) 鄭寅普(廷專敎授) 明濟世(物産獎勵) 李潤柱(微高校長) 權悳圭(著述) 李敦化(天道敎) 蔡弼近(牧師)" 가운데 1인으로 들고 있고, 『삼천리』 제8권 제1호(1936)에는 「삼천리기밀실」 칼럼에 '60을 바라보는 이들' 가운데 "李潤柱 權悳圭(著述)"을 들고 있어 매우 엉뚱한 면을 보인 것이다.

그에 비해, 일본에서 간행된 잡지에 들어 있는 「조선백인물」(1939 : 347)에는,

權悳奎

　學者所謂朝鮮學の大家にして歴史語學方面の權威者博覽强記の考證學者にして現に朝鮮語辭典編纂員金浦生四十九

라 되어 오히려 정확하게 기재되어 있음을 살필 수 있다.

　앞에 든 기록들에서 괄호 속에 '저술'이라 표시되어 있는 것은 사실상 일정한 고정된 직업이 없는 상태임을 말한다. 그런데 권덕규는 1920년대 초반까지의 글들에서는 주로 조선어학자로 소개되지만, 1920년대 후반부터는 주로 역사가로 소개되는 경향을 보인다.[18] 한 예씩을 들자면, 「제명사(諸名士)의 조선 여자 해방관 : 해방 운운은 남성의 말」[『개벽』 4(1920)]의 필자명 부분이 '조선어학자 권덕규'로 기재되어 있으나, 「그리는 그 땅 나의 복지(卜地) : 함경연선(咸鏡沿線)의 툭 터진 해안 끼고」[『조광』 제2권 제2호(1936)]의 필자명 부분은 '역사가 권덕규'로 기재되어 있는 것이다. 『삼천리』[제6권 제11호(1934)]는 역시 엉뚱하게도, 경성방송국의 조선어 강좌 시간에 권덕규가 부린 주사(酒邪)를 언급하면서도,

　금년 정초이든가. 력사가 崖溜 權德奎 씨가 신년정초의 이약이을 하게 되엇는데, 이 분이 그만 屠蘇酒를 너무 자셧든지 얼근이 취하여 「마이쿠로폰」 압헤 섯다. 그러니 취안몽농에 횡설수설이 안 나올 수 업섯다. 다행히 몇 마듸 하는 모양이 갓 쓰고 제사 지내기 틀닌 것을 눈치채인 「아나운사」가 곁헤 섯다가 쓰위치를 돌녀 노아 요행 무사하엿다고. ＿「방송야화」

하는 식으로 여러 사실을 왜곡하여 잘못 전하고 있어, 조선어 강좌 연사의 직업을 "력사가"로 기록한 것은 차라리 하나의 애교라고나 할 것이다.

---

　18 최기영(1997/2003 : 132)에서는 "권덕규는 1924년 『조선유기 (상)』을 발간할 때까지 신문·잡지에 역사류의 글을 별로 발표하지 않았는데, 그것은 통사를 쓰기 위해서가 아닌가 한다"라 하여 通史 서술과 관련된 것으로 파악한 바 있다.

권덕규의 경력을 언급할 때, 그의 국어학 입문의 동기를 휘문학교 재학 중에 조선어 강사로 출강한 주시경에게 감화되어 국어 연구에 힘썼다(오영섭 2001 : 106)는 식으로 파악해오고 있다. 권덕규가 휘문의숙에 재학한 기간은 1910~1913년이고. 주시경이 휘문의숙에 출강한 기간은 1909년 4월 10일~1912년 상반기[19]였으니 역시 사실에 부합한다고 할 수 있다.

권덕규의 조선광문회에서의 역할과 관련하여, 적극적 관여설이 있는가 하면(오영섭 2001, 이지원 2002 등), 소극적 관여설(김민수 1983)[20] 또는 불참여설(조용만 1964, 김윤식 1999 등)이 있다. 잘 알려져 있다시피, 조선광문회의 3대 모토(修史·理言·立學) 가운데 이언의 두 축(사전편찬·문법정리)의 일환으로『말모이』의 편찬이 1910년부터 시작되었다. 우리는 권덕규의「석농 선생과 역사 언어 (1~9)」(1932)에 나타나는 기술 사항들을 주목할 필요가 있다.『신자전』(신문관, 1915)의 편찬을 1910년부터 1915년까지 진두지휘한[21] 석농[22] 유근(1861~1921)에 대한 추모·회고담을 담은 이 9편의 연재물은 조선광문회·『신자전』·『말모이』(『朝鮮語辭典』혹은『朝鮮語字典』)·조선광문회에 드나들었던 인물들 등등에 대한 소중한 정보를 핍진하게 잘 담아두고 있다. 이 사실들은 비록 미시적일는지 모르나 국어학사의 서술과 관련하여 매우 중요한 증언들을 담고 있다고 판단된다. 다음과 같이,

그쌔에 한참 周時經先生의 系統을 바다 가갸거겨를 써들고 國文이니 國學이니 하야 이것을 발우잡고 이것을 세우자고 議論하고 외치든 슺이라

　_「석농 선생과 역사 언어 (1)」

---

19 김민수 편(1992 : 654~655)의「주시경(1876. 12. 22.~1914. 7. 27.)의 행적표」참조.

20 김민수(1983 : 36, 43)은『말모이』(내지『조선어자전』)의 편찬에 권덕규의 참여만은 추측할 근거가 전혀 없다는 점을 들어 간접적으로 인정할 수밖에 없는 것으로 판단하였다.

21 유근은 조선광문회 主幹 일을 끝낸 뒤에는 중앙고보 교장에 취임한다.

22 그 자신이 주시경식으로 작명한 것으로 이 石儂은 '돌놈'의 의미를 가진다.

　　이째는 先生이 新字典 編纂으로 汨沒하고 절믄이들은 朝鮮語辭典을 編纂하노라 써들든 판이다. _「석농 선생과 역사 언어 (3)」

　　이것은 少年으로의 내가 저녁 째 품팔이를 하고 나오든 슻에 先生을 모시어 先生에게 오늘 아무개의 글(권덕규의 「假明人頭上에 一棒」(1920)을 가리킴 ─ 인용자)로 하야 雲養老人과 이런 問答이 잇섯다는 말슴을 들은 것이다. _「석농 선생과 역사 언어 (7)」

등으로 권덕규 자신이 행한 증언은 아르바이트 식으로든 어떤 식으로든 간에 그가 열심히 조선광문회에 나갔음을 말한다.

　　유광렬(1898~1981)도 「천하대소인물평론회」[『삼천리』 제8권 제1호(1936)]에서,

　　내가 何夢을 처음 맛나기는 한 20년 전 될 거야. 水標橋다리 光文會집에 그째 崔南善 李光洙 安在鴻 權悳奎 等 當代 論客才士가 늘 모여서 史談도 주고밧고 바둑장긔로 消日도 하던 철에 하로는 光文會을 간즉 누구와 누구던지 일홈은 이젓스나 둘이 바둑을 두는데 겻헤서 샛파란 少年선비가 안저 훈수를 한단 말이야. 그 훈수가 잘하는 훈수가 못 되고 잘 못하는 훈수인 모양으로 그 훈수를 밧다가 바둑 한 판을 덜커덕 젓단 말이야. 그째 그분이 少年선비를 보고 하는 말이 「이 사람 자네는 何夢이 아니라 眞夢일세」한단 말이야. 그래서 '그분이 何夢인 줄 아럿는데 엇잿든 一見에 「才勝於德」인 줄 알엇지.

라고 하면시 조선광문회에서 권덕규를 만났음을 증언한 바 있다.

　　그런데 이 「석농 선생과 역사 언어」는 『신자전』의 '조선어 훈석자(朝鮮語訓釋者)'와 관련하여 기존의 해석과는 상당히 다른 양상을 증언하고 있다. 최남선의 「신자전서(新字典敍)」에서는,

　　朝鮮訓釋에 對하야는 <u>故 한힌샘 周時經 白淵 金枓奉 兩氏</u>의 用心이 頗勤
하얏스며.

로 적고 있고, 장지연은 「신자전」[『위암문고(韋庵文稿)』 권지팔(卷之八),
외집(外集), 사설상(社說上), 삼십오수(三十五首)]에서,

　　是書之編輯也, 主掌者柳瑾氏, 討究幇助者, 李寅永·南基元兩氏, <u>朝鮮語訓</u>
　　<u>釋勞心者, 周時經·金枓奉兩氏</u>, 字劃校勘者, 崔誠愚氏, 至於出資設計, 周旋
　　全部, 使之成就完編者, 卽會主崔南善也,

라 기록하였다. 즉, 조선어 풀이는 주시경과 김두봉, 두 사람에 의해 이
루어졌다고 증언한 것이다. 그런데 「석농 선생과 역사 언어 (7)」에서는,

　　더욱 歷史보다도 言語는 녜前 선비의 녜前 늙은이의 돌보지 안하든 것
　　<u>으로 이 선비 이 늙은이가 留意하얏다는 것이 稀罕한 것이 아니라 只今</u>
　　<u>글字하는 이 書案에 한 冊씩 가춰어 잇는 光文會의 編纂의 新字典을 본대</u>
　　<u>면 그 字典 解釋에 쓰인 飜譯된 朝鮮말이 先生의 손으로 된 것을 알 것이</u>
　　<u>요 쌀아서 先生의 功이 어쩌함을 알 것이다.</u>

라 회고하고 있는 것이다. 즉, 유근이 조선어 훈석자라는 것이다.
　　필자는 권덕규의 3·1 운동 관련설에 대해서는 아직 제대로 사실 확
인을 하지 못하였다. 정재승 역주(2009 : 146)의 연보에서는 '1919년 3·1
운동 당시 권덕규가 장지연·이인 등과 손잡고, 독립운동에 가담'한 것
으로 되어 있으나, 어디서 그 관련 기록을 볼 수 있는지 전혀 알 수 없
다. 앞으로 그 사안이 다른 기록들을 통하여 구체적으로 문증될 수 있
기를 기대한다.
　　이제 다시 말꼬리를 돌리기로 한다. 관상자(觀相者=차상찬)가 쓴 「경

성내명물선생관상기(京城內名物先生觀相記) 기일(其一) : 오렌쥐 선생 권덕규 씨」[『별건곤』 제3호(1927)]는 1927년 당시에 권덕규가 걸어가고 있었던 삶의 궤적을 잘 보여준다.

　아츰저녁 桂洞 골목으로 여러 學生들이 오락가락하는 틈에 키는 겨우 免長이나 되고(난장이를 免하얏다는 뜻) 얼골은 六七月에 우박 마진 잿덤이 모양으로 검고도 뒤숭뒤숭하게 뚜러진 疫神임의 圖章 자국이 잇고 수염은 安洞別宮 압헤서 20錢에 열다섯 마리식 하는 자개사리 수염가티 노리끼레 한 것을 左右로 뻐친 데다 長安의 온갖 먼지가 다 안진 黑色 中折帽子를 저케 쓰고 당닭의 거름으로 아장아장 거려가며 學生들에게 「이녀석 너는 이번에 落第이다 – 공부를 좀 잘 해야 하지」 하고 弄談兼才談兼 하는 先生임 한 분이 잇스니 그는 不問可知 中央高等普通學校 名物先生 權悳奎氏이다. 그는 學生時代로부터 우리 朝鮮말과 朝鮮歷史 硏究에 만흔 努力을 하얏섯다. 그리하야 一般學界에서도 朝鮮語나 朝鮮史에 무슨 問議할 일이 잇스면 대개 崖溜! 崖溜! 하고 그를 차지며 (崖溜는 그의 雅號) 一般學生에게도 敎授時間에 만흔 歡迎을 밧는다. 그는 비록 體小하나 眞所謂體小者聲大라고 語音이 比較的 明晳하고 才談을 잘 하는 까닭에 學校 講壇에서나 其他演壇에서 여러 사람의 우슴 주머니를 각금 깨트리는 일이 만히 잇다. 辯才뿐 안이라, 文才가 또한 잇서서 自己의 硏究한 바를 或은 新聞雜誌, 或은 單行本으로 發表하야 그의 崖溜가 각금 書店의 광고판에 낫타난다. 멋 해 前에 東亞日報에 假明人頭上에 一棒을 加한다는 奇書를 하얏다가 頑固假明人儒學者들에게 「이놈 발칙한 놈 고현 놈」 하고 만흔 비난을 바는 사람노 그요 금년 가을에 新民社 李覺鍾氏의 訓民正音頒布紀念發起請牒에 裏書人이 되야 다소 세인의 疑點을 두게 한 것도 그엿다.
　그는 가튼 朝鮮歷史硏究家 중에도 특히 六堂 崔南善氏와 氣味가 상통하는 모양이다. 다 가티 壇君 한배를 노래하고 大倧敎를 신봉한다. 미래의 朝鮮을 생각지 안이하고 과거의 朝鮮을 노래하는 것 갓다. 民族主義者라

하면 積極의 民族主義者가 안이요 消極의 民族主義者다. 다시 말하면 그는 六堂의 小模型이다. 이것이 나의 잘못 봄인지, 잘 봄인지 알 수 업스나 나의 보기에는 그러하다.

그리고 그는 술을 매우 조와한다. 학교에서 도라갈 때에면 반듯이 몃 잔식은 마시고야 만다. 그리하야 학생들이 下學할 때이면 「先生임 오눌은 몃 잔이나 하시람닛가」 하면 그는 우스면서 「내가 날마다 돈이 어듸 잇니 너히가 술갑이나 좀 봇해주람으나」 한다. 그리고 그는 또 남유달이 설넝탕을 조와하야 혼자 설넝탕집을 곳잘 다니는 까닭에 獨湯先生이라는 별명까지 잇다. 그를 찻다가 집에 업다고 그냥 가면 대실패랄 것이다. 시험 길로 花洞 黃鰍湯 집이나 安洞 韓鰍湯 집이나 그럿치 안으면 齋洞 派出所 뒤의 설넝탕집을 차지면 十의 八九 번은 그를 만날 것이다. 이것도 그의 이약이거리엿다. 그러나 <u>그는 愛酒家라 할지언정 豪酒家는 안이다.</u> 학생에게도 학과에든지 기타에 위신을 일치 안은 까닭에 저 先生은 依例 술 한 잔 못 먹고는 못 살거니 하고 만흔 諒解를 하야 하둥 비난이 업다고 한다. 올치! 또 이젓구나, 그의 별명은 또 「오렌쥐」라든가? (그의 얼골이 얼거서 蜜柑 갓다고 해서)

주위 사람들에게서 사랑을 받고 있는 권덕규의 일상생활과 특히 최남선과의 관계를 잘 알려준다. 조선광문회에서의 인연으로 맺어진 그들의 친밀한 사이와 그 영향 관계는 권덕규를 '육당(六堂)'의 소모형(小模型)'이라 한 표현에서 잘 읽어 낼 수 있다.

권덕규는 윗글의 필자인 차상찬과도 매우 친밀한 관계를 유지하였다. 다음 글 「경성명물남녀(京城名物男女) 신춘지상대회(新春誌上大會) : 말성 재담(才談) 두 도감(都監)」[『별건곤』 제4호(1927)]은 개벽사의 또다른 '관상자'가 관찰한 그들 사이의 관계를 잘 보여준다.

말성 재담으로야 京城에서 中央高普의 權悳奎씨와 開闢社의 車相瓚씨를 니저버린다면 그 무서운 口討聲討에 백여나지를 못할 것이다. 佛敎청년들

의 소청을 밧아, 佛敎강연을 하다가『부처를 잡아먹고 똥을 싸라』하엿다
는 權씨는 아모 강연도 재담으로 범으려 넘기고 경찰서에 잡혀가서도 재
담으로 해를 지우는 車씨는 아모런 원고라도 남을 긁어노코야 만다. 두
분이 키도 갓치 작거니와 權씨가 얽은 대신에 車씨가 곰실머리인 것도 조
흔 대조이다. 두 분이 각금 松峴 추랑집에서 맛나면 말성다툼 재담내기에
다른 객의 안주를 다 태우고 마는 것이 의례이니 뒤가 무서워 차별 대우
는 못 하겟고 도감 벼슬이나 바치는 것이 후환이 업겟다.

차상찬은 여러 글에서 여러 가지 활동으로 활발한 삶을 영위하던 권
덕규를 세심하게 관찰하여 매우 애정 어린 시각으로 묘사해낸 바 있다.
1930년 이후의 권덕규의 삶은 다음에 언급될 바와 같이 매우 건조해
진다.[23] 그는 1930년에『동아일보』창간 10주년 기념으로 선정된 각 방
면 공로자 가운데 조선어 공로자로 선정된 바 있다. 먼저, 창간 기념일
의 기사로,

　各方面功勞者表彰; 東亞日報 創刊 十週年紀念事業, 朝鮮語功勞者 金枓奉
李常春 金熙祥 權鼎('悳'의 오자 — 인용자)奎 李奎昉 崔鉉培 申明均 李允宰 朴
勝彬 _『동아일보』 1930. 4. 1.

이라 보도되었고,『동아일보』(1930년 9월 5일, 금요일)의 공로자 소개 기
사에서는,

　朝鮮語文 功勞者 紹介 (4) 創刊十週年記念事業
　歷史的 硏究에 貢獻이 오매('오매'는 '매오'의 잘못임 — 인용자) 큰 權悳奎氏

---

23 이에 대하여는 제3장 '권덕규의 어학관과 연구 태도'에서 좀 더 자세하게 언급하기
로 한다.

한글 연구에 조예가 깁고 한글에 대한 력사적 연구가 만흔이로는 한별 권덕규(權悳奎) 씨를 처음으로 쏩지 안을 수 업다. 한글 연구에 잇서서 거벽이니만큼 이에 소개할 필요도 업시 다 아실 줄 밋는다.

일즉이 경성 휘문의숙(徽文義塾)을 졸업하신 후 주시경 씨 째 조선어연구회에서 만흔 연구를 하얏고 지금으로 10년 전에 광문회(光文會)에서 『말모이』(사전)을 편즙한 것을 비롯하야 경향 각지에서 개최되는 한글 강습회에 강사로 초빙을 밧은 일이 만헛슴으로 각 지방에서도 모르는 사람이 적을 것이다.

쑨만 아니라 휘문고보(徽文高普)와 중앙고보(中央高普)에서 십여 년 동안 한글 과목을 담임하야 지금까지에 이르는 동안 쑤준한 연구가 잇섯스며 현재에는 조선어연구회(朝鮮語研究會)에서 만흔 노력을 하고 잇다.

그리고 저서로는 조선어문경위(朝鮮語文經緯)와 조선유긔(朝鮮留記)가 잇는데 <u>중등학교 교과용과 참고용으로</u> 만흔 공헌을 주엇다.

라 소개하면서, 그의 역사적 연구를 크게 상찬(賞讚)하고 있다. 덧붙여 그의 저술들의 성격들을 명확히 잘 언급하고 있다. "중등학교 교과용과 참고용"으로 만들어졌다는 것이다.

그런데 권덕규는 「정음반포 이후의 변천 (9)」(1930)에서 이 공로자 선정과 관련하여 세간에 시비가 있었음을 암시하고 있다.

올 봄의 東亞日報 十週年記念 紙上에 한글 功勞者 褒彰이란 題目이 있었다. 이에 對하야는 <u>世間에 物議가 잇고 좀 말하기 거북한 點이 있는 듯하야 말하지 않거니와</u> 正音의 功勞者를 褒彰한다는 問題는 처음 난 것이다.

그 사달이 어떻게 해서 발생하였는지 매우 궁금하나 지금으로서는 알 길이 없다.

열운 장지영(1887~1976)의 회고담을 정리한 「내가 걸어온 길」(1978 :

29~30, 36~37)의 내용도 권덕규의 삶을 이해하는 데 일정한 도움을 준다. 장황하지만 일부를 인용하기로 한다.

마침내 1914년 7월, 38세라는 젊은 나이로 세상을 떠나시고 말았다. 선생님이 돌아가시니까 하늘이 무너진 것 같고 의지할 데가 없는 것 같았다. 스승의 가르침을 받은 김두봉, <u>권덕규</u>, 신명균, 나 등이 장례를 모시고 한자리에 모여서 뒷일을 의논하였다. 주 선생 혼자서 맡으셨다가 돌아가셨으니 누가 맡을 것인가? 잘못하다가는 국어 교육을 영 못하게 될 것이 아닌가? 이렇게 되면 우리의 한 가닥 광명조차 꺼지고 말 것이 아닌가? 이런 문제를 진지하게 논의한 결과 제자인 우리들이 나눠 맡지 않으면 안 되겠다고 결의하였다. 그래서 몇 명이 동행하여서 각 학교 교장을 찾아갔다. 휘문학교 교장 임경재 씨, 중앙학교 교장 최두선 씨, 보성학교 교주 이규방 씨, 배재학당 교장 신흥우 씨, 경신학교 교장 미국 선교사 쿤즈 씨 등을 찾아가 우리의 뜻을 말하였다. "주 선생님이 돌아가셨는데 국어 교육을 폐지할 수는 없읍니다. 그러니 국어 교육을 우리들에게 맡겨주십시오" 하니, 모두들 찬성하며 "주 선생님의 제자로서 여러분들이 나오셔서 가르치니 이런 기쁠 데가 없읍니다. 학교 배정과 시간표를 짜서주시오".
그래 나는 예수인이라 배재와 경신을 맡기로 하고 학교에 갔더니, 당장 내일부터 와서 가르치라고 하였다. 김두봉은 휘문, <u>권덕규는 중앙</u>, 신명균은 보성, 이렇게 배정을 하여 국어 교육은 정상적으로 이어지게 되었다. 나는 청년 학원이 폐쇄되는 바람에 배재와 경신에서 국어 교육에 전념할 수가 있었다. 학교에 나가게 되면서 선생들과 자주 어울렸지만, 그중에 '흰얼모'에 참여한 사람은 없었다. 그들은 다만 가르치는 문제에만 서로 의논하곤 하였다. 나는 나대로 독립운동을 하려고 '흰얼모'에 꼭 나섰다.
그 무렵 박승빈이라는 사람이 계명 구락부를 조직하고 기관지 『계명』을 내고 있었는데, 그도 국어학에 관심을 가지고 의견을 발표하기 시작하였다. 그러나 그의 체계란 일본문법 그대로 흉내낸 것이다. 동사의 활용

에 있어 일본의 4단 활용성을 그대로 흉내내어 국어에는 11단 활용이 있
다고 한 것이라든지, 표기에 있어 '먹으니'를 '머그니'로, '잡으니'를 '자브
니'로 적기를 주장하고 나섰다. 여기에 동조하는 이가 정규창, 최남선 씨
등이었는데, 기관지가 있고 하여서 그 세력이 굉장하였다. 그래서 우리는
개별적으로 그들과 논쟁하다가 어느 날 임경재, 최두선, 권덕규, 나 이렇
게 모인 자리에서 이 문제를 논의한 끝에 그들과 공개 토론으로 대결하여
그들의 그릇된 주장을 타도하기로 결정하였다. 그들도 우리 제의에 응낙
하였으므로 3일간 청년 회관에서 공개 토론회를 열고 그들 주장의 그릇됨
을 통박하였다. (……)

　이래서 '조선어연구회'를 조직하게 되었으니(1921년 12월), 이것이 현
'한글학회' 곧 '조선어학회'의 출발이다. 발기인은 임경재, 최두선, 이규방,
권덕규, 이승규, 신명균, 나 이렇게 일곱 명이었고, 다음과 같은 규약을 만
들었다.

1. 조선어의 정확한 법리를 연구함을 목적으로 한다.
2. 매월 한 차례 연구 발표회를 열고 때를 따라서 강연회, 강습회를 연다.
3. 간사 3사람을 두어 사무를 주관한다.

　이에 따라 임경재 씨를 간사장으로 뽑고, 최두선 씨와 내가 간사의 일
을 보았다. 사무실은 휘문학교 교장실에 두어 매달 모임을 가지며 활발한
활동을 시작하였다.

　얼마 후 나는 오래 몸담고 있던 경신학교를 나왔다. 형제처럼 친한 친
구 권덕규 씨가 중앙학교에 못 있게 되어 그를 위하여 사직하였던 것이
다. 그리고 나는 중앙학교로 가게 되었다. 그러나 권덕규 씨가 술을 많이
마신다 하여 예수교 학교인 경신학교에서 받아주지 않아 내 뜻을 이루지
못하게 되자 권 선생과의 의리를 생각하여서 나도 중앙학교를 나와 양정
학교에 시간 강사로 나가게 되었다. 이 무렵이 내 생애에서 가장 복잡한

시기였다. 중앙의 최두선 교장의 권으로 다시 중앙으로 갔으나 교직 생활이 너무 평범하고 갑갑하여서 그만두고 조선일보사에 입사하였다. 그 당시 조선일보사의 사장은 월남 이상재 선생이었고, 부사장은 나와 가까운 신석우 씨였다.

장지영이 매우 따뜻한 눈으로 권덕규를 바라보고 있음을 알 수 있다. 실제로 그들은 조선어강습원을 거친 사람들로서 다 주시경의 제자들이었는바, 장지영과 권덕규는 서로 매우 밀접한 관계를 유지하였다. 위의 인용문에 언급된 바 같이 나이 차가 네 살밖에 나지 않았기 때문에 "형제처럼 친한 친구"라고 할 만큼 우의가 두터웠다. 『조선일보』를 통한 코너 주고받음도 장지영이 권덕규를 이끌어주고 있었음을 보여준다. 장지영은 『조선일보』의 「한글질의」란을 1931년 1월 13일(3604호)~1931년 6월 28일(3770호) 사이에 담당하고 있었다. 총 43회를 담당하였다. 장지영이 경영난에다가 경영진 교체의 진통을 겪던 『조선일보』를 나와 양정고보 교사로 자리를 옮긴 후, 권덕규는 1932년 1월 17일(3973호)~1932년 3월 19일(4035호) 사이 22회분의 「한글질의」란을 담당하였다. 그 직후 같은 해 4월 22일 권덕규는 조선일보 편집국장 한기악(1928~1932. 4. 22. 재직)의 뒤를 이어 편집국장대리로 임명되었다가,[24] 편집국장 주요한(1932. 9. 13.~1933. 8. 1. 재직)에게 바통을 넘긴다.[25] 『조선일보』가 잠시 정간되었다가 1932년 11월 23일 자로 속간되자 그는 다시 편집국장촉탁으로 근무하게 된다. 방응모 사장 이전까지 조선일보의 편집에 참여한 주요 인물들 명단에 권덕규도 들어 있음을 확인할 수 있다.[26]

이러한 사실은 세간에서도 자못 화제가 되었던 듯, 벽이자(壁耳子)의 「종로야화」[『동광』 제34호(1932)]에서는,

---

24 『조선일보90년사 (上)』(2010 : 282) 참조.
25 『조선일보90년사 : 화보·인물·자료』(2010 : 278) 참조.
26 『조선일보90년사 : 화보·인물·자료』(2010 : 298) 참조.

B. 조선일보는 유진태 씨가 사장 <u>권덕규 씨가 편즙국장대리</u> 한긔악 씨
가 전무리사가 된 것은 신문으로 보앗는데 그 외에는 변동이 없는가.

A. 전 편즙국장대리 리선근 군은 례의 구제금 소비사건이 난 뒤에 참다
못해 송도고등보통힉교로 취직해서 내빼고 그 밖에는 영업국과 편즙국을
통해서 10여 명을 한꺼번에 도태를 햇다고 하데. 그래서 도태된 사람들
축으로는 성명서를 돌린 일도 잇고 그런 중에 사장과 영업국장은 례의 사
건으로 검사국에서 구인장이 나와 입감하게 되니 부득불 간부개혁이 없
을 수 없엇든 모양인가 보데.

라 하여 관심들을 표명하고 있다. 그러나 그가 언제 조선일보를 그만두
었는지는 확인할 수 없었다.

3. 권덕규의 어학관과 연구 태도

권덕규가 쓴 최초의 신문 연재 논설인 「조선어문에 취ᄒᆞ야 (1~9)」
(1919~1920)는 매우 의욕적인 작업으로 되어 있다. 이 글들은 당시 그
의 학문적 태도가 얼마나 견실하였는지 잘 보여준다. 그 마지막 연재
물 「조선어문에 취ᄒᆞ야 (7) : 9. 조선문의 결점과 여언(餘言)」(1920)의 말
미에 밝힌 '논자(論者)의 원의(原意)'에 대한 내용은 매우 의미심장하고
도 장엄하다고 할 만하다.

論者의 原意ᄂ 「正音 以後의 加製字, 此에 當ᄒ 文字, 梵音과의 關係, 篆
과의 關係, 佛經과의 關係, 歌詞와의 關係, 純漢文을 用ᄒ 時代ᄂ 無ᄒᆞ, 古
語와 今語, 外語와 我語, 歷代의 飜譯, 漢文의 飜譯例, 漢文의 古今音, 外來
語 더욱 漢文語의 惡影響, 日文에 及ᄒ 朝鮮文의 影響, 新來語의 弊害, 正音
에 對ᄒ 參考書, 正音의 缺點과 밋 改良, 英文과 比較, 辭典의 作例, 近來學

者의 諸說, 世界의 採用 與否를 論홈」 等 題를 分論코져 ㅎ얏스나 暇隙의
無홈으로 如誠치 못ㅎ고 後日을 待ㅎ거니와 賴散의 罪는 贖치 못ㅎ는 바
로다.

말하자면, 국어사와 국어학사의 전반적인 서술을 의도한 것이다. 그
의 의도대로 이러한 내용들이 충실히 연구되고 서술되었더라면 일찌감
치 국어학의 수준이 한층 더 높아질 수 있었을 것이다.

그의 이러한 의욕적인 학문 태도는 「조선어 연구의 필요」(1922)에서
도 읽을 수 있다. 권덕규는 자신의 학문관이나 언어관 등을 표면적으로
잘 드러내지 않고 논문이나 논설의 서술 중에 녹여서 언급하는 경향이
있었다. 그러나 이 글은 전체가 어학관과 어학 연구에 대한 태도를 당
당하게 밝히는 내용으로 되어 있다. 그의 학문관을 이해하는 데 매우
중요한 글이라 판단하여 그 전문을 인용하기로 한다.

흔히 語學을 硏究한다 하면 어느 나라의 말 그대로 옴기는 것으로써 語
學硏究의 目的으로 안다 그러함으로 쌀하서 그 나라 말을 喋喋히 옴기는
것으로써 第一 長技로 알기도 한다 그러하나 이것으로서 語學하는 이 곳
語學者라 하지는 못할지니 만일 이것으로써 語學硏究者라 하면 저 商店
가튼 대에서 物件의 이름이나 옴기고 갑시나 무르는 것으로 語學硏究者라
하리라 그러하야 이로써 語學硏究者라 하지 아니하는 것은 그들이 아무
方面에서 所用이 업슴일세니라

爲先 語學은 무슨 必要로 硏究하는가 이에 對하야는 一般의 語學을 硏究
하는 者가 大概 세 가지 目的으로써 그 硏究의 態度를 삼나니 言語를 硏究
하는 目的은 思想을 換하는 實用的 方面으로도 잇고 言語를 硏究對象으로
하는 科學的 方面도 잇스며 쏘한 이로써 古代 人文의 發達을 說明하는 應
用的 方面 곳 文獻學的 硏究도 잇나니라

그 實用的 方面이라 함은 우리가 가장 自由롭게 가장 正確하게 말을 하

고 적는 것으로써 目的하는 것이니 그럼으로써 이 方面에서는 言語의 內容 實質 構造 等에 조금도 關係하지 안음으로 科學的 가치는 업는 것이며 그 科學的 方面이라 함은 言語 이것을 硏究의 對象으로 하야 科學的으로 硏究하는 것이며 그 應用的 方面이라 함은 古代의 言語 文字 쏘는 文學을 硏究의 對象으로 하야 古代 國民의 智識이 어는 程度까지 發達하얏나 쏘는 그 智識的 産物에는 엇더한 것이 잇는가의 곳 古代의 人文 發達의 程度를 說明하는 것이라

語學硏究의 目的은 普通으로 이만콤 하야 두고 다시 우리 朝鮮에는 語學을 硏究하는 사람이 며치나 되며 쌀하 硏究하는 方面은 무엇으로인가 뭇고 십허 하노라 門戶를 開放한 지 이미 몃十年에 內外國語學을 硏究하는 사람도 얼마 되지 아니하려니와 硏究한다 하드라도 科學的 硏究 및 文獻學的 硏究는 姑舍하고 實用的 方面 곳 말하고 적고 하는 대에도 가장 自由롭고 가장 正確하게 하는 이가 며치 되지 아니한다 하더라 그러하매 勿論 語學을 科學으로 硏究하는 이도 缺如한 中 더욱 朝鮮語 곳 自家語는 硏究도 무엇도 업시 自然의 音 그대로 發하면 그만이요 硏究 等事는 夢想도 밧기더라

대처 朝鮮語는 어쪄한 사람의 使用하는 것인고 이는 仔細히 말할 것 업시 朝鮮사람의 쓰는 말이로다 그러하매 서슴지 아니하고 朝鮮사람이 硏究할 필요가 잇다 하노라 이 말은 우리 民族의 共有한 것이라 이로써 우리 意思를 傳達하며 이로써 過去를 記錄하고 이로써 未來를 說明할지니 朝鮮말은 곳 朝鮮民族의 神經系라 할지로다 朝鮮民族의 消長이 이를 말미암아 나타나고 文野ㅣ 쏘한 이를 말미암아 들어날지니 眞實로 말하면 우리의 繼往開來는 여기에 도무지 잇는 것이라 어찌 泛然에 부칠 것이리오

이갓치 說明하면 그 解ㅣ 하도 曠漠하고 너무 執着이 업거니와 이를 다시 硏究의 方面으로만 볼지라도 째로 쓰고 날로 짓걸이는 朝鮮사람 우리가 아니면 엇지 그 참을 캐며 精을 어드랴 더구나 各國의 말이 語系를 쌀하 組織이 다를쑌덜어 風俗과 時代의 變遷으로 變化가 無雙하나니 그 蘊奧한 內面에 니를어는 이로 形容할 수 업는 거시라 엇지 한 째 한 사람의

研究하야 밋칠 바리오 그곳에 生長하야 그 속에 浸潤한 者라야 可히 能할 바라 하노라 이는 大槪 統括하야 하는 말이어니와 實用的 方面 하나흐로 말할지라도 朝鮮사람이 朝鮮語의 語音 하나ː 分明히 發하며 文字 하나ː 正當히 書하느뇨 長할 것에 長하지 못하며 低할 것에 低하지 못할 쑨 아니라 問하는 詞인지 答하는 辭인지 그야말로 괴등대등이로다 그리하면서도 日用하는 自家語 곳 朝鮮語라 하야 그의 研究를 度外에 두도다 그리하야 自己 스스로는 了了한 듯하되 참이 아니며 하나에는 察ː한 듯하되 그러치 못하야서 귀 잇는 사람 눈 잇는 사람의 참아 見聞치 못할 바ㅣ라 이 엇지 뜻 잇는 이의 견디어 지닐 것이리오

다시 말할 것 업시 朝鮮語는 우리와 가장 密接한 關係가 잇난지라 돌이어 그 重大함을 모르도다 外國人의 語學研究하는 態度를 볼진대 研究의 세 方面을 발바 自國語와 同系語와의 關係 쏘는 自國語가 世界에 對한 地位, 쏘는 各時代國語와 同歷史的 變遷 等의 모든 問題를 比較研究하야 말하자면 科學的 研究 곳 言語學的 研究를 하거늘 우리는 아주 쉬운 말 한 마듸 글씨 한 字 쓰는 實用的 方面에도 가지 못하얏나니 참으로 남이 부스러운 일이로다

그러한대 最後로 말할 것은 朝鮮語를 朝鮮語쑨으로 研究하지 못한다는 말이니 곳 朝鮮語 하나를 研究하라 하야도 朝鮮語에 關係 잇는 東洋 諸國의 말이며 다른 外國語의 힘을 길러야 한다 함이라 朝鮮語가 엇지 가갸거겨 하며 너니 내니 하는 單純한 物件으로 組織된 것쑨이리요 말이란 본대 갓갑게 自身으로부터 멀리는 宇宙 萬般을 關聯하야 된 것이라 그러하매 朝鮮語를 研究하는 대에 姉妹語로부터 다른 外國語를 研究할 必要가 잇다 함이며 이쑨 아니라 쏘한 諸般 科學과의 關係가 깁흔 짓이매 그 等 科學에 泛忽치 못할 것이니 이 自己로부터 宇宙를 아는 學問이라 엇찌 말하면 語學 하나기 우리 人類의 자랑 가운데에 가장 된 것이라 할지로다 語學의 必要 - 이러한지라 더욱 自己와 密接한 關係가 잇는 自家語에리요 _『동아일보』 1922. 4. 1.

그는 어학의 연구를 (1) 가장 자유롭게 말과 글을 구사하고 적는 것을 목적으로 하는 실용적 방면의 연구, (2) 언어를 대상으로 하여 과학적으로 연구하는 과학적 방면의 연구, (3) 고대의 언어·문자·문학 등 인문 발달의 정도를 설명하는 응용적 방면의 연구 등의 셋으로 나누어 이해하였다. 다소간 용어와 그 해설이 일치되지 않는 듯한 느낌이 없지는 않으나 이론 방면과 실천 방면을 두루 염두에 두고 있었음을 알 수 있다. 특히 우리말글의 연구는 우리 조선인들이 행하여야 하며 과학적 연구, 즉 언어학적 연구를 수행하여 조선어의 내적 논리를 개발하는 외에, 자매어 등과의 비교 연구 등 문헌학적 연구를 수행할 수 있는 힘을 길러야 하다고 역설하였다. 그는 연구의 단계를 실용적 연구→과학적 연구(언어학적 연구)→응용적 연구(문헌학적 연구)의 순으로 진행되어야 한다고 믿고 있었지만, 우리가 아직 첫 단계인 실용적 연구를 벗어나지 못하고 있음을 안타까워하였다.

이와 같이 당당한 소신을 가지고 있었던 권덕규는 1920년대 후반에 접어들면서 안타깝게도 그 추동력을 잃는 모습을 보이게 된다. 1920년대 말부터 쓰어 발표된 글들은 시니컬한 논조 일색으로 되어 있다. 최소한 1929년 직전에 정신적으로 큰 타격을 입은 듯한데, 아마도 글 쓸 생각 자체가 없어진 듯하다. 그만큼 이제는 학문적 의욕이 거의 사라져 버린 느낌을 준다.

「조선어 연구 여초(朝鮮語硏究餘草) (1)」(1929)에서 권덕규는,

近來는 所謂 글쓴다는 것을 그만두었다. 이 까닭은 첫재 써서 남에게 보일 만한 것이 없는 것이요 둘재 내 부질언하지 못한 까닭이다. 이번에 이것을 내어놓는 것은 이것이 아주 함부루 쓴 것은 아니며 또한 新生社로 붙터 아무것이고 괜치않으니 原稿 하나를 보내라는 말슴을 들어 이 朝鮮語硏究約草라 한 나의 未定稿의 卷中으로서 몇 問題를 뽑아 여러분의 눈를 (원문대로) 번거롭게 하는 것이다.

라고 하여 이미 학문적인 의욕이 없어졌음을 토로하였다. 우리는 이 인용문에서 미정고(未定稿)『조선어 연구 약초(朝鮮語硏究約草)』의 존재를 알 수 있게 되었다. 아마도 학문적 의욕이 계속 되었더라면 권덕규의 훌륭한 저서를 하나 더 볼 수 있었을는지도 모를 일이다. 무척 안타까운 일이라 하지 않을 수 없다.

필자는 권덕규가 이와 같이 추동력을 상실한 원인을 ①『동광』의 「한글토론」란을 통하여 자산 안확(1886~1946)이 그에 대해 행한 혹독한 비판과, ② 평소 믿고 따르던 육당 최남선(1890~1957)이 어느 날 갑자기 변절하여 조선사편수회의 촉탁위원(1928. 10. 8.~1936. 6. 25.)이 된 사실과, ③ 영특하던 독자(獨子)를 사별한 가정사 등에서 찾을 수 있지 않을까 한다. 여기서는 역으로 그의 가정사·육당의 변절·안자산의 비판의 순서로 살펴보기로 한다.

다음은 소저(昭姐)[27]가 작성한 「권덕규씨 가정 방문기」(『별건곤』 제35호(1930)]의 일부이다.

『그분은 藥酒를 잘 잡수시는 까닭으로 매일 생활이 일정하지 못합니다. 당신의 물건 가튼 것이나 혹 보실 일에는 퍽 깐깐이 하시지만 생활은 규측 잇게 못하심니다.』

『藥酒요? 안에서는 별로 사다드리지 안슴니다. 늘 밧게서 잡숫지요.』

『혹시 저녁에 늦게도 드러오시고 과히 취하신 때에는 혹시 학교를 쉬이기도 함니다.』

『취해오시면 家庭에 무슨 變化를 이르키시는 일은 업스세요.』

『별로 주정을 한다든가 그런 일은 업슴니다. 원래 그분은 가정에서 말이 업슴니나. 밧게시 일이난 일이고 집안일이고 두 문지 말이 업서요. 어

---

27 「스위트 호-ㅁ 이광수 씨 가정 방문기」[『별건곤』 34(1930)]의 필자가 金昭姐로 되어 있는 것으로 보아, '소저'는 김소저를 가리키는 것이 분명하다.

대 旅行을 하서도 집에서는 도모지 모름니다. 그냥 집에서는 평상시 가티 나가서서 멋츨이고 안 드러오시면 아마 宿直인가 부다 하고 생각하고 잇지요. 그다음에 남에게 듯기나 하여야 여행을 하섯든 줄 알지요. 그러기에 이번에 아홉 살 먹은 아들애가 죽을 때도 애가 몹시 알는대 학교 가신 분이 잇틀이 되여도 오시지를 안켓지요. 그 후 남에게 들엇드니 학생들 다리고 平壤旅行을 가섯다고 하지요? 그래 나 혼자 어떡함니까 애의 病은 점점 더하고 할 수 업시 某病院에 입원을 식혓구려. 그리고 그 잇흔날 죽어버렷지요. 그래 평양으로 전보를 첫드니 올나오섯드구만요.』

『그분이 40이 넘어 아들 하나 딸 하나 단 두흘이든 것을 그만 그 애가 세상을 떠낫습니다. 이 압흐로는 아모 희망도 업는 것 갓고 이 세상을 무엇을 바라고 살는지 딱함니다.』

『그분도 모든 것을 그 애를 중심으로 하섯지요. 원래 아기자기한 性味가 못 되여 거트로 살갑게는 안 그르섯스나 마음으로야 다시 업시 귀해 하섯지요. 일요일이나 학교 안 가시는 날은 늘 다리고서 글도 가르키시고 손님이 오서도 그 애다려 모든 것을 식히고 하엿지요.』

『요새는 藥酒도 더 잡숫고 도모지 집에 安定하시지를 못하시는 모양임니다.』

『전에는 책도 무척 보섯지요. 집에 드러만 오시면 그저 책 보시는 것 외에 아모 하시는 것이 업섯는데 요새는 책도 안 보심니다.』

그 내외가 얼마나 참담한 심정이었을지 짐작하고도 남음이 있다. 아들의 죽음으로 학문적인 의욕마저 사라져 버렸음을 알 수 있다. 그 부인의,

세상은 苦海라고 하드니 참 괴롬뿐인가 부애요. 어떠케 뜻밧게 일이 닥치고 하니…… 원 아애가 허한데도 잇섯지요. 튼튼하고 똑똑하여서 누구나 보는 사람은 아들 하나 열싸게 두엇다고 칭찬을 바든 것이 그만 그러

<u>케 되엿습니다.</u> 약도 변변히 못 썻지요. 처음에 운동하다가 다리를 닷친 것이 원인이 되여서 身熱이 나며 몹시 알으니까 저이 아버지가 漢藥을 두 첩 지여다주시고는 그만 平壤을 가신 다음에 더하여서 나 혼자 무엇을 암 니까. 그저 治療를 잘못해서 생아이를 죽인 것 갓습니다.

하는 말은 읽는 이로 하여금 가슴이 갑갑해지게 만든다. 참으로 안타까 운 일이 아닐 수 없다.

「석농 선생과 역사 언어 (6)」(1932)에서는 육당 최남선을 매우 시니 컬하게 묘사하고 있음을 볼 수 있다. 우리는 제2장에서 차상찬이 권덕 규를 '육당의 소모형(小模型)'이라 표현한 데에서 그들 사이의 돈독한 관 계를 엿볼 수 있었다. 생각도 못한 육당의 변절은 그만큼 주위 사람들 뿐 아니라 권덕규의 배신감과 상실감을 극대화시켰을 것이다.

(조선광문회가) 이만큼 뜻잇는 發起이엇고 機關이었기 째문에 世上이 이 機關의 發起人인 - 곳 <u>主人인 六堂 崔라는 사람</u>을 니아기하게 되고 앗기게 되엇다. 그리하야 그 主人인 崔라는 사람은 남이 그러케도 알려니와 自己 스스로도 그러케 自處하며 쏘한 얼만큼 敖兀도 잇서서 그 不經濟의 메투 리를 일부러 진길에 씰었으며 紳士의 입으로 점잔치 못한 말을 입에 담으 랴는 소리까지 한 것이 事實이엇다.

매우 시니컬한 "주인(主人)인 육당(六堂) 최(崔)라는 사람", "그 주인인 최라는 사람"이라는 표현 속에는 권덕규의 내면에 담긴 모멸감과 불쾌 감이 잘 드러나 있다. 권덕규는 「명사의 자아관 : 내가 본 나」[『별건곤』 29(1930)]라는 설문조사의 응납으로 "돈이 잇스면 술이나 사 먹지요, 나 는 낫분 놈하고는 말도 안이하는 사람이요"라고 단 두 마디의 문장을 써내었다. 그 '낫분 놈'은 필시 육당이었으리라. "최남선이 민족문화·단 군 운운 하다가 친일파가 된 것은 자신이 가지고 있던 문화적 민족주의의 자아상실"(이지원 2002 : 258)이었다고 할 것이다.

『동광』은 1920년대 중반에 「한글 토론」란을 통하여 학문적인 토론 분위기를 고양시키려는 의욕을 보였다. 안자산은 「근모음변화(根母音變化)의 조직」[『동광』 10(1927)]을 통해,

(13) 설령 ㅕ가 ㅣㅓ의 合이라 할지라도 「여」를 쓰지 안코 그 根源인 「이어」로 쓰자는 것은 <u>語源說明에 속한 것이오</u> 文法學說明은 안이야. 2, 1의 合이 3이라고 3字 쓸 데도 2, 1의 2字를 쓰자는 것은 不當해. 自然科學에 잇서는 公理를 標準할 뿐이니 2, 1의 合이 3이라 하는데 何由로 3이 되느냐 하는 것은 論理를 키지 못해. 「여」로 組織된 語尾는 그 根源을 論할 필요가 업시 公理로 認定하고 何何 語幹의 變化組織은 여 音이 入하는 法이라 하면 足해.

라고 언급하였다. 이 글은 '그리- + -어'의 구조를 가지는 용언의 활용형을 '그려'로 하지 않고, '그리어'로 쓰는 주시경일파, 특히 권덕규를 겨냥한 것이다.

그러다가 학계의 집중적인 비판을 받은 안자산은 「한글 토론 (3) : 병서불가론」[『동광』 11(1927)]에서 더 강력한 공격을 가하게 된다. 좀 장황한 듯한 느낌이 들기는 하지만, 이해의 편의를 위해 그 글에서 권덕규와 관련된 부분을 다 들어 보이도록 한다.

文典의 整理

(1) 至今 朝鮮語 研究問題에 就하야 物議가 擾擾하나 제일 몬저 文法의 語格法을 整理하는 것이 필요해. 이것이 整理되여야 辭典도 編輯하고 表記法도 一致되고 敎授도 正할 것이 안인가. (2) 爾來文典의 出版物은 10여種이니 其 發行의 序次로써 보면 如左해. (그 內容들은 各自 散亂)

兪吉濬 大朝鮮文典 大韓文典

崔光玉 大韓文典 〈 44 〉

金熙詳 初等國語語典 朝鮮語典

周時經 國語文典音學 國語文法 말의 소리

金枓奉 조선말본

李奎榮 現今朝鮮文典

權悳奎 朝鮮語文經緯

李奎昉 朝鮮語法

李弼秀 朝鮮正音文典

기타에 謄寫한 것들도 4, 5種이 되는 모양. (3) 子弟들 가리치기는 先次 崔光玉씨가 각 지방에 巡回하야 敎授하엿고 훨신 뒤에 周時經씨가 무엇이라고 講說을 햇서. 兪吉濬씨의 文典은 距今 40년 전에 東京서 發刊하엿스니 朝鮮語의 首功은 兪씨와 崔씨가 제일이오 周씨는 그 後進인대 何由로 周씨를 推戴하는지 이것도 手段家의 幻弄인지 모르나 世人은 속지 말이것도바라는 것. (4) 그러케 여러 가지 文典들은 다 各殊하야 統一이 못 되엿서. 爲先 單語 分類도 혹 7 혹 8 혹 9 혹 6으로 橫亂無定해. 각 學校의 敎授도 亦然 文典이란 것은 그러케 함부로 著作하는 것이 안이니 爲先 바울씨의 文法原理를 공부하는 것이 可해. (5) 文法에는 標準語를 先決할 것이라. 그러나 標準語이오에도 또한 標準이 잇서야 되는 것이니 (조선말본)의 例와 가티 (색다귀) (늑다리) 가튼 卑言이俗言을 쓰는 것은 不可한 것이라. (6) 權悳奎씨의 語文經緯에 말한 (구실)을 (구슬)이라 하여야 標準이 된다 함도 한 번 생각할 일이라지. 世人이 다 (구실)이라 하면 (구실)이 표준되는 것이니 꼭 古語나 자기 이상으로써 준거하기는 불가해.

(……)

表記法整理의 整理

(1) 근래 시대에 닥처 구습을 개량하여야 된다 하니까 일반 것을 다 改新코자 하는 맹목적 主見을 가진 일이 흔해. 엇던 野史를 보고 民祖의 本號

까지 고처 檀字를 壇字로 私改하야 학생을 敎授하는 일도 잇서. 그런 妄發은 필경 聖號를 의심내는 동시에 民祖事實의 眞否까지 의아케 하야 檀君에 향한 민족적 정신까지 파괴하게 되다녀. (2) 조선어 연구 그도 역시 살풍경을 내고자 하는 일이 잇서. 표기법정리에 대하여도 별별 소리를 끄내여 反히 실제 문법을 혼란케 해. 필경 근본정신을 상실하고 橫書로 쓰자 또는 諺文을 폐지하고 羅馬字로 쓰자 무슨 일본어로 통일함이 찰하리 쉽다 하는 풍설을 약기케 되다녀. (3) 지금 조선어를 연구하는 선생은 만흔 모양인데 그들의 정신인즉 모도 이상해 영향이 엇더할지 과학관계가 엇더한지 또는 根本精神과의 관계가 엇더한지 實行이 엇더한지 不顧하고 떠들지. (3) 諸氏가 諺文의 名稱을 改定하야 (한글)이라 하자 하는 一事를 노코 보자. 諸氏의 口實은 漢文을 眞書라 尊稱하고 本文을 諺文이라 貶稱한 것이라 하는 것이라. 그러나 이것이 誤解니라. (5) 본래 眞書란 것은 宋의 趙明誠이 楷書를 指한 말인 바 곳 書體의 일종으로서 高麗 肅宗 時에는 書品의 眞書科를 試한 일도 잇스니 眞書란 것은 곳 尊稱이 안이오 書法의 일종이니라. (6) 諺文이란 것은 訓民正音과 同意語로서 特殊階級의 文이 안이오 平常的 또는 音字인 의미니 고로 星湖僿說의 諺字解釋도 閭巷之常談人情之切近而口口相傳이라 하엿스니 諺文이란 名詞는 곳 卑稱으로 由來된 것이 안이라 平常文 또 音字라 한 것으로서 諺文은 곳 朝鮮文의 特別名詞니라.

(……)

(14) 情的 色眼鏡으로 보니까 자기의 幻想으로써 惟一의 眞理로 몰아처 一般 文典 또는 權悳奎씨의 語文經緯의 第10課로부터 第12課의 설명들을 査調하면 自己主見의 틀니는 것은 모도 習慣音이라 햇서. 피! 그것이 儒敎의 思想이야. (15) 諸君는 所謂 習慣소리라 하야 音理와 變化音을 各立하지만은 그런 것이 안이야. 語音의 原則 原理는 元音도 잇고 變音도 잇는 법이야. 그 變化音이란 것도 音聲學의 原理로 되는 것이니 그 原理 외의 轉變은 方言 發生의 現像이라 이것을 아지 못하고 엇던 音을 北辰가티 싀여 노코 그 외는 다 習慣소리라 하니 이는 艾가 안이면 誤解오 不然이면 孤陋濛

昧 또는 情的이라 할 것이니. (16) 音의 轉變하는 法則은 生理的 原因 物理的 原因 相關的 原因 등으로서 順行同化(progressive assimilation) 逆行同化(regressive assimilation) 등으로 音聲學上 法則이 잇서. 世界가 동일한 現像이니라. (17) 그 變化法則이 잇는 주를 모르고 모도 習慣音이라 하면 法理를 찾지 못할지라. 諸君은 이 法則을 參考치 안함으로 誤解로 認定하야 모도 改定하자는 것이라. 고로 諸君은 몬저(Vocal-pyramid)를 공부하라. 또 東洋 古代 音韻學도 연구하지 안이하면 不能이니 、는 ㅣㅡ의 合이란 설명은 참 當치 안이하다. (18) 結論으로 말할 것은 우리가 表記法 整理를 말하기 前에 우리 腦髓에 잇는 흐린 생각 몬저 整理하자는 것이니 깁히 注意하야 議論하기를 바라노라.

안자산은 권덕규에게 매우 심각한 비판을 행하고 있다. 사실상『조선어문경위』(1923)는 이미 앞에서 잠시 언급된 바 있고 뒤에서 다시 자세하게 언급될 바와 같이, 문법서인 것이 아니라 중등학교에서 사용한 일종의 교재용·참고용 어문독본에 해당한다. 그렇기 때문에 문법적인 내용, 문예적인 내용 등이 함께 들어 있는 것이다. 안자산의 이 글에는 '구슬(珠)'과 '구실(官職)'의 구분을 통한 표준어 준별 태도에 대한 비판, 습관소리(습관음)라는 개념의 불투명성에 대한 비판 같은 어학적인 비판뿐 아니라 '단군(檀君)'을 '단군(壇君)'으로 적기도 하는 대종교 일각의 인사(특히 권덕규)에 대한 비판까지도 행해져 있다. 특히 '습관소리(습관음)'에 대하여는 "권덕규 씨의 어문경위(語文經緯)의 제10과(課)로부터 제12과의 설명들을 사조(査調)하면 자기주견(自己主見)의 틀니는 깃은 모도 습관음(習慣音)이라 햇서. 피! 그것이 유교(儒敎)의 사상(思想)이야"리고 하면서 조롱하기를 서슴지 않았다. 심지어 "그것이 유교의 사想이야"라 하면서 권덕규가 1920년에 썼던 논설「가명인두상에(假明人頭上)에 일봉(一棒)」의 논리를 가져와 권덕규를 다시 공격을 하는 패륜적 행동을 서슴지 않았던 것이다.

한뫼 이윤재(1888~1943)는 「한글 토론 (2) : 안확 군의 망론을 박(駁)함」[『동광』 10(1927)]에서,

> 그리고 그 밖에 權悳奎씨의 著 「朝鮮語文經緯」는 文法 책이 아니요 다만 朝鮮語에 관한 常識을 補與하는 한 參考書인데 여긔에 文字의 이야기와 語根 語源의 이야기가 있으니 君은 혹시 이것을 文法 책으로 誤認함인가. 이러한 책들을 除한 외에는 君의 말한 文法과 文字를 混同한 亂狀이랄 것을 아무 대도 볼 쑤 없다.

라면서 권덕규를 옹호하였으며, 백수 정열모(1895~ 1967)는 「한글 토론 (5) : 안확 군에게 여(與)함」[『동광』 13(1927)]에서,

> 더구나 君의 新文體인 「해」「햇서」「知乎아 不知乎아」「하게 되나니」 따위를 쓰게 된 이유도 알겠다. 朝鮮의 新文體 「한다」「하였다」를 李光洙 氏가 쓰기 시작하여서 일반이 좇아가는 것을 보고 安廓氏式 文章을 보급시기고 십은 야심에서 前記 서투른 말버릇을 쓴 것이렸다. 그러나 君은 所謂現行法을 주장하는 처지로서 「되다녀」하는 따위의 死語를 썼으니 이것은 무슨 어림없는 말이며 (……) 君이 이런 亂暴한 言說을 대담하게 내던진 맘을 알 수 없다. 옳거니, 이 세상이 安廓氏의 존재를 부인하는 데서 나온 憤풀이구려. 그리고 보니 이때고 腰絶할 新語를 섰으니 이것은 무슨 文法上 組織(?)인가. 이런 때 君이 權悳奎氏에게 쓴 「피!」와 같은 말솜씨를 쓴다면 「이것이? 이게 무슨 잠꼬대이냐!」 할 것이다. (……) 다만 「檀君 云云」한 말만은 이 문제에 무슨 관계가 있는 것이냐. 만일 壇字說을 부인하거든 버젓하게 딴 논문에서 공격을 하든지 하지 웨 이렇게 窃盜 모양으로 움츠리고 말을 할가. 아마 싸움즉한 自信이 없는 것이지!

라고 하면서 안자산을 공격하였다. 그러나 권덕규는 이에 대해 글로써

는 한마디 언급도 없이 지나갔다.

이런 1927년경의 소동은 그럭저럭 잊혀지는가 하였으나, 엉뚱한 곳에서 사달이 나버리고 말았다. 이병도(1977 : 153~154)에서는,

> 내가 自山과 交友關係를 맺기는 1926,7년경이었다. 나는 그를 존경하고 그도 나를 사랑하여 자주 만나 이야기하기를 좋와하였다. 만나면 주로 國學에 관한 討論을 하며 時間 가는 줄을 몰랐다. 하루는 三淸洞 黃義敦宅에서 술을 마신 일이 있다.
>
> 이 자리에는 文一平, 權悳奎, 李重華, 安自山과 내가 있었다. 한참 돌아가며 談論을 하다가 黃義敦씨가 나를 評하여 "斗溪는 聰보다는 明이 있어"라고 하는 것이었다. 聰이란 記憶力을 가리키는 말이요, 明이란 思索力을 말하는 것이다.
>
> 그러자 내 옆에 앉아 있던 安自山이 건너 자리에서 열심히 잔을 비우고 있던 權悳奎를 評하여 "자네는 글도 거칠고 성격도 못되었어 (……)" 하면서 좀 醉하여 그에게 毒舌을 퍼부었다. 이 말에 화가 치민 權悳奎가 별안간 술잔을 들어 自山의 귀퉁이를 갈기는 바람에 잔이 깨어지며 傷處가 나며 피가 흘렀다. 主人인 黃義敦은 어쩔 줄을 몰라 급히 안에 들어가 솜을 꺼내오는 등 酒席은 삽시간에 修羅場이 되고 말았다. 그러나 自山은 꼼짝 않고 묵묵히 앉아 있었다. 만일 이때에 自山이 應酬를 하였던들 더 큰일이 났을 텐데 그에게는 이와 같이 차갑고 앙팡스런 一面이 있었다. 물론 그 뒤에 和解는 하였지만 이 두 사람은 너무나 그 性格이 다르기 때문에 끝내 親交는 두텁지 못하고 말았다.

라고 증언하고 있다. 두계 이병도(1896~1989)는 안확에게는 상당히 호의적이고 권덕규에게는 다소간 냉정한 태도를 취한 듯하다. 논설·논문을 통한 비판에 대한 반응이 결국 육체적 행동으로 결과 되어 나타났던 것이다. 아마도 이 사건은 1928년경에 일어났을 것으로 짐작된다.

4. 권덕규가 지은 세 단행본의 성격 분석

이 장에서는 국어학적 업적을 포함하고 있는 권덕규의 단행본 3종을 간략하게 살펴보기로 한다. 『조선어문경위』(광문사, 1923), 『조선어 강좌』(조선방송협회, 1933)[28], 『을지문덕』(정음사, 1946)이 그것들이다.

먼저, 그의 단행본들이 연구용이 아니라 교육용의 성격을 가지고 있음을 올바르게 인식할 필요가 있다. 특히 『조선어문경위』의 성격이 명확하게 잘 파악되어야 함을 강조해두고자 한다. 왕왕 그 책이 권덕규의 문법서로 다루어지거나 권덕규의 학문적 견해를 대변하는 저서인 것으로 오해되는 경우가 있기 때문이다. '조선어문경위'라는 서명이 잘 보이고 있듯이 이 책은 조선어문에 대한 내용을 주로 역사적 관점에서 그 경위[29]를 다룬, 쉽게 말하자면 조선어문의 역사를 쉽게 이해시키기 위한 독본인 것이다. 이 책은 1923년 당시 그가 교사로 몸담고 있었던 모교 휘문고보에서 사용할 교재용으로 마련되었다.[30] 그리고 『조선어 강좌』는 라디오 방송용 교재이며, 『을지문덕』은 일반인을 위한 교양서이다.[31] 이제 이 단행본에 대하여 차례로 살펴보기로 한다.

『조선어문경위』는 「고인(古人)의 정음찬(正音讚)[서문에 대(代)함」(2면), 「예언(例言)」(1면), 「조선어문경위목차」(4면)의 부속물이 앞에 있고 그 뒤에 본문(190면)과 「부(附)」(11면)가 이어진다. 총 60과로 구성된 이 책

---

28 연세대학교 학술정보원 소장의 책은 표제명이 '朝鮮語講座'로 되어 있으나, 판권란에는 'ラジオテキスト 朝鮮語講座'로 되어 있다.

29 "지나온 과정이나 경로"의 의미를 가진다.

30 양수성(2012)는 『조선어문경위』를 '한글학 에세이'로 파악하였으나 지나친 것으로 판단된다.

31 그의 삶과 학문을 기록한 정인승(1958 : 79), 임종국·박노준(1966 : 237) 등에는 그가 해방 후 이화여고 또는 이화여중에 근무한 것으로 기록되어 있지만, 최기영(1997/2003 : 116)에서 지적된 바와 같이 이화여고나 이화여중 등 이화학교의 교사류에는 그에 관한 기록이 보이지 않는다. 만약 권덕규가 해방 후 이화학교에서 교편을 잡았다면 이 『을지문덕』은 그 학교의 부교재로 사용되었을 가능성이 크다.

의 전체 목차를 보이면 다음과 같다.

『조선어문경위』의 목차

1. 말과 글 / 2. 正音(朝鮮文) / 3. 、의 음 / 4. 十五子音外의 子音一 / 5. 十五子音外의 子音二 / 6. 子母音의 니름 / 7. 자모음의 홋(單)과 겹(複) / 8. 받힘 / 9. 봄 / 10. 母音의 줄임 / 11. 子音의 連變 / 12. 習慣音 / 13. 薔薇花와 牧丹 / / 14. 音의 長短 / 15. 周時經先生傳一 / 16. 周時經先生傳二 / 17. 소내기, 포리 / 18. 朝鮮語와 漢文 / 19. 文字 / 20. 養鷄日記 / 21. 平濟塔은 어떠한 것인가 / 22. 逍遙山 신나무놀이一 / 23. 逍遙山 신나무놀이二 / 24. 遺訓 / 25. 수수걱기 / 26. 日本에서 아우에게 / 27. 朝鮮文의 地位 / 28. 古語와 今語 / 29. 新年一 / 30. 新年二 / 31. 六書 / 32. 宮中語 / 33. 塔公園一 / 34. 塔公園二 / 35. 諭俗四條丁丑 / 36. 地理學과 世界觀念 / 37. 어머님생각 / 38. 古人의 複習方法 / 39. 偉人의 어릴 때 / 40. 俚諺 / 41. 言語와 古代文化 / 42. 漢詩歌譯 / 43. 朝鮮語와 姉妹語의 比較 / 44. 金氏撲虎 / 45. 語源 몇 / 46. 天池에서 / 47. 言文놀이 / 48. 慶州의 보배一 / 49. 慶州의 보배二 / 50. 두더쥐婚姻 / 51. 鄕歌 / 52. 말馬 / 53. 古代朝鮮文의 有無 / 54. 朝鮮文은 언제 지었나 / 55. 올림피우굿 / 56. 句讀와 吏讀 / 57. 商賈의 大道 / 58. 時調 / 59. 標準語 / 60. 글의 가로쓰는 便利

附　訓民正音
　　訓蒙字會凡例附錄
　　반절反切
　　華東正音通釋韻考凡例

일견해 보아도 자못 풍부한 내용을 담고 있음을 알 수 있다.

이 책의 성격을 보다 명확히 파악하기 위해서는 「예언(例言)」('일러두기'의 의미를 가짐)을 곱씹어볼 필요가 있다. 다음에 그것을 보인다.

ㄱ. 이 冊은 <u>조선ㅅ글을 硏究하는이와 배우는이의 한 도움이 될가</u> 하야
이에 當한 問題는 대개 議論하았음

ㄴ. 이 冊은 <u>朝鮮文法의 豫備書</u>로 하야 이에 當한 理論을 넣고 理論을
보다 남아지에 싫症을 덜게 하기 爲하야 녜ㅅ글과 새글을 모기도
하고 혹 짓기도 하며 外國글을 飜譯도 하야서 또한 <u>補助讀本</u>이 되
게 하았음

ㄷ. 글의 體式은 꼭 녜를 본뜬 바도 아니요 아주 새에 흐르지도 아니하
았나니 이는 아즉 文章이 서지 아니한 우리게에서 할 수 없는 일이
라 생각하았음임

ㄹ. 처음 생각은 아무쪼록 많은 問題를 議論하려 하았으나 許諾되지 않
는 바ㅣ 많아 뜻같이 못하얏거니과 우리글 따문에 애쓰시는 분들
에게 한 參考나 되었으면 큰 다행일가 함

ㅁ. 普通 우리글을 諺文이라 名稱하기도 하며 또한 唐諺, 甲諺들의 種類가
있으니[32] 이 問題는 別로 參考될 것이 없음으로 說明ㅎ지 아니하았음

(ㄱ)항과 (ㄴ)항이 이 책의 핵심적인 성격을 말해준다. 조선문 연구자
와 조선문 학습자를 위한 참고용으로 만들어 조선문법의 예비서 역할을
하게 하되, 이론적인 문제만 보다 보면 싫증이 날 터이니 옛글·새글·외
국글 번역문 등도 함께 실어 보조독본이 되게도 하였다는 것이다.

주된 내용이 조선어문에 관한 것이 된다는 점을 제외하면, 이 책은 이미
최남선에 의해 꾸려진 바 있는 『시문독본(時文讀本)』(초판 : 신문관, 1916)[33]
을 연상시킨다. 『시문독본』(1916)의 「예언」을 아래에 들기로 한다.

---

32 唐諺, 甲諺 등 諺文의 여러 이름에 대하여는 그의 「우리글의 명칭으로부터 품사를
난우기 처음까지」(1929)에 자세하게 설명되어 있다. 당언은 '한자의 1234들의 숫자를 자
음으로 하여 모음과 합하여 쓰는 것'이라고, 갑언은 '六甲의 갑을병정들을 자음으로 하여
모음과 합하여 쓰는 것'이라고 설명하였다.

33 그 외, 뒤이어 『시문독본』(정정판 : 신문관, 1918), 『시문독본』(정정합편 : 신문관, 1922)
도 최남선에 의해 꾸려져 나왔다.

一. 이 책은 우리글을 배호는 이의 첫걸음이 되게 하려 하야 옛것 새거

　　슬 모기도 하고 짓기도 하야 適當한 줄 생각하는 方式으로 編次함

一. 옛글과 남의 글은 이 책 目的에 맛도록 줄이고 고쳐 반드시 原文에

　　거리끼지 아니함

一. 文體는 아모쪼록 變化 잇기를 힘썻스나 아즉 널리 諸家를 採訪할 거

　　리가 적으므로 單調에 싸진 嫌이 업지 아니함

一. 이 책의 文體는 過渡時期의 一方便으로 생각하는 바ㅣ니 毋論 完定

　　하자는 쓰시(임술판은 '뜻이' – 인용자) 아니라 아즉 동안 우리글에 對

　　하야 얼마콤 暗示를 주면 이 책의 期望을 達함이라

一. 이 책의 用語는 左의 例로써 準함 (……)[34]

　조선글 학습자용이라는 점과, 문법서나 그 예비서가 아니라 순수한 독본이라는 점이 『조선어문경위』와는 크게 차이가 난다. 첫 번째 항목은 『조선어문경위』의 (ㄱ)항과 (ㄴ)항을 합친 것과 유사한 성격을 띤다. 표현도 유사함을 보인다. 그런데 문제는 두 번째 항목이다. "옛글과 남의 글은 이 책 目的에 맛도록 줄이고 고쳐 반드시 原文에 거리끼지 아니함"식의 사고는 당대 신문·잡지나 독본류 들이 보인 공통적인 문제점이기는 한데, 원저자(原著者)나 원필자(原筆者)·출전 등 원 소스(source)를 밝히는 경우도 있기는 하지만 대부분의 경우에는 전거를 밝히지 않고 마구잡이로 변형하여 싣는 경향을 보인다. 여기서도 그렇게 하겠다는 의지를 미리 예고한 것이다.

　이 두 번째 항목이 가지는 문제점은 『조선어문경위』에도 고스란히 그대로 드러나 있다. 그러나 이 책은 남의 글이나 옛글의 경우 상당히

---

³⁴ 이른바 임술판(1918)의 「예언」은 초판과 비교할 때 앞 네 항목은 동일하지만, 이 다섯째 용어 관련 항목은 줄여서 "一. 이 책의 用語는 通俗을 爲主하얏스니 學課애 쓰게 되는 境遇에는 師授되는 이가 맛당히 字例句法에 合當한 訂正을 더할 必要가 잇슬 것"으로 고쳐두었다.

많이 그 전거를 밝혀두었다는 점에서 『시문독본』에 비하여 진일보한 면모를 보인다고 할 수 있다. 『조선어문경위』에서 남의 글이나 옛글에 대해 전거를 표시한 과는 15개이니 전체 60과의 4분의 1에 해당한다. 그런데 제15과와 16과의 「주시경 선생전 (1, 2)」는 이미 임홍빈(1988)에서 잘 고증된 대로 최남선이 지은 것임이 분명하다. 앞으로 더 면밀히 살펴보면 전거가 밝혀져 있지 않은 과가 더 많이 찾아질 가능성이 없지 않다. 아래에 그 전거가 기록되어 있는 과 이름을 열거하되, 전거는 괄호 안에 간략히 언급해둔다.

제9과 봄 (崔六堂)

제18과 朝鮮語와 漢文 (「朝鮮語專攻에 대하야」의 一節)

제20과 養鷄日記 (『高等朝鮮語及漢文讀本』[35] 40課)

제24과 遺訓 (여러 곳에서 인용)

제26과 일본에서 아우에게 (李虞裳,[36] 『松穆館燼餘稿』)

제28과 古語와 今語 (여러 곳에서 인용)

제35과 諭俗四條 丁丑 (『王陽明全集』에서)

제36과 地理學과 世界觀念 (內村鑑三氏 著『地人論』中의 「地理學研究의 目的」에서)

제41과 言語와 古代文化 (金澤庄三郎 博士의 「言語의 研究와 古代의 文化」의 抄略)

제42과 漢詩歌譯 [뒷 부분은 孤舟譯(欄上註로 표시됨). 125~126면]

제44과 金氏撲虎 (『三綱行實』에서)

제46과 天池에서 (閔泰瑗 「白頭山行」에서)

제50과 두더쥐婚姻 (柳夢寅 『於于野談』)

---

[35] 조선총독부에서 1913년에 간행한 교과서이다.

[36] 이언진(1740~1766)은 1763년에 통신사 조엄의 수행역관으로 일본행을 하였는데 그 때 아우에게 보낸 서간이다.

제57과 商賈의 大道 (兪吉濬 先生의 『西遊見聞』)

제60과 글의 가로쓰는 便利 (김두봉 짓은 『집더조선말본』 붙임 「좋을 글」

첫재매 셋재못, 「우리 글씨의 위선 고칠 것」을 參照하라)

『조선어문경위』를 학문적으로 연구하는 것은 좋으나 그 속에 포함되어 있는 글들이 권덕규의 것인지, 아니면 타인의 글을 가져온 것인지 면밀하게 잘 갈라서 연구에 임하여야 할 것이다. 예컨대, 제41과 「언어(言語)와 고대문화(古代文化)」는 그 말미에 '금택장삼랑(金澤庄三郞) 박사(博士)의 「언어(言語)의 연구(硏究)와 고대(古代)의 문화(文化)」의 초략(抄略)'이라고 기록되어 있는데도 그것을 권덕규의 글로 취급해서는 안 된다는 것이다.[37]

필자는 이 책의 편찬에는 최남선의 『시문독본』(신문관, 1916) 외에, 이규영의 『읽어리 가르침』(원고본, 1918~1919년경)의 영향도 있었던 것으로 파악하고자 한다. 후자는 이규영이 1918년 9월부터 1920년 1월 세상을 떠날 때까지 교사로 근무한 중앙고보에서 교안(敎案)으로 사용하던 것이라고 한다(김민수 1980b : 78). 그 목차를 보이면 다음과 같다.

第一學年 敎案

한뫼가 높다 하되 (時調)

뜻을 소리로 (소리갈)

둘재끼 (수필)

네재끼 한말 스승님을 생각함 (歌詞)

다섯째끼 千里 봄빛 (기행)

---

37 이 글만 문제 삼자면 조항범(1994)과 조항범 편(1994)를 대표적 사례로 들 수 있을 것이다. 후자에서는 그 책에 그 글을 현대문으로 옮겨 적었는데도 불구하고, 더욱이 말미의 '金澤庄三郞 博士의 「言語의 硏究와 古代의 文化」의 抄略'까지 그대로 全載하였음에도 불구하고 그 글의 필자명을 '권덕규'로 적은 것은 이해되지 않는 처사였다고 비판할 수 있다.

제1학년 교안의 상당한 부분[다섯째끼 「천리(千里) 봄빛」부터 마지막의 「귀성(歸省)」까지]은 『시문독본』 권 1에서 가져온 것으로 보인다.[38]

이들 두 문헌과 『조선어문경위』 사이의 영향 관계는 앞으로 더 깊이 있게 추궁될 필요가 있다. 이러한 텍스트 상호 간 대차 관계의 구명작업은 조심스럽고도 면밀하게 행해져야 할 것이다.

---

[38] 필자는 아직 『읽어리 가르침』을 직접 보지 못하였다. 그러니 그 구체적인 내용을 현재로서는 알 수 없다.

『조선어 강좌』는 조선어문에 대한 입문서의 성격을 띠고 있는바, 그 목차는 다음과 같다.

1. 조선(朝鮮) / 2. 말과 글 / 3. 正音當時의 字數와 이제 쓰는 字數 / 4. 조선글 / 5. 正音의 니름 / 6. 字母音의 니름 / 7. 古代조선글 / 8. 吏讀 / 9. (、)音의 廢止 / 10. 된子音 / 11. [章이름 없음 : 인용재] / 12. ㅎ받힘과 激音 / 13. 홀소리(母音)의 거듭 / 14. 닿소리(子音)의 거듭 / 15. 홀소리의 줄음 / 16. 習慣으로 달리내는 닿소리 / 17. 닿소리의 닛어바꿈(接變) / 18. 中間 시옷(ㅅ)에 對하야 / 19. 習慣으로 달리내는 닿소리 / 20. 말의 習慣(一) / 21. 말의 習慣(二) / 22. 漢字音에 對한 處理 / 23. 古語와 現代語, 地方語 / 24. 文ㅅ字와 文字 / 25. 史上의 말 / 26. 混同하기 쉬운 말 / 27. 조선말과 佛敎, 耶蘇敎 / 28. 심만이말(山蔘採取者語) / 29. 겹말 - 겻말 / 30. 單語의 構造 / 31. 言語와 古代文化 / 32. 語源 몇 / 33. 標準語 / 34. 接尾辭 브와 接 頭시새와 받힘 ㅅ에 對하여 / 35. 말의 쓰임 / 36. 朝鮮文法의 起源 / 37. 한 글날(가갸날)

이 책은 안병희(1985)에서 처음으로 학계에 소개된 바 있는데, 고 안 병희 선생의 소장본이었던 책은 현재 행방불명된 상태이다.[39] 그 외, 연 세대학교 학술정보원에 한 책이 소장되어 있다.[40] 제11장은 제목이 없

---

[39] 고 안병희 선생의 장서는 경상대학교에 기증되었다. 경상대학교의 안병희문고 목록에도, 장서를 수습하여 보낼 때의 도서 목록에도 이 책의 제목은 들이 있지 않다. 고 하동호 선생 댁에도 온전한 형태의 동일한 책자가 보존되어 있다고 하지만, 필자가 그 큰아드님에게 문의한 바로는 현재 산더미처럼 쌓여 있는 소장 도서 가운데에서 그것을 찾아내기가 힘들다고 한다.

[40] 이 연세대학교 학술정보원(구 중앙도서관) 소장본은 원래 열운 장지영 선생 소장본 이었던 것이 기증된 것이다[도서목록에도 '열운(0)411.8'로 표시됨]. 뒤에서 살펴볼 바와 같 이, 동일한 시기에 경성방송국에서 권덕규는 조선어 강좌를, 장지영은 중국어 강좌를 담 당하였을 뿐 아니라, 이미 앞에서 살펴보았듯이 그 둘 사이가 매우 밀접하였기 때문에 열운이 권덕규의 『조선어 강좌』를 소장하고 있었음이 쉽게 이해된다.

는데, 설명된 내용은 양모음과 음모음의 대립에 의한 어감 차이를 나타
내는 음성 상징에 관한 것이다.

이 책은 용어와 설명의 미세한 부분에서 『조선어문경위』와 차이가
있으나, 공통되는 내용이 많다. 제목까지 같은 것이 있는바, 괄호 안의
숫자는 『조선어 강좌』의 장차(章次)이다(안병희 1985 : 300).

1. 말과 글 (2) / 3. 丶의 음 (9) / 4., 5. 十五子音外의 子音一, 二/ 6. 子
母音의 니름 (6) / 7. 자모음의 홋과 겹 (12, 13, 14) / 10. 母音의 줄임 (15)
/ 11. 子音의 連變 (17) / 12. 習慣音 (16, 19) / 19. 文字 (24) / 27. 朝鮮文의
地位 (4) / 28. 古語와 今語 (23) / 41. 言語와 古代文化 (31) / 45. 語源 몇
(32) / 53. 古代朝鮮文의 有無 (7) / 56. 句讀와 吏讀 / 59. 標準語 (33)

제29장 「겹말 – 겻말」에서는 '去年今年'[쌍(雙)년, 천한 계집], '끝의 三
寸이로구나'[말쑥(末叔)하구나], 午正砲팔어라(땅「午正砲소리」팔어라) 등을
예로 들어 은어·암호어 등의 사례를 보이는데 그 내용은 권덕규의 조
사 연구가 아니라, 이병기의 「겹말」[『한글』 1권 4호(1927)]을 요약하여
실은 것이라고 한다(안병희 1985 : 301). 여기서도 앞에서 살펴본 바와
같은, 남의 글에 대한 무성의한 처리 방식을 엿볼 수 있다. 이 『조선어
강좌』는 『조선어문경위』에 비하면 그 내용이 매우 소략한 편이다. 실
제로 매회 25분 강의를 한 방송에서는 보충 설명을 많이 하였겠으나,
교재에서는 요점만 적어둔 것이라 하겠다.

이 조선어 강좌는 세간에 꽤 화제가 되었던 듯, 신문에서도 여러 번
에 걸쳐 보도하고 있다. 안병희(1985 : 298)에서는 "앞표지에 『라디오 텍
스트(第二放送)朝鮮語講座/京城放送局』이라 적혀 있고,[41] 11월 13일부터

---

[41] 내지에는 '權悳奎先生 / 講期 = 自昭和八年十一月十三日 至昭和八年十二月廾九日(每
週 月, 水, 金 午后 六時 二十五分) / 朝鮮放送協會 京城放送局'이라 적혀 있다.

12월 29일까지 매주 월, 수, 금 오후 6시 25분이란 강좌 일시가 있어서 구체적인 방송의 시간과 채널을 알게 한다"고 한 바 있는데, 「라디오 조선어 강좌를 열면서」(『매일신보』 1933. 11. 13.)에서는 '근래 학무당국(學務當局)이 철자법 개정(綴字法改定)을 실시하면서 조선어 강좌·강습이 필요하다. 말과 글을 위해서는 어법(語法)과 문법(文法)이 필요하다. 순(純)히 말하면 이 강좌는 조선어 그것을 대상으로 하는 니야기며 철자법 개정 실시(綴字法改正實施)에 대한 원조(援助)와 밋 희망(希望)이다' 식으로 그 성격을 언급하면서[42] 뒤이어서 "11월 13일(월요) 제2방송 프로그램 게재 '오후 6시 25분 朝鮮語講座 (一) 權悳奎 同七時 뉴-스 天氣豫報 등등'"을 적어두고 있다.[44] 『매일신보』(1933. 11. 08.)의 방송 광고도 그 사실을 잘 보인다.[45]

DK 한글講座 이달 十三일부터 二개월간 講師는 權悳奎氏. 한글 통일과 함께 보통학교 교과서도 이로써 개정(改訂)케 되엿스며 각 신문사에서도 활자를 고치게 될 모양인대 아직도 일반은 말할 것도 업고 지식 계급의 사람들에게조차 철저치 못한 바 잇스므로 이를 보급케 하고저 경성방송국(京城放送局)에서는 한글대가 권덕규(權悳奎) 씨를 청하야 좌기와 갓티 조선어 강좌를 방송하기로 되엿다는데 『텍스트』도 한 부 二十五전식(송료 二전)에 동국에서 발매한다고 한다.

一. 강좌 기간

十一月十三日부터 二個月間 (每週 月, 水, 金 三日間 午後 六時 二十五分부터 七時까지)

---

42 「한글마춤법통일안」과 관련시키지 않은 점에 유의할 필요가 있다. 그 통일안은 1933년 10월 19일 조선어학회 임시총회에서 시행하기로 결의하였다. 이 문제는 다음 기회에 더 논의할 필요가 있다는 점만 지적해두기로 한다. 과연 라디오 방송에서 일개 사설단체인 조선어학회의 案을 해설하는 방송을 할 수 있었을지 의심스럽기는 하다.

그리고 이하윤의 「제2방송과 회고」(『한국방송보도70년사』(한국방송인 클럽, 1994 : 58)에서는,

당시의 강연과 강좌의 시간은 30분간, 어린이 시간은 20~25분간, 강좌는 낮 2시에, 가연은 밤 7시에 마련되었는데 지금처럼 錄音이 아니라 드래프트로 放送되었으므로 演士가 부득이한 사정이 있을 때는 그대로 放送이 나가지 않았다. 教養시간과 演藝시간의 한계가 지나치게 엄격하여서 서로 침범할 수가 없었다.

그러한 가운데서도 權悳奎 「朝鮮語講座」 張志暎의 「中國語講座」는 텍스트까지 발행하여 매우 인기를 끌었으며 徐椿의 「經濟講座」 宋今璇의 「家庭講座」 그 밖의 金斗憲 金浩根 崔允植 등 專門學校 教授들의 강연이며 일요일 저녁마다 宗敎界 인사들의 이른바 「修養講演」 그리고 「어린이시간」의 童話 童謠 兒童劇은 청취자에게 많이 유익하였을 것이라고 굳게 믿는다.

라고 회고한 바 있다. 장지영이 「중국어 강좌」를 맡았을 뿐 아니라 그 교재까지 존재하였다는 사실도 흥미롭다.[45]

『을지문덕』은 1920~1930년대에 권덕규가 이곳저곳에 써왔던 글을 모아 묶은 것이다. 그 목차는 다음과 같다.

乙支文德 (乙支文德의 生長出身 · 乙支文德의 遺跡逸話 · 高隋의 國力比較 · 高

---

43 『한글학회 100년사』(2010 : 379)에도 "권덕규는 「통일안」 발표 직후인 11월 13일부터 경성방송국의 '한글 맞춤법 강좌' 프로그램에 출연하여 매주 3번씩, 2달 동안 방송하였다"고 기록하였다.

44 『동아일보』(1933. 11. 12.)의 신간 소개도 "朝鮮語講座 定價二十五錢 發行所 京城府貞洞一番地社團法人 朝鮮放送協會 振替京城一五三O番"로 되어 있다.

45 열운 장지영은 1908~1911년 사이에 주시경 문하에서 성장한 국어학자였을 뿐 아니라, 1903~1906년 사이에 한성외국어학교 한어과를 이수·졸업한 후 중국어 교사로서 근무하기도 하였다. 특히 1930년~1932년 사이에 『홍루몽』을 신문에 번역·연재할 정도로 중국어에 능통한 모습을 보인 점 등은 결코 이상하지 않다고 할 것이다.

隋의 再戰과 薩水大捷) / 朝鮮의 紙鳶 / 石儂先生과 歷史言語 / 閒者의 辭典 / 宮中語 / 말 / 祖江 물참(隨筆) / 가을의 한숨(隨筆) / 손돌이추위(隨筆) / 時調紀行(時調) / 奇人奇術(奇談) [昇天立地如意 · 金鷄村의 異客 · 天地와 同壽 · 天桃를 따먹고 · 火身인 尹君平 · 私道한 池千一 · 將來政丞] / 妓生 · 一朵紅(野談) / 紫霞洞仙(野談) / 假明人頭上에 一棒(特別附錄)

사화(史話)·회고담·어휘 모음·수필 및 시조(문예물)·기담 및 야담 등의 내용으로 되어 있다. 여기에는 「한자(閒者)의 사전(辭典)」도 포함되어 있는바, 이 논설은 원래 '노덧물'이라는 필명으로 『개벽』 제8호(1921)에 실었던 글이다. 일부는 『조선어문경위』에 실었던 것이 재록되기도 하였다[「궁중어(宮中語)」, 「말」 등].

그 외, 권덕규는 검돌 이규영의 『현금 조선문전』(신문관, 1920)을 편집하여 유저(遺著)로 간행해내면서 「머리에 씀」을 썼고, 김동성의 대역사전을 교열하기도 하였다.[46]

5. 권덕규의 국어학적 연구 평가 : 세 단행본·논설·논문을 중심으로

여기서는 권덕규의 국어학적 연구 성과를 몇 갈래로 나누어 살피기로 한다. 그는 철자법 또는 철음법(綴音法)이라는 용어를 사용하고 있다. 다소간 문자언어와 음성언어의 혼동이 있는 듯한 느낌을 준다, 철자법은 문자 그대로 글자를 꿰는 방법을 의미하고, 철음법은 음을 꿰는 방법을 의미한다고 할 것인바, 이 용어는 불투명한 면이 없지 않은 용

---

46 김동성, 『최신 선영사전(The New Korean-English Dictionary)』, 권덕규 교열(박문서관, 1928).

어이다. 그의 '철음문자'라는 용어를 보면 일본의 가나 같은 음절문자를 의미하는 것으로 사용하고 있어 '철음'은 결국 꿰어놓은 결과물이 한 음절을 이루는 것으로 이해될 수도 있을 것으로 보인다.

권덕규는 '글시, 글씨'와 '글ㅅ자, 글字'를 준별하고, '문자'와 '문ㅅ자'를 엄격하게 구분하였다. '글시'는 낱글자를 의미하고, '글ㅅ자' 또는 '글자(字)'는 한글 낱글자를 '각'이나 '돌'식으로 묶어놓은 결과물, 즉 음절 합자된 것을 가리키거나 한자(漢字) 한 글자를 가리키는 것으로 사용하였다. 이러한 '글시' 내지 '글씨'의 용법은 비단 권덕규에게서만 나타나는 것이 아니라 김두봉, 이규영, 최현배 등 당대의 여러 학자에게서 널리 나타나던 것이었다.[47] '문자'나 '文字'는 성어·숙어 등 두 글자 이상의 묶음을 의미하고,[48] '문ㅅ자'나 '文ㅅ字'는 "letter, script"의 의미를 가지는 것으로 준별하여 사용하였다.[49]

또한, 그는 한자식(漢字式)으로 묶어쓰기를 하는 것에 대해 비판하고 궁극적으로는 풀어쓰기를 해야 한다고 믿고 있었다. 그러나 권덕규 자신은 『조선유기 (상)』(1924)와 『조선유기 (중)』(1926)의 표지 상단에 제목을 풀어쓰기로 제시한 일밖에는 없었다.

그는 『훈민정음』 해례본을 보기 전에도 이미 훈민정음의 발음기관상 형설을 내세우고 있었는바,[50] 이 견해는 여러 글에서 반복적으로 강조

---

47 오히려 김극배의 「한글 글씨에 대하여」[기관지 『한글』 창간호(1932)]는 손으로 쓸 때의 글자 모양을 다루고 있어 그 당시로서는 다소간 특이한 '글씨'의 용법을 보였다고 할 수 있다. 문세영의 『조선어사전』(조선어사전간행회, 1938)에서는 '글씨'를 "① 말을 글로 적는 표. 글자. 文字. ② 글자를 쓰는 것"이라 풀이하였다. 역시 ① 이 그 당시에는 보편적인 용법이었다고 할 것이다. 간혹 Nathaniel Hawthorne의 'The Scarlet Letter'를 '주홍글씨'로 번역한 것에 대해 시비를 거는 경우가 있는데 처음 번역할 때의 '글씨'의 용법이 현대에 보편화된 ② 의 용법보다 우선하였기 때문에 문제될 것이 없는 번역어였다고 할 것이다.

48 『조선어문경위』의 제19과 「文字」와 『조선어 강좌』의 제24과 「文ㅅ字와 文字」는 한자어 성어뿐 아니라 우리 고유어 성어들도 '文字'에 들어갈 수 있음을 보여주었다.

49 '文字'의 제2음절이 보이는 경음화 여부와 관련된 최근의 논의는 이현희(2012)를 참조하기 바란다.

50 「정음반포 이후의 변천 (3) : 정음의 계통은 어대서」(1930) 등.

되어 나타난다. 그는 문자 훈민정음과 관련하여 처음에는 세종친제설을 언급하다가 나중에는 세종정리반포설로 그 태도를 크게 바꾸었다. 일례로, 「금년 3월과 우리의 과거」[『개벽』 33(1923)]에서는

> 480년 전 이해는 상형, 표음 등 모든 문자를 통하야 이것 이전에 완전한 문자가 업고 이것 이후에 완전한 문자가 업고 이것 이상에 완전한 문자가 업다 할 문자 가운대에서 가장 완전한 正音이 世宗聖意에 의하야 <u>창조</u>되엿나니 추억할 것 만코 자랑할 것 만흔 이해 이 달을 이 사람들아 지날결에나 좀 보아주렴으나.

심지어 그는 「조선에서 배태한 지나의 문화 : 조선고대사 연구 일단」[『동광』 7(1926 : 93)]에서,

> 漢字가 이제 支那人 獨創의 것으로 傳하는 것이 사실이나 나는 이것을 支那人 獨創의 것으로 생각하고 십지 아니하며 朝鮮도 이째 上古에 잇는 象形文字를 쓰되 支那의 그것과 가튼 것을 썻스며 그것이 原始는 朝鮮人의 創案으로 그 利를 共享하다가 後世에 支那人의 所有로 歸한 것이리라 한다.

고 하여 다소 엉뚱한 견해를 내세우기도 하였다.

권덕규가 수정하여 가지게 된 훈민정음의 세종정리반포설은 『조선유기 (중)』(1926 : 7)에서 극명하게 잘 볼 수 있다.

> 朝鮮은 古來로 國文이 自有하니 神誌秘詞는 그 如何를 知치 못하나 漢字가 輸入된 뒤에도 漢字의 音 혹 義를 假하야 國字로 쓴 吏讀나 口訣 밖에 國文字가 別有하되 그 數가 備치 못하고 그 形이 法되지 못하야 一方의 言을 形하기에 足치 못한 點이 있드니 世宗 二十五年에 正音廳을 禁中에 設하고 鄭麟趾, 申叔舟, 成三問, 崔恒 等으로 舊來의 文字를 整理演撰하야 子

母 二十八字를 定하야 正音이라 하야 王의 二十八年 곳 紀元 三七七九年[西紀 一四四六年]에 國民에게 頒布하니 이곳 訓民正音[혹 諺文이라 함]이라 世界文字 가운대에 가장 新式의 것으로 東洋의 唯一한 알파뻬트式 文字로 그 精巧함이 文字史上에 特節한 바ㅣ러라

이러한 견해는 1920년대 중반 이후에 반복적으로 나타나게 된다.

그의 반절표에 대한 이해는 『조선어문경위』의 부록에 넣어둔 「반절(反切)」을 통하여 어느 정도 살필 수 있다. 그는 기존의 반절표를 대폭 수정하여 제시하면서,

우와 같이 벌이는 法은 어느 때 누구의 맨듦 것인지 알 수 없으나 大概의 規模는 訓蒙字會 例와 비슷하고 ㅘㅝ를 끝에 붙임과 ㅣ를 子音줄에 넣은 것은 三韻聲彙 例와 비슷한즉 그 맨듦 때는 英祖 뒤라 할지요, 諺文志에 婦女諺文凡例에 ㆁ이 魚母인 줄을 모르고 갚아 넑어 異라 行이라 하니 그 갚아서 異라 함은 글字 右旁에 거듭하는 ㅣ로 잘못 앎이요, 그 行이라 함은 코로 소리 내는 버릇의 잘못이라 하얏으나 實狀은 三韻聲彙에 횡(橫), 색(色) 들의 本 中聲 밖의 ㅣ는 침(侵)의 中聲 ㅣ와 다르다 함을 쫓음이오 ㆁ의 꼴을 갚아 異라 行이라 함이 아닌 듯하며 그 反切이라 니름함은 文ㅅ字의 갚애와 文字의 뜻을 모르고 함부로 取함이러라.

라고 언급하고 있다.

권덕규는 '훈민정음이 그 이전의 조선문자의 부흥'이라고 하면서 훈민정음 이전의 고유문자로 볼 수 있을 만한 문자를 11종이나 내세웠다. 우리나라의 정음 이전 문자 사용은 (1) 차자표기 사용, (2) 고유문자 사용, (3) 한문 사용으로 갈라지는데 역사상 한 번도 한문만 사용된 적은 없었다고 강조하고, 고유문자 사용은 두 갈래, 즉 (1) 북파(北派)[단조(壇朝) → 부여 → 고구려 → 백제 또는 발해], (2) 남파(南派)[고한(古韓) → 신라 → 조

선]으로 나누어 이해하였다(「정음 이전 조선글의」). 그런데 그는 박은식, 김택영 등의 '요의창작설(了義創作說)'에 대하여는 크게 비판하였다(「잘못 고증된 정음창조자」). 이러한 비판은 이후 여러 차례 반복되어 나타난다.

권덕규는 설총의 이두창작설에 대하여도 크게 비판을 가하였다. 신라 진흥왕순수비는 이두문으로 되어 있는바, 진흥왕은 설총보다 1백 년 전 사람이라는 것이다.[51] 또 그는 '이 향찰(鄕札) 즉(卽) 리독문(吏讀文)은 한문(漢文)의 전음(全音) 혹은 전의(全義), 반음(半音) 혹은 반의(半意)를 취하여 만든 일종(一種)의 문자(文字)라'고 하면서 이두문과 향찰을 동일시하는 견해를 가지고 있었다(「정음 이전 조선글의」 등). 이에 대하여는 김윤경이 「정음 이전의 조선글」[『동광』 23(1931)]에서 강하게 비판한 바 있다.

여기에 한 말 더하여 두고 싶은 것은 鄕札과 吏讀을 혼동하여 동일시하는 오류에 대하여서외다. 申采浩氏는 『吏讀文은 후세에 胥吏들이 사용하엿기 때문에 이름인데 新羅에서는 鄕書라 이르고 百濟에서는 혹은 假名이라 한 듯하다』 하엿고, 또 權悳奎氏도 『이 鄕札 卽 吏讀文은 한문의 全音 혹은 全義, 半音 혹은 半意를 취하여 만든 일종의 문자라』 하엿으나, 필자는 그것이 온당하다고 보기 어렵습니다. 鄕書, 즉 鄕札은 梵書를 連布한 것 같이 된 문자요 한자를 빌어 쓴 것이 아니지마는 吏讀는 한자를 빌어서 그 음 혹은 그 뜻으로 방언을 적게 된 것임으로 아주 딴 종류라고 생각합니다.

이에 대한 권덕규의 의견표명은 달리 없었던 것 같다.

권덕규 역시 후대에 음가가 달라지거나 사용되지 않게 된 문자의 음가 추성에 관심을 가졌다. 'ㆍ'의 'ㅣ ㅡ' 합음설은 스승 주시경에게서 묻

---

[51] 이 견해는 김윤경의 「정음 이전의 조선글」[『동광』 23(1931)]도 그대로 따르고 있다. 진흥왕순수비가 과연 이두문으로 되어 있는지 어떤지 필자는 잘 알지 못하고 있다.

려받은 것임은 새삼 말할 필요가 없을 것이다. 그가 '丶'의 'ㅣㅡ' 합음설을 비판하는 반주시경적인 견해를 내세운 사람으로 서백포(徐白圃)를 들고 있음이 주목된다.

> 徐白圃 居士[52]의 『訓民正音源理』는 周說을 반대하는데 '丶'가 'ㅏ'로 變홈은 改음 'ㄱㅣ'가 凱음 '개'와 동일 賄음에 在ㅎ니 此必 同一 仄音됨에 從ㅎ야 通用홈에 至ㅎ얏스며 그 例는 地俗에 'ㅚ'를 '새'와 同讀홈이며

하는 식으로 반대하였다는 것이다「조선어문에 취ㅎ야 (6) : 7. 丶음의 귀정(歸正)」(1920)]. 그 내용은 이해하기 어려우나, 지금까지 알려진 바 없는 『훈민정음원리』라는 문헌이 존재한다고 언급한 점이 주목된다. 그런데 권덕규가 스승의 견해를 무비판적으로 무조건 물려받기만 한 것은 아니었다는 점이 인식되어야 할 것이다. 예컨대, 'ㅿ'의 'ㄹㅎ' 합음설도 주시경 특유의 견해인바, 권덕규는 수용하지 않고 비판하고 있는 것이다「조선어문에 취ㅎ야 (6) : 8. ㅿ음의 시비와 ㅎㅇ음의 여하」(1920)].

권덕규는 종성의 'ㄹㄹ' 표기[53]와 종성의 'ㅅ' 표기를 특징적으로 행하였다. 전자는 '옳아, 곯아'식으로 표기한 것인데, 뒤 시기에 강력한 비판이 행해진 바 있다(이희승 1931). 권덕규의 『조선어 강좌』(1933 : 68~69)에서는,

> 이에 對하야 많아 생각되는 것은 金科棒君(원문에는 '金科君'으로 되어 있음 – 인용자)과 같이 뒹굴 때에 「밝」이란 받힘은 「ㅅ」임을 말하야 議論하고 그 뒤에 내가 抄한 語文經緯에 이 「ㅅ」을 實際로 써 「밝」이라 하얏드니 그 뒤 金君은 自己의 지은 『깁더조선말본』에 「밝」이란 말을 「밝」('밝'의 잘못 – 인용자) 이렇게 적었다. 그러나 이는 「밝」을 줄여 「밧」 할 때에 그 받

---

52 白圃 徐一(1881~1921)은 나중에 대종교 宗師를 지내게 되는 사람이다.
53 그 외, 김희상, 이규영 등도 'ㄹㄹ' 표기를 행하였다.

힘소리가 「ㅅ」임을 깨닫지 못한 까닭이다. 議論할 것 많은 이때에 金君-金兄이 그리워진다.

라 하여 그가 음절말 위치의 형태음소 'ㅅ'에 대해 정확한 인식을 가지고 있었음을 보여준다. 즉, 어두의 'ㅅ'은 된소리일는지 몰라도 어말의 'ㅅ'은 된소리인 것이 아니라 자음군이었음을 잘 이해하고 있었다는 것이다.

권덕규는 문법론이라 할 만한 논술을 행한 적은 없다. 품사 용어를 고유어식으로 하지 않고 한자어식으로 하였다는 점 정도가 언급될 수 있을 것이다. 그런데 「갈돕회로 갈돕해까지」(1922)에서 그는 '갈돕'이라는 명칭을 해석하면서 여러 단어의 어원 탐색 및 비교 연구를 꾀한 바 있다('시라손', '지게', '덜', '어느', '보리', '가막이'; '올아비집'과 '올ㅅ게',[54] '시집누의'와 '시뉘' 등). 결국, 갈("나란이, 쪽가티, 마주, 서로"의 의미) + 돕("助"의 의미)의 과정을 거쳐 신조어로 합성된 것이 '갈돕'이라는 것이다. 즉,

如何하든지 어느 말을 分離, 合成하지 못할 바도 업스며 學術語 가튼 것은 論할 것도 업거니와 事物을 조차 言語가 新造됨은 例有한 일이며 또 漢文으로는 새 文字를 그리 怪異히 너기지 아니할 뿐 아니라 돌이어 精誠을 다하야 學習하려 하되 우리가 日用하는 우리말 곳 朝鮮語에 이를어는 一次 생각도 업섯스며 活用도 업고 文字도 업시 생각함은 또한 무슨 所見일고

라 하여 '움'식의 새로운 조어법의 운용은 반대하지 않는 입장을 취하였다. 그런데 임종국·박노준(1966 : 234)에서는,

그('권덕규'를 지칭함 – 인용자)는 우리나리 말이 존대어니 하대어니 평어

---

[54] 그는 이른바 '중간ㅅ' 표기를 특징적으로 행하였다. 『조선어 강좌』(1933)의 제18과가 「중간시옷(ㅅ)에 대하야」든 이에 대한 권덕규의 구체적인 所論을 담고 있다. 아마도 이 표기는 조선총독부의 『조선어사전』(1920)에 행해진 표기를 준거한 것으로 판단된다.

니 하는 것으로 번거롭게 하는 구분되어 있는 것을 「해라체」 하나로 통일할 것을 주장하였다. 애류와는 달리 박승빈(朴勝彬)은 「하오체」로 전부 통일하기로 우겼을 뿐 아니라, 자기 집안에서까지 그대로 실행에 옮겼는데, 박승빈과 만나면 이 문제를 가지고 서로 논쟁을 벌이기까지 하였다.

고 하였는데, 박승빈의 견해는 계명구락부를 통하여 널리 주창되던 사항이어서 수긍이 되지만, 권덕규가 '해라체' 하나로 통일할 것을 주장하였다는 것은 그 근거가 어디에 있는지 매우 궁금하다.

이기문(1986, 1987)에서 권덕규의 어원론을 대서특필함으로써 국어어원론 연구에서 권덕규는 새삼스레 다시 주목을 받게 되었다. 이기문(1987/1991 : 108)에서는 권덕규를 국어어원론의 진정한 선구자로 보는 이유를, (1) 방법의 새로움, 즉 한자와의 밀착을 특징으로 하는 전통적 방법을 깨끗이 떨쳐 버림, (2) 그가 논한 단어들이 그 뒤의 어원 연구에서도 자주 논의됨, (3) 그의 해석들이 최선은 아니었으나 그것을 위한 실마리를 풀어준 점 등을 들었다. 조항범(1994 : 25)에서는 권덕규를 고어에 대한 정확한 의미 분석을 통해 어원론을 과학적 분석의 대상으로 한 차원 끌어올린 1920년대의 대표적 어원론자로 꼽으면서, (1) 그의 어원론은 민간어원을 정리하고 거기에 약간의 해석을 가하거나 고어의 의미를 구명하는 두 갈래 성향을 보였고, (2) 문헌 고증 방법, 방언과 지명 표기 이용, 관련 단어와의 비교 등 다양한 방법을 적용하였으며, (3) 음운사나 조어론에 대한 전반적인 지식이 미비하여 어색한 해석도 함께 보인 것으로 평가한 바 있다.

「한자의 사전」(1921)은 매우 주목되는 글이다. 그 첫머리부터,

相應의 音을 욱욱 하고 恐怖의 聲을 으악 하고 娛樂의 表를 하하 하던 原始的 人物이 感을 隨하야 聲을 發하고 觸하는 件마다 名을 付할 제 何古를 倣하며 甚根을 據하엿스리오 오즉 意指의 方으로 舌을 弄하얏슬 而已라

로 시작하여 그의 「조선어문에 취ᄒ야 (1) : 1. 언어와 문자」(1919)의 서두 부분을 압축해놓았다. 후자의 글은 그의 「조선어문의 연원과 그 성립」(1922)의 「1. 언어와 문자」에 다시 실렸다. '노덧물'이라는 필명으로 된 글을 필자는 이 글 외에 수필 「화장사의 아츰」[『개벽』 2(1920)][55]과 잡문 「부듸치기」[『동명』 2(1922)]를 더 찾아 읽을 수 있었는데, 몇 가지 어휘에 대한 어원론이 『조선어문경위』의 「어원 몇」과 중복되거나 일치할 뿐 아니라, 특히 그 문체로 보아 다 권덕규의 글인 것으로 판단하였다. 특히 「부듸치기」의,

그러나 아무리 억척스런 군이라도 녯사람 생각 以外의 생각을 하야내고 理致 밧게 무엇을 發明한 이는 <u>업는 듯하다. 듯할 쓴 아니라</u> 事實이다.

에서처럼 부분 반복법을 사용하는 것은 권덕규 특유의 문체 가운데 하나이다. 이미 앞에서 살핀 바 있는 '밝'의 표기도 그 방증의 하나가 될 수 있다. 이 글에서는 어원 탐구의 방법론을 거론하고 있음이 특히 주목된다.

故로 假라 하는 等의 <u>漢文的 考據語</u>가 觸境에 彌滿하얏스리요. 쏘 然하기를 期할진대 漢文만 아니라 何國 何語로 何方 語源을 傅會하지 못하리요. 余ㅣ 이제 我語를 漢籍으로 <u>證據</u>하는 分과 이리하야 集編한 冊子를 接하매 더욱 그 逕庭함을 覺할지라. 彼等이 我癢에 人脚을 搔하며 己田으란 捨하고 他田을 耘함이 아닌가 하야 <u>我語를 我音으로 證解</u>하기 始하야 撰述한 者ㅣ 거의 卷을 成한지라.[56] 이 中으로서 數則을 摘出하니 곳 下編이니라.

---

55 필명이 '노.덧.물.'로 표기되어 있다.

56 이미 1921년 시점에 이 새로운 방법론으로 찬술한 책자가 한 권을 이루었음을 언급하였는바, 필시 이것은 나중에 「조선어 연구 여초 (1)」(1929)에서도 언급되는 '朝鮮語硏究約草'를 가리키는 것이리라 판단된다.

‘한문적(漢文的) 고거어(考據語)’를 지양하고 ‘아어(我語)를 아음(我音)으로 증해(證解)’하는 작업을 행하여야 한다는 것이다. 그 한 사례를 「석농 선생과 역사 언어 (1)」(1932)에서 살펴볼 수 있는바, 권덕규와 유근 사이에 논란된 ‘흐지부지’와 ‘휘지비지(諱之秘之)’를 들 수 있을 것이다.

한 번은 그가 어느 자리에서 흐지부지 한다는 말이 나서 이것이야 아무래도 漢文이지 너이들이 달리 說明할 道理가 있겠느냐 하고 흐지부지는 흐지부지가 아니라 휘지비지니 곧 숨기고 감추어 업샌다는 뜻으로 諱之秘之라 하얏다. 그리하야 그 자리에서 少年으로의 나는 짐짓 反對하얏다. 그 말이 漢文으로 된 말이 아니라 純朝鮮말이니 말소리가 휘지비지가 아니라 흐지부지며 휘지비지라 하야도 漢文이 아니라 說明할 수가 있으니 휘지비지는 곧 휘지르고 비비적거려 업새고 만다는 말이라 하얏다. 그러니까 그는 또 에－그 젊은 놈들이란 할 수 없다 하얏다.

결과적으로는 ‘한문적(漢文的) 고거어(考據語)’를 취한 유근이 옳고, ‘아어(我語)를 아음(我音)으로 증해(證解)’한 권덕규가 틀렸음을 알 수 있다.

권덕규는 지명을 통한 어원도 탐색하였다. 『매일신보』의 ‘일일일문(一日一文)’ 코너에 연재된 글들인 「손돌이추위(孫石風)」(1935)와 「조강(祖江)물참」(1935)이 그 대표적인 예들이다. 그는 어떤 지역을 탐사하고서 인문지리적·문화사적인 지식을 폭넓게 전달하려는 노력을 기행문이나 칼럼을 통하여 경주하였다. 전자는 ‘손돌’을 인명으로 풀기보다 “좁은 돌(窄梁)”의 의미를 가지는 지명으로 파악하여야 함을 강조하였다. 말하자면, ‘孫’과 ‘石’은 각각 이른바 음가자(音假字)와 의가자(義假字)인 것으로 파악한 것이다. 혜안이라고 할 것이다. 후자는 지명뿐 아니라 조석간만과 관련된 고유어를 다각도로 다루었다.

「정음반포 이후의 개략 : 훈민정음 제팔회갑기념」(1926)의 「3. 정음의 원본조차 업서진 슬흠」에 따르면, 아마도 희방사본 『월인석보』 권 1·2의

권두본 『훈민정음언해』를 구해다가 육당에게 주어서 조선광문회에 보관
하게 한 사람이 권덕규였던 모양이다.

내가 正音으로 된 冊을 좀 본 세음이나 世宗째의 原板이라 할 것은 몃
치 되지 않는다. 世宗째의 것으로는 첫재 訓民正音, 둘ㅅ재 龍飛御天歌, 셋
재 釋譜詳節月印千江之曲, 이것으로 씁겟스나 正音은 아주 언어보기가 어
렵다. 普通 訓民正音이라는 것은 序나 說明이 純漢文으로 된 것이요 正音
으로 된 訓民正音은 하나나 그러치 안흐면 둘도 업슬 것이다. 암만하야도
그러케 생각이 된다. 그것은 내가 正音으로 된 訓民正音을 하나밧게는 못
('못'의 잘못 – 인용자) 본 째문이다. <u>그것도 어느 절 大師님이 감추고 감춰
둔 것을 別나케 하야 어더다 보고 崔六堂에게 둔 것이다.</u> 그러나 그것도
本이 原板 갓지는 아니하다. 웨 그러한고 하니 그것을 龍飛御天歌 原板에
비기어보아 그러타 하는 것이다. 龍飛御天歌도 壬辰後版을 어더서는 글은
글대로 보겟지마는 版으로는 아무 價値가 없는 것이다.

처음에는 이것을 '훈민정음 원본'이라고 믿었던 모양이다. 『조선어문
경위』에서도,

요사이에 訓民正音 原本을 얻어 이 原本 文套 그대로 쓰었으니 늙는 이
는 斟酌할지며 더욱 注意할 바는 ㄱ 짝소리를 뀨(虯) 첫소리와 같다 함과
글字의 높낮이, 길짧이를 똑똑이 說明한 것이라 잘 닑어 많은 얻음이 있기
를 바라노라(194면)

라고 하면서, 훈민정음의 세종 서문을 다음과 같이 번역하였다.

나라말이 中國과 달아 그 글씨와로 서르 사못지 아니할새 무식한 百姓
이 말하고저 함이 있어도 제 뜻대로 못하는 이가 하니라 내 이를 딱하게

녀기어 새로 스믈여듧 글씨를 맨그노니 사람마다 쉬이 닉이어 날로 쑴에
便ㅎ게 하고저 할 따름이니라

그런가 하면, 동인지『한글』창간호(1927)에 영인한 '세종어제훈민정
음원본' 첫 장을 손보아 복원한 사람이 권덕규 자신이었음도「훈민정음
의 기원과 세종 대왕의 반포 (1)」(1935)에서 언급하였다.

　　내가 벌서 十餘年 前인가 正音 板本(그래도 板本)의 첫머리에 世宗御製
이니 또 御製에 曰이니 하는 것을 大綱 卞正하야 訓民正音 校訂本을 낸 적
도 잇섯다.

이미 동인지『한글』창간호의「훈민정음 창간에 제하야」에서는,

　　그('訓民正音'을 가리킴 – 인용자)의 原本을 廣求한 結果 朴勝彬氏 所藏인
單本의 訓民正音 木刻版과 光文會의 所藏인 月印千江之曲 卷首에 合付된 역
시 木刻版과 魚允迪氏의 所藏인 日本 宮內省의 藏本의 抄本 三種을 얻어 보
게 되었다. (……) 그래서 吾人이 모든 事情을 綜合하여가지고 (……) 寫眞
版을 만들었다. 그러하자니 自然 字體 같은 것은 原本보다 多少의 틀림이
없을 수 없으나 舊面目으로 還元된 原本인 것만은 揷疑할 餘地가 없다.
(……) 今番 이 考據에 對하여는 우리 同人 權悳奎氏의 用心이 많음을 붙여
말슴하며 여러분 中에 他本을 珍藏하신 이가 게시거든 그를 公開하여주시
면 그런 多幸이 없을 줄 안다.

라 하여 권덕규의 공이 컸음을 언급한 바 있었다.
　　권덕규는『훈민정음』의 원본이 소실(燒失)된 것은 임진란 당시라고
언급하였다.[57] 이것은 아마도 원교(圓嶠) 이광사(李匡師, 1705~1777)의
말을 따른 듯하다.

我朝莊憲大王以天縱之聖° 定字音而製諺書° 時皇朝黃瓚學士以文章碩儒° 謫居瀋陽° 遣成學士三問而學焉° 凡十三往還而成° 其時所譔全書 °失於壬辰之亂° _(五音正序, 圓嶠集選 8, 雜文)

이 기록은 『조선어문경위』의 「고인의 정음찬(서문에 대함)」에도 일부가 발췌되어 수록되어 있다. 그리하여 그는 임진란 이후에는 '훈민정음 원본'이 존재하지 않게 된 것으로 굳게 믿게 되었다.

1935년 무렵에 박승빈 씨 측에서 조선어학회에다가 1927년에 제작한 사진판[58]을 돌려달라는 요구를 해왔기 때문에 시비가 일어났던 모양이다. 권덕규는 '훈민정음의 원본'은 세종 당시에 간행된 것을 의미한다고 생각하였다. 그리하여 그는 지금 남아 있는 판본이나 사본들이 (1) 훈민정음은 28자라고 하였는데도 왜 28자 이상이 되는가. 특히 이른바 치음장(齒音章)의 것들이 문제다. (2) '세종어제(世宗御製)'란 문자(文字)나 '어제(御製)에 왈(曰)'한 문자(文字)나 치음장을 모두 뒤에 "맨들어 넣고, 더하고" 한 것으로 파악하였다. 그러니 당대에 남아 있는 훈민정음언해본류는 다 원본이 아닌 것은 말할 것도 없다고 판단한 것이다.[59] 또, 기관지 『한글』 제3권 제3호(통권 21호)에는 밀아생(蜜啞生)[60]의 「훈민정음 원본에 싸고도는 문제」와 권덕규의 「훈민정음의 원본을 아직 얻어보지 못하였다」가 나란히 실렸다. 권덕규는 『훈민정음언해』의 뒤에 덧붙어 있는 이른바 '치음장'을 후대에 가해진 것으로 파악하여 세종 당대의 원본이 아닌 것으로 생각하였다. 「사성통고범례」를 인용하고, 세종의 묘

---

57 「권덕규 씨에게 조선어학 발달사를 묻는다」(1939) 참조.

58 동인지 『한글』 창간호에 실린 '世宗御製訓民正音原本'의 저본을 가리킨다.

59 「훈민정음의 기원과 세종의 반포 (4)」 참조.

60 밀아생은 백야 이상춘(1882~ ?)인 것으로 추정된다. 같은 고향 개성 출신의 작가 蜜啞子 유원표를 본떠 필명을 밀아생으로 한 듯하다. 두 사람 다 신소설 작가이기도 하였다는 공통점도 있었다. 유원표는 「夢見諸葛亮」(1908)으로 聲價를 높였으며, 이상춘은 「박연폭포」(1913), 「서해풍파」(1914) 같은 신소설을 남겼다.

호(廟號)가 후대에 덧붙은 것으로 파악하여 그에 주목한 것은 탁견이라 할 것이다. 이에 대해 박수남은 「훈민정음 탄신을 당하야: 밀아생두상에 일봉을 가함」[61][『정음』 10(1935)]으로써 맹공을 가하였다.

「정음반포 이후의 개략」(1926)과 「권덕규 씨에게 조선어학발달사를 묻는다」(1939) 등은 일종의 국어학사와 관련이 있다. 후자의 글은 권덕규를 인터뷰하여 쓴 다른 기자의 글인바, 다소간 왜곡된 부분이 군데군데 포함되어 있어 주의를 요한다. 조선어학의 학구적 연구가 비로소 시작된 것은 한말이나 1919년 전후로 꼽을 수 있다고 하면서도 권덕규는 후자로 생각하고 있는 듯한 인상을 주는데, 그 근거는 밝혀져 있지 않다. 박성원의 『화동정음통석』을 조선에 있어서 최초로 출판된 조선글의 연구 서적이라고 추켜세우고 그것과 더불어 유희의 『언문지』, 강위의 『의정국문자모분해』를 3대 한글 저작이라고 칭송하였다.

「석농 선생과 역사 언어 (1)」은 주시경과 관련하여 중요한 증언을 담고 있어 주목된다.

周時經先生은 조선말로 니름을 '한힌샘'이라 하얏스니 그 뜻은 아마 太白泉일 것이다 周先生이 돌아가섯슬 째에 先生은 놀라는 말씀으로 아—'두루째벼리'가 죽엇서 쓸 사람은 죽어내나 죽지 하고 愛惜하눈(원문대로) 마음과 늙은이의 情을 表하얏다 (······) 그런데 周先生 집은 耶蘇教徒임으로 先生의 喪廳을 베풀지 아니하얏다 그리하야 石儂어른은 그래 그 거룩한 사람의 喪廳을 아니 해놋타니 耶蘇教 밋는 놈은 제 아비를 생각하고 紀念하는 자리를 차려놋는 것도 魔鬼야 아비도 魔鬼야 하고 더욱 愛惜을 表하며 兼하야 自己의 所信을 自己의 올타는 생각을 베풀어 말지 안헛다

---

61 '蜜啞生頭上에 一棒을 加함'은 권덕규의 「假明人頭上에 一棒」(1920)을 차용하여 밀아생을 주된 비판 대상으로 하였지만, 그 비판 대상 안에 권덕규도 포함시키는 효과를 가져오는 전략을 구사한 것으로 해석할 수 있다.

이 글을 통해 보면 주시경의 대종교개종설에 대해 의구심을 가지게 된다. 이미 이덕주(1991)에서도 문제 삼은 바 있지만, 주시경의 사후 추모예배가 상동교회에서 열린 점 등은 과연 대종교로 전향하였는지 의심을 가지지 않을 수 없게 한다.

「옛글 말의 몇낱 참고」(1939)은 필자명이 '권한별'로 되어 있는데 여러 문헌에서 우리글과 우리말에 대한 기록을 발췌하여 원문과 번역문을 함께 수록하였다. 이를 통하여 '국어'와 '방언'이라는 용어의 원래적 의미를 되씹어볼 수 있다. 특히 연암 박지원의 『열하일기』에서 많이 인용하였는데, 북애자(北崖子, 北崖老人)의 『규원사화(揆園史話)』(1675?)[62]에서 단군에 대한 서술을 보이고 『시문초보유(詩文艸補遺)』 같은 희귀한 서적에서도 인용을 하였다. 전자는 대종교 관련 저술에서 많이 인용하는 서적인데, '골천해'(闕千歲, '골'은 "萬"의 稱) 같은 표현은 시사하는 바가 많다. 그 시기에 이러한 문헌을 보았음은 매우 놀랄 만한 일이다.

6. 나가기

이상으로 매우 장황하게 권덕규의 일생과 연구 태도 및 그의 국어학 연구 경향을 살펴왔다. 이제 국어학자로서의 권덕규가 보인 특징적인 점 몇 가지를 다시 반추해봄으로써 이 글을 마무리하고자 한다.

권덕규는 그가 설정한 연구의 세 단계에서 마지막 단계, 즉 고이를 연구할 수 있는 단계에까지 나아가야 한다고 믿었다. 다시 말하자면, '실용적 방면(말과 글을 정리하는 단계)'에서 '과학적 방면(순수 언어학적

---

62 권덕규가 이 서적을 언제 보았는지 확인해볼 필요가 있을 듯하다. 그의 아호 '崖溜'가 '北崖子'와 관련이 없는지 궁금하다.

연구를 행하는 단계)'을 거쳐 '응용적 방면(고어를 연구하여 동계어와의 비교를 행하는 단계)'으로 나아가야 한다는 것이었다. 그래서 그는 마지막 단계의 연구를 위해 고어를 연구한 것이다. 그의 국어학적 연구의 목표를 한마디로 압축하자면 '응용적·문헌학적' 국어학의 추구였다고 할 수 있을 것이다.

권덕규는 고집이 센 편이기는 하였지만, 과오라고 인정되면 추후에 수정을 행하였다. 한자를 중국 독창의 것이 아니라 조선인의 창안이었을 것으로 가정하고 그 후 조선인은 진보된 음표문자(音標文字)를 사용하게 된 것으로 파악하다가,[63] 그 뒤에는 그러한 견해를 누그러뜨린다.[64] '평양 법수교 비비문(秘碑文)'을 「조선어문의 연원과 그 성립」(1922)에서는 고대조선문인 것으로 파악하다가 「훈민정음의 기원과 세종 대왕의 반포」(1935)에서는 실수를 인정하고서 범자의 일종인 것으로 수정하였다. 물론 역으로 새로운 학설을 내세우면서 자기 견해를 뒤집기도 하였다. 훈민정음의 세종친제설을 지지하다가,[65] 1920년 이후에는 훈민정음의 세종정리반포설로 돌아서게 된다. 그에 따라 이른바 '정랑(淨廊)글'에 대한 해석도 달라졌다. 즉, 측상(廁上, '측간'의 의미)에서 만들었다는 속설을 인정하다가 측상에서도 쉽게 익힐 수 있는 글자라는 식으로 견해를 바꾼 것이다.

초기에는 어학 연구의 방법론·태도를 분명히 하였으나,[66] 중·후기에는 그러지 못하였다. 연구 경향도 문화사적 관점에서의 어학 연구에서 국수적·민족사학적 관점에서의 어학 연구로 이행되었다. 그러나 고유어 사용을 권장하기는 하였으나 품사명을 고유어식으로 한다든지 하는 지나친 작업은 꾀하지 않았다.

---

63 「조선에서 배태한 지나의 문화」[『동광』 7(1926)] 참조.
64 최기영(1997/2003 : 123)의 각주 62 참조.
65 「조선어문에 취ᄒᆞ야」(1919) 참조.
66 「조선어 연구의 필요」(1922) 참조.

그런 한편, 권덕규는 규칙을 찾고자 노력하였다. "사선도 없으며 곡선도 없으며 각립(各立)이나 분리도 없고 3획(三劃)도 없으며 교차도 없다. 그러므로 =는 안 된다"는 식의 '작자규칙(作字規則)'[67]을 찾기도 하고, 한자음에서도 '반(半)ㄹ'을 찾아가며 규칙을 추구하기도 하였다.[68] "외국말이 조선말에 들어와 행세를 하려면 조선말의 규칙을 따라야 하는데, 외국말의 동사나 형용사가 조선말에 들어와서는 명사 노릇밖에 못하다가 제 본체 곳 동사나 형용사가 되려면 '하'라는 동화증(同化證)을 얻어야 한다"[69]는 식의 일반화를 꾀하기도 하였다.

권덕규의 큰 장점은 많은 고문헌을 살폈다는 점이다. 지금은 보기 힘든 문헌을 조선광문회에서 많이 볼 수 있었다.[70] 『규원사화』(1675?), 『시문초보유』 외에, 『월인천강지곡』[71] 권23을 보았는데 아직 이 문헌 전체의 책수와 권수를 확실히 모르겠다고 한 언급은 당대에 『월인석보』 권23이 시중에 돌아다녔다는 점을 암시하고, 외국시를 국문으로 번역한 시초인 『분류두공부시언해』 전질[72]을 본인이 다 가지고 있다고 자랑하기도 하였다.[73] 일본학자 교치(行智)[74]의 『훈석언문해(訓釋諺文解)』는 「조선어문의 연원과 그 성립」(1922)에 이미 언급된 바 있는데, 뒤시기에 김윤경이,

行智 著 『訓釋諺文解』는 權德奎씨의 『朝鮮語文經緯』와 權相老씨의 『世界文字와 佛敎의 關係』(『佛敎』 제49호 所載)에서 재인용하엿으나 行智의

---

67 「정음반포 이후의 변천 (6)」(1930) 참조.
68 「조선어문에 취ㅎ야 (6) : 8. ㅿ음의 시비와 ㆆㅇ음의 여하」(1920) 참조.
69 「정음반포 이후의 변천 (1) : 외국어에서 받은 충동」(1930) 참조.
70 「석농 선생과 역사 언어」(1932) 참조.
71 권덕규는 『월인천강지곡』이 따로 존재하지 않는 것으로 생각하여 『월인석보』를 그렇게 불렀다.
72 물론 초간본이 아니라 중간본이었을 것이다.
73 「정음반포 이후의 개략」(1926) 참조.
74 行智와 그 연구에 대하여는 민병찬(2004, 2012)을 참조할 수 있다.

저서로서는 文化 6년 7월에 된『假名遺古意』라는 것밖에는 보이지 아니하
므로 아직 의문이 잇어서 後考를 기다림. _日本人名大辭典 등 참조

라고 하면서 의아해할 정도였다.[75] 심지어 그는 1920년대에 발굴되어
나온 지 얼마 안 되는『균여전』도 읽고 인용하고 있다.[76]

그는 이미 1910년대 초반에 대종교도가 되었던 듯하다. 1920년대에
는 대종교청년회 활동뿐 아니라 관련 강연을 도맡아하였을 정도로 깊
이 관여하였는바, 대종교를 우리 민족의 뿌리인 '조선의 생각'으로 확신
하며 살았기 때문이다(김동환 2011 : 144~145). 대종교와 그의 국어학적
연구는 어떤 관계가 있었는지 이 글에서는 미처 천착해보지 못하였다.
흔히 주시경이 1906~1907년경에 기독교에서 대종교로 전향하면서 제
자들도 대종교에 입교한 것으로 언급되어오고 있지만,[77] 조선광문회와
유근·최남선의 언저리에 있었던 인물들은 자연히 대종교와 가까워졌
던 것으로 보인다.

마지막으로 한마디 말해둘 것은 1943년에 만주에서 간행되어 나온『반
도사화와 낙토만주』(신경 : 만선학해사, 1943)에 권덕규의「근세사」와「함
흥의 고적과 4대명물」이라는 두 편의 글이 실려 있다는 사실이다. 전자
는『조선유기략(朝鮮留記略)』(상문관, 1929)의 조선시대 부분을 요약·압
축한 것이거나(최기영 1997/2003 : 114)『조선유기 (중)』(상문관, 1926)의
제3편「근세편」을 요약한 것이며, 후자는 이미 1933년에 간행된『신동
아』제3권 제8호(통권 제22호)에 실렸던 글이 재수록된 것이다. 그 책에
글이 실려 있다고 일방적으로 비판하기만 하는 것[78]은 곤란한 일인 것으

---

75 「훈민정음의 기원과 제학설, 조선문자의 역사적 고찰 (13)」[『동광』 35(1932)] 참조.
76 「조선어문의 연원과 그 성립」(1922)의 「3. 조선문은 언제 지엇나」 참조.
77 물론 異見이 만만치 않게 존재한다.
78 남창룡의『만주제국 조선인』(신세림, 2000 : 103~114)이나 류연산의『일송정 푸른 솔
에 선구자는 없었다』(아이필드, 2004)의 제15장「재만 조선인 어용인들의 한마당 :『반도
사화와 낙토만주』」(143~183면) 등에서는 그 책에 글이 실린 사람들을 다 동일하게 취급

로 보인다. 일부의 필자들은 만주 제국과 밀접한 관계를 맺으면서 친일 행각을 한 사람들로 보이지만, 대부분의 경우에는 기존에 국내에서 발표된 글들이 아마도 자신의 의지와는 관계 없이 수록된 것으로 보이기 때문이다. 예컨대, 건재 정인승(1897~1986)은 「고본(古本) 훈민정음의 고찰」이 그 책에 수록되어 있는바,[79] 그는 1942년에 이른바 조선어학회 사건으로 함흥형무소에 수감되어 있었기 때문에 그 책을 위해 집필할 수 없는 처지였다.

이현희(李賢熙)

서울대학교 국어국문학과 교수. 대표 논저로는 『중세 국어 구문 연구』, 『주시경, 국어문법』, 『두시와 두시언해』, 「19세기 국어의 문법사적 고찰」, 「'조초'의 문법사」, 「'채'와 '째'의 통시적 문법」 등이 있다.

하고 있다. 앞으로 수록자 95명의 글을 면밀히 분석하여 그 성격을 정확하게 파악해야 할 필요가 있어 보인다. 우선적으로 그 책에 처음으로 수록된 글과 재수록된 글을 갈라서 파악해보는 것도 그 책의 성격을 파악하는 유용한 방법이 될 수 있을 것이다.

79 이 글은 정인승의 「고본훈민정음의 연구」[『한글』 8권 9호(통권 82호, 1940) ; 동일 논문이 『문장』 2권 10호(1940)에도 실림]이 재수록된 것이다.

참고 문헌

姜憲圭(1986), 「韓國語 語源探究史 研究 : 對象語彙 및 方法論을 中心으로」(경희대학교
　　　대학원 박사학위논문).
______(1988), 『韓國語 語源研究史』(集文堂).
高永根(1983), 「開化期의 國語研究團體와 國文普及活動 : 한글모죽보기를 중심으로」,
　　　『韓國學報』 30, 83~127면.
______(1985), 『國語學 研究史 : 흐름과 動向』(學研社).
______(1987), 『國語 文法의 研究 : 그 어제와 오늘』(塔出版社).
______(1988), 「국어학사의 재조명 : 李允宰」, 『周時經學報』 2, 192~206면.
______(1998), 『한국어문 운동과 근대화』(탑출판사).
김계곤(1991), 「한힌샘 주시경 선생의 이력서에 대하여」, 『한힌샘 주시경 연구』 4,
　　　5~60면.
김광식·김동환·윤선자·윤정란·조규태(2008), 『종교계의 민족운동('한국독립운동의
　　　역사' 38)』(독립기념관 한국독립운동사연구소).
김동환(2011), 「단군을 배경으로 한 독립운동가 : 경상도, 안동 지역을 중심으로」, 『仙
　　　道文化』 11, 131~165면.
金敏洙(1980a), 『新國語學史』(全訂版 : 一潮閣).
______(1980b), 「李奎榮의 文法研究」, 『韓國學報』 19, 57~86면.
______(1983), 「'말모이'의 編纂에 대하여」, 『東洋學』 13, 21~54면.
______(1986), 「1세기 반에 걸친 韓國文法研究史」, 『歷代韓國文法大系 總索引』(塔出版
　　　社), 5~32면.
______(1990), 「朝鮮語學會의 創立과 그 沿革」, 『周時經學報』 5, 50~74면.
金敏洙 編(1992), 『周時經全書』 6(株, 塔出版社).
김석득(2006), 「근·현대의 국어(학)정신사 : 국어연구학회에서 조선어학회 수난까지,
　　　그 역사적 의미」, 『한글』 272, 61~95면.

金瑢俊(1950), 「崔溜先生」, 『桂友』 30[정재승 역주, 『조선유기략』(우리역사연구재단, 2009)에 「崔溜 權悳奎 선생」으로 재수록됨].

金允經(1938), 『朝鮮文字及語學史』(朝鮮紀念圖書出版館)[1958년에 5판으로 『韓國文字及語學史』(東國文化社)가 출판됨].

김윤식(1999), 『이광수와 그의 시대』 1, 2(개정증보판 : 솔).

노연숙(2007), 「개화계몽기 국어국문 운동의 전개와 양상 : 言文一致를 둘러싼 논쟁을 중심으로」, 『韓國文化』 40, 59~99면.

閔丙燦(2004), 『日本韻學と韓語 : 江戶後期漢字音硏究を中心として』(불이문화).

______(2012), 『일본인의 국어 인식과 神代文字』(제인앤씨).

박광용(1990), 「역비논단 : 대종교 관련 문헌에 위작 많다─『규원사화』와 『환단고기』의 성격에 대한 재검토」, 『역사비평』 4, 205~222면.

______(1992), 「대단군 민족주의의 전개와 양면성」, 『역사비평』 19, 225~239면.

박용규(2008), 「일제시대 한글 운동에서의 신명균의 위상」, 『민족문학사연구』 38, 365~394면.

박종화(1973a), 「月灘回顧錄 140 : 徽文의 일꾼들」, 「한국일보」 7449.

______(1973b), 「月灘回顧錄 141 : 徽文 文友會」, 「한국일보」 7455.

박진영(2009), 「최남선의 『시문독본』 초판과 정정합편」, 『민족문학사연구』 40, 385~426면.

三千里社(1933), 『附錄 : 朝鮮思想家總觀·半島財産家總覽』, 『三千里』 2월 호.

삿사 미츠아키(佐佐充昭, 2003), 「한말·일제시대 檀君信仰運動의 전개 : 大倧敎·檀君敎의 활동을 중심으로」(서울대학교 대학원 박사학위논문).

徐永大(2001), 「한말의 檀君運動과 大倧敎」, 『韓國史硏究』 114, 217~264면.

안경식(1999), 『소파 방정환의 아동 교육 운동과 사상』(개정증보판 : 학지사).

安秉禧(1985), 「放送敎材 '朝鮮語講座'에 대하여」, 『語文硏究』 46·47(13. 2~3.), 297·302면.

安自山(1926), 「朝鮮語硏究의 實際」, 『東光』 1. 8.(총 8호), 56~58면.

______(1927), 「竝書不可論」, 『東光』 2. 3.(총 11호), 42~50면.

양수성(2012), 「오래된 새 책·권덕규 선생의 한글학 에세이 조선어문경위」, 『책&』(한국간행물윤리위원회, 2012. 3.).

오영섭(2000), 「朝鮮光文會 硏究」, 『韓國史學史學報』 2, 79~140면.

李基文(1986), 「國語 語源論의 課題」, 『나의 소원은 평화』(시골문화사)[李基文(1991)의

제7장, 90~106면에 재수록됨].

李基文(1987), 「國語의 語源 研究에 대하여」, 『第一回 國語學 國際學術會議 論文集』 (인하대학교 한국학연구소)[李基文(1991)의 제8장, 107~120면에 재수록됨].

______(1991), 『國語語彙史研究』(東亞出版社).

이덕주(1991), 「주시경의 종교 행적과 신앙」, 『한힌샘 주시경 연구』 4, 61~97면.

이명재(2008), 「『朝鮮語文經緯』를 중심으로 한 권덕규의 국어학적 업적 연구」(공주 대학교 대학원 석사학위논문).

이병근(2000), 『한국어사전의 역사와 방향』(태학사).

李丙燾(1977), 「華麗한 友情 50年 : 韓國史學의 發展을 위해 정열을 불태우던 暗黑時 代의 友情」, 『나의 交友錄(中央選書 2)』(中央日報出版部), 146~163면.

이성수(2002), 「불교와 인물 24 : 한글학자 권덕규」, 「불교신문」 102.

이준식(2010), 「白淵 김두봉의 삶과 활동」, 『나라사랑』 116, 109~146면.

李智媛(2002), 「1910년대 新知識層의 國粹觀과 國粹保存運動」, 『歷史敎育』 84, 223~263면.

______(2007), 『한국근대문화사상사연구』(혜안).

異河潤(1950), 「나의 文壇回顧」, 『신천지』 5·6.(통권 47호).

李賢周(2000), 「社會革命黨과 '上海派 內地部'에 관한 연구(1920~1922)」, 『한국학연구』 11, 147~205면.

李賢熙(2012), 「단어 '한글' 및 '문자'와 음운론적인 정보」, 『훈민정음학회 국내학술 대회 : 훈민정음과 오늘』, 1~14면.

李熙昇(1931), 「'ㄹㄹ' 바침의 誣妄을 論함」, 『朝鮮語文學會報』 2, 1~4.

임상석(2009), 「『시문독본』의 편찬 과정과 1910년대 최남선의 출판 활동」, 『상허학 보』 25, 47~78.

______(2010), 「고전의 근대적 재생산과 최남선의 국한문체 글쓰기 : 『조선광문회고 백(朝鮮光文會告白)』 검토」, 『민족문학사연구』 44, 514~547면.

林鍾國·朴魯埻(1966), 「權悳奎 篇」, 『흘러간 星座 : 오늘을 살고 간 韓國의 奇人들 (1)』 (國際文化社), 197~237면.

任洪彬(1988), 「"周時經 先生 歷史"의 筆者에 대하여」, 『周時經學報』 2, 7~46면.

______(1991), 「주시경에 대한 전기적 기술에 대하여」, 『周時經學報』 8, 236~249면.

______(2007), 「'한글' 命名者와 史料 檢證의 問題 : 고영근(2003)에 답함」, 『語文研究』 135, 7~33면.

張道斌(1958), 「생각나는 사람들」, 『思潮』 12월 호(1. 7.), 104~106면.

張丙極(2012), 「朝鮮光文會 硏究」(성균관대학교 대학원 석사학위논문).

장지영(1978), 「내가 걸어온 길」, 『나라사랑』 29, 21~43면.

鄭肯植(2006), 「조선어학회 사건에 대한 법적 분석 : 「豫審終結決定書」의 분석」, 『애산학보』 32, 97~140면.

鄭炳昱·崔勝範 編(1976), 李秉岐 著, 『가람 日記 (I·II)』(新丘文庫 35·36)(新丘文化社).

정승철(2005), 「일제강점기의 언어 정책 : '언문철자법'을 중심으로」, 『震檀學報』 100, 221~261면.

＿＿＿(2012), 「安廓의 『朝鮮文法』(1917)에 대하여」, 『한국문화』 58, 179~195면.

鄭寅承(1958), 「權悳奎論 : 韓國의 民族主義者」, 『思潮』 10월 호(1. 5.), 79~83면.

정재승 역주(2009), 권덕규 지음, 『조선유기략』(우리역사연구재단).

조규태·김주원·이현희·정우영·이호권(2007), 『훈민정음 언해본 이본 조사 및 정본 제작 연구(학술연구용역사업보고서)』(문화재청).

趙東杰(1993), 「民族史學의 분류와 성격」, 『韓國民族主義의 발전과 獨立運動史硏究』(지식산업사), 369~415면.

「朝鮮百人物」(1939), 『일본잡지 모던 일본과 조선 1939 : 영인 『모던 일본』 조선판 1939년』(도서출판 어문학사, 2007), 344~350면.

조선일보90년社史편찬실(2010), 『朝鮮日報 90年史』(조선일보사).

趙容萬(1964), 『六堂 崔南善 : 그의 生涯·業績·思想』(三中堂).

조항범(1994), 「20세기 초의 국어 어원 연구에 대하여」, 『開新語文硏究』 10, 17~54면.

趙恒範 編(1994), 『韓國 語源硏究 叢說 (I)』(太學社).

중동중고등학교(2007), 『(한국의 명문사학) 中東百年史 : 學園史』(중동학원).

중앙백년사 편찬위원회(2009), 『(중앙학교 개교 100주년) 인물로 본 중앙 100년』(中央校友會).

중앙백년사 편찬위원회 편(2008), 『(중앙중·고등학교)中央 百年史(1908~2008)』(中央校友會).

震檀學會(1994), 『震檀學會六十年誌 : 1934~1994』(震檀學會).

최경봉(2005), 『우리말의 탄생 : 최초의 국어사전 만들기 50년의 역사』(책과함께).

崔起榮(1997), 「崖溜 權悳奎(1891~1949)의 생애와 저술」, 『韓國史學史硏究』, 丁松趙東杰先生停年紀念論叢刊行委員會, 476~306면[최기영(2003)의 제3장(107~145면)으로 재수록됨].

崔起榮(2003), 『식민지 시기 민족지성과 문화 운동』(한울아카데미).

최수일(2008), 『'개벽' 연구(근대문화제도연구총서 2)』(소명출판).

韓國放送公社 編著(1987), 『韓國放送 六十年史』(韓國放送公社).

한국방송인클럽(1994), 『韓國放送報道70年史』.

韓國新聞研究所 編(1978), 『言論秘話 50篇 : 元老記者들의 直筆手記』(韓國新聞研究所).

한글학회 짓고 펴냄(2009), 『한글학회 100년사』(한글학회).

허재영(2010), 「애류 권덕규의 생애와 국어 연구」, 『어문론총』 62(한국문학언어학회),
　　　29~59면.

徽文100年史編纂委員會 編(2006), 『徽文 100年史 : 1906~2006』(徽文中·高等學校).

• 부록 1 _ 권덕규 연보[80]

1891. 1. 7.	경기도 통진군(현 김포군) 하성면 석탄리 315에서 출생.
1910	휘문의숙 입학.
1912. 3.	국어연구학회 강습소 중등과 제3회 졸업.
1913. 3.	휘문의숙 4회로 졸업
1913. 3.	조선어강습원 고등과 제1회(학과 70점, 勤慢 90점) 졸업
1913. 4.	휘문의숙 문우회(졸업생·재학생·교직원 참여 조직) 會首(= 회장)로서 회보인 「통신」을 간행. 권덕규는 웅변부에서 활약.
1913. 3. 23.~1916. 4. 30.	조선언문회 특별회원.
1913~1916	조선광문회에서 『말모이』 편찬 협력.[81]
1914. 7. 26.~8. 22.	조선어하기강습소(경남 동래군 사립명정학교) 강사.
1915. 9.	조선어강습원 중등과 강사.
1915	시 문우회 회수로 선임.
1916. 4. 30.	조선언문회 의사원에 선임(李奎榮 金丙熏 申明均 權悳奎 張斗貞 張志暎 尹福榮 李載甲 朱宰晶 金枓奉)
1919. 9.	平山 申씨 鉉順(1901년생)과 결혼.[82]
1920. 4.	휘문학교 조선어 교사 촉탁.

---

80 김민수(1983, 1990), 최기영(1997), 정재승 역주(2009), 한글학회 짓고 펴냄(2009), 조선일보90년사사편찬실(2010) 등을 참조하여 구성하되, 필자가 군데군데 가감하였다.

81 이 경력은 추정된 사항이다. 김민수(1983)과 권덕규의 「석농 선생과 ᄋ사 인이」(1932)를 참조하여 그 참여기간을 판단하였다.

82 정재승 역주(2009 : 146) 등 여러 곳에서 '1919년 3·1 운동 당시 권덕규가 장지연생·이인 등과 손잡고, 독립운동 가담'한 것으로 되어 있으나, 필자는 그 사실을 구체적으로 확인하지 못하였기 때문에 연보에서 그 일을 들지 않았다.

1921. 3. 14~17. 조선총독부 학무국의 '普通學校 敎科用圖書 諺文綴字法調査會' 조사
위원으로 참여(金澤庄三郎 田中德太郎 藤波義貫 柳苾根 魚允迪 玄檃 池錫
永 申基德 崔斗善 權悳奎 玄櫶).

1921. 8. 27. 동아일보사 주최의 백두산 강연회에서 「조선역사와 백두산」 주제
로 강연. 단군이 탄생한 태백산이 백두산이며 동양의 모든 강산이
백두산을 중심으로 하고 있음을 강조.

1921. 11. 25. 휘문고보에서 개최된 조선어연구회(조선어학회 전신) 창립 발기인
으로 참가(<u>權悳奎</u> 崔斗善 張志暎 李昇圭 李奎昉 任璟宰).

1921. 12. 3. 휘문고보에서 조선어연구회 총회 개최(참가자 : 장지영 이병기 신명
균 김윤경 이상춘 <u>권덕규</u> 이규방 박순용 이승규 임경재 최두선 등 15명
내외).

1923. 5. 25. 『朝鮮語文經緯』(廣文社) 간행.

1924. 2. 1. 훈민정음 8회갑 기념회 개최[사회 : 임경재 : 講話 : 신명균(세종의 공
적), 이병기(훈민정음), 장지영(주시경), <u>권덕규</u>(정음의 유래)].

1924. 9. 10. 『朝鮮留記 (上)』(尙文館) 간행. 표제 옆에 '崔溜 權悳奎著' 외에 표제
위에 풀어쓰기로 '한별 지은 조선유기'라 적혀 있음.

1924 중앙고보 조선어 교사 임명됨.

1926. 9. 25. 『朝鮮留記 (中)』(尙文館) 간행. 표제 옆에 '崔溜 權悳奎著' 외에 표제
위에 풀어쓰기로 '한별 지은 조선유기'라 적혀 있음.

1926. 9. 29. 인사동 계명구락부에서 정음회 조직(委員 : 池錫永 魚允迪 尹致昊 玄櫶
李鍾麟 權相老 朴勝彬 權悳奎 宋鎭禹 閔泰瑗 李相協 洪承耆 李允宰 姜相熙
洪秉璇 金永鎭 朴熙道 李肯鍾; 常務委員 : 李光洙 沈大燮 閔泰瑗).

1926. 11. 4. 조선어연구회·신민사 주최로 훈민정음반포 제8회갑 기념식을 식
도원에서 거행하고 이날을 '가갸날'로 제정하는 동시에 속칭 언문
의 명칭문제와 그 선전방책에 관한 문제를 담당할 위원으로 선임
(權悳奎, 金永鎭, 宋鎭禹, 閔泰瑗, 洪承耆, 洪秉璇, 李鍾麟, 權相老, 姜相熙,
玄櫶, 李允宰, 尹致昊, 朴勝彬, 魚允迪, 李相協, 池錫永, 朴熙道, 李肯鍾).

1926. 11. 5. 조선어연구회 주최 정음반포 제8회갑 기념축하회가 국일관에서
개최되어 기념축하회의 기념사업[83] 실행위원으로 선임(權悳奎 張志

---

83 금번 기념축하회의 기념사업으로,
一. 각처에서 조선어에 관한 강연회를 개최할 일.

暎 崔鉉培 申明均 李世楨 李源圭 李完應 沈宜麟 朴勝斗).

1926. 12. 27~30.	조선어연구회 주최 조선어강습회를 보성고보에서 개최[신명균(철자법) 권덕규(문법)].
1927. 1. 3~6.	조선어연구회가 보성고보에서 조선어강습회 개최[신명균(철자법) 권덕규(문법) 이병기(시조)].
1927. 2.	權悳奎 李秉岐 崔鉉培 鄭烈模 申明均 등이 한글사를 조직하고 동인지 『한글』이라는 월간잡지를 발간.
1927. 6. 13~18.	조선어연구회가 동덕여자고등보통학교에서 조선어강습회 개최[권덕규(음운) 정열모(문법)].
1927. 7. 23~31.	동래읍 동명구락부 주최로 동래제일공립보통학교에서 조선어강습회 개최(강사 : 권덕규).
1927. 10. 21.	성명서 「금번 중앙고보 교원일동의 사퇴하는 사정을 사회제현께 고함」을 발표함(참가 교원 : 羅元鼎 劉敬相 朴昌夏 崔埈淳 李重華 武田憲雄 卞榮泰 白南奎 李光鍾 李燦 張錫台 金昌燮 中澤新助 劉溶俊 權悳奎 溫樂中 山本作次 高白漢 白鳳濟 沈亨弼 長谷川淨進).
1927	중앙고보 동창회 학예부장으로서, 「계우」 발행인으로서 교지『계우』 창간을 지도. 이후 여러 차례 검열에 걸려 기사가 차압되고 삭제됨.
1928. 2. 6.	조선야담사에서 경운동 천도교기념관에서 신춘야담대회를 개최[李敦化(동양풍운을 휩쓰는 東學亂) 權悳奎(韓末豪傑 대원군의 英斷) 金翊煥(李鴻章과 伊藤博文) 金振九(金玉均王國)]. 입장료 30전.
1929. 1. 14~19.	안국동교회 시온회가 안국유치원에서 속성 한글 강습회를 개최[강사 : 權悳奎(朝鮮語法) 崔鉉培(綴字法) 張志暎(滿蒙語研究) 鄭烈模(文法에 對한 片見) 李秉岐(한글과 時調)]. 회비 50전.

一. 현재 총독부에서 편찬한 조선어 교과서를 수정하기로 하고 학무당국에 진정할 일.
一. 조선어 연구에 간이한 잡지라도 우선 발간하고 世宗大王의 전기도 발간케 할 일.
一. 조선 각지에 소선어깅습회를 개처할 일.
一. 주최측 조선어연구회의 응낙이 있으니 전간에 연구하여 쌓아둔 것을 능사반에라
도 등사하여 각기 나누어 갖게 할 일.
一. 이날을 기념키 위하여 매년 이날에는 순언문으로 통신케 할 일.
一. 世宗大王을 기념키 위하여 그의 기념비를 하여 세울 일
등의 제안이 있었다.

1929. 2. 18~23. 연지동교회 청년면려회 주최의 한글 강습회에 강사로 참여[권덕규
(조선문법론) 이윤재(철자법) 최현배(한글정리법) 장지영(음의 비교) 이
병기(한글과 고시조) 정열모(문법연구의 片見)].

1929. 5. 30.~7. 22.

　　　　　　조선총독부 학무국에서 주도한 제2차 언문철자법조사회의 원안
심의위원으로 참여(西村眞太郎 張志暎 李完應 李世楨 小倉進平 高橋亨
田中德太郎 藤波義貫 權悳奎 鄭烈模 崔鉉培 金尙會 申明均 沈宜麟).

1929. 5. 　　　『朝鮮留記略』(尙文館) 간행.

1929. 11. 2. 　조선어사전편찬회 발기총회를 조선교육협회에서 열고 위원을 선거
한 후 규약 등을 통과시킴(發起人 : 兪鎭泰 李昇薰 尹致昊 李鍾麟 南宮薰
崔麟 許憲 宋鎭禹 申錫雨 安熙宰 朴勝彬 俞億兼 金活蘭 李容卨 金仁洙 蔡弼近
金法麟 白麟濟 崔奎東 趙東植 鄭大鉉 崔斗善 金麗植 金美理士 白南薰 張膺震
金東善 安在鴻 李萬珪 金昶濟 李世楨 朴熙道 安在鶴 李相協 閔泰瑗 朱耀翰
韓基岳 李時穆 洪命熹 鄭寅普 李灌鎔 李敦化 黃尙奎 曺晩植 金起䥓 趙基栞
丁七星 兪珏卿 鄭仁果 金昌俊 金禹鉉 朴漢永 金枓奉 權悳奎 崔鉉培 申明均
李常春 金允經 張志暎 李奎昉 李秉岐 鄭烈模 李允宰 洪起文 李鐸 姜邁 金智煥
車相瓚 李晟煥 方定煥 權相圭 朴淵瑞 柳瀅基 金弼淳 金永鎭 白樂濬 李順鐸
白南圭 安一英 尹治衛 李光洙 梁柱東 廉尙燮 卞榮魯 玄鎭健 李益相 李殷相
崔象德 田榮澤 池錫永 林圭 沈友爆 李祐植 閔大植 金枓洙 張斗鉉 金性洙 張鉉
軾 洪淳泌 魯基禎 白寬洙 金秉圭 尹炳浩 李允宰 李重乾 李克魯; 委員 : 朱耀翰
李時穆 鄭寅普 權悳奎 崔鉉培 張志暎 李常春 李秉岐 鄭烈模 俞億兼 朴勝彬
崔斗善 李光洙 方定煥 金法麟 魯基禎 李重乾 申明均 李允宰 李克魯).

1929. 12. 27.~1930. 1. 3.

　　　　　　개련사 불교전문강원에서 조선어 강좌를 개설(강사 : 권덕규).

1930. 4. 1. 　동아일보 창간 10주년 기념 조선어문공로자 9인(金枓奉 李常春 金熙
祥 權悳奎 李奎昉 崔鉉培 申明均 李允宰 朴勝彬) 중 1인으로 선정.[84]

1930. 11. 24~29.기독청년연합회 주최 한글 강습회가 동막예배당에서 개최(강사 :
이윤재 최현배 권덕규 신명균).

1930 　　　한글마춤법 통일안 제정위원으로 참여.

---

84 조선어문공로자 9인 외에, 체육계공로자, 농촌사업공로자, 농촌교육공로자가 선정
되어 표창받았다.

1931. 7. 25.~8. 28.

　　　　　　동아일보사 주최, 조선어학회 후원으로 하기 조선어강습회 강사로
　　　　　　서 경상도 지역(진주·마산·통영·부산·밀양·대구) 순회.

1931. 4. 20.　　중앙고보 교사 사임.[85]

1932. 4. 22.　　조선일보 편집국장대리.[86]

1932. 8. 1~11.　동아일보 주최의 하기 조선어강습회와 좌담회의 강사로서 관북·
　　　　　　관서 지방(평양·진남포·황주·철원·함흥)을 순회하며 강의.

1932. 11. 23.　조선일보 속간. 편집국장 촉탁.

1932. 12. 24.　한글철자법 통일안을 마련하기 위하여 한글학자 18명(李允宰 申明
　　　　　　均 崔鉉培 李克魯 李押 鄭烈模 金允經 李萬珪 李熙昇 金善琪 權德奎
　　　　　　李秉岐 李鐸 張志暎 李常春 李世楨 鄭寅燮 朴顯植)으로 조선어철자
　　　　　　위원회를 구성하고 개성 고려청년회관에서 10일간 토의함.

1933. 1. 6.　　철자통일위원회가 개성 고려청년회관에서 개최되어 17회의 회합
　　　　　　끝에 문법·성음을 절충한 한글통일원안이 작성됨. 수정위원으로
　　　　　　李允宰 崔鉉培 權悳奎 金允經 李克魯 申明均 金善琪 張志暎 鄭寅燮
　　　　　　李熙昇의 10명이 선임됨.

1933. 1. 13.　　한국문화의 연구와 진흥을 목적으로 金克培 權相老 張志暎 崔善益
　　　　　　卞榮泰 金敎臣 등이 주모하여 종로 백합원에서 조선문흥회를 창립
　　　　　　하고, 一. 문헌수집 一. 도서출판 一. 강습회개최 一. 잡지발행 등
　　　　　　의 사업을 추진키로 함. 간사로 張志暎 李秉岐 權悳奎가 선임됨.

1933. 10. 21.　조선어학회 임시총회에서 한글마춤법통일안이 심의통과됨(作成委
　　　　　　員 : 崔鉉培 權悳奎 張志映 申明均 李秉岐 李熙昇 李萬珪 李萬春 金允經 鄭
　　　　　　烈模 李克魯 鄭寅燮 李世楨 李允宰 金善祺).

1933. 11. 8.　　한글마춤법 통일안을 위해 공헌한 조선어학회 위원 18인(권덕규 김윤
　　　　　　경 장지영 김선기 신명균 이극로 이윤재 이희승 이갑 이탁 이만규 이세정
　　　　　　이상춘 이병기 정인섭 정열모 최현배 박현식)을 위한 위안회를 부내(府
　　　　　　內) 각처 유지들의 발기로 돈의동 명월관 본점에서 개최[최린(式辭)
　　　　　　주요한·이용설(축사) 신명균(답사) 정인섭(朝鮮語音에 관한 聲音 실험)].

---

85 이 무렵의 사정은 장지영(1978)의 증언에 자세히 언급되어 있다.

86 『한글』 창간호(1932. 5.)에도 회원 25명 가운데 권덕규가 포함되어 있는데, '조선일
보사 편집국장대리'라는 직함으로 되어 있다.

1933. 11. 13.   경성방송국(조선방송협회)의 라디오 제2방송에서 「조선어 강좌」 프로그램 맡아 2개월간 진행.[87]

1934. 1. 20.   동우회에서 신춘야담대회를 장곡천정공회당에서 개최[연사 : 權悳奎(崔瑩의 꿈) 尹白南(燕山朝)]. 입장료 20전.

1934. 2. 9.   라듸오세계사가 종로중앙기독교청년회관에서 신춘야담대회를 개최[강연연사 : 권덕규(蓋蘇文) 朴寅成(효종대왕과 許積) 姜石燕(獨唱)]. 입장료 20전.

1934. 10. 28.   조선어학회의 한글날 기념식이 인사동 천향원에서 개최[간사장 李熙昇(사회) 權悳奎(훈민정음 봉독) 金允經(한글마춤법통일안 발표 후 1년간 경과보고) 李克魯(조선어학도서전람회의 경과보고) 李鍾麟·李仁·金昶濟·鄭泰熙(축사)].

1934. 11. 28.   『진단학보』 창간호 발행. 찬조회원으로 참여.

1934. 12. 30.   조선어학회에서는 조선표준어를 제정하기 위한 자료 수집과 방언조사를 완료하였으므로 표준어사정위원회를 구성하고 이를 심의하는 한편 사전편찬에 착수하기로 결정함. 따라서 1935년 1월 2일부터 5일까지 충남 온양에서 다음의 위원을 소집하여 회합을 가지기로 함(權悳奎 金克培 金炳濟 金允經 金昶濟 金炯基 文世榮 朴顯植 方信榮 方鍾鉉 白樂濬 徐恒錫 申明均 申允局 安在鴻 尹福榮 李鉀 李康來 李克魯 李基允 李萬珪 李命七 李秉岐 李世楨 李淑鍾 李沄鎔 李允宰 李鐸 李泰俊 李浩盛 李熙昇 張志暎 金弼淳 鄭烈模 鄭寅燮 車相瓚 崔鉉培 韓澄 成大勳 洪에스터).

1935. 8. 5.   조선어 표준어 제2독회에 위원으로 참가.

1935년경   중동학교 일시 재직.

1936~1937   조선어학회 「조선어사전」 편찬위원(이극로 이윤재 정인승 이중화 권덕규 등). 권덕규는 고어와 궁중어 담당.

1940~1942년경   중풍으로 쓰러짐.

1942. 10.   조선어학회 사건에서 신병으로 인해 불구속 입건. 이듬해 4월에 기소중지.

1945. 11. 25.~12. 8.

    국학연구회에서 국사국어강습회를 동덕여학교 강당에서 개최(강사 : 張

---

[87] 3년간 진행되었다고 하는 경우도 없지 않으나 사실은 그렇지 않다.

道斌 權悳奎 李克魯 金允經).

1945   『朝鮮史』(正音社) 간행.

1946. 3. 4.   부인계몽잡지『우리집』간행[편집위원 : 李箕永 李善熙 朴世永 李仁星 宋影

            (常務) 權悳奎 楊美林 崔活 金志口 李得載 劉東烈 鞠正孝 金在寅 盧智信 朴殷用).

1946. 3. 13. 전조선문필가협회가 결성되어 추천회원이 됨.

1946   문고본『乙支文德』(正音社) 간행.

1949년 여름 행방불명됨.

1950. 10. 24.사망신고됨.

● 부록 2 _ 권덕규의 국어학적 업적 목록[88]

● 저서

1923. 5. 25. 『朝鮮語文經緯』, 廣文社.

1933. 11. 10. 『朝鮮語講座』, 朝鮮放送協會.

1946.　　　　『乙支文德』, 正音社. [1948년에 다시 간행됨][89]

● 논문·논설

1919. 12. 24. 「朝鮮語文에 就ᄒ야 (一) : 一. 言語와 文字」, 『每日申報』 4347호.

1919. 12. 25. 「朝鮮語文에 就ᄒ야 (二) : 二. 朝鮮語의 地位」, 『每日申報』 4348호.

1919. 12. 26. 「朝鮮語文에 就ᄒ야 (三) : 三. 朝鮮文의 地位」, 『每日申報』 4349호.

1919. 12. 27. 「朝鮮語文에 就ᄒ야 (四) : 四. 古代朝鮮文의 有無」, 『每日申報』 4350호.

1919. 12. 28. 「朝鮮語文에 就ᄒ야 (五) : 五. 朝鮮文의 創造」, 『每日申報』 4351호.

1919. 12. 29. 「朝鮮語文에 就ᄒ야 (五) : 六. 朝鮮文의 創製에 協贊ᄒ 諸氏의 苦心」,
　　　　　　 『每日申報』 4352호.

1920. 1. 3. 「朝鮮語文에 就ᄒ야 (六) : 七. ·음의 歸正」, 『每日申報』 4355호.

1920. 1. 5. 「朝鮮語文에 就ᄒ야 (六) : 八. △音의 是非와 ㆆ○音의 如何」, 『每日申
　　　　　　 報』 4356호.

1920. 1. 7. 「朝鮮語文에 就ᄒ야 (七) : 九. 朝鮮文의 缺點과 餘言」, 『每日申報』
　　　　　　 4357호.[90]

1921. 2. 1. 「閒者의 辭典」, 『開闢』 2. 2.(총 8호). [『乙支文德』(正音社, 1946)의 51~60
　　　　　　 면에 재수록됨]

---

88 권덕규의 학문적 업적 가운데 맨 먼저 나열되어야 할 것으로 흔히 「주시경선생역
사(周時經先生 歷史)」[『청춘』 1.1.(통권 1호), 1914. 10. 16.]를 든다. 그러나 이미 임홍빈(1988)
에서 잘 고증한 바 있듯이 그 글은 최남선의 글로 파악하여야 한다.

89 1946년판은 판권지가 없어 그 발행날짜를 구체적으로 파악하기 어렵다.

90 5회가 두 번, 6회가 두 번이기 때문에 전체적으로는 모두 9회가 연재되었다.

1922. 4. 1.　「朝鮮語研究의 必要」, 『東亞日報』 581호.

1922. 8. 25.　「갈돕會로 갈돕解싸지」, 『갈돕』 창간호.

1922. 9. 3.　「朝鮮語文의 淵源과 그 成立」, 『東明』 1. 1.(총 1호). [河東鎬 編, 『한글論爭論說集』(上), 歷代韓國文法大系 3-22(塔出版社, 1986), 11~17면에 재수록됨]

1925. 7. 1.　「마침내 조선 사람이 자랑이여야 한다」, 『開闢』 6. 7.(총 61호). [河東鎬 編, 『한글論爭論說集 (下)』, 歷代韓國文法大系 3-23(塔出版社, 1986), 148~151면에 재수록됨]

1926. 5. 1.　「正音頒布 以後의 槪歷 : 訓民正音 第八回甲記念」, 『新民』 2. 5.(총 13호). [河東鎬 編, 『한글論爭論說集 (下)』, 歷代韓國文法大系 3-23(塔出版社, 1986), 1079~1082면에 재수록됨]

1926. 6.　「朝鮮자랑 (3) : 조선글은 천하에 제일」, 『어린이』 4. 5.

1926. 11. 1.　「大名節로의 가갸날을 定하자(우리 文字의 普及策)」, 『新民』 2. 11.(총 19호).

1926. 12. 1.　「訓民正音의 沿革(正音頒布紀念講念錄)」, 『新民』 2. 12.(총 20호). [『월간잡지) 朝鮮語』 7월 호(통권 22호)(朝鮮語研究會, 1927. 7. 10.), 61~63면에 「訓民正音의 沿革」으로 재수록됨]

1927. 2. 8.　「正音 이전 朝鮮글의」, 동인지 『한글』 1.1.(創刊號) [『中外日報』 1927년 10월 24일 자와 『월간잡지) 朝鮮語』 7월 호(통권 22호) (朝鮮語研究會, 1928. 2. 10.), 58~61면에 「正音以前의 朝鮮글」로 재수록됨]

1927. 6. 20.　「잘못考證된正音創造者」, 동인지 『한글』 1.4.

1927. 10. 26.「가갸날을 긔렴하야 : 朝鮮語와 佛敎 (一)」, 『朝鮮日報』 2563호.

1927. 10. 27.「가갸날을 긔렴하야 : 朝鮮語와 佛敎 (二)」, 『朝鮮日報』 2564호.

1928. 5. 1.　「잇고도 할 줄 모르는 자랑(내가 자랑하고 십흔 조선 것)」, 『別乾坤』 3. 2·3.(총 12·13호, 朝鮮자랑號).

1928. 10.　「朝鮮語와 佛敎」, 『한글』 2. 2. [趙恒範 編, 『韓國 語源研究 叢說 (I)』(太學社, 1994), 105~108면에 현대활자화하여 재수록됨]

1929. 1. 1.　「녯말은 내버릴 것인가」, 『新生』 2. 1.(총 4호). [河東鎬 編, 『한글論爭論說集 (下)』, 歷代韓國文法大系 3-23(塔出版社, 1986), 366~367면에 재수록됨]

1929. 2. 1.　「朝鮮語研究餘草 (一)」, 『新生』 2. 2.(총 5호)

1929. 3. 1.　「朝鮮語研究餘草 (二)」, 『新生』 2. 3.(총 6호)

1929. 3.　「世界에 그 類가 업는 朝鮮의 有名한 글」, 『어린이』 6. 7.

1929. 4. 1.　「朝鮮語硏究餘草 (三)」,『新生』2. 4.(총 7호) [「朝鮮語硏究餘草 (一, 三)」이
　　　　　　河東鎬 編,『한글論爭論說集 (下)』, 歷代韓國文法大系 3-23(塔出版社, 1986),
　　　　　　368~371면에 재수록되고, 역시 「朝鮮語硏究餘草(一, 三)」이 각각 趙恒範 編,
　　　　　　『韓國 語源硏究 叢說 (I)』(太學社, 1994), 115~118면과 119~122면에 현대활자
　　　　　　화하여 재수록됨]

1929. 4. 1.　「語學도 學이라면 가갸도 學問이다」,『學生』1. 2.(총 2호). [河東鎬 編,
　　　　　　『한글論爭論說集 (下)』, 歷代韓國文法大系 3-23(塔出版社, 1986), 330~331면에
　　　　　　재수록됨]

1929. 8. 1.　「우리글의 名稱으로부터 品詞를 난우기 처음까지」,『新民』5. 8.(총 52호)

1929. 9. 1.　「周時經先生傳」,『新生』2. 9.(총 12호). [河東鎬 編,『한글論爭論說集 (下)』,
　　　　　　歷代韓國文法大系 3-23(塔出版社, 1986), 318~319면에 재수록됨]

1930. 9. 5.　「正音頒布 以後의 變遷 (一) : 外國語에서 받은 衝動」,『朝鮮日報』3474호.

1930. 9. 6.　「正音頒布 以後의 變遷 (二) : 吏讀·鄕札에 對한 고찰」,『朝鮮日報』
　　　　　　3475호.

1930. 9. 7.　「正音頒布 以後의 變遷 (三) : 正音의 系統은 어대서?」,『朝鮮日報』
　　　　　　3476호.

1930. 9. 9.　「正音頒布 以後의 變遷 (四) : 한가지 欠은 綴音法」,『朝鮮日報』3478호.

1930. 9. 10.　「正音頒布 以後의 變遷 (五) : 한가지 欠은 綴音法」,『朝鮮日報』3479호.

1930. 9. 12.　「正音頒布 以後의 變遷 (六) :「·」字 發音에 對하야」,『朝鮮日報』3481호.

1930. 9. 13.　「正音頒布 以後의 變遷 (七) : 創製는 어느 해일가?」,『朝鮮日報』3482호.

1930. 9. 14.　「正音頒布 以後의 變遷 (八) : 崔萬理의 反對理由」,『朝鮮日報』3483호.

1930. 9. 15.　「正音頒布 以後의 變遷 (九) : 崔萬理의 反對理由」,『朝鮮日報』3484호.
　　　　　　[이 연재물들이 河東鎬 編,『한글論爭論說集 (上)』, 歷代韓國文法大系 3-22(塔
　　　　　　出版社, 1986), 118~138면에 재수록됨]

1932. 1. 17.　「한글質疑」,『朝鮮日報』3973호.

1932. 1. 21.　「한글質疑」,『朝鮮日報』3977호.

1932. 1. 24.　「한글質疑」,『朝鮮日報』3980호.

1932. 1. 27.　「한글質疑」,『朝鮮日報』3983호.

1932. 1. 29.　「한글質疑」,『朝鮮日報』3985호.

1932. 1. 30.　「한글質疑」,『朝鮮日報』3986호.

1932. 2. 3.　「한글質疑」,『朝鮮日報』3990호.

1932. 2. 6. 「한글質疑」, 『朝鮮日報』 3993호.

1932. 2. 9. 「한글質疑」, 『朝鮮日報』 3996호.

1932. 2. 10. 「한글質疑」, 『朝鮮日報』 3997호.

1932. 2. 16. 「한글質疑」, 『朝鮮日報』 4003호.

1932. 2. 21. 「한글質疑」, 『朝鮮日報』 4008호.

1932. 2. 23. 「한글質疑」, 『朝鮮日報』 4010호.

1932. 2. 24. 「한글質疑」, 『朝鮮日報』 4011호.

1932. 2. 25. 「한글質疑」, 『朝鮮日報』 4012호.

1932. 3. 1. 「한글質疑」, 『朝鮮日報』 4017호.

1932. 3. 2. 「한글質疑」, 『朝鮮日報』 4018호.

1932. 3. 10. 「한글質疑」, 『朝鮮日報』 4026호.

1932. 3. 12. 「한글質疑」, 『朝鮮日報』 4028호.

1932. 3. 13. 「한글質疑」, 『朝鮮日報』 4029호.

1932. 3. 17. 「한글質疑」, 『朝鮮日報』 4033호.

1932. 3. 19. 「한글質疑」, 『朝鮮日報』 4035호.[91]

1932. 3. 26. 「石儂先生과 歷史言語 (一)」, 『朝鮮日報』 4042호.

1932. 3. 27. 「石儂先生과 歷史言語 (二)」, 『朝鮮日報』 4043호.

1932. 3. 29. 「石儂先生과 歷史言語 (三)」, 『朝鮮日報』 4045호.

1932. 3. 30. 「石儂先生과 歷史言語 (四)」, 『朝鮮日報』 4046호

1932. 3. 31. 「石儂先生과 歷史言語 (五)」, 『朝鮮日報』 4047호.

1932. 4. 1. 「石儂先生과 歷史言語 (六)」, 『朝鮮日報』 4048호.

1932. 4. 3. 「石儂先生과 歷史言語 (七)」, 『朝鮮日報』 4050호.

1932. 4. 5. 「石儂先生과 歷史言語 (八)」, 『朝鮮日報』 4052호.

1932. 4. 6. 「石儂先生과 歷史言語 (完)」, 『朝鮮日報』 4053호.[92] [이 연재물들은 『乙支文德』(正音社, 1946), 24~50면에 현대활자화하여 재수록되었고, 『석농 유근 자료총서』(한국학술정보, 2007)의 제4장 「회고 및 논병」, 782~803면에 현대활자화하여 재수록됨]

1933. 11. 10. 「小傳」, 中明均 편, 『周時經先生遺稿』, 中央印書館.

---

91 모두 22회 연재되었다.

92 이 연재물은 전반적으로 석농 유근에 대한 추억담의 성격을 띠는 글이지만, 한국어학사와 관련된 매우 중요한 내용이 많이 남겨 있다.

1933. 11. 13.　「라디오 朝鮮語講座를 열면서」,『每日申報』9394호.

1934. 1. 3.　「참 갑시 잇는 學者待望 : 權悳奎氏」,『每日申報』9444호.

1934. 8. 1.　「四講 습관소리(習慣音)」,『한글』2. 5.

1935. 1. 1.　「訓民正音의 起源과 世宗大王의 頒布 (一)」,『朝鮮日報』4883호.

1935. 1. 3.　「訓民正音의 起源과 世宗大王의 頒布 (二)」,『朝鮮日報』4885호.

1935. 1. 4.　「訓民正音의 起源과 世宗大王의 頒布 (三)」,『朝鮮日報』4886호.

1935. 1. 5.　「訓民正音의 起源과 世宗大王의 頒布 (四)」,『朝鮮日報』4887호. [이 연
　　　　　재물들은 河東鎬 編,『한글論爭論說集 (上)』, 歷代韓國文法大系 3-22(塔出版社,
　　　　　1986), 867~875면에 현대활자화하여 재수록됨[93]

1935. 3. 1.　「訓民正音의 原本을 아직 얻어보지 못하였다」,『한글』3. 3.(통권 21호)

1935. 12. 3.　「손돌이추위(孫石風)」,『每日申報』10137호. [『乙支文德』(正音社, 1946),
　　　　　79~83면에 「손돌이추위(隨筆)」로 재수록됨]

1935. 12. 6.　「祖江물참」,『每日申報』10140호. [『乙支文德』(正音社, 1946), 67~72면에
　　　　　「祖江 물참(隨筆)」으로 재수록됨]

1939. 1. 1.　「버리다 만 散稿 (一)」,『한글』7. 1.(통권 63호).

1939. 2. 1.　「버리다 만 散稿 (二)」,『한글』7. 2.(통권 64호). [이 글만 趙恒範 編,『韓
　　　　　國 語源研究 叢說(I)』(太學社, 1994), 543~547면에 「버리다 만 散稿」로 현대활
　　　　　자화하여 재수록됨]

1939. 3. 1.　「조선말地名」,「兒名줍기」,『한글』7. 3.(통권 65호).

1939. 4. 1.　「조선말地名」,『한글』7. 4.(통권 66호).

1939. 6. 20.　「權悳奎氏에게 朝鮮語學發達史를 믓는다 : 漢學勢力의 抑壓 아래 悲壯·
　　　　　"諺文"의 受難, 開化의 先驅時代에 登用된 武器」,『朝鮮日報』6508호.

1939. 8. 1.　「신 삼는 말」,『한글』7. 7.(통권 69호)

1939. 9. 1.　「辱說 몇」,『한글』7. 8.(통권 70호)

1939. 10. 1.　「놀이말」,『한글』7. 9.(통권 71호)

1939. 11. 1.　「곡식이름」,『한글』7. 10.(통권 72호)

1939. 11. 1.　「옛글 말의 몇낱 參考」,『한글』7. 10.(통권 72호)

93　『한글論爭論說集 (上)』에는 「訓民正音의 起源과 世宗大王의 頒布 (五)」에 해당하는
내용도 뒤(875~877면)에 덧붙어 있으나, 그에 해당하는 연재분을『조선일보』에서 찾지 못
하였다. 고 하동호 교수가 어디에서 그 내용을 찾아 넣었는지 무척 궁금하다.

IV. 이능화 한국학의 형성과
한시(漢詩)의 자료적 원용

1. 들어가며

이능화(李能和, 1869~1943)는 근대한국학의 선구적 개척자로 평가될 만한 사람이다. 비록 조선사편찬위원회에의 참여 등으로 대표되는 친일적 성향으로 인해 얼마간의 논란을 동반하기는 하지만 이능화가 남긴 한국학의 성취는 그 자체로 적지 않은 의의를 지닌다. 한국학이라는 관점에서 이능화의 생애를 구분한다면 1910년을 전후하여 크게 양분된다.[1] 한일병합 이후, 이능화는 불교 관련 활동을 전개하면서 한국불교학을 정리하였고 이어서 분야를 더욱 확장하여 종교 연구를 중심으로 하되 여성사·사회사 등 다양한 저술을 남겼다. 특히『조선불교통사(朝鮮佛教通史)』(1918)와 같은 불교사 연구,『조선무속고(朝鮮巫俗考)』(1927)·『조선기독교급외교사(朝鮮基督教及外交史)』(1928)·『조선도교사(朝鮮道教史)』(遺稿) 등의 종교사 연구, 그리고『조선여속고(朝鮮女俗考)』(1926)·『조선해어화사(朝鮮解語花史)』(1927) 등의 풍속·문화사 연구 등은 오늘날까지도 여전히 그 연구사적 의의를 인정받고 있는 노작들이다. 이밖에도 이능화는 많은 수의 한국학 관련 논문을 발표하였다.[2]

충청북도 괴산에서 태어난 이능화는 8세부터 전통적인 한학을 익히다가 부친 이원긍(李源兢)을 따라 상경하여 1887년부터 영어학당·한어

---

1 이능화, 「불교와 조선문화」, 『별건곤』 12·13(1928), 79면.
2 이능화의 저술 목록은, 이하중·신광철 편, 「이능화 저작 목록」, 이상은 외, 『이능화 연구』(집문당, 1993), 205~215면 참조.

학교(漢語學校)·관립법어학교(官立法語學校)·사립일어야학교(私立日語夜學校) 등에서 수학하였다. 1906년에는 관립한성법어학교 교장에 취임하였고, 1908년에는 한성외국어학교의 학감으로 부임하였다. 이러한 외국어 수학과 더불어 이능화의 이력에서 특기할 만한 사실은 불교에의 경도이다. 1900년 무렵 친구가 전해준 불경(『원각경』)을 통해 큰 깨달음을 얻어 불교 연구에 심취하기 시작한 것이다. 이런 연유로 해서 1907년엔 불교 학교인 명진학교(明進學校)의 교장이 되었고, 병합을 전후하여 불교계의 혁신 운동에도 참여하였으며 1912년엔 능인사립보통학교(能仁私立普通學校)를 건립하여 교장으로 재직하기도 하였다. 1914년 불교진흥회 발족에 주도적인 역할을 하였으며 불교 대중화를 위해 불교 관련 잡지 간행에 힘쓰는 한편 자신 또한 그 잡지들에 적잖은 논문을 발표하였다.

1920년대 접어들면서 이능화의 이력에 커다란 굴절이 생겨난다. 1922년 조선총독부 조선사편찬위원회에 참여한 것이 그 계기가 되었다. 이후 15년간 위원으로 있으면서 한국 관련 자료를 두루 섭렵하게 된 듯하고 이를 바탕으로 본격적인 한국학 저술들을 집필할 수 있었다. 일본인 조선 연구자들이 주축을 이룬 청구학회(靑丘學會)에도 가담하는 한편, 계명구락부(啓明俱樂部)를 결성하여 조선 연구의 저변을 확대하고자 하였으며 불교전문학교에서 강의를 맡기도 하였다. 이러한 이능화의 행적은 아무래도 '친일' 논란에 휩싸이기 쉬울 수밖에 없지만, 조선총독부의 영향력 아래에 있는 관변 단체를 중심으로 활동하였다는 사실을 차치하고 이능화의 학문만을 놓고 보자면 그렇게 쉽게 재단하기 어려운 측면이 많다. 무엇보다 이능화가 정리한 성과가 이후 한국학의 기초가 될 만한 작업이었다는 점을 인정할 수밖에 없기 때문이다.[3]

---

3 이능화 연구의 연구사적 정리는 이재헌, 『이능화와 근대불교학』(지식산업사, 2007), 18~40면.

2. '종교'에서 '조선'으로

이능화의 한국학 관련 초기 작업은 주로 종교 연구 분야, 특히 불교를 중심으로 하는 것이었다. 본격적으로 불교 연구 및 진흥에 나아갈 무렵, 이능화는 '유교·불교·기독교'를 당시의 3대 종교로 인식하고 있었다. 그렇지만 불교와 기독교와는 달리 유교를 종교의 하나로 인정할 수 있는지에 대해서는 비판적인 입장을 취하였다. 불교 옹호의 입장에서서 유교의 불교 배척 경향에 맞서는 의도라고 이해된다. 이를 위해 이능화가 내세운 논리는 유교를 종교의 영역에서 배제하는 것이었다. 그 방법은 정치와 종교의 구분에 의거했다. 즉, 유교는 정치의 종교화에 다름 아니기 때문에 정치와 종교의 명확한 거리를 망각한 것으로 파악하였다.[4] 다른 한편으로 유교는 정치성과 더불어 강한 윤리(도덕)를 표방한다는 특색이 있음을 인정하기는 한다. 그러나 종교적 측면에서 보자면 조상신·천지산해(天地山海)의 자연신 등을 다 숭배하는 경향과 쉽게 결합함으로써 "무축맹복(巫祝盲卜)"의 신앙을 조장하는 결과를 낳는다고 하였다. 이에 따라 무속적 미신 풍조가 확대되고 백성들의 마음이 흔들리는 데 이르는 것은 자연스러운 바, 결국 이는 유교의 비종교성에서 연유한 것이라고 비판하였다.[5]

이와 더불어 가장 낮은 종교적 차원의 유교 다음으로 기독교와 불교를 견주는 논의도 제시하였다. 요컨대 천(天)과 인(人)의 관계를 설명하는 논리는 유교에 비해 기독교가 훨씬 명징하지만, 불교에 비하면 훨씬 불분명하다고 본다. 가령 선악의 인과응보는 불교가 훨씬 논리적일뿐더러, "일심(一心)의 체이(諦理)와 만법(萬法)의 근원(根源)", 즉 마음의 이치와 존재의 근원에 대한 설넝은 불교가 가장 뛰어나다고 하였다.[6] 물

---

4 이능화, 「宗敎와 時勢」, 『惟心』 1(1918), 33~35면.
5 위의 책, 같은 글, 35면.
6 이능화, 「佛敎와 他敎의 競爭」 참조.

론 이러한 논리는 종교 간의 우열 비교를 통해 불교가 다른 종교보다 더 우월하다는 것을 주장하기 위해 마련된 것이지만, 결과적으로 불교의 종교적 자기 정당성을 확보하려는 노력의 소산이기도 하다.

이것은 한편으로 종교비교론에 입각한 일반론이기도 하지만 당시의 역사적 상황과 관련된 나름의 현실 인식이라고도 볼 수 있다. 단적으로 '유교 < 기독교 < 불교'의 순으로 이능화가 긍정적인 태도를 보인 것이다. 특히 유교와 기독교의 대비는 전근대/근대의 대비를 의미하는 것이기도 했다. 가령 유교의 계급성에 대한 비판적으로 언급[7]이나, 조선 유교의 폐쇄성으로 인해 다른 사상 및 종교의 수용이 어려웠다는 지적[8]은 그런 함의를 지닌 것이었다. 더 나아가 유교적 폐쇄성에 내포된 정치성은 결국 내적으로는 당쟁으로 나타나게 되고 외적으로는 사대·쇄국론으로 표출됨으로써 조선의 낙후성을 초래하였다고 보았다.[9]

이러한 인식은 자연스레 기독교에 대한 긍정적 시선을 강화하는 역할도 한다. 유교의 계급성과 대비되어 서양의 종교에서는 계급 차별이 없음이 부각되고, 이외의 다양한 사회적 차별 해소에도 기여하는 측면이 많다는 사실이 언급된다.[10] 그렇다고 일방적 긍정으로 흐르기는 어려웠다. 이능화 자신이 불교에 기반을 두고 있기 때문이겠는데, 기독교가 종교로서보다는 정치적 세력으로 작용하기 쉬운 탓에 선교사들조차 그러한 풍조를 조장할 수 있다는 경고를 잊지 않았다.[11]

이능화의 비교종교론은 1912년 이능화의 최초의 저서라 할 수 있는 『백교회통』에서부터 본격적으로 진행되었다. 『백교회통』은 말 그대로 온갖 종교의 회통 가능성을 논의하는 내용으로 이루어져 있다. 여러 종

---

7 이능화, 『朝鮮基督敎及外交史』 上, 40면. "所謂儒敎者는 卽少數兩班之宗敎也오 非一般人民之宗敎也."

8 위의 책, 86면.

9 위의 책, '緒言' 부분.

10 위의 책, 164, 201면.

11 이능화, 「宗敎와 時勢」, 35면.

교의 교리를 서로 비교하는 방법을 취하고 있는『백교회통』에 대해서는 내포주의적 입장으로 해석하는 경우와 종교 다원주의적 입장에서 해석하는 경우로 크게 구분된다. 물론 내포주의와 다원주의가 상호 배제적인 관계는 아니다. 그렇지만 종교 교리 사이의 통약 가능성, 즉 공유 영역을 설정한다는 점에서 보자면 내포주의적 경향으로 이해하는 편이 적절해 보인다.[12]

『백교회통』의 1장은 도교와 불교의 비교이다. 주로『도덕경』에서 추출한 구절과 불경의 구절을 대비하는 방식으로 서술된다. 2장은 귀신술수지교와의 비교이다. 무속적 요소들과 불교를 비교한 것이다. 3장에서는 신선교(神仙敎), 4장에서는 유교, 5장에서는 기독교와 불교가 대비된다. 6, 7장의 이슬람교와 브라만교에 이어, 나머지 장에서는 대종교·천도교 등 근대민족종교들과 불교를 비교한다.[13] 기본적으로『백교회통』에서 이능화는 종교 간 비교를 진행할 때 유사성을 중심으로 죽 병렬하는 방식을 취할 뿐 본격적인 분석이나 가치판단적 비평을 더하지는 않는다. 다만, 천(天) 개념을 논하면서 불교와 다른 종교의 차이를 분명히 하고자 한다.

이능화에 따르면 자신이 다루어온 종교 전체를 통틀어 보아도 천(天)의 함의는 네 가지로 나뉠 뿐이다. '형체(形體)로서의 하늘', '주재(主宰)하는 존재로서의 하늘', '명운(命運)으로서의 하늘', '의리(義理)로서의 하늘' 등. 유교에서는 이 네 가지가 다 포함되어 있으나 기독교·이슬람교·브라만교·대종교·천도교 등의 하늘은 주로 두 번째, 즉 '주재(主宰)하는 존재로서의 하늘'에 해당한다. 이에 비해 불교에도 네 가지 하늘이 모두 다 들어 있다. 그렇지만 궁극적으로 부처는 이 넷을 다 넘어서는 까닭에서 '천중천(天中天)'이라고 불린다.[14] 물론 이러한 진술 속에서

---

12 김영호, 「이능화의 종교회통론」, 『한국학연구』 8(1997), 212~216면.

13 이능화, 『백교회통』, 강효중 역(운주사, 1989), 19~173면.

14 위의 책, 174~175면.

이능화가 직접적으로 불교의 우위를 주장했다고 보기는 어렵지만, 간접적인 방식이나마 포괄적 우월성을 환기한 것만은 분명하다.

이러한 이능화의 불교관은 1920년대를 넘어서면서 변화가 생겨난다. 종교적 차원에서의 변화라기보다는 학문적 성격 변화에 따른 연구 시각의 변모로 이해할 수 있다. 가령 『백교회통』을 기준으로 보자면 불교와 다른 종교를 우열 포폄적 언급 없이 단순 비교하는 방식과 그럼에도 불구하고 불교의 상대적 우위성을 강조하는 방식이 서로 얽혀 있었다고 할 수 있다.[15] 그러다가 『조선기독교급외교사』를 전후한 시기에 이르면 불교의 우월성을 환기하려는 시각보다는 역사적 현상을 객관적으로 드러내려는 의식이 더 분명하게 드러난다. 그렇다고 해서 종교관 자체가 달라졌다고까지 주장하기에는 무리가 있어 보인다. 종교와 학술을 구분하고 한국학 일반의 영역으로 연구를 확장하는 데에 따른 결과로 이해하는 편이 더 온당해 보이기 때문이다. 이능화의 이러한 변모에 요체가 되는 저작이 『조선불교통사』이다.

『조선불교통사』는 상·중·하 세 편으로 구성되어 있다. 고구려 소수림왕 시기에서부터 저술 당시까지의 불교사 서술이라 할 수 있는 '불화시처(佛化時處)', 불교 종파의 원류와 계통을 해명하고자 한 '삼보원류', 불교사의 다양한 문제들을 변증한 '이백품제'가 그 각각의 편명이다. '불화시처'는 편년체 형식을 따르되 기본 사건을 강(綱)으로 하고 관련 사실들을 '비고(備考)'나 '참고(參考)'라는 제목의 목(目)으로 하는 강목체 서술을 기본 구조로 삼고 있다. '삼보원류'는 "석가여래응화기실"의 불(佛), "삼장결집제론분피(三藏結集諸論分披) : 인도"·"전역경론찬술장소(傳譯經論撰述章疏) : 지나" 등의 법(法), "인지연원나려유파(印支淵源羅麗流波)"·"특서임제종지연원(特書臨濟宗之淵源)"·"조선선종임제적파(朝鮮禪宗臨濟嫡派)"의 승(僧) 등으로 이루어져 있다. '삼보원류'라는 제목에서부터 확

---

15 이병욱, 「이능화 종교관의 변화」, 『정신문화연구』 28(2005).

인되듯이 여기서 이능화는 한국불교의 원류와 계통을 분명히 밝히고자한 것이다. 좀 더 구체적으로 살펴보자면, "인지연원나려유파(印支淵源羅麗流波)"는 인도와 중국을 거쳐 한국으로 불교가 전래되어오는 과정을 모두 13개의 불교 종파를 중심으로 간략하게 서술하고 있다. "특서임제종지연원(特書臨濟宗之淵源)"에서는 불교 선종의 연원과 전승 과정을 임제종에 초점을 맞추어 서술하였다. 그리고 "조선선종임제적파(朝鮮禪宗臨濟嫡派)"에서 태고보우가 18세 석옥청공을 계승하고 나옹혜근이 평산처림을 이었다고 그 계보를 확립함으로써, 한국선종이 임제종의 법맥을 잇는 것으로 규정한 것이다. 마지막 3편인 '이백품제'는 하나의 품제를 제시하고 그에 대한 사실과 논평을 덧붙이는 방식으로 서술되어 있다.[16]

동일한 불교 저술이라고 하더라도 『조선불교통사』는 『백교회통』과적잖은 차이가 있다. 『백교회통』이 불교 일반론의 입장에서 비교종교론을 개진하였다면, 『조선불교통사』는 말 그래도 '한국(불교)'에 초점을맞춘 저작이기 때문이다. 비교종교와 불교사 저술로도 구분할 수 있는이 두 저작의 거리야말로 이능화의 한국학이 구체적으로 형성되어가는계기를 보여주는 증거라 할 수 있다. 단적으로 『조선불교통사』의 하편끝부분에 "조선고대신교이행(朝鮮古代神敎已行)"이라는 항목을 두어 '단군신교'에 대해 서술하고 있거니와, 이를 통해 한국의 고대종교에 대해환기하고자 하였다. 물론 단군신교 관련 서술은 이능화 스스로가 학문적으로 복원·추상한 내용이라기보다는 김교헌 등이 지은 『신단실기(神檀實紀)』에 거의 전적으로 의존한 것이었다.[17] 그렇기는 하지만 "조선고대신교이행(朝鮮古代神敎已行)"의 항목에 이어지는 내용이 "무녀세신선무삼불(巫女賽神扇舞三佛)"과 "맹자축귀고송천수(盲者逐鬼鼓誦千手)"[18] 등무속 관련 기사들임을 감안할 때, 이능화가 고대의 신교와 무속의 상관

---

16 이재헌, 앞의 책, 151~168면.
17 이능화, 『조선불교통사』, 1078~1086면.
18 위의 책, 1111~1116면.

성을 의식하고 있었음을 추측하는 것은 그리 어려운 일이 아니다. 바로 이러한 연관 속에서 『조선무속고』 등 일련의 한국학 관련 작업이 이어진 것이라 하겠다.[19]

3. 무속(巫俗)과 여속(女俗)의 조선학

이능화의 『조선무속고』는 단군신교의 존재에 대한 언급으로부터 시작한다. 환웅·단군 숭배의 신교는 마한·부여·고구려 등에 이르기까지 그 흔적을 남겼는데, "유교·불교·도교가 연이어 수입되어" "이 외래의 종교들이 고유의 풍속과 뒤섞이게 되었"고, "고유의 풍속은 사회의 배척을 받아 외래종교와 어깨를 나란히 하지 못한 채 오늘에 이르게 되었다".[20]

『조선무속고』는 모두 20장으로 구성되어 있다. 19개의 본문에다가 중국의 무속을 개관한 부록 한 장이 첨부되는 방식으로 이루어졌다. 1927년에 『계명』에 연재된 이 저술은 한국무속의 역사를 개관한 최초의 저술인데, 기본적으로는 무속 관련 문헌 자료를 중심으로 한국무속사를 정리하고자 하였다. 기실 무속＝미신이라는 통념을 벗어나서 하나의 학문적 대상으로 다루는 작업이 쉽게 이루어지기 어려운 당시의 사정을 감안할 때, 이능화의 선구성은 충분히 인정될 만하다.

앞서 살폈듯이, 『조선무속고』의 저술이 가능하기 위해서는 유교에 대한 비판적 인식이 전제되어야만 했다. 유교가 소수 양반의 종교일 따름이지 일반 인민의 종교는 아니라고 유교의 계급성을 설명하는 자리에서 잘 드러나는 바, 여기에다가 한국의 불교문화가 무속과 깊은 관련

---

19 조남욱, 「한국종교에 대한 이능화의 이해 – '종교'에서 '한국종교'로, 그리고 '무속'으로」, 『종교학연구』 24(2005), 126~129면.
20 이능화, 『조선무속고』, 서영대 역주(창비, 2008), 71~72면.

을 이룬다는 점[21]을 더 첨가한다면 『조선무속고』가 이능화의 손으로 쓰인 맥락은 충분히 짐작 가능하다. 『조선무속고』는 궁극적으로 민족의 종교적 기원과 계통을 밝히려는 작업의 일환인데, 외래사상·종교인 유교·불교 수용 이전의 종교를 소구하기 위해서 무속 연구가 필요하기 때문이었다. "조선고대신교의 연원, 조선민족의 신앙과 사상, 조선사회의 변천 상태를 연구하려면 무속에 착안하지 않을 수 없"[22]었다.

『조선무속고』의 1장은 "조선무속의 유래"를 다루면서 무격의 기원과 명칭을 중심으로 서술된다. 2~5장에서는 고구려·백제·신라·고려시대의 무속 관련 자료를 간략하게 소개하면서 시대를 개관하고 있다. 6장 이하는 주로 조선시대의 무속 관련 내용으로 채워져 있다. 자료의 한계상 조선시대를 중심으로 서술될 수밖에 없었던 데 그 이유가 있겠다. 왕실의 무속 행사, 무격이 소속된 관서들, 무업 관련 세금, 무병 제도, 음사의 금지와 무당의 축출, 무당의 다양한 술법, 무고(巫蠱) 사건, 무가 용어와 의식, 성황 신앙 등등이 그 구체적인 내용을 이루고 있다. 이를 이어 서울 지역의 신앙 신격에 대해 정리한 다음 각 도별로 지방의 사례들도 다루었다. 특히 19장에 해당하는 '지방의 무풍 및 신사'에는 다양한 자료를 통해 관련 기사가 수집·정리되어 있다. 여기서 이능화가 『조선무속고』를 저술하는 과정에서 원용한 문헌 자료들의 대체적인 면모를 확인할 수 있다. 그것을 도표로 보이면 다음과 같다.[23]

도명	지역명	자료
경기도	서울	「영신잡사」(『낙전당집』)
	개성(송악산)	『실록』, 『동국여지승람』, 『석담일기』, 『짐곡필담』
	개성(덕물산)	『오주연문장전산고』
	개성(三聖 등)	『실록』, 『동국여지승람』
	풍천	『동국여지승람』

---

21 서영대, 「이능화의 『조선무속고』에 대하여」, 이종은 외, 앞의 책, 26~27면.
22 이능화, 『조선무속고』, 72면.
23 이능화, 『조선무속고』, 380~463면의 내용을 정리한 것이다.

	적성	『실록』, 『동국여지승람』
	양주	『동국여지승람』
황해도	해주	『해주읍지』
	연안	『목민심서』
	평산	『상산록』(『목민심서』)
	장산도	「장산도천비제문」(『청음집』)
함경도	함경도 일반	「북새잡요」(『이계집』), 『북관기사』, 『임하필기』
	함경도 일대(上仙)	
	함경도 일대	『실록』
	안변	『동국여지승람』
	덕원	『동국여지승람』
	경원	『동국여지승람』
	관북(숙신각씨)	松田劉猛(개인)
충청도	충주	『동국여지승람』
	진천(김유신)	『동국여지승람』
	진천(용왕신)	『동국세시기』
	청안	『동국세시기』
	속리산	『동국여지승람』
	청풍	『동국여지승람』
	제천	『오주연문장전산고』
강원도	원주	『동국여지승람』
	고성	『동국세시기』
	삼척	『동국여지승람』, 『남명선생별집』, 『기언』, 『번암집』
	영동	『추강집』
	태백(산)	「신당퇴우설」(『허백당집』), 『기언』
	명주	「대령산신찬」(『성소부부고』)
	양구	「영신곡」, 「송신곡」(『허백당집』)
경상도	합천	『동국여지승람』
	울산	『동국여지승람』
	동래	『동국여지승람』
	영해	『동국여지승람』
	군위	『동국여지승람』
	진주	『동국여지승람』, 『고려명신전』, 「영봉산용암사중창기」(『동문선』), 『점필재집』, 『기옹만필』, 『어우야담』, 『두류지』, 『진양지』
	웅천	『동국여지승람』
	완구	『학봉집』

	안동	『목민심서』
	경주	『동국여지승람』
	영남일대(영동신)	『실록』, 『석북집』, 『동국세시기』, 『동환록』, 『번암집』
관서	관서 일대	『실록』
강원도	광주	『동국여지승람』
	나주	『실록』, 『점필재집』
	전주	『운계만고』
	고군산	지방 전설
제주도	광양당	『동국여지승람』
	차귀당	『동국여지승람』, 『해동잡록』, 『충암집』
	신 깃발	『제주지』, 『성호사설』
	가상명혼	『오주연문장전산고』

　이능화의 『조선무속고』는 무속 연구의 선편이자 민속학의 기초를 마련한 성과라고 평가할 수 있다. 특히 무속의 주체인 무당은 여성이 주류를 이룬다고 볼 수 있으므로 『조선무속고』는 전통 사회의 특수 직업 여성을 다루었다고 하겠다.[24] 이런 점에서 『조선무속고』는 『조선여속고』 및 『조선해어화사』와 연속적인 성격을 내포하고 있다. 예의범절, 사회적 지위와 남녀 간의 권리, 적첩(嫡妾)의 차별, 상속의 제도, 유폐 상태, 태아의 산육, 여성 교양, 연중행사, 항간의 미신 등에 이르기까지 하나도 여속 아닌 것이 없다"[25]는 인식을 바탕으로 여성사 연구에 나아간 것이다. 『조선여속고』가 여성의 혼인 및 의복, 출산과 육아, 노동, 연중풍속, 금기, 교육 등 여성 생활사 전반에 걸친 내용을 서술하고 있다면, 『조선해어화사』는 『조선무속고』의 무당처럼 천민으로 천대받던 기녀들을 대상으로 그들의 생활과 그 조건에 대한 사회사적 접근을 시도한 것이었다.

---

24 임재해, 「민속문화의 여성성과 민속학의 여성주의적 문제의식」, 『비교민속학』 45(2011), 16면.

25 이능화, 『조선여속고』(한남서림, 1927)의 '序'. 인용문은 김상억 역, 『조선여속고』(동문선, 1990), 37면을 참조하였다.

『조선여속고』는 모두 26장으로 이루어져 있는데, 이것은 다시 '결혼 풍속', '자녀의 출산과 양육', '사회적 지위', '노동' 등으로 나누어볼 수 있다. 먼저, 『조선여속고』에서 가장 큰 비중을 차지하는 내용은 주로 '결혼'과 관련이 있다. 여기서 말하는 결혼이란 실제 남녀의 혼인뿐만 아니라 이혼·개가(재혼)·수절·축첩 등을 포함하는 것이다. 1~14장에 걸쳐 가장 많은 분량을 차지하고 있다. 둘째로 '자녀의 출산과 양육'은 15장에서 서술되었다. 셋째, '사회적 지위'와 관련해서는 17장에서 "여자의 권리·명호(名號)·지위 계급"으로 다루어졌다. 넷째, '노동'과 관련해서는 22장을 중심으로 여성들의 다양한 경제 활동을 요약적으로 정리하였다. 이밖에도 여성의 복식에 대한 서술이 18~19장에 걸쳐 서술되었다. 26장의 여성 교육은 주로 어문 교육을 중심으로 서술되었는데, 이것은 특히 사대부 집안 여성들(첩실 포함)의 어문 생활을 다룬 23장과도 깊은 관련이 있다.

『조선여속고』가 한국의 여성(생활)사 연구의 선편을 쥔 저술이기는 하지만, 그 마지막 26장인 "조선 여자 교육"에서 조선은 옛날부터 여자 교육에 힘쓰지 않았는데 할 수 없어서가 아니라 하지 않았다고 단언하는 데서 확인할 수 있듯이, 그 저술의 궁극적 의도가 여성의 교육과 위상 제고에 있었다고 하겠다. 특히 한글 창제 이후 여성 교육이 차츰 확대되는 양상을 서술하다가 대한제국기에 반포된 '고등여학교령'의 내용을 소개하면서 책의 전체 내용을 마무리하는 방식에서 『조선여속고』 저술의 현재적 의의가 잘 드러난다.[26] 여성과 한글이 깊은 관련을 이룬다는 것은 한국어문 생활사의 상식인바, 이런 측면에서 보자면 『조선여속고』가 어문 생활사 연구의 선구적 성과라는 사실도 기억할 필요가 있겠다.

그런 점에서 『조선여속고』에는 적잖은 문학 작품이 여성 생활을 복

---

26 『조선여속고』, 170, 173~177면.

원하는 데 귀중한 자료로 활용되었다. 자연스럽고도 당연하다고 할 만한 사실이다. 아무래도 남성들의 문필 활동과 관련이 깊은 영역에서 여성 생활에 대한 자료가 담겨 있기 쉽기 때문이고, 여성들의 내·외적 상황을 가장 잘 드러내주는 것이 그들이 남긴 문학 작품이기 때문일 것이다. 특히나 한시(漢詩)를 중심으로 하는 한문학 작품들은 그 사실적 성격으로 인해『조선여속고』에 매우 풍부하게 등장하고 있다.『조선여속고』에 비할 때,『조선해어화사』는 기생을 중심으로 하는 여성 한문학사라고 해도 과언이 아닐 정도로 여성들의 한시 작품이 대거 반영되어 있다.『조선해어화사』의 한시 자료는 그 자체로 독립적으로 다루어야 할 만큼의 상당한 분량이므로, 여기서는『조선여속고』를 대상으로 한시 작품이 이능화의 한국학 형성에 원용되는 양상을 보다 구체적으로 검토하기로 한다.

4.『조선여속고』의 한시 원용

『조선여속고』에서 가장 많은 한시 작품이 등장하는 부분은 제23장 "조선부녀지식계급(朝鮮婦女知識階級)"이다. 이 장은 다시 "사족부녀지유문식자(士族婦女之有文識者)", "사족부녀지능해시사자(士族婦女之能解詩詞者)", "사족첩실지능작시자(士族妾室之能作詩者)"로 나뉘는데, 이런 구분만으로도 한시 작품에 중점을 두고 있음이 충분히 엿보인다. 하지만 이 장에서 제시하는 한시 작품은 여성 생활이나 풍속에 직접 관계된다기보다는 여성문학사의 자료에 가깝다. 간단한 작자 소개와 작품 제시로 되어 있기 때문이다. 앞서 언급했듯이 "조선부녀지식계급"은『조선해어화사』에서 한시 작품을 원용하는 방식에 더 근접한다.[27] 따라서 여기서는

---

27 실제로 이능화가『조선여속고』와『조선해어화사』에서 제시하는 한시 자료의 분량

『조선여속고』의 저술 취지에 훨씬 부합하는 대표적인 사례를 살펴보기로 한다.

먼저 "민서혼제(民庶婚制)"에서 결혼식 풍습을 소개하는 자리에서, 이능화는 그 풍습을 복원하는 데에 기여할 만한 작품으로 희곡『동상기(東廂記)』나 이옥(李鈺)의 「아조(雅調)」작품을 제시하였다.[28] 당연하게도 『동상기』나 이옥의 「아조」는 혼례 및 신혼 생활을 창작 모티브로 삼고는 있지만 그 내용이 실제로 결혼 풍습의 직접적 반영이라고 하기는 어렵다. 그렇기는 해도 결혼 풍습의 역사적 양상을 추측하고 이 풍습 이면의 상황 등을 헤아리는 데에 이만한 자료를 찾아 활용하기도 쉽지 않다. 다음은『조선여속고』에서 한시 작품을 자료로 활용한 대표적인 사례들을 정리한 것이다.

한시 제목	작자	출전[29]		내용
送襄州老妓	周世鵬	무릉잡고		축첩
關西樂府(38)	申光洙		석북집	세시
貧女吟(2)	許蘭雪軒		난설헌시집	노동
三都賦	崔滋		동문선	노동
御題詩	仁宗		임하필기	노동
藝疏	洪良浩	이계집		노동
	李德馨(번역)	약파만록		노동
春米行	釋 宏演	동문선		노동
擬戍婦擣衣詞	偰遜	동문선		노동
潛女歌	申光洙	석북집		노동

28 『조선여속고』, 46~48면.

29 출전의 왼쪽 편은『조선여속고』에 직접 출전이 명기된 것이고, 오른쪽은『조선여속고』에 출전을 직접 밝히고 있지 않아 필자가 현재 쉽게 확인할 수 있는 자료를 제시한 것이다.

　위의 표에서 잘 드러나듯이 인용된 한시들은 주로 여성들의 노동과 가사 활동과 관련이 깊다. 처음의 두 작품은 조금 성격이 다르다. 주세붕의 「송양주로첩(送襄州老妾)」는 조선시대의 축첩 관련 기사로 보인 경우이고, 신광수 「관서악부」의 38번째 시는 "제21장 연중행사"를 서술할 때 제시한 작품이다.[30]

혼이 녹듯 아픈 마음 그치지 않는 눈물	魂銷心折淚交頤
이런 이별 있을 줄 그때 어찌 알았으리	始見寧知此別離
어머님 병환 4년 내내 다한 약 시중	慈病四年長侍藥
추운 겨울 세 번에도 잊었던 제 몸	嚴寒[31]三歲不窺私
낯선 땅 생활이라 네 젊음엔 슬픔만이	羈留致汝靑春怨
늙고 추한 몸이라 이 백발엔 미안함이	老醜慚吾白髮垂
잘 가게, 부모님 편히 모셔 좋은 세상 가시게끔	好去寧親歸美土
못다 한 우리 인연 다음 생을 기약한다	緣如未盡後生期

　「송양주로첩(送襄州老妾)」의 전체 내용을 보자면 축첩의 실상을 확인하는 자료로서의 의의가 그다지 크다고 생각되지는 않는다. 그보다는 고향으로 첩을 떠나보내는 심경이 더 잘 드러나는 자료라고 생각된다. 주세붕의 병든 노모를 여러 해에 걸쳐 돌보다가 결국은 떠나가는 상황으로 보인다. 다만 이능화는 이 시에 담긴 구체적 정보를 충분히 설명하거나 첩의 실제 생활을 다양하게 살펴보는 데까지 나아가지는 않는다.

　신광수의 「관서악부」(38)는 세시풍속을 서술하면서 단오 풍속을 보여주려는 의도에서 제시한 작품이다. 모시 옷, 그네, 마을 제사 등의 풍

---

30 『조선여속고』, 86면 ; 121면.
31 문집총간본 『무릉잡고』에는 寒이 아니라 憂로 되어 있다.

속이 작품 속에 표현되어 있다. 그런 점에서 세시 풍속의 장면들을 확인할 수는 있으나, 꽃단장한 여인들의 화려한 모습들이 저녁 무렵 나비처럼 어디론가 사라지는 광경으로 작품이 마무리되어 시정(詩情)이 풍부하다. 「관서악부」를 인용하기 바로 앞에서 이미 홍석모의 『동국세시기』에서 서술된 단오 관련 기사를 언급한 터라, 단오장(端午粧) 등 단오 풍속의 실제 모습을 구체적으로 환기시키는 방편으로 「관서악부」의 해당 작품을 끌어온 것으로 이해된다.

이렇게 볼 때 『조선여속고』에서 활용하고 있는 한시 작품들이 모두 전형적인 기속(紀俗)의 자료라고 보기는 힘들다. 최자의 「삼도부」가 경주 인근 지역에서 양잠(養蠶)이 성행하는 모습을 담고 있다고 보아 "잠견(蠶繭) 여공(女工)"의 방증 자료로 활용할 수도 있고, 홍양호의 「예마(藝麻)」나 신광수의 「잠녀가」는 각각 북방 지역과 제주도 지역을 읊은 기속류의 작품들이라 할 수 있다. 그렇지만 그 또한 시 작품인 이상 악부시 전통과 깊은 관련을 맺고 있기 때문에 일반적 풍속 기사로 다루기 곤란한 측면이 적지 않다.

3월에 심은 삼 7월에 거둬	三月藝麻七月穫
닷새만에 실을 내고 열흘을 씻지	五日[32]繰絲十日濯
여린 손 북을 놀려 얇디얇은 베를 짜니	纖手弄杼作細布
얇기가 매미 날개 손아귀에 쏙	薄如蟬翼小盈握
슬퍼라, 장사치에 나라 빚 남은 게 없어	可惜盡與南商充官債
이 몸엔 거친 치마, 다리조차 못 가리는	身着麤裙不掩脚.

홍양호의 「예마」다. 아마 유명한 함경도 육진의 마포를 읊은 작품인 듯하다. 삼을 길러 베를 짜기까지의 과정이 간략하게 드러나 있지만,

---

32 『조선여속고』에는 月로 되어 있는 것을 바로잡음.

그 시상은 전통적 전형성을 포함하고 있다. 고급 베를 짜는 이는 자기 자신이지만 정작 자신은 전혀 입지를 못하는 서글픈 현실을 노래하는 방식은 아주 오랜 시적 관습이다. 예컨대, "온몸 비단옷 두르는 이 / 정작 누에 치는 사람은 아니지(遍身綺羅者, 不是養蠶人)"라는 「잠부(蠶婦)」의 유명한 구절이 그 단적인 예이다. 물론 그 시상을 동일하게 반복했다고 보기는 어렵지만, 기속(紀俗)으로의 일방적 경도는 분명 아니다.[33] 그런 점에서 「용미행(舂米行)」이나 「의수부도의사(擬戍婦擣衣詞)」도 마찬가지 방식으로 접근할 필요가 있다. 둘 다 악부시적 관습을 차용해서 씌어졌기 때문이다. 보다 전형적인 사례가 바로 난설헌의 시 「빈녀음(貧女吟)」이다.

이능화도 여공(女工)의 하나로 면포(綿布)를 언급하며, 가난한 집안에서는 부녀자들이 베를 짜서 생계를 도왔으나 스스로는 제대로 된 옷도 갖추어 입지 못하는 경우가 많았다고 하였다. 그런 다음 「빈녀음」을 제시하였다.[34] 이능화의 언급은 분명 가난한 현실과 부녀자의 고통과 부합하는 바 있지만 그 설명을 위한 표현은 관습적 관행을 따른 것이며, 난설헌의 작품은 더욱 그렇다.

밤 깊어도 베 짜기 쉬지를 못해	夜久織未休
베틀은 삐걱삐걱 차갑게 울고	軋軋鳴寒機
베틀 속 비단 한 필 다 짠들 뭘 해	機中一匹練
어찌됐든 옷 임자 나는 아닌데	終作阿誰衣

위에서 보이듯이 이능화가 인용한 「빈녀음」이 분명 베 짜기에 시달리는 부녀자의 노동을 다룬 것이기는 하지만, 그렇다고 해서 이 작품이

---

³³ 여기에다가 李紳의 작품으로 알려진 「憫農」의 "誰知盤中飧, 粒粒皆辛苦"까지 보태어도 무방해 보인다. 물론 농부는 대개 남성적 화자라는 점이 다르다.
³⁴ 『조선여속고』, 126면.

현실적 상황을 담아내고 있는 것은 아니다. 이것은 베 짜기라는 여인의 노동이 시적 제재로 활용될 때 펼쳐지는 전형적인 시적 구도와 시선이 동원된다는 점을 보여준다. 이렇게 볼 때『조선여속고』가 원용한 한시 작품을 역사적 사실 복원에 직접적으로 활용하려면 보다 섬세한 접근이 요청된다고 할 수 있다. 이것은, 『조선여속고』과 같은 학술적 저술과 한시의 시적 관습이 훨씬 생산적으로 결합하기 위해서는 보다 풍부한 상호 이해가 필요하다는 뜻이기도 하다.

5. 나가며

그렇다고 해서 이능화의『조선여속고』가 이룩한 학술적 성취가 반감되는 것은 결코 아니다. 실상『조선여속고』의 기본 자료는 한시가 아니라 여러 사서(史書), 관찬 서적 및 각종 필기류 등이다. 한시 자료들을 모두 다 제외시킨다고 하더라도『조선여속고』의 서술에 별반 영향을 미치지 못한다고 단언할 수 있을 정도이다.

다만, 이능화의 한국학이 전개되는 과정에서 확인되는 다양한 자료는 다소 성격을 달리할 뿐만 아니라 어쩌면 전혀 새로운 구도 속에서 재정리될 필요가 있는지도 모른다. 앞서 거듭 환기한 바 있지만, 『조선여속고』의 한시 작품들은『조선해어화사』와 더불어 함께 종합함으로써 전혀 다른 방식으로 검토될 여지가 있기 때문이다.

한시 등 문학 작품에 기속(紀俗)의 성격이 분명히 포함되어 있으므로 풍속이나 생활사 연구에 소중히 활용될 여지가 큰 것은 분명하다. 그러나 문학 내적인 관습과 관행이 엄연하고 그에 따라 현실적 지시 관계가 다소 복잡한 사정을 감안한다면 손쉬운 이해보다는 얼마간의 우회와 배려가 있어야 한다. 문학이 문화사 등 역사의 소중한 자료인 만큼 이런 관심은 지속될 필요가 있다는 판단이고, 무엇보다 문화사·풍속사

연구의 선구적 위치를 차지하고 있는 이능화의 한국학을 다시금 잘 되짚어보는 것의 의의를 분명히 확인하게 된다.

류준필(柳浚弼)

인하대학교 한국학연구소 HK교수. 대표 논저로는 『동아시아 자국학과 자국문학사 인식』, 『동아시아 한국학의 형성』(공저), 『동아시아 한국학의 분화와 계보』(공저) 등이 있다.

참고 문헌

김영호(1997), 「이능화의 종교회통론」, 『한국학연구』 8.

이병욱(2005), 「이능화 종교관의 변화」, 『정신문화연구』 28.

이상은 외(1993), 『이능화 연구』(집문당).

이재헌(2007), 『이능화와 근대 불교학』(지식산업사).

임재해(2011), 「민속문화의 여성성과 민속학의 여성주의적 문제의식」, 『비교민속학』
        45.

조남욱(2005), 「한국종교에 대한 이능화의 이해 – '종교'에서 '한국종교'로, 그리고
        '무속'으로」, 『종교학연구』 24.

* 이능화의 저술은 이상은 외, 『이능화 연구』, 205~215면에 수록된 목록 참조.

V. 호암 문일평 저술의 문화사적 의의

1. 머리말

호암(湖巖) 문일평(文一平, 1888~1939)은 1939년 4월 3일 서울의 내자동 자택에서 사망하였다. 그리고 그해 12월 『호암 전집』 세 권이 조선일보사에서 간행되었다. 『호암 전집』 간행위원회에 홍명희, 현상윤, 이광수, 이병도, 안확, 이극로 등 그 시대를 대표하는 지식인들이 망라되었으니 그의 위상을 짐작하게 한다. 또 그의 글을 모은 『호암사화집(湖巖史話集)』도 벗 이원조에 의하여 1939년 인문사에서 간행되었다. 역사학자로, 언론인으로 살아간 그의 길지 않은 삶과 학문이 이렇게 단기간에 정리되었다는 점에서 그가 이룩한 학문적 성과가 당대 사회에서 녹록하지 않았음을 입증한다 하겠다.

그간 문일평에 대한 연구는 목록을 일일이 제시하기 어려울 정도의 성과가 축적되었다.[1] 그러나 대부분 그의 생애와 역사 인식을 중심으로 다루었을 뿐, 구체적인 저술을 검토하는 단계에까지 이르지는 못하였

---

1 최기영, 『식민지 시기 민족 지성과 문화 운동』(한울, 2003)의 제2장 '문일평의 생애와 저술'에 그간의 연구사와 함께 문일평의 생애와 저술이 가장 자세하게 정리되어 있다. 본고는 이에 힘입은 바 크다. 문학 분야에 대한 접근으로는 이동영의 『한국문학연구사』(부산대학교 출판부, 1999)가 있는데 '문일평의 국문학에 관심한 사실'이라는 장을 두어 고찰하였다. 근년의 연구 중에 문화사적인 시각과 관련하여 주목할 만한 논문으로는 류시현, 「1920~30년대 문일평의 민족사와 문화사의 서술」[『민족문화연구』 52(2010)]이 있다. 이 논문에서 민중에게 역사와 문화를 알리기 위하여 문화사 연구와 대중적 글쓰기를 시도하였음을 밝혔다. 정출헌, 「국학파의 '조선학' 논리 구성과 그 변모 양상」[『열상고전연구』 27(2008)]은 실학과 조선학의 관점에서 분석한 것으로 주목할 만하다.

다.[2] 문일평의 학문은 역사 연구를 대중화하는 것을 목적으로 하여, 순수한 역사학적 관점보다 문학과 예술 등 문화를 아우르는 문화사적 경향을 띠고 있다는 것이 중론이다. 이 점에서 문일평의 학문에 대한 연구는 문화사적인 시각에서 출발할 필요가 있으며, 일차적으로 문화사적 시각에서 집필한 그의 저술을 구체적으로 검토하는 것이 순서일 것이다.

이 글에서는 먼저 문일평의 저술 활동을 살피되, 문일평이 어떠한 방식으로 자료를 수집하여 집필하였는가를 살펴보고자 한다. 최근 1934년의 일기가 발견되어 소개되었으므로,[3] 이를 중심으로 하면 저술 활동의 구체적 면모가 드러날 수 있을 것으로 보인다. 이어 문일평의 저술 중 그간 충분히 다루어지지 못한 문화사적 시각의 성과를 검토하기로 한다. 이를 통하여 문일평의 학문적 성과가 21세기 현재적 관점에서 어떤 의미가 있었는지 살피고자 한다.

2. 생애와 저술 활동

문일평은 1888년 5월 15일 평안북도 의주에서 태어났다. 남평 문씨인 그의 집안은 16세기 중엽부터 의주 동북쪽에 있는 압록강 중류 수풍댐 근처의 창성(昌城)에서 세거하면서 대대로 무관(武官)을 배출하였다.[4] 전형적인 사대부 가문은 아니지만 비교적 경제가 넉넉하였기에,

---

2 「대미 관계 50년사」나 『高麗概史』 등은 역사학계에서 검토된 바 있다. 안종철, 「1930년대 문일평의 '문화민족주의' 사학의 시대사상 : 대외 관계사를 중심으로」[『한국사상사학』 36(2010)]와 박걸순, 「문일평의 고려사 서술과 인식론 —『高麗概史』를 중심으로」[『충북사학』 11·12(2000)] 등을 들 수 있다.

3 이한수, 『문일평 1934 − 식민지 시대 한 지식인의 일기』(살림, 2008).

4 문일평은 창성을 고향으로 여겼다. 「永晝漫筆」에 수록되어 있는 「나의 고향」에서 昌城을 13대조 이래 세거하던 고향이요 선영이 있고 친척이 있다고 하였다. 朴燁의 「昌城」 "연평령 너머가 창성이라, 살기가 하늘에 이어져 북과 피리소리 이어지네. 싸움에

학문하는 데 큰 어려움은 없었던 듯하다. 어린 시절 한학(漢學)을 익히다가, 1905년 18세 때 의주에 세워진 기독교회를 통하여 서양의 문화와 학술에 관심을 가졌다. 그 때문에 미국 유학을 꿈꾸었지만 뜻을 이루지 못하고 일본으로 유학을 떠났다. 전통적인 한학을 통하여 습득한 지식을 바탕으로 하면서 일본 유학을 통해 배운 서양학문에 대한 지식이 어우러져 그의 기본적인 역사와 문화에 대한 의식을 형성한 것으로 추정된다. 일본 유학에서 만난 이광수가 "한문의 힘도 많고 역사의 지식이 넉넉하여 내가 모르는 말을 많이 하였다. 그는 나폴레옹을 찬양하고 비스마르크를 부러워하였다"[5]고 한 것이 이러한 정황을 짐작하게 한다. 이 무렵 주로 『태극학보』에 「자유론」, 「한국 청년의 위기」 등 계몽적인 글을 쓴 바 있다.

1910년 귀국 후 문일평은 대성학교, 양실학교 등에서 교사를 맡았고 조선광문회, 신간회 등의 사회단체에도 관여하였다. 이듬해 다시 일본으로 건너가 와세다 대학에 입학하였다가 얼마 있지 않아 중국으로 건너가 상하이 등에 머물면서 박은식, 신채호, 홍명희, 정인보 등과 독립운동단체에서 활동하였다. 몇 년 지나지 않아 귀국한 이후에는 두드러진 활동을 보이지 않다가 1919년 3·1 운동이 일어나자 이에 적극 가담하여 옥고를 치른 바 있다.

1920년 3월 9일 출소한 후 문일평은 중동학교, 송도고보 등에서 역사 교사를 맡았다. 『동아일보』, 『서울』, 『학생계』 등의 신문과 잡지에 자신이 창작한 한시를 발표하는 한편, 서서히 조선의 역사에 대한 짧은 글을 발표하기 시작하였다. 『청년』, 『학생계』, 『동명』, 『개벽』 등의 잡

패한 병사와 말은 돌아가지 못하여, 끝없는 석양 아래 큰 강이 걸쳐 있네(延不嶺外是昌城, 殺氣連天鼓角鳴. 敗馬殘兵歸不得, 夕陽無限大江橫)"라는 시를 인용한 것도 창성에 대한 애정 때문이었다.

5 이광수, 「나의 고백」[『이광수 전집』 13(삼중당, 1962)], 최기영의 앞의 책 73면에서 재인용하였다.

지에 「우리 역사 공부」, 「평원왕의 공주」, 「미천왕의 소년 시대」, 「조선 과거의 혁명 운동」 등 역사를 풀어서 소개하는 글을 실었다.

문일평은 1925년 다시 유학을 떠나 동경제국대학 문학부 사학과 동양사부에 청강생으로 등록하여 잠시 재학하다가 이듬해 귀국하여 경성여상, 배재고보, 중앙고보 등의 교사로 지냈고 잠시 『조선일보』에도 적을 둔 바 있다. 1926년 8월 12일의 『조선일보』 기사에 따르면, 문일평은 9월 16일부터 21일까지 개성에서 개최되는 조선사 강좌를 맡은 것으로 되어 있다.

1927년 무렵부터 문일평은 왕성한 집필 활동을 하였다. 『조선지광』, 『별건곤』, 『한빛』, 『삼천리』, 『조선강단』 등에 조선역사를 풀어쓴 글을 자주 게재하였다. 고구려의 을지문덕, 영양왕, 온달, 백제의 의자왕, 고려의 강감찬, 최영 등을 위시하여 역대 위인의 짧은 전기를 집필하였다.

『조선일보』를 집필의 장으로 한 문일평의 저술 활동은 1927년부터 본격화된다.[6] 그해 1월 2일부터 3회에 걸쳐 「정묘호란사(丁卯胡亂史)」를 연재하였고, 이후 1928년 11월 30일부터 21회에 걸쳐 「조선역사 강좌(朝鮮歷史講座)」를 연재하는 등 본격적인 집필 활동에 나섰다. 이보다 앞서 1929년 8월 15일부터 9월 27일까지 12회에 걸쳐 「역사상으로 본 조선 여성의 사회적 지위」[7]를 연재하였고, 1930년 1월 29일 「원일(元日)」로 시작하여 「세시고(歲時考)」를 연재하였는데 입춘, 상원, 초파일, 단오, 유두, 칠석, 추석, 중양절, 개천절, 입동과 동지, 제석(除夕)과 납일(臘日) 등을 14회에 걸쳐 다루었다.[8] 또 11월 23일부터 1930년 3월 14일까지

---

6 문일평의 글은 2회에 걸친 「고려의 국가적 이상」(『한빛』 1928. 1~2.)과 3회에 걸친 「조선사에 나타난 국제적 결혼과 정략」(『조선강단』 1929. 9~10., 1930. 1.)을 제외하면 거의 대부분의 글을 『조선일보』에 연재하였으니 문일평이 『조선일보』를 저술의 장으로 삼았다고 할 수 있다.

7 이능화의 『朝鮮女俗考』를 인용하여 다소 계몽적인 성격으로 쓴 글이다.

8 같은 내용이 '朝鮮歲時考'라는 이름으로 『朝鮮通信』에 1930년 2월 19일부터 3월 6일까지 연재되었는데 일본어로 번역하여 게재한 것이다. 문일평은 『태극학보』 21(1908. 5. 24.)에 「世界風俗誌 譯述」을 게재한 것으로 보아 풍속에 대한 관심이 이른 시기부터 높았

23회에 걸쳐 「예술과 로맨스」를 연재하였다. 1930년 6월 5일부터 25일까지는 9회에 걸쳐 「정치상에 미친 가족주의의 영향」을, 7월 3일부터 24일까지 「연호(年號)와 제호(帝號)의 제(制)」를, 다시 9월 21일부터 10월 10일까지 11회에 걸쳐 「조선반란사론(朝鮮叛亂史論)」을 연재하였으며, 1931년 1월 1일부터 4일까지 「신미년의 사적 고찰」을 3회에 나누어 집필하였다.

문일평의 저술 활동은 이 무렵부터 1933년 초까지 2년여 동안 주춤하였다. 1931년 초에 『조선일보』를 퇴사하고 이듬해 8월까지 중앙고보에 근무하면서, 『신조선』, 『신동아』, 『삼천리』, 『동광』 등의 잡지와 『동아일보』에 몇 편의 글을 기고하였지만 기획에 의한 주제가 아닌 단편적인 글이 대부분이다.[9]

문일평이 다시 왕성한 집필을 한 것은 1933년 4월 편집고문으로 조선일보에 다시 입사하면서부터다. 이때부터 사망할 때까지 하나의 연재가 끝난 후 약간의 휴식 기간을 제외하면 거의 매일 글을 썼다. 1933년 4월 26일부터 5월 16일까지 「역사로 본 조선」을 연재하였는데, 이전보다 문화사적인 시각이 더욱 강해졌다. 연재를 시작하면서 쓴 「고문화국(古文化國)의 신시련(新試鍊)」에서는 군자국이나 신선국이 아닌 고문화국을 지향하여야 함을 역설하였다.[10] 이후의 글이 '문명'과 '대중'을 키워드로 한 것에서 알 수 있듯이 문명의 정수를 대중에게 널리 알리는

음을 알 수 있다. 이들은 柳得恭의 『京都雜誌』나 洪錫模의 『東國歲時記』 등을 인용하는 등 자료를 두루 동원하였지만, 상식을 확인하는 수준에 그칠 뿐, 학구적인 깊이를 갖추지 못하였다.

9 1931년 2월부터 1933년 4월까지 문화사와 관련한 문일평의 글은 「서동요와 정읍사」(『동광』 1931. 7.)와 「경복궁」(1931. 10.), 「고구려의 비너스」(『金剛』 1933. 1.) 등이 있다. 최기영의 앞의 책에 밝히지 않은 이 시기의 글은 주로 『동아일보』에 실려 있는데 「滿洲와 朝鮮民族 其間의 歷史的關係」(1932. 1. 2~3.), 「朝鮮近代의 外交」(1932. 10. 13~14.) 등이 있다.

10 1면에 '연구'라는 코너를 신설하고 이 글을 실었으니, 『조선일보』에서 문일평을 그만큼 대우한 것이라 하겠다. 이 글을 제외한 대부분의 연재는 2면이나 3면에 게재되었다. 「역사로 본 조선」은 5회부터 '史眼으로 본 조선'으로 타이틀이 바뀌었다.

것을 자신의 임무로 삼았다. 한 예로 「이조문명의 결정 훈민정음과 대중문명」에서는 "인문 결정이 훈민정음"이라 하면서 "과거에는 소수인에 의하여 그것(문명)을 짓게 되고 현재에는 다수인에 의하여 그것을 짓게 되는 것이 다를 뿐이다"라 하여 훈민정음의 가치를 대중의 문명이라는 관점에서 해석하였다. 또 1933년 7월 16일부터 8월 11일까지 9회에 걸쳐 연재한 「세계문화의 선구」에서는,[11] '발명(發明)과 창시(創始)의 위인 전기', '세계문화의 선구 조선민족이 건설한 문화 세계적 발전의 한 모멘트'라는 부제를 달았다. 그리고 금속활자와 훈민정음의 우수성을 적극적으로 드러내었다.[12] 한국문화의 우수성을 대중에게 널리 알리고자 하는 문일평의 의지가 읽힌다.

이를 이어 문일평은 1933년 9월 26일부터 10월 6일까지 「동해(東海)에 놀고 돌아와서」를 연재하였다.[13] 『조선일보』 주최로 통천(通川), 장전(長箭), 내금강 말휘리(末輝里), 금성(金城), 철원 등 5개소에 순회 강연을 하는 틈에 외금강 일대의 명승을 찾은 감회를 적은 글로, 전통적인 산수유기(山水遊記)의 틀을 따른 것이지만, 우리 자연의 아름다움을 알리고자 하는 뜻이 강하게 반영되어 있다는 점에서 문명 혹은 문화뿐만 아니라 자연의 우수성을 대중에게 알리려는 의도도 있었음을 짐작하게 한다.

문일평은 1933년 10월 13일부터 「사외이문(史外異聞)」의 연재에 들어갔다. 그리고 다시 6월 28일부터 7월 1일까지 「조선의 지보(至寶) 완당선생(阮堂先生)」을 4회에 걸쳐 연재하였다. 그리고 보름 남짓 휴식을 취한 후 문일평은 자신의 가장 방대한 저술 중 하나인 「대미 관계 50년사」

---

11 5회부터는 '세계문화사의 선구'로 타이틀이 바뀌었다.

12 조선의 금속활자에 대해서는 金瑗根이 「朝鮮鑄字考」라는 이름으로 『동아일보』에 1931년 10월 24일부터 8회에 걸쳐 연재한 것이 비교적 이른 시기의 상세한 논문으로 들 수 있다. 이 무렵 조선문화의 우수성을 알리는 일이 지식인 사회에서 공감대를 형성한 것으로 추정된다.

13 『호암 전집』에는 「東海遊記」라는 이름으로 묶여 있다.

를 7월 15일부터 12월 18일까지 101회에 걸쳐 연재하였다.

문일평은 이 무렵 신문이 발간되지 않는 날이나 어쩌다 사정이 있어 연재하지 못할 때를 제외하면 거의 매일 글을 썼다. 대략 잡아도 1년 조금 넘는 기간 동안 254편의 글을 썼으니 그 열정이 놀랍다. 이외에도 「갑년(甲年)과 극동 풍운 – 전갑술(前甲戌) 이래 전개된 변국(變局)」(1월 1일, 2일), 「고원의 봄 찾으니 꿈같은 옛 영상」(3월 3일), 「두 번 일성(一星)을 곡함」(8월 14일) 등의 단편적인 글도 썼다. 또『조선일보』에 이름이 나와 있지 않지만, 「전설의 조선」(1월 14일), 「독지가 분발의 추(秋)」(1월 21일) 등 지속적으로 사설을 썼다.[14] 비록 2백 자 원고지 5매 내외의 짧은 글이지만 이렇게 지속적인 집필이 어떻게 이루어졌는지 궁금하다.

최근 문일평의 일기가 공개되었는데 1934년 1월 1일부터 12월 17일까지의 것으로 탁상용 달력에 한문으로 쓴 것이다.[15] 이 일기를 통해 이러한 궁금증을 풀어보기로 한다. 먼저 일기가 남아 있는 1934년 그의 행적을 보면 조선일보에 출근해서 「사외이문」이나 「화하만필(花下漫筆)」, 「조선의 지보 완당 선생」, 「대미 관계 50년사」 등 연재물을 집필하였다. 연재물은 대개 주당 5회 썼는데 개인적인 사정이 있거나 광고로 신문의 지면이 부족할 때는 집필하지 않기도 하였다. 또 정기적으로 사설을 썼다. 대부분의 글은 늦어도 오전 중에 원고를 넘겨야 하였으므로, 출근 후 바로 집필을 시작하여 한두 시간 안에 완료하였다. 오후에는 대학도서관, 곧 경성제국대학 도서관에 가서 규장각 소장『승정원일기』와『일성록』등을 베껴 쓰는 일을 하였다. 3월 5일 일기의 일부를 예로 보인다.

---

14 후술할 일기에 따른 것이다. 문일평은 대략 일주일에 한 번 사설을 썼는데 가끔 건너뛸 때도 있었다. 『조선일보』에 쓴 사설은 이한수의 앞의 책의 부록에 실어놓았다.
15 이한수의 앞의 책에 번역과 함께 원문을 실어놓았다.

출근해서 「사외이문」의 「단발령(斷髮令)」을 썼다. 일람각(一覽閣, 六堂의 서재임)에 가서 기일(奇一, James Scarth Gale)의 『조선문화사(朝鮮文化史)』 번역본[16]을 돌려주었다. 육당(六堂)은 『순무영등록(巡撫營謄錄)』을 빌려보지 못하는 것을 늘 불만스럽게 생각한다. 나는 자리에서 일어나 도서관에 갔다. 전에 이어 병자년 한일수약(韓日修約)을 초출(抄出)하였다. 약속이 있어 오후 6시경 집으로 돌아왔다. 돌아오는 길에 정위당(鄭爲堂, 鄭寅普)을 방문하고 김도원(金道園, 金弘集)의 문집에 대해 이야기를 나누었다.

1934년의 일기를 통해 볼 때 문일평이 가장 심혈을 기울인 일은 7월 15일부터 연재에 들어간 「대미 관계 50년사」를 집필하는 것이었다. 이 연재를 위하여 문일평이 어떻게 자료를 수집하였는지 살필 필요가 있다. 문일평은 이해 벽두부터 관련 자료를 수집하였고 집필 도중에도 끊임없이 자료를 수집하였다. 별일이 없으면 거의 매일 경성제국대학 도서관에 가서 『승정원일기』나 『일성록』을 보았다.[17] 또 일과 중이나 퇴근 이후 김윤식의 『운양일기(雲養日記)』, 박정양의 『죽천고(竹泉稿)』 등 근대사 관련 자료를 베껴 쓰는 일에 몰두하였다.

문일평은 저술에 필요한 자료의 부족을 늘 한탄하였다. 2월 10일의 일기에서 "매번 도서가 갖추어져 있지 않아 참고할 길이 없다. 『문헌비고』가 좋지만[18] 이 역시 아직 구비되어 있지 않아 여러 차례 편집국장에게 구입할 것을 요청하였으나 끝내 허락하지 않는다"라고 한 대로 집필에 필요한 자료를 구하는 데 애를 먹은 것으로 보인다.[19]

---

16 Gale의 저술 중에 이 책은 확인되지 않는다. 원문에는 '奇一所著朝鮮文化史譯'으로 되어 있다.

17 수집한 자료 중 일부는 「사외이문」 집필을 위한 것도 있었지만, 이 자료들은 대부분 가장 학술적 성격이 강한 「대미 관계 50년사」 집필에 사용되었다.

18 이 책은 『증보 문헌비고』인데, 1916년의 朝鮮硏究會古書珍書刊行 사업으로 일환으로 여러 고전과 묶어 출판하였고, 또 이듬해 朝鮮硏究會에서 다시 靑柳綱太郎의 編譯으로 별도의 단행본을 간행한 바 있다.

19 문일평은 1934년 10월 28일의 『조선일보』 사설에서 「사료 수집의 필요」를 집필하

문일평은 대표 저술이라 할 만한 「대미 관계 50년사」를 집필하기 위하여 박정양의 아들 박승철(朴勝喆), 김윤식의 아들 김유문(金裕問), 윤자승(尹滋承)의 손자, 어윤중의 손자 어영선(魚英善) 등을 만나거나 찾아다녔다. 20세기를 전후한 시기 대외 관계에 중요한 역할을 하였던 인물의 자료를 구하기 위하여 아들이나 손자를 찾아다닌 것이다. 1934년의 일기에 문일평이 구한 사료에 대한 기록이 자세하다. 이를 정리하여 보이면 아래와 같다. 수시로 본 『승정원일기』나 『일성록』은 따로 밝히지 않는다.

姜瑋의 文集[20] : 1월 7일

金允植, 『雲養日記』[21] : 2월 3일, 2월 5일, 2월 8일, 2월 17일, 3월 14일, 3월 17일, 3월 20일, 3월 25일, 7월 28일

金允植, 『雲養甲乙陰晴史』 : 7월 5일

閔泳駿, 『從臣錄』[22] : 1월 30일

朴定陽, 『竹泉稿』 : 1월 26일, 2월 8일

尹起晋, 『大東紀年』[23] : 2월 6일

金指南, 『通文館志』 : 2월 24일

였는데 史料特別圖書館 설립을 주장한 바 있다.

20 강위의 문집 『古歡堂收草』을 가리키는 듯하다. 규장각에 필사본과 新鉛活字本이 전한다. 李光麟 선생이 『姜瑋全集』(아세아문화사, 1978)에 붙인 글에서 필사본(古3428-340)이 문일평이 본 책이었을 가능성을 제기한 바 있다.

21 『雲養日記』는 곧 『天津談草』를 가리키는 듯하다. 문일평의 일기에는 『雲養談草』, 『天津日記』라고도 적었다. 『雲養日記』의 '天津篇'이라 하였으므로 김윤식의 일기 전체일 가능성도 있다

22 이한수의 책에는 『從臣錄』이라 옮겨 적었지만 『從宦錄』의 잘못인 듯하다. 규장각 등 고문헌 소장처에 이 이름으로 된 책이 여러 종 전한다. 다만 민영준이 日本公使 부임 일자를 조사하기 위해 본 책이므로 민영준 자신의 저술로 보인다. 민영준의 이 책은 전하지 않는다. 나중에 이름을 閔泳徽로 바꾸었다.

23 朝鮮 태조 원년부터 高宗 32년까지의 編年史로, 1905년 헐버트가 尹起晉에게 위촉하여 편찬한 책이며, 上海 美華書館에서 간행하였다. 규장각 등 여러 곳에 소장되어 있다.

金玉均, 『日記抄』[24] : 3월 1일

李𨯶永, 『日記』[25] : 3월 3일

金弘集, 『道園文草』[26] : 3월 5일, 3월 20일, 5월 7일

金明秀, 『一堂紀事』[27] : 4월 10일

李善始, 『大事記』[28] : 4월 13일, 10월 18일

金錫翼, 『耽羅紀年』[29] : 4월 17일

魚允中, 『從政錄』[30] : 4월 28일

朴珪壽, 『瓛齋集』 : 8월 2일

巡撫營, 『巡撫營謄錄』 : 3월 5일

承文院, 『同文彙考』 : 2월 24일

統理交涉通商事務衙門, 『統署日記』[31] : 9월 28일, 11월 5일

저자 미상, 『沁錄』[32] : 2월 3일, 2월 11일, 2월 19일

---

24 『甲申日錄』을 가리키는 듯하다.

25 이헌영은 1881년 紳士遊覽團으로 일본에 다녀왔고 1886년에도 日本駐箚辦事大臣으로 일본을 방문한 바 있다. 『日記』는 이러한 일본 견문을 적은 것으로 추정된다. 따로 이헌영의 저술 중에 '日記'라는 제명의 책은 전하지 않지만, 규장각에 소장되어 있는 『日本聞見事件草』가 이와 관련이 있을 것으로 보인다. 국립중앙도서관에 그의 문집이 전하는데 그중 『日槎集略』도 이때의 문서와 견문을 기록한 것이다.

26 고려대학교 도서관에 『金總理遺稿』가 있는데 1937년 鄭寅普의 서문이 실려 있다. 그중 권2~3이 『道園文草』이고, 권4가 『道園奏草』이며, 권6~8이 『日記』이다. 3월 6일 일기에는 『文抄』 6권이고 『日記』는 3책이라 하였다.

27 1927년 이완용과 관련한 내용을 모아 편찬한 책으로 서울대학교 중앙도서관 등에 소장되어 있다.

28 朝鮮 明宗 甲子年(1564)부터 英祖 戊寅年(1758)까지의 중요 사건을 기술한 史書로, 장서각에 31권 31책 필사본이 소장되어 있다. 문일평의 일기에는 『朝鮮大事記』로 되어 있으며 40권이라 하였다.

29 金錫翼이 제주의 역사와 문화에 대한 자료를 모아 편찬한 책으로 瀛洲書館에서 1918년 간행하였다.

30 『從政年表』를 가리키는데 필사본 3책으로 버클리 대학 등에 소장되어 있다.

31 『統理交涉通商事務衙門日記』를 가리키는데 1883년부터 1895년까지 統理交涉通商事務衙門에서 관장한 일을 적은 일기로 규장각에 소장되어 있다.

32 이 책의 沁은 강화도를 가리키므로 丙寅洋擾 등 강화도와 관련한 사건을 적은 책으로 추정되지만 현재 그 존재가 확인되지 않는다.

문일평이 본 책은 경성제국대학 도서관, 곧 규장각에서 본 것도 있고 후손가에서 빌려본 것도 있었다. 최남선이나 이병도의 집에 가서 열람 하거나 빌려오기도 하였는데, 그러면서 역사 문제를 두고 담론을 나누 거나 자문을 받기도 하였다. 가끔 정인보를 만나 사료 문제에 대해 이 야기를 나누었다. 다다 마사토모(多田正知) 등 일본학자들로부터도 사 료나 자문을 구하였다.[33]

문일평이 『승정원일기』 등 사료를 직접 본 것은 중요 사건에 대한 구 체적인 사실을 기술하기 위해서였다. 그 결과 기존 연구의 오류를 수정 할 수 있었다. 한 예로 2월 6일 일기에 따르면 경성제국대학에 가서 『승 정원일기』를 보고 통리기무아문(統理機務衙門) 창설 일자가 오다 쇼고 (小田省吾)의 『조선사 강좌(朝鮮史講座)』, 윤기진(尹起晋)의 『대동기년(大 東紀年)』, 최남선의 『조선사(朝鮮史)』 등에 잘못 기재된 오류를 바로잡 게 된 것을 기뻐한 바 있다.

문일평은 조선의 사료뿐만 아니라 미국이나 일본 등에서 나온 사료와 연구서, 잡지 등을 두루 구하고자 하였다. 근세사 혹은 대미 관계사를 위하여 그가 언급한 일본서 및 서양서로는 다음과 같은 것이 있다.

信夫淳平, 『近世外交史』: 1월 4일

窪田文三, 『支那外交通史』: 1월 19일

五來欣造의 책[34]: 1월 31일

廣江澤次郎, 『韓國時代の露西亞活躍史』: 2월 3일

---

33 多田正知는 경성제국대학 예과 교수로 있었는데 「高麗朝漢文學史」, 「南袞及び其一 派の文學」, 「宣祖仁祖朝文學の一考察」 등 주목할 만한 논문을 발표한 바 있다. 이에 대해 서는 졸고, 「일제강점기 한문학 연구의 성과」[『한국한시연구』 13(2005)]에서 자세히 다루 었다. 이 논문은 이병근 외, 『일제 식민지 시기 한국의 언어와 문학』(서울대학교 출판부, 2007)에 다시 실었다.

34 1934년 이전 저술로는 『儒敎の獨逸政治思想に及ぼせる影響』, 『現代の政治』, 『政治 思想』 등이 있는데 그중 『現代の政治』를 가리키는 듯하다.

小田省吾,『朝鮮史講座』: 2월 6일

靑柳南冥,『朝鮮文化史』: 2월 18일

德富猪一郎,『世界の變局及年表』[35] : 3월 23일

吉野作造 等,『明治文化全集』: 8월 5일

朝鮮總督府鐵道局,『朝鮮鐵道史』: 3월 24일

靑丘學會,『靑丘學叢』(10호/13호) : 2월 21일

王芸生,『日中六十年間 外交史』[36] : 3월 24일

德泥(Owen N. Denny),『淸韓論(China and Korea)』[37] : 1월 7일, 2월 20일

山島(William F. Sands),『極東回想錄(Undiplomatic Memories)』: 1월 9일

穆麟德(P. G. von Moellendorff),『穆麟德傳(P. G. von Moellendorff : Ein Lebensbild)』: 1월 17일, 2월 6일, 3월 6일

具理皮斯(William Elliot Griffis),『隱遁王國(Corea : the hermit nation) : 1월 17일

馬堅支(Frederick Arthur McKenzi),『韓國의 悲劇(The tragedy of Korea)』: 1월 25일, 5월 2일

安連(Horace Newton Allen),『年代表(Chronological Index)』: 2월 1일

安連,『朝鮮實情(Things Korean : fact and fancy)』: 10월 30일

Homer Bezaleel Hulbert,『朝鮮評論雜誌(Korea Review)』: 2월 15일

露國大藏省(農商務省 抄譯),『韓國誌』: 2월 18일

Aleksandr Yàkovlevich Maximoff(日本 東邦協會 譯),『露國東方策』: 2월 20일, 3월 14일

奇一(James Scarth Gale),『朝鮮文化史』: 3월 5일

---

35 문일평의 일기에는 편찬자를 밝히지 않고『世界變局』이라 하였지만 이 책으로 추정하였다.

36『日中外交六十年史』로도 표기하였다. 天津에 주문하여 구입하였다는 것으로 보아 중국서적으로 보인다.

37 이하 영어 서명은 이한수의 앞의 책에서 가져왔는데 일부는 필자가 따로 추정한 것이다.

Edoward Alexander Powell(竹林熊彦 譯), 『九州外交展望(最近歐州外交の
展望)』: 4월 18일

Harold J. Noble, 『1883年 朝鮮使節 渡美 顚末』(The Korean Mission to the
United States in 1883) : 7월 25일, 8월 23일

저자 미상, 『觀樹將軍 回顧錄及外交文書』[38] : 1월 19일

저자 미상, 『威特回想記』: 4월 18일

문일평은 이들 책 일부를 구입하기도 하였지만 대부분은 아는 사람
으로부터 빌려서 보았다. 예를 들면 9월 4일 백낙준에게 1883년부터
1887년까지 복구(福久, George C. Foulk) 대리공사의 대한 정책에 대한
책을 빌려보았다. 또 10월 2일에는 윤치호에게 사료 3종을 빌려서 보았
다. 11월 8일에는 연희전문 도서관장으로 있던 이묘묵(李卯默)에게도
책을 빌렸다. 특히 이묘묵의 보스턴 대학 박사학위논문도 중요한 참고
문헌이었다. 이 논문은 영문으로 되어 있기에 청일전쟁과 이에 대한 미
국의 태도 등 대미 관계 관련 대목을 번역을 통해 읽었다. 그런데 11월
14일 일기에 따르면, 백낙준이 전화해서 "이묘묵 박사의 논문이 아직
세상에 공표되지 않았는데 당신이 먼저 사용하는 것은 바람직하지 않
다. 또 인용한 부분이 저자의 본뜻과 종종 상반되는 곳이 있을 수 있어
매우 애석하다"라 하였다. 결국 이 자료를 집필에 사용할 수 없어 무척
안타까워하였다. 문일평이 어느 정도 열정적으로 자료 수집을 하였는
지 짐작할 수 있다.

이묘묵의 박사학위논문뿐만 아니라 영어로 된 서양서의 경우 일본어
번역본이 따로 없을 때에는 여러 사람에게 번역을 의뢰하였다. 영문 잡
지도 참고하였는데 주로 연희전문 교수로 있던 백낙준을 통해서 구하
였고 또 번역도 부탁하였다. 한미조약 전후의 사실을 확인하기 위하여

---

38 아래 책과 함께 서양서로 보이지만 편자 및 서명을 찾지 못하였다.

영어 잡지 『소부이(蕭孚爾)』[39]를 참조할 수 있었던 것도 이러한 과정을 통해서다.

이와 함께 문일평은 미국에 유학한 조선인을 통해서도 근세 외교사 자료를 구하였고,[40] 대미 관계를 잘 아는 선배들에게도 자문을 구하였다. 예를 들면 2월 26일에는 19세기 후반 외교 실무를 담당한 이기(李琦)[41]를 만나 외교 비사를 들었다. 7월 25일에는 백낙준을 찾아가 민영익이 미국에 사신 간 기록에 대해 물었고, 8월 21일에는 외부대신(外部大臣)을 지낸 이하영(李夏榮)의 아들 이규원(李圭元)을 만나고자 하였다. 또 9월 1일에는 윤치호를 방문하여 미국공사 복덕(福德, H. Foote)의 내력을 문의하였고, 11월 22일 윤치호에게 가서 역사 이야기를 들었다.

문일평은 이러한 과정을 통하여 얻은 다양한 자료를 바탕으로 「사외이문」과 「대미 관계 50년사」를 집필하였다. 그리고 이 두 종의 연재 사이에 「화하만필」과 「조선의 지보 완당 선생」을 집필하여 연재하였다.

1934년의 일기만 남아 있어 확인할 수 없지만 이후의 저술 역시 비슷한 방식으로 이루어졌을 것으로 추정된다. 1935년 벽두에 예년처럼 「조선사상의 을해년」을 실은 것을 필두로 하여 「사상(史上)에 나타난 예술(藝術)의 군상(群像)」(48회), 「불인지반(不忍池畔)의 옛 꿈 양자강변의 봄빛」(6회), 「경성고적소순례(京城古蹟小巡禮)」(10회), 「고건물순례(古建物巡禮)」(18회), 「지상폭포전(紙上瀑布展)」(5회), 「사(史)의 도(都) 강화 시(詩)의 도 강화」(3회), 「근교산악사화(近郊山岳史話)」(28회), 「구거유화(舊居遺話)」(10회) 등 기획에 의한 연재물을 게재하였다.[42] 1936년에도 왕성

---

39 'survey'를 옮긴 말로 보이지만 정확히 어떤 잡지인지는 확인하지 못하였다.

40 신학자로 알려져 있는 梁柱三에게도 영어로 된 자료에 대한 자문을 구하였다. 그 밖에 이력이 자세하지 않은 金麗植, 金戊三 등에게도 미국의 사료를 부탁한 바 있다.

41 李琦(1857~1935)는 『朝野詩選』을 편찬한 인물이다. 張之淵, 張鴻植 등과 함께 委巷詩選集 『風謠四選』을 계획한 바 있다.

42 그 사이 「민속과 오락」, 「고증학상으로 본 정다산」, 「薯童謠와 薯童話」, 「正音小史」 등 단편의 글도 여러 편 실었다.

한 활동을 보였다. 「조청간(朝淸間)의 삼역전(三役戰)」(10회), 「북국춘신 (北國春信)」(5회), 「녹음만필(綠陰漫筆)」(2회), 「소하만필(銷夏漫筆)」(22회), 「고사습철(故事拾掇)」(10회), 「담배고(考)」(10회), 「차고사(茶故事)」(23회) 등을 발표하였다. 이 시기 역사 자체보다 문화사로 저술을 확대한 것이 가장 큰 특징이다.

1937년 문일평의 저술은 「역사 이야기」(100회), 「율곡 선생 소전」(10 회), 「한양조의 정치가 군상」(24회), 「근대명승소열전(近代名僧小列傳)」 (11회) 등 역사 자체에 대한 것이 많지만, 「전쟁문학」(23회), 「이조화가 지(李朝畵家誌)」(12회) 등 문학과 예술에 대한 관심을 놓치지 않았다. 그 리고 1938년 「이조문화사의 별항(別項) 실사구시파(實事求是派)의 학풍」 (2회), 「문화적 발굴」(20회), 「영주만필(永晝漫筆)」(21회), 「대각국사전(大 覺國師傳)」(17회),[43] 「만추등척(晩秋登陟)」(10회), 「선덕 여왕 소전(善德女 王小傳)」 등을 발표하였다. 그리고 생의 마지막 해인 1939년 「기묘년을 통해 본 정치가」(4회), 「동명성왕전(東明聖王傳)」, 「눌재집독후감(訥齋集讀 後感)」 등을 게재하였다.[44] 그리고 문일평은 마지막 글을 쓴 후 얼마 지 나지 않아 세상을 떴다.[45]

---

43 문일평은 불교사에 대한 관심이 높아 중요한 승려의 전기를 여러 차례 발표했다. 「근대명승소열전」 외에도 「사안으로 본 조선」에서 「혜초전」을 다룬 바 있다. 大谷勝眞의 「慧超往五天竺國傳中의一二에就て」[『小田先生頌壽記念朝鮮論集』(경성 : 大阪屋號書店, 1934)]을 인용한 점이 주목된다. 특히 「大覺國師傳」은 義天에 대한 매우 자세한 전기이다. 역사적 인 고찰과 함께 의천의 시와 중국에서 교유하였던 승려의 시를 두루 인용하였다는 점에 서 문학과 역사를 연결하여 글을 쓰고자 하는 문일평의 기본적인 태도가 견지되고 있다.
44 문일평은 인물의 전기에 관심이 많았다. 1939년 7월 14일 신간소개란에 『朝鮮名人 傳』이 조선일보사에서 간행되었음을 소개하고 있는데, 이 책은 金庠基가 집필한 乙巴素 부터 李能和가 집필한 李濟馬까지 조선시대의 인물 1백 인의 전기를 모은 것이다. 여기에 문일평은 平岡公主, 善德女王, 妙淸, 梁誠之, 林尙沃, 金正浩 등의 항목을 집필하였다. 김상 기, 이병도, 안확, 노성희, 권덕규, 이여성, 홍수혁, 김영수, 고유섭, 황의돈, 이병기, 차상찬, 현상윤, 권상로, 이승규, 조윤제, 최현배, 신석호, 김태준, 이훈구, 이능화, 홍승구, 김원근, 이원조, 이희승, 김윤 등이 필진으로 되어 있다. 국문학 관련 인물은 이병기, 조윤제 등이 집필하였고, 한문학 작가는 이승규가 많이 집필하였다. 『조선명인전』은 1988년 조선일보 사에서 『조선명인전 : 한국사에 살아 있는 100人의 얼굴』로 다시 간행된 바 있다.
45 『민족』 21(2009)에 외손자 이병수가 쓴 수기가 실려 있는데, 일제에 의해 독살당한

3. 문화사적 저술의 내용과 성격

문일평의 저술은 기본적으로 역사를 주로 하되 문화사적인 시각으로
글을 썼다. 역사를 다루면서도 문학 작품을 적극 인용한 것이 가장 큰
특징이다. 여기서는 문일평의 저술 중 문화사적인 의미가 큰 것을 중심
으로 그 내용을 살펴보기로 한다.

1) 예술가의 열전

문일평은 예술가의 열전을 작성하여 대중에게 널리 알리고자 하였다.
「예술과 로맨스」, 「사상(史上)에 나타난 예술(藝術)의 군상(群像)」, 「이
조화가지(李朝畵家誌)」 등이 그렇게 하여 나온 글이다.

「예술과 로맨스」는 1929년 11월 23일 「곽리자고(藿里子高)의 '애가(哀
歌)'와 여옥(麗玉)의 '공후인(箜篌引)'으로 연재를 시작하여 처용의 가무,
「서동가」와 「정읍사」, 「명주가(溟州歌)」, 이녕(李寧)의 「예성강도(禮成江
圖)」, 「예성강곡(禮成江曲)」, 공민왕의 예술, 양녕 대군과 안평 대군의
풍류, 황진이 등을 다루었다. 그해 말까지 도합 23회에 걸쳐 음악과 미
술, 문학 등 문화 전반에 걸쳐 사랑과 연결하여 다루었다.[46]

이 무렵 '로맨스' 시리즈가 신문에 유행하였다. 1929년 9월 24일부터
『동아일보』에 「사상(史上)의 로만스」라는 연재가 시작되었다. 이광수의
글을 처음 실었지만 나머지는 대부분 이은상의 것인데 이상범의 삽화
를 넣고 이야기 혹은 소설처럼 기술하였다.[47] 이 점에서 평이하기는 하

것으로 되어 있으나 그 근거는 확인하기 어렵다.

46 조선 초기까지만 다룬 것으로 보아 처음 기획할 때에는 조선시대 전반을 다 다루
고자 하였다가 무슨 사정이 있어 중도에 그만둔 것으로 추정된다.

47 李光洙는 朴堤上을 5회에 걸쳐 글을 실었다. 李殷相은 1930년 1월 24일부터 5회씩
나누어 成三問, 讓寧大君, 權參奉, 玉簫仙, 李之菡, 鄭生과 紅桃의 표류, 義賊 朴長脚, 夫娘,
洪次奇, 朴文秀, 金申夫婦傳, 鐵瓠兵, 志鬼, 階伯과 官昌, 朴信과 紅粧, 李長坤 등을 다루었

지만 학술적인 접근을 한 문일평과는 다소 차이가 있다. 문일평은 시조나 한시 등 문학 작품을 자주 인용하고 분석을 시도하였으며, 역사적 사실을 고증할 때에는『파한집』,『용재총화』등 문헌이나 관련 한시를 동원하였다. 「공후인」, 「처용가」, 「서동요」, 「정읍사」 등 시가 작품을 인용하여 간단한 작품 분석까지 시도하였다. 특히 황진을 다룬 곳에서는 여러 수의 시조와 한시를 인용하고 분석하였으며, 김택영의 「황진전(黃眞傳)」[48]을 이용한 것도 서술의 객관성을 높인 것이라 하겠다. 1934년 5월 9일 문일평이 쓴 사설 「조선문화의 과학적 연구」는 문화의 학술적 접근을 강조하였거니와 당시 신문을 중심으로 한 과도한 고전의 대중화는 경계하였던 듯하다.

「사상에 나타난 예술의 군상」은 「예술과 로맨스」의 후속편이라 할 만하다. 앞에서 살핀 대로 문일평은 1934년 하반기에 「대미 관계 50년사」 집필에 진력하였고, 이듬해 1월 29일부터 새로운 연재에 들어갔다.[49] 「대미 관계 50년사」에서처럼 전체를 미리 기획한 후 정해진 차례에 따라 글을 실었다. 첫날 서문에 해당하는 글을 싣고 이어 음악, 회화, 서법, 시가로 나누어 차례로 이듬해 4월 27일까지 52회에 걸쳐 연재하였다. 비록 소략하기는 하지만 문화사와 문학사의 큰 봉우리를 개관하였다는 점에서 학술적인 의미가 있다.

음악에서 여옥, 우륵, 왕산악과 옥보고, 백결 선생, 박연 등의 인물과 음악을 개괄하였는데, 주로『동국통감』이나『삼국사기』등의 기록을 동원하였다.[50] 회화에서 솔거, 담징, 이녕, 공민왕, 안견, 신사임당, 정

고, 懷古堂이라는 필명으로 南怡와 妖鬼, 柳居士와 倭僧, 木川郡守 등을 4월까지 연재하였다. 1936년 6월 14일부터는 趙鏞薰이 「朝鮮詩歌史上의 로만스」를 연재한 것을 보면 이 코너가 인기가 있었던 것으로 보인다. 崔雲娘의 義烈, 太宗歌외 六臣의 時調, 天官의 怨詞, 紅粧의 仙遊, 薯童과 善化公主, 二鄭의 風流, 琉璃王의 黃鳥歌, 忠宣王의 蓮花一朵, 上枝春의 情趣, 放浪詩人 李達 등 다채롭게 구성되어 있다.

48 김택영의 『韶濩堂集』에 실린 「名媛傳」을 가리킨다.

49 『호암 전집』에는 '사상에 나타난 예술의 聖職'으로 이름이 바뀌었다.

50 후인의 위작인 듯하다고 하면서 元天錫의 『人物叢記』에 실려 있는 백결 선생의 「琴

선, 김홍도 등을 다루었는데, 『삼국사기』, 『고려사』, 『용재총화』, 『패관잡기』, 『연려실기술』 등 역사 자료를 참조하였고 『근역서화징(槿域書畵徵)』도 본 듯하다.[51] 서법은 김생(金生), 김육진(金陸珍), 탄연(坦然), 홍관(洪灌), 이암(李嵒), 한수(韓修), 안평대군, 한호(韓濩), 윤순(尹淳), 이광사(李匡師), 김정희(金正喜) 등을 다루었다. 여러 문헌에 전하는 이규보(李奎報), 서거정(徐居正), 성현(成俔), 윤순, 이광사, 홍양호(洪良浩), 김정희 등의 서론(書論)에 대한 글을 직접 인용하였다는 점에서 주목된다.

시가 분야에서는 위홍(魏弘), 융천사(融天師), 처용(處容), 정서(鄭敍), 황진, 정철(鄭澈), 윤선도(尹善道), 박인로(朴仁老), 김천택(金天澤), 김수장(金壽長), 이정보(李鼎輔), 안민영(安玟英) 등 고전시가와 관련한 중요한 작가와 작품을 다루었다. 이제현(李齊賢)의 「소악부(小樂府)」도 함께 다루었다. 한문학 분야에서는 최치원(崔致遠), 정지상(鄭知常), 이규보, 이제현, 이색(李穡), 권근(權近), 정도전(鄭道傳), 서거정, 김종직(金宗直), 박은(朴誾), 이행(李荇), 초기 사가(四家 : 成俔, 朴祥, 申光漢, 黃廷彧), 김정(金淨), 삼당(三唐 : 崔慶昌, 白光勳, 李達), 허난설헌(許蘭雪軒), 정사룡(鄭士龍), 노수신(盧守愼), 권필(權韠), 이안눌(李安訥), 차천로(車天輅), 이호민(李好閔), 고문사파(古文辭派 : 崔岦, 申欽, 李廷龜, 張維, 李植), 정두경(鄭斗卿), 김상헌(金尙憲), 이민구(李敏求), 김창흡(金昌翕), 신유한(申維翰), 이언진(李彦瑱), 박지원(朴趾源), 후사가(後四家 : 朴齊家, 李德懋, 柳得恭, 李書九), 신위(申緯), 이상적(李尙迪), 정지윤(鄭芝潤), 한말 사대가(韓末四大家 : 李建昌, 姜瑋, 黃玹, 金澤榮), 김윤식(金允植), 유길준(兪吉濬) 등 한문학사의 중요 인물이나 유파를 두루 다루었다.[52] 각 작가의 대표작을 들었는데 『기아』,

---

操」를 인용한 것이 주목된다. 「琴操」는 "天兮縱人, 天兮窮顯"으로 시작하는데 이 자료에 대해서는 구체적으로 검토된 적이 없다. 『인물총기』는 국립중앙도서관에 필사본으로 전하는 『話東人物叢記』인 듯하다. 이 책은 "耘谷元天錫總斷" "伏崖范世東編輯"으로 되어 있는데 후대의 위작으로 추정된다. 전남대학교 출판부에서 1993년 다시 간행한 바 있다.

　51 相良德三의 『日本美術史』와 關野貞의 『朝鮮美術史』 등 일본의 선행 연구도 참조하였다.

『대동시선』 등의 조선시대의 시선집과 『동인시화』 등의 시화서 등을 두루 참조하였고, 신위의 비평도 자주 참조하였다.

「이조화가지」는 1937년 11월 25일부터 12월 10일까지 12회 연재한 글인데, 안견, 최경(崔逕), 강희안(姜希顔), 신사임당, 김시(金禔), 이경윤(李慶胤), 이정(李楨), 이징(李澄), 조속(趙涑), 김명국(金明國), 윤두서(尹斗緒), 조세걸(曹世杰), 조지운(趙之耘), 이명욱(李明郁), 정선, 김홍도, 장승업 등 다양한 화가를 다루었는데, 「사상에 나타난 예술의 군상」에서 다루지 못한 인물을 보완하여 화인열전(畵人列傳)을 구성한 것이라 하겠다. 특히 이 글은 이왕가박물관, 총독부박물관, 개인 소장 등 현전하는 작품을 다루면서 동시에 현전하지 않는 작품은 서거정, 백광훈, 이정귀, 이식 등의 제화시를 통하여 재구하고자 한 점이 돋보인다.

2) 꽃의 문화사

문일평의 저술 중 가장 이채로운 것이 「사상(史上)에 나타난 꽃 이야기」와 「화하만필」이다. 꽃을 소재로 하되, 다양한 문학 작품을 연결시켜 문화사로 확장한 것이 특징이다.

---

52 문일평에 앞서 신문이나 잡지 등으로 통하여 조선 한문학사의 흐름이 여러 차례 소개된 바 있다. 1909년 6월 4일 『황성신문』에는 「高句麗詩史」가 실려 있는데 을지문덕, 정법사 등 이른 시기의 한시에 대한 소개가 이루어져 있다. 시화는 李昇圭와 金瑗根이 경쟁적으로 연재하였다. 이승규의 「杜屋漫筆」(『조선일보』 1920. 12. 22.~1921. 3. 18.), 김원근의 「朝鮮古今詩話」(『靑年』 1922. 5~7.)에서 가볍게 다루어지다가, 이승규의 「東洋詩歌原流-桂山詩話」(『조선일보』 1929. 10. 2.~?, 54회)와 김원근의 「朝鮮詩史」(『新生』 1930~1934, 42회)로 확대되었다. 연구로는 문일평이 자문을 구한 경성제국대학 예과 교수 多田正知의 「高麗朝漢文學史」[『朝鮮』 181~183(1930. 6~8.)], 「南袞及び其一派の文學」[『청구학총』 9(1932)], 「宣祖仁祖朝文學の一考察」 206~207(1932) 등이 대표적이다. 安廓의 『朝鮮文學史』(1922), 鄭萬朝의 「朝鮮詩文變遷」[『朝鮮及朝鮮民族』(1927)], 洪熹의 「朝鮮文學源流略論」[『靑丘學叢』 3(1931) 등 한문으로 된 개관 이외에, 김태준의 『朝鮮漢文學史』(1931)도 비슷한 시기의 성과물이다. 문일평은 이러한 자료를 두루 참고하여 한문학사를 개관할 수 있었을 것으로 추정된다. 이 시기 한문학 연구에 대해서는 필자의 앞의 논문에서 밝혔다.

「사상에 나타난 꽃 이야기」는 『조선일보』 1930년 2월 20일부터 3월 14일까지 10회에 걸쳐 연재한 글로, 「무궁화와 군자인(君子人)」으로 시작하여, 「모란과 선덕 여왕」, 「화왕계와 설총」, 「송화유취(松花幽趣)와 재매곡(財買谷)」, 「척촉화와 수로 부인」, 「국화의 전래」, 「작약과 제국 공주(帝國公主)」, 「연화와 충선왕」, 「석죽화(石竹花)를 읊은 시인」, 「고운(孤雲)의 촉규시(蜀葵詩)」 등을 다루었다.[53] 「예술과 로맨스」에서 중국이나 우리나라의 한시를 일부 다루기는 하였지만, 특히 이 글에서는 국화와 관련하여 도연명(陶淵明)의 「음주(飮酒)」 등 익히 알려진 작품을 인용한 것을 넘어, 『삼국유사』에 보이는 김유신 딸 재매 부인(財買夫人)을 장사 지낸 재매곡과 관련하여 유득공의 「이십일도회고시(二十一都懷古詩)」를 인용하였으며, 작약을 노래한 한시를 소개하기 위하여 김택영의 「영작약(詠芍藥)」을 직접 인용하였다. 최치원의 「촉규화(蜀葵花)」, 정습명(鄭襲明)의 「영석죽(詠石竹)」 등도 꽃의 특성이나 미를 드러내기 위하여 인용하였다.

이 연재는 해당 화훼의 재배법도 말하고 있기는 하지만, 대부분은 문화사적인 시각에서 꽃을 설명하였다는 점이 이채롭다. 『삼국사기』, 『삼국유사』 등 역사서와 함께 『산림경제(山林經濟)』 등도 자주 참조하였고, 『신농본초(神農本草)』, 왕인유(王仁裕)의 『개원유사(開元遺事)』, 서긍(徐兢)의 『고려도경(高麗圖經)』, 유몽(劉蒙)의 『국보(菊譜)』 등의 중국 문헌, 그리고 일본의 『화한삼재도회(和漢三才圖會)』까지 동원하였다. 1909년 조선고서간행회에서 펴낸 『조선군서대계(朝鮮群書大系)』에 『고려도경』이 포함되어 있고, 1914년 조선연구회에서 『산림경제』를 발행하였으며, 『화한삼재도회』는 1906년 일본에서 다시 간행되었으므로 이러한 문헌을 참조할 수 있었겠지만, 1934년의 일기에서 보듯 규장각 등에서 직접 문헌을 동원하여 직접 작업을 수행하기도 한 것으로 보인다.

---

53 같은 내용이 「朝鮮史上の花」라는 이름으로 『朝鮮通信』에 1930년 5월부터 연재되었는데 일본어로 번역하여 게재한 것이다.

당시 화훼에 대한 관심이 고조되어 꽃품평회가 열렸고, 또 꽃과 관련한 전설을 소개하는 「꽃로맨스」가 『동아일보』에 연재되었다.[54] 「꽃로맨스」에서 주로 서양의 전설이 중심이 된 것에 자극을 받은 문일평이 우리 문화사의 일환으로 꽃에 대한 연구를 시작하였고, 이를 바탕으로 연재한 것으로 추정된다. 문일평은 10회의 연재를 마친 후 꽃의 문화사에 대한 종합적인 저술이 필요하다고 생각하여 1934년 다시 「화하만필」의 집필에 들어갔다.

문일평의 「사외이문」은 1934년 4월 무렵 이미 연재가 종료될 것임이 예견되었다. 문일평의 일기에 따르면, 4월 11일 이광수가 「사외이문」에 이어 옛날부터 조선이 무를 숭상한 여러 놀이를 서술하라고 제안하였고, 이에 문일평은 그렇게 하겠노라 답하였다. 그러나 이후 문일평이 이와 관련한 글을 쓰지 않은 것으로 보아 자료 준비가 되지 않았던 듯하다. 대신 미진하였던 「사상의 꽃 이야기」를 본격적으로 다시 시작할 마음을 먹었던 것으로 보인다.

「화하만필」은 1934년 4월 27일 「양모단지술(養牡丹之述)」로 연재가 시작되었다.[55] 연재 과정에서 듣기 싫은 평가도 받았다. 6월 20일 일기에 따르면, 편집국장이 「화하만필」의 "제목이 크게 건너뛰면서 한가하게 늘어지는 것 같으니 좋은 제목을 다시 택하는 것이 어떨까?"라 하였다. 그러나 문일평은 이 비판을 받아들이지 않고 지속적으로 글을 썼다. 모란부터 시작하여 국화까지 도합 49회에 걸쳐 연재하였다. 여기에 등상하는 꽃은 모란, 매화, 배꽃, 진달래꽃, 철쭉, 영산홍, 동백꽃, 해당

---

54 靑吾生의 「花譜」[『개벽』 68(1926. 4. 1.)]과 「地上縱覽 朝鮮 各地 꽃 品評會 — 요새에 피는 八道의 꽃 이약이」[『별건곤』 20(1929. 4. 1.)]가 단적인 예다. 청오생은 누구인지 확인하지 못하였다. 『동아일보』에는 1929년 4월 12일부터 6월 5일까지 히아신스, 물망초, 월계(장미), 우미인초, 클로버, 씀바귀, 백합화 등의 꽃을 대상으로 하여 전설을 소개하는 기사를 연재하였는데, 학예부 기자들이 직접 기사를 작성하였고 꽃에 대한 전설을 찾는 광고까지 낸 바 있다.
55 시험 삼아 3월 31일 「花編」을 썼는데 신문에 실리지 않았다는 기록이 일기에 보인다.

화, 살구꽃, 복사꽃, 장미꽃, 작약, 연꽃, 개나리꽃, 봉선화, 도라지꽃, 할미꽃, 박꽃, 접시꽃, 앵두꽃, 백일홍, 무궁화, 목련, 사계화, 맨드라미, 석류꽃, 능소화, 난초꽃, 제비꽃, 서향화, 치자꽃, 해바라기, 수선화, 옥잠화, 금전화, 패랭이꽃, 추해당, 매괴화, 수구화, 원추리꽃, 벚꽃, 양귀비꽃, 국화, 나팔꽃 등 도합 44종이다.[56]

「화하만필」은 기본적으로 꽃의 생태를 적고 관련한 문학 작품을 소개하는 형식으로 되어 있다. 이를 위하여 문일평이 참고한 문헌은 상당히 방대하다. 일기에 밝히지는 않았지만 「화하만필」을 보면 고문헌 중에는 이인로의 『파한집』, 이제현의 『역옹패설』, 강희안의 『양화소록』, 이수광의 『지봉유설』,[57] 성현의 『용재총화』, 홍만선의 『산림경제』,[58] 유득공의 『한경지략』,[59] 서유구의 『금화경독기』와 『임원경제지』, 정약용의 『아언각비』, 성해응의 『동국명산기』, 홍석모의 『동국세시기』, 한치윤의 『해동역사』 등의 문헌도 자주 인용되고 있다. 『삼국사기』, 『고려사』, 『국조보감』, 『동국여지승람』 등의 관찬서도 참조한 것이 일기에 드러난다. 그뿐 아니라 『산해경(山海經)』, 『본초강목(本草綱目)』, 범성대(范成大)와 유몽의 『국보(菊譜)』, 『증보 도주공서(增補陶朱公書)』, 『미공비급(眉公秘笈)』, 『수원시화(隨園詩話)』, 『군방보(群芳譜)』, 『유서찬요(類書纂要)』, 『풍아익(爾雅翼)』 등 다양한 중국 문헌도 인용하였으며,[60] 「사상의 꽃 이야

---

56 몇 종의 꽃은 2회에 걸쳐 연재한 것도 있으나 「사상에 나타난 꽃 이야기」와 겹치는 것은 없다.

57 『지봉유설』은 이병도의 집에서 빌린 것으로 되어 있다. 문일평은 이병도의 집에서 여러 시집을 통하여 화훼와 관련한 시를 찾았다고 한 것으로 보아(5월 18일) 이병도가 소장한 문집류를 두루 참고하였을 것으로 추정된다. 『양화소록』은 이병기의 집에서 빌려왔다고 되어 있는데 『양화소록』은 지금 규장각에 가람본이 소장되어 있으므로 이 책을 가리키는 듯하다.

58 문일평은 朴世堂을 편자라 하였지만 홍만선의 저작으로 보는 것이 일반적이다.

59 『漢城識略』으로 되어 있으나 잘못이다.

60 『유서찬요』는 직접 본 것이 아니고 『해동역사』 등에서 재인용한 것이다. 동백을 설명하면서 劉士亨의 시를 인용하였는데 이 역시 『해동역사』에서 재인용한 것이다. 재인용 과정에서 서명을 잘못 표기한 오류도 제법 발견된다.

기」에서 든『화한삼재도회』 등 일본 서목도 여러 차례 참조하였다.

「화하만필」의 가장 큰 특징은 화훼를 문학과 연결하여 화훼의 문화사가 될 수 있게 하였다는 점이다. 특히 한시와 관련하여 가장 많이 참고한 것은 이규용(李圭瑢)의『증보 해동시선(增補海東詩選)』(滙東書館, 1919)인 듯하다. 최치원, 최승로(崔承老), 황보탁(皇甫倬), 이규보, 정습명, 정포(鄭誧), 장일(張鎰), 김구(金坵), 정몽주, 변중량(卞仲良), 이개(李塏), 신숙주, 안평 대군, 김시습, 김종직, 신잠(申潛), 양응정(梁應鼎), 권오복(權五福), 이행원(李行遠), 박지원, 유득공, 신위, 황오(黃五), 박규수, 김윤식, 유길준 등 신라부터 구한말까지 다양한 인물의 시를 인용하였고, 또 허난설헌, 신정(申晸)의 자부(子婦), 죽서(竹西) 박씨(朴氏), 김씨(金氏), 부용(芙蓉), 영산홍(映山紅) 등의 여성 작가와 선탄(禪坦) 등 승려의 시도 다채롭게 인용하였는데, 이들 대부분이『증보 해동시선』에 실린 것들이다. 또 문일평의 일기에 따르면, 오석룡(吳錫龍)의『동시정화(東詩精選)』(芸香書樓, 1916)에서도 꽃과 관련한 시를 뽑았다고 밝힌 바 있다. 일기에는 「화하만필」과 관련하여 이규보의『동국이상국집』, 이제현의『익재집』,[61] 임제(林悌)의『화사(花史)』,[62] 김정희의『추사집』, 박규수의『환재집』 등도 열람한 것으로 되어 있으므로 이들 문헌은 문일평이 직접 보고 화훼 관련한 시문을 뽑은 것으로 보인다.[63]

향가, 민요와 동요, 잡가, 창가 등 다양한 노래도 적극 수용하였다. 향가인 수로 부인의 「헌화가」를 위시하여 성충(成忠)의 시조 "묻노니 저 선사야 관동 풍경 어떻더니……",[64] 신흠(申欽)의 "간밤에 비 오더니", 김수

---

61 이규보와 이제현의 문집은 이병도의 집에서 빌린 것으로 되어 있다. 朝鮮古書刊行會에서『東國李相國集』과『益齋集』을 간행하였으므로 영인본일 가능성도 있다.

62『양화소록』과 함께『화사』를 이병기의 집에서 빌려왔다는 기록과 金瑢招를 시켜 金誠重의『화사』를 빌려오게 하였다는 기록도 일기에 보인다. 규장각에 소장된 가람본 『화사』가 소장되어 있고 林悌의 것이므로 저자를 김성중으로 본 것은 착각인 듯하다. 盧兢의『화사』도 단국대 등에 소장되어 있다.

63 중국 문인의 작품으로는 陶潛, 白居易, 崔顥, 高騈, 林逋, 蘇軾 등의 것이 보인다.

64 성충의 시조가 아니라 후대인이 가탁한 것임을 손진태가 고증하였다고 밝혔다.

장의 "모란은 화중왕이요 향일화는 충신이로다. 연화는 군자요 행화는 소인이라"[65], 안민영의 「도화가(桃花歌)」 "도화는 무슨 일로 홍장을 지어내서……", 잡가인 「매화타령」, 「꽃타령」, 「산염불가」, 「사랑가」, 「도라지타령」, 판소리 「춘향가」와 「수궁가」, 창가인 「명사십리 해당화야……」, 「울밑에 선 봉선화……」, 그 밖에 당시 유행하던 동요 등을 꽃과 연결하여 인용하였다.

3) 실학 연구의 초석

문일평은 「완당 선생전(阮堂先生傳)」, 「고증학상(考證學上)으로 본 정다산(丁茶山)」, 「이조문화사의 별항(別項)」 등을 통하여 실학에 대한 자신의 연구 결과를 발표하였다. 먼저 『조선일보』에 1934년 6월 28일부터 7월 1일까지 4회에 걸쳐 김정희의 학문과 예술에 대한 비교적 깊이가 있는 작가론을 집필하였다.[66]

문일평이 김정희에 대한 글을 쓰게 된 계기는 5월 26일 종현손인 김익환(金翊煥)이 『완당 선생 전집』을 가지고 와서 출간을 부탁하였기 때문이다. 이미 알려진 대로 김정희의 문집은 1867년 전사자(全史字)로 간행한 『담연재시고(覃揅齋詩藁)』와 이듬해 『완당척독(阮堂尺牘)』 등을 보충하여 전사자로 간행한 『완당집(阮堂集)』 등이 있었다. 그 후 김익환 등이 이들 문집을 합하고 홍명희의 교정을 거쳐 1934년 신조선사(新朝鮮社)에서 『완당 전집』으로 간행한 바 있다. 이 저본이 되는 원고를 김익환이 문일평에게 가져온 것이다. 이 무렵 김정희의 글씨가 세인들의 관심을 끌어 『동아일보』에 사진이 실리기는 하였지만 김정희에 대한

---

65 제목을 '花編'이라 하고 작자를 밝히지 않았는데 여러 시조집에는 김수장의 것으로 되어 있다.

66 『문일평 전집』에는 「조선의 至寶 阮堂先生」으로 실려 있는데 2회부터 이 명칭을 사용하였다.

근대적 관심은 이때부터 시작된 것이라 할 만하다.

문일평은 이 무렵부터 김정희의 문집을 읽기 시작하였다. 당시 「화하만필」을 연재하고 있었기에 김정희의 「개성으로 가는 길에(松京道中)」에서 "인삼꽃 피니 온 마을이 향긋하다(人蔘花發一村香)"라는 구절을 들어 인삼꽃이 향기가 있는지에 대하여 의문을 표하기도 하고, 「과천 집에서(果廎卽事)」가 이행원(李行遠)이 지은 것과 일치하는데 누구의 작품인지 알 수 없다고 고민한 것이 이즈음의 일기에 보인다.[67]

「완당 선생전」에서 문일평은 김정희가 서도(書道)로만 이름이 높은 것이 아니라 하면서 그의 학문을 논하였다. 문일평은 김정희의 학문을 실사구시(實事求是)를 주로 하는 내재적 전통을 이으면서 외부적으로 옹방강(翁方綱)과 완원(阮元)의 고증학과 금석학의 영향을 받은 것으로 설명하고 있다. 실사구시는 유형원과 이익, 박제가, 유득공, 이덕무로 이어지는데, 특히 김정희가 박제가를 사사하였음을 밝혔다.[68] 또 학술을 한당(漢唐)의 훈고학(訓詁學)과 송명(宋明)의 성리학(性理學), 청의 고증학으로 설정한 다음, 고증학의 계보를 고염무(顧炎武), 염약거(閻若璩), 호위(胡渭), 그리고 이를 계승한 옹방강과 완원으로 잡고 김정희가 옹방강과 완원을 배웠다고 하였다.

문일평은 김정희의 금석학이 내재적 전통을 계승하였음도 밝혔다. 김정희의 『금석과안록(金石過眼錄)』을 조선금석학의 전통에서 소개하면서 낭선군(朗善君) 이우(李俁)가 편찬한 『대동금석첩(大東金石帖)』을 특기하였고, 이우를 이어 김재로와 홍양호가 있었는데 이를 뛰어넘어 김

---

67 "庭畔桃花泣, 胡爲細雨中. 主人沈病久, 不敢笑春風"이라는 시로 『阮堂先生全集』에 실려 있다.

68 특히 이 글에서는 당시의 신사구시파로 成海應, 申綽, 柳僖 등을 높게 평가하였다. 6월 15일의 일기에 따르면, 문일평이 이들의 저술을 보게 된 것이 이 무렵인 듯하다. 문일평은 정인보 댁에서 신작의 『詩次故』와 유희의 『文通』을 대출한 것으로 되어 있다. 이보다 앞선 5월 13일에는 이병도의 집에서 성해응의 『연경재집』을 열람하였다. 정인보와 이병도로부터 이들의 학문에 대한 설명을 듣고 또 이들의 저술을 직접 보았기에 이들의 성과를 높게 평가할 수 있었을 것으로 보인다.

정희가 등장하였다고 보았다. 그리고 북한산비 등 김정희가 고증한 비문에 대해서도 다루었다. 그리고 김정희가 '경사금석서화시문도각(經史金石書畵詩文圖刻)' 등에 두루 일가를 이루었다고 평가하면서 한송(漢宋)을 절충한 경학과 한당(漢唐)을 아우른 예술에 근본을 두어 뛰어난 전서(篆書)풍의 추사체를 이루었다고 평가하였다.

문일평은 김정희 학문의 또 다른 근원이 불교라는 점도 놓치지 않았다. 금문파(今文派)가 불교와 함께 서양학문까지 수용한 것처럼 김정희가 억압적인 사회 분위기에서도 박학을 위한 열린 학문적 자세를 견지하여 불교를 수용하였고 초의(草衣)와도 적극적으로 교유하였다고 보았다. 이와 함께 김정희가 청의 문물을 깊이 있게 이해하였거니와 일본문화에 대해서도 공정한 시각을 가지고 있었음을 높게 보았다.

본격적인 김정희의 평전은 문일평에 의하여 시도된 것이라 할 수 있다. 후지쓰카 지카시(藤塚鄰)가 문일평에 앞서 김정희에 대한 관심을 가졌을지는 몰라도 이때까지 본격적인 논문이 나온 것은 아니었다.[69] 이 때문에 문일평이 김정희의 평전을 쓰고자 할 때 문집 외에는 따로 참조할 자료가 없었던 듯하다. 6월 13일의 일기에는 김정희의 평전을 준비하는 데 참고할 책이 없다고 고민을 토로하였다. 어렵게 쓴 것이지만, 김정희에 대한 초기 연구가 문일평에 의하여 이루어진 점은 높게 평가할 필요가 있다.

문일평은 이 글을 마치고 얼마 지나지 않은 9월 10일 「정다산의 위대한 업적 – 99주년 기일에 즈음하여」라는 사설을 썼다. 그 전날의 일기에 따르면, 문일평은 오전 9시 회사에 갈 때 정인보를 방문하여 실학의 대강을 듣고 와서 사설을 썼는데 불과 세 시간 만에 끝마칠 수 있었고 이에 자료가 많을수록 속도가 더 빨라짐을 알 수 있다고 기뻐하였다. 그리고 이를 바탕으로 하여 1935년 7월 16일 「고증학상으로 본 정

---

69 「阮堂集及び阮堂先生全集に誤入せる淸儒の名文」, 「阮堂集誤入文の再檢討と淸儒阮元・梁章鉅の展望」 등의 논문이 『朝鮮』에 게재된 것은 1938년 5월 이후이다. 역저 『李朝における淸朝東漸史』가 완성된 것은 1940년이다.

다산」을 『조선일보』에 게재하였다.[70] 이날은 정약용의 서거 1백 주년이 되는 날이라 사설부터 정약용에 대한 것이거니와 아예 2면 전체에 걸쳐 정약용에 대한 글을 특집으로 꾸몄다. 안재홍의 「다산 선생의 대경륜」, 이훈구의 「토지 국유론과 권농정책육과(勸農政策六科) – 농정학상(農政學上)으로 본 다산 선생」, 김태준의 「문화 건설상으로 본 정다산 선생의 업적」, 조헌영의 「한의학상으로 본 다산 의학의 특색」 등을 실었다. 여기에 문일평의 글도 함께 실린 것이다.[71]

실학에 대한 문일평의 관심은 1938년 1월 3일부터 2회로 나뉘어 연재된 「이조문화사의 별항」으로 이어진다. 이 글은 먼저 실사구시파의 학풍을 다루면서 유형원과 이익을 비조로 하여 안정복, 한치윤, 이긍익 등을 역사파로, 이중환, 정항령(鄭恒齡)을 지리파로, 신경준, 정동유, 유희를 언어파로 규정하고, 경학파인 정약용이 이를 집대성하였다고 하였다. 『맹자』와 『논어』, 『서경』 등에 대한 정약용의 탁월한 해석을 구체적으로 적시한 것이 돋보인다. 그리고 서양학문의 수용에 적극적인 학자로 정약용과 그 선배 홍대용을 들면서 자세하게 다루었으며 그 후학 박제가도 높게 평가하였다.

4) 문화지리학의 선구

문일평의 저술 중 이채로운 것은 최근 유행하는 문화지리학적인 업적을 많이 남겼다는 점이다. 「경성고적소순례(京城古蹟小巡禮)」, 「고건물순례(古建物巡禮)」, 「근교산악사화(近郊山岳史話)」, 「구거유화(舊居遺話)」, 「지상폭포전(紙上瀑布展), 「조선의 명산거찰(名山巨刹)」 등이 그러한 예이다.

---

70 같은 내용이 '丁茶山先生 – 考證學上から見た茶山先生'라는 이름으로 『朝鮮通信』 (1935. 8.)에 연재되었는데 일본어로 번역하여 게재한 것이다.

71 이훈구, 조헌영, 김태준의 글은 2회로 나뉘어 게재되었다. 年譜와 著書總目을 작성하여 실었으며, 필적, 고택과 유택 사진도 실었다.

이러한 저술이 나온 것은 당시 경성의 유적에 대한 높은 관심을 반영한 것이다. 『매일신보』(1916. 3. 11.~23., 6회)에는 조중환의 「경성행각」이 실려 있는데, 효종의 어의동(於義洞) 잠저, 송시열이 살던 송동(宋洞), 이정귀가 살던 관동(館洞), 광평 대군의 집터가 있던 혜화동 등을 다루었다. 또 『동아일보』(1924. 6. 25.~1925. 6. 16., 50회)에서는 「경성백승」이라는 기획 연재를 마련하고 서울의 명소 1백 곳을 다루었는데 조선시대 명현의 집터와 관련한 내용이 많다. 『조선일보』에서도 1929년 10월 19일부터 「팔도건축순례」가 57회 연재되었는데 필자는 알 수 없지만 사진이 함께 실려 있다는 점에서 주목을 요한다. 광개토왕비 등의 비석에서부터 궁궐 및 사찰 건축까지 두루 걸쳐 있다. 『별건곤』(1929. 10.)에서도 비슷한 기획을 하였다. 민병완의 「경성 팔대문과 오대 궁문의 유래」, 차상찬의 「경성이 가진 명소와 고적」, 가가승(假家僧)이라는 필자의 「서울의 옛날 집과 지금 집」 등이 그러한 글이다. 특히 「경성이 가진 명소와 고적」에서는 십이 궁전(十二宮殿)과 종묘, 문묘 등 조선의 건축물과 함께 육신묘, 관왕묘, 독립문과 환구단, 장충단, 사직공원 등의 근대유적 등을 두루 다룬 바 있어 아래 살펴볼 문일평의 글과 유사하다. 「서울의 옛날 집과 지금 집」 역시 문일평의 글과 겹치는 내용이 많다.[72] 문일평은 이러한 앞선 글을 참조하여 경성의 고적과 건축에 대한 글을 여러 차례 연재하였다.

「경성고적소순례」는 1935년 5월 9일부터 10회에 걸쳐 연재한 것으로 숭례문과 홍화문, 오대 궁궐(五大宮闕), 육신묘(六臣墓), 세검정(洗劍亭), 정업원(淨業院), 주교(舟橋)와 용봉정(龍鳳亭), 그리고 조선호텔과 단성사가 들어선 곳의 역사 등을 다루었다. 다소 체계 없이 연재된 이 글은 같은 해 7월 6일부터 「고건물순례」로 다시 이어지는데 총 19회로 되어

---

72 이들 자료는 강명관의 『사라진 서울』(푸른역사, 2010)에서 자세히 소개된 바 있어 크게 참조가 된다. 이 책에 문일평의 글은 싣지 않았다.

 한국 근대 초기의 어문학자

있다. 집필 방식은 유사하여 경복궁, 창경궁 등의 궁궐, 종묘, 문묘, 관왕묘, 보신각, 금위영(禁衛營) 등의 역사 유적부터 우정국(郵政局), 감고당(感古堂) 등 근대사의 공간까지 두루 다루었으며, 정도전, 민유중, 김흥근(金興根), 이완용 등의 집에 대해서도 언급하였다.

문일평은 이를 이어 1935년 「근교산악사화」와 「구거유화」를 연이어 발표하여 서울과 인근의 문화유적지를 좀 더 광범위하게 정리하였다. 여러 문헌을 동원하고 또 시문 자료를 인용하여 다채롭게 꾸민 글이다. 「근교산악사화」는 『조선일보』에 1935년 9월 18일부터 11월 3일까지 28회에 걸쳐 연재되었다. 인왕산, 북악산, 남산, 낙산 등 이른바 서울의 내사산(內四山)의 역사와 문화를 연구한 것인데, 답사를 바탕으로 하면서 다양한 자료를 동원하여 그 내용이 비교적 풍성하다. 산 자체보다는 산기슭에 거주한 인물에 대한 야사가 중심에 있다.

인왕산은 사직동 허적(許積)의 구거, 김상용(金尙容)의 태고정(太古亭), 중종의 폐비(廢妃) 신씨(愼氏)의 집 위쪽의 치마바위, 천수경(千壽慶)의 송석원(松石園), 홍파동 권율(權慄)의 구기(舊基), 이항복(李恒福)의 필운대 구기 등을 대상으로 하였다.[73] 북악산에서는 백악신사(白嶽神祠),[74] 삼

---

[73] 이러한 글은 당시 상황까지 기술하고 있어 사료적 가치가 크다. 예를 들어 태고정은 金宗漢까지 세거하였는데 당시 일인의 三井會社의 소유가 되어 인부의 숙소로 쓰인다고 하였다. 또 문일평은 尹德榮 집 뒤편에 있는 松石園을 직접 찾아 일대의 풍광을 자세히 기술하였고, 천수경의 삶과 저술에 대해서도 다루었다. 궁궐에 대해서도 적고 있는데 夜照개 대궐이라 불리던 慶熙宮이 경성중학교로 들어갔다고 하고, 광해군 때 세운 慈壽宮은 순화병원 일대에 있으며 慶德宮은 사직 근방에 있었던 것으로 추정하였다. 문일평의 고증에는 오류도 제법 있다. 광해군 8년(1616) 건립 당시에는 慶德宮이라 하였지만 영조 36년(1760)에 경희궁이라고 개칭하였는데, 문일평은 이러한 사실을 알지 못하였던 듯하다. 문일평의 기록 중에 신빙성이 떨어지는 것도 제법 있다. 천수경의 시라고 한 "有時看白雲, 鎭日對靑山"은 천수경의 문집에 보이지 않는다. 민간에 전하는 야사를 바탕으로 하여 이러한 현상이 생긴 듯하다. 또 문일평은 『동국여지승람』에 실려 있지만 사라진 사찰에 대해서도 고증하려고 노력하였다. 한 예로 인왕사는 崔淑精의 「遊仁王寺」를 들어 당시의 모습을 유추하려 하였다.

[74] 권필이 「宮柳」 "宮柳靑靑鶯亂飛"로 인하여 죽음에 이른 일이 白嶽神祠의 貞女婦人 영정을 찢은 데서 비롯하였다는 야사를 기록하였다.

청동의 바위 글씨,[75] 백련봉 김유근(金逌根)의 구기,[76] 남곤(南袞)의 대은암(大隱巖)[77], 성수침(成守琛)의 청송당(聽松堂),[78] 도성 북문인 숙정문(肅靖門), 가회동 북쪽의 취운정(翠雲亭),[79] 숙빈(淑嬪) 최씨(崔氏)의 영묘(靈廟) 등에 대해 기술하였다. 그 밖에 제일고보 자리에 있던 김옥균의 집, 감고당 앞 서광범(徐光範)의 집, 재동여고 부근 홍영식의 집, 운현궁 앞 박영효의 집도 함께 소개하였다. 그리고 심상훈의 백록동 정자는 미국에서 귀국한 유길준이 유폐되어 있던 곳으로 그 집의 벽지를 뜯어 『서유견문』을 집필하였다는 내용도 보인다.[80]

남산에서는 봉수대, 청학동(青鶴洞) 이행(李荇)의 집터, 회동 정씨(會洞鄭氏)의 구기,[81] 이안눌의 동악시단(東嶽詩壇) 구기,[82] 유성룡의 묵사동

---

75 『용재총화』를 인용하여 그 풍광을 적은 다음, 성해응의 『동국산수기』를 인용하여 "三淸洞門" 바위 글씨가 세상에서 말하는 대로 宋時烈의 글씨가 아니라 金敬文의 필적이라 고증하였다. 또 성해응의 글에 보이는 삼청동의 龍瀑이 근래 신축한 三角菴 아래 있다고 하였다. "청산리벽계수"로 유명한 碧溪守 이종숙의 삼청동 舊基도 소개하였다.

76 金逌根의 舊基는 일부가 해동은행 金年洙 소유가 되고 일부는 충청도 사람의 소유가 되었다고 하였다. 이승 慧澈이 기거하던 雲藏菴에 대해서는 성해응의 글을 옮긴 것이다. 星祭井 위쪽의 祈天石 바위 글씨, 雲龍亭 등에 대해서도 기록하였다.

77 大隱巖은 벗 朴誾의 시로 인하여 유명해졌다고 하면서 자세히 적었고, 申光漢의 絶句 「大隱巖」을 인용하였다.

78 聽松堂 주변 "聽松堂遺地", "幽蘭洞" 등의 바위 글씨를 소개하고 정선의 「청송당도」에 그려진 모습과 당시의 모습을 비교하여 서술하였다.

79 翠雲亭 서쪽의 白鹿洞에 있던, 洪英植이 소유하였다가 沈相薰에게로 넘어간 별서에 대해서는 金玉均의 『甲申日錄』을 인용하여 소개하였다.

80 "風雪山中夜, 蕭然一榻書. 主人梅共笑, 春色在茅廬"라는 유길준의 시를 소개하였는데 최남선은 『동아일보』(1955. 11. 5.)에 이 시를 "눈발에 재우친 밤 책상 끼고 앉았다가 매화 웃는 낯을 마주 보고 웃었으니 어느덧 샛집 여기는 봄빛 그득한지고"라 번역하여 소개한 바 있다.

81 旭町 青木堂 맞은편 저축은행 터에 있던 鄭東浚의 百花堂, 그 위쪽 鄭元容의 舊基를 설명하였다. 半田農林合名會社 자리에 있던 이 집안의 종가는 3백 칸이 넘는 대저택으로 鄭惟吉의 외손인 金尙憲, 金尙容이 태어난 곳이며 오래된 은행나무가 있어 文杏館이라 하였는데 鄭東愈가 『晝永編』을 집필한 곳이며 주인 鄭建朝가 있을 때 姜瑋가 함께 공부하였다고 한다.

82 남산 자락 權擘의 後凋堂과 함께 소개하였다. 동악시단은 당시 조계사 소유였다고 한다.

(墨寺洞) 구기,[83] 조동윤(趙東潤)의 노인정(老人亭),[84] 이유원의 홍엽정(紅葉亭),[85] 장충단(獎忠壇),[86] 「허생전」의 무대가 된 묵적동(墨積洞), 이경하(李景夏)의 낙동(駱洞) 구기[87] 등에 대해 적었다. 낙산은 효종의 잠저인 어의궁의 조양루(朝陽樓)와 그 아우 인평 대군의 석양루(夕陽樓),[88] 고등공업학교 자리인 남이(南怡)의 집터, 신광한의 신대(申坮) 우물,[89] 백동(栢洞)의 이화정(梨花亭),[90] 이심원(李深源)의 일옹정(一翁亭),[91] 낙산 아래 이완(李浣)의 집터, 장원서(掌苑署) 부근 성삼문의 집터[92] 등을 다루었다.

「구거유화」는 1935년 11월 22일부터 12월 8일까지 10회에 걸쳐 연재

---

83 이순신이 태어난 乾川洞과 함께 남산 아래의 앵정정에 있다고 한다.

84 오오토리(大鳥圭介) 공사가 5개조 개혁안 가결한 곳으로 후에 총독부 소유로 넘어가 불교부인회에서 사용하였는데 大和町 2정목이라 하였다.

85 이유원의 『임하필기』에 따르면 이유원의 선조 이항복이 이곳에 살면서 두 그루의 檜나무를 심었는데 그 집이 7~8代를 전해오다가 다른 사람이 소유하면서 雙檜亭이라 불렀다. 대원군이 雙檜亭 편액을 내린 바 있다. 徐念淳이 臺榭를 증축하면서 단풍나무를 많이 심고서 紅葉亭이라고 개칭하였다. 이유원이 선조의 遺址라 여겨 다시 구입하여 쌍회정이라고 편액을 내걸었는데 회나무 한 그루는 이미 베어낸 뒤여서 다시 심었다고 하였다. 이러한 사실을 근거로 할 때 대원군이 한 명의 秦檜로도 나라를 망쳤는데 쌍회라 하여 놀렸고, 나중에 이를 알게 된 이유원이 회나무를 베고 쌍회정 편액을 없애고 홍엽정이라 이름을 바꾸었을 것이라는 항간의 설은 근거가 없다. 문일평은 『경성부사』를 인용하여 이유원의 호 橘山이 남산의 별칭이라 하였다.

86 김윤식의 「十哀詩」를 인용하여 을미정변에 순사한 洪啓薰에 대해 자세히 적었다.

87 위안스카이의 공관으로 있다가 중국영사관이 되었다고 한다.

88 이 일대에는 6백 년 된 은행나무와 4백 년 된 백송 등이 있는데 당시에 조선경무과 분실이 들어섰다고 한다. 석양루는 南公轍의 「夕陽樓記」를 인용하여 長生殿 부근이라 고증하였다.

89 동숭동 129번지에 있었는데 당시 호남부호 김종익의 소유이며, 紅泉翠壁 글씨가 당시 사라졌다고 하였다. 신광한의 대표작 「醮季女夜宿珍山村舍」와 「阻雨信宿神勒寺」도 품평하였다.

90 신대우물 북쪽으로 강릉 김씨들이 세거하였다고 한다. 申潛의 「醉題梨花亭」을 인용하였다.

91 金瑗根의 자문을 받아 이화정 가까운 곳이라 하였다. 이심원의 『一翁漫錄』도 소개하였다.

92 소나무와 함께 '成先生手植松'이라 새긴 석비는 갑오년 이후에 사라지고 李貞煒의 집터가 되었다고 하였다. 개혁당에게 살해당한 尹泰駿의 집터는 姜起完의 소유하고 있다고 하였다.

한 것인데 특히 김병학(金炳學),[93] 김병기(金炳冀),[94] 민영환,[95] 박규수[96] 등 명가의 집터를 집중적으로 소개하였다. 그리고 7대에 걸쳐 이조판서를 지낸 조 대비(趙大妃) 집안의 세거지, 약현대신(藥峴大臣)으로 알려진 김재찬(金載瓚)의 집터,[97] 전동정승(磚洞政丞) 김사목(金思穆)과 조인영(趙寅永)의 집터,[98] 창동(倉洞) 서씨(徐氏)로 일컬어지는 서종태(徐宗泰), 서명균(徐命均), 서지수(徐志修) 등의 집터[99] 등도 자세히 다루었다.

이 무렵 문일평은 유적지나 명승지 등 공간에 대한 관심이 높았던 듯하다. 「지상폭포전」은 1935년 8월 11일부터 5회에 걸쳐 연재한 글로 첫 번째 글에서 「조선 제일의 대승폭(大勝瀑)」이라 하여 내설악의 대승폭포를 가장 중요하게 다루었다.[100] 문일평은 스스로 산수유기를 여러

---

93 李玶의 집터가 竹洞宮 인근에 있었는데, 후에 영조의 부마 申光綏가 살았고 고종 연간에 김병학의 소유가 되었다가 당시에는 변호사를 하는 朴勝彬, 金明鎭의 집과 경성 조선전기의학연구소 등이 들어섰고 관훈동 197번지라 하였다.

94 인근 관훈동 金炳國의 집은 강천자동차상회가 되었고, 김병국의 집 맞은편 교동에 살던 김병기의 집은 민영휘가 산다고 하였다. 김병기의 부친 金左根의 집이 바로 그 옆으로 당시 閔衡植의 집이 되었다고 한다.

95 공평동 2번지로 당시 大連館이라는 음식점이 들어섰고, 본저가 있던 典洞은 견지동 27-2로 金思元의 사랑이 되었는데 이곳에 민영환이 자결한 후 대나무가 돋았다는 山亭이 있었다고 하였다.

96 재동여고 기숙사가 있던 곳으로 6백 년 된 백송이 그 사랑채에 있었다고 하였다. 박영효가 김옥균을 이곳에서 만났으며, 유길준이 지은 시를 박규수가 보고 그 재능을 인정하여 일본으로 유학하게 하였다고 적었다.

97 조 대비 집안은 재동여고 자리에 있었고 김재찬의 집터는 중림동 대륙고무공장이 되었다고 한다.

98 김사목의 집터는 조선불교중앙교무원 맞은편 예전 보성학교 자리이며, 그 앞이 조인영의 집이라 하였다. 김사목의 집은 선조인 國舅 金柱臣이 숙종으로부터 하사 받은 집으로 김사목의 고손 金敎獻까지 8대가 살았다고 하였다.

99 蓬萊閣 건너편 언덕이 倉洞인데 종가가 약현에서 이곳으로 옮겼다고 한다.

100 우리나라의 이름난 폭포를 먼저 개관하였는데 삼청동의 龍瀑, 세검정 너머 북한산 기슭의 東嶺瀑, 도봉산의 曹溪瀑, 소요산의 元曉瀑 등 지금 확인하기 어려운 근교의 폭포를 소개하였다는 점에서 의의가 있다. 문일평은 개성의 朴淵瀑布를 최고로 두고 백두산의 飛龍瀑도 소개하였으며, 白雲山의 三釜淵瀑은 김창흡이 舊居로서 함께 고찰하였다. 이 글은 대승폭을 가장 자세히 다루었는데, 김시습과 김창흡이 이 폭포 때문에 설악산에 거주하였다고 하였지만 이들 문집에서 大勝瀑이 나오지 않아 그 근거는 알 수 없다. 『대동여지도』에는 대승폭이 보이지 않지만 김정호의 『靑邱圖』에는 대승폭이 표기되어 있다.

편 지었거니와, 폭포를 다루면서 역대의 중요한 산수유기 관련 자료를 적극 활용하였다. 문일평은 폭포에 대한 자료로 『동국여지승람』, 『택리지』, 『동국명산기』, 『대동여지도』, 『문헌비고』, 『대한지지(大韓地誌)』 등의 지리서를 두루 참조하였다. 또 설악산을 중국에 처음 알리고 이를 통하여 조선에서도 설악산에 대한 큰 관심을 불러일으킨 명(明)나라 양유정(楊維楨)의 「설악산기(雪嶽山記)」를 소개한 것도 주목된다.[101] 그 밖에 지금도 잘 알려져 있지 않은 다양한 산수유기를 소개한 것도 주목할 만하다. 한 예로 권용정(權用正)이 1829년 지은 「설악내기(雪嶽內記)」가 대승폭을 묘사한 작품 중 백미라고 높게 평가하였다.[102]

이를 이어 문일평은 금강산의 구룡폭(九龍瀑), 개성의 박연폭포, 묘향산의 용연(龍淵) 등을 차례로 다루었는데[103] 전통적인 산수유기의 틀을 취하여 여러 사실에 대한 고증도 함께 하였다.[104] 예를 들면 박연폭포에 새겨진 "비류직하삼천척(飛流直下三千尺)" 바위 글씨를 두고 당대 사람들은 황진이의 글씨라 하는데 문일평은 낭선군 이우의 필체라 하였다.[105] 또 묘향산 상원암(上院庵) 앞개울 상석(床石)에 새겨진 양사언(楊士彦)의

---

101 楊維楨의 글은 「雪嶽山記」가 아니라 「寒溪山記」이다. 「寒溪山記」는 楊維楨의 문집에는 보이지 않고 淸 趙吉士의 『寄園寄所寄』에 인용되어 있다. 金壽增의 「遊曲淵記」에서 이 글의 존재를 처음 소개하였다. 그런데 이 글은 『동국여지승람』에 실려 있는 것과 거의 동일하며 같은 글이 장서각본 『와유록』에 『麟蹄志』를 인용하여 수록되어 있는데 역시 내용이 다르지 않다. 규장각에 소장되어 있는 『麟蹄志』는 비슷하지만 내용이 조금 다르다. 『與猶堂全書』의 「汕水尋源記」에 大勝瀑을 소개하면서 「寒溪山記」를 인용하였는데 『麟蹄志』와 거의 같다. 丁若鏞이 인용한 「寒溪山記」에 대승폭이 등장하므로, 권용정보다 정약용의 글이 먼저 대승폭을 기록하였다고 할 수 있다.

102 권용정의 문집 『少遊集』이 성균관대 존경각에 소장되어 있고 『少游雜記』는 숙명여대에 소장되어 있다.

103 「조선 각도의 名瀑들」에서는 지리산 佛日瀑, 한라산 天池淵瀑과 正方瀑, 칠보산의 九龍瀑, 文川의 雲林瀑, 안변의 三防瀑, 계룡산의 鳳林洞瀑布, 영동의 深川瀑, 단양의 三仙菴瀑, 함양의 龍湫瀑, 양산의 虹龍瀑, 청도의 藥水瀑, 무등산의 龍湫瀑, 구례의 天壇瀑과 水落瀑, 부안의 直沼瀑布 등을 두루 다루었다.

104 「나무꾼과 선녀」, 「박진사 설화」 등 구비자료도 활용하고 있다.

105 문일평은 그 근거를 밝히지는 않았다. 李獻慶의 「送白雲翁遊天磨山贈牘」에는 秦妓의 글씨라 하면서 天下女俠의 奇崛한 필체라 높게 평가하였다.

글씨 "용신굴택운무동천(龍神窟宅雲霧洞天)"을 소개하고, 서산 대사가 쓴 "만국 도성이 개미굴 같고, 천가 호사는 초파리와 같도다(萬國都城如蟻垤, 千家豪士若醯鷄)"라는 시를 인용하였다.[106] 바위 글씨를 자세히 다루고 전 인의 시를 인용하는 것 자체가 산수유기의 틀을 이용한 것이라 하겠다.[107]

5) 담배와 차의 문화사

문일평은 담배와 차 등 기호품에 대한 문화사적 접근을 시도하였다. 「담배고」는 1936년 11월 19일부터 12월 1일까지 10회에 걸쳐 연재한 글 이다. 서설에 이어 담배의 전래 과정과 명칭, 담배와 관련한 일화 등과 같은 역사적 접근에서부터 담배 무역 등의 경제 문제를 함께 다루었다. 『인조실록』, 『계곡만필』, 『지봉유설』, 『심양일기』, 『고운당필기』, 『사소 절』, 『경도잡지』, 『오주연문장전산고』 등 우리 문헌에서부터 『하멜표류 기』 등 서양문헌까지 동원하여 고증한 점이 돋보인다. 「담배전매의(專賣 議)」에서 구완(具梡)의 『죽수폐언(竹樹弊言)』을 자세히 인용하여[108] 담배 와 술의 전매를 주장한 것은 다른 글에서 보이지 않는 독특한 내용이다.

이 글은 여기에 그치지 않고 「담배예절」과 「담배문예」, 「담배학설」, 「담배공예」 등을 함께 다루었다는 점이 주목된다. 특히 「담배문예」에서 는 담배와 관련한 설화, 국문시가, 한시 등 다양한 문학 작품을 발굴하였 다. 『지봉유설』을 인용하여 담파고(淡婆姑) 여인의 전설을 소개하고 『임 하필기』를 인용하여 기생 답화귀(踏花鬼) 전설을 소개하였으며, 이광사 의 「연초(烟草)」, 이식의 「남령초가(南靈草歌)」[109] 등의 한시, 「남초가(南

---

106 『西厓集』, 『星湖僿說』 등에 이 시가 인용되어 있으므로 조선중기 이후 널리 애송 된 것임을 알 수 있다.

107 「조선의 명산거찰」은 『조광』(1937. 7.)에 게재한 글인데, 짧은 서문을 붙인 다음 李重煥의 『택리지』를 참조하여 조선의 12명산, 4대 神山, 3대 사찰 등을 소개하였다.

108 구완은 자가 明叔이고 숙종 때의 인물인데 竹樹는 그의 호로 보인다. 『죽수폐언』은 현재 전하지 않는다. 『오주연문장전산고』를 재인용한 듯하다.

草歎)」, 「남령초탄(南靈草歎)」, 「담바귀타령」 등의 국문시가 등을 두루 소개하였다.[110] 「담배학설」은 흡연의 찬반에 대한 의론을 기록한 것으로 이광사, 박지원, 이유원 등 담배 반대론자의 설을 소개하고, 특히 이익의 「오익십해설(五益十害說)」, 이덕무의 「배초십폄설(排草十貶說)」 등을 자세히 인용하였다. 또 『순조실록』을 들어 보문각(寶文閣)에서 있었던 순조와 신하의 담배와 관련한 토론도 자세히 다루었다. 이어지는 「담배공예」에서는 능산(菱山) 김봉회(金鳳會)라는 알려지지 않은 작가의 120구의 오언장편(五言長篇)을 들어 흡연과 관련한 공예품을 다루었다.[111]

「차고사(茶故事)」도 유사한 체제로 되어 있다. 1936년 12월 6일부터 이듬해 1월 17일까지 23회에 걸쳐 연재한 글로, 차의 전래, 역대 차의 종류와 산지, 다구(茶具) 등 다양한 내용을 포괄하고 있다. 우리나라 차의 우수성, 중국차와의 비교, 중국인의 우리 차에 대한 품평 등 차 자체에 대한 내용이 자세하다. 차가 활성화되었던 고려시대 차촌(茶村), 다방(茶房) 등에 대해서도 고찰하였다. 또 「담배고」에서처럼 차의 상업적 재배를 강조하였는데, 특히 선조 때 조선에 온 양호(楊鎬)가 선조에게 차무역에 대해 진언한 내용을 자세히 다루었으며, 임오군란 때 오장경(吳長慶)의 막료로 온 이한신(李瀚臣)[112]이 차의 재배와 무역을 주장한 「조선부강팔의(朝鮮富强八議)」를 직접 인용하고 자세히 다루었다.

문일평은 이 글을 위하여 매우 많은 자료를 동원하였다. 『삼국사기』, 『삼국유사』, 『고려사』, 『조선왕조실록』과 같은 역사서 외에 이규보의 『동국이상국집』, 이제현의 『익재난고』, 김종직의 『점필재집』, 김정희의

---

109 李身達의 작품이라 하였는데 문일평의 오류다.

110 김종서, 「옛사람들의 담배에 대한 애증」[『문헌과해석』 18(2002년 봄)]에서 담배와 관련한 문학 작품을 소개한 바 있나.

111 許傳의 「菱山詩集序」에 따르면 김봉회는 호가 菱山이고 字가 景元인데 숙종 때 우의정을 지닌 金德遠의 후손이며, 허전의 벗이다. 『菱山詩集』은 전하지 않는다.

112 石菱 金昌熙에게 전한 글로 서명을 '三籌合存朝鮮富强八議'라 하였다. 그런데 李瀚臣은 李延祜와 같은 사람인 듯하다. 규장각에 소장되어 있는 『皖友譚草』가 그의 저술이다. 규장각에 있는 『東廟迎接錄』에도 비슷한 내용이 실려 있다.

『완당 전집』, 휴정의 『청허당집(淸虛堂集)』 등의 문집을 위시하여 『보한집』, 『동국여지승람』, 『해동제국기』, 『용재총화』, 『동의보감』, 『성호사설』, 『경도잡지』 등 익히 알려진 문헌뿐만 아니라 『대동연주시격(大東聯珠詩格)』,[113] 『통도사사적략록(通度寺事蹟略錄)』[114] 등 그다지 알려지지 않은 책도 참조하였다. 최치원의 「무염국사비명(無染國師碑銘)」, 「진감국사비명(眞鑑國師碑銘)」 등의 탁본도 인용하였다. 손목(孫穆)의 『계림유사』, 서긍(徐兢)의 『고려도경』, 동월(董越)의 『조선부(朝鮮賦)』 등의 문헌과 조맹부(趙孟頫) 등의 한시를 두루 인용하였다. 허차서(許次忬)의 『다소(茶疏)』, 편자 미상의 『다부휘고(茶部彙考)』 등 중국차 전문서와 함께 정약용의 『동다기(東茶記)』와 초의(草衣)의 『동다송(東茶頌)』 등을 자세히 분석한 것이 이채롭다. 아부카이(鮎貝房之進)의 논문까지 인용하였으니,[115] 당시로서는 차에 대한 가장 앞선 연구 성과로 들 만하다.

6) 문학과 역사의 결합

문일평은 역사와 문학을 하나로 연결하여 글을 쓰는 시도를 자주 하였는데 「사외이문(史外異聞)」과 「전쟁문학」이 가장 대표적인 성과로 들 수 있다. 「사외이문」은 1933년 10월 13일부터 1934년 4월 24일까지 연재되었었던 글이다.[116] 대중에게 역사를 알린다는 의식에서 쓴 짧은 글

---

113 柳希齡의 詩選集인데 지금 일부만 전한다.
114 원서명이 '通度寺舍利袈裟事蹟略錄'으로 宗遂가 편찬하여 1642년 開刊한 책이다.
115 「朝鮮に於ける茶に就きて」와 「茶の傳來」 등이 『朝鮮』 205(1932)에 실려 있다.
116 이후에는 1935년 6월 28일과 30일, 7월 2일 등에 세 편의 글이 확인되므로 정식 연재는 이때까지로 보아야 할 듯하다. 1934년 4월 25일의 일기에는 「화하만필」을 썼다고 하면서 「사외이문」을 오늘부터 제목을 바꾼 것이라고 하였다. 최기영의 앞의 책에는 『사외이문』이 112회(1933. 10. 13.~1935. 7. 2.) 연재된 것으로 되어 있지만 『호암 전집』에는 104회분이 실려 있다. 또 『조선일보』(아카이브)를 확인하면 '史外遺聞', '史外異聞', '史外見聞' 등 3종의 이름이 보인다. 또 어느 시점에 타이틀이 바뀐 것은 아니어서 처음 '史外遺聞'이라 하다가 '史外異聞'으로 바꾸었는데 중간에 둘이 혼용되기도 하였다.

로 학술적인 성격은 약하다. 다만 을지문덕의 「유수장우중문(遺隋將于仲文)」과 정법사(定法師)의 「영고석(詠孤石)」이 우리 한시사의 첫출발이라 밝혔고, 꽃과 인품을 연결시켜면서 설총의 「화왕계(花王戒)」, 곽예(郭預)의 「상련(賞蓮)」 등의 한문학 작품을 인용하였다. 이덕무의 「소완정 동야소집(素玩亭冬夜小集)」에서 "남국의 솥 벌겋게 달아올라 걸신들린 위를 진정시키네(南國鍋紅胃鎭饞)"라 한 구절을 들어 18세기 유행한 난로회(煖爐會)에서 소고기를 철립(鐵笠)에 올려놓고 구워 먹던 풍속이 일본에서 들어왔다는 주석을 들어, 일본통신사에 의하여 일본의 스키야끼가 전래된 것으로 추정한 것도 재미나다.

문학과 역사를 연결시킨 가장 주목할 만한 저술은 「전쟁문학」이다. 문일평은 1937년 8월 27일부터 9월 23일까지 23회에 걸쳐 이 글을 집필하였다. 전쟁과 관련한 한시를 소개하고 이를 분석한 글이다. 삼국시대 을지문덕의 살수(薩水) 전투, 양만춘(楊萬春)의 안시성(安市城) 전투, 김흠운(金歆運)의 양산(陽山) 전투, 관창(官昌)의 황산(黃山) 전투 등에서부터 시작하여 고려 말 홍건적 토벌과 요동 출정에서 종료되었다.

이 글은 관련한 한시를 가장 다채롭게 인용하였다는 점에서 '전쟁문학'이라는 제목에 값한다. 예를 들어 「살수전과 시」에서는 을지문덕의 「증수우익위대장군우중문(贈隋右翊衛大將軍于仲文)」, 조준(趙浚)의 「안주회고(安州懷古)」와 이에 차운한 축맹헌(祝孟獻)의 시, 유득공의 「이십일도회고시」, 이종휘(李種徽)의 「살수회고(薩水懷古)」 등을 두루 소개하였으며 이종휘의 시를 두고는 이백의 「월중회고(越中懷古)」와 「소대회고(蘇臺懷古)」와 비교를 하기도 하였다. 문일평은 이 글에서 최치원, 김신윤(金莘尹), 이곡(李穀), 이색, 이존오(李存吾), 정몽주, 정추(鄭樞), 이현운(李鉉雲), 이호(李號), 원천석(元天錫), 변계량(卞季良), 이승소(李承召), 서거정, 조위(曺偉), 홍춘경(洪春卿), 김창협(金昌協), 김창흡, 박지원, 정약용, 안정복, 김윤식 등 다양한 작가의 회고시를 인용하였으며, 고려 현종, 명의 사신 기순(祁順)의 시도 끌어들이고 있어, 이 원고를 준비하는 과정에서 중요한 시선집과 함께 문집을 두루 참조하였을 것으로 추정된다.

가장 주목되는 것은 유득공의 「이십일도회고시」와 함께 김종직, 이익(李瀷), 이광사, 이영익(李令翊), 안정복, 김윤식 등 역대 중요한 영사악부(詠史樂府)를 적극 수용하였다는 점이다.[117] 영사악부에 대한 연구의 역사를 생각할 때 문일평의 박식함을 짐작하게 한다. 특히 그간 알려져 있지 않은 김윤식의 「동사운기(東史韻記)」를 자주 인용하였다. 「동사운기」는 『매일신보』에 1935년 8월 27일부터 1939년 9월 23일까지 총 82회에 걸쳐 연재한 방대한 규모의 영사시(詠史詩)로, 삼국시대부터 고려 말까지의 역사를 소개하였다.

7) 한시를 곁들인 수필

문일평은 1936년 여름 「녹음만필(綠陰漫筆)」(1936. 5. 23~24., 2회), 「영주만필」(1936. 6. 29.~7. 22., 21회), 「소하만필」(1936. 8. 4~30., 22회) 등 3종의 수필을 연재하였다. 수필이지만 문화사적인 시각에서 주목할 만한 것이 제법 있다. 예를 들면 「영주만필」에서 자신의 애송시로 고병(高騈)의 「산정하일(山亭夏日)」이라는 작품을 소개하면서 『지봉유설』이나 다른 중국시를 들어 작품의 내용에 대한 고증과 분석을 겸하였다. 박엽(朴燁), 조준(趙浚), 이달(李達), 광해군(光海君), 황현(黃玹), 석희박(石希璞), 정약용 등의 시를 인용하여 화훼나 과일 등에 대한 고증을 하였고 근교의 명승과 관련한 역사를 소개하였다.

도망시(悼亡詩)에 대한 관심도 주목할 만한데 신위와 김정희, 이서우(李瑞雨)의 도망시, 그리고 정상관(鄭象觀)의 「과부곡(寡婦哭)」 등을 다루었다. 역대 박연폭포를 다룬 작품에 대한 품평도 주목되는데, 이제현의

---

117 안정복의 악부시는 「觀東史有感效樂府體」를 가리킨다. 이익의 「해동악부」에 누락된 사건을 대상으로 5장으로 노래하였다.

「박연폭포」, 황진이의 「박연폭포」 등을 비판하고, 신위의 작품을 최고로 평가하였으며, 김택영의 작품과 임창택(林昌澤)의 「희작박연빙폭가(戱作朴淵氷瀑歌)」 등을 높게 평가하였다. 그 밖에 정몽주의 일시(逸詩)를 찾아낸 글, 유득공의 「이십일도회고시」를 비판한 글, 이규보에 대한 평가 등도 비록 짧은 글이지만 주목할 만하다. 여기에 소개한 작품은 대부분 장지연의 『대동시선』에서 확인되는 작품이므로 이즈음 문일평이 『대동시선』을 읽고 떠오른 단상을 이렇게 적은 것으로 보인다.[118]

「소하만필」 역시 유사한 글이다. 금강산을 노래한 역대의 작품 중에 이상수(李象秀)의 칠언절구 「금강(金剛)」이 송시열의 오언절구와 함께 가장 뛰어나다고 품평하였다.[119] 만월대와 관련한 작품으로는 이양연(李亮淵)의 작품과 유득공의 「이십일도회고시」를 고평하였다.[120] 중국에서 편찬된 『정교송원명시(精校宋元明詩)』에 실려 있는 시무(施武)라는 작가의 작품이 고려 설손(偰孫)의 「산중우(山中雨)」를 표절한 사실을 밝힌 것도 주목할 만하다.[121]

더욱 주목되는 것은 조선의 문화에 대한 문일평의 자부심을 드러낸 글이 많다는 점이다. 예를 들면 양계초(梁啓初)가 조선에 인재가 없다고 한 글을 비판하였고, "조선인은 문화인으로 자처한다", "조선인이 무력 또는 정치 방면에 있어서는 큰 업적을 남기지 못하였으나 문화 방면에

---

118 당시 송석원의 풍경을 소개한 글, 금강산이 훼손 실태를 적은 글도 주목된다. 또 당시 서울에 여섯 그루만 남은 白松, 그리고 미선나무로 알려져 있는 희귀종 扇木 당시 이미 멸종 위기에 빠진 딱따구리에 대해서도 적고 있다.

119 이상수의 시는 "峰驚拔地爭相眠, 石怒騰空盡欲飛"를 늘었다. 송시열의 시 "雲與山俱白, 雲山不辨容. 雲歸山獨立, 一萬二千峰"은 시화에 등장하지만 정작 문집에는 실려 있지 않다.

120 이 글에서 문일평은 박지원, 박제가, 김정희 등의 북학파에 대해 적은 다음 세종 때 水車 등 일본의 시설을 채용하자고 주장한 朴瑞生의 南學派에 대해서도 상당한 분냥을 할애하였다.

121 明 李培의 문집 『水西全集』에는 설손의 작품과 동일한 "一夜山中雨, 風吹屋上茅. 不知溪水長, 祇覺釣船高"가 실려 있다. 중국 문인들이 조선시를 가져다 자신의 시로 삼은 예가 실제로 있었음을 알 수 있다.

있어서는 반드시 그런 것도 아니다" 등과 같이 조선문화의 우수성을 적극 표방하였다. 그러면서 조선의 한시가 중국에 알려진 사례를 소개하여 우리 한시의 우수성을 알리려 하였다. 을지문덕, 정법사, 최치원, 김부식 등 중국의 문헌에 실린 시를 들었고, 또 박지원의 『열하일기』에 보이는 김상헌의 시를 두고 쓴 왕사정(王士禎)의 「논시절구(論詩絕句)」 "과연동국해성시(果然東國解聲詩)"를 소개한 것이 그러한 예이다.[122] "한시를 예술로 본다면 조각·회화·건축 같은 예술에 퇴보된 조선인이 겨우 그 잔명을 한시구에 부쳤었는데 지금에 와서는 이 한시구조차 아주 부인하는 사람이 있으니 참말 가련한 일이다"라 개탄하면서 한시가 이룩한 성과에 주목하고자 하였다.

문일평은 우리 한시에 대해서도 상당한 식견을 갖추고 있었거니와 당시 출간된 중국과 일본의 한시 선집도 두루 읽었으며 여기에 실린 우리 한시에도 주목하였다. 예를 들면 앞서 든 『정교송원명시』에 신종호(申從濩)의 「상춘(傷春)」과 정지승(鄭之升)의 「유별(留別)」이 실려 있음을 밝혔다. 또 일본에서 그 무렵 간행된 『한시대강좌(漢詩大講座)』를 소개하면서 편자 고쿠부 세이가이(國分靑崖)의 식견을 높게 평가하였지만 그의 편협함을 비판하였다. 명 왕광양(汪廣洋)의 「소계정(蘇溪亭)」을 분석할 때 유사한 표현을 남긴 다양한 시와 비교하였는데 신종호의 「상춘」을 직접 인용하면서도 신종호를 명인(明人)이라고 적은 것을 두고 "한시도 예술이라 예술에도 지벌을 보는가?"라고 비꼬았다.

「만추등척」은 『조선일보』(1938. 11. 10.~1939. 1. 25.)에 연재된 10회의 글인데 강화, 송도, 한양, 소요산, 박연폭포, 고려자기, 자하문(紫霞門) 등에 대한 산수유기이다. 여기에는 문일평 자신의 한시를 수록하였으며, 해당 지역의 사찰, 관련한 전설, 야사를 동원하여 고증까지 더하였다.

---

122 김상헌의 시가 중국에 알려진 경위와 의미에 대해서는 필자의 「17~18세기 중국에 전해진 조선의 한시」[『한국문화』 45(2009)]에서 자세히 다룬 바 있다.

4. 저술의 현대적 의의 – 결론을 대신하여

당시나 현재에 이르기까지 문일평의 저술만큼 독서 대중의 지속적인 사랑을 받은 예는 찾기가 어렵다. 『호암 전집』과 『호암사화집』은 해방 이후에도 여러 차례 간행되었으며,[123] 1945년 『한미 50년사(韓米五十年史)』, 1946년 『조선문화예술(朝鮮文化藝術)』과 『사외이문비화(史外異聞秘話)』처럼 『호암 전집』의 일부가 단행본으로 따로 유통된 바도 있다. 비슷한 시기 조광사에서 『상식조선역사(常識朝鮮歷史) : 소년역사독본개제(少年歷史讀本改題)』를 발행하였고, 1947년 연학사에서도 『소년역사독본(少年歷史讀本)』을 내었다. 그리고 1949년 정음사에서 『조선인물지(朝鮮人物志)』가 나왔다. 1953년에는 대한금융조합연합회에서 『호암사화집』을 발췌한 『사화백제(史話百題)』가 나왔다. 그의 저술에 대한 세인의 관심을 짐작할 수 있다.

더구나 그의 저술 중 일부는 근래에 다시 출판되어 학자뿐만 아니라 독서 대중의 사랑을 받고 있다. 1969년 한국문화에 대한 글을 모은 『한국의 문화』가 을유문화사에서 단행본으로 나왔으며, 1972년 삼성문화재단에서 『화하만필(花下滿筆)』이 나왔고, 1974년 「근교산악사화」 등을 묶은 『한국의 산수』가 신구문화사에서 발행되었다. 또 1975년에는 이기백이 사론(史論)을 뽑아 엮은 『호암사론선(湖岩史論選)』과 이광린이 『호암 전집』에 실린 『한미 50년사』를 교주한 책이 탐구당에서 나왔다. 또 신구문화사에서 1976년 『사외이문』, 1977년 동서문화사에서 『한국과

---

123 『호암 전집』은 조광사에서 1940년 다시 발행되었는데 1945, 1946, 1947년에 같은 곳에서 발행한 판본도 여러 곳에 전한다. 또 1948년 一成堂書店에서도 다시 간행된 바 있다. 그 후 1978년 심문사에서 조광사의 개판본을 영인하여 간행하면서 『湖巖史話集』을 『朝鮮史話』로 바꾸어 포함하고 새로운 일부의 자료를 보태어 4책의 전집을 간행하였으며, 1995년 최기영 교수가 더욱 많은 자료를 찾아 『호암 문일평 전집』(민속원, 1995)을 간행하였다. 『호암사화집』도 그 후 여러 차례 간행되었다. 1939년 대동출판사, 1945년 靑丘社, 1948년 金龍圖書, 1945년 靑丘社, 1949년 敎文社에서 발행한 판본 등이 있다. 이렇게 여러 차례 간행될 만큼 이 책의 인기가 높았던 것을 확인할 수 있다.

한국인』 등의 단행본이 발행되었다.[124] 1978년 삼문사에서 『호암 전집』 4권이 다시 나온 것까지 감안하면, 1970대 중후반 그의 저술에 대한 관심은 폭발적이었다 하겠다.

그 후에도 꾸준히 그의 저술들을 읽기 편하게 고친 책들이 발간되었으며 독서층도 다양해졌다. 『한국과 한국인』(중앙, 1982 ; 문공사, 1982 ; 일신서적공사, 1986), 정해렴이 편역한 『호암사론사화선집(湖岩史論史話選集)』(현대실학사, 1996), 박광순이 엮은 『이야기 한국사』(범우사, 1989), 『소년 한국역사』(교학사, 1993) 등 다양한 책이 보인다.

21세기에 들어서도 문일평의 저술은 인기가 있어 계속 출간되었다. 『호암 전집』에 실려 있는 「사상에 나타난 예술의 성직」과 「예술과 로맨스」, 「조선화가지」, 「완당 선생전」 등을 모은 『예술의 성직 : 역사를 빛낸 우리 예술가들』(열화당, 2001), 『조선일보』에 연재되었던 「사상에 나타난 꽃 이야기」와 「화하만필」을 정리한 정민의 『꽃밭 속의 생각』(태학사, 2005) 등이 그러한 예이다.

문일평의 저술이 이렇게 지속적인 관심을 받은 이유는 대중적 글쓰기를 지향하였다는 문체적 특징과 함께, 앞에서 보았듯이 그의 상당수 저술이 우리 문화사의 중요한 주제를 하나하나 다룬 것이기 때문이다. 특히 「화하만필」 등은 꽃의 문화사요, 「담배고」는 담배의 문화사요, 「차고사」는 차의 문화사요, 또 「근교산악사화」 등은 공간의 문화사라 할 만하다. 1930년대 당시 『조선일보』나 『동아일보』는 최근의 신문과는 달리 역사 자체뿐만 아니라 문학과 예술, 문화에 대한 사화(史話)가 큰 인기를 끌었다. 이 때문에 문일평의 저술이 당시에 큰 반향을 불러일으켰던 것이다.

다른 한편 문일평의 문화사적 시각의 저술은 최근 문학 연구의 흐름

---

124 이러한 책 중에는 재쇄본이 여러 종 있는데, 여기서는 가장 먼저 나온 판본을 기준으로 연도를 표기하였다.

과도 부합하는 면이 있다. 한국한문학 연구는 그 출발 단계에서부터 순문학적인 것만을 고집하지 않아 사상사, 사회사, 예술사 등을 포괄하는 통합 학문적 성격이 강하였거니와 특히 최근에는 문학의 범위를 넘어서 타전공 영역의 본령에 해당하는 연구 성과까지 도출하고 있다. 최근 포스트모더니즘과 탈근대담론이 활발하게 일어나면서 민족이나 근대와 같은 거대담론이 축소되고 그 자리에 생활 혹은 일상이 자리하는 한편, 문화론적인 접근이 크게 유행하면서 한문학 연구 역시 문화론적인 연구가 크게 성행하고 있다. '물질(material)'을 키워드로 하는 문화론적 연구 방법에 의하여 한문으로 된 텍스트를 바탕으로 건축, 조경, 여행, 서적 등 다양한 주제에 대한 주목할 만한 성과가 나오고 있다.[125] 이와 함께 학자를 위한 내부적인 연구서를 지양하고 일반 대중을 독자층으로 끌어들이는 학문과 교양을 겸하는 저술이 많이 나오고 있다. 이 점이 바로 문일평의 저술과 최근의 한국학이 만나는 지점이라 할 수 있다.

예를 들면 필자의 『조선의 문화 공간』(휴머니스트, 2006)은 조선시대 중요한 문화 공간을 대상으로 하여 관련 시문을 함께 다루었다는 점에서 「근교산악사화」나 「구거유화」 등을 더욱 확대한 것이라 할 수 있다. 안대회의 『연경, 담배의 모든 것』(휴머니스트, 2008)은 이옥의 『연경(煙經)』을 번역한 것인데 문일평이 미처 참고하지 못하였지만, 그 내용은 상당히 닮은 데가 있다. 『연경』을 현대적인 글쓰기로 바꾸면 문일평의 「담배고」와 흡사한 구조가 된다. 또 정민의 『새로 쓰는 조선의 차 문화』(김영사, 2011)는 「차고사」의 연장선상에 있다. 이 책은 거의 최초라 할 만한 우리나라 차의 문화사를 정리한 것으로, 「차고사」에서 보지 못한 자료를 두루 확충하여 학술적 가치를 지닐 뿐만 아니라 그리 쉽지 않은 정보를 일반인도 충분히 볼 수 있게 하였다는 점에서 문일평의 저술과

---

125 이에 대해서는 필자의 「다전공 복합학문 시대 한문학 연구의 역할」[『대동한문학』 31(2009)]에서 자세히 다룬 바 있다.

닮아 있다. 아울러 필자의『양화소록 – 선비, 꽃과 나무를 벗하다』(아카넷, 2012)는 강희안의『양화소록』을 바탕으로 하면서 화훼의 문화사가 될 수 있도록 관련 시문을 풍부하게 발굴하여 함께 다루었다. 비교적 소략한「화하만필」의 확대판이라 할 만하다.

이처럼 문일평의 저술과 최근 한국학 연구의 성과가 닮은 데가 많다. 그러고 보면「예술과 로맨스」나「사상에 나타난 예술의 군상」을 잇는, 예술과 문학을 연결하여 학술과 교양을 겸한 저술이 곧 나타날 것으로 추정된다. 이러한 일은 미술사나 음악사에서 하기 쉽지 않으므로, 한국문학 연구자들이 새롭게 개척해야 할 분야라 하겠다. 문일평이 전쟁과 문학의 연결을 시도한「전쟁문학」역시 심화되어야 할 주제다. 전쟁과 같은 중요한 역사적 사건의 현장론적 연구와 함께 관련한 시문을 두루 찾아내어 문학에 의한 전쟁의 기억이 어떻게 전승되는지 살피는 일이 즐거운 과제가 될 것이라 생각한다. 한국의 문화사와 생활사는 방대한 규모의 야사 잡록과 함께 문집이나 선집에 실려 있는 한문학 작품과 연결될 때 더욱 다채로워질 수 있다. 아름다운 시문이 있는 의복의 문화사, 음식의 문화사, 주거 공간의 문화사, 가족의 문화사, 여행의 문화사 등이 나오기를 기대한다.[126]

이종묵(李鍾默)

서울대학교 국어국문학과 교수. 대표 논저로는『조선의 문화 공간』,『우리 한시를 읽다』,『부부』,『한시 마중』,「조선후기 놀이문화와 한시사의 한 국면」,「17~18세기 중국에 전해진 조선의 한시」등이 있다.

---

126 강명관의『조선풍속사』(푸른역사, 2010)와『조선의 뒷골목 풍경』(푸른역사, 2003) 등이 의식주를 포괄한 생활의 문화사라 할 수 있다. 필자의『부부』(문학동네, 2011)는 부부생활의 문화사라 할 수 있을 것이다. 번역서이지만 심경호의『산문기행 – 조선의 선비, 산길을 가다』(이가서, 2007)는 여행의 문화사와 관련이 있다.

참고 문헌

문일평(1934), 『호암 전집』(조선일보사).

______(1995), 『호암 문일평 전집』(민속원).

______(1969), 『한국의 문화』(을유문화사).

______(1972), 『화하만필』(삼성문화재단).

______(1974), 『한국의 산수』(신구문화사).

______(1975), 『湖岩史論選』(탐구당).

______(1975), 『한미 50년사』(탐구당).

______(1976), 『사외이문』(신구문화사).

______(1977), 『한국과 한국인』(동서문화사).

______(2001), 『예술의 성직 : 역사를 빛낸 우리 예술가들』(열화당).

강명관(2003), 『조선의 뒷골목 풍경』(푸른역사).

______(2010), 『조선풍속사』(푸른역사).

______(2010), 『사라진 서울』(푸른역사).

류시현(2010), 「1920~30년대 문일평의 민족사와 문화사의 서술」, 『민족문화연구』 52.

박걸순(2000), 「문일평의 고려사 서술과 인식론 -『高麗槪史』를 중심으로」, 『충북사학』 11 · 12.

심경호(2007), 『산문기행 - 조선의 선비, 산길을 가다』(이가서).

안대회(2008), 『연경, 담배의 모든 것』(휴머니스트).

안종철(2010), 「1930년대 문일평의 '문화민족주의' 사학의 시대사상 : 대외 관계사를 중심으로」, 『한국사싱시학』 36.

이동영(1999), 『한국문학연구사』(부산대학교 출판부).

이병근 외(2007), 『일제 식민지 시기 한국의 언어와 문학』(서울대학교 출판부).

이종묵(2009), 「17~18세기 중국에 전해진 조선의 한시」, 『한국문화』 45.

이종묵(2009), 「다전공 복합학문 시대 한문학 연구의 역할」, 『대동한문학』 31.

______(2005), 「일제강점기 한문학 연구의 성과」, 『한국한시연구』 13.

______(2011), 『부부』(문학동네).

______(2012), 『양화소록－선비, 꽃과 나무를 벗하다』(아카넷).

______(2006), 『조선의 문화 공간』(휴머니스트).

이한수(2008), 『문일평 1934－식민지 시대 한 지식인의 일기』(살림).

정민(2005), 『꽃밭 속의 생각』(태학사).

______(2011), 『새로 쓰는 조선의 차 문화』(김영사).

정출헌(2008), 「국학파의 '조선학' 논리 구성과 그 변모 양상」, 『열상고전연구』 27.

최기영(2003), 『식민지 시기 민족 지성과 문화 운동』(한울).

VI. 근대의 어문학자, 최남선

1. 민족, 계몽이라는 코드

육당(六堂) 최남선(崔南善, 1890~1957)은 근대 문학과 학문의 가능성이자 딜레마이다. 육당은 일본을 통해 수용한 서구의 근대적 기술과 정신을 통해 식민지 전후의 조선에서 민족 계몽을 위해 다양한 문학적 실험을 감행하고 문화 운동을 수행했으며, 역사학·민속학 등의 분야에서 학문적 고투를 벌였다. 육당이 이 시기에 벌인 문학적 실험은 전통의 근대적 변용이라는 측면에서 여전히 의미가 있고, 그의 박람강기한 학문 활동은 여전히 참조와 평가의 대상이며 동시에 좌표의 역할을 하고 있다. 하지만 한편으로 그는 자신의 민족과 계몽에 대한 열정, 그 열정이 주조한 자신의 논리에 스스로 갇힌 측면이 있다. 그는 민족을 위해 조선사편수회 위원으로 참여도 하고, 만주대학의 교수도 되었으며 일제 파시즘 동원 체제의 나팔수 노릇도 했다. 그러나 이런 일련의 활동에 대한 오늘날의 역사적 평가는 『친일인명사전』[1] 등재로 귀결되었다. 육당과 같은 가능성과 딜레마를 동시에 지닌 근대 초기의 인물이 적지 않지만 육당은 그 가운데서도 두드러진다. 따라서 육당에 대한 이해는 우리 근대어문학을 이해하는 데 하나의 이정표 역할을 할 수 있을 것이다.

육당은 중인 집안 출신이었다. 아버지 최헌규(崔獻圭, 1859~1933)는

---

[1] 친일인명사전편찬위원회 편, 『친일인명사전』 3(민족문제연구소, 2009), 688~691면.

관상감(후에 관상소로 개칭)의 상지관(相地官)으로 일했다. 그는 은퇴 후에는 을지로 일대에서 한약재 도매상을 하고, 책력(冊曆) 출판 사업을 벌여 크게 돈을 벌었다고 한다.[2] 육당이 실리를 추구하고 외래문화에 개방적 자세를 가진 중인 집안 출신이었을 뿐만 아니라 크게 부를 축적한 집안 소생이었던 점은 적지 않은 의미를 가진다. "육당이 독립운동 때 징역을 하고 출옥하여 그 명성이 천하에 떨쳤을 때에 누가 아들 이야기를 하니까, '내 돈이 없었더라면 오늘날 그 애가 될 수 있었겠소?' 하고 껄껄 웃더라는 것이다"[3]라는 최헌규에 관한 일화에서 알 수 있듯이 육당은 부친의 전적인 지원하에 거금을 투자하여 인쇄소를 열어 출판을 하고, 잡지를 내는 문화 운동을 벌인다. 또 육당은 후일 친일 문제에 대한 시비가 들끓을 때도 변명보다는 '나는 내 길을 가겠다'는 자세를 보인다. 사대부적인 명분보다는 실질을 중시했던 것이다. 육당의 행보를 이해하는 데 그의 중인 계층적 감각과 세계관을 무시할 수 없을 것이다.

육당은 일본 유학을 통해 근대문명을 섭취한 인물이다. 육당은 1904년 10월 황실 파견 유학생의 한 사람으로 일본에 가서 동경부립제일중학교에 입학한다. 그러나 1904년 12월 19일 중퇴하고 귀국한다. 함께 간 유학생들과의 불화, 부적응이 원인이었다.[4] 그 후 최남선은 1906년 4월 재차 도일하여 9월 와세다 대학 고등사범부 역사지리과에 입학한다. 그러나 1907년 3월 한 학기 만에 다시 학교를 그만둔다. 대학 측이 조선왕의 도래를 주제로 삼아 모의국회를 결정하자 이에 대해 조선인 학생들이 반발하여 토론 제목을 철회할 것과 일간신문에 사과문을 발표할 것을 총장에게 요구했는데 후자가 받아들여지지 않자 70여 명의

---

2 최한웅, 『용헌잡기』(동명사, 1896) ; 박진영, 「창립 무렵의 신문관」[『사이間SAI』 7(국제한국문학문화학회, 2009)] 13면에서 재인용.

3 趙容萬, 『六堂 崔南善 − 그의 生涯·業績·思想』(삼중당, 1964), 64면.

4 조용만, 위의 책, 55~58면.

유학생들이 일제히 자퇴하는 사건이 발생한다. 육당도 그 일원이었다. 사건 이후 육당은 바로 귀국하지 않고 1908년 6월까지 일본에 머문다. 그사이 육당은 일본문물을 체험하고, 독서와 번역을 하고, 『대한유학생학보』 등에 글을 발표하면서 '유학'하는 시간을 보낸다. 말하자면 육당은 일본 유학은 했지만 대학보다 대학 밖에서 더 큰 유학을 한 셈이다.

2차에 걸친 유학을 통해 육당이 가장 충격을 받고, 그만큼 주목한 분야는 매스 미디어였다. 일본의 근대적 활판 인쇄술이 이룩한 대량의 지식 유통, 그리고 그것의 사회적 확산 효과를 체험했던 것이다.

15의 가을에 일본으로 건너가 본즉 놀랍다. 그 출판계의 우리나라보다 성대함이여. 한번 발을 들여놓으면 정기간행물·임시간행물 할 것 없이 아무것도 본 것 없고, 또 그 내용이나 외모에 대하여 조금도 비평할 만한 지견 없는 눈에 다만 다대하다, 굉장하다(……)[5]

이 놀라움이 육당으로 하여금 부친의 재부를 디딤돌 삼아 인쇄·출판의 길로 나아가게 한다. 육당은 거액을 투여하여 인쇄 기계를 구입하고, 일본인 인쇄 기술자를 초빙하여 1907년 출판사인 신문관(新文館)을 창설한다. 신문관을 통하여 『소년』·『붉은저고리』·『아이들보이』 등의 계몽 잡지와 각종 도서를 펴내고, 1910년에는 다시 신문관 2층에 조선광문회(朝鮮光文會)를 설립하여 고서 출판을 통한 고전 대중화 운동을 펼친다.

10대 후반에 시작된 육당의 이런 적극적 활동을 건인한 내적 동력은 주지하듯이 민족의식이었다. 그런데 그 민족의식 또한 일본 유학 체험과 무관치 않다.

---

5 최남선, 「『소년』의 旣往 및 將來」, 『소년』 3-6(1910. 6.), 13면.

벌써 여러 해 전 일이라. 어느 외국의 중학교에 가서 수신과의 교수를 받
았는데 – 이때 이 자리에서 이러한 말을 들을 때에 속으로 분하기도 한량이
없었으나, 한옆으로 억제치 못하도록 분이 끓지 아니하니, 대개 우리나라 일
이라면 기를 쓰고 험담하는 ○분네의 입으로 그 말을 듣는 까닭이라.[6]

조선 침략을 노골화하고 있던 일본 현지에서 경험한 자기 민족에 대
한 노골적 비하에 발끈하지 않을 개인이 어디 있겠는가. 소년 최남선 역
시 끓어오르는 분노를 어쩌지 못한다. 이런 최남선의 민족의식은 도산
안창호를 만나면서 더 구체화되고 더 심화되어 나갔던 것으로 판단된다.
육당은 1907년 일본에서 안창호를 만나 감화받았고, 그 뒤에는 도산의
전국순회강연을 따라다녔는데 그때마다 도산이 육당을 단상에 세워 '민
족계몽과 문화 창조에 앞장서는 젊은이'로 소개했다고 한다. 이런 일련
의 경험이 육당을 강한 민족계몽주의자로 키웠던 것으로 보인다.

사실 육당의 시대는 민족과 계몽의 에너지가 들끓던 시대였다. 민족
과 계몽은 당대 지식인들의 시대적 공안(公案)이었다. 육당 또한 이런
시대적 조류 속에서 자신의 체험과 집안의 재부, 그리고 지적 능력을
바탕으로 민족계몽 운동을 펼쳐나간다. 당대 민족계몽 운동은 다방면
에서 추진되었는데 육당의 경우, 그것은 몇 가지 지점으로 특화된다.
육당은 근대문학 형성에 상당한 영향을 끼친 문학가였고, 다양한 분야
의 도서를 기획·출판함으로써 민족계몽에 치력했던 문화 운동가였고,
단군을 중심으로 한 고대사 연구를 통해 또는 전통문화 연구를 통해 민
족의 정신을 탐색한 역사학자 또는 민족(속)학자였다. 육당의 민족계몽
의 길은 대개 이 세 가지로 대별될 수 있다. 이 가운데 본고는 근대어문
학자로서 최남선의 면모를 드러내기 위해 첫 번째와 세 번째 길에 초점
을 맞춰보기로 한다.

___

6 최남선, 「少年時言」, 『소년』 3-3(1910. 3.), 18~19면.

2. 근대문학의 형성과 문학가 최남선의 위치

한국근대문학의 출발과 관련하여 여러 견해가 제시되어 있지만 "한국 근대문학을 연 계몽주의문학을 1기(1894~1905), 2기(1905~1910), 3기 (1910~1919)의 세 단계로 나누고 3·1운동을 그 대단원으로"[7] 보는 견해 가 적실성이 있다고 생각한다. 세 단계에 걸친 근대문학의 형성기에 최 남선은 몇 가지 중요한 역할을 수행한다.

첫째는 번역과 문체의 문제이다. 육당은 귀국 후 신문관을 창립하고 최초의 근대적 잡지라고 할 수 있는 『소년』을 1908년 11월에 창간한다. 『소년』은 소년들에 대한 문명 계몽을 표방하면서 근대문명의 중심인 서구의 문학 작품을 적지 않게 번역해서 싣는다. 그 과정에서 문체의 문제가 부각된다. 어떤 문체로 번역할 것인가가 당면한 질문으로 떠올 랐기 때문이다. 예를 둘만 들어보자.

어늬 날 아참에 내가 남생이가 먹고 십허 견댈 수 업슴으로 金曜日이를 블너 海邊에 가서 한두 머리 잡어오라하야 내여보냇더니 얼마 되지 아니 하야 나난 듯 도라와서 울을 쮜여넘어 씨그러지난지라 내 생각에 무삼 일 이 생겨서 그리하난고 하고 그 緣由를 무른즉 금요일의 말이

　"書房님 書房님 頉낫슴이다."

할쑨임으로 나는 다시

　"무삼 일이란 말이냐."

한즉 厥者는 숨이 턱에 다어

　"書房님 저것 좀 봅시오 저긔 외나무배가 二三隻 오지오."

하고 덜덜 쩌르니 이는 野蠻들이 우리들을 쳐죽일 양으로 온 것인 줄 쌔

---

7 최원식, 「민족문학의 근대적 전환―근대문학 기점론을 중심으로」, 『새민족문학사 강좌』 2(창비, 2009), 38면.

다른 싸닭이라[8]

　얼마 잇다가 그 頭領이 여러 사람들의 所몔을 듯더니 고개를 쯰덕이면서 러시아말노, "네 네 그럼 당신이 바라시난 대로 얼마던지 짱을 드리오리다. 짱은 바라시난 대로 얼마던지 잇스니까."
학본이 內心에 '얼마던지 주겟다'난줄로 생각하고,
　"참 感謝하외다. 무엇 그리 만이 주십사난 것이 아니오. 그러나 만일 그 짱을 한번 내게 주신 다음에는 當身네 子子孫孫 어넛댓가지전지 決코 내 가진 것을 還하야달나지 못하게 주엇스면 좃켓습니다."
　"그 좃습니다 當身 所願대로 드리리다."[9]

　전자는 영국 작가 대니얼 디포의 소설『로빈슨 크루소』(1719)의 번역의 일부분이고, 후자는 톨스토이가 소개한 민화를 번역한 것이다. 이 번역문은 고전소설 등에 보이는 전통적인 문체와 전혀 다른 모습을 보여준다. 전통적인 한글 문체와 달리 국한문 혼용에 띄어쓰기와 행갈이가 되어 있을 뿐만 아니라 문장 부호가 사용되어 있고, 지문과 대사도 분리되어 있다. 근대계몽기에는 순한문체, 한문현토체, 국한문 혼용체, 순국문체 등 대단히 다양한 글쓰기 형태가 실험되고 있었다. 이 와중에서 최남선이 창간한 "『소년』이 문제적인 이유는 20여 년 이상 끌어왔던 문체 선택을 둘러싼 논쟁을 일단락 짓고 한국어 통사 구조를 충실히 따르는 글쓰기를 비교적 일관되게 견지했기 때문이다".[10] 최남선은 근대적 잡지의 창간을 통하여 새로운 문체를 도입하고, 스스로 번역을 통해 문체를 실험함으로써 우리의 근대적 문체가 형성되는 데 나침반 역할

8　「로빈손無人絶島漂流記」 5,『소년』 2-7(1909. 8.), 35~36면.
9　「한 사람이 얼마나 짱이 잇서야 하나」,『소년』 3-9(1910), 28면.
10　정선태,「번역과 근대소설 문체의 발견 – 잡지『소년』을 중심으로」,『한국수사학회 월례학술발표회(전자저널)』(한국수사학회 고려대학교 레토릭 연구소, 2005. 9.), 6면.

을 수행했다. 그가 이룬 최고의 국한문 혼용체 문장이라고 할 수 있는
「독립선언서」는 이런 실험과 정련의 과정에서 이룩된 결실인 것이다.

두 번째는 근대시문학 운동의 문제이다. 주지하듯이 육당은 『소년』
을 창간하면서 「해에게서 소년에게」를 비롯한 다량의 시가를 창작한
다. 전통적인 정형시를 벗어나 근대적인 형식의 '신시(新詩)'를 창안하
려는 또 하나의 실험이었다.

텨……ㄹ썩, 텨……ㄹ썩, 텩, 쏴……아.

짜린다, 부슨다, 문허바린다.

泰山갓흔 놉흔뫼, 딥태갓흔 바위ㅅ돌이나,

요것이 무어야, 요게무어야,

나의큰힘, 아나냐, 모르나냐, 호통까디하면서,

짜린다, 부슨다, 문허바린다,

텨……ㄹ썩, 텨……ㄹ썩, 텩, 튜르릉 콱.[11]

나는 꼿을 질겨 맛노라,

그러나 그의 아리싸운 태도를 보고 눈이 얼이며

    그의 향긔로운 냄새를 맛고 코가 반하야

精神업시 그를 질겨 마짐아니라,

다만 칼날갓흔 北風을 더운긔운으로써

    人情업난 殺氣를 깁흔사랑으로써[12]

전자는 창간호의 표제작이라고 할 수 있는 「해에게서 소년에게」의 1연
이고, 후자는 다음 해에 발표된 「꼿두고」의 1연의 전반부이다. 최남선은

---

11 『소년』 1-1(1908. 11.).
12 『소년』 2-5(1909. 5.).

『소년』을 통하여 다양한 시적 실험을 수행하는데 이를 두고 장르 의식의 결여로 인해 근대시로 나가는 데 실패했다거나 과도기적 구실을 했다고 평가하는 경향이 지배적이다. 예컨대,「해에게서 소년에게」를 두고 "한 연만 보면 자유시이고, 여섯 연을 서로 견주어보면 아주 특이한 정형시이다. 정형시와 자유시를 각기 극단화하고자 한 시도가 이 작품에서 한꺼번에 나타났다. 일정한 토막 수가 되풀이되면서 각 토막을 이루는 글자 수가 달라질 수 있는 우리 시가의 기본 원리를 양면으로 파괴했다"[13]라는 평가가 그런 것이다. 이 파괴가 문학적 파탄을 초래했고 그래서 근대시로 인정할 수 없다는 주장이다. 그러나 어떤 관념화된 근대시를 완성태로 두고 거기에 못 미친다고 해서 평가 절하할 일은 아니라고 생각한다. 과정은 과정 자체로 의미 있는 것이고, 그 과정에서 시도되는 새로운 실험과 시행착오 또한 주목할 필요가 있다는 것이다.

최남선의 창작시에서 무엇보다 주목되는 것은 율격 의식이다. 주지하듯이 근대시가 중세의 시가와 구별되는 지표는 운율이다. 평측법이나 음보율에 구속되지 않는, 전통적인 율격의 파괴, 혹은 새로운 율격(음악성)의 창안이 근대시의 행로였다. 이런 맥락에서 보면「해에게서 소년에게」나「꽃두고」등의 작품에서 시도된 형식의 파괴는 여러모로 의미가 있다고 생각한다. 먼저「해에게서 소년에게」에 보이는 문장 부호인 쉼표를 주목할 필요가 있겠다. 쉼표는 전통시가, 다시 말해 청각적인 음악성에 기대 있던 시가의 전통에서는 사용하지 않던, 혹은 불필요하던 기호이다. 그러나 이 작품에서 그것은 휴지부를 시각적으로 지시한다. 그래서 시를 '읽는' 독자들은 의식적으로 "텨……ㄹ썩, 텨……ㄹ썩, 텩, 쏴……아. / 짜린다, 부슨다, 문허바린다."를 4음보, 3음보로 읽게 된다.

또 하나는 띄어쓰기 문제이다. 띄어쓰기는 근대적 문체의 한 형식으

---

13 조동일,『한국문학통사』4(3판 : 지식산업사, 1994), 422면.

로 의미를 시각적으로 명료화하는 효과를 지닌 것이지만 그것이 시 속에서 사용될 때 '읽기'를 제한하여 율격을 만들어내기도 한다. 예컨대, "요것이 무어야, 요게무어야,"에서 '요게무어야'는 한 호흡으로, 다시 말해 한 음보로 읽도록 유도한다. 그런데 「해에게서 소년에게」에서 쉼표와 띄어쓰기는 일관성을 가지고 사용되지 않음으로써 정형적인 율격을 깨뜨린다. 이것이 의도적인 것이었는지는 판단하기 어렵지만 결과적으로 정형시를 벗어나는 '운율의 비틀거림'을 만들어냈다. 「꽃두고」에서는 더 파격적으로 세 번째, 여섯 번째 시행을 들여쓰기를 함으로써 「해에게서 소년에게」에서의 쉼표와는 다른 시각적 효과를 추구하고 있다. 이런 시각적 시행의 배열이 『소년』에는 적지 않다. 이런 실험이 현재의 시학적 관점에서 얼마나 성공적이었던가를 따지는 것이 무의미하지는 않겠지만 더 중요한 것은 이런 시각적 이미지를 추구한 시가 전통적 시가와는 전혀 다른 시의 형식을 보여주었다는 사실이다. 전통과의 일정한 단절을 통해 근대문학이 수립되었다면 최남선의 실험은 단절의 첫 문을 여는 시도였다고 평가해도 좋을 것이다.

그런데 최남선은 1920년에 이르면 1910년을 전후한 시기의 '혁명'과 전혀 다른 행보를 보인다. 시조 부흥 운동에 동참한 이력이 그것이다. 주지하듯이 1920년대 문단의 헤게모니를 장악했던 것은 카프(KAPF)였다. 카프의 계급 우선에 대해 민족 우선을 내세우면서 형성된 흐름이 국민문학파라고 통칭되는 창작 그룹이었다. 최남선과 이광수를 비롯하여 이병기, 이은상, 정인보, 주요한 등이 이 유파로 분류된다. 그런데 이들 유파를 통칭하는 '국민문학'이라는 개념을 처음 도입한 인물이 바로 최남선이다. 그는 『조선문단(朝鮮文壇)』에 발표한 「조선국민문학(朝鮮國民文學)으로서의 시조(時調)」(1926. 5.)라는 글에서 이 용어를 사용한다. 이때 국민문학이란 "시조(時調)는 조선인(朝鮮人)의 손으로 인류(人類)의 운율계(韻律界)에 제출(提出)된 일시형(一詩形)이다. 조선(朝鮮)의 풍토(風土)와 조선인(朝鮮人)의 성정(性情)이 음조((音調)를 빌랴 그 와동

(渦動)의 일형상(一形相)을 구현한 것이다. 음파(音波)의 위에 던진 조선아(朝鮮我)의 그림자이다. (……) 조선심(朝鮮心)의 방사성(放射性), 조선어(朝鮮語)의 섬유 조직(纖維組織)이 가장 압착(壓搾)된 상태(狀態)에서 표현된 「공든 탑」이다"[14]라는 문장에서 알 수 있듯이 조선민족의 성정 혹은 마음을 표현한 문학이다. 그리고 시조는 국민문학의 정수, "조선시(朝鮮詩)의 금자탑(金字塔)"[15]이었다. 최남선이 최초의 근대적 창작시조집이라고 할 수 있는 『백팔번뇌』(1926)를 낸 것은 이 같은 국민문학의 정수를 재현하기 위해 시도였다.

아득한 어느제에
님이여기 나립신고

버더난 한가지에
나도열림 생각하면

아지라 안차즈리까
멀다놉다 하리까.

이 작품은 『백팔번뇌』에 실려 있는 「단군굴(壇君窟)에서」이다. 묘향산 단군굴을 생각하면서 지은 시조로 보이는데 전통적인 평시조 형식에 행갈이를 가미하고, 분연을 하여 변형을 시도한 것이다. 근대시의 시각적 형식을 모방하고 있지만 율격적으로는 다르지 않은, 평시조의 시각적 재현이라고 할 만하다. 이런 창작시조로의 이행은 자신이 이전에 실험했던 근대시 운동과는 상반된 길이었다. 그렇다면 어떻게 이런

---

14 최남선, 「朝鮮國民文學으로서의 時調」, 『六堂崔南善全集』 9(현암사, 1974), 387면.
15 위의 책, 390면.

'퇴행'이 가능할 수 있었을까, 의문이 일어나지 않을 수 없다.

해답은 '민족에 대한 경도'에 있다. 「단군굴에서」에서 노래하고 있는 '님'은 단군이고, 이 시기에 이미 단군은 육당에게 있어 민족의 표상이 되어 있었다. 민족학에 대한 육당의 공과를 논의할 다음 장에서 다루 겠지만 이 시기에 육당은 이미 「불함문화론(不咸文化論)」과 같은 논문 을 쓰면서 문학보다는 논설 쪽으로 이행하고 있었다. 그만큼 할 말이 많아졌다는 뜻인데 민족에 대한 발견과 애정이 육당을 인류사에 내놓 을 수 있는 '조선시의 금자탑'인 시조로 이끈 것이다. 말하자면 1919년 이후 발휘된 민족에 대한 열정이, 1910년을 전후한 시기에 전통시가를 파괴하고 부정하면서 새로운 시 형식을 창안하려고 하던 실험 정신을 상당 부분 대체했던 셈이다. 근대적 계몽 이성이 민족에 대한 열정으 로 빨려든 형국이라고 읽어도 좋을 것이다. 근대문학 형성기의 역할을 능가하는 육당의 민족학에 대한 공헌은 이런 맥락에서 이해될 수 있는 문제이다.

3. 민족학의 구성과 징용당한 설화

육당은 1919년 3·1 만세 사건에 연루되어 투옥된다. 이 투옥과 옥중 의 자각은 1920년대 이후 육당의 행보에 지대한 영향을 남긴다. 육당은 신화와 역사로의 귀환을 통해 민족적인 것의 발견에 전력하게 되는 것 이다. 다음 문장은 그 자각의 상징적 일단을 보여준다.

己未年 일로 해서 오래 다른 囚緣을 끊고 獨處生活을 하는 동안에, 자연 히 이때까지 책으로 보고 생각으로 얻던 것을 專一하게 整理할 기회를 얻 어서, 자나 깨나 朝鮮에 관한 智識의 統一的 方面, 根本的 方面을 찾았었 다. 그렇게 하기를 凡 一年 半 만인 庚申年 八月 二四일 새벽에, 京城監獄

獄窓에서 다른 때와 같이 靜坐法을 행하고 있는 가운데, 朝鮮에 있는 高山・大山・名山에 白字 붙는 이름이 많고, 壇君이나 解夫婁니 하는 國祖들의 傳說地에도 그 비슷한 地名이 있는 것을 생각하게 되어, 그것이 基礎되어 여러 가지로 演繹도 하고 歸納도 하고 分類도 하고 綜合도 한 결과, 朝鮮 古代에 「밝」이라 하는 一大原理가 있어서, 그것을 基礎로 하여 神話도 생기고, 神話의 雙生子로 하나는 歷史가 되고 하나는 宗敎가 된 것을 알게 된 때에, 캄캄하던 밤에서 白晝가 나온 것같이 온 세계가 새로운 빛을 보게 되었다. 이때의 心理는 무엇이라 말하는 것이 적당할른지 모르나, 그 가운데는 普通으로 말하는 痛快 이상의 痛快가 들어 있음이 분명하였다. 이 「밝」이란 손잡이를 붙든 뒤부터는 朝鮮 古代 상태에 대하여 모르더라도 모르는 대로의 알 듯한 것이 있고, 朝鮮에뿐 아니라 朝鮮을 중심으로 하는 一大文化系統이 存在한 것을 알고, 이것이 實相 人類文化史上의 중대한 事實이요 要緊한 部面이었건마는, 이때까지 學界가 이를 閑却하는 것이 도리어 怪異하다고 생각하는 一面으로, 변변치 아니한 힘이라도 學界의 버린 땅이 된 이것을 다스리는 것이 내 使命인 것을 생각하고는 恒常 一種의 快心的 生活을 하고 있었다.[16]

이 글은 『별건곤』 6권 8호(1927. 8.)에 실린 것인데 경성감옥에서 조선에 관한 지식을 하나로 꿸 근본적 원리에 대해 고심을 거듭하다가 1920년 8월 24일 새벽 명상 중에 '큰 깨달음'을 얻은 일이 자신이 그간 겪은 경험 중 가장 통쾌한 일이었다고 술회하고 있다. '밝(붉)'이라는 원리의 발견이 그것이다. 육당은 이 깨달음에 기초하여 사유를 점점 확장하여 마침내 1925년 2월 「불함문화론」을 완성한 뒤, 1927년 8월 『조선(朝鮮) 급(及) 조선민족(朝鮮民族)』에 일본어로 발표한다. 위의 글은 바로 「불함문화론」을 발표할 무렵에 다른 지면에 게재된 것이다. 이 글은

____

16 최남선, 「내가 경험한 第一痛快」, 『六堂崔南善全集』 10(현암사, 1974), 487면.

말하자면 육당 특유의 '불함문화론'이 탄생한 기원의 시공을 밝히고 있는 고백적 문건이다.

이 글에서 흥미로운 부분은 '밝'이라는 일대 원리의 담론적 위상이다. 육당은 이 원리에 기초하여 신화가 생기고, 신화가 역사와 종교를 낳았다는 일종의 진화론적 발생론을 제시한다. 이는 전통적인 주리론(主理論)의 변형처럼 보이기도 하는데 이런 관점에서 보면 역사와 종교는 독립적으로 존재하는 것이 아니라 신화에 종속된다. 이런 발생론적 맥락이라면 '일대원리'가 밝혀지면 신화도 해석되고, 신화가 해석되면 역사의 비밀도 풀리고, 종교의 의미도 밝혀지는 것이다. 신화를 통해서 역사를 이해한다는 육당의 이러한 사유 구조가 흥미로운 이유가 여기에 있다.

1926년 2월 당시 경성제국대학에서 조선역사를 가르치면서 조선사편수회 위원으로 활동하던 오다 쇼고(小田省吾)는 「소위 단군전설에 대하여」라는 글을 발표한다. 이 글에서 오다는 다음과 같이 주장한다.

> 고로 나는 이 壇君전설은, 첫째는 고려의 전신인 고구려 시조의 出自를 단군에 결부시키고, 이것을 불교의 제석천에 부회하여 고려가 부처의 보호를 받은 특별한 나라라는 것을 보여주기 위하여 만들어진 것임을 단언하는 것이다. 둘째는 고려는 고구려의 뒤를 이은 나라인 고로 일찍이 고구려가 영유했던 만주를 아우른 반도의 북부는 당연히 그것을 고려가 지배할 권리가 있다는 것을 은근히 주장하기 위해 만들어진 것임을 믿지 않을 수 없는 것이다.[17]

오다는 단군신화를 '전설'로 호명하면서 단군신화가 고조선의 역사와 직접적 관련이 있는 것이 아니라 고려의 국가적 요청에 의해 제작된 것이라는 관점을 취한다. 단군신화가 고려시대에 제작된 것이라면 고조

---

17 小田省吾, 「謂ゆる檀君傳説に就て」, 『文敎の朝鮮』 2月號(朝鮮敎育會, 1926), 36~37면.

선의 역사는 허구가 된다. 기실 오다 쇼고의 이런 해석은 그의 독창이 아니라 이미 일본 현지에서 조선역사를 연구하던 일본동양학의 기본적 관점이었다.[18] 일찍이 1894년 시라토리 쿠라키치(白鳥庫吉)는 「단군고(檀君考)」라는 논문을 통해 단군신화를 '단군전설'로 규정하면서 단군전설이 '불설(佛說)에 근거한 가공의 선담(仙譚)'[19]이라고 해석한다. 다시 말해 승려 일연이 불교적 관점에서 꾸며낸 이야기가 단군전설이라고 본 것이다. 이런 시각을 통해 고조선의 역사는 부정된다. 이런 일본동양학의 입장을 더 구체적으로 재생산한 것이 오다 쇼고의 논문이었다. 육당이 오다의 논문에 발끈해서『동아일보』에 반박문[20]을 게재한 데는 이런 역사적 맥락이 있었다. 이 무렵 육당이 굳이 일본어로 '불함문화론' 집필에 심혈을 기울이고 있었던 이유가 여기에 있는 것이다.

그렇다면 불함문화론이란 무엇인가? 불함문화론을 통해 구성된 민족(학)은 어떤 성격을 지닌 것인가? 「불함문화론」은 '조선(朝鮮)을 통(通)하여 본 동방문화(東方文化)의 연원(淵源)과 단군(壇君)을 계기(契機)로 한 인류문화(人類文化)의 일부면(一部面)'이라는 부제를 통해 밝힌 목표대로 단군신화 등에 보이는 '밝'의 원리를 통해 동양문화의 연원을 드러내고 그것이 인류 문화에서 중요한 위상을 지니고 있음을 규명하기

---

18 자세한 것은 조현설, 「동아시아 신화학의 여명과 근대적 심상지리의 형성」[『민족문학사연구』 16(민족문학사연구소, 2000)] ; 스테판 다나카, 『일본동양학의 구조』[박영재 · 함동주 역(문학과지성사, 2004)] 참조.

19 白鳥庫吉, 「檀君考」, 『學習院輔仁會雜誌』 28(1894), 2면.

20 "朝鮮의 歷史로서 檀君을 削去하려 함은 日本 學者의 傳統的 謬見일 뿐 아니라, 또 日本 爲政者들의 朝鮮精神을 殘虐하는 上의 一必要手段을 삼는 바이니, 여기 대하여 曲學諂官의 醜學究가 탈을 씌운 非學問의 꼭둑각시를 만들어낸 것이 一, 二에 그치지 아니한다. 檀君 否認의 論이 日本 學界에 出現하기는 이미 三0年의 歲月을 經하였고, 그 端緒는 那珂 · 白鳥輩의 年少 好奇하고 立異 衒能하자는 데서 생긴 것이지마는, 이것이 日本人의 對朝鮮 觀念이 變易되는 趨勢를 따라서 턱없이 學界의 容認을 얻게 되고, 더욱 兩國間에 괴상한 政治關係가 생기면서 그 思想 政策上의 필요로 朝鮮人 民族精神의 出發點으로 생각되는 이 檀君 國祖를 意識的 努力으로써 기어이 抹削하기를 힘써왔다." 최남선, 「檀君 否認의 妄」, 『六堂崔南善全集』 2(현암사, 1973), 77면.

위해 집필된 논문이다. 물론 내부에는 일본식민사학의 단군 부정에 대한 부정의 정신이 깊이 깔려 있었다.

최남선은 '밝'의 원리를 밝히기 위해 먼저 단군신화가 무대로 삼고 있는 태백산(太伯山)을 거론하면서 태백산의 '백'에 주목한다. 그가 경성감옥에서 자득한 대로 우리나라에는 백두산(白頭山)을 비롯하여 백 자가 들어가는 산 이름이 유독 많다는 점을 지적하면서 백을 '밝다'의 '밝(park)'과 연결한다. 이 '밝'을 통해 태백산은 『산해경(山海經)』에 보이는 백두산의 옛 지명인 불함산과 연결되고, '밝'의 문화론은 '불함문화론'이란 이름을 얻게 되는 것이다. 그리고 이 '밝'은 "시방의 조선어(朝鮮語)에서는 Park은 단순히 광명(光明)을 의미하는 것이나, 우리의 조사(調査)에 의(依)하면 그 고의(古義)에는 신(神)·천(天) 등이 있고, 신(神)이나 천(天)은 그대로 태양(太陽)을 의미하는 것이었다"[21]라고 하여 천신 숭배, 태양 숭배 신앙을 지닌 우리 문화의 정체성으로 확장된다. 이런 식의 지명 비교를 통해 그는 태백산과 일본역사서 『고사기(古事記)』에 보이는, 천손 호노니니기노미코토(香仁岐命)가 강림한 산봉우리인 타카치호(高千穗)의 일치를 말하고, 일본 '신대사(神代史)'의 요람으로 알려진 이즈모(出雲)의 속지(屬地)였던 호우키(伯耆)도 '밝'의 고태(古態)라고 주장한다. 나아가 중국의 태산부군(泰山府君)·대인(大人)·오악숭배(五嶽崇拜)도 '밝'제사의 한 형식에 불과한 것이라고 말한다. 이런 식의 논리 과정을 통해 육당의 반(反)시라토리적 기획은 몽골·만주는 물론 그리스의 발칸('밝안') 반도까지 동일 문화권으로 묶는 데까지 나아간다. 그는 동방문화의 근원을 단군에서 발견하려는 심대한 이상을 품고 있었던 것이다.

필자는 이런 기획에 대해 일찍이 "최남선의 문제는 시라토리 등에 대한 부정의 방법으로서 신화를 재인식한 데 있었던 것이 아니라 '그의

---

21 최남선, 「不咸文化論」, 『六堂崔南善全集』 2(현암사, 1973), 44~45면.

신화 재인식을 통한 단군 복권이 지향한 지점이 어디였는가' 하는 데 있다. 그는 「불함문화론」 이후에 발표된 다른 글의 결론에서 '학적(學的) 량심(良心)·성의(誠意)·혜안(慧眼) 앞에 단군(壇君)은 그 위광(威光)이 감(減)해질 것 아니라, 더욱 조선 생활과 조선을 중심으로 하는 동방문화(東方文化)에 대하여 그 오의(奧義)와 비기(秘機)를 번쩍거릴 일대(一大) 존재일 것입니다'라는 표현을 사용하고 있는데 이는 그야말로 단군제일주의, 단군 중심주의를 주창하는 것과 다를 바 없다"[22]라고 평가한 바 있다. 최남선이 불함문화론을 통해 일제 학자들의 단군 말살 기도에 맞서 단군을 지키려는 민족주의자의 면모를 강하게 표출하고 있다는 것은 분명한 사실이지만 더 나아가 불함문화론 내에는 민족의 경계를 넘어서려는 언설도 동시에 표명되어 있다는 사실도 새롭게 주목할 필요가 있다고 생각한다.

불함문화론은 단군을 강조하기는 하지만 단군을 동방문화의 기원이라고 주장하지는 않는다. 그것은 기존의 민족계통론적 연구 성과를 부정하는 태도이기 때문이다. 대신 "흑해(黑海)의 주변은 또 다른 많은 이유와 합하여 Park 문화의 기원지로 추측"된다고 하면서 흑해에서 카스피해를 거쳐 천산 산맥과 알타이 산맥을 따라 흥안 산맥을 거쳐 조선, 일본, 유구에 이르는 불함문화권을 거론한다. 그러면서 "이것이 지나(支那)·인도(印度)의 양남계(兩南系)에 대한 동방(東方)문화(文化)의 북계(北系)를 이루는 불함(不咸, Parkan)문화(文化) 계통(系統)으로 이 계통(系統)에 속(屬)하는 민방(民邦)에는 어떤 시기(時期)까지의 특수(特殊)한 역사(歷史) 없음이 그 일대(一大) 특색(特色)을 이룰 만큼 공통일치(共通一致)한 감정(感情)이 흐르고 있었다"[23]라고 쓴다. 그런데 육당은 거기서 그치지 않고 "Park 사상(思想)의 초산지(初産地, 或은 原始 中心地)는 전술

---

22 조현설, 앞의 논문, 114면.
23 최남선, 「不咸文化論」, 『六堂崔南善全集』 2(현암사, 1974), 75면.

(前述)한 바와 같이 리해(裏海, 카스피해)·흑해(黑海)의 부근이 추측(推測)되는데, 서아(西亞)의 남부(南部)가 남부전인류(南部全人類)의 기원지(起原地)인지 아닌지는 차치(且置)하고, 적어도 구아(歐亞)를 연락(連絡)하는 인문적(人文的) 일호수(一湖水)가 고대(古代)에 이 부근에 괴어 있었던 것은 Park계(系) 명상(名相)의 분포(分布)를 통해 췌마(揣摩)할 수 있다. 그리하여 불함문화(不咸文化)의 핵심(核心)은 Park[그 고형(古形) Par 또는 Pur]은 북(北) 및 북동부(北東部) 아세아(亞細亞) 이외에도 널리 연지(連枝) 유엽(遺葉)을 찾아볼 수 있다"[24]고 하면서 인도의 브라흐마(Brahma), 셈족의 바알(Baal), 북구의 프리가(Frigga), 그리스의 아폴로(Apollo)까지 '밝'과 연결시킨다. 이런 식으로 논리가 확대되면 '밝'문화는 동북아시아문화의 특징으로 그치는 것이 아니라 인류 보편의 문화적 성격의 문제가 된다. 요컨대 불함문화론에는 지나(중국), 인도문화에 상대되는 북방불함문화의 중심에 민족의 시조인 단군이 존재한다는 단군 중심주의, 또는 단군 민족주의만이 아니라 그 바깥에 있는 인류문화적 보편주의가 뒤섞여 있다.

이런 혼종이 최남선의 논리 속에서는 어떤 모순도 일으키지 않는 것처럼 보이지만 반드시 그런 것은 아니다. 기실 어원 분석과 종교문화의 유사성을 통해 문화 계통을 분류하는 최남선의 불함문화론은 상당한 오류에 기초해 있지만[25] 그보다 더 문제는 불함문화론 구도 자체의 논리적 모순이다. 일제의 식민사학, 혹은 동양사학에 맞서기 위해 신화학이라는 무기를 들고 단군의 실체를 주장함으로써 단군의 역사를 살리고, 단군 문화의 위대성을 설득하는 데 일견 성공한 듯 보였지만 불함

---

24 위의 글, 63면.
25 육당이 포착한 '밝'은 일본을 경유하여 들어온 막스 밀러의 태양신화학의 개량종이고 19세기 말에 유행했던 이 일종의 일원적 신화해석방법론은 인류학파 등에 의해 폐기되었지만 육당은 이 원리를 금과옥조로 삼는다. 태양신화학파의 오류를 이미 안고 육당의 불함문화론은 출발한 셈이다.

문화가 조선만의 것이 아니라 북방문화의 공유물이 되고, 나아가 그 문화의 중심이 조선 외부에 있다고 한다면 조선의 중심성은 약화된다. 인류적 보편성 쪽으로 더 가면 그 중심성은, 다시 말해 민족주의적 담론은 해체될 수밖에 없는 것이다. 여기서 더 나간다면 단군을 말살하려는 제국문화와의 동질성과 계통성이 강조됨으로써, 한일병합의 근거가 된 호시노 히사시(星野恒), 구메 구니타케(久米邦武) 등의 일선동조론(日鮮同祖論)[26]에 무심코 동조하는 결과에 이르게 되는 것이다. 불함문화론에 대한 자각과 열정이 최남선으로 하여금 자신의 회심의 작품인 「불함문화론」 내부의 논리적 모순에 눈을 멀게 한 것으로 보인다.

이런 모순과 안맹은 앞서 언급한 대로 신화학을 조선학의 학적 도구로 선택한 순간 봉착할 수밖에 없는 일종의 '함정'으로 보인다. 최남선은 신채호와 달리 역사가 아닌 신화를 선택했고, 신화를 통해 역사(문화사)를 해독하려고 했다. 문헌 기록이 없는 선사(先史)는 신화를 통해서만 접근할 수 있다고 믿었던 까닭이다. 그런데 신화담론이란, 인류적 보편성, 문화권적 공통성, 민족적 특수성을 동시에 가지고 있다. 단군신화와 같은 국가의 신화인 경우 특히 더 그러하다. 따라서 어떤 시각에서 신화를 전유하느냐에 따라 민족의 담론, 국가의 담론이 될 수도 있고, 인류 보편의 가치를 담은 탈민족적 담론, 탈국가적인 담론이 될 수도 있는 것이다. 그런데 최남선은 '조선에 관한 지식의 통일적 방면'을 찾는 데, 다시 말하면 식민화된 민족에 대한 통일적 지식을 통해 민족을 부각시키기 위해 신화를 사용했다. 그러나 그렇게 하는 순간, 그러니까 단군신화를 고조선의 건국신화로만 한정시키는 것이 아니라 동방문화의 중심으로 드높이는 순간, 민족적 주체의 실체는 소실되고 허상만 남게 된다. 최남선 스스로 증명했듯이 그런 중심은 도처에 있기 때문이다. 자신의 학적 도구에 대한 이 같은 오인이 단군만 지키면 민

---

26 오구마 에이지, 『일본단일민족신화의 기원』[조현설 역(소명출판, 2003)] 5장 참조.

족을 지킬 수 있다는 신념을 주조했고, 그 신념이 그를 '조선사편수회 (朝鮮史編修會)'로 이끈 것이 아닌가 생각한다. 그는 단군을 지키기 위해 친일이라는 비난을 무릅쓰고 1928년 12월 조선사편수회 위원이 되었고, 조선인 위원 가운데 거의 유일하게 일본 측 편수위원들과 논쟁을 벌인다.[27] 그러나 동방문화의 중심은커녕 고조선의 건국자 단군도 지키지 못했고, 그 자신은 비난과 친일 시비에 휘말리게 된다.[28]

문제는 육당이 자갸의 학적 논리를 구사하면서 부지불식간에 일선동조론으로 추락한 데 있는 것만은 아니다. 그보다는 근대어문학이라는 관점에서 보면 '민족학'의 구축을 통해 특정한 종류의 민족 이미지를 만드는 과정에서 문학(설화)이 징발되었다는 데 있다. 단군신화는 시라토리 쿠라키치로 대표되는 일본동양학에 의해 전설로 전유되었다. 전설이란 역사적 실재가 아니라 꾸며진 이야기이고, 꾸며진 이야기는 이야기로서 고유한 의미가 있지만 그것이 사실이 아니라는 이유로 부정되었다. 반대로 육당은 단군신화를 역사적 실재를 반영한 이야기로 보았기 때문에 일본동양학의 단군신화 부정을 부정할 수 있었다. '밝'의 원리에 기초하여 신화가 생성되고, 신화가 역사와 종교라는 쌍생아를 낳았기 때문에 역사는 신화에 종속적이다. 따라서 육당은 어머니인 신화를 통해 역사의 실체에 다가갈 수 있다고 믿었고, 이 믿음 안에서 단군신화는 일본동양학 혹은 실증주의 사학으로부터 구원을 받을 수 있었다. 하지만 육당은 '밝'이라는 원리로 신화를 환원하고 말았다. 불함문화라는 민족문화를 정체화하기 위해, 그리고 일본동양학에 대항하기 위해 단군신화를 동원했다. 그 결과 단군신화의 의미는 일견 그 정체를 드러내는 듯도 했지만 신화적 의미의 진면목[29]을 소거당하는 불운에

---

27 조용만, 앞의 책, 348~360면.

28 이상 불함문화론의 의미에 대해서는 필자의 논문 「민족과 제국의 동거 ─ 최남선의 만몽문화론 읽기」[『한국문학연구』 32(동국대학교 한국문학연구소, 2007)] 2장을 재정리함.

29 이 문제에 대해서는 조현설, 『동아시아 건국신화의 역사와 논리』(문학과지성사,

봉착했던 것이다.

이런 신화와 역사의 관계에 대한 인식은 1941년에 집필된 「만몽문화」론에서도 큰 차이 없이 이어진다. "지금이기에 역사(歷史)와 신화(神話)는 뚜렷이 별개(別個)의 것으로 되어 있지만, 그것이 고대문화(古代文化) 중에서는 둘이면서 하나, 하나이면서 둘이라는 불가분(不可分)의 것이기도 하고, 따라서 양자(兩者)의 경계(境界) 등도 거의 없었던 것이다. 그것은 신화(神話) 그대로를 진실(眞實)이라고 믿는 그들에게는 신화(神話)가 곧 역사(歷史)였고 별도로 사실(事實)의 기록이란 요구(要求)가 없었"[30]다는 것이다. 비유컨대 신화와 역사의 관계를 모자관계에서 부부관계로 변형시켜 이해하고 있지만 둘 사이에 본질적 차이가 있는 것은 아니다. 최남선의 민족학은 일제 말기를 거치면서도 크게 달라지지 않은 채 민족을 부르짖으면서 제국의 이데올로기에 복무하고 있었던 것으로 판단된다.[31] 이 역설은 해방 후 그가 쓴 자기 고백록인 「자열서(自列書)」에서도 그대로 재현된다.[32]

4. 딜레마를 넘어서

근대어문학자로서 최남선의 역할이 새로운 시 형식을 창안하고, 단군을 중심으로 한 민족학의 설립에 있었던 것만은 아니다. 육당은 일본과 서양의 설화를 소개하고 설화 연구를 시도한 설화학자이자 아동문

2003)를 참조할 것.

30 최남선, 「滿蒙文化」, 『六堂崔南善全集』 10(현암사, 1974), 356면.

31 1930년대 후반에서 해방까지의 최남선의 편력과 논리에 대해 자세한 부분은 조현설, 「민족과 제국의 동거 – 최남선의 만몽문화론 읽기」[『한국문학연구』 32(동국대학교 한국문학연구소, 2007)] 3장을 참조.

32 「자열서」의 의미에 대해서는 서영채, 「단군과 만주, 아첨의 영웅주의 : 최남선의 '자열서' 읽기」[『한국현대문학연구』 32(한국현대문학회, 2010)] 참조.

학의 개념을 이식시킨 아동문학가이고, 「백두산근참기(白頭山覲參記)」·
「송막연운록(松漠燕雲錄)」 등을 통해 한반도와 만주, 몽골에 이르는 근
대적 여행문학의 새로운 장을 개척한 문학가이고, 조선사를 정리한 역
사학자이자 알기 쉬운 역사를 써서 대중에게 읽힌 역사 저술가였고, 신
문관과 조선광문회 등을 설립한 문화 운동가였다. 문학, 역사학, 민속
학 등 근대적 인문학의 제 분야에 육당이 없는 자리는 없다고 해도 과
언이 아니다.

그러나 육당은 민족을 위해 일제에 복무하고, 민족을 위해 민족을 배
신하는 딜레마에 봉착했다. 그래서 그 귀결을 두고 당대에도 지식인과
대중의 비난을 들어야 했고, 역사적으로는 『친일인명사전』 등의 평가
를 통해 '친일 지식인'으로 분류된 바 있다. 동시에 한편에서는 육당의
친일 행위를 인정하면서도 "그의 공을 평가하는 작업"을 해야 한다는
목소리[33]가 있고, 나아가 적극적으로 '재평가'되기를 기대하는 염원[34]도
제기되고 있다. 육당은 스스로 딜레마에 빠져 고투했지만 자신에 대한
후대적 평가에 있어서도 딜레마를 만들어놓고 있다. 그런 점에서 여전
히 육당은 문제적 인물이 아닐 수 없다.

하지만 친일 시비의 딜레마에 매여 있는 한 근대어문학자로서 육당
최남선에 대한 객관적인 평가는 어려울 것이다. 육당이 조선사편수회
에 참여했을 뿐만 아니라 1936년부터 21개월 동안 조선총독부 중추원
참의를 했던 것, 1939년 만주 건국대학 교수로 부임했고 태평양 전쟁을
지지하는 글을 쓴 것, 일제말 학병 지원을 권유하는 글을 쓰고 강연한
것은 부정할 수 없는 사실이다. 이를 부정할 것이 아니라 이미 스스로
「자열서」를 통해 "삼가 전후 과루를 자열(自列)하여 엄정한 재단을 기
디린다"라고 했듯이 엄정한 학문적 평가가 더 긴요하다고 본다. 거기서

---

33 최박광, 「육당의 친일 시비론과 문화적 위상」, 『최남선 다시 읽기 – 최남선으로 바
라본 근대한국학의 탄생』(현실문화, 2009), 51면.
34 최학주, 『나의 할아버지 육당 최남선』(나남출판, 2011), 280면.

근대어문학자로서 육당의 가능성이 재발견되고, 진정한 '육당학'이 수
립될 수 있을 것이다.

조현설(趙顯卨)

서울대학교 국어국문학과 교수. 대표 논저로는 『동아시아 건국신화의 역사와 논리』,
『문신의 역사』, 『우리 신화의 수수께끼』, 『마고할미 신화 연구』, 「무불의 접화와 화
해의 서사」, 「해골, 죽음과 삶의 매개자」, 「민족과 제국의 동거 - 최남선의 만몽문화
론 읽기」 등이 있다.

참고 문헌

고려대학교 아세아문제연구소 육당전집편찬위원회 편(1974), 『六堂崔南善全集』(현암사).

정선태(2005), 「번역과 근대소설 문체의 발견 - 잡지 『소년』을 중심으로」, 『한국수사학회 월례학술발표회(전자저널)』(한국수사학회 고려대학교 레토릭연구소).

조동일(1994), 『한국문학통사』 4(3판 : 지식산업사).

박진영(2009), 「창립 무렵의 신문관」, 『사이間SAI』 7(국제한국문학문화학회).

서영채(2010), 「단군과 만주, 아첨의 영웅주의 : 최남선의 '자열서' 읽기」, 『한국현대문학연구』 32(한국현대문학회).

趙容萬(1964), 『六堂崔南善 - 그의 生涯·業績·思想』(三中堂).

조현설(2000), 「동아시아 신화학의 여명과 근대적 심상지리의 형성」, 『민족문학사연구』 16(민족문학사연구소).

______(2003), 『동아시아 건국신화의 역사와 논리』(문학과지성사).

______(2007), 「민족과 제국의 동거 - 최남선의 만몽문화론 읽기」, 『한국문학연구』 32(동국대학교 한국문학연구소).

최원식(2009), 「민족문학의 근대적 전환 - 근대문학기점론을 중심으로」, 『새민족문학사강좌』 2(창비).

최한웅(1896), 『용헌잡기』(동명사).

白鳥庫吉(1894), 「檀君考」, 『學習院輔仁會雜誌』 28號.

小田省吾(1926), 「謂ゆる檀君傳說に就て」, 『文敎の朝鮮』 2月號(朝鮮敎育會).

스테판 다나카(2004), 『일본동양학의 구조』, 박영재·함동주 역(문학과지성사).

오구마 에이지(2003), 『일본단일민족신화의 기원』, 조현설 역(소명출판).

VII. 이병기 학문의 성격과 의의

1. 머리말

이병기(李秉岐, 1891~1968)는 분과 학문의 성립을 특징으로 하는 근대 국문학 연구사의 첫 세대에 속하는 인물이다.[1] 1945년 이후에 서울대학교, 전주명륜대학, 전북전시연합대학, 전북대학교 등에서 강의하면서, 초창기의 국문학 연구를 대표할 만한 저술을 세상에 내놓았다는 점에서 그렇게 말할 수 있다.

그렇지만 '대학' 제도를 통한 교육을 받지 않았다는 점에서는 같은 세대로 분류되는 국문학 연구자들과 구별된다. 이병기는 일본 유학 또는 대학 교육을 통해 근대적인 학문 방법론을 익히지 않았으며, 전통적인 한학(漢學) 수업을 받고서 상대적으로 늦은 시기에 전주공립보통학교, 관립한성사범학교에서 근대학교 교육을 받았을 뿐이다. 이러한 수학 과정에 주목한다면, 그의 학문에는 일종의 과도적인 면모가 나타나리라고 예상해볼 수 있다.

이병기의 학문 세계를 조명한 선행 연구에서는, 그의 학문적 경향과 활동에 있어 같은 시대에 활동한 연구자들과 대조되는 점이 있음을 지적한 바 있다. 시기별·영역별로 학문적 족적을 세밀하게 검토한 연구에서

---

1 류준필, 「형성기 국문학 연구의 전개 양상과 특성」(서울대학교 대학원 박사학위논문, 1998)에서는 국문학 연구사를 태동기, 형성기, 정착기의 세 시기로 나누어서 검토하였는데, 형성기 국문학 연구의 사례로 조윤제, 김태준과 함께 이병기를 다루었다. 류준필은 형성기 국문학 연구의 특징적인 요소로 연구자 단체의 출현과 연구 분야의 전문화 및 세분화를 지적하였다.

는 상대적으로 방법적 체계나 이념적 깊이를 보여주지는 못하였다고 언급하였고,[2] 조윤제·김태준의 국문학 연구와의 다각적 비교를 시도한 연구에서는 국학파라는 자생적 전통을 배경으로 하여 시조시인·국어학자·서지학자·국문학자로 다채로운 활동을 펼친 특징이 있음을 주목하였다.[3] 이러한 차이의 원인은 이병기 개인의 성향에서부터 찾을 수도 있겠지만, 근대적 학문과는 거리가 있는 학문적 배경에서도 찾아볼 만하다.

이때 이병기의 학문적 면모에 대해 부정적으로 평가하는 것은 손쉬운 일처럼 보인다. 초창기의 국문학 연구가 지향하고 성취한 바에 비겨본다면, 그의 학문과 근대학문 사이의 거리가 상당히 먼 것처럼 비칠 가능성이 있기 때문이다. 실제로 그의 학문이 지닌 비체계성이 비판된 바도 있지만,[4] 그럼에도 불구하고 이를 일종의 미발달 상태나 한계로 이해하고 마는 것은 우리 학문의 진전을 위해 생산적인 일은 아니라고 판단된다. 이병기의 학문이 일종의 과도적인 성격을 지닌다고 한다면, 이를 통해 우리 근대학문의 성립 과정을 점검할 수 있을 뿐 아니라 우리 근대학문이 도달하지 못한 방향이나 영역에 대해 점검해보는 계기를 마련할 수 있을 것으로 기대되기 때문이다.

본고에서는 이러한 가능성에 주목하여 이병기 학문의 방향성을 살피고, 이를 통해 오늘날 우리 학문, 특히 고전문학 연구의 진로에 대해 생각해보고자 한다. 이를 위해 『가람일기』를 중심으로 하여 이병기가 자신의 활동 또는 학문을 어떻게 인식하고 실천하였는지를 주로 살피고자 한다. 본고의 논의에서는 구체적인 성과보다는 학문론, 문학론과 같은 다소 추상적인 면에 주목하고자 하는데, 이는 학문적 성과 자체보

---

2 이형대, 「가람 이병기와 국학」, 『민족문학사연구』 10(민족문학사학회, 1997).
3 류준필, 앞의 글, 8~14면.
4 박성의, 「국문학의 시대별 연구사」, 『한국문학연구사』(예그린출판사, 1978), 29면. "이병기는 시조시인이어서 창작과 작품 감상에 치우치는 반면, 연구에 있어서 부분적인 깊이와 다방면에 통하는 잡학성이 있을 뿐 체계적인 연구는 하지 못한 감이 있고."

다 학문 및 문학 활동의 방향성에서 오늘날의 고전문학 연구에서 참고
로 삼을 만한 측면에 접근하기 쉽다고 판단되기 때문이다. 이하에서는
이병기의 학문 및 창작 활동에 대한 선행 연구의 성과를 참고하면서,[5]
이병기 학문의 성격에 대해 접근해보고자 한다.

2. 활동의 영역과 서생(書生) 의식

1945년 이후 이병기는 국어국문학과의 교수로 활동하게 되었지만,
그 이전 그리고 부임 이후에도 활동 영역에 있어 다른 연구자들과는 상
당한 차이가 있었다. 이병기 자신은 이에 대해 어떻게 판단하였는지 다
음의 글을 통해 대략적으로 살펴볼 수 있다.

집을 새로 桂洞 막바지에 장만하고 책을 다 옮겨오기는 하였으나 책을
볼 틈이 없었다. 이러다가는 이 書生을 그르치겠다. 나는 워낙 會라면 싫
어하였다. 교사 생활에 가끔 직원회에도 골치가 많이 아팠다. 合倂 이후
또는 기미독립운동 이후 무슨 회 무슨 회가 자꾸 생겼으나 朝鮮語學會밖
에는 회원 노릇한 것이 없었다. 그래도 그 會습엔 잘 나가지를 않았다. 여

---

5 이병기에 대한 주요 연구 성과로는 다음을 들 수 있다. 김윤식, 「이병기론」, 『현대시
학』(현대시학사, 1970) ; 황종연, 「이병기와 풍류의 시학」, 『한국문학연구』 8(동국대학교 한국
문학연구소, 1985) ; 안병희, 「이병기」, 『주시경학보』 4(탑출판사, 1989) ; 김제현, 『이병기 : 그
난초 같은 삶과 문학』(건국대학교 출판부, 1995) ; 이형대, 「가람 이병기와 국학」, 『민족문
학사연구』 10(민족문학사학회, 1997) ; 류준필, 「형성기 국문학 연구의 전개 양상과 특성」
(서울대학교 대학원 박사학위논문, 1998) ; 최승범, 『스승 가람 이병기』(범우사, 2001) ; 한국어
문교육연구회, 『가람 이병기이 국문학 연구와 시조문학』(한국어문교육연구회, 2001) ; 허유
회, 「조선어 인식과 문학어의 상상 : 가람 이병기를 중심으로」, 『민족문학사연구』 26(민족
문학사학회, 2004) ; 전도현, 「이병기의 한글 문예 운동에 대한 일고찰 : 이념성과 심미성의
괴리 양상을 중심으로」, 『한국근대문학연구』 20(한국근대문학회, 2009) ; 이민희, 「서지학
자로서의 가람 이병기 연구 –『가람일기』에 나타난 고서 수집 및 거래를 중심으로」, 『한
국학연구』 37(고려대학교 한국학연구소, 2011).

북하여야 故 文一平 군에게 나는 조선어학회·진단학회에 출석을 잘 않는다고 종종 책망까지 듣기도 하였다. 그러나 연래 어느 會 발기와 趣旨書·陳情書·聲明書에는 내 이름이 대개 씌어 있고 또는 어느 회의 부위원장이니, 어느 學園長이니, 명예학장이니 하고 내 이름을 신문·잡지 등에 광고까지 내기도 하면서도 나더러는 그런 말 한마디를 한 일이 없었다. 그리고 나의 著作을 恣意로 빼다 쓰고 내 저작이라고 공공연하게 출판도 하는 이가 있었다.

이런 걸 번번이 밝히고 따지면 큰일거리다. 왜 그럴까? 나는 일찍 시조나 짓고 책이나 모아 뒤적이고, 노우트나 만들고 國學에 당한 몇몇 가지 著作이나 하고, 교육 겸 糊口나 하기 위하여 칠판에 백묵이나 날리자는 것이 나의 本分이고 事業이었다.[6]

해방을 맞이한 이후의 심정과 활동을 밝힌 이 글에서는, 자신이 처한 당시 상황과 함께 자신의 일관된 활동 양상이 요약되어 있다. 교사, 학회 회원, 각종 사회단체의 임원, 시조 작가, 국학 저술가 등으로 이름을 붙일 만한 내용이 담겨 있는데, 여기서 이병기의 활동 영역이 얼마나 광범위한 것이었는지를 짐작할 수 있다. 적어도 고전문학 연구자라거나 시조시인이라는 식의 한정적인 표현이 불충분한 것임은 분명해 보인다.

조금 더 접근해보면, 우선 스스로를 "서생"이라고 지칭한 점에 주목할 만하다. 서생이란 일종의 겸사일 수도 있겠지만, 전통적인 선비의 의미와 이미지를 지닌 말이기도 하다. 서생은 학자이기는 하되, 분과 학문 체계에 있어서의 학자와는 거리가 있다. 보다 적극적으로 해석한다면, 1945년의 시점에도 이병기는 스스로를 분과 학문의 학자로 인식하지는 않았다는 뜻으로 풀이할 수 있을 것이다.

---

6 이병기, 「解放前後記 : 身邊閑話의 一節」, 『경향신문』 1949. 9. 25~27.; 『가람문선』, 205면.

같은 맥락에서 "국학(國學)에 당한 몇 가지 저작"이라는 표현에도 유의할 필요가 있다. 이병기가 한국고전문학, 그 가운데서도 시조에 대해서 중요한 연구 성과들을 다수 발표하였음은 오늘날 잘 알려져 있는 사실인데, 여기서는 이를 "국학"이라는 포괄적인 용어로 표현하고 있다. 즉 문학, 고전문학, 고전시가 등과 같은 분과 학문적 분류법과는 거리가 있는 위치에 자신의 학문 이력을 배치하고 있는 것이다. '국학'에 민족주의적 이념성이 포함되는 것은 사실이지만, 여기서 사용한 '국학'에는 그보다는 분과 학문과 구별되는 통합적인 개념으로서의 의미가 더 강한 것으로 보이기도 한다.[7]

다시 인용문으로 돌아가 보자. 말미에서 이병기는 자신의 "본분"과 "사업"을 정리해두고 있다. 주로 1945년 이전까지의 자신의 활동을 요약한 것이겠는데, 이는 시조를 짓는 일, 책을 모으고 읽는 일, 국학에 대한 저작을 하는 일, 교육·호구를 위해 교사 생활을 하는 일의 네 가지로 정리된다. 이 네 가지 영역은 근대적인 시각에서는 각기 별도의 전문 영역에 해당할 수 있는데, 이병기는 이들을 모두 본분과 사업이라 하였을 뿐 어느 쪽을 부수적인 것처럼 말하지는 않았다. 물론 이런 표현 자체가 자신의 활동에 대한 겸사의 의미를 지닌 것은 사실이지만, 주목해야 할 부분은 이러한 영역 전체를 자신의 활동 속에 통합하여 이해하고 실천하였다는 점일 것이다.

이 가운데 시조를 짓는 일과 국학에 대한 저작을 하는 일에 대해서는 그동안 상세하게 다루어져 굳이 다시 언급할 것이 없겠지만, 책을 모으는 일과 교사 생활을 하는 일에 대해서는 좀 더 살펴볼 필요가 있을 듯하다.

---

7 균여를 '국학의 대가'로 묘사한 사례가 있는 것을 보면, 그가 사용한 '국학'은 분과 학문으로 포섭되지 않는 더 넓은 범주의 학문 개념이었음을 짐작할 수 있다. "高麗 初 佛學의 師宗이요 國學의 大家인 均如大師는 鄕歌文學을 最後로 維持한 唯一한 作家였다." 이병기·백철, 『국문학전사』(신구문화사, 1957), 87면.

먼저 책을 모으는 일에 대해서는, 이병기 스스로 "뜻하던바 고서적 (古書籍) 몇천 권"을 모으기 위해 "18원 월급의 반 이상"을 사용하여 "우리 국학에 당한 귀중한 문헌을 수집하자"는 것이었다고 언급한 바 있다.[8] 그는 다양한 방식으로 고서를 수집하였으며,[9] 때로는 남아 있던 판목을 이용하여 책을 찍어내도록 하기도 하였다.[10] 이러한 활동을 통해 모은 "고서적"의 상당수는 가람문고로 보존되어 있어서, 오늘날에도 그 대강의 면모를 살펴볼 수 있다.

고서적 몇천 권을 모은 일이 문화재나 유물 수집에 목적이 있는 것은 아니었는데, 이는 그의 활동을 통해서 확인할 수 있다. 이병기는 서적상 등을 통해 책을 구입하는 데 그치지 않고, 그 내용에 대해 깊은 관심을 기울였다. 때문에 다른 사람 또는 기관이 소장한 책을 빌려다가 꾸준히 필사하였으며, 다시 자신이 필사한 내용을 이본과 대비하면서 교정하였다. 『가람일기』에는 이와 같은 노력의 흔적이 곳곳에 남아 있다. 책을 구입하는 것은 돈이 있고 고서의 가치를 판단하는 안목이 있으면 되지만, 이본 및 관련 문헌과 비교하면서 책을 베끼고 보관하는 것은 해당 분야에 대한 전문적인 식견과 함께 의지와 노력이 있어야 가능할 것이다. 요컨대 이병기의 고서적 수집은 '국학에 대한 저작을 하는 일'과 직접적으로 연관된 것이었던 셈이다. 실제 이병기는 꾸준한 공부를 통해 책을 보는 안목을 길렀고 "국학"에 필요한 책은 베껴서 보관하였는데, 이러한 활동 자체가 학문의 일부분이었다고 말하는 것이 옳을 것이다.

---

8 이병기, 「해방 전후기 : 신변 한화의 일절」, 『가람문선』, 203~204면.

9 이민희, 앞의 글, 203~216면 참조. 이민희는 『가람일기』를 분석하여 이병기의 고서 거래 방식을 다섯 가지로 나누어 제시하였다. 그 내용은 다음과 같다. ① 서점이나 도서관, 또는 개인 집을 직접 찾아가 고서를 열람한다. ② 고서를 기증받거나 무상으로 얻는다. ③ 고서를 빌려보거나 빌려준다. ④ 직접 돈을 주고 고서를 구매한다. ⑤ 직접 베껴 쓰거나 타인에게 부탁한다.

10 쌍계사에서 「월인천강지곡」을 찍은 것이 그러한 사례이다. 『가람일기』, 345면 (1930. 8. 8.) 참조.

그의 활동이 어떠한 것이었는지 『가람일기』를 통해 살펴보기로 하자. 다음은 『두시언해』와 관련된 일기 내용을 뽑은 것이다.[11]

- 『두시언해』를 베끼기 시작하였다.(1925. 7. 25., 260면)
- 채태성 군이 오다. 『두시언해』를 베끼게 하다.(1927. 8. 30., 306면)
- 하태흥 군이 와서 『두시언해』 후반, 즉 6책(午未申酉戌亥)을 가져갔다. 그 부친께 전하려고.(1927년 7월 13일, 324면)
- 『두시언해』 2권을 베끼다.(1928년 7월 21일, 325면)
- 『두시언해』 4권을 베끼다.(1928년 7월 24일, 325면)
- 그동안 집에 꼭 들어앉아 『두시언해』를 베끼다가 오늘에야 다 마쳤다.(1928. 7. 29., 325면)
- 『두시언해』를 책을 매다.(1928. 8. 2., 325면)
- 애류(崖溜, 권덕규)에게 『두시언해』 1, 2, 3, 4와 『용비어천가』 1권을 돌려보내고, 『송강가사집』 1권을 얻어오다.(1928. 8. 5., 325면)
- 『두시언해』 사본(寫本) 교정을 하였다.(1930. 12. 30., 352면)
- (황의돈 군을 찾아가) 『두시언해』 낙질을 얻어 보고 술도 먹고 『두시언해』 1권(16책, 17권)을 빌려가지고 돌아왔다.(1932. 9. 7., 412면)
- 이중건 군이 찾아와 『두시언해』 원본(原本) 1권을 빌려갔다.(1932. 12. 4., 418면)
- 황의돈 군 집을 찾아가 『두시언해』를 돌려주고, 문흥회에 가 『속악가사』 1권을 애류(권덕규)를 주었다.(1933. 1. 22., 422면)
- 황의돈 군을 찾아 『두시언해』 1권을 빌려오다.(1933. 4. 16., 425면)
- 『두시언해』 9, 10권을 그 활자본과 대준(對準)을 해보다.(1933. 8. 11., 431면)

---

11 『가람일기』의 말미에는 색인이 있지만, 이 색인은 불완전한 것이어서 누락된 것이 적지 않다. 또 『가람일기』가 빠짐없이 상세하게 기록된 것은 아니기 때문에, 기록에서 누락된 부분이 존재할 수 있음을 감안하면서 상황을 살펴보아야 한다.

여기서 언급된 『두시언해』가 어느 시기에 간행된 것을 가리키는지는 분명하지 않지만, 이병기가 자신의 책 이외에 국어학자인 권덕규, 역사학자인 황의돈 등이 가진 책을 빌려서 베끼고 대비해보았다는 점은 확인할 수 있다. 또 일기에서는 책을 빌려서 베끼고 대준하였다는 정도의 언급이 보이지만, 실제로는 이에 그치지 않고 책에 나타난 어휘에 대해 정밀하게 검토해보았던 듯하다. 이는 스스로 옛 어휘를 정리한 책인 『고어집』의 존재를 통해서 짐작할 수 있다.[12] 『고어집』에는 『두시언해』 이외에도 『석보상절』을 비롯한 다수의 문헌으로부터 뽑아낸 어휘가 정리되어 있는데, 이를 통해 이병기의 고서적 수집과 필사가 고어를 발굴해내는 작업의 일환이기도 하였음을 추정할 수 있다.

　『가람일기』를 검토해보면, 이처럼 다른 곳에서 책을 빌려다가 "베낀" 기록이 적지 않게 남아 있다. 그리고 그 결과물의 일부는 오늘날 '가람문고'에 보존되어 있다. 일기의 문면만으로는 책의 원소장자, 원본 또는 필사본의 소유자 등을 정확히 파악하기 어려운 대목이 있지만,[13] 이렇게 이루어진 후사본(後寫本) 또는 교합본(校合本)이 적지 않다는 점은 그것 자체로도 중요한 의미가 있으며 하나의 연구 과제가 될 만하다. 연구 자료가 되는 문헌의 성립 과정(원본은 무엇이며 누가 필사에 참여하였으며 언제 완성하였는가 등의 문제)에 대한 정밀한 검토가 연구에 필수적이기 때문이기도 하지만,[14] 이들 후사본이나 교합본을 통해 오늘날 실물이

---

12 현재 서울대학교 중앙도서관에 소장되어 있으며, 도서 번호는 가람 419-G553이다. 한국어문교육연구회, 『가람 이병기의 국문학 연구와 시조문학』(한국어문교육연구회, 2001)에도 영인되어 있다.

13 가람본 『금옥총부』의 경우를 그런 사례로 들 수 있다. 이민희, 앞의 글, 205~206면에서는 황의돈으로부터 빌려온 「금옥총부 주용만영」 사본이 뒷날 가람문고에 포함되었으므로 원래부터 '소장 가능한 책'이었을 것으로 추정한 바 있다. 그렇지만 『가람일기』에 "금옥총부의 書役을 끝내다"라는 기록이 있음을 고려하면, 황의돈에게서 빌려서 스스로 필사하고 원본은 돌려주었을 것으로 보는 것이 자연스럽다. 현전하는 가람문고본(가람古 811.05-Anlg)에는 "매화옥진완"의 장서인이 있는데, 이 장서인의 존재는 책의 소유자가 이병기였음을 의미한다.

14 이병기는 스스로 책을 베낄 뿐 아니라 다른 이에게 대가를 지불하고 베끼기를 부

남아 있지 않은 문헌의 내용을 짐작할 수 있기 때문이기도 하다.

학교 교사로서의 이병기에 대해서는 이미 상세한 연구가 이루어져 있어 참고할 만하다.[15] 또 『가람일기』에는 동광, 휘문, 보성 등의 학교 교원으로 활동하던 시절의 기록들이 남아 있기도 하다. 그런데 이병기의 교사 활동이 '학교'의 영역에 한정되지 않았다는 점은, 새롭게 주목할 필요가 있을 듯하다. 그는 각종 강습회를 통해 '조선어'의 보급에 힘썼고,[16] 라디오 방송을 통해 다양한 주제로 강연을 하였다. 이러한 활동들 또한 일종의 교사 활동으로 해석할 만한 여지가 있다.

라디오 방송을 어떤 식으로 진행하였는지에 대해서는 정확히 알 수 없지만,『가람일기』를 통해 1930년대에 행한 강연의 주제는 살펴볼 수 있다. 다음은 라디오 방송 강연의 주제와 일시를 정리한 것이다.

가요와 가을(1933. 9. 28.) / 정초 행사와 갑술년(1934. 1. 5.) / 봄의 가요 (1934. 4. 20. / 4. 21.) / 시가에 나타난 낙엽(1935. 11. 14.) / 입춘과 화훼(1936. 2. 5.) / 운(雲)(1936. 5. 28.) / 시가에 나타난 여름의 풍경(1936. 6. 25.) / 여행의 취미(1936. 7. 24.) / 금강산과 양봉래(楊蓬萊)(1936. 9. 15.) / 제야(除夜)와 시가(1936. 12. 31.) / 작품에 나타난 송강(松江)의 예술(1937. 2. 23.) / 봄을 읊은 시가(1937. 4. 6.) / 하운(夏雲)과 시가(1937. 5. 13.) / 칠석과 전설(1937. 7. 6.) / 강호(江湖)의 가을 노래(1937. 10. 11.) / 애국문학시가(1937. 11. 16.) / 시

탁하기도 하였다. 『가람일기』에는 梅軒, 정계섭, 유정렬, 김병업, 김선기 등의 인물이 이러한 예로 나타난다. 한편 後寫本 및 校合本의 수장 현황에 대해서는 기초적인 조사가 필요하다. 이를 통해 당시 문헌의 수장처 이동 및 이본 관계 등을 확인할 수 있기 때문이다. 이를 중심으로 하여 '가람문고'의 성립에 대해 검토하는 작업은 한국학의 자료적 기반을 다지는 중요한 연구 과제가 될 것으로 보인다.

15 이형대, 「가람 이병기와 국학」; 최승범, 『스승 가람 이병기』.

16 조선어연구회 주최의 강습회 등 서울에서 이루어진 강습회나 강연 이외에도 지방에서 강습회에 참여한 사례가 적지 않다. 『가람일기』에서는 영광청년회 주최 강습회 (1927), 동아일보사 주최 한글 강습회 순회강연(1931) 등에 대해 상세한 내용을 살펴볼 수 있다.

조와 그 형식(1938. 3. 14.) / 봄을 찬송하는 시가(1938. 4. 25.) / 하운(夏雲)과 전설(1938. 6. 7.) / 납량 시화(納凉詩話)(1938. 7. 27. 정전으로 20분 방송) / 매미와 시가(1938. 8. 13.) / 추석과 전설(1938. 9. 24.) / 가훈 이야기(1938. 10. 29.) / 낙엽을 밟으며(1938. 11. 15.) / 잔설(殘雪)을 밟으며(1939. 2. 8.) / 시가 봄 풍경(1939. 3. 30.) / 6월을 읊은 시가(1939. 6. 2.) / 바다의 전설(1939. 7. 17.) / 104도, 납량 삼제(納凉三題) 중 시가(1939. 8. 10.) / 중추명월(中秋明月)과 고사(1939. 9. 27.) / 눈의 시가(1939. 12. 6.) / 장수(長壽) 이야기(1940. 1. 13.) / 서울의 봄철 이야기(1940. 4. 19.) / 친토 생활(親土生活)의 기쁨(1940. 6. 4.) / 산의 전설 : 금강산 우의선녀(羽衣仙女)(1940. 7. 1.) / 매미와 시가(1940. 8. 4.) / 진적이서(珍籍異書) 이야기(1940. 11. 2.)

강연 제목을 살펴보면, 우선 시가를 소재로 한 것이 많았던 점이 눈에 띈다. 그렇지만 강연의 주제는 문학 작품으로서의 시가에 한정된 것이 아니어서, 풍속이나 전설, 전통 문화와 관련된 다양한 것이었음을 확인할 수 있다. 넓게 말한다면 문학에만 한정되지 않는 주제를 다루었던 셈이다. 이병기가 조선어 그리고 조선사에 대한 강연도 적지 않게 하였던 점을 고려한다면, 방송에서 다룬 주제들의 범위만큼이나 이병기의 '교사 활동'이 포괄하는 영역의 폭이 넓은 것이었다고 지적할 수 있을 것이다.

앞서 살펴보았던 이병기의 술회를 다시 떠올려본다면, 그가 활동한 네 가지 측면이 방송 주제 속에 어느 정도 드러난다고 말할 수 있다. 즉, 시조를 짓는 일, 책을 모으고 읽는 일, 국학에 대한 저작을 하는 일의 세 가지 영역을 방송이라는 '교사 생활' 속에서 구현한 것이라고 할 수 있을 듯하다. 그리고 이러한 상호 연관된 활동들이 합쳐져서 "서생"의 모습과 본분을 이룬다고 할 수 있을 것이다.

3. 학문에 대한 인식과 통합 학문의 길

이병기의 활동이 근대적 의미의 '학자'와 구별될 수 있다면, 그의 학문이 남긴 성취에 있어서도 이에 대한 흔적을 찾을 수 있을 것이다. 우선 이병기 학문이 지닌 특징이 흔히 '잡학성'과 '비체계성'으로 표현된다는 점을 주목할 필요가 있다. 이 두 단어가 이병기 학문의 전체적인 양상을 표현할 수 있다면, 이를 통해 근대적 의미와는 다른 전통적인 학문의 맥락을 발견할 수 있을 것이기 때문이다.

서지학, 국어학, 국사학, 국악 등에 대한 학문적 관심을 갖고 작가와 교사로서 활동하였다는 점에서 이병기의 학문은 '잡학성'으로 표현할 수 있다. 또 경성제국대학 출신 연구자들과 같은, 분과 학문적 체계성을 지닌 저술을 하지 않았다는 점에서는 그의 학문이 '비체계성'으로 비칠 수 있는 여지가 있다.[17] 여기서 '잡학성'이나 '비체계성'이 내포하는 이미지는 다소 부정적인 것일 수 있는데, 특히 근대적 학문의 잣대로 바라볼 때 그렇게 말할 수 있다. 그렇지만 이론적 완성도나 체계성, 분과 학문적 전문성과 같은 근대적 학문의 기준들을 잠시 떠나서 학문의 방향성을 살핀다면, '잡학성'과 '비체계성'은 '통합 학문'이라는 용어로 바꾸어서 말해도 좋을 것이다.

이병기가 통합 학문을 지향하였다고 할 수 있을지 검토하기 위해서는 그가 학문을 어떻게 인식하였는지를 살필 필요가 있다. 초기의 저술에서 학문이란 무엇인가에 대해 직접적인 논의를 편 예를 발견하기는 어렵지만, 1950년대의 서지학 관련 저술에서는 이 문제에 대한 논의를 잠시 살펴볼 수 있다.

---

17 김태준(1905~1949)의 『조선한문학사』(1931)와 『조선소설사』(1933), 조윤제(1904~1976)의 『조선시가사강』(1937), 김재철(1907~1933)의 『조선연극사』(1933) 등이 당대에 간행된 체계적 연구서의 예에 해당한다. 이들보다 선배인 이병기는 만년에야 비교적 체계적인 연구서인 『국문학전사』(1957)와 『국문학개론』(1961)을 출간하였다.

학문의 가장 중요한 대상은 書誌다. 書契 이전에야 무슨 학문을 云云하였으랴. 문자가 생긴 이후 더러 口誦하던 걸 적기도 하고 차츰 敷衍도 하고 變改도 하여, 인생과 자연의 모든 것을 적어놓은 것이 즉 書誌가 아닌가.

학문이란 그저 눈만 감고 앉아 궁리를 하는 것만이 아니고, 先進에게 배우고 익히고 체험도 해보고 비판도 해보며, 보다 더 바르게 크게 새롭게 나아가자는 것이다.

과연 학문은 오랜 전통을 이어왔다. 마치 샘물이 냇물, 냇물이 강물, 강물이 바다를 이룸과 같다. 크면 클수록 이러하다. 이래서 한 體系도 세우고 組織도 하여 놀라운 獨創도 할 수 있다.[18]

"서지"의 중요성을 언급한 것은, 일차적으로는 논의의 대상이 서지학이기 때문일 것이다. 그렇지만 서지를 "가장 중요한 대상"이라고 한 데 대해서는 더 생각해볼 여지가 있다. "학문"이 "(특정한) 분과 학문"을 지칭하는지 또는 "학문 일반"을 지칭하는지는 분명하지 않지만, 여기서 학문의 출발점으로 "서지"를 거론하고 있음은 분명하다. 서지가 "인생과 자연의 모든 것을 적어놓은 것"이라고 하였으니, 서지는 분과 학문의 경계나 구분을 넘어서서 존재하는 학문일 수 있다. 또 문맥상 서지 자체가 별도로 존재하는 학문으로 간주된 것도 아니어서, 학문 일반이 거쳐야 하는 출발점의 의미로 파악할 수도 있다.

눈만 감고 앉아 궁리하는 것만이 학문이 아니라고 한 것은, 학문이 순간적인 깨달음으로만 이루어질 수 없다는 뜻으로 풀이할 수 있다. 앞선 사람을 만나 배우고, 실생활에서 스스로 체험하고, 다른 이의 생각들을 비판하는 과정을 거쳐서, 그 길을 찾을 수 있다고 하였다. 깨달음을 얻기 위한 궁리가 필요하기는 하지만, 다른 사람이나 세대와의 접촉이 그보다 중요한 일이라는 말이다. 서지가 학문의 가장 중요한 대상이

---

18 이병기, 「한국서지의 연구」(1957 ; 1961), 『가람문선』, 367면.

라고 발언한 이유는, 바로 서지가 앞 세대의 경험과 사유를 담고 있기 때문이다. 이를 통해 앞 세대에서 이루어놓은 바를 확인할 수 있고, 이를 바탕으로 하여 학문을 진전시킬 수 있기 때문인 것이다.

인용문 말미에서는 학문이 오랜 전통을 이어오면서 체계, 조직, 독창에 이를 수 있다고 하였다. 이병기 학문의 특징이 '잡학성'이나 '비체계성'으로 표현되는 점을 생각해보면, 여기서 자신의 학문 경향과는 어긋나는 발언을 하는 것처럼 보이기도 한다. 그렇지만 여기서 말한 체계, 조직, 독창을 근대학문의 지향점으로만 이해할 필요는 없을 듯하다. 처음부터 학문 영역을 나누지 않더라도, 오랜 전통이 쌓인 학문이 체계, 조직, 독창의 경지에 이를 수 있음은 과거의 학문에서 확인할 수 있기 때문이다. 물론 이때의 체계나 조직의 성격은 '분과 학문'이 아닌 '통합 학문'의 체계나 조직이어야 할 것이다. 또한 이때 논의의 초점은 여전히 학문 전통을 쌓아가는 과정의 중요성에 놓이게 된다.

그렇다면 학문은 어떻게 해야 하는가. 바꾸어 말하면, 학문의 전통은 어떻게 쌓아가야 하는가. 다음의 글을 통해 이에 대한 이병기의 생각을 엿볼 수 있을 듯하다.

천재라고 工程을 아니 닦아서는 될 수 없다. 천재는 공정을 닦되 같은 동안에 보다 더 많은 수확과 효과를 얻을 수 있다. 그러므로 다만 口頭禪으로 될 수 없지마는 턱없는 "不立文字 卽見自性"이라는 것도 부당하다.

이 세상에는 神秀보다는 惠能을 본받는 이가 많으나 과연 혜능은 본받아 될 수가 없고 배운다면 차라리 신수를 본받아야 하리라. 悟道는 혜능이 하였으되 학문으로는 신수가 닦은 것이다.

학문을 함에는 물론 師友도 있어야 하려니와 또한 書卷과도 잠시 떠날 수 없다. 이 人間에 무슨 즐거움이 있기로서니 明窓靜机에 書卷을 대할 때처럼 즐거울 수 있으리요. 그 속에 萬鐘祿과 옥 같은 미인이 있다 함은 오히려 속된 말이요, 이는 한 法悅이요 解脫이다.[19]

「서권기」는 창작을 위해서는 독서를 통한 교양의 축적이 필요하다는 주장을 편 글이다. 이러한 주장을 입증하기 위해, 이병기는 신수와 혜능의 사례를 거론하였다. 여기서 신수보다는 혜능을 본받는 이가 많다는 말은, 꾸준한 노력 없이 천재처럼 성공하기를 선망하는 세상의 풍조를 비판한 것이다. 대부분의 사람이 할 수 있는 학문이란 신수를 본받아 끊임없이 노력하는 일일 뿐인데도, 사람들은 혜능처럼 되기를 원한다. 그렇지만 혜능 같은 천재조차도 공정을 닦아야 한다고 하였으니, 신수나 그보다 못한 보통의 사람들이야 끊임없이 공정을 닦아야 하는 것이 아니겠는가.

그런데 논의 과정에서 '학문'을 '오도(悟道)'와 대비시키고 있음은 특별히 주의할 필요가 있다. 학문이 깨달음을 목표로 한다면, '학문'과 '오도'는 다른 것일 수 없다. 그럼에도 신수와 혜능의 수행을 각기 '학문'과 '오도'로 표현하였다. 타고난 바가 다르기 때문에 두 사람이 이룬 성취가 같지 않은 것은 이해할 수 있는 일이지만, 그렇다고 수행의 목표를 달리 설정한다는 것은 받아들이기 어려운 일이다.

오도와 학문은 나누어질 수 있는가? 수사적인 표현이기는 하지만,[20] 여기서 이병기는 둘을 나누어서 말하였다. 둘을 나눈다면 그것은 완전한 것일 수 없으니, 돈오(頓悟)와 점수(漸修) 가운데 한쪽만으로 득도(得道)할 수는 없기 때문이다. 이런 이치를 이병기가 모를 리는 없다. 그럼에도 불구하고 학문과 오도를 나누어 서술한 것은, 아마도 '학문'이라는 말을 좁은 의미로 사용하였기 때문일 것이다. 즉 여기서의 '학문'은 하나하나 단계를 밟아나가는 태도에 초점을 둔 말일 것이며, 득도 혹은

---

19 이병기, 「書卷氣」, 『문장』 1권 2호(1939).; 『가람문선』, 200면.

20 혜능이 五祖 弘忍 和尙의 의발을 받았다는 것은 혜능이 득도의 경지에 이르렀다는 말이다. 따라서 혜능은 오도와 학문, 즉 돈오와 점수를 모두 거친 인물이라고 할 수 있다. 점수를 할 의사와 능력이 없는 이들이 돈오하겠다고 나서는 풍조를 비판하기 위해서 이와 같은 설정을 한 것이다. 따라서 이 자체는 분명 수사적인 표현일 뿐이다. 그렇지만 실제 혜능이 이룬 성취는 보통의 사람들이 배워서 얻을 수 있는 경지라고 하기도 어렵다. 이런 맥락에서는 단순한 수사적인 표현을 넘어선다고 할 수 있다.

궁극적인 목표에 이르는 일련의 과정으로 이해될 수 있을 것이다.

이러한 맥락에서 이병기의 글 「오공즙(蜈蚣汁)」을 살펴보면, 과정으로서의 '학문'이 목표로 삼는 바가 무엇인지에 대한 단서를 찾을 수 있다. 이 글은 원래 이인(異人)으로 알려진 토정 이지함의 실제 행적을 논변하기 위해 쓴 것이지만, 전체의 주장보다는 여기서의 논의에 필요한 부분에 집중해서 살피기로 한다.

> 지혜와 지식은 다르나 지혜는 大經大體 즉 要領을 아는 걸 이름이고, 지식은 學術 部門 즉 그 학술을 아는 걸 이름이라면, 지식은 인공적으로도 될 수 있으나 지혜는 인공적이기보다도 天稟이었다. 이리하여 자고로 聖人雄傑은 지혜가 많았고 賢人學者에는 지식이 많았다.[21]

지혜와 지식이 다르다는 점을 지적하였는데, 이들은 각기 요령을 아는 것과 학술을 아는 것을 뜻한다고 풀이하였다. 또 그 속성상 지식은 노력해서 얻을 수 있지만, 지혜는 타고나야 한다고 주장하였다. 지혜와 지식이 나뉠 수 있는 것인지는 논란의 여지가 있지만, 일단 이 구분을 따르게 되면 '지혜(요령) – 성인웅걸 – 천품'과 '지식(학술) – 현인학자 – 인공'이 별개의 영역으로 설정될 수 있다. 이 가운데 학문이 목표로 하는 것은 지식이 된다.

물론 학자가 지혜를 가질 수 없다거나 그것이 바람직하지 않다고 한 것은 아니다. 그렇지만 지혜가 노력을 통해 얻을 수 있는 것이 아니라고 하였으므로, 이미 '현인학자'가 얻기를 기대할 수 있는 것도 아니다. 기대할 수 없다면 그것을 직접적인 목표로 설정할 수도 없을 것이다. 따라서 학문의 현실적인 목표는 지식으로 한정될 수밖에 없다.

'오도'나 '지혜'를 목표로 삼지 않는다면, 이는 전통적인 학문과는 상

---

21 「蜈蚣汁」, 『전북대학보』 1955. 11. 30.;『가람문선』, 201면.

당한 거리를 둔 것이라 할 수 있다. 그렇다고 근대의 학문과도 합치하는 것은 아니다. 조윤제나 김태준에게서 확인할 수 있듯이, 근대의 분과 학문에서는 논리적 체계나 이념과 같은 요소를 발견하여 지식을 엮어가고자 하기 때문이다.

'지식을 추구하는 학문'은 왜 필요한가. 그 자체로 "법열이요 해탈"이기 때문에 할 만한 것인가. 이병기는 이에 대해 직접 발언하지는 않은 듯하다. 그렇지만 지혜와 대비하여 지식을 제시하였을 때에는 그것이 지닌 고유한 가치가 있음을 전제하는 것이라고 할 것이다. "대경대체(大經大體), 즉 요령(要領)을 아는 것"과는 차이가 있겠지만, 그 자체로서의 가치가 있을 것임은 부정하기 어렵다.

이상에서 논한 바에 의하면, 이병기는 '오도'를 거쳐 '지혜'를 얻기보다는 '학문(학술)'을 통해 '지식'을 얻는 학문에 초점을 둔 것으로 볼 수 있다. 그것은 통합적인 것이라는 점에서는 전통적인 학문에 가깝다면, '깨달음'을 직접적인 목표로 하지 않는다는 점에서는 전통적인 학문과 거리가 있다고 할 것이다. 또 학문을 위하여 집적된 전통을 바탕으로 하여 타인이나 현실 생활과 접촉하며 끊임없는 노력을 기울여야 함을 강조한 것은, 그 구체적인 방법론에 해당한다고 할 수 있을 것이다.

4. 학문의 실용성과 학자의 자세

학문이 지혜보다는 지식을 추구한다면, 그 지식은 어떤 의미를 지닐 수 있는가. 학문이나 지식은 왜 필요한 것이며, 이를 얻기 위해서는 무엇을 해야 하는가. 여기서는 이병기의 학문적 이력과 활동을 통해 이에 대해 생각해보고자 한다.

이병기의 학문에서 가장 체계적인 연구 분야로 평가되는 것은 시조 연구라고 할 수 있다. 이병기는 진단학회의 첫 번째 학회지에 그에 관한 중요한 논문인 「시조의 발생과 가곡(歌曲)과의 구분」(1934)을 실었다.[22] 이 논문에서는 폭넓은 문헌 자료를 활용하였고, 이를 바탕으로 기존의 학설들을 비판하였다. 또 시조의 음악적인 측면을 깊이 있게 다룸으로써 시조·가곡의 유래와 관련성에 대한 연구에 있어 새롭고 독창적인 견해를 제시하였다.[23] 요컨대 "서지"로부터 기초를 다졌고, "선진(先進)에게 배우고 익히고 체험도 해보고 비판도 해보"는 단계를 거쳤으며, 그 결과로 체계, 조직, 독창에 이르렀다고 할 만하다.

그런데 이병기는 이 논문을 다음과 같이 끝맺었다.

우리 노래는 문학으로나 음악으로나 다 같이 그 생명을 키워야 할 것이니, 시조도 그런 형식의 것을 한 노래 – 한 문학 작품의 이름으로 쓸 것은 물론이다. 다만 종래의 歌曲까지라도 시조라 할 건 아니고, 지금 그런 형식으로 된 작품들과 그 부르는 곡조만을 시조라 하자는 것이다. 시조는 그 형식을 비록 既定的이라 하더라도 그 내용만은 암만이라도 달리할 수 있다. 그 作에 힘만 쓰면 더욱 훌륭히 하여 우리의 문학사를 이걸로 크게 빛나게 할 수도 있는 것이다. 시조는 作이다. 文學이다.[24]

가곡과 시조가 음악적인 측면에서 구분되며 시조가 후대에 발생한 것임을 밝힌 점은 이 논문의 중요한 성과이다. 이를 통해 '가곡'과 '시조'의 명칭상의 혼란을 바로잡고 시조 형식에 대해서도 진전된 논의를 할 수 있게 되었기 때문이다. 그런데 이처럼 시조의 유래와 형식을 상세하

---

22 『가람일기』에는 1934년 8월 25일부터 9월 2일까지 이 논문을 집필하였다는 기록이 남아 있다.

23 이형대, 앞의 글, 371~372면 참조. 이형대는 후대 연구자들에 의해 일부 오류가 지적되기는 하였지만 이 방면의 선구적 업적으로 큰 의의가 있으며 현재적 관점에서 보아도 명쾌한 결론을 내렸다고 높이 평가하였다.

24 이병기, 「시조의 발생과 가곡과의 구분」, 『진단학보』 1(진단학회, 1934), 『가람문선』, 364면.

게 밝힌 성과는, 앞으로의 창작에 대한 관심으로 직접 연결된다. 이때 '문학사'는 학문적 이해나 해석의 대상으로서가 아니라 앞으로 만들어 갈 목표나 전망과 연관되며, '시조'는 학문적 연구의 대상으로서보다는 현재 '작(作)'을 해야 할 '문학'의 일종으로 규정된다. 이러한 구도에 의하면, 학문에서 얻은 '지식'은 문학에서의 '창작'을 돕는 자산으로서 의의를 지닐 수 있게 된다.

시조의 형식에 대해 논한 다른 글에서도 이러한 방향성은 확인할 수 있다. 이병기는 시조가 '정형시(定形詩)'가 아니라 '정형적(整形的) 자유시'라고 주장한 바 있는데,[25] 이는 평시조, 엇시조, 사설시조의 세 가지가 모두 '시조'라는 명칭하에 공통적으로 3장법을 취하고 있다는 데 유의하여 얻은 결론이다. 사실 시조가 정형시인가 하는 문제는 평시조에 한정해서 살피는 것이 자연스러울 것인데, 이병기는 평시조의 형식을 논하면서 자수의 제약을 언급하였지만 이를 바탕으로 시조의 정형시 여부에 대해 논하지는 않았다.

이러한 논의의 적절성에 대해서는 논란의 여지가 있지만, 그 결론이 지닌 효과는 분명해 보인다. 정형적 자유시라는 지적과 함께 "이 정형에는 말을 얼만이라도 자유롭게 쓸 수 있다"고 서술하였기 때문이다. 말을 자유롭게 쓸 수 있다는 것은, 곧 "기정적(旣定的)"인 형식에 제약될 필요 없이 새로운 시조의 작(作)을 할 수 있다는 뜻이 된다. 요컨대 이병기는 학문 탐구를 통하여 새로운 창작의 가능성을 가로막을 수 있는 제약을 없앨 수 있었던 것이다. 이때 시조에 대한 연구가 현재적인 창작의 가능성으로 연결될 수 있다면, 그것은 학문이 지닌 의의가 현재적인 실용성과 연관된다는 의미로 풀이할 수 있다.

그런데 이병기 학문의 폭을 생각해본다면, 학문의 역할로서의 실용성이 전문적인 작가 또는 문학 창작의 영역에만 한정되는 것은 부자연스럽

---

25 이병기, 「시조의 개설」, 『가람문선』, 279면.

다. 실용성의 측면에서 그의 학문이 의의를 가질 수 있기 위해서는, 수용자의 성격에 따라 다양한 차원의 실용성을 지닐 수 있어야 할 것이다. 이런 맥락에서 이병기의 활동을 돌이켜보면, 그가 참여하였던 한글 연구 및 한글 운동을 이에 부합하는 사례로 들 수 있을 듯하다. 즉, 이들 활동은 한국어를 사용하는 민족 전체에 대해 일정한 실용성을 지닐 수 있으며, 따라서 그 학문적 역할 또한 명확한 것이라고 할 수 있을 것이다.

이병기의 전공 분야로 알려진 고전문학 연구에 있어서는 어떻게 말할 수 있을까. 이병기가 고전문학 연구를 통해 "우수한 작품(글)"을 선발하고 주해·번역하는 데 힘썼다는 점을 먼저 주목할 필요가 있을 듯하다. 이병기는『문장』과 같은 잡지를 통해 다수의 고전문학 작품을 소개한 바 있거니와,[26] 단행본으로 다양한 주해서를 출간하기도 하였다.[27] 다음은 그 가운데 하나인『요로원야화기』의 서문(1948)이다.

우리 고전에는 향가·시조와 같은 시가문학이나 춘향전·열하일기와 같은 산문문학만 가지고 떠들었을 뿐이요, 보다 더 양으로나 질로 고찰하지 못하였다. 그 원시림과 같은 풍부한 속에서 겨우 한두 나무쯤 흔들어보고는 그 수확이 그리 크랴. 나는 고전에서도 近朝文學 가운데 단편을 약간 뽑아 해설을 덧붙였다. 이는 우리 談話體로서 표현한 한 精華이었다. 이로도 우리 근조 산문문학의 일면을 엿볼 수 있다. 나는 이렇게 이 길을 알려줄 뿐으로 더 나아가 奇絶한 그 경지를 찾는 건 이 길 가는 이의 성심과 노력에 있다. 이것이 우리 고전 연구의 한 출발이 되기를 나는 바란다.[28]

---

26 전도현, 앞의 글, 104면.『문장』에는 12편의 고전문학 작품이 전재되었으며, 이 가운데 6편을 이병기가 주해 또는 선발하였다. 작품 목록은 다음과 같다. 「閑中錄」(1~13호), 「仁顯王后傳」(14~19호), 「古時調集」(15호), 「兎鼈歌」(17호), 「古歌辭 二篇」(20호), 「要路院夜話記」(21호).

27 이형대, 앞의 글, 378~379면.『역대시조선』(1940),『인현왕후전』(1940),『한중록』(1947),『의유당일기』(1948),『근조내간선』(1948),『요로원야화기』(1949),『가루지기타령』(1949),『어우야담』(1949).

28 이병기, 「要路院夜話記序」, 『가람문선』, 450~451면.

여기서 학자의 역할은 작품을 뽑고 해설을 덧붙여 길을 알려주는 데 한정된다. 물론 이러한 역할을 수행하는 것은 쉬운 일이 아니다. "정화(精華)"로 칭할 만한 작품을 뽑아내는 안목이 필요하기 때문이다.[29] 특히나 "과거의 우리 문화인들은 한문고전에는 능통 숙달하면서 우리 고전엔 깜깜 밤중이었고, 개화 이후로는 갑자기 외국문학의 꽃송이들을 꺾어다 말라비틀어진 옛 등걸에 접을 붙이기에 힘썼을 뿐"[30]인 당시의 상황에서는 작품의 존재를 확인하는 데도 적지 않은 노력을 기울여야 하였을 것이다.

학자가 이처럼 노력을 기울여 정화를 찾아낸다 하더라도, "기절한 경지"를 찾는 것은 독자의 몫이라고 하였다. 성심과 노력을 다해야 그러한 경지를 찾아낼 수 있다고 하였으니, 물론 이 역시 쉬운 일은 아닐 것이다. 독자가 이러한 일을 하는 이유는 다양할 것이다. 문학 작품을 감상함으로써 정서적·미적 체험에 이를 수도 있을 것이며, 고전적인 산문 작품을 통해 더 좋은 글을 쓰는 방법을 체득할 수도 있을 것이다. 보다 적극적으로는 독자 또한 "고전 연구"에 참여할 수도 있을 것이다. 이 모든 경우에서 학자의 역할은 독자로 하여금 각각의 실용에 맞는 독서물을 제공하는 데 있는 것이며, 따라서 그가 하는 학문은 실용성을 갖출 수 있을 것이다.

만년의 저작인 『국문학개론』과 『국문학전사』에서도 이와 유사한 측면을 찾아볼 수 있다. 이병기는 "사(史)는 그 발생, 발달, 변천 등을 말한 것이라면, 개론은 그 종류, 성질, 형태 등을 말한 것"[31]이라고 지적하며 둘을 구분한 바 있으며, 실제 어느 정도는 이러한 구분에 어울리는 서술의 형태를 취하고자 애쓴 흔적을 보인다. 그렇지만 이 두 가지 저작은 공통적으로 문학 작품의 향유에 편리하도록 구성되어 있는데,[32]

---

29 '담화체'를 비롯한 문체에 주목하여 의의를 밝힌 점 또한 이병기라는 학자의 중요한 역할일 것이다. 이병기의 고전산문 연구에서의 문체에 대한 관심에 대해서는 류준필, 앞의 글, 182~196면 참조.

30 이병기·정인승 편, 『표준 옛글 — 교사용 지도서』(신구문화사, 1956), 2면(이형대, 앞의 글, 378면에서 재인용).

31 이병기, 『국문학개론』(일지사, 1961), 6면.

독자가 참고 또는 인용의 형태로 수록된 작품을 최대로 많이 접할 수 있도록 하였기 때문이다. 실제로 『국문학개론』의 경우에는, "재료선집으로 보아도 좋다"[33]고 직접 언급하기도 하였다. 즉 그가 '문학사'와 '문학개론'을 집필하면서 이론적·체계적 요소와 함께 문학 작품의 향유에서 유래하는 실용성을 중요하게 고려하였으리라고 추정해볼 수 있다.[34]

실용성의 맥락에서 본다면, 서지학은 국어나 고전문학 연구보다는 제한적인 의미를 갖는다고 판단할 수 있다. 서지가 "학문의 가장 중요한 대상"이라고 하였음은 앞에서 살펴보았지만, 이는 결국 서지학에서 실용성을 찾을 수 있는 사람은 기본적으로는 학자에 한정될 수 있기 때문이다. 그 구체적인 실용의 내용은 다음의 글에서 찾아볼 수 있다.

> 古來 書籍에는 僞本·惡本도 많았다. 그러므로 서지학을 모르는 학자들에게는 헛된 수고를 한 이가 적지 않았다. 서적의 眞僞와 善惡을 분간하지 못하기 때문에, 턱없는 책을 그 正書로 믿고 增衍敷益을 하였을 뿐 아니라, 또는 이런 걸 奇貨로 삼고 僞作과 杜撰을 더하기도 하였다.[35]

전북대학교에서의 강의 내용을 바탕으로 하여 활자, 어미(魚尾), 지(紙)·묵(墨)·필(筆) 등에 대한 지식을 차례로 서술한 이 논문은, 설명적인 성격이 강한 것이 특징이다. 서지학의 기본 지식을 알지 못하는 학자는

---

32 조동일, 『동아시아문학사비교론』(서울대학교 출판부, 1993), 125면에서는 『국문학전사』가 "고진문학사는 사료의 역사로, 신문학사는 사조의 역사로 서술"하였으며, 고전문학사와 한문학사의 경우 "역대의 소중한 문헌을 하나씩 풀이하는 것으로 가장 긴요한 작업을 삼았다"고 지적하였다.

33 이병기, 『국문학개론』, 280면.

34 『국문학전사』에서 '國漢文學史'를 부록으로 붙인 것 또한 작품의 향유라는 측면에서 해석할 여지가 있을 듯하다. 비록 "장래를 위하여 이런 歷史를 거울삼고 더 큰 자각과 더 큰 노력이 있어야 한다"는 점을 結言으로 내세웠지만, 수록한 분량을 고려할 때 이런 주장을 유일한 이유로 보기에는 무리가 있다고 판단된다.

35 이병기, 「한국서지의 연구」, 『가람문선』, 367면.

뜻밖의 오류를 범하거나 헛된 노력을 기울이게 될 수도 있기 때문에, 서지학의 기본 지식을 여기서 제시한다고 하였다. 고서의 진위나 선악을 알지 못해서 벌어진 문제들을 구체적으로 지적하지는 않았지만, 이러한 문제 제기만으로도 서지학의 실용성이 어떤 것인지는 충분히 짐작할 수 있다.

학문의 역할로서 실용성을 강조하게 되면, 실질적인 목적이 존재하는 연구는 모두 각각의 의미를 가질 수 있게 된다. 한국어를 제대로 사용하기 위해서, 문학 작품을 창작하기 위해서, 실용적인 글을 쓰기 위해서 한국어와 한국문학을 연구해야 하는 것이다. 이러한 학문은 '잡학성'을 지니거나 비체계적일 가능성이 있지만, 그 자체의 논리에서는 정합적인 것일 수 있다. 그것은 학문 외적인 연관성 즉 실용성을 매개로 한 것이라고 할 수 있을 것이다.

한편 실용성을 고려하는 학문이 오도나 체계, 이념을 추구하는 학문보다 쉬운 것이라고 할 만한 근거는 없다. 이병기가 지적하였듯이 '공정(工程)'의 어려운 과정을 거쳐야 하기 때문이다. 그것이 '잡학성'을 가지면서도 나름의 수준을 유지하기 위해서는, 험난한 과정을 거치지 않고서는 학문의 결실을 맺을 수 없다. 『가람일기』에는 이를 위한 이병기의 노력이 잘 드러나 있는데, 여기서 발견되는 '공정'의 면모는 그 학문적 성취의 과정을 잘 보여준다고 할 수 있다.

이병기가 거친 '공정' 가운데 오늘날 주목할 만한 부분으로는, 그가 진행한 현장 조사의 경우를 들 수 있다. 선행 연구에서 지적한 바이지만, 이병기는 시조의 연구를 위해 문헌 고증뿐 아니라 직접 아악소 등을 방문하여 관계자를 면담하고 관련 문헌을 베끼는 현장 조사를 한 바 있다.[36] 이러한 노력은 조윤제 등의 학자들이 미처 거론하지 못하였던 연행 방식의 탐구로 이어질 가능성을 가진 것이었으며, 시조 연구에서는 그러한 측면이 현실적인 성과로 이어지기도 하였다.

---

36 이형대, 앞의 글, 367~368면.

현장 조사를 통해 내놓은 결과 가운데 1940년에 『문장』에 발표한 「조선어문학명저해제」는 특별히 주목할 만한 성과라고 할 수 있다. 이병기는 조선어문학의 명저로 평가할 만한 작품을 선별하고 간략한 해제를 붙였는데, 여기에는 현장 조사에서 전해들은 정보가 포함되어 있었다. 한 부분을 살펴보자.

> 李太王 21년 갑신(1884)을 전후하여 李鍾泰 씨가 奉命하여 그 집에다 수십 인 文士를 두고 오랫동안 중국소설을 飜譯한 것이 근 백 종이 되었으나 이상의 번역소설은 그 전전부터 전래하든 것인바 모다 名譯이라 한다. 옛날 궁중에서도 이 책들을 빌어다 벳겼다는 것이다.[37]

대하소설의 번역 또는 번안 여부와 관련된 중요 정보가 담긴 이 부분은 누군가로부터 들은 내용을 포함하고 있다. 사실 여부 그리고 여기에 포함되는 작품의 범위 등의 문제에 대해 논란의 여지가 있기는 하지만, 이 정보는 고전문학 연구를 진전시키는 데 큰 역할을 하였다고 평할 만하다. 여기서 "번역소설"로 제시한 "완월회맹[玩月會盟, 운현궁 장(藏), 200책], 유씨삼대록(홍택주 장, 14책), 명행정의록(홍택주 장, 70책), 사은기우론(私恩奇遇錄, 홍택주 장, 7책), 소현성전(홍택주 장, 15책), 옥란기연(홍택주 장, 26책), 화정연록(이병직 장, 50책)" 등의 목록은, 일부 오류가 있음에도 불구하고 우리 소설사를 재구하는 데 중요한 단서가 되었기 때문이다.

한국학 전체로 범위를 넓히더라도, 이병기의 '공정(工程)'이 오늘날의 학문에 기여한 바는 매우 크나고 할 수 있다. 가장 직접적으로는, 그가 수집하고 필사한 고문헌의 존재를 통해서 그 정도를 짐작해볼 수 있다. 고문헌 수집은 스스로의 결심에 의해 추진된 것이지만,[38] 개인이 감당

---

37 「조선어문학명저해제」, 『문장』(1940. 10.), 231면.
38 이병기, 「해방전후기: 신변 한화의 일절」, 『가람문선』, 203면. "나는 그 후 혹은 貿易商과 奉天도 두어 번 가보고 후는 시골에도 가 있다 도로 서울로 와 중학 교사가

하기에는 어려운 작업이었다. 중요 문헌의 수집을 위해 적지 않은 돈이 필요하였다는 점도 큰 난점이었을 것이다.[39] 앞서 살펴보았듯이 문헌의 구입과 필사 등에 요구되는 '공정' 또한 상당한 것이지만, 그것이 이병기가 오늘날의 학문 발전에 기여한 주된 부분임은 분명하다.

'공정'은 학문을 위한 준비 과정에서도 필요하였을 것이다. 대학에서 근대학문의 방법론을 익히지 못하였음에도 불구하고 이병기는 대학을 거친 학자들과 학문적 논의를 펼 수 있었는데, 그가 수학 과정에서 거친 '공정'을 살펴보면 그 이유를 짐작할 수 있다. 다음은 1921년과 1922년의 일기에서 책 및 독서와 관련된 기록을 정리한 것이다.

【1921년】

(1. 19.) 진고개에서 『화음유초(華音類抄)』 구입. 권덕규와 함께 『불교통사(佛敎通史)』를 읽다.

(2. 9.) 김정호의 『대동지지(大東地志)』 15권을 구경하다.

(2. 26.) 위고의 「애사(哀史)」를 읽다.

(3. 1.) 위고의 「애사(哀史) = 쟝발쟝」을 다 보다.

(3. 5.) 「부활」을 읽고 영어를 익히다.

(3. 23.) 왕희지 글씨 탁본을 사다.

(4. 19) 무장사 탁본 하나를 사오다.

(6. 29) 불교회에서 『삼강행실』, 『이륜행실』을 보다.

(7. 4.) 불교회에서 『대동지지』를 베끼다.

(7. 23.) 불교회에서 『훈민정음』을 베끼다.

(7. 29.) 최익채 군에게 『우리말본』을 읽어주다.

되어 20여 년을 보내는 동안 나의 뜻하던바, 고서적 몇천 권을 모았다. 내가 처음 18원 월급을 받았으나 그 돈의 반 이상을 책을 샀었다."

39 대표적인 것이 『금강경삼가해』를 구매한 일이다. 책값이 비싸다고 판단해서 자신은 사지 않았지만 뒤에 이병기가 이 책을 사들였다는 소식을 들었다고 이희승은 기록하고 있다. 최승범, 『스승 가람 이병기』, 185면.

(9. 2.) 송익필의 「제율곡문(祭栗谷文)」을 읽다.

(9. 24.) 송익필의 글을 보다.

(10. 2.) 당시(唐詩)와 이백시집(李白詩集)을 보다.

(10. 17.) 5세조 긍포공(肯圃公)의 『부천록』을 읽다.

(10. 19.) 한유의 글을 일다.

(10. 25.) 유종원의 글을 읽다.

(10. 29.) 정철의 「사미인곡」을 정갑원에게서 빌려와서 베끼다.

(11. 7.) 대종교당에서 『신단실기』 교열을 맡다.

【1922년】

(1. 21.) 「균여전」을 얻어 보다.

(1. 30.) 『사기열전(史記列傳)』을 읽다.

(2. 1.) 「백이전(伯夷傳)」을 읽다.

(3. 26.) 『근대문예십이강(近代文藝十二講)』을 얻어오다.

(4. 15.) 아악소(雅樂所)에서 악(樂)에 대한 책들을 보다.

(5. 14.) 양진태로부터 「춘향전」(2책), 「심청전」(1책), 「구운몽」(2책), 「홍길동전」(1책)을 얻다.

(7. 19.) 옥류동 최학자를 찾아 『신여암집(申旅庵集)』을 보다.

(8. 2.) 『구소수간(歐蘇手簡)』을 읽다. 소동파의 편지 인용.

(8. 5.) 톨스토이의 일기를 읽다.

(8. 6.) 두시(杜詩)를 읽다.

(8. 9.) 『인류학(人類學)』을 읽다.

(8. 19.) 소크라테스의 「인물양성담(人物養成譚)」을 읽다.

(8. 22.) 「테세우스전」을 읽다.

(8. 30.) 「간디와 진리의 파지(把持)」를 읽다.

(9. 2.) 『맹자』를 읽다.

(9. 9.) 소동파, 주원장, 안진경, 동기창의 필첩을 보다.

(12. 12.) 호적(胡適)의 『중국철학사』를 읽다.

(12. 23.) 진고개 광문당에서 『속명의록언해』를 사다.

이병기가 지식과 공정의 학문을 실천할 수 있었던 바탕에는 이처럼 많은 노력이 있었던 것이 사실이다. 그런데 여기서 거론된 독서 등의 범위는 이병기 학문의 폭보다 더 넓어 보인다. 즉, 한국 문학이나 국학, 또는 시조의 영역을 넘어서서 역사, 지리, 철학에서부터 동서양의 문학에 이르기까지 다양한 관심을 보인 것이다. 적어도 그의 독서 이력은 국학의 기초를 갖추는 준비 과정의 의미로만 한정하기는 어려운 것처럼 보인다.

실제 이병기가 왜 이처럼 다양한 분야의 학문과 지식에 접근하게 되었는지에 대해서는 일기 이외의 자료에서 단서를 찾아볼 수 있을 듯하다. 그것은 1909년의 일기에 남아 있는 1수의 한시이다.

> 만국이 각기 동서로 벌려 있는데
> 큰 학자들은 뜻이 같지 않네.
> 단점 버리고 장점 취해 천지에 나간다면
> 육대주 가운데서 영원히 홀로 설 수 있으리.
> 萬邦列在各西東　鴻哲範圍意不同.
> 棄短取長進乾地　永遠獨立六洲中.[40]

짤막한 작품이지만, 당시의 시대적 상황과 자기 학문의 목표가 어느 정도 드러나 있다. 동서양에 만국이 있고 그곳에 각기 학자들이 있다고 하였다. 또 그 학자들이 서로 같지 않다고 하였는데, 우열을 말하지는 않았다. 자신이 세상에 나가서 우뚝 서기 위해서는, 만국 학자들의 장점

---

40 『가람일기』 1909. 4. 13.(이형대, 앞의 글, 351면에서 재인용). 현재 간행된 『가람일기』에는 1919년 이전의 일이 기록되어 있지 않으므로, 이 작품 또한 실려 있지 않다.

은 취하고 단점은 버려야 한다고도 하였다. 1909년 4월이면 전주공립보통학교에 편입하기 이전이다. 이때 이병기는 양계초(梁啓超)의 글을 읽으며 감동하고,[41] 부친을 도와『호남학회월보』의 발송 일을 하고 있었다.[42]

이 시에서 찾을 수 있는 동서양의 학문에 대한 태도는 한편으로는 양계초와 유사하며, 다른 한편으로는 그를 매개로 한 국내의 개신유학자들의 입장과 유사해 보인다. 상대성을 인정하면서도 장단을 참작하여 받아들이겠다는 사유 자체가 당시의 상황에서 특별한 것은 아니기 때문이다. 그렇지만 그러한 사유를 지속적으로 유지하면서 학문의 역할에 대해 고민하고 실천한 인물은 흔하지 않다. 물론 활동 시기의 측면에서 그 원인을 찾을 수도 있겠지만, 이병기가 보여준 학문적 이력은 당대의 사상을 계승하면서 새로운 학문의 길을 탐색한 것이라고 평가될 수 있을 것이다.

5. 고전문학 연구와 생문학(生文學)의 추구

이병기는 시조시인이자 고전문학 연구자였다. 두 가지 영역 또는 활동이 별개로 존재한 것이 아니며 상호 연관된 것이었음은 잘 알려진 바인데, 이러한 점은 그가 문학사를 바라보는 시각을 정립하는 데에도 중요한 작용을 하였던 것으로 보인다. 백철과 함께 쓴 문학사의 서문에서 그러한 면모를 엿볼 수 있다.

---

41 이병기의 梁啓超에 대한 인식이 어느 정도인지는 정확히 알 수 없다. 그렇지만 오랫동안 영향을 받았으리라는 점은 짐작할 수 있다. 이병기의 호 가운데 '任堂'이 있다는 점도 이와 관련된 것은 아닌지 의심된다.『가람일기』1920년 7월 31일의 기록에는 수당이 이 호를 지어주었는데, 이병기 자신은 이미 '가람'이라는 호를 스스로 지었다고 하였다. '가람'의 한자 표기와 무관한 '임당'이라는 호의 유래는 정확히 알 수 없지만, 양계초를 의식한 것으로 추정된다.

42 이형대, 앞의 글, 349~351면.

국문학사는 우리 문학으로써 보는 우리 역사다. 고대, 삼국, 신라, 고려, 近朝라는 歷代를 지내오는 동안에 국가의 隆替, 興亡을 따라 문학도 변천 발달하여왔었다. 이런 국문학을 알자면 우리말글은 물론이고, 기타 외국 의 그것이며 또한 문학의 자매가 되는 모든 예술이나 학문까지라도 다 알 아야 할 것이고, 또한 역사의 史實이며 故事, 제도까지에도 정통하여야 할 것이 아니겠는가?

이런 뜻에서 나는 나의 살을 어이고 뼈를 깎으면서라도 생명처럼 나의 藏書를 사랑하고 애껴왔다. 그리고 그 속에 묻혀서 사는 보람과 즐거움을 느껴왔던 터이었다. 그러나 나는 死文學을 찬송하자는 것은 결코 아니다. 앞으로 더 살릴 수 있는 生文學을 도모하고자 나의 取材와 論旨를 主로 삼 았던 바이다.[43]

연구자로서의 이병기가 고전문학을 바라보는 시선은 "생문학(生文 學)"의 도모에 놓여 있었다. 국내외의 언어·역사·예술·학문을 섭렵한 것도, 자신의 생명처럼 책을 사랑하고 수집한 것도, 살아 있는 문학, 즉 오늘날의 문학의 건설이라는 목표하에 이루어진 활동인 셈이다.

"생문학의 도모"를 염두에 둘 때, 과거의 문학이므로 또는 조선의 문 학이므로 소중하다는 식의 결론은 나타날 수 없다. 문학 작품이 얼마나 문학 작품다운가, 그리고 과거의 문학 작품에서 어떤 장점을 찾아낼 수 있는가가 문제가 될 뿐이다. 물론 '국문학'이라는 대상을 다루게 될 경 우에는 민족주의적 요소의 개입 가능성을 배제할 수는 없겠지만, 적어 도 이병기의 경우에는 이러한 요소가 적극적으로 개입되었다고 볼 만 한 근거는 별로 없는 듯하다.[44]

---

43 이병기·백철, 「自序」, 『국문학전사』(신구문화사, 1957), 6면.
44 이병기는 고전문학 연구를 통한 독립운동과 같은 방식의 태도를 보이지 않은 듯하 다. 당대의 학자들과 비교한다면 민족주의적인 요소는 상대적으로 약한 것이었다고 보 이기도 한다. 전도현, 앞의 글, 114~117면에서는 이병기의 한글 문예 운동적 지향의 양상

그렇다면 생문학을 도모하기 위한 자료는 어떻게 찾아낼 수 있는가. '국문학의 의의'에 대한 서술에서 단서를 찾아보자.

> 문학의 기록이 반드시 다 문학은 아니다. 문학은 문학으로서의 형태를 갖추어야 한다. 그러면 문학이란 과연 무엇인가 하면 인간 사회 생활의 사상·想像·감정·정서의 문자로서의 具象的인 표현이다. 그러면 우리 국문학이란 우리 민족사회 생활의 사상·상상·감정·정서의 우리 국문으로서의 具象的인 표현이다.[45]

문학으로서의 형태를 갖춘 것만이 문학이라고 하였다. 개설적인 수준의 언급이기는 하지만, 이러한 논법은 국문학에 대해서도 적용될 수 있을 것이다. 즉, 국문학 역시 문학으로서의 형태를 갖춘 것이 국문학으로서의 의미를 지닐 수 있게 된다. "사상·상상·감정·정서의 우리 국문으로서의 구상적(具象的)인 표현"이라 하였으므로 '국문'이라는 조건을 벗어나는 구비문학과 한문학을 배제시킬 여지가 있지만, 실제 서술에서는 문학으로서의 가치를 지닐 만한 한문학 작품을 완전히 배제하지는 않았다.[46]

"생문학의 도모"를 위해서는 특정한 작품 또는 작품 경향에 대해 높이 평가하는 것이 자연스러운 일일 것인데, 이병기가 문학사 서술이나

과 성격을 "이념성과 심미성의 괴리 양상"으로 정리한 바 있지만, 당시의 학자들과 비교하면 이념성의 비중이 높은 편은 아니었던 것으로 보인다. 특히 고전문학 작품의 이해나 평가 방식에 있어서는 이념성으로 해석할 만한 요소가 별로 보이지 않는 듯하다.

45 이병기, 『국문학개론』, 5면.

46 이병기는 문학사의 말미에 "國漢文學史"라는 부록을 붙여 한문학사를 서술하였다. 그 서문에서는 "순국문학을 이해할 수 있는 범위 안에서 변천 과정을 살피고, 그것이 어떤 현상으로 국문학의 발전을 위하여 기여하였는가를 밝히는 데 중점을 두었다"고 하였는데, 한시 작품을 전재하는 등의 서술이 있음을 볼 때 서문의 서술을 그대로 받아들이기는 어려울 듯하다. 한문학 작품이 지닌 문학 작품으로서의 의의가 적지 않다고 판단하였기 때문에 이와 같은 방식을 취하였으리라고 추정할 수도 있다.

주해·번역서에서 감각 또는 정서를 잘 드러낸 작품과『한중록』을 비롯한 내간체 작품을 높이 평가한 것은 이런 관점에서도 해석할 수 있다. 이러한 평가가 "작품들이 가장 감각적인 차원에서 정서적 체험을 가능하게 해주기 때문"[47]이라는 것은, 곧 그 작품이 현재 상황에서도 하나의 문학으로 향유될 만한 가치가 있다는 뜻으로 풀이해도 좋을 것이다.

이병기가 산문의 '문체'에 대해 특별한 관심을 가졌음은 이미 알려진 사실이지만, 이 또한 "생문학의 도모"라는 맥락에서 해석될 수 있다. 이병기는 산문의 문체를 내간체·가사체·역어체의 셋으로 나누었다가 다시 내간체·담화체·역어체로 나눈 바 있는데,[48] 이때 산문 문체의 연구란 "지금 현재"의 문학 또는 문장에서 활용할 만한 요소의 선별로도 해석될 수 있기 때문이다.

그런데 산문의 평가 기준으로서 문체를 드는 방식은 청년기의 일기에서도 찾아볼 수 있어 주목된다. 다음은 그의 일기 가운데 한 부분이다.

이 길로 이리저리 여러 책사를 더듬어보아도 나의 구하는 책은 없고, 한갓 소설책만 다른 책보다 많다. 우리 경성에만 소설이 많이 쓰이는 줄 알았더니, 같은 동무가 있으니 과히 무렴치는 않다. 그러나 좋은 소설이면 어찌 시비하랴마는 한껏 淫夫淫女의 수라장을 만들어주는 비루하고 음란한 일을 적은 듯, 얼른 겉장만 보아도 대개 짐작하겠구나. 아마 「수호지」나 「서상기」의 대를 이어 다만 그 음풍을 전하고 文辭는 보잘것없이 적은 듯하다. 「옥루몽」이나 「구운몽」은 글이나 아름답지마는, 이제 우리 신소설이란 그렇지도 못하고, 한갓 풍속을 어지럽게 할 뿐.[49]

---

47 류준필, 앞의 글, 185면.
48 위의 글, 182~196면. 가사체 대신 담화체를 넣은 것은 '산문성'을 강조한 결과로 볼 수 있다.
49 『가람일기』 1919. 8. 20., 21면.

1919년 중국 봉천에 갔을 때의 일기이다. 서점에는 소설책만 많은데, 그나마도 좋은 소설들이 아니라고 하였다. 음풍(淫風)을 조장하는 내용일 뿐이어서 읽을 만하지 않다는 것이다. 이러한 지적은 당대의 일반적인 소설 비판론의 범주를 벗어나지 않는 것이어서, 이병기 특유의 생각이라고 할 수는 없을 것이다.

그런데 비판의 과정에서 '문사(文辭)' 또는 '글'에 대해 언급하고 있는 점은 유의할 만하다. 문사의 측면에서 작품을 평가한 사례를 전통적인 비평에서 찾을 수 있는 것은 사실이지만, 작품 내용이 얼마나 도움이 될 것인지와 같은 계몽적 평가 기준이 강하였던 당시 상황에서는 이를 함께 거론한 것 자체로 특별한 의미를 지닐 수 있기 때문이다.[50] 이병기는 중국과 우리나라의 신소설이 모두 글도 아름답지 않고 풍속을 어지럽히기까지 한다고 비판하였는데, 여기에는 그래도 "글이나 아름다운" 「옥루몽」이나 「구운몽」은 신소설보다는 낫다는 생각이 내재되어 있다고 볼 만하다. 그러한 평가가 타당한지에 대해서는 논란의 여지가 있지만, 문학 작품의 가치를 판단하는 기준의 하나로 글(文辭)의 아름다움을 생각하고 있다는 점은 분명하다.

아름다운 글, 바람직한 글이란 어떤 것인가. 문체와 문사에 대해 관심을 기울인 만큼, 이병기는 이에 대해 일정한 견해를 가졌을 것이다. 그렇지만 그에 대해 체계적으로 논하지는 않았던 듯하며, 대신 "아름다운 글"의 사례에 해당하는 작품을 제시하였다. 앞서 언급하였던 『문장』을 통한 고전문학 작품의 소개나 단행본 주해서의 간행이 그러한 사례가 될 것이다.

사실 이 문제에 대한 체계적인 논의는 이태준의 『문장강화』에 일부 나타나는데, 이태준과 이병기의 관계를 고려할 때 그 견해에는 이태준

---

50 이병기는 문체적인 면을 고려하기 어려웠을 서구소설에 대해서는 내용을 기준으로 평가하기도 하였다. 고골리의 「대장 부리바」에 대해 평가한 것이 그 대표적인 사례이다. 『가람일기』 1935. 7. 17., 457면 참조.

과 이병기가 공유하는 부분이 있을 법도 하다. 그렇지만 이태준은 고전 산문을 '고전'으로 분리함으로써 자신이 추구한 "순수한 산문"을 구축하는 데는 활용하지 않았는데,[51] 이러한 부분은 이병기가 고전문학 연구를 통해 생문학을 도모한다는 방식과는 상당한 거리가 있는 것으로 판단된다. 두 사람이 모두『한중록』이나『인현왕후전』과 같은 작품을 높이 평가하였음에도 불구하고, 두 사람 사이에는 기본적인 태도 차이가 있었던 듯하다.

고전문학의 연구가 "생문학의 도모"라는 관점에서 진행된다면, 그러한 연구는 문학사 전반의 변화를 탐색하거나 과거 문학의 체계를 확인하는 것과 같은 문제에 대해서는 소홀할 가능성이 있다. 이병기의 문학사 관련 저술에서 문학의 갈래나 구성 원리, 향유층과 같은 주제에 대해 고심한 흔적이 많지 않은 것은 아마도 이 때문일 것이다. 오히려 "생문학"을 도모하기 위한 체계적인 저술, 예컨대 '이병기의『문장강화』'와 같은 것을 저술하지 않은 점이 아쉬운 부분일 수 있는데, 이병기는 그 대신에 스스로 작가가 되어 시조를 "생문학"으로 만드는 데 기여하는 방향을 취하였다고 이해해도 좋을 것이다.

6. 맺음말 – 이병기 학문의 현재적 의미

이규보의 '신의(新意)'와 이인로의 '용사(用事)'가 그러하듯이, 공정과 지식을 얻는 학문, 실용성과 같은 이병기 학문론의 개념들은 상대적인 것일 수 있다. 즉, 오도나 지혜를 배제한 것이라기보다는 과정과 초점

---

[51] 황재문, 「문학론·문장론·문학사론에서의 전통의 문제」, 『한국학논집』 43(계명대학교 한국학연구원, 2011), 19~24면. 이태준은 낭독 문체가 조선의 산문 발달을 더디게 한 병폐라고 인식하였으며, 그러한 관점에서 판소리를 비롯한 다수의 고전산문에 대해서는 부정적으로 평가하고 있다.

을 달리했을 뿐일 수도 있다. 그렇지만 그 경향성 자체를 부정하기는 어려울 것이다. 이와 같은 이병기의 학문 경향은, 오늘날의 우리 학문이 처한 상황과 관련하여 몇 가지 시사점을 줄 수 있다고 판단된다.

첫째는 한국문학 연구를 비롯한 우리 학문 일반의 목표 의식에 관한 부분이다. 민족주의적 경향이 쇠퇴하고 사회비판적 이론이나 목표가 약해진 오늘날의 상황에서 본다면, 이병기가 보여준 실용성의 지향은 학문의 목표라는 측면에서 새로운 방향성을 제시할 수 있다. 그것이 옳다는 것이 아니라, 적어도 그러한 목표 설정의 문제에서부터 우리의 학문적 방향성을 다시 고려해볼 수 있다는 측면에서, 이는 중요한 의미를 지닐 수 있다. 이병기가 국학파로부터 이어진 학문적 자산과 자기 당대의 문화적 문제에 대한 이해와 관심에서부터 자기 학문의 방향성을 스스로 설정했듯이, 오늘날의 학문 또한 이병기의 학문 활동으로부터 새로운 방향성을 설정하는 생각의 단서를 마련할 수 있을 것이다.

둘째로 직간접적으로 경성제국대학 출신 연구자들로부터 학문적 전통을 이은 오늘날의 문학 연구자의 입장에서는, 이병기의 학문이 지닌 '잡학성'이나 '비체계성' 또한 다시 음미해볼 만한 가치가 있다고 판단된다. 잡학성이나 비체계성은 학문의 미발달 상태로 이해되어 배제될 가능성이 높다. 그렇지만 전공 세분화의 반작용으로 학제 간 연구가 강조되는 오늘날의 상황에서는, 그것 자체로 새로운 방향을 찾기 위한 계기가 될 수도 있을 듯하다. 국어국문학 내에서도 전공 간의 소통이 부족하다는 점이 문제가 되고 있는 상황에서는 더욱 이 문제에 대해 관심을 갖고 생각해보아야 할 것이 아닌가 한다.

셋째 문학 연구의 경우에 한정해서 본다면, 이병기가 문학 창작과 문학 연구 사이에 조화로운 관계를 설정하고 실천한 점에 주목해볼만하다. 특히 현재 이곳에서 이루어지고 있는 문학 창작과 분리 또는 단절될 가능성이 존재하는 고전문학 연구에서는, 이병기 학문에 대한 재검토는 문학 연구의 의의와 목표를 스스로 제한하는 결과에 이르지 않도록 하는 데 도움이 될 수 있을 것이다. 오늘날의 고전문학 연구에서 사회적 소통을 중시하는 경향이 보이는 것은 사실이지만, 이병기가 추구한 "생문학의 도모"는 현재의 방향성을 점검하면서 더 진전시킬 만한 계기를 찾는 화두가 될 수도 있을 듯하다.

이병기의 학문을 하나의 경향으로 이해한다면, 상당한 부분은 그보다 앞 시대의 학자들과 특성을 공유한다고 할 수 있다. 예컨대, 이병기 학문의 잡학성, 비체계성, 실용성이라는 특징은 앞 시대 인물인 장지연의 경우에도 해당할 수 있다.[52] 또 장지연의 학문이 지닌 특성의 상당 부분은, 그보다 더 앞선 시대의 학자들로부터 계승한 것으로 이해될 수 있다. 따라서 이병기의 학문에 대한 재검토는, 앞선 과거로부터 전승된 학문적 맥락에 대한 탐구로도 이어질 수 있을 것이다. 그것을 받아들일지 혹은 비판할지에 대해서는 단정할 필요가 없겠지만, 그에 대한 정밀한 탐구는 학문론 혹은 학문 자체의 진전을 위해서도 필요할 것이다.

황재문(黃載文)

서울대학교 규장각 한국학연구원 조교수. 대표 논저로는 『안중근 평전』, 「문학론, 문장론, 문학사론에서의 전통의 문제: 이광수, 이태준, 임화를 중심으로」, 「『大東詩選』의 편찬경위와 문학사적 위상」, 「전통적 지식인의 망국 인식: 김윤식, 김택영, 박은식의 경우」 등이 있다.

---

[52] 『朝鮮儒敎淵源』, 『大東文粹』, 『逸事遺事』, 『萬國事物紀原歷史』, 『大東詩選』과 같은 저술들에서 잡학성이나 실용성으로 이해될 만한 면모를 발견할 수 있다. 또 이후의 분과 학문 연구자들과 대비한다면, 이 또한 비체계성을 가진다고 할 수 있다. 장지연은 한시를 써서 당시의 학술지에 발표하였는데, 이 또한 이병기가 창작과 연구를 연관시킨 점과 같은 맥락에서 이해할 수 있다.

이병기·백철(1957), 『국문학전사』(신구문화사).

이병기(1961), 『국문학개론』(일지사).

______(1966), 『가람문선』(신구문화사).

______(1976), 『가람일기』, 정병욱·최승범 편(신구문화사).

김윤식(1970. 4~6.), 「이병기론」, 『현대시학』(현대시학사).

김제현(1995), 『이병기: 그 난초 같은 삶과 문학』(건국대학교 출판부).

류준필(1998), 「형성기 국문학 연구의 전개 양상과 특성」(서울대학교 대학원 박사학위
　　　논문).

박성의(1978), 『한국문학연구사』(예그린출판사).

안병희(1989), 「이병기」, 『주시경 학보』 4(탑출판사).

이민희(2011), 「서지학자로서의 가람 이병기 연구 —『가람일기』에 나타난 고서 수집
　　　및 거래를 중심으로」, 『한국학연구』 37(고려대학교 한국학연구소).

이형대(1997), 「가람 이병기와 국학」, 『민족문학사연구』 10(민족문학사학회).

전도현(2009), 「이병기의 한글 문예 운동에 대한 일고찰: 이념성과 심미성의 괴리
　　　양상을 중심으로」, 『한국근대문학연구』 20(한국근대문학회).

조동일(1993), 『동아시아문학사비교론』(서울대학교 출판부).

최승범(2001), 『스승 가람 이병기』(범우사).

한국어문교육연구회(2001), 『가람 이병기의 국문학 연구와 시조문학』(한국어문교육연구회).

허윤회(2004), 「조선어 인식과 문학어의 상상: 가람 이병기를 중심으로」, 『민족문학
　　　사연구』 26(민족문학사학회).

황재문(2011), 「문학론·문장론·문학사론에서의 전통의 문제」, 『한국학 논집』 43(계
　　　명대학교 한국학연구원).

황종연(1985), 「이병기와 풍류의 시학」, 『한국문학연구』 8(동국대학교 한국문학연구소).

VIII. 조윤제의 삶과 국문학 연구[*]

1. 왜 다시 도남인가

도남(陶南) 조윤제(趙潤濟, 1904~1976)는 근대적인 인문과학으로서의 국문학 연구를 개창한 선구자이다. 도남은 민족주의에 입각하여 우리 문학을 과학적으로 연구하고자 하였다. '민족주의'와 '과학'의 결합은 그의 학문을 추동한 평생의 화두였다.

그러나 21세기의 세계화 시대에 민족주의는 낡은 이데올로기로 치부되며 학술적으로도 비판의 대상이 되고 있다. '민족주의의 해체'니 '탈(脫)민족주의'니를 부르짖는 목소리가 국내 학계에서도 이제 뚜렷한 하나의 흐름을 형성하고 있다. 뿐만 아니라 현대 정보화 사회에서 문화의 주류가 문자에서 영상으로 바뀌면서 문학의 전성기는 지나가고, 문화의 헤게모니 역시 지식인에서 대중으로, 대학과 국가에서 자본과 시장으로 넘어간 실정이다. 이는 국문학 연구의 존립 자체를 위협하는 심각한 상황이 아닐 수 없다. 종래 국문학 연구는 암묵적으로 민족주의를 이념적 기반으로 하고, 이른바 국민 교육의 일익을 담당하는 것으로써 존재 가치를 보장받아왔기 때문이다.

이와 같이 일대 학문적 위기에 처한 오늘날 새삼스럽게 도남의 민족주의적 국문학 연구를 돌아보는 것이 무슨 의의가 있을지 회의적인 생

---

* 이 글은 「도남의 생애와 학문」, 『고전문학연구』 27(한국고전문학회, 2005)을 수정한 것이다.

각이 들 수도 있다. 도남이 창안한 '민족사관'은 일찍부터 구시대의 방법론으로 간주되었다. 그가 제기한 학설들도 학계의 통설로 흡수된 일부를 제하면 대부분 새로운 학설로 대체되면서 잊혀졌다.

하지만 달리 생각하면, 현재의 위기는 국문학 연구가 종래의 타성에서 벗어나 새롭게 발전할 수 있는 기회이기도 하다. 그리고 이런 때일수록 근원으로 거슬러 올라가 국문학 연구의 존재 근거를 되묻고, 초창기의 선구적 연구에 잠재한 가능성을 애써 찾아내어 국문학 연구의 활로를 여는 데 활용할 필요가 있으리라 본다. 자기 학문의 역사에 대한 무지와 무관심이 국문학 연구의 발전을 가로막아온 장애의 하나가 아니었는지도 아울러 반성할 필요가 있다.

안타깝게도 오늘날 대학의 국문학과 학생들은 물론 신진 세대의 연구자들도 도남에 대해 잘 알지 못하는 것이 사실이다. 이렇게 된 데에는 도남의 다음 세대 학자들의 책임이 크다고 할 수 있다. 그들은 대체로 도남을 '경이원지(敬而遠之)'하였다. 도남을 국문학 연구의 개척자로 존숭하면서도 그의 민족주의적 학풍은 계승하기를 거부하였다. 민족 독립과 통일에 기여하는 '운동'으로서의 국문학 연구와 결별하고, 학문 외적인 '이념'에서 벗어나 연구 그 자체가 목적인 '순수 학술'로서의 국문학 연구를 지향하였다. 1950년대 이후 고착된 분단체제에 대한 학문적 순응이라 볼 수 있는 이러한 움직임이 주류로 되면서, 도남의 존재는 점차 망각되어갔던 것이다.

그동안 도남의 국문학 연구를 재평가하려는 노력이 없었던 것은 아니다. 특히 도남이 서거한 직후 도남학회가 결성되어 학회지 『도남학보』를 꾸준하게 간행해왔으며, 그의 학문을 논한 주목할 만한 연구 논저도 간간이 나왔다. 그럼에도 불구하고 지금까지 도남의 진면목이 충분히 밝혀졌다고 보기는 어려울 듯하다. 종전의 논의에서는 도남이 학문적으로나 실천적으로나 민족주의로 일관하면서, 좌우의 대립을 넘어 제3의 길을 모색한 중요한 사실이 제대로 부각되지 못하였다고 생각한다.

도남은 국문학계에서는 유례가 드문 실천적 지식인이었다. 그는 1948년 김구·조소앙의 남북협상에 동행하였으며, 4·19 혁명 당시 대학 교수단 시위를 주도하고 그 후 고조된 통일운동에도 적극 참여하였으며, 1965년 한일협정 비준 때 대일(對日) 굴욕 외교 반대 투쟁에 가담하였다. 그리고 이로 인해 수차 영어(囹圄)의 몸이 되고 대학에서도 추방되었다. 이러한 도남의 활동은 주위로부터 이해받지 못한 채, 불의를 보면 참지 못하는 그의 강직한 성품에서 나온 돌출적 행동으로 취급되었다. 결국 도남은 보수적인 학계의 이단자로 남아 불우한 말년을 보내야 하였다.[1]

그러나 고난을 자초한 도남의 정치적 실천은 그의 민족사관에 따른 필연적 행동이었다. 도남은 '민족의 활로를 명시하는 과학적 학문'을 추구하였으며, 학문도 하나의 '생활'이므로 현실을 떠난 학문은 있을 수 없다고 보았기에 그 같은 행동에 나섰던 것이다. 또한 이렇게 볼 때, 그가 남긴 학문적 업적 가운데 초기의 실증적인 연구를 더 높이 평가하고 민족사관에 의거한 연구를 은근히 폄하하는 견해에 대해서도 동의하기 어렵다. 이는 삶과 학문의 일치를 밀고 나간 도남의 국문학 연구를 온당하게 평가한 것이 아니라고 본다.

따라서 이 글에서는 실천적 지식인으로서의 면모에 초점을 맞추어 도남의 생애를 살펴보고, 이와 밀접한 관련 아래 민족사관을 중심으로 그의 국문학 연구를 재조명해보고자 한다. 이 글이 후학들에게 도남에 대한 관심을 환기하고, 새로운 시대적 여건에서 '민족주의'와 '과학'의 결합을 함께 고민하는 계기가 되기를 바란다.

---

1 "선생의 平日에는 좋아하는 이보다 미워하는 자가 많았고, 사랑하는 이보다 두려워하는 자가 많았"다고 한다. 이가원, 「陶南趙潤濟博士墓碑除幕式式辭」, 『李家源 全集』 4권 (정음사, 1986), 590면.

2. 민족주의자로 일관한 삶

1) 일제강점기의 활동

도남이 서거하였을 때 이희승(李熙昇)은 도남의 자찬(自撰) 묘지명 한 구절을 인용하여 "형은 '민족에 살고 민족에 죽는다(生於民族, 死於民族)'는 신념으로 일이관지(一以貫之)하였습니다"라고 애도하였다.[2] 그 말대로 도남은 구한말과 일제강점기, 해방정국과 6·25, 이승만 독재와 4·19, 5·16과 박정희 독재로 이어지는 한국근현대사의 격동을 고스란히 겪으면서도 평생을 민족주의자로 일관하였다.

도남은 1904년 1월 26일(음력 계묘년 12월 10일) 경상북도 예천군 지보면(知保面) 지보리에서 출생하였다. 이때는 대한제국 광무(光武) 8년으로, 조선 왕조가 멸망하기 직전이었다. 그는 본관이 함안(咸安)으로, 생육신의 한 사람인 어계(漁溪) 조여(趙旅)의 후예였다. 하지만 그의 집안은 현달한 양반 가문은 아니었으며 근세에 와서야 가세가 조금 폈다고 한다. 도남의 부친은 오로지 농사짓고 집안을 다스리며 자제를 가르치는 것으로 업을 삼았다. 부친은 "품성이 강직하고 기개가 당당하였으며, 선을 보면 반드시 행하고 악을 보면 병처럼 여겼고, 마음으로 불의라고 여기면 조금도 물러서지 않았다"고 한다.[3] 도남은 이 같은 부친의 성격을 다분히 물려받은 듯하다.

그의 양반 기질 또한 생장 환경에서 유래한 것이다. '도남'이란 아호는 경상도 안동 도산면(陶山面)에 서당을 짓고 학문과 제자 양성에 힘쓴 퇴계 이황을 숭배하는 뜻을 담은 것이었다.[4] 도남은 예의범절을 배우느

---

2 "生於民族, 死於民族, 何怨之有!"[조윤제, 「自銘」, 『陶南雜識』(을유문화사, 1964), 369면]; 이희승, 「弔辭」, 『도남학보』(도남학회, 1978), 51면. 이희승은 도남의 경성제국대학 동창으로, 1년 후배가 된다.

3 "稟性剛直, 氣岸軒昂, 見善必爲, 見惡如病. 心以爲不義, 則小無退屈." 조윤제, 「先考府君墓表」, 『도남잡지』, 368면.

4 "陶南蚤歲慕陶山." 이가원, 「陶南幽居詩次韻」, 『이가원 전집』 11권, 390면.

라 많은 어려움을 겪어야 "한국 냄새가 물씬 나는 한국 양반이 되는기라"고 하였고,[5] "학문은 지식이 아니고 수양"이며 학자의 논문이나 저서는 어디까지나 "학문적 인격의 표현"이라고 보았다.[6] 그가 국문학사를 연구하면서 부지불식간에 조선전기의 사대부문학과 양반시조에 치중한 것이나, 고려가요라든가 기녀시조, 사설시조와 잡가, 판소리계 소설 등 평민문학을 소홀시한 것도 타고난 양반 기질과 무관하지 않을 것이다.[7]

소년 시절 향리의 서당에서 전통적인 한학 수업을 받은 도남은 신식 학교인 예천공립보통학교와 대구보통고등학교를 거쳐, 1924년에 창설된 경성제국대학 예과(豫科)에 입학하고, 1926년에 창설된 경성제국대학 법문학부에 진학하였다.[8] 그는 조선어학급문학과(朝鮮語學及文學科)를 지원한 단 한 명의 학생이었다. 남들처럼 출세가 보장되는 법과나 의학부를 지망하지 않고, '망국의 어문'을 연구하는 외롭고 힘든 길을 택한 데에서 도남의 비범함이 드러난다.[9]

그런데 도남은 경성제국대학 진학에 즈음하여 자신의 진로 문제로 크게 번민한 듯하다. 그는 처음부터 학자보다는 정치가가 되어 민족운동에 직접 뛰어들고자 하였다. 1926년 동지들과 비밀결사를 조직하여 순종(純宗) 인산(因山) 때 폭동을 선동하는 삐라를 뿌리려다 실패하기도 하고, 만주의 고려혁명당을 찾아서 망명할 계획을 추진하기도 하였다.

---

5 박붕배, 「도남의 인품과 학문적 추구」, 『문학한글』 6(한글학회, 1992), 172면.

6 조윤제, 「비판의 윤리」, 『도남잡지』, 70면.

7 심지어 『춘향전』을 校註하면서, 원문 중에 "風紀上 如何한 것"을 생략하니 "讀者 諒하기를 바란다"고 하였다. 그리하여 예건대, 춘향과 이도령의 첫날밤 상면 중의 몇몇 대목들이 삭제되었다. 조윤제, 「校註者의 말」, 『校註春香傳』(博文書館, 1939), 13면 ; 장덕순, 「도남의 『교주 춘향전』에 대하여」, 『문학한글』 6(한글학회, 1992).

8 일제는 1922년 李商在를 대표로 하는 조선민립대학기성회가 결성되어 거족적인 민립대학 설립 운동을 벌이자 이를 저지하는 한편 여론을 무마할 목적으로 경성제국대학을 창설하였다. 경성제국대학은 식민지 조선의 유일한 대학이었으나, 조선인만을 위한 대학이 아니고 오히려 일본인 학생들이 대다수였다. 강만길, 『한국현대사』(창작과비평사, 1992), 139~140면.

9 심재완, 「도남 조윤제 박사의 회고」, 『문학한글』 6(한글학회, 1992), 143면.

그러나 모두가 여의치 않자 "우리나라 민족정신의 결정(結晶)인 고전문학의 연구"로 방향을 바꾸었다고 한다.[10]

　1920년대 당시 우리 국문학계는 그야말로 황무지여서 "선생도 없고, 또 지도를 받을 만한 선배도 없었다".[11] 경성제국대학의 조선문학 담당 교수는 다카하시 도오루(高橋亨)였으나, 그는 본래 조선사상사가 전공으로, 사단칠정(四端七情)에 관한 퇴계와 율곡의 왕복 서한을 강독하였다.[12] 그 외에 조선어학 담당 교수 오구라 신페이(小倉進平), 「조선식 한문 강독(朝鮮式漢文講讀)」과 「조선예속사(朝鮮禮俗史)」를 맡은 강사 어윤적(魚允迪)이 있었을 뿐이다.[13] 따라서 도남은 직접 관련 문헌을 섭렵하고 자료에 부닥쳐 나가는 수밖에 없었다. "그저 한국 관계의 문헌이라

---

　10 조윤제 自編, 「도남 연보」, 『도남 조윤제 박사 회갑기념논문집』(신아사, 1964), 16면 ; 조윤제, 「나와 국문학과 학위」, 『도남잡지』, 370~371면. 1926년 초 만주 吉林에서 在滿 독립운동 단체의 연합체인 正義府를 기반으로 조직된 고려혁명당은 민족주의자와 사회주의자 간의 알력을 겪다가 1927년 말 지도부가 일경에 체포되자 해체되었다. 「연보」에 '高麗革命團'으로 된 것은 誤記이다.
　11 조윤제, 「나와 국문학과 학위」, 『도남잡지』, 371면.
　12 이희승, 「국문학의 개척자 도남」, 『도남학보』(도남학회, 1978), 89면.
　高橋亨(1878~1964)는 1902년 동경제국대학 漢文科를 졸업한 뒤 이듬해 한성관립중학교 교사로 초빙되었으며, 1910년 조사촉탁직을 맡아 조선의 종교를 조사하는 등 총독부의 정책 자문으로 활동하였다. 또한 1930년대 이후 經學院을 명륜학원으로, 다시 명륜연성소로 바꾸면서 친일적인 '皇道儒敎'를 제창하였으며, 조선성리학을 主理派와 主氣派의 대립으로 체계화하고 양자의 대립으로 인한 당쟁 때문에 조선이 멸망할 수밖에 없었다는 식민사관을 주장하였다. 1947년 일본 天理大學의 교수가 되어 일본의 朝鮮學을 한동안 주도하였다.
　13 조윤제, 「『훈민정음』의 발견」, 『도남잡지』, 163면 ; 김윤식, 『한국근대문학사상사 연구』 1권(일지사, 1984), 12~13면.
　小倉進平(1882~1944)는 동경제국대학 졸업 후 구미 유학을 거쳐 1926년 경성제국대학 교수가 되고, 1933년 이후 동경제국대학 교수로 재직하였다. 「鄕歌及吏頭의 연구」(1927)로 문학박사학위를 취득하고 1935년 일본 學士院 恩賜賞을 받았다. 그 밖에 『增訂朝鮮語學史』(1940), 「조선어 방언의 연구」(遺著) 등을 남겼다.
　어윤적(1868~1935)은 일본 慶應義塾에서 수학하고, 구한말 학부 편집국장·한성사범학교 교장 등을 지냈으며, 周時經과 함께 국문연구소 개설을 주도하였다. 1910년 국권 상실 이후 중추원 참의가 되고 일제의 朝鮮史編修會에 참여하였으며, 大東斯文會 회장으로 鄭萬朝와 함께 활동하였다. 저서로 『東史年表』 등이 있다.

면 모조리 뒤졌고 국문학의 자료라 하면 덮어놓고 끌어모았다. 실로 무모한 짓이었다." 그리하여 1929년 "당시 국문학계의 형편으로 보아서는 그 방면의 유일한 학술논문이었던" 「조선소설의 연구」를 제출하고 경성제국대학 조선어문학과의 제1회 졸업생이 되었다.[14]

졸업 후 도남은 경성제국대학 법문학부 조수(助手)로 임용되어 3년간 연구실 생활을 하며 학자로서 기초를 착실히 다지는 한편, 1931년 경성제국대학 조선어문학과의 후배들과 조선어문학회를 결성하고 "국문학 잡지로서는 최초"인 『조선어문학회보』를 발간하였다.[15] 1932년부터 경성사범학교 교원으로 고단한 직장 생활을 하는 가운데 『조선시가사강(朝鮮詩歌史綱)』을 쓰기 시작하여 3년여 만에 탈고하였다. 그러나 간행해줄 출판사를 구하지 못해 원고를 묵히고 있다가 1937년에야 빚을 내어 자비로 출판하였다.[16] 이어서 1939년에는 『교주(校註) 춘향전』을 간행하였다.

그와 아울러 도남은 1934년 이병도(李丙燾)·송석하(宋錫夏)·손진태(孫晋泰) 등과 함께 자택에서 준비 회의를 갖고 진단학회(震檀學會)를 결성하였다. "계몽주의적 사조에서 탈피하여 실증적인 과학적인 학문을 하자는 것과 일본에 대한 학문적인 항쟁을 하자는 것"이 그 동기였다. 당시 조선사편수회(朝鮮史編修會) 관계자를 중심으로 청구학회(靑丘學會)가 조직되어 『청구학총(靑丘學叢)』(日文)을 내고 있었다.[17] 그에 맞서 진단학회의 기관지 『진단학보(震檀學報)』가 나오면서부터 "우리 학계는

---

14 조윤제, 「나와 국문학과 학위」, 『도남잡지』, 372면.

15 위의 책, 373~375면 ; 이희승, 「국문학의 개척자 도남」, 『도남학보』(도남학회, 1978), 89~90면. 『소선어문학회보』는 나중에 『조선어분』으로 改題되었으며, 7호까지 나왔다.

16 당시 상업은행 頭取였던 친일파 부호 多山 朴榮喆을 찾아가 집 한 채 값에 해당하는 거금 1천 원을 빌렸다는데, 출판된 이후 책이 안 나가고 부채를 갚을 길 없어 대신 책을 多山에게 갖다주었다고 한다. 조윤제 自編, 「도남 연보」, 『도남 조윤제 박사 회갑기념논문집』(신아사, 1964), 18면 ; 심재완, 「도남 조윤제 박사의 회고」, 『문학한글』 6(한글학회, 1992), 154~155면 ; 정양완, 「回顧記」, 『도남학보』 2(1979), 118면 ; 「학술좌담회」, 『도남학보』 2(1979), 99면.

17 진단학회 편, 『역사가의 遺香 – 두계 이병도 선생 추모문집』(일조각, 1991), 226~227면, 281면.

훨씬 더 활기를 띠게 되어 우리나라 학문의 수준은 거의 일인(日人)의 그것에 박두하여가는 듯한 감이 있었을 뿐 아니라, 적어도 조선에 관한 학문에 대하여는 확실히 그 권위를 발휘하게 되었"다고 한다.[18] 1942년 이른바 조선어학회사건이 터지자, 진단학회는 "사상에 큰 관계가 없는, 순학술적 연구를 위한 학회"였기 때문에 별반 압력은 없었지만, 일부 회원이 그 사건에 연루된 것을 우려하여 재정난을 핑계로 자진해서 학회 활동을 중지하였다.[19]

이와 같이 학계의 중심인물로서 의욕적으로 활동하던 도남은 1939년경 학문적 전기(轉機)를 맞게 된다. 중일전쟁 발발을 계기로 일제가 전시 체제를 강화하고 민족 말살 정책을 추진하기 시작한 때였다.[20]

우리 민족문학에는 시가 있고 소설이 있었다 하는 것만으로 민족정신을 고취할 수 있는 문제인가. 또 이것으로써 민족독립을 쟁취할 원기를 북돋우어주며 민족이 살아나갈 앞길을 개척할 수 있는 문제인가. 이렇게 생각한즉 나는 과거의 나의 연구와 학문에 대하여 큰 회의를 품게 되고 일종의 공포심조차 갖게 되었다.[21]

---

18 조윤제, 「나와 국문학과 학위」, 『도남잡지』, 376면. 『진단학보』는 사실상 송석하·손진태의 조선민속학회 기관지 『조선민속』과 도남이 이끈 조선어문학회의 『조선어문』을 통합한 것이었다고 한다. 조윤제 自編, 「도남 연보」, 『도남 조윤제 박사 회갑기념논문집』(신아사, 1964), 17면.

19 진단학회 편, 앞의 책, 282면.

20 그런데 도남은 "때는 마침 滿洲事變이 터지고 上海事變이 일어나서 세상은 한번 뒤집히려 하던 때요, 우리 민족도 이 판에 영원히 망하느냐 그렇지 않으면 한번 다시 살아나느냐 하는 그러한 기운이 움직일 때이었다"고 술회하였다(「나와 국문학과 학위」, 『도남잡지』, 377면). 만주사변(9·18 사건)은 1931년, 상해사변(1·28 사건)은 1932년에 일어났다. 『한국문학사』에서도 그는 "1931년에 만주사변이 일어남으로부터 시국은 점차 불안의 도가니 속으로 들어갔다. (……) 그러다가 1937년에 중일전쟁을 발발시키니 이것이 곧 東亞에서의 세계대전의 개막이 되었던 것이다. (……) 이러니 1931년 이후의 한국의 현실은 암담하여 인테리는 모두 불안과 공포에 싸이어 나아갈 바를 모르고 그저 우울 애수 절망 이것이 그때 그들의 생활이었다"고 하였다(위의 책, 563면). 그렇다면 1930년대 초부터 이미 도남은 학문적 회의를 품고 있었던 셈이다.

그러자 도남은 안정된 교원 생활을 과감히 청산하고, 보성전문학교 (普成專門學校) 도서관에 나가 연구에만 전념하면서 자신의 학문을 재검 토하였다.[22] 비록 전공은 다르지만 도남과 똑같은 번민을 느끼고 있던 손진태와 이인영(李仁榮)이 합세하여 한 그룹이 되어 매일같이 연구 방 법론을 토론하였다. 이들은 진단학회를 중심으로 한 당시 우리 학계의 학풍에 대해 "일본학풍에의 그대로의 맹종(盲從)"이요 학문적 도락(道 樂)에 불과하다고 비판하였다. 그리고 "우리들 현실 문제와 아무 관련 이 없는" 이러한 실증주의적 학풍에서 탈피하여 "민족이 살아나갈 수 있는 길을 명시하는 과학적인 학문"을 추구해야 한다는 결론에 도달하 였다. 도남은 자신들의 새로운 "학문 연구의 입장"을 '민족사관'이라 명 명하고, 이에 입각하여 국문학사를 연구하기 시작하였다.[23]

하지만 생활고로 인해 도남은 1년 만에 보전(普專) 연구 시절을 마감하 고, 1940년부터 일제 패망 때까지 경신학교·중앙중학·동성상업학교·천 주교신학교 등을 전전하면서 한문이나 습자를 가르치는 것으로 호구해 야 하였다. "이 학교 저 학교에서 주위 모은 강의료 몇 푼을 가지고 살아 가는 형편이라서 무엇 하나 펴져나가는 것이 없고 백사(百事)가 군색하

---

21 조윤제, 「나와 국문학과 학위」, 『도남잡지』, 378면.

22 도남은 "이때에 선배와 여러 친구들의 강력한 만류가 있었으나 나는 전후좌우를 돌아보지 않고 사임하여 완전한 無職者가 되었다"고 술회하였다. 그때 도남은 『조선시가 사강』 자비 출판에 따른 큰 빚을 지고 있었을 뿐더러 이미 네 자녀를 둔 가장이었다. 조윤제 自編, 「도남 연보」, 『도남 조윤제 박사 회갑기념논문집』(신아사, 1964), 18면 ; 정양 완, 「回顧記」, 『도남학보』 2(1979), 118면.

23 조윤제, 「나와 국문학과 학위」, 『도남잡지』, 379~381면. 그런데 손진태는 "내가 新 民族主義 조선사의 서술을 企圖한 것은 소위 태평양 전쟁이 발발하던 때였다. 同學 數友 로 더불어 때때로 밀회하여 이에 대한 이론을 토의하고 체계를 구상하였다"고 술회하였 다. 자신의 새로운 입장을 '신민족주의'라고 명명하고, 도남·이인영과 함께 연구하던 시 기를 1941년경으로 말한 점에서 다소 차이가 있다[손진태, 「自序」, 『조선민족사개설』(을유 문화사, 1948), 2면]. 도남과 손진태·이인영 3인은 비공개적으로, 진단학회 내의 실증주의 자들을 '西山學派'라 부르고 자신들은 '東山學派'라고 불렀다고 한다. 실증주의자들은 장 차 서산에 지는 해처럼 몰락할 것이고, 자신들은 동산에 떠오르는 해처럼 융성할 것이라 는 대결 의식과 자신감을 드러낸 것이라 할 수 있다[조동일, 「조윤제의 민족사관과 문학의 유기적 전체성」, 『도남 조윤제 박사 고희기념논총』(형설출판사, 1976), 5면, 각주 7].

였다." 박봉을 털어 사 모은 소중한 고서조차 팔아야만 먹고살 수 있었다. "돈도 없고 시간도 없고 동정도 이해도 없는 환경에서 생활고에 쪼달려 가면서 공부를 계속하였다는 것이 괴롭지 않았을 리가 없었을 것이다."[24]

2) 해방 이후의 활동

드디어 8·15 해방을 맞게 되자, 도남은 애초의 뜻대로 정치가의 길을 갈지 잠시 고민하다가 학계에 머물기로 결심하였다.[25] 경성제국대학의 후신이자 곧 서울대학교로 바뀌게 되는 경성대학의 교수로 취임하여 국문학을 강의하면서, 1948년『조선시가의 연구』와 1949년『국문학사』를 잇달아 출간하였다. 한편 국어 교육에도 힘써, 1947년『국어 교육의 당면한 문제』를 간행하고, 이듬해에는 국어교육연구회를 결성하였다. 그러나 도남의 학자적 생애에서 가장 의욕에 넘치고 생산적이었던 이 시기는 오래가지 않았다.

1948년 4월 평양에서 남북협상이 열렸을 때 도남은 김구·조소앙을 따라 평양에 가서 북한의 실정과 김일성대학교를 시찰하고 왔다.[26] 당시 미국과 이승만을 중심으로 한 국내 우익 세력이 남한만의 단독선거와 단독정부 수립을 추진하자, 김구와 김규식은 이를 저지하고 통일정부를 수립하기 위해 남북 정치 지도자 간의 정치 협상을 추진하였다. 그해 3월

---

24 조윤제, 「『磻溪隨錄』의 還買」, 『도남잡지』, 192면 ; 「나와 국문학과 학위」, 위의 책, 383면.

25 조윤제, 「나와 국문학과 학위」, 『도남잡지』, 382면. 초창기의 서울대학교에는 이병도를 비롯하여 김상기·이상백·손진태·이인영·유홍렬·조윤제·이승녕 등 진단학회 출신 학자들이 대거 교수로 부임하였다. 그런데 일제 말기부터 손진태와 더불어 '신민족주의사관'을 모색해오던 도남이 해방 직후 진단학회의 재건 과정에서 친일파 제명을 주장하고 나섬에 따라 이병도는 새로 재건된 진단학회의 위원장을 맡지 못하고 송석하와 도남이 각각 위원장과 총무를 맡게 되었다고 한다.[한영우, 「이병도」, 조동걸·한영우·박찬술 편, 『한국의 역사가와 역사학』 하(창작과비평사, 1994), 257면 ; 진단학회, 『진단학회 60년지』(1994), 18면]

26 조윤제 自編, 「도남 연보」, 『도남 조윤제 박사 고희기념논총』(형설출판사, 1976), 17면.

김구·김규식·김창숙·조소앙·조성환·조완구·홍명희의 이른바 '7거두(巨頭) 성명'이 발표되었다. 이 성명은 "우리 문제를 미소공위(美蘇共委)도 해결 못하였고 국제연합도 해결 못할 모양이니 이제 우리 민족으로 자결하게 하는 길밖에 없을 것이다"라고 하면서, 단독선거에 반대하고 "통일독립을 달성하기 위하여 여생을 바칠 것을 동포 앞에 굳게 맹서한다"고 선언하였다.[27] 그리고 같은 달 김구·김규식의 남북협상 제안을 북측이 수락함으로써 마침내 평양에서 남북회담이 열리게 되었다.

4월 14일 문화인 108인이 남북협상만이 구국의 길이라는 지지 성명을 발표하였다. 여기에는 이병기(李秉岐)·손진태·송석하도 참여하였다. 이처럼 당대를 대표하는 지식인들 다수가 남북협상을 적극 지지한 것은 정치계뿐만 아니라 일반 국민에게도 큰 영향을 끼쳤다.[28] 4월 20일을 전후하여 한국독립당과 민주독립당, 민족자주연맹의 요인(要人) 수십 명이 남북협상차 북행하였다. 한국독립당은 김구·조소앙 등 8인 외 성명미상의 수행원 6인이 북행에 나섰는데, 아마 도남은 조소앙과 같은 함안 조씨여서 그의 수행원으로 참여한 듯하다.[29] 평양에서 남북회담이 잇달아 열리는 동안 남측 인사들은 북한이 자랑하는 산업시설인 황해제철소와 한창 신축 중이던 김일성대학교 등을 시찰하였다.[30] 4월 30일 남북총선거에 의한 통일정부 수립, 남한 단독선거 반대 등 4개 항의 「공동성명서」 발표를 끝으로 남북회담을 마친 남측 인사들은 5월 초 서울로 귀환하였다.

당시 미군정(美軍政)과 남한의 단독정부 추진 세력은 남북협상에 참가

---

27 『새한민보』 1948년 4월 상순호.

28 송남헌, 「김구·김규식은 왜 38선을 넘었나」, 『신동아』(1983. 9.), 213~214면 ; 서중석, 『남·북 협상 – 김규식의 길, 김구의 길』(한울, 2000), 190~193면.

29 『동아일보』 1948. 4. 22.; 국사편찬위원회 편, 『자료 대한민국사』 1권, 828~829면. 이와 관련하여 이숭녕은 도남이 "조소앙 씨와 일가로서 간 것인데, 그 기회에 이북을 보겠다는 것"이라고 증언한 바 있다[이숭녕, 「도남 회고기」, 『도남학보』(도남학회, 1978), 71면]. 조소앙은 生六臣 조여의 17세손이었다[강만길 편, 「조소앙 연보」, 『조소앙』(한길사, 1982), 299면].

30 송남헌, 앞의 글, 222면.

한 남측 인사들에 대해 북한 공산주의자들의 모략에 넘어간 것이라고 비난하였다. 그러나 김구·김규식 등은 독자적으로 남북협상을 추진하였을 뿐 아니라 남북 지도자들 간의 합의에 의거한 「공동성명서」 발표를 큰 성과로 여겼다. 비록 그 후 정치적 상황이 악화되어 소기의 성과를 거두지 못하고 말았지만, 통일국가 수립이 미완의 민족사적 과제로 남아 있는 한 1948년 남북협상은 선구적 시도로서 높이 평가될 것이다.

그런데 도남은 1949년 12월 돌연 경무대(景武臺) 경찰서에 피검되었다. 남북협상에 가담하였다는 이유로 불구속 송청(送廳)되었으나 검찰청에서 불기소 처분되었다.[31] 북에 갔다 왔을 뿐더러 교수회의 석상에서 김일성대학교를 칭찬하였으니 도남은 곧 공산당이라는 학내 반대파의 모함이 작용한 결과였다. 이 사건으로 도남은 서울대학교 문리과대 학장직에서 물러나야 하였다.[32] 이는 남북분단 이후 그가 겪은 첫 번째 곤액이었다.

1950년 6·25 전쟁이 터졌을 때 도남은 미처 피난 가지 못한 채 서울에 남게 되었다. 그는 인민군에게 끌려 동대문경찰서로 연행되었다가 하루 만에 석방되어 은신하던 중, 다시 서울대학교 학생자치위원회에 불려가 일주일간이나 문초를 당한 뒤 놓여났다. 9월 28일 서울이 수복됨으로써 도남은 구사일생으로 살아났지만, 학문적 동지였던 이인영은

---

31 조윤제 自編, 「도남 연보」, 『도남 조윤제 박사 고희기념논총』(형설출판사, 1976), 17면. 「도남 연보」에는 1948년 "11월"의 사건으로 기록되어 있으나, 이병기의 『가람일기(Ⅱ)』 1949년 12월 10일 자에는 "조윤제 군이 어제 검거되었다"고 기록되어 있다. 또한 그로 인해 12월 15일 경무대 경찰서에 증인으로 불려가 취조당하였다고 한다(신구문화사 1976), 619면. 경무대는 청와대의 전신으로, 당시 경무대 경찰서에서 호출한다 하면 떨게 되어 있었다.

32 이숭녕, 「도남 회고기」, 『도남학보』(도남학회, 1978), 71~72면. 이병기와 마찬가지로 경무대 경찰서에 증인으로 불려가 취조받은 바 있는 이숭녕은 도남이 "김일성대학의 장점을 말씀하셨거든요. 이것이 남이 잘 이해할 수 없는 용기 있는 부분"이라고 술회하였다 [이숭녕, 「기념강연 — 도남 선생의 인간상」, 『도남학보』 2(도남학회, 1979), 132면. 당시 도남을 몰아낸 학내 반대파의 대표적 인물은 이선근이었다고 한다.(고 이운구 성균관대학교 동양철학과 교수의 증언. 2004. 9. 10.) 이선근은 1948년 서울대학교 문리과대 정치학과 교수로 부임하여 학생처장을 역임하고, 1949년 서울대학교 법과대학 학장서리를 역임하였다.

북의 내무서원(內務署員)에게 끌려간 뒤 행방불명이 되었다.[33] 손진태 역시 납북되었다.

서울이 수복되자 그동안 피난 갔던 소위 도강파(渡江派) 교수들이 돌아와 부역심사위원회(附逆審査委員會)를 조직하고 서울에 남았던 교수들을 심사하였다. 심사위원 중에는 도강파가 아닌 자도 끼어 있었다. 어느날 도남이 만취하여 심사회의가 열리던 총장 공관으로 들어와 "부역한 놈이 부역하지 않은 놈을 심사하는 법이 어디 있느냐"고 호통치며 현관 유리를 박살내었다. 그때 심사한 결과로도 도남은 부역한 일이 없었던 사실이 확인되었으나, 학내 반대 세력들은 도남이 일으킨 소동을 빌미 삼아 '개전의 정이 없다'는 이유로 사표를 내게 하였다고 한다.[34] 이것이 그가 겪은 두 번째 곤액이다. 그해 10월 서울대학교 교수직에서 쫓겨난 도남은 성균관대학교의 전임 교수가 되었다.[35]

성균관대학교에 재직하는 동안 도남은 1952년『국문학사』를 주(主)논문으로 하고『조선시가의 연구』를 부(副)논문으로 하여 문학박사학위를 받았으며, 대학원장과 부총장 등을 지냈다. 1955년『국문학개설』을 간행하였으며, 1957년『교주 춘향전』의 수정판을 내었다. 이러한 외견상의 순탄한 경력에도 불구하고,『국문학개설』의 서문을 보면 1950년대 당시 도남의 암담한 심경을 엿볼 수 있다.

---

33 조윤제 自編,「도남 연보」,『도남 조윤제 박사 고희기념논총』(형설출판사, 1976), 18면 ; 조윤제,「6·25의 수난」,『도남잡지』.

34 이숭녕,「도남 회고기」,『도남학보』(도남학회, 1978), 72~73면. 김성칠의 1950년 10월 9일 자 일기에 의하면 당시 부역심사위원회에서 도남은 자신은 6·25 이후 제1차 숙청으로 서울대학교에서 떨려났으므로 그 뒤에까지 남아 있던 사람들과는 본질적으로 다르다고 주장하였다. 그러자 도남과 함께 제1차 반동 숙청에 걸렸던 몇몇 사람이 자기네만이 객관적으로 증명된 진실한 애국자임을 강조하고, 이번 심사위원 중에는 그렇지 못한 사람들까지 섞여 있는 데 대해 불만을 토로하였다고 한다. 김성칠,『역사 앞에서』(창작과비평사, 1993), 243면.

35 조윤제 自編,「도남 연보」,『도남 조윤제 박사 고희기념논총』(형설출판사, 1976), 18면. 1949년 4월 도남은 성균관대학교 교수에 兼任되었다.

전에 『국문학사』는 해방 직후 서울대학을 조직하여 들어가면서 이 나라의 대학 교육을 창건함으로써 조국 재건에 이바지하겠다는 굳은 결심과 또 행정의 중책을 짊어지고 그야말로 눈코 뜰 새 없는 격무 중에서도, 시일은 걸렸지마는, 감격과 용기와 열정을 가지고 썼었는데, 이 『국문학개설』은 비교적 한유(閑裕)한 시간을 많이 가지고 썼음에도 불구하고 늘 쓰면서 권태와 곤함을 스스로 느끼지 않을 수 없었던 것은 웬일인가. 그러면 나도 나이 오십 고개를 넘어섰으니 그야말로 세속적인 정력이 쇠퇴하였던가. 혹은 6·25 사변이라는 민족적인 대시련에 그만 시달리고 말았던 것인가. (……) 그러나 그것만이 아니리라. 그보다는 나는 도리어 오늘날 우리 민족이 한없는 곤한 가운데에 희망조차 두질 못하고 허공을 허벅대고 있는 이 역사적 순간에 우리가 처하여 있기 때문이 아닌가 한다.[36]

분단체제하에서 이승만 정권의 독재에 시달리던 민중이 1960년 4월 마침내 항쟁을 일으켰다. 3·15 부정선거와 시위 학생 피살에 분노한 마산 시민들의 대대적인 시위와 4월 18일 고려대학교 학생들의 시위에 이어, 4월 19일 서울 시내 학생들이 총궐기하자 시민들이 가세하였다. 경무대 앞까지 진출한 시위 군중은 경찰의 발포로 1백여 명이나 사망하였다. 이승만 정권은 서울 등 5개 도시에 계엄령을 선포하는 한편 기만적인 수습책으로 위기를 모면하려 하였다. 그리하여 잠시 소강상태에 있던 항쟁의 불씨를 되살려낸 것이 4월 25일 대학 교수단 시위였다.

4·19 직후 고려대학교의 몇몇 교수가 주동이 되어 대학생들의 시위를 지지하기 위한 계획을 추진하자, 도남은 "내 혼자라도 데모를 해야겠다고 생각하여왔던 참이니 대찬성이다"라고 하면서 적극적인 호응을 자

---

36 조윤제, 「서문」, 『국문학개설』(동국문화사, 1955), 3면. 현대철자법에 맞추어 원문을 일부 고쳐 인용하였다.

청하고 나섰다.[37] 의기투합한 고려대와 성균관대·연세대·서울대·동국대 등의 몇몇 교수가 비밀리에 논의한 결과, 시내 각 대학 교수들을 모아 시국선언문을 발표하고 가두시위를 제의하기로 하였다. 도남은 고려대학교 이상은(李相殷) 교수에게 선언문의 기초를 의뢰하였다.[38] 4월 25일 오후 서울대학교 교수회관인 함춘원(含春苑)에 수백 명의 교수들이 집결하여 회의를 열었다. 이상은 교수의 시국선언문 초안을 두고 의견이 백출하자 도남을 포함한 9인의 기초위원을 선출해서 시국선언문을 확정하고, 만장일치로 가두시위를 결의하였다. 준비해온 플래카드에 "각대학교수단(各大學敎授團)"이란 글자밖에 없으니 교수들이 왜 데모하는지 모르지 않겠느냐고 하여, 도남이 제안한 "학생의 피에 보답하자"는 구호를 써넣었다.[39]

대학 교수단의 시국선언문은 학생 시위를 '정의감의 발로'이며 '민족정기의 표현'이라 찬양하면서 이승만 정권의 퇴진과 정·부통령 선거 재실시를 요구하는 내용을 담고 있었다.[40] 교수들은 시국선언문을 낭독한 뒤 가두시위에 나서, "이승만은 물러가라", "학생의 피에 보답하자"는 구호를 외치면서 종로를 거쳐 태평로의 국회의사당 앞까지 진출하였다. 교수들의 시위는 처음으로 이승만 대통령의 하야를 요구함으로써 그동안 막연하던 항쟁의 목표를 분명히 제시하는 결과를 낳았다. 그리고 교수단 시위에 힘을 얻은 수많은 학생과 시민들이 밤새워 격렬한

---

37 조화영 편, 『4월혁명투쟁사 – 취재 기자들이 본 4월혁명의 低流』(국제출판사, 1960), 142면.

38 「교수 데모 비화」, 『경향신문』 1964. 4. 25.;『4·19 10주년 기념지』(4·19 유족회, 1971), 181면.

39 「임창순 – 4·25 교수 데모에 앞장선 한학·금석학의 대가」, 『역사비평』 18(1992), 192면.

40 조화영 편, 앞의 책, 149~151면;「대학 교수단 시국선언문」, 六一會 편, 『4월 민주혁명사』(제3세대, 1992), 161~162면.「시국선언문」은 또한 학생 시위를 공산당의 조종이나 야당의 사주로 보지 말라고 하면서도, "호시탐탐하는 공산괴뢰들"이 학생 시위를 선전에 이용하고 있음을 경계해야 한다고 하였다.

시위를 벌임으로써 이승만 정권에 결정적인 타격을 가하였다. 4월 26일 이승만은 하야성명서를 발표하고, 그해 5월 말 망명길에 올랐다.[41]

도남은 독재의 아성이 무너진 4월 26일을 '무적일(無賊日)'이라고 불렀다. 그날은 완전히 무정부 공백 상태가 되었음에도 불구하고, 평소 도둑 많기로 유명한 서울의 치안에 아무 이상이 없었던 점을 예찬한 것이었다. "한국민족은 확실히 도덕이 높은 문화민족"으로 이것이 우리 민족의 "진자태(眞姿態)"인데, 8·15 해방 이후 다시 1960년 4월 26일의 '무적일'에 이 민족의 '진자태'가 나타났다고 하면서, 그동안 열악한 내외 환경으로 인해 억눌려 있던 "우리 민족의 위대성"이 다시 한 번 드러난 날이라고 감격해하였다.[42]

도남은 4·19를 "독재에 대한 자연 발생적인 민족의 대시위 운동"으로 규정하였다. "자연 발생적이라고 하는 것은 거기에 참다운 민의(民意)가 발동하여 있다는 것"을 의미하지만, 학생들도 "애초에 무슨 계획이라든가 일정한 이상이 있었던 것이 아니"라는 한계가 있었다고 보았다. 그리고 4·19도 하나의 혁명인 만큼 그 주체 세력인 학생과 교수가 마땅히 과도 정부를 조직해야 하겠지만, 학생은 그 임무를 감당할 수 없고 교수단의 궐기도 자연 발생적이었기 때문에 준비가 없었을 뿐더러 실력을 갖추지 못하였으므로, "휴전선을 사이에 두고 남북이 살벌하게 대치하는 남한"에서는 법질서를 유지하는 것이 급선무라고 판단하였다. 따라서 그는 이승만이 임명한 허정 내각을 승인하고, 유능한 정치가에게 혁명 후의 건설을 맡겨야 한다고 결심하였다. 그러나 "혁명의 첫 단계인 파괴에 성공한" 교수들은 "무조건 후퇴하지는 않았다". 4·25 시위 교수단을 주체로 하는 교수협의회를 조직하여, 시국을 감시하며 제2공화국의 건립에 적극 협력하고자 하였다. 5월 29일 한국교수협회가 결성되어

---

41 以上 4·25 대학 교수단 시위에 관해서는 조화영 편, 위의 책과 조윤제, 「4·19의 증언」(『도남잡지』) 참조.
42 조윤제, 「無賊日」, 『도남잡지』.

도남을 의장으로 선출하고 시국선언 제2호를 발표하였다.[43]

6월 들어 국회는 내각책임제 개헌안을 통과시키고 해산하였으며, 7월 29일 총선이 실시되었다. 총선에 즈음하여 도남은 학생들에게 "제2공화국의 운명을 결(決)할" 이 선거를 철저히 감시할 것을 당부하였다. 구자유당(舊自由黨) 의원들과 3·15 부정선거의 원흉들이 출마할 뿐만 아니라 "근자에 혁신이라는 말이 갑자기 대유행하여 정치 야심가들이 쏟아져 나오는 경향"을 개탄하고, '악질 정상배(正商輩)'와 싸워 '혁명정신'을 지켜내야 한다고 역설하였다.[44]

총선은 과거 제1야당이던 민주당의 압승으로 끝나 장면 정권이 탄생하였다. 그러나 국민들의 기대를 모았던 장면 정권은 당내 파쟁과 지도력 부재로 말미암아 무능과 실패를 드러내기 시작하였다. 도남은 "현재에도 이미 혁명은 확실히 진전하였다기보다 도리어 후퇴하고 있다"고 하여 장면 정권에 대해 실망을 감추지 못하였다. 그리고 정쟁과 경제 파탄으로 국민 생활이 불안하고, 진취적인 학생 세력과 기성 정치 세력 간의 불화로 사회가 어수선하여 "이러한 시기에 좌익의 준동(蠢動)도 결코 방심되지 않는 일이니," 정부는 부정선거 원흉과 부정축재자를 처벌하는 특별법 제정 등 '혁명 사업'을 하루속히 완수하고, 정쟁을 지양하여 과단성 있게 일하여주기를 촉구하였다.[45]

한편 총선에서 참패한 사회대중당과 한국사회당 등 혁신정당들은 통일 운동에서 활로를 찾고자 하여 1961년 2월 진보적 정당과 사회단체를 망라한 민족자주통일협의회(약칭 민자통)를 결성하였다. 6·25 이후 최대 규모의 사회 운동 단체인 민자통은 분단체제에서 금기시되었던

---

43 조윤제, 「4·19의 증언」, 『도남잡지』, 330~332면 ; 336~337면 ; 조윤제 自編, 「도남 연보」, 『도남 조윤제 박사 회갑기념논문집』(신아사, 1964), 22면.

44 조윤제, 「4·19의 증언」, 附一 「4월의 학생은 어떠한 태도로 선거에 임할 것인가」, 『도남잡지』.

45 조윤제, 「4·19의 증언」, 附二 「혁명은 진전되고 있는가—4월 이후의 회고와 전망」, 『도남잡지』.

통일 논의를 활성화하는 데 기여하였다고 할 수 있다. 한국교수협회 의장인 도남은 명망 높고 민족주의 성향이 강한 원로로서 민자통에 참여하여, 그해 3월 민자통 중앙협의회 의장으로 추대되고, 4월 초에는 민자통 산하 통일방안심의위원회 의장이 되었다. 그리고 학계·혁신정당·언론계 인사들로 구성된 30여 명의 심의위원들과 함께 오스트리아식 중립, 인도식 중립, 스위스식 중립에 대한 토론을 하고 "민족자주정신에 입각하여 국제협조하에 중립통일을 기한다"는 통일 방안을 결정하였다.

민자통의 중추 기관인 상무위원회가 남북협상을 통한 자주적 통일론을 주장하였음에도 불구하고, 그 산하기관인 통일방안심의위원회가 국제협조하의 중립화 통일 방안을 채택한 것은 의장인 도남을 비롯한 상당수의 위원이 중립화 노선을 지지한 때문이었다. 그러자 상무위원회는 통일방안심의위의 결정은 참고 자료일 뿐이라고 하면서 수용하기를 거부하였다. 이처럼 내부의 의견 대립으로 민자통은 공식적인 통일 방안을 제시하지 못한 채 5·16 쿠데타를 맞게 되었다.[46]

도남은 5·16 직후 피검되어 그해 연말에 기소되었으며, 이듬해인 1961년 정월 검찰로부터 5년 구형을 받았다. 민자통의 주요 간부로 활동하고 중립화 통일 방안을 주장함으로써 반국가단체인 북괴의 활동을 찬양·고무·동조하여, 특수범죄처벌에 관한 특별법 제6조의 구성 요건, 즉 국가보안법 제1조에서 규정한 죄목을 범하였다는 것이었다. 그 사이에 그는 자원(自願) 형식으로 성균관대학교 교수 겸 대학원장직에서 물러나야 하였다. 1962년 2월 도남은 혁명재판소로부터 무죄 선고를 받고, 8개월 반 만에 서대문형무소에서 출옥하였다.[47]

---

46 김지형, 「4월민중항쟁 직후 민족자주통일협의회의 노선과 활동」, 한국역사연구회 4월민중항쟁연구반, 『4·19와 남북관계』(민연, 1999) ; 김보영, 「4월민중항쟁 시기의 남북 협상론」, 위의 책 ; 「민족자주통일방안 심의위원회 사건 (I)」, 편집부 편, 『4·19 혁명론 (II) — 자료편』(일월서각, 1983), 386~387면 참조.

출옥 직후 도남은 『국문학사』의 개고(改稿)에 착수하여 9월에 탈고하고 『한국문학사』라 개제(改題)하였다. 1963년 『한국문학사』를 간행하고, 그 이듬해에는 회갑 기념으로 과거 신문·잡지 등에 발표하였던 글들을 모아 『도남잡지(陶南雜識)』를 간행하였다.[48]

1965년 3월 도남은 3년 남짓의 실직 상태에서 벗어나 대구의 청구대학 교수로 부임하였다.[49] 도남은 자찬 묘지명에서 "성격이 세상에 물들지 않고, 세상도 이를 허여하지 않아, 화를 입기 세 차례였다"고 하였으나,[50] 마지막 또 한 차례의 곤액이 기다리고 있었다.

청구대학에 부임하자마자 도남은 한일협정 비준 반대 운동에 휩쓸려 들었다. 갓 출범한 제3공화국의 박정희 정권은 동북아의 반공 블럭을 강화하려는 미국의 압력에 부응하는 한편 일본의 원조로 경제난을 타개함으로써 권력 기반을 다지기 위해 한일협정을 조속히 체결하고자 하였다. 그에 따라 1964년 초 한일회담을 타결하고 곧 한일협정을 비준할 방침을 발표하였다. 게다가 불리한 조건을 감수한 비밀협상 내용이 드러나면서, 대학생들이 주도한 대일 굴욕 외교 반대 투쟁이 일어나 6월 3일에는 4·19 이후의 최대 시위로까지 발전하였다. 계엄령을 발동하여 '6·3 사태' 진압에 성공한 박 정권이 이듬해 들어 다시 한일회담 강행 의지를 보이자 반대 투쟁이 재차 불붙기 시작하였다. 대학생들의 끈질긴 시위에도 불구하고 한일협정이 조인되고 국회 비준만 남은 시점에서는 목사·문인·교수 등 사회 각계의 지식인까지 반대 투쟁에 참여하였다.

1965년 7월 12일 도남은 총 354명이 참여한 재경 교수딘(在京敎授團)

---

47 조윤제 自編, 「도남 연보」, 『도남 조윤제 박사 고희기념논총』(형설출판사, 1976), 20면 ; 「민족자주통일방안 심의위원회 사건 (I)」, 위의 책, 387~388면.

48 조윤제 自編, 「도남 연보」, 위의 책, 20~21면.

49 청구대학 최해청 학장의 후의로 특별 초빙되었다고 한다.(심재완, 앞의 글, 142면)

50 "性不染世, 世亦不與, 被禍三次."(「自銘」, 『도남잡지』, 369면)

의 한일협정 비준 반대 선언문에 서명하고 의장단 대표의장에 추대되었으며, 이로 인해 다음 날 중앙정보부에 연행되었다. 그리고 7월 31일 한일협정 비준 반대를 위한 연대 투쟁 조직으로서 대학 교수단·예비역 장성·종교인·문인 등 3백여 명이 참가한 조국수호국민협의회가 결성되자, 도남은 학계 대표로서 집행위원 21인 중의 한 사람으로 선임되었다. 8월 14일 한일협정 비준 동의안이 공화당만의 일당(一黨) 국회에서 통과된 직후, 그는 조국수호국민협의회 회원 및 집행위원을 사퇴하였다. 9월 30일 도남은 한일협정을 반대하였다 하여, 문교부로부터 정치 교수로 지목되어 다시 대학에서 추방되었다.[51]

도남은 1967년 3월 청구대학 교수에 복직되었다. 그리고 그해 12월 청구대학과 대구대학이 통합하여 영남대학교가 됨으로써 "자동적으로" 영남대학교 교수가 되었다.[52] "청구대학이 영남대학으로 새출발하게 되니, 선생에 대한 인식과 예우가 달라졌다. 노교수는 쉬시도록 함이 좋지 않겠느냐란 말이 나오기까지 하였다"고 한다.[53]

도남은 1974년 2월 영남대학교에서 정년퇴임한 뒤, 1976년 4월 10일 서울 성북구 돈암동 자택에서 향년 73세로 별세하였다.

---

51 6·3 동지회, 『6·3 학생운동사』(역사비평사, 2001), 145~147면 ; 조윤제 自編, 「도남 연보」, 앞의 책, 22면.
　『한국문학사』에서 이미 도남은 "지금 한일회담에 재일교포의 법적 지위문제가 중요한 의제의 하나로 되어 있으나, 징용되어가서 아직도 돌아오지 못하고 일본에 남아 있는 그 교포의 수만 보더라도 우리 민족이 전쟁으로 인해 그 피해가 얼마나 크다는 것을 가히 알 수 있다"고 하여(467면), 한일회담에 대한 그의 깊은 관심을 드러내었다.
52 조윤제 自編, 「도남 연보」, 앞의 책, 22면.
　1948년에 설립된 청구대학은 1964년 30여만 평의 새 캠퍼스로 이전하고 1967년 당시까지 총14회 3천여 명의 졸업생을 배출하면서 교세가 날로 발전하던 중이었다. 대구대학 역시 통합 당시까지 총16회에 3천여 명의 졸업생을 배출하였다. 영남대학교는 양 대학을 통합하고 당시 대통령 박정희를 설립자로 하여 발족되었다. 청구대학 설립자의 유족은 박정희 대통령에게 대학을 강탈당하였다고 주장하고 있다.(『한겨레신문』 2004. 8. 19.;「대학비사 : 최찬식의 '청구대학' 증언」 1~14,『교수신문』 2008. 3. 17.~12. 11.)
53 심재완, 앞의 글, 142면. 해방 직후부터 도남과 악연이 있던 이선근이 1969년 영남대 총장으로 부임하여 1974년까지 재임하였다.

3. 제3의 길로서의 '민족사관'

1) 『조선시가사강』(1937)

도남의 학문을 대표하는 3대 저작은 『조선시가사강』과 『국문학개설』
과 『한국문학사』이다.[54] 도남은 『국문학사』의 개정판인 『한국문학사』
에 대해 "필생의 사업"이었다고 하면서 이를 자신의 최고 득의작(得意作)
으로 자부하였다.[55] 그리고 『국문학개설』에 대해서는 "나의 『국문학사』
의 자매편"으로 "나의 국문학 연구의 사업도 대강 여기서 줄거리는 마쳤
다 하여서 가(可)할 것"이라고 하였다.[56] 반면 『한국문학사』를 간행한
뒤 그는 『조선시가사강』에 대해 '없애버리고 싶은 부끄러운 책'이라고
자평하였다고 한다.[57]

도남의 초기의 연구 성과를 집대성한 『조선시가사강』은 "조선 초출
(初出)의 계통적 서술의 시가사"요 "문헌적 연구로서의 대작(大作)"으로
평가된다.[58] 이와 같은 평가대로 『조선시가사강』은 실증적인 방법에 의
거하여 관련 자료들을 최초로 정리한 노작(勞作)이다. 여기에서 도남은
시가의 '형식'을 중심으로 우리 시가사를 체계화하고자 하였다. 즉, 향
가의 형식을 분류하고 경기체가와 시조의 형식을 규정하며, 장가(長歌)
의 종류를 분별하는 등 형식에 따른 시가의 분류와 그 문학사적 선후
관계 정립을 시도하였다. 그런데 이처럼 도남이 시가의 '형식'에 치중한
데 대해, 형식 탐구를 통해 조선 민족성의 특성을 해명하려는 "이념과

---

54 "陶南先生眞學者, 自有三種鉅著書." 이가원, 「趙陶南七秩頌壽詩」, 『이가원 전집』 13
권, 25면.

55 "著有韓國文學史, 此爲畢生事業."(조윤제, 「自銘」, 『도남잡지』, 369면) ; 이가원, 「陶南
國文學賞第二回施賞式式辭」, 『이가원 전집』 4권, 95면.

56 조윤제, 「서문」, 『국문학개설』(동국문화사, 1955), 1면.

57 심재완, 앞의 글, 155면 ; 「학술좌담회」, 『도남학보』 2(도남학회, 1979), 99면.

58 이병도, 「序」, 『조선시가사강』(東光堂書店, 1937), 2면 ; 최진원, 「도남 국문학의 개
관」, 『成大文學』 10(1964), 49면.

형식의 등가사상(等價思想)"의 발로라거나, 문학의 자율성을 전제로 한 "문학의 내적 특성"의 탐구로 높이 평가한 것[59]은 지나친 해석이 아닌가 한다.

도남이 경성제국대학에 재학하던 무렵 우리 국문학계는 황무지나 다름없어 "시조의 형식이 일부 호기자(好奇者)의 관심을 끈 이이(而已)였었다."[60] 즉, 음수율을 중심으로 시조의 형식이 몇몇 시조 작가에 의해 논의되고 있었을 따름이다. 이은상이 단형시조의 '기준율'을 논하고 이광수가 시조의 '기준 형식'을 논하였지만, 창작가들의 주관적인 논의에 불과하여 "객관적 학구적 연구까지는 이르지 못"하였다.[61] 또한 경성제국대학 조수 시절에 도남은 은사인 오구라 신페이가 『향가 및 이두의 연구』를 공간하고 쯔치다 쿄우손(土田杏村)과 "향가의 형식에 대하여 긴 논쟁"을 벌이자, 이에 자극받아 "우리나라 시가의 연구는 내가 하여야 하겠다는 결심을 하게 되었다"고 한다.[62] 이렇게 볼 때 『조선시가사강』에서 도남이 형식 중심의 체계화를 지향한 것은 무엇보다 시조와 향가의 형식에 관한 선행 논의에 영향을 받은 때문이라 하겠다. 여기에는 또한 당시 시학(詩學)의 수준이 운율론에서 끝나고 이미지나 비유 등에

---

59 김윤식, 『한국근대문학사상 연구』 1권(일지사, 1984), 제1부 「이념과 형식 - 조윤제론」 ; 류준필, 『형성기 국문학 연구의 전개 양상과 특성 - 조윤제·김태준·이병기를 중심으로』(서울대학교 대학원 박사학위논문, 1998).

60 조윤제, 「나와 국문학과 학위」, 『도남잡지』, 371면.

61 이동영, 「국문학 연구 초기에 있어서의 시가 연구」, 『도남 조윤제 박사 회갑기념 논문집』(신아사, 1964), 365~371면(이 논문은 도남의 대학원 강의 노트를 바탕으로 작성한 것이라 밝히고 있다). 따라서 도남은 「時調字數考」(1930)에서 『歌曲原流』로부터 단형시조 411수를 뽑아 통계를 내었다. 그리하여 "절대 객관적 입장에 서서 치밀하게 자료를 취급하여 나온 결과로서 비로소 시조의 형식이 과학적으로 검토됨으로써 그 본 자태를 확실하게 파악한 듯하다"고 하였다(위의 논문, 373~374면).

62 조윤제, 「나와 국문학과 학위」, 『도남잡지』, 373면.
土田杏村(1891~1934)은 다방면으로 문화를 논하고 맑시즘을 비판하는 평론가로 활동하다가 나중에는 新短歌의 原理나 國文學 연구에 몰두하였다. 『上代의 가요』(1929)에서 그는 일본고대가요의 형식을 논하면서 향가의 형식에 대해서도 언급하였다. 小倉進平가 향가의 4구체·8구체설을 주장한 반면 土田杏村은 4구체·10구체설을 주장하였다.

까지는 관심이 미치지 못한 한계도 작용하였을 것이다.[63]

도남은 기존의 논의와 방법을 발전시켜,[64] 향가의 형식상 특징을 '전후대소절(前後大小節) 분단(分段)'과 '반절성(半折性)'으로 명확하게 정식화하였다. 그리고 이 이론을 시가 전반(全般)에 적용함으로써 그 같은 형식상의 특징이 향가에서 고려가요를 거쳐 시조에까지 일관되게 나타남을 입증하고자 하였다. 이에 비로소 한국시가사의 체계화가 가능하게 된 것이다. 그러므로 도남의 뛰어난 점은 과감하게 이론화를 시도하고 그 이론을 확대 적용한 데 있는 것이지, 당시 대다수 논자와 마찬가지로 시가의 형식에만 관심을 국한한 데 있는 것은 아니라고 본다.

또한 도남은 통계적 귀납이나 논리적 추론에 의거하여 시가의 형식을 파악하고자 하였다. 그는 이러한 자신의 방법의 특징을 '이념적(理念的)'이라 표현하였다.[65] 그뿐만 아니라 '이념적' 방법에 의거하여 설정한 시가의 기본 형식도 '이념'이라고 불렀다.[66] 이처럼 방법이자 모형(模型)

---

63 「학술좌담회」, 『도남학보』 3(1980), 73면.

64 시가 형식의 倍數 발전 즉 '半折性'론이나, 통계적 평균을 구해 자수율을 추정하는 방법이 土田杏村으로부터 영향을 받았으리라는 점이 지적된 바 있다.(김윤식, 앞의 책, 28~31면 ; 류준필, 앞의 논문, 28~29면) 시조의 음수율에 관한 도남의 결론은 "가람(이병기)·노산(이은상)·춘원(이광수) 三氏의 연구와 비교하여 보면 大同小異"한 것으로(이동영, 앞의 논문, 373면), 철저한 통계적 방법으로 문헌 자료를 치밀하게 검토하기는 하였지만, 선행 논의의 타당성을 재확인한 데 그친 셈이라 할 수 있다.

65 「시가의 原始形」(1933)에서 그는 4구체가 2구체에서 나왔다고 보는 것은 조선시가의 "이념적 발달 설명"이라고 하였고, 2구체가 조선시가의 母形이고 각 구가 8音이란 결론은 귀납적으로 얻은 "이념적 논술"이라 하였으며, 2구체가 "이념적 산물"이든 아니든 조선시기의 원시형임에는 틀림없다고 하였다.(『조선시가의 연구』(을유문화사, 1949), 56, 60면) 후일 「시조의 '종장 제1구'에 대한 연구」(1953)에서도 그는 같은 의미로, 시조의 초장과 중장을 前大節, 종장을 後小節로 분석하고 이를 "이념적 分段論"이라 하였다(『도남잡지』 10, 15면).

66 「時調字數考」(1930)에서 그는 "시조 자신이 가지고 있는 운율상 방불한 이념(Idea)이라고도 할 수 있는 字數를 파악할 수 없을까"라고 문제를 제기한 다음, "以上 결론으로 얻은 344(3)4, 344(3)4, 3543은 時調形의 이념이라 할만 한 것"이라고 주장하였다.(『조선시가의 연구』(을유문화사, 1949), 135, 173면) 후일 「시조의 '종장 제1구'에 대한 연구」(1953)에서도 그는 같은 의미로, '전후대소절 분단'이 우리 시가 형식의 '기본 이념'이며, 시조와 같은 古詩歌에는 前後 大小節에 分段되는 '이념'이 있다고 하였다. 동시에 그는 3434,

이라는 이중의 의미를 함축한 '이념'이란 말은 도남의 초기 시가 연구에서는 그나마도 아주 드물게만 쓰였다. '이념'이 도남의 국문학 연구에서 중심 개념으로 부상한 것은 실은 민족사관 확립 이후에 나온 『국문학개설』부터인데, 거기에서 '이념'은 '문학에 나타난 민족적 특성'이라는 또 하나의 새로운 의미를 머금고 있었다.[67]

따라서 도남이 민족의 '이념'을 시가의 '형식'에서 찾았다고 보는 '이념과 형식의 등가사상'설은, '이념'이란 개념이 그의 초기 연구와 후기 연구에서 서로 다른 의미와 비중으로 쓰인 사실을 무시한 것이다.[68] 그렇기는 하지만, 시가의 형식을 논하면서 굳이 '이념'이란 철학 용어를 구사한 데에서 국문학 연구 초기부터 도남에게는 단순한 형식 논의를 넘어서려는 지향이 있었음을 엿볼 수 있다. 그리고 과연 민족사관 확립 이후 도남은 바로 이 다의적(多義的)인 '이념'을 매개로 해서 형식과 내용을 통일적으로 파악하고자 하였다.[69] '등가사상설'은 이 점을 일정하게 간취한 셈이라 할 수 있다.

『조선시가사강』은 형식을 중심으로 우리 시가사를 최초로 체계화하

3434, 3543이 시조의 '기준형'이라고도 하였다.(『도남잡지』, 4, 9, 16면) 이로써 보면 도남의 '(기본)이념'은 '기준형'이란 말과 동의어이며, 따라서 이는 이은상의 '기준율'이나 이광수의 '기본 형식'과 다를 바 없다.

67 도남은 그러한 의미에서 국문학의 '이념'을 구명하는 '이념적' 연구를 역설하면서도, 시가의 운율을 논한 節에서는 여전히 전후대소절 분단이 '한국시가 형태의 기본 이념'이라고 하였다.(118~123면)

68 선행 논문에서 이러한 '등가사상설'의 문제점에 대한 언급이 있었다[장규섭, 「도남의 '국문학의 이념'에 관한 고찰」(성균관대학교 대학원 석사학위논문, 1987), 31~32면 ; 류준필, 앞의 논문, 47~48면]. 단 도남의 초기 시가 연구에 나타난 '이념'이란 용어의 의미 파악에는 불충분한 점이 있다고 본다.

69 다만 이러한 시도가 명확하게, 그리고 성공적으로 이루어졌다고 보기는 어렵다. 『국문학개설』에서 도남은 '전후대소절 분단'이 한국시가 형태의 '기본 이념'이라고 하였고, 국문학의 '특질'로 은근과 끈기를 들면서 그 사례의 하나로 향가의 전후대소절 분단을 들었다.(단, 은근과 끈기가 국문학의 '이념'이라고 明言한 적은 없다) 이로부터 우리 시가의 '이념(형식)'이 곧 국문학의 '이념(내용)'이라는 명제를 도출할 수 있지만, 이는 이념이란 용어의 多義性을 이용한(혹은 자각하지 못한) 논리적 비약이지 무슨 사상이라 부를 수준은 아니라고 본다.

였지만, 그에 따른 한계도 드러내었다. 도남은 "순전히 구체적 형식 방면으로" 시대를 구분하였노라고 말하였으나,[70] 실제의 시대 구분은 시가의 형식 분류라는 하나의 기준으로 일관되어 있지 않았다. 고유문화와 외래문화의 교섭이라든가, 왕조 교체나 임진란과 같은 정치적 격변 등을 고려한 다원적이고 이질적인 기준에 따라 이루어졌다. 뿐만 아니라, 단순한 형식에서 복잡한 형식으로 발전한다는 진화론적 장르론, 시대·환경·인종을 중시한 뗀느(H. Taine)류의 문학론도 동원되었다. 이처럼 서로 모순되기도 하는 잡다한 요소들을 끌어들임으로써 겨우 체계적 서술이 이루어질 수 있었다. 이것은 형식만을 중심으로 해서는 사실상 시가사의 온전한 체계화가 불가능하며, 시가의 형식을 넘어 민족사의 변동과 이를 반영한 시가의 '내용'을 아울러 고려하지 않으면 안 된다는 점을 일깨워주는 것이라 하겠다.

2) 『국문학사』(1949)

도남의 『국문학사』는 이와 같은 초기 연구의 한계를 극복하고자 '민족사관'에 입각해서 우리 문학사를 체계화한 역작(力作)이다. 앞서 살펴보았듯이 도남은 일제 말의 민족적 위기에 직면하여 자신의 과거 학문을 심각하게 반성하고, 민족의 활로를 제시하는 과학적 방법론으로서 민족사관을 확립하였다. 그리하여 새로운 방법론에 의거한 국문학사 연구가 거의 성취될 즈음 8·15 해방을 맞게 되었다. "민족된 자 누가 감격이 없었으리오마는 민족독립운동의 일환으로서 국문학 연구를 시작하였다가 바야흐로 국문학사의 연구가 성취되자 민족의 해방이 왔다는 것은 나에게 있어 억제치 못할 큰 감격이었고, 여기에 나는 우리 민족의 혈관에 흘러내리는 민족정신의 고동이 심금에 울리는 것을 확실

---

70 『조선시가사강』, 3면.

히 깨달았다"고 한다. 이에 해방 직후 원고를 써서 출판한 것이『국문학사』였다.[71]

그런데 도남의 민족사관과『국문학사』는 다음 세대 학자들에 의해 간단히 '국학적(國學的)'인 것으로 치부되면서 정당한 평가를 받지 못하였다.[72] 도남이 새로운 방법론을 모색하는 과정에서 이른바 국학파(國學派) 학자들의 견해를 일부 수용한 면이 있는 것은 사실이지만, 그 점만을 주목한 것은 도남의 문제의식을 제대로 이해하지 못한 소치가 아닌가 한다.

민족사관과『국문학사』의 학술사적 의의를 올바로 평가하기 위해서는 이를 낳은 시대 배경 즉, 일제 말 해방 직후의 정치 지형(地形)과 그에 상응한 당시 학계의 판도를 알 필요가 있다. 일제강점기에 국내의 민족운동은 민족주의와 사회주의 계열로 나뉘어 대립하였고, 8·15 해방 이후 외세의 개입으로 이러한 대립은 더욱 격화되었다. 그러나 한편으로 이와 같은 민족분열을 극복하고 독립과 통일을 쟁취하기 위해 좌우의 대립을 지양한 제3의 길을 모색하려는 노력 또한 끈질기게 이어졌다. 그 대표적 사례로 일제강점기에 민족협동전선을 추구한 신간회 운동(新幹會運動)을 들 수 있다면,[73] 해방 직후에는 1948년의 남북협상을 들 수 있다. 남북협상은 좌우의 대립을 초월한 민족대단결을 통해 분단을 막아보려 한 마지막 노력이었다. 그러므로 도남이 김구·조소앙

---

71 조윤제, 「나와 국문학과 학위」,『도남잡지』, 382, 384면.

72 도남의 민족사관이 "日帝의 國學哲學의 遁身과도 같은 것"이라는 비난도 있었고(김동욱, 「국문학 연구사」,『改訂 국문학개설』(민중서관, 1974), 245면],『국문학사』를 개고한『한국문학사』에 대한 서평이기는 하지만 이를 '國學的 국문학사의 마지막 이정표'라고 평하기도 하였다(『동아일보』1963. 9. 6.). 류준필, 앞의 논문에서도 도남을 "국학파의 국문학 연구를 철저하게 계승한 연구자"로, 민족사관을 "국학파 국문학 연구의 이념적 성격을 완성한 형태"라고 보았다.(217, 268면)

73 『한국문학사』에서 도남은 "維新時代(最近世)"를 개관하며, 당시 "사회주의자와 민족주의자는 공동의 적 제국주의 일본을 타도하기 위하여 여기 완전 合作이 되었다"고 하면서 신간회 운동에 대해 언급하였다(464~465면).

의 남북협상에 동행하였을 뿐 아니라 그 일로 인해 공산당으로 몰리기까지 한 사실은, 그의 민족주의가 반공 극우 세력의 그것과는 차원이 다름을 말해주는 것이다.

민족사관과 『국문학사』는 이와 같은 도남의 민족주의적 중도 노선을 학문적으로 승화시킨 것이라 할 수 있다. 이는 일제 말에 그와 함께 새로운 학문 방법론을 모색하였던 손진태·이인영의 '신민족주의'와 비교해보면 선명히 드러난다. 일제 말 해방 직후의 사학계는 국학자들의 민족주의사학과 진단학회 중심의 실증주의사학, 그리고 '유물사관파(唯物史觀派)'의 사회경제사학이 대립하고 있었는데, 그에 상응하여 국문학계도 안확(安廓)·최남선(崔南善) 등 '국학파'와 실증주의적인 '성대파(城大派)'(경성제국대학 조선어문학과 출신 학자들), 그리고 김태준(金台俊)·이명선(李明善) 등 '유물사관파'로 나누어볼 수 있다.[74] 이러한 상황에서 손진태와 이인영이 당시 사학계의 양대 세력인 실증주의사학과 사회경제사학을 모두 비판하고 민족주체적 입장에서 우리 민족의 진로를 과학적으로 제시하는 '신민족주의' 사관을 수립하고자 하였듯이, 도남도 국문학계의 양대 유파인 성대파와 유물사관파의 대립을 넘어선 제3의 길로서 민족사관을 제시하였던 것이다.

도남은 『조선시가사강』과 『교주 춘향전』과 같은 업적을 낳은 성대파의 선두 주자였다. 따라서 그 역시 사실의 객관성을 중시하고 실증적 연구의 필요성을 인정하였다. 그러나 민족이 처한 현실을 외면하고 학문을 위한 학문에 몰두할 뿐 아니라, 세부적인 고증에 치중함으로써 국문학사를 단편적인 사실들로 해체해버리는 점을 들어 실증주의직 연구자들을 통렬히 비판하였다.

---

74 김명호, 「백영 선생의 국문학 연구 방법론」, 『문학한글』 11·12(한글학회, 1998), 14~16면.

현실을 어떻게 볼 것인가 하는 것이 결국은 국문학사의 운명을 결정하는 것이 될 것이다. 즉, 현재 우리는 무엇을 요구하고 있으며, 여하히 현실 문제를 해결할 것인가 하는 데서 그 문학사의 방법론이 나오리라 생각한다. 이 점은 바로 저술자의 입장이 될 것이나, 이러한 입장이 없고서는 국문학사는 한 개의 생명체가 될 수는 없는 것이다. 마치 화가가 물체를 사생(寫生)하는 데 있어 일정한 입장이 없이, 오늘은 여기서, 내일은 저기서 그것을 그렸다 한다면 그것은 그림이 아니고 일종의 붓작란(作亂)이 되고 말다시피, 입장이 없이 국문학사를 썼다고 한다면 그것은 생명의 연속이 아니라 무덤의 연속이 되고 말 것이다.

따라서 그는 이와 같은 실증주의의 폐단을 극복하고, "현실에 요구되는 과학적인 부동의 입장", 즉 확고한 사관에 입각해서 국문학사를 체계화하고자 하였다.[75]

한편 「고려의 장가(長歌)」와 「가사문학론」[76]을 보면 도남은 유물사관파에 대해서도 비판적 태도를 취하였음을 알 수 있다. 도남이 국문학사 연구에서 사관을 중시한 것은 유물사관파의 영향으로 볼 수 있다. 또한 그는 유물사관파로부터 '계급' 개념도 받아들여, 고려시대의 시가가 '고속가(古俗歌)'와 경기체가로 분열한 것은 곧 평민 계급과 귀족 계급의 대립을 반영한 현상이라고 보았다. 그러면서도 이 두 시가는 "역시 일국문학(一國文學)이었으니" 외국문학인 한문학에 대면 "같은 동족 간의 개성적 차이에 지나지 못하고" "동일한 혈맥이 관통하고 있음을 망각할 수는 없다"고 주장하였다.[77] 또한 가사의 장르를 논하면서 도남은 "조선

---

75 조윤제, 제1장 '緖論', 『국문학사』(동국문화사, 1949), 3~4면. 현대철자법에 맞추어 인용하였다.

76 이들은 미발표논문으로서, 『조선시가의 연구』(1948)에 수록되어 있다. 8·15 해방 직전 아니면 직후에 쓴 것으로 추정된다.(최진원, 앞의 논문, 51면)

77 조윤제, 「고려의 장가」, 『조선시가의 연구』(을유문화사, 1948), 114~115면.

문학의 특수성"을 잊어버리고 "세계문학의 일반 공식을 가지고 그대로 특수한 민족문학에 강요"하려는 태도를 비판하였다.[78]

이와 같이 당시의 양대 학풍을 비판한 도남은 새로운 연구 방법론으로서 민족사관을 구상하는 과정에서 국학파의 주장을 일부 수용하였다. 『국문학사』에서 그는 지나간 국문학사는 "국학정신(國學精神)"이 발전하여온 자취를 밟아왔으며 "이 정신의 소장(消長)이 곧 그대로 국문학의 소장(消長)"이 된다는 견지에서 시조와 소설 등이 발달한 임진·병자 양란 이후를 국학정신이 앙양(昻揚)한 국문학의 "발전시대"로 규정하였다.[79] 또한 도남은 민족적 자각이 일어나고 신문예 운동이 흥기함으로써 "한문학을 완전히 우리 문학권 내로부터 몰아내고" 한문학이 들어오기 이전의 "국문학의 본래 상태에 복구 귀정(歸正)"하였다는 이유로 3·1 운동 직후를 "복귀시대"로 규정하였다.[80]

이처럼 도남이 국문학사를 '국학정신'의 발전에 따른 고유문학과 외래문학의 투쟁사로 파악한 것은, 역사의 근본 동인을 정신[즉, 심(心)]이라 보고 역사를 민족 간의 투쟁사로 본 국학파의 영향을 받은 것이 분명하다. 하지만 그의 '국학정신'은 신비적이고 초역사적인 실체는 아니었다. 도남에 의하면 국문학은 우리 민족의 '생활'의 표현이므로, 민족 생활상의 변동이 국문학에 반영되지 않을 수 없다. 그리고 '국학정신'도 이러한 민족 생활상의 변동을 통해서만 드러나는 것으로 이해된다. 따라서 『국문학사』의 시대 구분은 '국학정신'의 선험적(先驗的)인 운동 법칙에 따라서가 아니라, 실제로는 민족사회의 전체적인 동향을 위주로 해서 이루어졌다. 그뿐만 아니라 도남은 "국문학사는 우리 국문학과 한

---

78 조윤제, 「가사문학론」, 위의 책, 116~117면. 이는 곧 한국사의 특수성을 고려하시 않고 세계사적 보편성만을 내세우며 유물사관이라는 융통성 없는 공식을 고집한다고 사회경제사학을 비판한 이인영의 견해와 상통하는 것이다.

79 조윤제, 『국문학사』, 186~193면.

80 위의 책, 438~444면.

문학과의 투쟁의 역사이었고, 또 조선에서 일어나는 모든 문화와의 교
섭의 역사였다"고 보았다.[81] 이와 같이 투쟁사관과 일견 모순되기는 하
지만, 외래문화와의 교섭을 통해 고유문화가 발전하기도 하였다는 관
점을 함께 취함으로써, 배타적인 국수주의로부터 벗어나려는 노력을
보여주었다.[82]

3) 『국문학개설』(1955)

도남의 민족사관은 『국문학사』의 '자매편'인 『국문학개설』에 와서 더
욱 확고한 모습을 갖추었다. 도남은 분단체제가 고착되고 이승만 독재
가 기승을 부리던 1950년대 전후(戰後)의 암담한 분위기에서 이 책을
썼다. "오늘날 우리 민족이 한없는 곤(困)한 가운데에 희망조차 두질 못
하고 허공을 허벅대고 있는 이 역사적 순간"에 처하여 "유구(悠久) 수천
년의 역사의 전통을 자랑하는 우리 민족이 이래서 쓰러질 리는 없"음을
믿고, "시들어가는 민족혼을 부르며 또 넘어져가는 내 용기를 다시 북
돋우어 기어히 이 책을 썼다"고 하였다.[83] 이러한 저술 동기가 작용하
여 『국문학개설』에서는 민족사관이 더욱 강화되었다.

이 책에서도 도남은 실증주의파와 유물사관파의 연구를 비판적으로
수용하는 가운데 제3의 길로서 민족사관을 발전시켜나가고자 하였다.
도남의 민족사관이 실증주의의 극복을 지향한 것이기는 하지만, 실증
적 기초 작업의 의의조차 부정한 것은 결코 아니었다. 『국문학개설』에
서 그는 국문학 연구법을 논하면서 문헌 섭렵과 자료 수집, 원전(原典)
비판, 작품의 시대 감정(時代鑑定), 서지(書誌)와 주석(註釋) 등에 대해

---

81 위의 책, 493면.
82 일례로 "발전시대"에 소설이 발달한 것은 중국소설이 대량 유입된 결과라고 하면
서 매우 긍정적으로 평가하였다(위의 책, 237~238면).
83 조윤제, 「서문」, 『국문학개설』(동국문화사, 1955), 3~4면.

지면을 대폭 할애하여 자세히 논하였다.[84] 그러나 도남에 의하면 문학의 연구 방법에는 '실제적 방면'과 '이론적 방면'이 있다. 실제의 연구는 반드시 문학의 본질과 특성에 관한 이론에 근거를 두어야 한다. 뿐만 아니라 학문은 체계를 존중한다. 체계 없는 학문은 "일종의 산만한 지식이요 연맥(連脈) 없는 자료의 나열에 지나지 못한다".[85] 이와 같이 도남은 이론과 체계의 중요성을 역설함으로써 실증주의적 연구의 한계를 비판하였다.

한편 도남은 『국문학개설』 중의 「국문학과 계급」이라는 일절(一節)에서 "계급은 항상 그 계급의 문학을 산출"하며 "오랜 국문학의 역사는 실로 계급적인 문학의 걸어나온 자취에 지나지 않을 것"이라고 하였다.[86] 이는 명백히 유물사관파의 계급문학론을 수용한 것이다. 그러나 동시에 그는 "국문학은 한 계급의 문학이 아니고 국민의 문학"이라고 전제하면서, 국민을 구성하는 계급들이 "서로 계급의식을 고취하면서 투쟁함이 아니라" 서로 이해(利害)를 달리함에 따라 분열하기도 하고 협조하기도 하였다고 보았다.[87]

그뿐만 아니라 도남의 민족사관은 다분히 유물사관을 의식하면서 이를 극복하기 위해 안출된 것이었다. 그는 국문학 연구가 체계를 갖춘 학문이 되어야 한다고 역설하면서, 이러한 학문의 체계는 곧 그 연구의 입장에서 나오는 것이므로 연구 입장의 확립은 지극히 중요한 일이라고 하였다.

그런데 이 연구의 입장은 근래 고조(高潮)되어 있는 사관과도 같은 것이라. 즉, 우리의 문학 현상은 유심사관(唯心史觀)으로 볼 것인가 유물사관

---

84 위의 책, 510~533면.
85 위의 책, 503~508면.
86 위의 책, 281면.
87 위의 책, 276면.

으로 볼 것인가. 또 그렇지 않으면 민족사관으로 볼 것인가 하는 것을 똑똑히 규정짓지 않고서는 입장이 확립되지 않을 것이다. 어떤 부분은 유심사관으로, 다른 부분은 유물사관으로, 또 다른 부분은 민족사관으로 보아서는 안 될 것이니 먼첨 사관을 바로세워서 그로써 모든 문제를 처리하여나가야 할 것이다.[88]

　　여기에서 주목할 것은 도남이 자신의 민족사관을 유물사관은 물론 국학파의 유심사관과도 양립할 수 없는 독자적인 '연구 입장'으로 생각하고 있다는 점이다. 이와 아울러 그는 국수주의적 태도에 대해서도 비판을 가하였다. "국문학이라 하여 공연히 고루하고 배타적인 민족적인 감정에서 자아도취의 관념론에 빠져버리는 것을 경계하지 않으면 안 된다. 국문학도 일반 세계문학의 일지역적(一地域的) 현상이요 인류 통성(通性)인 생활의 반영으로서의 문학인 것을 알아서 어디까지든지 냉정한 과학적인 입장에서 국문학을 보아야 할 것이다"라고 하였다. 그리고 「국문학과 외국문학과의 교섭」이라는 별도의 장(章)을 설정하기까지 하여, 외국문학과의 교섭을 통해 점차 고루성을 지양하고 세계문학적 보편성을 증대시켜나가는 과정으로 국문학사를 파악하고자 하였다. 국문학의 '고유성'은 '고루성'으로 격하되고, 투쟁사에서 교섭사로 관점의 전환이 이루어진 것이다.[89]

　　『국문학개설』에서 도남이 국문학의 '이념적' 연구를 제창한 것 역시 국학파의 연장선상에서 나온 관념적 논의로만 볼 것이 아니라, 민족사관의 심화·발전으로 평가해야 하리라 본다. 도남에 의하면 "이념적 연

88　위의 책, 509면.

89　위의 책, 427~467면, 509면. 이는 이인영이 "世界史的 國史觀"을 내세워, 우리 민족문화가 "어떻게 중국을 중심으로 하는 동양문화와 관계하여왔으며, 서구를 중심으로 하는 근대세계문화와는 어떠한 교섭을 가졌던가에 치중하여" 한국사를 고찰하려 한 것과 상통한다[이인영, 『國史要論』(民敎社, 1950), 「自序」, 1, 220면].

구는 국문학 연구의 최중요(最重要)한 일이다." 영문학의 유머러스한 점, 일본문학의 담박(淡泊) 경쾌(輕快)한 점, 중국문학의 혼돈(混沌) 광막(廣漠)한 점 등 외국문학의 '이념'과 구별되는 국문학의 '이념'이란, 국문학의 '특질', 곧 민족문학적 개성을 의미한다.[90] 도남은 외국문학과의 비교 연구, 음악·회화·건축 등 인접 예술들의 미(美)와 의식주 등 생활의 특징에 대한 관찰, 그리고 작품의 감동적 요소에 대한 직관적 통찰을 통해서 이러한 국문학의 이념을 파악하고자 하였다.[91] 비록 그 결론으로 제시된 '은근과 끈기' 등이 미적(美的) 범주에 미달하는 소박한 개념이라 할지라도, 국문학 연구의 궁극 목표를 민족문학적 개성의 해명에서 찾은 것은 진일보한 견해라 하지 않을 수 없다.

4) 『한국문학사』(1963)

도남이 필생의 저작으로 자부한 『한국문학사』는 그의 주저(主著) 『국문학사』를 15년 만에 수정·보완한 것이다. 5·16 이후 옥고를 겪고 난 도남은 환갑이 머지않은 시점에서 자신의 학문을 결산하고자 한 듯하다.

『한국문학사』에서도 도남은 민족사관을 견지하였다. 『국문학사』에 비해 달라진 점은 우선 민족주의적 색채가 더 농후해진 점이다. '국학정신'뿐 아니라 그와 동의어인 '민족정신'이란 용어가 빈번히 등장하고, 이러한 민족정신의 성쇠(盛衰)에 따라 국문학사의 변화를 일관되게 설명하려는 노력이 한층 더 강화되었다. 이는 도남이 무엇보다 '체계'와

---

90 국문학의 '이념'이 무엇을 뜻하는가에 관해서는 다소 논란이 있다.[최진원, 「도남의 '국문학의 이념'」, 『도남학보』(도남학회, 1978) ; 장규섭, 앞의 논문] 도남은 '은근과 끈기' 등을 국문학의 특질이라 보면서도, 이를 곧 국문학의 이념이라 明言하지는 않았다. 오히려 국문학계는 아직 정리된 형태로 국문학의 이념을 밝히지 못한 상태라고 하였다(위의 책, 534면). 그러나 이는 자신의 결론을 곧 확정된 通說로 주장하지 않는 겸손에서 나온 말이라 보아야 할 것이다.

91 위의 책, 533~538면.

'사관'을 중시한 결과이기는 하였지만, 국학파의 유심사관으로 기운 것으로 비판될 소지가 있는 것도 사실이다. 그리고 이에 따라 국문학사의 시대 구분도 일부 수정되었다.

도남이 고려시대인 '위축시대(萎縮時代)'를 고쳐 '위축시대'와 '잠동시대(潛動時代)'로 세분한 것은, 무신란을 계기로 민족정신이 깨어나기 시작하였다고 본 때문이다. 그는 무신란을 긍정적으로 평가하여, 당시 무신들뿐 아니라 노비를 포함한 하층 계급까지 궐기한 것은 "구세력에 대한 신세력의 반항이요 구질서를 파괴하고 신질서를 고쳐 세워보고자 하는 민족역사정신의 움직임이다"라고 하면서, "민족역사의 정신은 신성한 것이다. 누구도 그 진행을 막지 못하리라"라고 갈파하였다. 그리하여 민족정신이 깨어났기 때문에 몽골에 대한 장기 항쟁이 가능하였던 것이라고 보았다.[92] 이와 같은 새로운 주장에는 4·19를 통해 민중의 저력을 발견한 도남의 체험이 투영되어 있으며, 또한 민족의 장래에 대한 희망의 근거를 민족정신의 담지자(擔持者)인 민중에게서 구하고자 하는 그의 고심을 엿볼 수 있다고 하겠다.

그런데 한편으로 『한국문학사』에서는 국문학사를 외국문학과의 교섭사로 보는 관점도 강화되었다. 도남은 『국문학개설』에서 제시하였던 이러한 관점을 국문학사에 적용하여, 「국문학의 세계화적 발전」이라는 절(節)을 신설하고 "실로 우리의 상고시대의 문학은 그 출발부터 고루하고 고유적인 것에만 어정대지 않고 문호를 세계에 개방하여 항상 국문학의 세계화적 발전을 꾀하여온 것 같다"고 하였다.[93] 그러나 이처럼 교섭사관을 적극 도입한 것은 다른 한편 민족정신을 강조함으로써 더욱 강화된 투쟁사관과 갈등을 빚지 않을 수 없다.

도남은 『국문학사』에서 다룬 마지막 시대인 "복귀시대"(3·1 운동 직

---

92 위의 책, 75~77면.
93 위의 책, 22~25면.

후)를 고쳐, 『한국문학사』에서는 "유신시대(維新時代)"(3·1 운동~일제 말)와 "재건시대"(8·15 해방 이후)로 나누었다. 그러나 '유신시대'의 문학에 대해서는 아직 역사적 평가를 내리기 어려운 최근세의 문학이라는 이유로 자료 소개 위주로 서술하였으며, 현대문학인 '재건시대'의 문학에 대해서는 아예 서술을 하지 않았다. 8·15 해방이 됨으로써 조국을 재건함과 동시에 "앞으로의 국문학은 여하한 난관이 있다 하더라도 오직 재건이 있을 뿐"이나, "나라는 또 남북으로 쪼개지고 민족은 둘로 나누어졌으니 장차 국문학은 어디로 어떻게 발전하여갈 것인가"라고 개탄하면서, 통일과 민족문학의 '재건'을 염원하는 자작시 1편으로 서술을 대신하였다.[94]

4. 도남을 넘어서

1930년대부터 1960년대에 걸친 도남의 국문학 연구 성과를 21세기에 들어선 지금 시점에서 돌아보자면, 이미 시효를 상실한 낡은 것으로 가볍게 비판해버리기 쉽다. 그와 더불어, 초창기의 지극히 열악한 조건에서 국문학 연구를 개척하고 실천적 지식인으로서 외세와 독재에 저항한 도남의 고난에 찬 삶 또한 망각하게 된다.

6·25 이후 도남은 손진태·이인영과 같은 학문적 동지를 잃었다. 게다가 사상과 학문의 자유를 억압하는 분단체제가 고착됨에 따라 민족주의적 중도 노선에 선 그의 학풍은 발전·계승되기 어려웠다. 이같은 사정을 감안할 때 도남의 민족사관이 미완성에 그친 것은 당연한 일인지도 모른다. 『한국문학사』의 서문에서 그는 스스로 이 점을 인정하면서 후학들이 민족사관의 한계를 넘어서주기를 당부하였다.

---

94 위의 책, 597~599면.

돌이켜 생각하면 나는 민족독립운동의 일환으로서 국문학을 연구하여 왔고, 해방 후에는 뜻하지 않은 민족분열이 되매 하루도 나는 민족의 통일을 잊어본 적이 없었다. 따라서 이 개수국문학사(改修國文學史)에 있어서도 나의 종래의 민족사관이라는 입장을 버릴 수 없었다. 그러나 나는 나의 이 입장만이 국문학사를 쓰는 유일한 사관이라고는 생각하지 않겠다. 또 다른 사관이 있을 것이고 또 당연히 있어서 학문의 진보가 있는 것이다. 그러면 나는 앞으로 여러 동학에 의하여 또 다른 학문의 길이 개척되어 더 훌륭한 국문학사가 나오기를 충심으로 빌어 마지않겠다.

도남의 민족사관이 복고적·관념적 요소를 지니고 있음은 부인하기 어렵다. 그 점에서는 오늘날 성행하고 있는 민족주의해체론의 예봉(銳鋒)을 감당하기 힘들 듯하다. 국학파의 영향을 받아 민족정신을 역사의 근본 동인으로 상정한 점,[95] 국문학이 상고시대부터 '고유성'을 지닌 것으로 전제한 점, 국수주의적 언어문자관에 따라 한문학을 국문학의 범위에서 배제하고 투쟁 대상으로 간주한 점, 민족문화의 '유기적 전체성'과 민족사의 연속성을 자명한 진리로 여긴 점,[96] 향가와 시조를 전 국민이 창작에 참여한 '국민문학'이라 주장한 점 등이 특히 그러하다.

이것은 근본적으로, 도남이 근대국민국가시대의 민족주의(국민주의)와 그 이전 왕조시대의 민족주의(종족주의)의 차이를 간과한 때문이었다. 민족(국민)이란 실은 근대 이후에 출현한 이른바 '상상(想像)의 공동체'로서, 아직 통일을 이루지 못한 우리의 경우 그러한 의미의 민족국

---

95 이인영은 국학파의 유심사관을 '일종의 관념적 유희'에 지나지 않는 것으로 배격하였다.(이인영, 앞의 책, 220면) 도남의 경우 설령 '민족정신'이 초역사적 존재가 아니라 어디까지나 민족생활에 內在한 것으로 이해되고 있다 할지라도, 민족사회의 전체적인 동향을 통해서만 그 現象을 짐작할 수 있다면, 그것은 민족적 활동의 결과이지 원인일 수 없다. 민족정신은 민족의 문화창조 활동의 總和를 擬人化한 것에 불과하다.

96 조동일은 도남의 민족사관이 문학을 '有機的 全體'로 파악하였다고 비판한 바 있다. 조동일, 앞의 논문 참조.

가·민족문화·민족문학은 과거에 실재하였던 것이 아니라 오히려 미완의 과제로 남아 있다고 보아야 온당할 것이다.[97]

도남이 『국문학사』를 개고하면서 교섭사의 관점과 계급 개념을 적극 도입한 것은, 이와 같은 민족사관의 문제점을 어느 정도 자각하고 있었던 증거로 볼 수 있다. 하지만 교섭사관은 투쟁사관과 사실상 조화되기 어렵고, 민중은 민족이나 계급의 일원일뿐 아니라 다양한 정체성을 지닌 개인이기도 하다. 따라서 거기에 그칠 것이 아니라, 나아가 우리 역사를 바로 그러한 민중이 스스로 주인이 되는 진정한 공동체를 이루기 위해 분투해온 과정으로 보는 민중적 민족주의에 투철할 필요가 있었다고 본다. 4·19 이후 민주주의를 염원하는 민중 세력의 성장이 도남의 민족사관에 영향을 미치기는 하였으나, 『한국문학사』의 실제 서술에 그 영향이 충분히 반영되지 못한 점은 아쉬운 일이 아닐 수 없다.

이른바 세계화시대에 민족주의는 시대착오적인 이념처럼 보일 수 있다. 그러나 세계화가 국가 간 장벽과 갈등을 해소하는 긍정적인 측면과 동시에 초강대국과 초국적 자본의 전일적(專一的) 지배를 가속화하는 부정적인 측면을 지니고 있듯이, 민족주의도 해방과 억압, 통합과 배제, 저항과 침략의 양면성을 지니고 있다. 민족주의해체론자들은 이와 같은 민족주의의 양면성 중에서 부정적인 측면을 본질적인 것으로 보고, 민족주의의 차이를 애써 무시한다. 제국주의나 독재 권력이 표방한 민족주의(국가주의)와, 그에 맞선 피지배 민중의 민족주의를 닮은꼴로 치부해버린다. 그리하여 세계화의 폐해를 극복하기 위해 민족주의가 지닌 해방·통합·저항의 긍정적 측면을 발전시켜나가려고 노력하기보다

---

97 도남이 민족문제이 난점을 인식하지 못한 것은 아니었다. 『한국문학사』에서 그는, 한국민족이 단군의 자손으로서 단일민족임을 세계에 자랑하는 데 대해 은근히 비판하면서, "민족이라는 것은 이것을 전문적으로 말하면 대단히 까다로운 문제"라고 전제한 뒤, 혈연관계를 중심으로 같은 지역과 같은 언어, 공통된 문명과 역사적 전통성, 공통된 憧憬으로 결합된 경우를 민족이라 규정하고, 이런 엄격한 의미에서의 민족은 신라의 삼국통일 이후에야 형성된 것으로 보아야 한다고 하였다(26~27면).

는, 억압·배제·침략으로의 타락이 불가피하다고 역설함으로써, 결과적으로 그러한 노력을 무산시켜버린다.

그뿐만 아니라 패권을 다투는 주변 강대국들과 비대칭적 관계에 있는 우리의 현실을 몰각하거나, 진정한 공동체에 대한 민중의 오랜 염원을 이해하지 못할 때, 민족주의해체론은 세계화에 순응하면서 민중적 민족주의를 억압하는 세력의 담론으로 변질될 수 있다. 그리고 분단 반세기만에 비로소 통일이 가시권에 들어온 이 중차대한 시기에 민족주의해체를 외치는 것이야말로 시대착오일 수 있다.

그러므로 현 단계에서 우리에게 요망되는 것은 민족주의의 해체가 아니라 갱신이라고 생각한다. 다시 말해 손진태와 이인영이 '신'민족주의를 지향하였듯이, 도남의 민족사관을 '신'민족사관으로 '업그레이드'하는 일이 아닌가 한다.

도남은 우리의 민족적 현실을 어떻게 볼 것인가 하는 연구자의 입장이 대단히 중요하다고 생각하였다. 그리고 민족사관이라는 그 특유의 입장에 서서 우리 문학을 형식만이 아니라 역사와 문화를 아우르는 폭넓은 시야에서 과학적으로 구명하고, 이로부터 우리 민족의 전망을 이끌어내고자 하였다. 이러한 도남의 학문적 노력은 텍스트와 세부전공에 매몰되다시피 한 오늘의 학계 풍토를 되돌아보게 한다. 이제 그의 생애와 학문에 비추어, 우리 시대에 국문학 연구가 단지 직업으로서가 아니라 공적인 활동으로서 어떤 의의를 지닐 수 있는지를 심각하게 자문할 필요가 있으리라 본다.

김명호(金明昊)

서울대학교 국어국문학과 교수. 대표 논저로『열하일기 연구』,『박지원 문학 연구』,『초기 한미 관계의 재조명』,『환재 박규수 연구』,『연암집』(공역),『지금 조선의 시를 쓰라』(편역) 등이 있다.

참고 문헌

조윤제(1937), 『조선시가사강』(東光堂書店).

______(1939), 『교주 춘향전』(博文書館).

______(1949), 『조선시가의 연구』(을유문화사).

______(1949), 『국문학사』(동국문화사).

______(1955), 『국문학개설』(동국문화사).

______(1963), 『한국문학사』(동국문화사).

______(1964), 『陶南雜識』(을유문화사).

조윤제 自編(1964), 「도남 연보」, 『도남 조윤제 박사 회갑기념논문집』(신아사).

______(1976), 「도남 연보」, 『도남 조윤제 박사 고희기념논총』(형설출판사).

강만길(1992), 『한국현대사』(창작과비평사).

강만길 편(1982), 『조소앙』(한길사).

김동욱(1974), 「국문학 연구사」, 『改訂 국문학개설』(민중서관).

김명호(1977), 「도남 조윤제의 국문학 연구 방법론」(서울대학교 대학원 석사학위논문).

______(1982), 「한국문학 연구 방법론과 문제점」, 황패강 외 3인 공편, 『한국문학 연
        구 입문』(지식산업사).

______(1998), 「백영 선생의 국문학 연구 방법론」, 『문학한글』 11·12(한글학회).

김보영(1999), 「4월민중항쟁 시기의 남북협상론」, 한국역사연구회 4월민중항쟁연구
        반, 『4·19와 남북관계』(민연).

김성칠(1993), 『역사 앞에서』(창작과비평사).

김윤식(1984), 『한국근대문학사상사 연구』 1(일지사).

김지형(1999), 「4월민중항쟁 직후 민족자주통일협의회의 노선과 활동」, 한국역사연
        구회 4월민중항쟁연구반, 『4·19와 남북관계』(민연).

류준필(1998), 『형성기 국문학 연구의 전개 양상과 특성 — 조윤제·김태준·이병기를

중심으로」(서울대학교 대학원 박사학위논문).

박붕배(1992), 「도남의 인품과 학문적 추구」, 『문학한글』 6(한글학회).

서중석(2000), 『남·북 협상 - 김규식의 길, 김구의 길』(한울).

손진태(1948), 『조선민족사개설』(을유문화사).

심재완(1992), 「도남 조윤제 박사의 회고」, 『문학한글』 6(한글학회).

이가원(1986), 『이가원 전집』(정음사).

이동영(1964), 「국문학 연구 초기에 있어서의 시가 연구」, 『도남 조윤제 박사 회갑
　　　기념논문집』(신아사).

이숭녕(1978), 「도남 회고기」, 『도남학보』(도남학회).

______(1979), 「기념강연 - 도남 선생의 인간상」, 『도남학보』 2(도남학회).

이우성(1964), 「도남 국문학에 있어서의 민족사관의 전개」, 『成大文學』 10.

이인영(1950), 『國史要論』(民敎社).

이희승(1978), 「弔辭」, 『도남학보』(도남학회).

______(1978), 「국문학의 개척자 도남」, 『도남학보』(도남학회).

임지현·이성시 편(2004), 『국사의 신화를 넘어서』(휴머니스트).

장규섭(1987), 「도남의 '국문학의 이념'에 관한 고찰」(성균관대학교 대학원 석사학위논
　　　문).

장덕순(1992), 「도남의 『교주 춘향전』에 대하여」, 『문학한글』 6(한글학회).

정양완(1979), 「回顧記」, 『도남학보』 2(도남학회).

조동걸·한영우·박찬술 편(1994), 『한국의 역사가와 역사학』 하(창작과비평사).

조동일, 「조윤제의 민족사관과 문학의 유기적 전체성」, 『도남 조윤제 박사 고희기
　　　념논총』(형설출판사).

진단학회 편(1991), 『역사가의 遺香 - 두계 이병도 선생 추모문집』(일조각).

최진원(1964), 「도남 국문학의 개관」, 『成大文學』 10.

하정일(2004), 「탈민족 담론과 새로운 본질주의」, 『민족문학사연구』 25(민족문학사
　　　학회).

니시카와 나가오(2002), 『국민이라는 괴물』, 윤대석 역(소명출판).

베네딕트 앤더슨(2002), 『상상의 공동체』, 윤형숙 역(나남출판).

사까이 나오끼(2003), 『국민주의의 포이에시스』, 이규수 역(창비).

국사편찬위원회(1968), 『자료 대한민국사』 1권.

『4·19 10주년 기념지』(4·19 유족회)(1971).

송남헌(1983. 9.), 「김구·김규식은 왜 38선을 넘었나」, 『신동아』.

六一會 편(1992), 『4월민주혁명사』(제3세대).

6·3 동지회(2001), 『6·3 학생운동사』(역사비평사).

이병기(1976), 『가람일기』 II(신구문화사).

「대학비사 : 최찬식의 '청구대학' 증언」 1~14, 「교수신문」 2008. 3. 17.~12. 11.

「임창순 — 4·25 교수 데모에 앞장선 한학·금석학의 대가」, 『역사비평』 18(1992).

조화영 편(1960), 『4월혁명투쟁사 — 취재 기자들이 본 4월혁명의 低流』(국제출판사).

편집부 편(1983), 『4·19 혁명론 (II) — 자료편』(일월서각).

도남학회(1979), 「학술좌담회」, 『도남학보』 2.

Ⅸ. 「문학(文學)이란 하(何)오」와 『무정』,
그 논리 구조와 한국문학의 근대 이행

1. 문제 제기 – 근대문학 이행 문제와 이광수 초기 문학의 이해 방법

한국에서 문학, 특히 소설의 근대 이행이 어떤 형태로 이루어졌는가를 고찰하는 문제가 한국현대문학 연구의 중요 주제로 최근에 다시 부각되고 있다. 이 문제는 표면에 드러나 있지 않을 때조차 한 번도 의식되지 않은 적이 없다고 할 만큼 중요한 사안이다.

한국에서의 현대문학 연구는 한국문학 정체성을 수립하는 문제와 깊은 연관을 맺어왔다. 과연 한국현대문학은 얼마나 한 독자적 가치가 있느냐, 한국문학의 고유성과 보편성은 어떻게 설명할 수 있느냐 하는 것이 현대문학 연구의 중요 과제였다.

최근 들어 이러한 정체성'주의'가 해체 양상을 보이고 있다. 후발 근대국가의 정체성을 묻는 것이 억압의 한 형태임이 드러나고 있다. 그럼에도 이 문제는 가히 무의식의 저층에 가로놓여 있는 것처럼 큰 힘을 발휘한다. 어떤 연구는 한국현대문학의 '외삽성'을 주장함으로써 그런 문제와 절연한 것 같은 표정을 짓는다. 그러나 이 표징이야말로 자기 자신만은 정체성주의에서 멀리 떨어져 있는 듯 포즈를 취하고 싶어 하는 '콤플렉스'의 소산일 수 있다. 한국문학의 근대 이행이라는 문제를 사고함에 있어 많은 연구자가 이식론의 입장을 취한다. 임화에게서 연원하는 것으로 알려진 이 입장은, 신소설은 일본정치소설의 결여 형태이고, 역사전기'소설' 역시 일본의 정치소설을 중국을 경유해 가져온 것이며, 이광수 소설은 말할 것도 없이 서양의 노블이 일본을 거쳐 한국에 정착된 양식이라는 식으로 논의를 전개한다. 이러한 이식론의 모델을 어떻게 이해해야 할까.

이것은 마치 사막 같은 불모지에 고무나 사탕수수 같은 농작물을 옮겨 심는 플랜테이션 농업을 연상시킨다. 이식, 곧 문학상의 트랜스플랜테이션(transplantation)이란, 근대문학을 그것이 자라난 서구나 일본이 아닌 한국에 가져다 현실화하는 것이라고 생각한다. 과연 이 이식 개념은 한국에서의 문학사 이행 문제를 얼마나 효과적으로 이해할 수 있게 하는 것일까?

이러한 이식론 모델과는 성격이 조금 다른 모델을 구상해볼 수 있다. 예를 들면, 감나무 가지를 고욤나무에 접붙여서 탐스러운 감을 수확하게 되는 접붙이기 모델 같은 것은 어떨까? 감나무 씨를 받아서 그대로 심으면 그 나무는 자라나 감을 만들지 않고 고욤을 만든다. 이 고욤나무가 3년 내지 5년쯤 되었을 때 감나무 가지를 떼다 붙이면 본래의 감나무가 된다. 이러한 접붙이기는 한 문화 또는 문학의 내적 형질을 무시하지 않고 외래적인 그것이 그것과 접합되는 양상을 드러낼 수 있는 이점이 있을 것으로 판단된다.

비유가 정확하다고 할 수는 없을지 모른다. 그러나 접붙여서 얻는 감나무처럼, 한국문학이 근대문학으로 이행해온 과정은 본래의 것에 이질적인 것을 접붙여 새로운 것을 만들어 나간 것이라고 생각해볼 수도 있다.

이 모델은 외부에서 접붙여지는 것뿐만 아니라 본래 가지고 있던 것의 형질도 중요시할 수 있는 이점이 있다. 또 바로 그 때문에, 이 '접붙이기(engraftation)' 모델은 기존의 이식론과 내재적 발전론의 해묵은 이항 대립의 해소 방향을 제시해줄 수도 있다. 물론 이는 아직 하나의 가설 차원에 머물러 있다. 이와 같은 가설을 검증하는 일은 연구의 시야를 다시 한 번 근대문학 초창기 쪽으로 열어놓을 것을 요청한다.

이 시대는 역사전기문학의 시대, 신소설의 시대, 번안문학의 시대, 그리고 1910년대 이광수 소설의 시대였다. 또 그것은 김동인과 염상섭의 새로운 소설들이 만들어지던 시대였고, 나혜석·김명순·김일엽으로 이루어지는 제1세대 여성 작가들이 새로운 문학을 창출해나가던 시대였다.

요컨대, 우리는 1900년 전후부터 1920년 전후까지 약 20~30년 동안에 나타난 문학사 현상을 문학사 이행 모델의 검증 차원에서 구체적으로 살펴볼 수 있어야 한다. 한국소설의 근대 이행이라는 문제는 추상도가 아주 높은 '형이상학적' 문제다. 이 문제를 다루기 위해서는 그 시대의 구체적인 문학 현상들을 새로운 눈으로 보아야 한다.

이 글에서 다루고자 하는 이광수는 한국현대문학사상 가장 문제적인 작가 가운데 한 사람이다. 그는 한국현대소설의 형성, 전개 과정에서 가장 큰 활동력을 보여준 작가였고, 가장 문제적인 작품들을 남긴 작가였으며, 그 문학적 공과를 둘러싸고 지금까지 가장 큰 논란을 빚고 있는 작가이다. 게다가 그는 단순한 창작자, 작가가 아니라 그 스스로 한국현대문학의 이론을 전개한 비평가이자 문학이론가다.

최근 몇 년 동안 한국현대문학 연구 쪽에서는 이광수(李光洙, 1892~1950)의 종합적인 면모에 대한 관심이 지속적으로 심화되어왔다. 그 결과 이광수는 지금 한국현대문학만 아니라 한국현대문화 전체를 근대적으로 기획한 사람으로 이해되고 있다. 그는 문화 전반에 걸쳐 한국의 전체상을 새롭게 디자인한 사람으로 재조명된다. 그는 확실히 문학의 지평을 넘어서 존재하는 사람이었다. 그는 소설가였을 뿐 아니라 언론인이었고 사상가였다. 문학은 그러한 종합적 면모를 이루는 중추적인 일부이지만 그것이 그의 전체를 설명해주지는 못한다.

그럼에도 그는 여전히 다른 어떤 것보다 한국현대문학을 건설한 사람이라는 점에서 주목되고 평가되어야 한다. 그는 자신의 문학생활 초창기부터 지속적으로 한국문학과 세계문학의 관계를 논리적으로 정립하려 했으며, 전근대와 근대의 문학을 준별하는 독자적인 시각을 제공하려 애썼다. 이러한 그의 비평가적, 문학이론가적 면모는 『문학과 평론』(영창서관, 1940) 한 권에 잘 집약되어 있다. 그러나 이 평론집만으로 이광수의 비평 세계를 전단할 수 없다. 무엇보다 이광수의 초기 문학 사상의 형성을 가늠할 수 있게 해주는 글들에 유의해보아야 한다.

한국현대문학에 대한 다양한 이론적 성찰이 담긴 그의 글들은 오늘날 우리가 목도하는 한국현대문학의 형질과 본질적인 연관을 맺고 있는 것들이 많다. 뿐만 아니라 그는 평생에 걸쳐 다양한 형태의 자전적 기록을 남긴 문학인이었다. 그의 회고, 고백, 일기, 자전적 소설 등은 그가 한국현대문학에 관한 사유를 펼쳐나간 과정을 자세히 '기록'하고 있다. 이러한 저작들은 한국문학의 근대 이행이라는 문제를 규명하기 위한 중요한 텍스트들이다.

이 글은 이러한 텍스트들의 하나인 「문학이란 하오」(『매일신보』 1916. 11. 10~23.)와, 가장 중요한 소설로 평가되고 있는 『무정』(『매일신보』 1917. 1. 1.~6. 14.) 사이의 거리를 따져 묻고자 한다. 이것은 앞에서 언급한, 접목을 통한 새로운 근대적인 문화·문학의 창조라는 가설을 이광수 문학을 자료 삼아 검증해보기 위한 것이다.

「문학이란 하오」는 한국근대문학을 위한 이광수의 기초 설계가 어떤 모습을 가지고 있었는지 생각해볼 수 있게 한다. 이 글을 젖혀놓고 이광수의 초기 문학사상을 논의하기란 쉽지 않다. 이 글과 이 시기에 쓴 장편소설 『무정』은 한국문학의 근대 이행이라는 문제를 검토함에 있어 간과될 수 없는 위치를 점하고 있다. 「문학이란 하오」와 『무정』이 함축하고 있는 각각의 메시지와, 이 두 텍스트 사이에 가로놓인 낙차 같은 것을 검토하지 않고는 이 문제를 제대로 검토할 수 없다고 보아야 한다.

최근 몇 년 동안 이루어진 연구들은 「문학이란 하오」와 『무정』을 하나의 연속적인 텍스트로 간주하는 듯한 양상을 보인다. 즉, 『무정』은 「문학이란 하오」라는 이론적 저작물이 보여주는 논리적 구성의 직접적 결과물이라는 것이다. 과연 그럴까? 이 둘 사이에 논리적 모순이나 상충, 둘 사이의 낙차 같은 것은 없는 것일까?

최재서는 비평의 종류를 셋으로 나누면서 저널리즘 비평, 이론비평과 함께 작가적 비평을 또 하나의 비평적 유형으로 제시한 바 있다. 그런데 이 작가적 비평, 즉 창작자의 비평은 언제나 작품 그 자체의 논리와 모순 또는 괴리를 빚을 수밖에 없으며, 그럼으로써 그의 비평 논리를 새롭게 변화시키게 된다.

필자는 이광수의 비평과 소설 창작의 관계가 바로 그와 같았을 것이라고 생각한다. 「문학이란 하오」에 나타난 비평적 논리가 곧 『무정』이라는 소설의 내적 논리로 직결된다고 보는 것은 비평과 창작의 길항 관계라는 측면에서 논리적 오류를 범하는 일이 된다. 이 글은 이러한 맥락에서 이광수 초기 문학론의 실상으로서 「문학이란 하오」의 논리 구조를 규명하고, 이것이 『무정』과 어떤 내면적 거리를 함축하고 있는지 살펴보고자 한다.

2. 「문학이란 하오」의 논리 구조와 논점들

「문학이란 하오」는 이광수의 초기 문학 논리를 보여준다. 그러나 이 글은 이광수가 처음부터 대가적인 면모를 가진 문학인이었음을 알려준다. 그는 이 글에서 문학 자체의 개념에서부터 당면한 조선문학의 과제를 밝히는 데 이르기까지 실로 총체적인 문학 논의를 개진한다. 이 글을 효율적으로 다룰 수 있기 위해서는 먼저 이 글의 구성 전체를 살펴볼 필요가 있다.

① 新舊 意義의 相異
② 文學의 定義
③ 文學과 感情

④ 文學의 材料

⑤ 文學과 道德

⑥ 文學의 實效

⑦ 文學과 民族性

⑧ 文學의 種類

⑨ 文學과 文

⑩ 文學과 文學者

⑪ 大文學

⑫ 朝鮮文學

위에서 보듯이, 이 글은 모두 열두 개의 세부 항목을 가지고 있다. 그는 이 항목들을 통해서 문학에 관한 일반적·보편적인 문제에서부터 1910년대 조선이라는 특수한 시공간에서의 문학이라는 특수한 문제에 이르기까지 총괄적인 시각을 제공하고자 한다.

또한 이렇게 방대한 구성답게, 이 글은 문학에 대한 풍부한 독서 경험을 내비친다. 이 글에는 일본에서 일찍이 언문일치를 주창한 요시다 비묘(由田美妙)를 비롯하여 당대에 가장 비싼 원고료를 받았다는 쓰보우치 쇼요(坪內逍遙), 나쓰메 소세키(夏目漱石), 모리 오가이(森鷗外) 등 당대 거장들 이름이 고루 등장한다. 또 『만엽집(萬葉集)』, 『고금집(古今集)』, 『원씨물어(原氏物語)』 같은 일본고전문학의 유산들을 거론하고 있기도 하다. 그때 이미 이광수는 서양문학에도 해박한 지식을 쌓고 있었다. 이 글에는 셰익스피어, 호메로스 등의 이름과 작품이 자주 거론되어 있다.[1]

---

1 이와 관련하여 『무정』 70회를 보면, 형식이 자신이 쌓은 지식들을 열거하는 대목이 나온다. 여기에는 서양철학과 서양학문, 루소의 참회록과 에밀, 셰익스피어의 햄릿 괴테의 파우스트, 크로포트킨의 저술들, 그 밖에도 신간 잡지에 나오는 각종 정치론과 문학 평론들, 타고르와 엘렌 케이 같은 이들의 이름이 등장한다. 다방면에 걸친 다양한 독서를 통해 우주와 인생을 생각하고, 인생관, 우주관, 종교관, 예술관을 축적한 형식에게는

그런데 최근 들어 자주 거론되고 있는, 「문학이란 하오」를 둘러싼 논점은 크게 두 가지다. 그 하나는 이 글이 이른바 이식문학론적 양상을 보이는 것으로 간주될 수 있다는 것이다. 이는 'Literature의 역어로서의 문학'이라는 그의 주장을 중심으로 빈번하게 거론되는 문제다.

如此히 文學이라는 語義도 在來로 使用ᄒ던 者와는 相異하다. 今日 所謂 文學이라 흠은 西洋人이 使用ᄒ는 文學이라는 語義를 取흠이니, 西洋의 Literatur 或은 Literature라는 語를 文學이라는 語로 飜譯ᄒ얏다 흠이 適當ᄒ다. 故로, 文學이라는 語는 在來의 文學으로의 文學이 아니오 西洋語에 文學이라는 語義를 表하는 者로의 文學이라 흘지라. 前에도 言ᄒ얏거니와 如此히 語同意異흔 新語가 多ᄒ니 注意할 바이니라.[2]

이광수는 이와 같이 문학이라는 말을 그대로 사용하기는 해도 그 말뜻은 옛날과 다를 수밖에 없다고 한다. 이제 이 말은 서양의 literature의 뜻을 가진다는 것이다. 이처럼 조선에서의 문학의 개념을 과거의 개념에서 떼어내어 전적으로 새로운 것으로 보려는 이광수의 시각은 다음과 같은 조선문학사 개괄에서 더욱 분명하게 나타난다.

余는 日本文學史를 讀할 째에 遠히 奈良朝에 漢文이 入ᄒ야 勢力을 得ᄒ면서도 假名의 勢力이 全失치 아니ᄒ야 萬葉集 古今集原氏物語 等 國民文學을 産出ᄒ고 明治維新 以前ᄭ지도 一邊, 漢文의 勢力이 膨脹ᄒ면서도 國文學이 絶ᄒ지 아니하야 近松, 西鶴, 馬琴, 白石 等 國文學者를 出ᄒ얏슴을 讚嘆不已ᄒ노니, 朝鮮人이 적이 自我라는 自覺이 有ᄒ얏던들 世宗의 國文製作이 動機가 되야 新文學이 蔚興ᄒ여야 可한 것이라. 念及 此에 退溪·

다양한 경험을 바탕으로 제2차 일본 유학에 나아가 새로운 학문을 무섭게 흡수하고 있는 이광수 자신의 면모가 담겨 있다고 볼 수 있다.
  2 이광수, 「문학이란 하오」, 『매일신보』 1916. 11. 10.

栗谷 等 中國 崇拜者의 續出을 怨ᄒᄂᆞᆫ 싱각도 나도다. 然ᄒᄂᆞ나, 經書와 史略, 小學 等 飜譯文學이 出흠은 朝鮮文學 蔚興의 先驅가 될 번ᄒᆞᆻ스나 科擧의 制로 因ᄒᆞ야 마츰내 朝鮮文學의 興흘 機會를 作치 못ᄒᆞᆻ고 僅히 春香傳, 沈淸傳, 놀부 흥부傳 等의 傳說的 文學과 支那小說의 飜譯文學과 時調·歌詞의 作이 有ᄒᆞᆻ슬 ᄲᅮᆫ이다. 坊間에 流行ᄒᄂᆞᆫ 國文小說中에는 朝鮮人의 作品도 頗多흘지니, 此ᄂᆞᆫ 應當 朝鮮文學의 部類에 編入할 것이어니와 此等 諺文小說도 大槪 材料를 中國에 取ᄒᆞ고, ᄯᅩ 佛敎道德의 束縛하에 自由로 朝鮮人의 思想感情을 流露흔 者 無하며, 近年에 至ᄒᆞ야 耶蘇敎가 入흠이 新舊約 及 耶蘇敎文學의 飜譯이 生ᄒᆞ니, 此ᄂᆞᆫ 朝鮮文의 普及에 至大흔 功勞가 有ᄒᆞᆻ고, 實로 朝鮮文學의 大刺戟이 되엇스며, 十數年來로 百餘種의 諺文小說이 刊行되얏스나 그 文學的 價値의 有無에 至ᄒᆞ야ᄂᆞᆫ 斷言흘 만흔 硏究가 無ᄒᆞ니와 아모러나 朝鮮文學의 新興흘 豫告가 됨은 事實이다.

　萬一 朝鮮文學의 現狀을 問ᄒᆞ면 余ᄂᆞᆫ 울긋붉웃흔 書肆의 小說을 指흘 수 밧게 업거니와 一齋 何夢 諸氏의 飜譯文學은 朝鮮文學의 氣運을 促ᄒᆞ기에 意味가 深할 줄로 思ᄒᆞ노라. 단 以上 諸氏가 果然 朝鮮文學을 爲ᄒᆞ야라ᄂᆞᆫ 意識의 有無ᄂᆞᆫ 余의 不知ᄒᄂᆞᆫ 바로ᄃᆡ 諸氏가 充實ᄒᆞ게 飜譯文學에 從事ᄒᆞ며 一邊 文學의 普及을 企ᄒᄂᆞᆫ 硏究와 運動을 不怠ᄒᆞ면 諸氏의 功은 決코 不少흘 줄 信하노라.[3]

이광수는 일본이 예로부터 국문학을 가졌던 데 반해 우리에게는 국문학이 없다시피 했다고 단정한다. 그에 따르면 조선에서의 국문학은 근대 이전에는 대부분 번역문학으로 존재했을 뿐이고, 그 외에 『춘향전』, 『심청전』과 같은 "전설적 문학"과 시조, 가사 등이 있었을 뿐이다. 이렇게 왜소한 국문학이 새로운 흥기를 맞이한 것은 서양에서 기독교가 들어오고 새로운 서양번역문학이 생겨나면서부터다. 이로부터 국문학이 새롭

---

3 이광수, 「문학이란 하오」, 『매일신보』 1916. 11. 23.

게 신흥할 수 있는 단초가 마련되었다는 것이다.

그는 이러한 문학사 인식을 바탕으로 그 자신을 새로운 문학의 건설자로 제시하고자 한다. 그에 따르면 조선의 근대문학은 울긋불긋한 장정을 한 딱지본 신소설과 일재 조중환, 하몽 이상협의 번역문학을 거쳐 자신에 이르렀다. 그는 조선문학이 전근대적인 문학에서 벗어나 자신에 이르기까지 약 두 단계의 진화 과정이 있었다고 파악한다.

그런데 이 글의 문학사적 의미망을 보다 구체적으로 이해하기 위해서는 이 글이 천재의 중요성을 거론하고, 인간 정신에 관한 지(知)·정(情)·의(意) 삼분법을 구사하는 등 독일 고전철학, 특히 칸트의 사상과 밀접한 관련성이 있음을 인식할 필요가 있다.[4]

이광수는 이 글에서 새롭게 발흥해야 할 문학, 즉 명실상부한 조선 근대문학의 요건을 다음의 몇 가지로 나누어 제시한다. 그리고 이것이 이 글에 관한 이광수 문학론의 두 번째 논점을 이룬다. 그것은 근대문학이란 '정의 문학'이 되어야 한다는 주장이다. 이러한 생각은 다음과 같은 문장들이 보여주듯이 「문학이란 하오」 곳곳에 자주 나타난다.

(가) '문학의 정의' 중에서

文學이란 特定흔 形式 下에 人의 思想과 感情을 發表한 者를 謂홈이니라. (……) 아모러나 他 科學은 此를 讀흘 時에 冷情호게 外物을 對하는 듯호는 感이 有한듸 文學은 마치 自己의 心中을 讀호는 듯하야 美醜喜哀의 感情을 伴호나니 此 感情이야말로 實로 文學의 特色이니라.[5]

(나) '문학과 감정' 중에서

近世에 至호야 人의 心은 知情意 三者로 作用되는 줄을 知호고 此 三者

---

4 금빛내렴, 「칸트의 천재 개념에 관한 고찰」(홍익대학교 대학원 석사학위논문, 2001), 참조.

5 이광수, 앞의 글, 『매일신보』 1916. 11. 10.

에 何優 何劣이 無히 平等ᄒᆞ게 吾人의 精神을 構成홈을 覺ᄒᆞ미, 情의 地位
가 俄히 昇ᄒᆞ얏나니 일즉 知와 意의 奴隷에 不過ᄒᆞ던 者가 知와 同等혼 勸
力을 得ᄒᆞ야 知가 諸般科學으로 滿足을 求ᄒᆞ려 홈에 情도 文學 音樂 美術
等으로 自己의 滿足을 求하려 하도다.[6]

(다) '문학의 재료' 중에서

情의 滿足은 卽 興味니 吾人에게 崔히 深大혼 興味를 與ᄒᆞᄂᆞᆫ 者ᄂᆞᆫ 卽 吾
人 自身에 關혼 事이라.[7]

(라) '문학과 도덕' 중에서

情이 이믜 知와 意의 奴隷가 아니오 獨立한 精神作用의 一이며 從ᄒᆞ야
情에 基礎를 有혼 文學도 亦是 精緻 道德 科學의 奴隷가 아니라 此等과 竝
肩홀 만한 도로혀 一層 吾人에게 密接한 關係가 有한 獨立혼 一現象이라.
종래 朝鮮에서는 文學이라 ᄒᆞ면 반다시 儒敎式 道德을 高趣ᄒᆞᄂᆞᆫ 者 勸善懲
惡을 諷諭ᄒᆞᄂᆞᆫ 者로만 思ᄒᆞ야 此 準繩 外에 出ᄒᆞᄂᆞᆫ 者ᄂᆞᆫ ○束ᄒᆞ얏나니 是
乃 朝鮮에 文學이 發達치 못한 最大혼 原因이라.[8]

이와 같은 인용문들은 이광수가 문학을 인간의 마음의 세 가지 작용
가운데 특히 정을 담보하는 것으로 이해하고 있음을, 그러면서 종래의
조선문학이 도덕에 치우쳐 정을 고취하지 못한바, 새로운 문학은 정을
고취하는 데 그 목적이 있어야 한다고 주장하고 있음을 보여준다.
그런데, 이 '지·정·의'론에 바탕을 둔 정이라는 것이 앞으로 자세히
논의하겠지만 멀리 칸트에게서 연유하는 것임을 의식해보면, 「문학이
란 하오」는 넓게 보아 서양에서 유래한 근대문학 또는 근대철학의 개

---

6 위의 글, 『매일신보』 1916. 11. 11.

7 위의 글.

8 의의 글, 『매일신보』 1916. 11. 12.

넘들에 기대어 근대조선문학의 위상을 새롭게 수립하고자 한 것이라 할 수 있다. 그러나 이것이 곧바로 한국근대문학 형성에서의 이식론을 충당하는 근거로 작용할 수 있는가 하는 문제는 간단치 않다. 이는 더 많은 검토를 거쳐서야 판단해볼 수 있는 일이다.

3. 이광수 '정으로서의 문학'을 둘러싼 최근 논의 양상

최근에 국문학계에서는 이광수 문학에 관한 주목할 만한 논의들이 이루어졌다. 정병설의 「『무정』의 근대성과 정육」[『한국문화』 54(2011)] 은 이러한 논의들 가운데 하나다. 이 논문은 하타노 세츠코(波田野節子) 의 이광수 논의를 비판적으로 조명하면서 이광수 장편소설 『무정』을 전통적인 정의 맥락에서 새롭게 고찰한다.

이 논문의 저자는 『무정』의 핵심적 사상으로 간주되어온 '정육론'에 대한 하타노 세츠코의 '오독'을 두 가지로 나누어 비판한다. 그 하나는 그가 이광수의 '정'을 동시대 일본에서 다카야마 등에 의해 제기된 '본 능'과 같은 형질의 것으로 보았다는 것이다. 다른 하나는 그 연장선상 에서, 그녀가 이광수의 '정육론'을 서구 낭만주의 사상에 연결시켜 일종 의 '본능 만족주의'로 귀결시키고 있다는 것이다.[9] 이 논문은 이광수 문 학의 정을 고전문학의 연속성 속에서 조명함으로써 하타노의 견해를 근본적으로 거절하고자 한다.[10]

이를 위해서 저자는 고전문학을 전공한 이답게 『무정』과 고전소실의 관련성을 상세하게 검토해나간다. 그에 따르면 『무정』은 『춘향전』, 『옥 루몽』, 『구운몽』, 『숙향전』 등 조선고전소설과 밀접한 관련이 있다. 특

---

9 전소영, 「『무정』을 둘러싼 한 대립각」, 『문학의오늘』 창간호(2011), 327면 참조.
10 정병설, 「『무정』의 근대성과 정육」, 『한국문화』 54(2011), 235면 참조.

히『무정』에 나타난 어린 영채의 수난 과정은『숙향전』을 도외시하고는 제대로 이해될 수 없다. "영채 이야기에 관한 한『무정』은『숙향전』과 동일한 서사를 가지고 있"[11]다.

이러한 검토 위에서 그는 다시『무정』의 근대소설로서의 성취 여부를 까다롭게 측정한다. 그가 보기에『무정』으로 하여금 근대소설적 성취를 이룬 것으로 평가받을 수 있게 한 계몽사상, 사실적 묘사, 내면 심리 형상화 같은 요소들 가운데 상당 부분은 전근대적인 문학의 그것에 미치지 못하거나 별달리 뛰어나다고 할 만한 것이 없다.『무정』이 새롭다고 할 수 있는 부분은 마지막 항목, 즉 내면 심리의 형상화 쪽이며 여기서나 그 성취를 상당 부분 인정해줄 수 있다.

이 논문은 이 새로움의 배경에 이광수의 '정육론'이 자리 잡고 있는 것으로 파악한다. 그리고 이러한 사상의 연원이 어디에 있는지 따져 묻는다. 여기서의 문제는 이 '정육론'이 어디에서 발원했는가 하는 것이다.

그는 주장한다. 정의 발현이 관습이나 도덕보다 중요하고 그 종점에 생명이 있다는 이광수의 생각에 나타나는 정은, 동정으로서의 정이 아니라 감정으로서의 정이다.『무정』을 통해 이광수가 제안하는 '정의 발견'이란 감정의 발견, 감정의 육성이다.[12] 그렇다면 이런 생각은 어디서 온 것인가? 그것은, 이것은 많은 선행 연구가 주장했듯이, 일본문학을 섭렵한 결과물인가, 그렇지 않으면 이광수 자신의 문제의식의 산물인가?

그는 이광수의 정육론의 발원지에 관해 뚜렷한 견해를 제공하고 있는 것으로 믿어지는 하타노 세츠코의 견해를 비판적으로 취급함으로써 자신의 생각을 부각시키고자 한다. 하타노는 이광수의 정육론이 다카야마 조규(高山樗牛)의 낭만주의적 '본능'론의 영향을 받은 것이라 하지만, 그의 생각에 따르면 그것은 이광수의 '정'과 거리가 멀다.

---

11 위의 논문, 238면.
12 위의 논문, 244면.

　　춘원은 충신열녀의 충절이 지덕체에서 비롯되기도 했지만 더욱 중요한 것은 자연스러운 감정의 힘이라고 보았다. 그러니 도덕심을 기르기 위해서 감정도 길러야 하는 것이다. 반면 다카야마는 충신 절부의 충절은 지식이 아니라 본능에서 비롯되었다고 했다. 본능이라면 굳이 기를 필요가 없다. 그저 드러내게만 하면 된다. 춘원의 '정'과 다카야마의 '본능'은 후천적인 것과 선천적인 것이라는 근본적 차이가 있다.[13]

　　그는 이광수의 『무정』이 다카야마 조규의 사상을 그대로 받아들인 것이라기보다 감정과 욕망을 억압하고 통제하라는 '존천리멸인욕(存天理滅人慾)'의 유교사상에 대한 공격을 감행한 것이라고 생각한다. 조선은 다른 나라에서 유례를 찾아보기 어려울 정도로 감정의 억압이 강한 나라였지만, 일본은 세계 어느 나라보다도 욕망과 감정의 표출이 분방한 나라였다. 그러한 조선의 상황에서 이광수의 정육론은 억눌린 감정을 풀어 고양시키자는 혁명적 성격을 가지고 있었다.[14] 감정을 육성하고 해방시켜야 한다는 이광수의 논리는 유교적 발상의 근원을 뒤흔드는 공격이었다.

　　그는 하타노가 이러한 정육론의 맥락을 정확히 인식하지 못했고, 이러한 그의 연구가 서영채, 권보드래 등과 같은 연구자들에 영향을 미쳤다고 판단했다. 반면에 홍혜원 같은 연구자는 이광수에게 있어 '정'과 '육'이 결코 분리되지 않은 채 시종일관 이광수 문학과 사상을 관통하는 역할을 한 것으로 보았다고 했다.[15]

　　사실 이와 같은 비판은 하타노의 이광수 연구를 너무 좁게 파악한 것이라고 할 수 있다. 하타노가 다카야마 조규를 언급한 것은 산문시인 「옥중호걸」[『대한흥학보』(1010. 1.)]이나 「금일 아한 청년과 정육」[『대한

---

13 위의 논문, 246면.
14 위의 논문, 248면.
15 위의 논문, 250면.

홍학보』(1010. 2.)]을 논의하는 대목에서였고,[16] 이 작품들과 1916, 1917년의 이광수는 큰 차이가 있기 때문에 이를 일괄해서 '정육론'으로 파악하는 것은 무리가 있다.

다만 정병설의 논의는 이광수의 '정육론', 즉 정을 길러야 한다는 주장을 전통적 유교적 덕목에 대한 이광수의 문제의식의 깊이에서 찾으면서, 그것을 일본이나 서구의 시각을 빌려온 것으로 보지 않고 전통적인 사고방식의 반전으로 본 것이다.

그런데 여기서 하나의 의문이 제기된다. 「문학이란 하오」에 나타나는 이광수의 정육론은 왜 지·정·의라는 인간 정신의 삼분법적 구성 모델 안에 자리 잡고 있는 것일까? 이것은 이광수가 말하는 정이 사단칠정론에 유래를 둔 정이 아닐 수도 있음을 시사한다. 그러나 문제가 그렇게 단순하지만은 않다.

한 논문에 따르면, 유학에서 사단이란 인간 본성에서 솟아나는 인의예지(仁義禮智)의 도덕적 능력을 가리키며, 칠정이란 기쁨, 노여움, 슬픔, 두려움, 사랑, 미움, 욕망 등 인간의 일곱 가지 자연적 감정을 가리킨다. 송대 성리학에서 사단칠정은 상대적인 의미망을 형성하게 된다. 단(端)이 성(性), 즉 이(理)의 세계를 비추는 본질적인 마음 세계를 가리키는 것이라면 정(情)은 그것에서 흘러나와 움직이는 마음의 작용을 가리키게 된다.[17]

---

16 하타노 세츠코, 『'무정'을 읽는다』, 최주한 역(소명출판, 2008), 117~125면 참조.

17 그러나 주희의 견지에서 성과 정은 본디 대립적인 의미가 크지 않았고, 마음이 주관하는 두 양상의 의미를 지니고 있었다. 정 또한 성에서 발원하는 것이었다. "그리고 지각 운용으로 대표되는 모든 의식적 행위는 심으로 이루어지는데, 이 심을 다시 구체적 의식 작용이 있기 전의 미발(未發)과 그것이 구체적으로 나타난 이발(已發)로 구분한다. 미발의 범주에 중(中), 체(體), 정(靜), 적연부동(寂然不動) 등을 적용시키고 이발의 영역에 화(和), 용(用), 동(動), 감이수통(感而遂通) 등을 적용시킨다. 그리고 이것들의 중심에 심이 있다." 이런 의미는 심이 성과 정을 통섭(포괄)하고 관섭(관여)한다는 심통성정론(心統性情論)으로 귀결된다. 통(統) 자는 심이 성과 정을 포괄하면서 관여하는 다양한 방식을 함축하고 있는데, 이것은 간추리면 겸(兼)과 주(主)로 압축된다. 겸은 심이 미발에서 성립되는 성과 이발에서 드러나는 정을 포괄한다는 뜻으로 쓰인다. 반면, 주재한다는 것은 심이

조금 더 구체적으로 보면, 우주의 근본 이치를 이(理)라 하고, 그것이 현실화되어 나타난 기운을 기(氣)라 한다. 기운이 뭉쳐진 것이 기질(氣質)이고, 기질에 이치가 깃들어 모인 것을 성(性)이라 한다. 이 성은 이, 곧 하늘이 명한 것이며, 정은 이 이, 즉 성을 따라 흐른다. 『맹자』는 사단(四端)을 말하였으며, 이 사단으로부터 정의 흐름이 규정된다고 보았다.

이러한 관점에서 보면 칠정은 사단과 대립하지 않는다. 그런데 이와 다른 관점도 있다. 『예기』는 사람이 고요한 상태의 본성을 가지고 났다고 한다. 이것이 성이다. 그러나 외부의 사물에 감응하게 되어 본성에 욕구가 생긴다. 이 욕구를 절제하지 못하면 사람은 본성에서 멀어지게 된다. 이러한 맥락에서 희로애락이 겉으로 드러나지 않는 것을 중(中)이라 하고, 그것이 절도에 맞게 드러나는 것을 화(和)라고 한다. 사람은 정, 즉 감정을 이, 즉 이치에 맞도록 조절·절제함으로써 예를 지킬 수 있어야 한다.[18]

성에 해당하는 단의 자연스러운 발로가 정이라고 보는 관점과 성에 의해서 조절·절제되어야 하는 정이라는 관점. 이와 같은 두 관점은 단과 정의 관계를 어떻게 이해하느냐에 따라 정에 의미를 부여하는 방식이 달라질 수 있다. 조선에서 벌어진 사단칠정 논쟁, 즉 이황과 기대승 사이의 논쟁은 이러한 낙차를 더욱 분명하게 표현하고 있다.

'사칠논쟁'에 단초를 제공한 정지운은 「천명도」를 그리고는 단은 이치에서 발하고, 칠정은 기운에서 발한다고 썼다(四端發於理 七情發於氣). 이에 이황은 사단은 이의 발이고, 칠정은 기의 발이라고 한다(四端理之發 七情氣之發). 즉, 이황은 사단과 칠정을 이와 기에 나누어 배속시켰

성의 내용을 정으로 드러나게 한다는 뜻이다. 즉, 인(仁)은 성(性)이고 측은지심은 정(情)인데 심의 매개에 의해서 이러한 발현이 있게 된다. 안영상, 「사단칠정론 이해를 위한 주희 심통성정론의 검토」, 『정신문화연구』 32권 4호(2009), 294~295면.

18 남지만, 「이황, 기대승, 송순의 사단칠정론」, 『한민족문화연구』 21(2007), 285~287면 참조.

다.[19] 기대승은 이에 반발하여 칠정 역시 사단과 마찬가지로 같은 성에서 나오는 것이라 하였다. 그런데 이 논쟁은 적어도 표면상으로는 기대승이 이황의 논의를 수용하는 것으로 정리되었다.[20] 이것은 조선성리학이 사단을 중심으로 칠정을 조절·절제하는 주리론에 경사되었음을 의미한다.

정병설은 그와 같은 맥락에서 이광수의 정육론이 감정과 욕망을 억압·통제한 조선유학의 존천리멸인욕(存天理滅人慾) 사상을 수정함으로써 근대적인 개혁을 이루고자 한 문제의식의 산물이었다고 본다. 이러한 인식은 『무정』과 「문학이란 하오」 모두에서 근거를 찾을 수 있으며, 이러한 시각은 이광수가 정육론을 주장하고 나선 조선 내부적인 토양을 제시한 것이라는 점에서 주목할 만하다.

그러나 다만, 이로써 문제가 완전히 해결될 수 없음은, 이러한 내적 필요성의 부각이, 이광수가 사단과 칠정의 이항 대립적 구조를 어떤 경로를 통해서 '지·정·의'의 삼분법적 구조로 대체했는가를 설명할 수는 없기 때문이다.

이광수의 정육론을 일본 유학 문학인들의 지식 형성이라는 맥락에서 고찰하고자 한 또 한 사람의 연구자는 이광수의 정육론이 일본의 근대교육학 담론과 밀접한 관련성을 가지고 있음을 주장한다. 그러나 이러한 논의를 담은 논문에 일본근대교육학 담론에서 지정의론이 어떤 위상을 가지고 있었는지, 또 그것이 이광수의 정육론과 어떤 내적 관련성을 가지고 있는지를 충분히 논증해놓은 것으로 보이지 않는다.[21] 특히 이 논문은 "지정의론은 심리학의 인간 정신에 대한 분류법으로 출발했고, 인간 정신을 대상화 하는 과학 일반에 이론적 기반을

---

19 위의 논문, 288면 참조.

20 위의 논문.

21 구장률, 「근대지식의 수용과 문학의 위치 − 1900년대 후반 일본 유학생들의 문학관을 중심으로」, 『대동문화연구』 67(2009), 353~358면 참조.

제공했다"[22]라고 규정하고 있는데, 이러한 논의의 근거는 분명히 제시되어 있지 않다.

이광수의 정육론의 근거를 지정의론과 관련하여 보다 상세하게 논의하고 있는 논문으로 「이광수 초기 문학론의 구조와 와세다 미사학」[『한국문학연구』 35(2008)]을 검토해볼 수도 있다. 이 논문은 이광수의 정육론이 지정의론과 밀접한 연관성을 가지고 있다고 하면서, 이 문제를 보다 면밀하게 살피려면 쓰보우치 쇼요의 『소설신수』와의 관련성을 논의해야 한다고 본다. 아이러니한 것은 이러한 주장 아래 바로 "『소설신수』 자체는 지정의론과는 크게 관련이 없다"[23]라는 문장을 볼 수 있다는 점이다. 그러면서도 이 논문은 이광수 문학론과 쓰보우치 쇼요의 관련성에 대한 구상을 계속 밀어붙여 이광수 문학을 이른바 '와세다 미사학'과 교호 관계를 맺고 있는 것으로 설명한다. 그러므로 이러한 맥락에서 이광수 정육론의 합리적 핵심이 파악될 수 있는지는 미지수로 남겨질 수밖에 없다.

4. 칸트의 전인격적 인간과 이광수의 정육론

이광수 문학에서 도덕과 감정의 문제는 매우 중요하기 때문에 어떤 식으로든 칸트 철학과의 관련성을 제기하는 것이 무리가 될 수는 없다. '지·정·의'론에 바탕을 둔 이광수의 '정'의 문학론은 칸트와의 관련성 속에서 규명되어야 한다. 이와 관련하여 이재선은 다음과 같이 논의한 바 있다.

---

22 위의 논문, 354면.

23 김재영, 「이광수 초기 문학론의 구조와 와세다 미사학」, 『한국문학연구』 35(2008), 393면.

이광수의 문학론 가운데서 문학의 요건으로서 정이 가장 강조된 글은 「문학의 가치」에 이어 문학을 새롭게 정의하고자 한 「문학이란 하(何)오?」이다. 여기서 "문학은 인의 정을 만족케 하는 서적"이라고 규정한다. 이 글은 19세기 경험적 심리학과 합리적 심리학을 구분, 독일의 능력 심리학(Vermöfgenspsychologie)의 창시자인 볼프(C. Wolf, 1679~1754)와 테텐스(J. N. Tetens)의 감정, 오성, 의지 등 인식능력, 욕구능력, 판단능력의 3분류법을 계승하여 칸트(I. Kant, 1724~1804)가 비로소 3분화한 지·정·의(知·情·意, Erkentnis-Gefühl-Begehrung) 3분설을 전제로 하고, 과학/문학의 관계를 지/정으로 대비하는 관점을 견지한다. 여기에 목표로서의 진·선·미(眞·善·美, das Wahre-das Gute-das Schöane)와 연계하여 문학은 바로 정을 충족시킴으로써 미를 추구하는 것으로 규정하려 한다. 이런 '지·정·의'론 및 '진·선·미'론은 일본의 경우, 1870년대에 니시 아마네 등에 의해서 전파되었던 것이다. 그래서 1890년대에 '정'은 미학에서 심미의식의 요소로서 강조되기 시작했다. 호게츠의 미학과 미사학은 이런 지·정·의의 심미적 의식, 미론과 밀접하게 연관되어 있다. 정을 해방시키고 정의 만족을 목적으로 삼으려 하기 때문이다.[24]

이와 같은 이재선의 논의는 이광수 문학론 형성의 지적 맥락에 대해서 많은 것을 이해할 수 있도록 해준다. 이와 같은 맥락에서 다음과 같은 일본 쪽의 논의를 참고해볼 수도 있다.

칸트는 진선미의 성립 지평에 관하여 이렇게 부언한다. "이리하여 이 지평은, 인간은 무엇을 알 수 있나(was der Mensch wissen kann), 인간은 무엇을 아는 게 좋은가(was er wissen darf), 그리고 인간은 무엇을 알아야 하는가(was er wissen soll)라는 것의 판정, 규정에 관한 것이다"라고.

---

24 이재선, 『이광수 문학의 지적 편력』(서강대학교 출판부, 2010), 48~49면.

이러한 '인식 지평'의 구분에는 분명히 당대의 테텐스(Tetens, 1736~1805)의 학설의 영향이 지적되어 있다. 테텐스는 인간의 심적 능력을 오성·감정·의지로 구분하고, 지·정·의의 3분설을 확립하여 심리학사상에 이름을 남겼다. 그리고 더욱더 중요한 것은, 이 지·정·의와 진·선·미에 대응하여, 칸트의 유명한 3비판서가 각기 『순수이성비판』(1781, 제2판 : 1787), 『판단력비판』(1790), 『실천이성비판』(1788)으로써 성립했다는 것이다.

요컨대 3비판서란, 각기 지·정·의에 즉응하여 지성으로서의 순수이성(오성), 감정으로서의 판단력, 의지로서의 실천이성이, 진으로서의 합법칙성, 미로서의 합목적성, 선으로서의 궁극 목적을 주요 테마로 삼아 논구한 것이다.[25]

위의 인용에서도 칸트의 인식론이 인간 정신의 삼분법에 기초해 있음을 살펴볼 수 있다. 그리고 이상과 같은 이재선과 이노우에의 논의는 요하네스 니콜라우스 테텐스(1736~1807)에서 발원하여 칸트를 거쳐 이광수에 다다르는 '지·정·의'론의 동양적 성립 사정을 가늠할 수 있게 한다. 칸트의 『순수이성비판』, 『실천이성비판』, 『판단력비판』 등 '3비판서'는 '지·정·의'의 3요소에 엄밀하게 대응하고 있다.[26] 그렇다면 칸트의 명료한 삼분법적 구도는 어떻게 해서 이광수에 다다를 수 있었던 것일까?

이와 관련하여 눈여겨볼 인물은 이광수가 와세다 대학에 유학했던 시절

---

25 이노우에 요시히코, 「カントの"眞善美"の哲學について」, 『長崎大學總合環境硏究』(2006. 8.), 153면.

26 칸트의 3비판서가 어떤 체계를 가지고 있는가에 대해서는 다음과 같은 표를 참조해볼 수 있다. 김광명의 『칸트 판단력비판 연구』(철학과현실사, 2006)의 23면에서 재인용해보면 다음과 같다.

심성의 전능력	인식능력	선천적 원리	적용범위
인식능력	오성	합법칙성	자연
쾌와 불쾌의 감정	판단력	합목적성	예술
욕구능력	이성	궁극목적	자유

에 철학과 교수로 재직하고 있던 하타노 세이이치(波多野精一, 1877~1950)
다. 그는 1899년에 동경제국대학 철학과를 칸트의 『순수이성비판』 서문
에 관한 논문으로 졸업하고, 1900년에 와세다 대학의 전신에 해당하는
도쿄 전문학교 강사가 되어, 1917년에 교토 대학으로 옮겨갈 때까지 재
직했다. 이 대목에서 이광수가 와세다 대학으로 제2차 일본 유학에 나선
것은 1916년이었음을 상기해볼 수 있다. 그 사이에 하타노 세이이치는
1904년경부터 1906년경까지 독일의 베를린 대학, 하이델베르크 대학 등
에 유학하였으며, 1918년에는 칸트의 『실천이성비판』을 공역으로 출판
하기도 했다. 그는 신칸트주의 서남독일학파를 대변하는 빌헬름 빈델반
트(Wilhelm Windelband)와 하인리히 리케르트(Heinrich Rickert) 등과 사상
적 교호 관계에 있는 것으로 알려져 있다.

철학자로서 하타노의 중요성은 그가 니시다 기타로(西田幾多郎, 1870~
1945)와 함께 교토학파를 주도한 인물이었다는 것이며, 일본의 칸트 이
해에 있어 빼놓을 수 없는 중요성을 가진 인물이라는 데 있다.

일본의 칸트 수용은 유구한 데가 있어 메이지 시대인 1882년경으로
까지 거슬러 올라가는 역사를 가진다. 이 무렵 일본정부는 제도적, 물
질적 측면에서뿐만 아니라 국민의 도덕적, 정신적 생활까지도 지배하
고자 하는 전략적 사고 속에서 보수적인 독일의 국민철학을 권장해나
갔다.[27] 이렇듯 오랜 역사를 가진 칸트 수용사에서 하타노 세이이치는
각별한 지위를 점하는 인물이었다.

하타노가 일본의 철학 연구에 미친 영향의 최대의 것 중 하나는 그 광
범한 철학사적 지식의 제시뿐만 아니라, 그 엄밀한 원전강독에서 볼 수
있는 엄격한 정통적 학문 연구의 방법이었다. 1917년(大正 6)부터 경도대

---

27 한단석, 「일본근대화에 있어서 서구사상의 수용과 그 토착화에 관하여」, 『인문논
총』 19(1989), 3면 참조.

학에서 종교학 강좌를 담당하게 된 하타노는 종교철학의 연구에 전념하면서 그 최초의 성과가 1920년(大正 9), 신칸트주의의 비판주의적 입장에서 구상한『종교철학의 본질과 그 근본 문제』로 결실되었는데, 그 아카데믹한 학풍은 西田의 독자적인 사색의 자세와 더불어 경도학파의 철학 연구의 기조를 이루웠다.[28]

위에서 인용한 한단석의 논문은 이러한 평가에서 더 나아가 하타노 비판주의의 특징을 두 가지로 제시한다. 그에 따르면, 하타노는 칸트적 비판주의가 형식적 이상주의이자 반주지주의적인 특징을 가진다고 주장했다. 이 가운데 후자의 대목은 이광수의 정의 문학론과 관련하여 음미해볼 만하다.

둘째로 비판주의는 反主知主義(antiintellectualism, Antiintellektualismus)이다. 우리의 입장은 역사에서 사실로서 존재하는 여러 文化領域을 공평하게 존중한다. 따라서 우리에게 있어서는 理性은, 칸트 이전처럼 知識의 능력, 즉 칸트가 특히 理論的 理性(theoretische Vernunft)이라고 부른 것만을 의미하지 않는다. 보편타당적인 가치가 있는 한, 칸트가 정당하게 생각한 것처럼 , 그 근저에는 이성의 存在가 승인되지 않으면 안된다. 이성이란 모든 종류의 보편타당적 가치의 전체를 말하는 것이다. 그런고로 우리는 理論的이 아닌 理性의 존재와 원리를 충분히 긍정한다. 그리고 종교는 主知主義의 사람들이 그릇되게 생각하는 것처럼 지식의 變形이나 불완전한 지식이 아니라 우리에 대해서는 理性의 특색 있는 한 영역으로서, 自己의 獨立性을 확보할 수 있는 것이다.[29]

---

28 위의 논문, 38면.
29 위의 논문, 39면.

그러면 여기서 칸트의 비판철학을 "반주지주의"로 이해한다는 것은 무엇을 말하는 것일까?

이것은 칸트 철학이 데카르트 철학의 '이론적 지성' 중심주의에 반하여 '지'만이 아니라 '정'과 '의'의 활동이 풍부한 전인격적 인간이야말로 인간 본연의 모습을 보여주는 것으로 인식했음을 의미한다. 지성만을 인간 이성의 영역으로 파악하는 관점에 대하여 칸트는 예술과 종교와 도덕까지도 전인격적 인간의 정당한 활동 영역으로 간주했다.

필자는 이광수의 '정'의 문학론, 곧 정육론이 이러한 칸트적 반주지주의와 관련이 있는 것으로 이해하고자 한다. 이광수 역시 칸트의 선례를 따라 인간 활동 영역을 '지·정·의'로 삼분하고 그 각각의 활동을 모두 평등하게 인식하는 전인격적 인간상을 제시하면서 특히 정의 의미와 가치를 높여 인식하고자 했다. 다음의 인용문이 그것을 분명히 해준다.

> 吾人의 精神은 知情意 三方面으로 作用ᄒ나니 知의 作用이 有ᄒ매 吾人은 眞理를 追求ᄒ고, 意의 方面이 有ᄒ매 吾人은 善 又는 義를 追求ᄒᄂ지라. 然則 情의 方面이 有ᄒ매 吾人은 何를 追求ᄒ리오. 卽 美라. 美라 ᄒᆷ은 卽 吾人의 快感을 與ᄒᄂ 者이니 眞과 善이 吾人의 精神的 慾望에 必要ᄒᆷ과 如히, 美도 吾人의 精神的 慾望에 必要ᄒ니라. 何人이 完全히 發達한 精神을 有하다 하면 其人의 眞善美에 對ᄒᆫ 慾望이 均衡ᄒ게 發達되얏슴을 云ᄒᆷ이니, 知識은 愛ᄒ야 此를 渴求호디 善을 無視ᄒ야 行爲가 不良ᄒ면 萬人이 敢히 彼를 責ᄒᆯ지니 此와 同理로 眞과 善은 愛호디 美를 愛ᄒᆯ 줄 不知ᄒᆷ도 亦是 奇形이라 謂ᄒᆯ지라. 毋論, 人에ᄂ 眞을 偏愛ᄒᄂ 科學者도 有ᄒ고 善을 偏愛ᄒᄂ 宗敎家 道德家도 有ᄒ고 美를 偏愛ᄒᄂ 文學者 藝術家도 有ᄒ거니와 此ᄂ 專門에 入ᄒᆫ 者라, 普通人에 至ᄒ야ᄂ 可及的 此 三者를 均愛ᄒᆷ이 必要하니 慈에 品性의 完美한 發達을 見하리로다.[30]

---

30 이광수, 앞의 글,『매일신보』 1916. 11. 15.

여기서 볼 수 있듯이 이광수는 인간 정신이 '지·정·의'의 세 방면으로 이루어져 있어, 그 각각이 진선미의 이상을 추구하게 되며, 이 세 방면을 고루 사랑하는 것이 "품성의 완미한 발달"을 도모할 수 있는 방법이라고 주장하고 있다. 이러한 생각은 하타노 세이이치가 수용한 칸트의 반주지주의적 인간관에 통하는 것이라 할 수 있다.

여기서 그가 이렇게 '지·정·의'론에 기반한 정의 육성을 추구한 것은 단순히 그가 하타노의 학생임을 의미하는 것일까? 필자는 그렇게 생각하지 않는다. 문화는 동서고금을 막론하고 이곳으로 저곳으로 부단히 흘러 다니는 것이며, 이것은 이른바 선진국이든 후진국이든 다를 것이 없다. 또 기실 칸트의 '지·정·의'론 이라는 것, 또 그에 입각한 '진·선·미'론이라는 것도 저 서양고대문화의 중심이었던 그리스의 사상을 변방의 독일철학이 근대적으로 번역한 데 지나지 않는 것은 아닌지 되물을 필요가 있다. 그렇게도 말할 수 있을 것이다.

그와 같은 맥락에서 이광수는 당대의 지적 흐름인 신칸트주의적인 사고법을 새롭고 좋은 사고방식의 하나로 인식하고 그것을 자신의 문학이론에 접맥시키려 한 것이며, 그 결과물이 바로 「문학이란 하오」 또는 『무정』이었다고 할 수 있다.

그런데 이렇게 이광수의 문학에 대한 사유를 '지·정·의'론의 맥락에 국한시켜놓고 마는 것은 정병설이 논의했듯이 한국현대문학사의 형성 과정을 이식으로 보는 관점을 합리화하고 마는 누를 범하기 쉽다. 이광수의 정의 문학론의 의미에 더 천착해보려면 「문학이란 하오」와 달리 소설 형태로 나타난 '정', 즉 『무정』을 새로운 차원에서 논의해보아야 한다.

5. '다성악적 소설'『무정』, 또는 그 내면 묘사의 폭과 깊이

『무정』은 매우 문제적인 소설이다. 국문학계에서 이 소설은 오랫동안 본격적인 의미에서의 근대소설로 평가되어왔다. 그렇다면 이 소설의 새로움은 어디에 있나? 필자는『무정』의 진정한 새로움은, 신교육 사상도 자유연애 사상 같은 것이 될 수 없음은 물론이고, 사실적 묘사 같은 것도 이 작품이 지닌 가치를 단지 지엽적으로나 포착한 것이라고 본다.

또한『무정』이 매우 근대적인 사상을 축조해놓고 있다는 방식으로『무정』의 새로움을 설명하는 것도 사실은 매우 둔중한 설명이라고 하지 않을 수 없다.

우리들이 부단히 영위해나가고 있는 삶 속에서 무엇이 근대적인 것이고 무엇이 근대적이지 않은 것인가? 합리적 계산은 근대적인 것이고 신에 대한 믿음은 근대적이지 않은 것인가? 정신이 중요하다고 말하면 근대 이전의 사상이 되고 육체가 중요하다고 말하면 근대적인 사상이 되는가? 정신이나 육체 가운데 어떤 것을 중시하는 것이 근대와 전근대를 가르는 구분이 아니고 정신과 육체의 관계를 설정하는 구성 방법 자체가 그런 구분을 가능케 한다고 말할 수도 있을 것이다. 그러나 그 정신이나 육체라는 개념은 그럼 근대적인 것인가, 그렇지 않은 것인가?

요컨대,『무정』에서 근대성이라는 추상적인 개념에 합당한 요소를 추출하려고 하는 것은 대상을 너무 성글게 분석하는 결과를 낳기 쉽다.

필자는『무정』이 지닌 문학 작품으로서의 가치는 이 소설에 나타난 내면 묘사가 실로 도스토옙스키적인, 다성악적 특질을 드러내는 데 있다고 생각한다.

바흐친은 도스토옙스키의 작품 구성법에 대한 분석적 저작에서 "독립적이며 융합하지 않는 다수의 목소리들과 의식들, 그리고 각기 완전한 가치를 띤 목소리들의 진정한 다성악(polyphony)은 실제로 도스토엡스키 소설의 핵심적인 특성이 되고 있다"라고 단언했다. 도스토옙스키의 작품은 "한 작가의 의식에 비친 단일한 객관적 세계에서의 여러 성격들과 운명이 아니라, 동등한 권리와 각자 자신의 세계를 가진 다수의 의식들이 각자 비융합성을 간직한 채로 어떤 사건의 통일체 속으로 결합하고 있는 과정"을 보여준다는 것이다. 이것을 달리 표현하여 바흐친은 다시, "도스토옙스키의 주요한 주인공들은 실제로 예술가의 창조적 구상 속에서 작가가 하는 말의 객체가 될뿐더러 독자적이고 직접적으로 의미하는 말의 주체가 되기도 한다"고 했다.[31]

바흐친이 말하는 다성악적 소설(polifonićesij roman)이란 문자 그대로 한 작품 안에 여러 이질적인 소리가 공존하는 소설을 말한다. 이것은 독백적인(monologic) 소설에 대비되는 뜻을 갖는다. 그는 이것을 설명하기 위해 여러 비평가의 도스토옙스키론을 검토한다. 어떤 비평가는 도스토옙스키가 타인의 의식을 객체가 아니라 동등한 권리를 가진 주체로 보았다. 또 다른 비평가는 도스토옙스키 소설의 인물들이 각기 개성적 존재로 나타난다고 보았다. 또 한 사람의 비평가는 도스토옙스키가 예술이론의 전통적 규범에 반하여 극히 다양해서 양립할 수 없을 것 같은 요소들을 하나의 장에 끌어들였다고 주장했다. 그는 또한 도스토옙스키에게서 대화적인 특징을 발견했다. 때문에 그의 소설은 극적인 특징을 지니게 된다는 것이다. 그런가 하면 오토 카우스(Otto Kaus)라는 비평가는 도스토옙스키 소설이 극히 모순적이고 상호 배타적인 개념, 판단, 평가 들을 한자리에 모아놓고 있다고 보았다. 그리고 그것은 자본주의 사회의 특성을 잘 보여주고 있다고 했다. 자본주의는 무엇에도 속박되지 않고 개별적이고 서로로부터 폐쇄적이었던 사회적, 문화적, 사상적 국면들을 그 고립된 상태로부터 끌어내이 자본주의적인 모순적 통일성 속에 공존하도록 했다. 바흐친은 오토 카우스의 지적이 타당하

---

31 미하일 바흐친, 『도스또예프스키 시학』, 김근식 역(정음사, 1988), 11면.

다고 보았고, 이것을 도스토옙스키의 조국인 러시아의 상황에 결부시
켰다. 번역본의 난삽한 문체를 감안하면서 이 부분을 옮겨보면 다음과
같다.

카우스의 해설은 여러 면에서 타당하다. 사실상 다성악적 소설은 자본주
의 시대에만 탄생할 수 있었던 때문이다. 더욱이 러시아는 그에게 가장 적
합한 토양을 제공해주었다. 자본주의는 그곳으로 거의 파멸적으로 찾아들
었고, 점차적인 도입 과정에서 자본주의는 서구와 달리 이곳에서 개인적
폐쇄성을 그대로 지켜왔던 사회 세계들과 단체들의 무결한 다양성과 마주
치게 되었다. 여기서 온건하게 관조하는 확신에 찬 독백적 의식의 틀 속으
로 흡수되지 않고 있는 정체된 사회생활의 모순적 본질이 특히 날카롭게
표출되어져야 했었고 동시에 사상적 평형과 대립되는 세계들로부터 추출한
개인성은 특히 완전하고도 명료하게끔 되어 있었다. 그 결과 다성악적 소설
의 본질적인 다음성(多音性 : multi-voicedness)과 다면성(multi-leveledness)의
객관적 전제가 생겨났다.[32]

도스토옙스키 소설의 다성악적 특질을 자본주의 사회의 상호 모순적
통일성에서 찾는 것이 흥미롭다. 그런데 이와 같은 논의를 지금 이 자리
에서 인용하는 것은 그것이 한국사회의 근대 이행이라는 문제를 상기시
키고, 그럼으로써 이광수 소설, 특히 『무정』의 의미를 되새겨보게 하기
때문이다. 『무정』 역시 형식·영채·선형 같은 이질적 존재들, 서로 다른
내면성을 가진 존재들을 하나의 평면 위에 공존케 하고 있지 않던가.
바흐친이 엔겔가르트의 논의를 빌려 도스토옙스키를 설명했듯이 이
광수는 자신이 살아가던 시대의 조선의 여러 상황을 동시적으로 포착
하여, 공존과 상호작용으로 묘사할 수 있었던 작가였다.

---

32 위의 책, 31면.

이와 같은 측면에서 『무정』에서 필자에게 가장 흥미로운 장면은, 세 여성이 마치 어미 새에게 먹이를 받아먹으려고 다투어 부리를 내밀듯이 형식의 이야기에 화답하고 있는 123~125회의 삼랑진 수해 장면이라고 할 수 없다.[33] 그것은 남대문 정거장에서 형식과 선형이 기차에 오름으로써 낯선 세계를 향해 움직이는 한 공간 안에 머물게 된 세 사람의 서로 다른 '우주적' 내면들이 시시각각 그 자태를 드러내는 104~118회의 장면들이 되어야 한다. 이 장면들에서 상호 교차적으로 묘사되는 인물들의 고민 과정은 『무정』의 인물들을 저마다 각기 어떤 관념을 품고 있는 존재로 나타나게 한다. 여기서는 상대적으로 내면의 용적이 작기만 했던 선형조차 자기 의식을 품고 있는 존재로 적극 부상한다.

『무정』에 나타난 인물들의 관념성, 또는 내면성과 관련하여 특히 형식이라는 인물과 관련해서 바흐친이 소개하고 있는 또 하나의 도스토옙스키 비평은 참고할 만하다.

도스토옙스끼의 주인공은 문화적 전통과 지반 그리고 잡계급 지식인의 토양으로부터 유리된 '우연 발생적 인종'의 대표자이다. 그러한 인간은 관념(idea)에 대해 특수한 태도를 보여준다. 그는 실생활(bytie)에 뿌리를 두고 있지 않고 문화적 전통을 상실한 채로 있기 때문에 관념과 또 그 관념의 힘 앞에서 무력하다. 그는 관념에 사로잡힌 '관념의 인간'이 되고 있다. 그에게 있어서 이 관념은 그의 의식과 인생을 전권적으로 결정하고 일그러뜨리기도 하는 관념 세력이 되고 있다. 관념은 주인공의 의식 속에서 독립적인 생을 누리고 있다. 즉, 생을 이끌어가는 것은 주인공이 아니라

---

33 이광수 문학을 나이쇼 생명주의의 맥락에서 분석한 한 논문은 이 장면을, 『무정』에서 전개해간 베르그송식 생명적 진화 과정, 즉 "등장인물들의 다양한 가능성, 성이나 사랑 등을 생명으로 삼고 살아가는 가능성을 단절시킨" 것으로 평가한다. 와다 토모미, 「이광수 소설의 생명의식 연구」(서울대학교 대학원 박사학위논문, 2007), 64면. 이 대목을 『무정』이 추구한 생명적 가능성이 오히려 폐쇄되는 국면으로 읽은 것을 기존의 『무정』 독해의 일반적 경향을 따르지 않은 것이어서 주목할 만하다.

관념인 셈이다. 그렇기 때문에 작가(romanist)는 주인공의 전기를 제공하지 않고 주인공 내부에 있는 관념의 전기를 기술하고 있다. 결국 '우연발생적 인종'의 사가는 '관념의 사료편찬인이 되고 있다. 따라서 인습적 유형 대신에 주인공을 사로잡는 관념이 주인공의 비유적 특성의 주조음이 되는 것이다. 여기에서 도스토옙스키의 소설을 '관념적 소설'이라는 장르로 정의할 수 있다. 하지만 그것은 어떤 관념을 내포했다고 하여 흔히 불리어지는 관념 사상적 소설이 아니다.[34]

위에서 인용한 도스토옙스키 소설 인물들의 관념성에 대한 진단은 이광수 소설 『무정』의 등장인물 형식이 보여주는 관념의 특질에 관해 많은 힌트를 제공한다. 나아가 바흐친은 타인의 내면세계를 들여다보는 도스토옙스키의 특수한 재능을 강조한 비평가에게도 시선을 할애한다. 그는 도스토옙스키 소설이 1인칭 고백 형식으로 이루어지든 화자 겸 작가에 의한 3인칭으로 이루어지든 "동시에 존재하는 체험적 인간들의 평등한 권리를 우선적으로 전제하고"[35] 있다고 보았다. 바흐친은 또한 러시아 형식주의의 대변자 가운데 한 사람인 시클롭스키의 논의도 끌어들인다. 그는 도스토옙스키 소설에 역사적·사회적·정치적·관념적인 힘과 목소리들이 논쟁을 벌이고 있다고 보았다. 때문에 도스토옙스키의 다성악적 소설은 극도로 대화적인 성격을 지닌다.

『도스또예프스키 시학』은 이 저술 안에 흘러넘치는 바흐친의 강렬한 영감과 해박한 지식에도 불구하고 사실상 다섯 개 장으로 이루어진 책의 첫 장에서 자기 이전의 비평을 다루는 사이에 자신이 생각한 도스토옙스키 소설의 요점을 전부 다 이야기했다고 해도 과언이 아니다. 첫 장 이후에 그는 세 장에 걸쳐 도스토옙스키 소설의 다성악적 특징을 첫째 주인공

---

34 미하일 바흐친, 앞의 책, 35면.
35 위의 책, 58면.

의 측면에서, 둘째 그 소설에 나타난 관념의 측면에서, 셋째 플롯의 측면에서 논의한다. 이 가운데 세 번째 측면, 즉 도스토옙스키 소설의 구성원리에 대한 설명들은 서구에 있어 소설의 다양한 원천에 대한 풍부한 검토를 수반하고 있어 자못 흥미롭다 하지 않을 수 없다. 그리고 이것은 다시 이광수 소설의 다양하고도 복합적인 여러 원천을 떠올리게 한다. 그의 소설은 결코 한두 개의 말라빠진 원천을 가진 것이 아니며, 다양한 사상적 원천과 더불어 다양한 문학 양식이 이광수라는 하나의 작가적 우주 속에 합류함으로써 형성된 복합적 실체다. 그것을 도스토옙스키 소설에 곧장 비견할 수는 없겠지만, 확실히 이광수는 자신의 문학 작품 속에서 그 자신이 알고 있는 사상적 견해들을 서로 만나게 하고, 충돌시키고, 경쟁하게 한다. 이것이 이광수 문학을 연구하는 많은 논자로 하여금 서로 다른 견해를 제출하도록 하는 근본적 요인이다.

또한 이렇게 한 사람의 문학 세계가 복합적인 형성 요인을 함축하고 있다면 그것은 필시 그가 구사하는 문학 언어의 차원에서도 그렇게 나타나게 될 것이다. 바흐친의 『도스또예프스키 시학』의 마지막 장은 바로 도스토옙스키의 그 언어를 분석하고자 한다. 이 장은 도스토옙스키 소설에 나타나는 양식화, 패러디, 화자의 서술, 소설에 나타나는 대화 등을 분석한다. 이와 같은 분석을 일별하다 보면 한 작가에 대해 고려해야 하고 탐구해야 할 것이 얼마나 많은지 생각하게 되며, 여기서 다시 이광수 문학과 같은 복합적인 문학, 고도의 언어적 구성을 가진 문학을 어떻게 취급해야 하는가를 생각하게 된다.

이 글이 바흐친의 도스토옙스키론을 이렇게 길게, 상세하게 되돌아보는 것은 그것이 이광수 『무정』에 나타난 다성악적, 대화적 성격을 그 의미와 한계까지 함께 고려해볼 수 있도록 해주기 때문이다. 바흐친은 도스토옙스키 소설에 대해 작가가 등장인물들의 사유에 대해 최종적인 판단을 내리기를, 다시 말해 최종화(zaveršennost, finalization)를 이루기를 가능한 한 연기해가면서 그 인물들로 하여금 자기 우주를 위해 서로 피를 흘리며 싸우도록 한다고 주장한다.[36] 도스토옙스키의 소설에서는 화자가 인물들의 생각에 대한 판정을 내리지 않으며, 작가조차 주인공이나 그 밖의 인물들의 내면세계를 섣불리 규정하지 않고 그들로 하여금 자신의 생각과 가치 의식을 끝까지 밀어붙이도록 한다는 것이다. 도스토옙스키 소설은 때문에 이질적인 말들이 흘러넘치면서 서로 뒤얽히는 투쟁의 장이 된다.

이와 같은 맥락에서 이광수의 『무정』은 어떻게 평가될 수 있을까?

이광수를 도스토옙스키와 곧바로 비교할 수 없다고 다시 한 번 말해야 한다 해도, 그것이 한국문학사에서 처음으로 보는 내면성들의 투쟁의 장이었음을 부정하게 할 수는 없을 것 같다. 『무정』의 가장 중요한 인물은 형식이라기보다도 차라리 화자라고 해야 할 것이, 『무정』의 화자는 이 소설에 등장하는 인물들을 아주 높은 위치에서 내려다보면서 그 인물들의 저마다 다른 세계를 풍부하게 그려나간다. 물론 그의 시선은 형식에게 가장 많이 할애되어 있다. 그러나 영채에게 할애된 화자의 시선의 질량 또한 형식에 못지않다.

또한 이렇게 높은 고도에서 인물들을 조망한다는 것도 바흐친이 말한 도스토옙스키 소설의 다성악적 소설과 아예 거리가 멀다고만 할 수는 없다. 바흐친은 자신의 저술에서 도스토옙스키는 작가 자신마저도 인물들과 같은 평면에 놓고 그들과 자신의 세계를 놓고 겨루도록 한다고 했다. 그러나 사실상 어떤 소설도 작가 자신을 등장인물과 같은 평면에 위치 지을 수는 없다. 소설을 끝내려면 작가는 어떤 형태로든 최

---

36 "최종화라는 말은 바흐친 자신의 용어이다. 이 말은 어느 주인공을 어떠어떠한 사람이라고 단정하고 결론짓는 완결된 말, 또는 최종적인 말이라 할 수 있다. 그러나 바흐친은 도스토옙스키의 어떠한 주인공도 인습적인 방법으로, 최종적인 말로, 또는 완결된 말로 단정지을 수 없다고 주장한다." 김근식, 「도스또예프스끼 연구의 현단계와 바흐친의 '도스또예프스끼' 시학」, 『러시아 소비에트 문학』 1(1990), 220면. 일본어 번역에서 이 최종화는 "완결성"으로 번역되어 있다. ミハイル・バフチン, ドストエフスキ-の詩學, 望月哲男・鈴木淳一 譯, 筑摩書房(1995) 63면 참조.

종화해야 하며, 이것은 작가적 시선의 고도를 전제하지 않고는 이루어질 수 없기 때문이다. 최종화 없는 소설이란 일종의 형용 모순이다.[37] 『무정』의 스토리 전개가 결말 쪽으로 이행하면서 갑자기 형식의 계몽사상이 부상하고 그것으로 갑자기 최종화되는 양상을 보이는 것은 사실이지만, 그럼에도 작중 형식의 사상을 단조롭고 단순한, 속류적 계몽사상으로만 읽는 것은 『무정』을 주밀하게 읽지 못하는 것이다.

『무정』은 특출한 작가적 재능에 힘입어 새로운 가치와 낡은 가치가 상호 교차하는 시대를 '총체적으로' 부감한다. 현재와 과거, 경성과 평양, 신문사, 교회, 학교, 유곽, 사찰과 같은 시공간을 가로지르면서 펼쳐지는 사건들은 시대의 거센 여울목에 놓여 있는 인물들의 운명을 갈라놓는다.

『무정』의 인물들은 자신의 뜻으로 좌우할 수 없는 힘에 휩쓸려 삶의 전환을 맛본다. 화자는 이 인물들을 둘러싼 사건을 치밀하게 따라가는데, 이러한 사건 서술 못지않은 역할은 바로 그들의 '관념'을 서술하는 것이다. 이 화자는 스스로 심오한 사유 체계를 갖춘 또 하나의 인물로 등장하여 소설 속 인물들의 사유를 대리 설명해나가고, 한편으로는 그에 대한 판단과 평가를 시행하기도 한다.

『무정』은 거친 고난을 겪어나가는 영채와 그런 영채를 앞에 두고 고뇌를 거듭하는 형식의 생각의 흐름을 몇 장을 두고 계속해서 서술해나가기도 하고, 작중 인물의 정신적 상태나 성숙 여부를 두고 화자의 복잡한 판단을 드러내기도 한다. 이러한 양상으로 인해 『무정』은 그 나름의 확실한 플롯에도 불구하고 사건 중심적인 소설인 만큼이나 인물들의 내면세계가 풍부하게 묘출된 작품으로서의 특징을 고루 보여준다. 심지어는 작중에서 조역에 그칠 만한 유곽의 노파나 계향에게서도 이

---

37 이문영, 「바흐친의 대화주의와 contradictio in adjecto」, 『러시아어문학연구논집』 12(2002), 135~142면 참조.

러한 내면이 자못 두드러져 보일 정도다.

그러나 역시『무정』의 내면 묘사의 중심점은 형식에게 초점이 맞추어져 있다. 작중에서 형식이 '참사람'에 대한 사유를 전개하는『무정』의 27~28회, 영채의 자살 기도에 대해 뜯어 생각하는 53~54회, 작중 노인과 노파의 삶의 의미를 냉철하게 진단하는 63회와 73회, 영채를 버린 자신의 행위를 두고 번민하다 마침내 고민에서 벗어나기에 이르는 65~66회, 4년간의 경성학교 교사 생활을 반성하는 70회, 김 장로의 인물됨을 품평하는 79회, 차에 영채가 탄 것을 알게 된 후 자기 사랑의 의미를 곱씹어 생각하는 107회와 114~115회 등은 깊이 음미해보아야 할 부분들이다.

이러한 내면 묘사를 통해서 형식은 불행한 과거와 무정한 자신의 현재를 딛고 "전인격덕(全人格的) 사랑"[38]을 꿈꾸는 존재로 거듭난다. 이 소설은 비록 조선에 문명을 주기 위해 교육과 실행으로 나아가야 한다는 계몽주의적 발상으로 결말을 맺고 있으나,『무정』의 주제를 그것만으로 한정하는 것은 이 작품을 너무 좁게 평가하는 것이다. 일련의 사건을 겪으며 성찰을 거듭한 끝에 형식은 "페스탈로치를 기다리는"[39] 조선, 교육으로 "신문명화「신문명화」흔 신죠선"[40]을 건설해야 할 조선이라는, 고아의 표상을 한 조선에 대한 인식에서 과거와 현재를 두루 살펴 미래를 준비해야 할 조선에 대한 인식으로, 한층 성숙한 면모를 가진 인물로 거듭난다. 다음의 인용문은 이러한 형식의 사유 방향을 가늠하는 데 유용한 근거 역할을 한다.

　나는 죠션의 나갈 길을 분명히 알앗거니 ᄒ얏다 조션 사름의 품을 리상과 싸라셔 교육즈의 가질 리상을 확실히 잡엇거니 ᄒ얏다 그러나 이것도

---

38 김철 교주,『바로잡은 무정』(문학동네, 2003), 656면 ;『무정』114회.
39 위의 책, 85면 ;『무정』85회.
40 위의 책, 86면 ;『무정』같은 회.

필경은 어린늬의 싱각에 지나지 못ᄒᄂᆫ 것이다 나ᄂᆫ 아직 죠션의 과거를 모르고 현직를 모른다 죠션의 과거를 알랴면 위션 력ᄉᆞ보ᄂᆫ 안식(眼識)을 길너가지고 죠션의 력ᄉᆞ를 ᄌᆞ셰히 연구ᄒᆡ볼 필요가 잇다 죠션의 현직를 알랴면 위션 현ᄃᆡ의 문명을 리ᄒᆡᄒᆞ고 세계의 대셰를 슯혀셔 사회와 문명을 리ᄒᆡᄒᆞᆯ 만ᄒᆞᆫ 안식을 기른 뒤에 죠션의 모든 현직 상ᄐᆡ를 쥬밀히 연구ᄒᆞ여야 ᄒᆞᆯ 것이다 죠션의 나갈 방향을 알랴면 그 과거와 현직를 츙분히 리ᄒᆡᄒᆞᆫ 뒤에야 ᄒᆞᆯ 것이다 올타 늬가 지금것 싱각ᄒᆞ야 오던 바 쥬장ᄒᆞ여 오던 바ᄂᆫ 모도다 어린늬의 어린 슈작이라

　　(……)

나ᄂᆫ 션형을 어리고 ᄌᆞ각 업ᄂᆫ 어린늬라 ᄒᆞᆻ다 그러나 이졔 보니 션형이나 ᄌᆞ긔나 다 ᄀᆞᆺᄒᆞᆫ 어린늬다 조상젹부터 젼ᄒᆞ야오ᄂᆫ ᄉᆞ상(思想)의 젼통(傳統)은 다 일허바리고 혼도ᄒᆞᆫ 외국ᄉᆞ상 속에셔 아직 ᄌᆞ긔네에게 뎍댱ᄒᆞ다고 싱각ᄒᆞᄂᆫ 바를 틱ᄒᆞᆯ 줄 몰나셔 엇졋 줄을 모르고 방황ᄒᆞᄂᆫ 올아비와 누이 싱활(生活)의 표쥰도 셔지 못ᄒᆞ고 민죡의 리샹도 셔지 못ᄒᆞᆫ 셰상에 인도ᄒᆞᄂᆫ 자도 업시 늬어던짐이 된 올아비와 누이 – 이것이 자긔와 션형의 모양인 듯ᄒᆞᆻ다

　　(……)

올타 그럼으로 우리들은 ᄇᆡ호러 간다 네나 늬나 다 어린늬임으로 멀리 멀리 문명ᄒᆞᆫ 나라로 ᄇᆡ호러 간다[41]

위의 인용문에 나타난 고아, 또는 미성년의 배움의 과정은 비록 "문명한 나라"를 향한 동경을 품고 있지만 그럼에도 쥬체적인 지기 인식이라는 과제를 향한 자발적 실행의 면모를 보여준다.

그리고 여기서 우리ᄂᆫ 다시 한 번 이광수를 칸트주의자로 재발견하게 된다. 칸트는 「계몽이란 무엇인가에 대한 답변」의 첫 문장을 "계몽

이란 우리가 마땅히 스스로 책임져야 할 미성년 상태로부터 벗어나는 것"이라고 했다. 그리고 미성년 상태란 "다른 사람의 지도 없이는 자신의 지성을 사용할 수 없는 상태"를 말한다. 왜 이 상태를 미성년인 그 자신이 책임져야 하는가? 그것은 "미성년의 원인이 지성의 결핍에 있는 것이 아니라 다른 사람의 지도 없이도 지성을 사용할 수 있는 결단과 용기의 결핍"에 있기 때문이다.[42]

필자는 이광수가 이와 같은 칸트의 '미성년' 또는 '미성숙 상태의 인간'이라는 말을 "어린늬"라는 문학적 표현으로 옮기면서, 이것을 자신을 주체적인 생각을 갖지 못한 존재로 인식하는 『무정』에서의 형식의 자기 인식에 결부시켰다고 생각한다. 이러한 맥락에서 보면 이광수에게 있어 미성숙 상태로부터 벗어나 계몽된다는 것은 남의 사상의 홍수 속에서 길을 잃어버린 현재 상태에서 벗어나 참된 자기 인식, 조선에 대한 명철한 인식으로 나아감을 의미하는, 칸트적 의미의 계몽이 된다. 그리고 이것이 『무정』에 빈번히 나타나는, 이른바 '참사름'이 되는 것이고, '속 사름'이 깨어나는 것이다.[43] 즉, 『무정』에서 '참사람'이 된다 함은 스스로의 용기와 결단을 통해서 스스로를 새로운 세계 인식을 획득한 인간으로 재정립함을 의미한다. 그리고 이러한 참사람의 가장 중요한 덕성이 바로 '정'이다.

『무정』은 정을 가진, 유정한 인간들이 건설하는 유정한 세계를 이상으로 제시한다. 이것이 바로 『무정』의 마지막 회에 해당하는 126회의 의미다. 이 장에서 화자는 이 미성년 상태에서 벗어난, 문명화한 미래의 조선을 가리켜 유정한 세계라 한다.

---

42 이마누엘 칸트, 「계몽이란 무엇인가에 대한 답변」, 이한구 역, 『칸트의 역사철학』(서광사, 2009), 13면. 그 의미 해석에 관해서는 최준호, 「계몽이란 무엇인가?'에 함축된 욕망에 대한 칸트의 견해」, 『철학』 101(2009) 참조.

43 김철 교주, 앞의 책, 54회 및 27~28회 참조.

어둡던 셰샹이 평싱 어두을 것이 안이오 무정ᄒ던 셰샹이 평싱 무정홀
것이 아니다 우리는 우리 힘으로 밝게 ᄒ고 유정ᄒ게 ᄒ고 질겁게 ᄒ고
가멸게 ᄒ고 굿세게 홀 것이로다
깃븐 우슴과 만셰의 부르지즘으로 지나간 셰샹을 죠상ᄒ난 「무정」을
마치자[44]

이 126회 에필로그의 결말은 나중에 이광수가 쓰게 되는『사랑』과
마찬가지로 미래에 대한 공상으로 이루어져 있다.『사랑』에서 석순옥과
안빈이 북한요양원을 짓고 그곳에서 장장 15년 동안 병든 자를 구제하
는 삶을 살아갔듯이『무정』의 형식은 현재 시카고 대학 4학년생으로 졸
업을 앞두고 있다. 이 미래는『사랑』에 나타나는 미래에 비해 훨씬 더
현재에 가깝고, 그만큼 식민지 조선이라는 현실을 어떻게 타개할 것이냐
하는 문제에 대한 답변을 회피한 것이라는 점에서 이 작품의 치명적인
결함으로 남겨져 있다. 그럼에도 이 소설은 위의 인용문이 보여주듯이
더 먼 미래, 지금 무정한 이 세계가 유정하게 바뀌어 있을 시대를 상정하
고 있다. 이 미래를 "우리 힘"으로 만들고 굳세게 하자는 말에는 직설법
으로 처리할 수 없는 어떤 자발적 의지를 함축하고 있다고 볼 수도 있
다. 이와 관련해서 앞에서 인용한 글에서 칸트는 다음과 같이 말했다.

이제 누군가가 "우리는 지금 계몽된 시대에 살고 있는가?(Leben wir jetzt
in einem aufgeklärten Zeitalter?)"라고 묻는다면, 그 대답은 다음과 같은 것이
다. "아니다. 그렇지만 우리는 계몽의 시대(in einem Zeitalter der aufgeklärung)
에 살고 있다." 현재의 상황이 보여주는 바와 같이 사람들이 종교상의 문제
에서 타인의 시도 없이는 자신의 지성을 안전하고 적절히 사용하기에는
많은 것이 부족하다. 그러나 사람들이 이런 일을 자유롭게 처리할 수 있는

---

44 위의 책, 720~721면 ;『무정』 126회.

무대는 이제 그들에게 열려 있으며, 그리고 일반적 계몽을, 다시 말해 마땅히 스스로 그 책임을 져야 할 미성년에서의 탈출을 방해하는 장애가 차츰 감소되어가고 있는 명백한 징후가 있다. 이런 점에서 이 시대는 바로 계몽의 시대이며, 환언하면 프리드리히 왕의 세기이다.[45]

이광수가 『무정』을 쓰면서 자신의 시대를 "프리드리히 왕의 세기"로, 칸트적 의미에서의 자기 계몽이 가능한 시대로 보았는지는 미지수다. 그것은 지극히 복잡하고 불투명한 이광수의 내면의 영역 속에 감추어져 있다. 그러나 『무정』의 화자가 적어도 칸트적인 낙관적 어조를 흉내 내고 있음은 부인하기 어려울 것이다. 그리고 이 어조에 담긴 시대인식이 『무정』을 새로움과 동시에 시대착오적인 작품으로 독해하는 것을 불가능하지 않게 하는 면이 있다.

6. 「문학이란 하오」와 『무정』의 거리 또는 두 개의 '정'의 접목

칸트와의 관련성을 염두에 두고 『무정』을 읽으면 이 작품이 실로 복잡한 구성물이라는 사실에 주목하게 된다. 『무정』은 서양과 동양의 서사양식뿐만 아니라 다양한 학설을 종합하여 자기세계를 창조하고자 한 천재적인 작가의 존재를 말해준다.

이미 와다 토모미가 논의했듯이 이 소설은 다이쇼 시대의 사상적 주조를 이루는 다양한 생명주의의 흐름들, 진화론과 퇴화론의 줄기들을 작품 안에 통합하고 있으며, 또 하타노 세츠코가 논의한, 다카야마 조규, 키노시타 나오에, 톨스토이, 베르그송, 키무라의 바이런 같은 것이 이광수 사상의 중요한 자양분을 이루고 있다. 이 모든 것이 이광수의

---

45 이마누엘 칸트, 앞의 책, 20면.

초기 문학 사상으로 용융되어 있다. 또한 이광수에 있어 칸트란 중국의 량치차오에 있어서의 칸트나 일본에서의 신칸트학파 또는 니시다 철학에서의 칸트와도 밀접한 관련을 맺고 있을 것으로 믿어진다.

특히, 『무정』에 흐르는 생명 사상은 교토학파의 학설들과의 사상적 교호 작용을 상상할 수 있게 한다. 와세다 대학에서 교토 대학으로 간 칸트주의자 하타노 세이이치뿐만 아니라 이광수는 필시 니시다 기타로의 사상을 참조했을 가능성이 있다. 니시다 기타로는 아리스토텔레스, 칸트, 베르그송을 섭렵하면서도 그것을 비판적으로 성찰하며 자신의 생명 철학을 만들어간 사람이다. 그가 30대 초반에 친구에게 보낸 편지에는 『벽암록』에 나오는 유명한 구절인 "看脚下" 또는 "照顧脚下"를 떠올리게 하는 대목이 나타난다.

그것에 대하여 생각해보면 지금의 서양의 윤리학이란 것은 전혀 지식적 연구이면서 의논은 정밀하지만, 인심(人心)의 깊은 soul-experience에 착안하는 자 하나도 없네. 전혀 자기의 발꿈치 아래(脚根下)를 망각해버리네. 빵이나 물의 성분을 분석하여 설명한 자가 있지만 빵이나 물의 맛을 설하는 자 없네.[46]

선사(禪寺)에서 흔히 볼 수 있는 "看脚下" 또는 "照顧脚下"라는 말은 자기 성찰을 요청하는 뜻을 가지고 있다. 진리는 먼 곳에 있지 않고 바로 자기 발밑에 있으니, 자기 내부를 깊이 응시하는 것이 깨달음을 향한 첩경이라는 것이다. 니시다는 서양철학이 인간 내부를 성찰하는 노력을 기울이지 못하고 있음을 선가(禪家)의 가르침을 빌려 날카롭게 비판한다.

『벽암록』은 동양에서는 너무나 잘 알려진 책이다. 나중에 이광수는

---

46 허우성, 『근대일본의 두 얼굴 : 니시다 철학』(문학과지성사, 2000), 76면에서 재인용.

단편소설 「난제오」를 발표하게 되는데, 여기에도 『벽암록』의 바로 이 구절이 등장한다.

> 내가 아는 K 선사를 찾았다. 그는 나를 상당히 존경하는 모양으로 맞았다. 불자는 어떠한 사람에게나 이만한 존경은 할 것이다.
>
> K 선사는 회색 누비 두루막을 입었다.
>
> 나는 절을 하였다.
>
> 그도 답례를 하였다.
>
> 나는 우둑허니 앉아 있었다.
>
> 「저이는 정말 청정한 중일까?」
>
> 이러한 생각을 해보다가 나는,
>
> 「나무 관세음보살 나무 관세음보살」
>
> 하고 속으로 염불을 모셨다. 관세음보살이 내 처지에 계셨으면 어찌 하셨을까, 이렇게 생각해보았다. 저이가 청정한 중이거나 말거나 내가 그런 것 아랑곳할 새가 있는 사람이 아니다. <u>나는 내 발부리를 잊어서는 아니 될 것을 생각하였다.</u>[47]

이와 같은 장면은 불현듯 니시다와 이광수가 공유하고 있던, 공통의 지적 원천을 떠올리게 한다. 이광수는 니시다와 '마찬가지로' 동서양사상을 섭렵한 사람이었다. 그는 작가였기에 니시다와 같은 주밀한 논리를 학문적으로 펴나가지는 않았으나, 그의 문학 세계, 작품에 창조된 세계는 넓고 깊으며 실로 복합적이다.

이광수 역시 니시다와 마찬가지로 칸트를 단순하게 모방하지 않았다. 그는 칸트의 논리 속에 흐르는 '지·정·의'를 갖춘 전인격적 인간이라는 이상을 자신의 문학 평론과 소설에 옮겨오면서 자신의 생각대로

---

47 이광수, 「난제오」, 『문장』(1940. 2.), 41~42면.

칸트를 '재편했다'.

칸트는 흔히 도덕주의자로 알려져 있다. "그는 모든 사람이 도덕법칙에 따라 서로가 잘 살아가면서 인간 이성의 모든 힘을 평화와 자유의 세상에서 실현하는 사회가 인간의 이상임을 주장하였다."[48]

물론 칸트에게 있어 『순수이성비판』, 『실천이성비판』, 『판단력비판』은 서로 긴밀하게 맞물려 있다. 다음의 인용문이 이를 말해준다.

> 인식론과 도덕론(의지론)을 '감정(Gefühl)'의 이론으로서 통일시켜 우리로 하여금 인간의 자유의지에 있는 도덕성이 필연의 자연계에서 그 목적을 실현시키고 있음을 주장하였다. 그리고 또한 그러한 필연의 자연 개념이 어떤 방식으로든 인간의 자유의지에서 그 목적을 실현해야 함을 주장하였다. 이때의 감정이란 극단적으로 쾌락이나 불쾌를 말하나, 궁극적으로는 목적연관성에 달려 있는 개념이다. 이러한 목적 연관성이 인간이나 인간의 취미에 달려 있게 되면 그것은 주관적이 되고, 자연이나 자연의 질서에 달려 있게 되면 그것은 객관적이 된다.[49]

이처럼 3비판서는 서로 맞물려 완성되면서 하나의 인간학을 지향한다. 이광수는 이러한 3분법적 인간학을, 그것을 기반으로 삼으면서도 특히 '정'을 중심으로 한, 정육론적 문학론으로 재편했다. 「문학이란 하오」가 바로 그 산물이다. 물론 이것은 이광수가 자신의 삶의 목표를 문학에 두었기 때문일 것이다. 그리고 『무정』은 이러한 정의 논리를 소설 형식 속에서 확장·심화시킨 것이다.

그런데 여기서 중요한 것은 『무정』을 전반적으로 검토해보면 칸트적인 의미의 '정', 즉 3분법 체계 속에서 작동하는 '정'만이 아니라 정병설

---

48 백승균, 『세계사적 역사 인식과 칸트의 영구평화론』(계명대학교 출판부, 2007), 18면.
49 위의 책, 98면.

이 주장한바, 사단칠정론의 정, 즉 이분법 체계 속에서의 '정'의 의미가
뚜렷하게 부각되어 있다는 사실이다. 예를 들어 다음과 같은 대목들은
어떠한가?

(가)

　즈긔가 지금것 올타 그르다 슯흐다 깃부다 ᄒ여온 것은 결코 즈긔의 지
의 판단(知의 判斷)과 정의 감동(情의 感動)으로 된 것이 안이오 온젼히 젼
습(前習)을 ᄯᅡ라 사회의 습관(習慣)을 ᄯᅡ라 ᄒ여온 것이엿다 녜로브터 올타
ᄒ니 즈긔도 올타얏고 남들이 됴타ᄒ니 즈긔도 됴타ᄒ얏다 다만 그ᄲᅮᆫ이
로다 그러나 녜로브터 올타흔 것이 즈긔의게 무슨 힘이 잇스며 남들이 됴
타ᄒᄂ는 것이 즈긔의게 무슨 샹관이 잇스랴 내게는 내 지(知)가 잇고 내 의
지(意志)가 잇다 내 지와 내 의지에 빗최어보아 올타든가 됴타든가 깃부고
슯흐다든가 ᄒᄂ는 것이 안이면 내게 디ᄒ야 무슨 샹관이 잇스랴 나는 내가
올타ᄒ던 것도 녜로부터 그르다 홈으로 ᄯᅩᄂ는 남들이 올치 안타홈으로 더
싱각ᄒ지도 안이ᄒ야보고 그것을 늬여바렷다 이것이 잘못이로다 나는 나
를 죽이고 나를 바린 것이로다

　즈긔는 이졔야 즈긔의 싱명을 ᄭ\u0c4d다랏다 즈긔가 잇는 줄을 ᄭᅢ다랏다 마
치 북극셩(北極星)이 잇고 ᄯᅩ 북극셩은 결코 빅랑셩(白狼星)도 안이오 로인
셩(老人星)도 안이오 오직 북극셩인 듯이 ᄯᅡ라셔 북극셩은 크기로나 빗으
로나 위치(位置)로나 셩분으로나 력ᄉ(歷史)로나 우쥬(宇宙)에 디흔 ᄉ명(使
命)으로나 결코 빅랑셩이나 로인셩과 ᄀᆺ지 안이ᄒ고 북극셩즈신의 특증
(特徵)이 잇슴과 ᄀᆺ치 즈긔도 잇고 ᄯᅩ 즈긔는 다른 아모러흔 사람과도 쏙
ᄀᆺ지 안이흔 지와 의지와 위치와 ᄉ명과 싴치(色彩)가 잇슴을 ᄭᅢ다랏다 그
러고 형식은 더홀 슈 업는 깃붐을 ᄭᅢ다랏다[50]

---

50 김철 교주, 앞의 책, 398~399면 ; 『무정』 65회.

(나)

　　아─ 늬기 잘못흠이 아닌가 늬가 넘어 무정흠이 아인가 늬가 좀 더 오리 영치의 거쳐를 챠자야 올흘 것이 아인가 셜수 영치가 죽엇다 흐더라도 그 시쳬라도 챠자보아야 흘 것이 아니던가 그러고 대동강가에 셔셔 쓰거온 눈물이라도 오리 흘려야 흘 것이 아니던가 영치는 나를 싱각흐고 몸을 죽엿다 그런데 나는 영치를 위흐야 눈물도 흘리지 아너 아─ 늬가 무정흐고나 늬가 사름이 아니로고나 흐얏다[51]

(가)는 형식이 영채를 찾아 평양에 갔다 영채가 죽은 것으로 안 후 자기 생명의 독이적 가치를 깨닫고 있는 부분이다. 이 장면은 젊은 이광수가 인간의 심리를 얼마나 깊이 꿰뚫고 있었는지 알 수 있게 해준다. 영채에 대한 양심적 부담 때문에 괴로워하면서 그녀를 찾아 평양을 헤매어 다녔지만 그의 마음속 깊은 곳에는 관습적 굴레로부터 벗어나 한 사람의 자유인이 되고자 하는 강렬한 욕망이 숨어 있었다. 영채가 죽었다고 생각하자 이 욕망이 마침내 '독아'를 내민다. 다른 무엇이 아닌, 자기 자신의 지적 판단과 정적 감동을 따라 자신의 생명적 삶을 창조해나가고자 하는 의지가 약동하기 시작한 것이다. 이 대목은 이광수가 당대의 생명철학적인 사조들을 자신의 세계 인식과 인생론으로 깊이 흡수하고 있음을, 더불어 칸트적인 '지·정·의'론에 입각한 정의 의미를 고려하고 있음을 알려준다.

　그러나 『무정』에 나타난 정의 의미는 그것에 결코 한정되어 있지 않다. (나)를 통해서 이를 살펴볼 수 있다. 여기서 형식은 자신이 영재를 마음속에서 내다버렸음을 한탄하고 있는바, 그 핵심에는 자신이 "무정" 한 사람이라는, "무정"하기에 사람답지 않다는 인식이 자리 잡고 있다. 그리고 『무정』에서 그 제목이 가리키는 무정함이란 바로 이 형식의 무

---

51 김철 교주, 앞의 책, 404면 ; 『무정』, 66회.

정함을 가리키고 있다. 『무정』 속의 세계가 무정한 것은 그 세계가 형식이 영채를 버리는 세상이기 때문이다. 그리고 이것은 작가가 자신이 몸담고 있던 당대 세계를 무정한 세계로 인식하고 있음을 의미한다. 무정한 세계에서 유정한 세계로. 앞에서도 언급했지만 『무정』의 주제는 바로 이 정의 창조를 겨냥하고 있다. 그렇다면 여기서 말하는 정은 칸트적인 의미에서의 정이라 할 수 있는 것일까?

자신이 무정해서 사람답지 못하다는 형식의 생각을 뜯어보면 거기에는 사단칠정론의 정의 의미가 오롯이 담겨 있음을 알 수 있다. 앞에서 잠시 살펴보았듯이 성리학 체계 속에서 사단과 칠정의 관계를 이해하는 방식에는 엇갈림이 없지 않다. 그런데 "사람은 모름지기 정이 있어야 한다"거나, "저 사람은 참 정이 많은 사람이야"라고 말할 때의 이 정은 부정적인 함의를 내포하고 있지 않다. 그것은 인간의 선한 본성으로부터 자연스럽게 흘러나오는 것, 사단이라는 성의 외적 표현으로서의 정이다. 이렇게 파악된 정은 사람이 세상을 살아가는 데 없어서는 안 될 귀중한 마음의 작용이다. 이것을 버리고서야 세상이 살 만한 것이 될 수 없다.

이것이 바로 『무정』을 쓴 이광수가 당대를 인식한 방식이다. 새로운 세계사적 조류, 새로운 관념과 이상, 새로운 가치 체계가 밀려오면서 전통적인 것, 낡은 것은 새로운 것에 휩쓸려 밀려 나가버렸다. 이 밀려나가는 과거적 세계의 사람들을 대변하는 인물이 바로 영채다. 역사를 통찰하는 작가 이광수의 시점에서 보면 영채는 형식에게 버림받지 않을 수 없다. 그러나 과거를 물리치고 부정하는 새로운 조류들, 그것을 추수하는 사람들, 형식이나 선형으로 대변되는 현재적 세계의 사람들이 이 세계를 바르게, 풍요롭게 만들어가고 있느냐 하면 그렇지도 못하다.

영채를 버리고 선형을 택한 형식의 무정함, 바로 그와 같은 무정 세계를 유정 세계로 만들어나가야 한다는 것이 이광수의 생각이었다. 그가 생각하는 유정한 세상은 그러므로 미래 속에 과거와 현재가 함께, 그 어느 쪽도 버림받지 않은 상태로 새로운 관계를 수립한 상태를 가리킨다. 만약 『무정』이 묘사하고 있는 현실이 이광수가 생각한 '근대'의 모습이라면, 『무정』은 그러한 근대성을 넘어선 '탈근대적' 지평을 작품 안에 함축하고 있다고도 말할 수 있다.

7. 이식에서 창조적 종합으로 – 이광수 문학에 관한 새 이해를 위하여

필자는 『무정』에서 도스토옙스키의 면모를 발견할 수 있다고 생각한다. 이 소설에 등장하는 노파에 대한 화자나 형식의 생각은 『죄와 벌』에 나타나는 노파에 대한 관점을 상기시킨다. 물론 이광수는 자신을 톨스토이주의에 경사된 사람으로 밝히고 있으나, 형식의 내면의식은 『죄와 벌』의 라스콜리니코프나 『카라마조프의 형제들』의 이반 같은 인물의 존재를 떠올리지 않을 수 없게 한다. 필자가 본론에서 형식의 내면성을 설명하면서 바흐친의 『도스또예프스키 시학』의 범주인 다성악적 요소를 끌어들인 것은 바로 그 때문이다. 그러나 비단 도스토옙스키만이 아니다. 많은 선행 연구가 보여주듯이 『무정』은 다양한 텍스트 연관성을 함축하고 있으며, 이러한 풍요로운 상호 텍스트성이야말로 이 작품으로 하여금 한국소설의 근대 이행을 가리키는 기념비적 저작물로 정립될 수 있도록 했다.

사상적 측면에서도 『무정』은 다양한 조류의 동서양사상을 종합하는 면모를 보여준다. 본론에서 거론하지 않았지만 『무정』에서 말하는 "참사름"이라는 문제, "참사름"이 되고, "속 사름"이 눈을 뜬다는 것은 한국에서 천도교가 말하는 '사람성(性)'과도 내적 관련성이 있을 것으로 추정된다. 최제우의 시천주(侍天主) 사상을 인내천(人乃天) 사상으로 계승한 것이 손병희였다면, 이를 근대서양철학에 대한 검토를 거쳐 '사람성주의'로 재정립한 것은 이돈화(1884~?)였다. 그는 1902년부터 『천도교월보』를 펴내는 일을 했고 1920년에는『개벽』을 창간하여 천도교 사상을 체계화했다. 이광수가 본디 천도교에 입문한 사람이었고 이를 인연으로 일본 유학에 나아갔음을 감안하면 그가 이러한 사상적 흐름을 몰랐으리라고 생각할 수는 없다. 이러한 문제는 추후에 새롭게 검토되어야 한다.

『무정』이 보여주는 사상적 종합 양상을 규명하는 일은 결코 간단치 않다. 필자는 이 글에서『무정』이 칸트적 인식론과 윤리학, 그리고 예술 인식과 밀접한 관련을 맺고 있음을 보여주고자 했다. 칸트적인 '지·정·의'론은 「문학이란 하오」의 기본적 논리를 이루고 있다. 그러나 「문학이란 하오」와『무정』의 '정'론에는 낙차가 있다.『무정』은 칸트적인 계몽 개념을 활용하여 형식이라는 문제적 인물의 '자기의식'의 형성 과정을 형상화한 소설이다.

이러한 관점에서 보면『무정』의 결말에 나타나는 형식의 미국 유학에는 속류적인 계몽, 즉 선생이 학생을, 제국이 식민지를, 어른이 아이를 무지에서 벗어나게 해준다는 일방향주의적 계몽이 아니라, 학생이, 식민지가, 아이가 스스로의 결단과 용기를 발휘하여 '진리'를 밝히고 자기 운명을 타개해나간다는 새롭고도 적극적인 의미가 부여될 수도 있다. 그리고 이것이 바로 이광수에게 있어 일본 유학의 의미를 이루기도 한다. 이광수는 바로 '너무나' 일찍 일본에 유학했고, 또 그것에 멈추지 않고 재차 유학하여 자신의 새로운 문학과 사상을 만들어갔다. 그에게 있어 일본 유학은 그것이 없었다면 새로운 생각을 창조해낼 수 없었을 경험이었다. 그러나 동시에 그것은 진정한 자기 의식을 향해 나아가기 위한 하나의 계기, 그 자신 안에 존재하는 다른 모든 것과 종합을 이루어야 할 경험이었다.

다시 말하건대, 이광수의 문학은 그것이 많은 이질적인 문학 양식, 사상적 조류를 종합하고자 한 산물이다.『무정』의 이 복잡다단한 특성은 한국문학의 근대 이행을 조명하는 두 이항 대립적 관점, 즉 이식론과 내재적 발전론을 지양한 새로운 논리를 상상해볼 수 있게 한다. 이광수가 두 차례에 걸친 일본 유학의 경험 과정을 통해 『무정』으로 나아간 과정은 한국문학의 근대 이행이라는 문제를 새롭게 인식하도록 한다. 이것은 한국 학계에서 흔히 대립적인 모델로 논의되어온, 이식론 모델이나 내재적 발전론 대신에, 종합, 접목 또는 '접붙이기(engraftation)'를 통한, 창조적 종합이라는 모델을 고안하는 것이다.

이광수의 『무정』은 이광수에게 있어 새로운 소설의 창조가 단순한 이식이나 전통 변용이 아니라, 양식적·사상적 측면에서의, 동양과 서양의 사상적 전통, 문학 양식적인 전통의, 새로운 차원에서의 종합을 통해서 얻어진 것임을 보여준다. 무엇보다 『무정』은 서양에서 발원한 '노블(novel)' 양식과 한자문화권인 동아시아 공통의 유산인 '소설' 양식의 결합 양상을 뚜렷하게 보여준다. 물론 여기서 '노블'의 요소가 헤게모니를 행사했다고도 말할 수 있겠지만, 그러나 이 노블의 요소가 소설의 요소를 남김없이 구축해버렸다고도 말할 수 없다. 오히려 소설은 그 명칭이 지금껏 생명력을 가진 것에서 알 수 있듯이, 노블을 수용하면서, 그것을 포괄하는 현대적 양식이 되어가고 있다고 말할 수 있다.

일찍이 조동일이 논의했듯이, 중세는 공동의 문어를 바탕으로 공통적인 문화적 가치를 공유하려 한, 공동문어 문학의 시대였고,[52] 소설은 동아시아에서 한문 문어문명권의 공동의 문화적 행위 가운데 하나였다. 『무정』은 이러한 전통 속에서 전개되어온 다양한 소설 작품의 영향력을 보여준다. 뿐만 아니라 『무정』은 이광수가 섭렵한 다양한 서양 및 일본 문학 작품들과의 관련성을 도외시하고는 충분히 설명될 수 없는 것이기도 하다. 한국의 소설이라는 것이 본래 중국에서 들어온 것이라고 생각해보면, 그것은 이미 외부가 내부화한 것이었다고 말할 수 있다. 그리고 근대에 이르러 이광수 같은 작가가 다시 서양의 노블 양식

---

52 조동일, 「한국문학사의 시대 구분과 세계문학사」, 『한국문학과 세계문학』(지식산업사, 1991), 76~95면 참조.

을 소설에 결합시켜간 것은 내부화한 외부에 다시 외부를 더해나감으로써 어떤 형질적 전환을 꾀한 것이라 할 수 있다. 지금까지 이식론과 내재적 발전론은 이 외부와 내부를 고정적으로 사유하면서 대립해왔던 바, 우리는 지금 외부란 무엇이고 내부란 무엇인지 되물어야 할 시점에 와 있다.

방민호(方珉昊)

서울대학교 국어국문학과 교수. 대표 논저로『일제 말기 한국문학의 담론과 텍스트』,『한국전후문학과 세대』,『채만식과 조선적 근대문학의 구상』,「손창섭 소설의 외부성 – 장편소설을 중심으로」,「이상 소설 '동해'의 알레고리적 독해와 그 의미」,「일본의 사소설과 한국의 자전적 소설의 비교」 등이 있다.

참고 문헌

구장률(2009), 「근대 지식의 수용과 문학의 위치 – 1900년대 후반 일본 유학생들의
    문학관을 중심으로」, 『대동문화연구』 67.
금빛내렴(2001), 「칸트의 천재 개념에 관한 고찰」(홍익대학교 대학원 석사학위논문).
김광명(2006), 『칸트 판단력 비판 연구』(철학과현실사).
김근식(1990), 「도스또예프스끼 연구의 현 단계와 바흐찐의 '도스또예프스끼' 시학」,
    『러시아 소비에트 문학』 1.
김재영(2008), 「이광수 초기 문학론의 구조와 와세다 미사학」, 『한국문학연구』 35.
이광수(2003), 『바로잡은 무정』, 김철 교주(문학동네).
남지만(2007), 「이황, 기대승, 송순의 사단칠정론」, 『한민족문화연구』 21.
백승균(2007), 『세계사적 역사 인식과 칸트의 영구평화론』(계명대학교 출판부).
안영상(2009), 「사단칠정론 이해를 위한 주희 심통성정론의 검토」, 『정신문화연구』
    32권 4호.
이광수(1940. 2.), 「난제오」, 『문장』.
_____, 「문학이란 하오」, 『매일신보』, 1916. 11. 10~23.
이문영(2002), 「바흐찐의 대화주의와 contradictio in adjecto」, 『러시아어문학연구논
    집』 12.
이재선(2010), 『이광수 문학의 지적 편력』(서강대학교 출판부).
전소영(2011), 「『무정』을 둘러싼 한 대립각」, 『문학의오늘』 창간호.
정병설(2011), 「『무정』의 근대성과 정육」, 『한국문화』 54.
조동일(1991), 「한국문학사의 시대 구분과 세계문학사」, 『한국문학과 세계문학』(지
    식산업사).
최준호(2009), 「'계몽이란 무엇인가?'에 함축된 욕망에 대한 칸트의 견해」, 『철학』
    101.
한단석(1989), 「일본근대화에 있어서 서구사상의 수용과 그 토착화에 관하여」, 『인

문논총』 19.

허우성(2000), 『근대일본의 두 얼굴 : 니시다 철학』(문학과지성사).

와다 토모미(2007), 「이광수 소설의 생명 의식 연구」(서울대학교 대학원 박사학위논문).

하타노 세츠코(2008), 『'무정'을 읽는다』, 최주한 역(소명출판).

井上義彦, 「カントの"眞善美"の哲學について」, 『長崎大學總合環境研究』, 2006. 8.

임마누엘 칸트(2009), 「계몽이란 무엇인가에 대한 답변」, 이한구 역, 『칸트의 역사
    철학』(서광사).

ミハイル・バフチン(1995), ドストエフスキ-の詩學, 望月哲男・鈴木淳一 譯(筑摩書房).

X. 한국근대시의 형성과 김억의 시학

1. 김억 시학의 쟁점과 층위

김억은 매우 다채로운 문학적 활동을 보여준 문인이다. 그는 서구시와 한시를 우리말로 번역한 번역가이면서 여러 권의 창작집을 낸 시인이었으며, 신문과 각종 문예지에 문학과 관련된 평론과 수필을 발표한 문예비평가였다. 또한 그리 잘 알려진 사실은 아니지만 에스페란토 보급에 심혈을 기울인 활동가이기도 하였다. 그의 다채로운 면모를 단 한 마디로 압축해서 표현할 수 없을 만큼, 그의 문학적 활동은 여러 층위에 걸쳐 있다.[1] 김억이 근대시문학사에서 차지하는 비중은 시기적으로 소설의 경우와 비교해볼 때 김동인이나 염상섭이 근대소설사에서 감당해내야 했던 문학사적 비중과 맞먹는다.

김억의 다채로운 문학적 활동을 좀 더 자세히 들여다보자. 우선 김억은 프랑스 상징파 시인의 작품을 필두로 인도의 시인 타고르의 시집 세 권과 다수의 한시를 번역하는 등 동서고금을 아우르는 시 작품을 번역하여 소개한 공적이 있다. 3·1운동 이후 한국의 근대시가 동인지 형식의 문예지를 발간하면서 창작 활동의 기반을 확보하였다면, 김익은 이러한 측면에서도 매우 중요한 위치를 차지하고 있는 문인이다. 그는 1918년 『태서문예신보』를 필두로 1920년대 전반기 『폐허』와 『창조』를

---

1 김억의 문학적 활동에 대한 서지적 정리는 전미정, 「안서의 시와 산문 : 서지적 접근」, 『김안서 연구』(새문사, 1996) 참조.

거처 『영대』나 『조선문단』 등의 문예지에 적극적으로 참여했으며, 『개벽』이나 『동광』 같은 잡지에 관여하면서 근대문단의 형성과 발전에 적극적으로 기여한 바 있다. 문예비평가로서 그의 면모는 문예사조·시론·소설론·희곡론 등 문예이론 전반에 걸쳐 있다. 특히 그는 서구의 근대시를 번역하는 선구적 작업과 병행하여 서구의 근대시론을 소개하고 이를 한국근대시의 좌표에 적용하여 한국시문학사에서 근대시론을 정립한 주요한 시론가로 평가받는다. 이 글은 이렇듯 다양한 김억의 면모 가운데 1910년대 후반부터 1930년대 후반까지 거의 20년 가까이 한국근대시를 위한 시학을 정립한 이론가로서 김억에 초점을 맞추고자 한다.

김억은 방대한 분량의 해외시를 번역했을 뿐만 아니라 서구의 근대적 문예이론을 참조하면서 한국근대시론을 정립하고자 했다는 점에서 한국비교문학이 피해갈 수 없는 문제적 지점에 놓인다. 김억은 서구문학에서 인도문학을 거쳐 중국과 조선의 한시에 이르는 방대한 분량의 번역을 남겼을 뿐만 아니라 창작의 측면에서도 여러 다양한 문학적 시도를 보여주었다. 또한 번역과 창작의 작업은 예술론에서 시론, 그리고 각종 시평에 이르기까지 문예비평가로서의 탄탄한 이론적 배경에 힘입어 이루어졌다. 번역가이면서도 창작을 게을리하지 않았으며, 창작에 몰두하면서도 비평 작업을 병행한 김억의 총체적인 문학적 면모를 파악하기 위해서는 비교문학적 틀이 필연적으로 요구된다.[2]

---

2 실제로 김억은 송욱의 『시학평전』(1963)에서 김학동의 『한국근대시의 비교문학적 접근』(1981)에 이르기까지 한국비교문학 연구에서 매우 중요한 분석의 대상으로 자리 잡아왔다. 한국비교문학이 안고 있는 문제점들을 김억 연구가 고스란히 떠안고 있으며, 김억에 대한 해석 혹은 평가 작업을 일별해보면 한국비교문학의 흐름이나 그 지배적 경향에 대해 이해할 수 있게 된다는 점에서 김억은 한국근대시사뿐 아니라 한국비교문학 연구사에서도 매우 중요한 인물이다. 다시 말해서 한국비교문학사 검토와 김억 연구사 검토를 교차시킴으로써 김억 연구를 통해 비교문학적 접근이 어떻게 이루어졌으며, 그 한계는 무엇이었으며, 이를 극복하기 위해서는 어떤 관점과 태도를 취해야 할 것인가를 알아보는 작업은 매우 중요한 의미를 지닌다.

그는 외국문학의 영향을 끊임없이 의식하면서도 전통으로부터 단절되지 않으려고 노력했으며, 근대적인 것과 조선적인 것, 그리고 보편적인 것이라는 세 가지 범주를 동시에 밀고 나간, 한국근대문학사상 예외적인 인물에 속한다. 김억의 시학은 근대와 조선, 그리고 보편의 지향이 서로 부딪히면서 그려나간 궤적에 해당한다. 김억의 시학은 단지 서구 근대문예이론의 수입만을 목표로 하지 않으며, 역으로 '조선적인 것'을 추구하는 퇴행적 움직임으로 환원되지도 않는다. 김억은 근대성이라는 되돌릴 수 없는 방향을 분명히 의식하면서 조선적인 것과 세계적인 것, 지방적인 것과 보편적인 것 사이의 관계에 대해 동시대의 다른 어느 문인보다 고민했다. 당연한 말이지만 그의 시학은 이러한 고민의 결과물이다.

이렇듯 근대적인 것과 조선적인 것, 서구적인 것(혹은 보편적인 것)이 서로 길항하는 김억 시학은 여러 층위가 복합적으로 얽힌 독특한 구성을 보여준다. 이것은 김억이 한국근대문학에서 차지하는 위치가 각별히 중요한 이유 가운데 하나다. 그에게는 창작과 번역 그리고 시론이 매우 유기적인 관계를 이루고 있기 때문이다. 김억에게 창작시와 번역시 그리고 시론은 별개로 존재하는 영역이 아니다. 예컨대, 김억에게 번역은 시적 체험의 계기를 통한 언어 실험의 의미를 지니며, 시론은 시에 대한 이론적 담론의 성격을 지닌다.

사실 김억은 30년 넘게 지속된 문학적 활동 내내 변치 않고 강조한 핵심적인 사안을 갖고 있었다. 1910년대 중반부터 해방 이후까지 지속된 그의 번역 작업이 바로 그것이다. 그러나 김억의 번역 작업은 그 입체성과 특수성으로 인해 여타 시인들의 번역 작업과 구분된다. 우선 김억은 서구시뿐만 아니라 한시와 같이 동양적 전통에 뿌리내린 시들도 같이 번역했다. 이 점에서 그의 번역 작업은 서구시와의 일방적인 영향 관계만으로는 설명될 수 없다. 그만큼 그의 번역 활동은 입체적이었다. 또한 김억은 번역을 창작의 한 형태로 규정했다. 그에게서 번역은 창작과 별도로 존재하는 것이 아니기 때문에 그가 심혈을 기울여 우리말로 옮긴 다수의 번역시는 창작시와 동일선상에서 읽어야 한다. 김억은 후기로 가면서 언어의 본래적 한계를 강조하여 번역 불가능론을 주장하면서도 번역 작업 그 자체를 놓아버리진 않았다. 김억의 시학은 이렇듯 시론과 창작 그리고 번역이 맺는 유기적인 관계 속에서 기능한다.

김억에게 번역은 시작 활동 초창기부터 끝까지 지속적으로 이루어진 중요한 문학적 작업이다. 이는 산발적으로 번역을 한 여타 시인들과 구분되는 중요한 사항이다. 또한 김억에게는 번역시가 창작시보다 훨씬 많은 분량을 차지한다. 그가 역시(譯詩) 불가능성을 말하면서도 계속해서 번역 작업을 수행하고 번역의 중요성을 강조한 것은 무슨 이유에서일까? 그것은 아마 타자에 대한 관계가 항상 자기 정립에 앞서 존재한다는 점, 혹은 주체성이란 근본적으로 타자와의 부단 없는 대화의 관계에 놓여 있다는 점을 김억 자신이 뚜렷하게 의식했기 때문이 아닐까? 김억이 생각한 근대는 '번역된 근대'로서 항상 타자성을 전제로 한 근대성이었으며 타자를 옮기면서 생겨나는 주체성이었기 때문이 아닐까? 우리는 이러한 질문을 염두에 두고 번역과 창작 그리고 이론이 서로 맞물리는 김억의 시학적 체계를 설명해줄 틀을 고안할 필요가 있다. 그 틀은 아마도 김억 시학의 지속과 변화, 통일성과 단절을 동시에 설명해줄 수 있는 틀이어야 할 것이다.

김억에 대한 대부분의 선행 연구는 그의 문학적 활동이 1925년을 기점으로 질적으로 변화하면서 이전과 단절된다는 사실을 강조한다.

이렇게 문학적 의미가 부여된 20여 년의 기간 동안 岸曙는 최소한 한 번의 문학적 변신을 보여주는데, 그것은 대체로 詩集『봄의 노래』가 上梓된 1925年을 기점으로 해서 일어난 것으로 믿어진다. 즉, 1925年을 전후로 해서 그는 초기에 지향했던 문학적 관심을 버리고 새로운 傾向을 추구하는 것이다. 이 시기를 전후해서 나타나는 그의 문학적 변모를 요약하면 다음과 같다. 첫째, 초기의 비교적 자유스러웠던 詩形과 自由律은 경직되어 소위 格調詩로 유형화된다. 둘째, 外來 指向的이던 문학관이 傳統 指向的 文學觀으로 전향한다. 셋째, 서구시의 번역 소개로부터 우리의 古典 및 中國 漢詩의 번역 소개로 관심이 바뀐다. 넷째, 評論의 경우, 초기의 단순한 外國 詩論의 수입 혹은 모방으로부터 벗어나, 자신의 목소리를 가지게 된다.[3]

오세영은 김억이 문학 활동에 전념한 기간을 그의 처녀작이 발표되었던 1914년에서 1935년 전후까지의 20여 년으로 추정하면서 그 기간의 정확히 반 고비에 해당하는 1925년을 기점으로 김억이 보여준 각가지 문학 활동에 커다란 변모와 단절이 드러난다고 해석한다. 우선 시형의 측면에서 김억은 내재율을 중시하는 자유시에서 정형율을 근간으로 삼는 격조시로 이행한다. 또한 이전에는 프랑스 상징주의나 세기말의 데카당 문학을 선호하였다면 이때부터는 국민문학과 전통적인 서정민요시에 관심을 보인다. 이는 서구시 번역에서 한시 번역으로 이행하는 번역상의 변화와 정확하게 일치한다는 것이다.

우리는 김억의 문학적 활동을 평가하는 이러한 논리를 다음과 같이 정리할 수 있을 것이다. 즉, 1925년을 기점으로 김억은 자유시에서 격조시로 이행하며, 이는 서구상징주의 시를 번역하고 시론을 소개하다가 한시 번역으로 이행하는 과정에 정확하게 대응한다. 오세영의 지적에 따르면 "안서의 서구시 번역에 대한 관심이 그의 외래 지향적인 시론과 그가 초기에 추구했던 자유시형에 밀접히 관련되어 있다는 것, 그리고 동시에 중국 및 조선의 한시 번역에 몰두하였던 그 후기의 행적 역시 전통 지향적 시론과 격조시 창작에 유기적인 관련을 맺고 있다는 점은 모두 우연의 일치로 설명될 수 없는 일관성을 지닌다."[4]

---

3 오세영, 『한국 낭만주의 시 연구』(일지사, 1980), 236면.

1925년을 기점으로 한 김억 시학의 변모와 단절은 그의 시학을 부정적으로 평가하는 근거를 이룬다. 이처럼 부정적인 평가에는 김억이 문학 활동의 초창기에 보여준 자유시 이념을 긍정적으로 평가하는 반면, 후기로 접어들면서 그가 관심을 기울인 격조시나 정형시를 자유시로부터의 일종의 단절과 퇴보로 받아들이려는 전제가 깔려 있다. 이러한 전제는 개화기 이후 한국근대시란 자유시를 의미하며, 그 전개 과정은 '전근대적 정형시'로부터 '근대적 자유시'로 나아가는 과정이라는 관념을 동반한다. 즉, 근대적 자유시는 형식이나 율격의 측면에서 전통시가의 정형성으로부터 탈피할 것과 내용적인 측면에서 유교적 덕목이나 계몽적 교훈성 같은 공리주의적 이념으로부터 탈피할 것을 강조한다. 이러한 맥락에서 김억이 초기에 자유시의 이념을 강조하고 서구상징주의 시 번역을 통해 자유시의 이론과 형식을 도입한 것은 매우 높게 평가받는 반면, 그가 1920년대 중반부터 보여준 일련의 문학 활동은 상대적으로 부정적인 평가를 받아왔다.

김억 시학은 1925년을 기점으로 급격한 변모와 단절을 겪는다는 단순한 이분법적 도식으로는 쉽게 설명될 수 없는 복잡한 요소를 지닌다. 기존의 김억 연구는 김억 시학의 복합적 차원을 무시하고 단순하고 간단한 논리의 틀로 재단된 느낌을 지울 수 없다. 김억은 조선적인 것과 근대적인 것, 그리고 코스모폴리탄적인 것. 이 세 가지 축 가운데 어느 하나를 위해 다른 하나를 희생한 것이 아니라 이 세 가지 축을 '동시에' 사유하고 실천하고자 한 흔치 않은 근대 문인이었다. 김억 연구가 1925년을 김억 시학의 변모와 단절의 기점으로 설정한 데에는 이 시기를 기준으로 그가 상징주의의 영향으로부터 벗어나 조선적 시형과 음률을 모색하는 쪽으로 선회한다는 전제가 깔려 있다.

김억은 조선적인 것과 근대적인 것 사이의 관계에 대해 근대의 다른

---

4 위의 책, 243면.

어느 문인 못지않게 고민하며 특히 조선과 근대가 서로 대립적이 아니라 상호 보완적인 관계로 나타날 수 있는 문학적 형식에 대해 치열하게 사유했다. 또한 그는 에스페란토에 대한 열정과 관심에서 잘 드러나듯이, 자연어의 관용어법에서 자유로운 일종의 이상적 언어상으로 에스페란토를 설정하고 지역적 특수성을 뛰어넘는 보편성의 차원에 대해서도 줄곧 관심을 기울였다. 다시 말해서 김억의 시학은 1925년이라는 특정 시점을 기준으로 간단하게 양분해서 그 전후를 일종의 대립 및 단절의 구도로 설명할 수 없는 복합적 차원을 지닌다. 예컨대, 다음과 같은 지적을 들어보자.

흔히 김억의 시론을 논의할 때 1925년을 전후로 해서 방향 전환을 하였다고 평가한다. 그중에 시형의 변화를 보면, 자유시형에서 그와 정반대인 정형률, 혹은 격조시라는 고정된 틀로 유형화되었다거나, 자유시 이론이 정형시 이론으로 변모하였다는 것이 그것이다. 그러나 그가 초기에는 자유시를 쓰다가 후에 격조시를 쓴 것은 방향 전환이 아니라 초기에 생각했던 시의 내용과 형식론을 구체화하고 완성시킨 경우이며, 격조시도 정형시가 아니라 전통 율격을 이용하여 리듬을 강화시킨 자유시로 평가하여야 한다.[5]

위의 논리는 김억 시학의 변모와 단절이 아니라 일관성과 지속을 강조한다. 초기에 형성된 김억 시학의 핵심 논리가 후기로 가면서 강화되고 심화되어 나타난다는 것이다. 이런 시각에서 보면 후기의 격조시를 초기의 자유시와 단절된 것이 아닌, 초기의 사유시를 구체화하고 완성시킨 시형으로 평가해야 하며, 마찬가지 맥락에서 격조시를 또 다른 논리에서 이루어진 변형된 '자유시'로 간주해야 한다. 앞서 인용한 오세영의 논지와는 정반대되는 이러한 시각에는 김억 시학이 겉으로는 변화

---

5 남정희, 「김억의 詩形論」, 『반교어문연구』(1998).

와 단절의 양상들을 드러내지만, 기실 그 심층에서는 논리적인 일관성을 확보하고 있다는 전제가 깔려 있다.

김억 시학에 깔려 있는 단절과 연속성, 대립과 통일의 역동적 차원을 보다 적극적으로 규명하기 위해서는 김억 시학을 1925년을 기점으로 자유시와 격조시, 서구시 번역과 한시 번역으로 나누고 대립시키는 기존의 방식에서 벗어나, 이 두 가지 대립항 사이를 묶어줄 수 있는 설명의 틀이 필요해진다. 그 방법 가운데 하나는 번역을 중심으로 김억 시학의 변화 양상을 살펴보는 일이다. 서구상징주의 시 번역과 자유시, 그리고 타고르 시와 '동양'이라는 범주의 발견, 마지막으로 한시 번역과 격조시 사이의 상관성을 보다 구체적으로 살펴보면서 이 대립된 문학적 시도들 사이의 논리적 연속성을 확보해야 하는 것이다. 김억은 완전히 다른 각도에서 자유시와 격조시를 실험했는가? 김억의 서구시 번역과 한시 번역은 번역의 대상이 극명하게 대조된다는 점에서 이질적인 행위로 간주될 수 있는가? 타고르 시 번역은 어떤 점에서 서구시 번역과 한시 번역을 매개하는 지점에 놓일 수 있는가? 자유시와 격조시 사이에 논리적인 연속성이 확보될 수 있다면 이는 그가 줄곧 관심을 기울인 번역의 어떤 특성으로부터 유추해서 생각할 수 있는가? 자유시에서 격조시에 이르는 그의 창작은 번역 및 번역론과 어떤 연관을 맺고 있는가? 이런 일련의 질문들을 제기하면서 우리는 이 글에서 김억 시학의 단절과 연속성을 크게 네 시기로 나누어 살펴보고자 한다.

2. 상징주의 시 번역과 근대시로서 자유시의 이념과 실천 (1914~1921)

김억, 황석우, 주요한과 같이 1910년대 중반에 등단한 새로운 세대의 문인들은 이전 세대와는 구분되는 새로운 근대적 시 의식을 모색하고

자 했다. 그들은 전 단계 문학이 보여준 계몽적 목적의식으로부터의 탈
피와 자유로운 정서 표출을 위한 자유시형의 개발을 시적 과제로 삼았
다. 이러한 한국근대시의 흐름에서 자유시가 주도적인 양식으로 자리
잡는 데에는 서구자유시의 소개와 번역이 중요한 역할을 한다. 한국근
대시사에서 자유시의 이념과 형식을 그 누구보다도 역설했던 황석우에
따르면 자유시는 서양에서 발생한 '서시형(西詩形)'이지만 근대적인 '세
계 시형'으로서 세계적인 보편성을 획득하고 있기 때문에 시가 근대적
성격을 획득하는데 중요한 역할을 맡을 수 있었다. 1920년대 초반 자유
시가 서구시의 모방이라는 견해에 맞서 그는 "이미 세계적으로 공개된
시형, 곧 인류 공통의 시형인 자유시를 두고 서양시의 모방 운운하는
것은 온당치 않다"[6]고 주장한 바 있다. 그 가운데에서도 프랑스 상징주
의 시는 근대시로서 자유시를 형성하는 과정에서 많은 영향을 준 것으
로 알려져 있다.

역으로 1910년대 후반부터 일어난 자유시론에 대한 논의는 프랑스
상징주의와 밀접한 관련을 맺고 있다. 그 결과 "상징주의 운동이 문학
사에 끼친 중요한 공헌 중 하나로 자유시 장르를 발흥시킨 사실을 꼽을
수 있다면, 상징주의에 대한 연구가 자유시에 대한 연구로 귀결되는 것
은 고찰의 당연한 순서"[7]라 할 정도로 한국근대시에 대한 연구는 상징
주의 시와 서구자유시에 대한 고찰과 밀접하게 연결되어 있다.[8]

한계전의 지적대로 자유시론의 수용 과정을 1) 1916년 상징주의 시인
에 대한 소개 2) 1918년 상징주의 시론에 대한 소개 3) 1919년 자유시론

---

6 황석우, 「조선시단의 발족점과 자유시」, 『매일신보』 1919. 11. 10.

7 한계전, 「자유시에 대한 인식의 발전」, 『한국현대시론사연구』(문학과지성사, 1998),
48면. "자유시론의 형성 및 정착은 상징시론의 수용상에서 생기는 당연한 결과"라는 측
면에서 1920년대 전후 제시된 자유시론을 검토하는 작업[정종진, 『한국현대시론사』(태학
사, 1988), 62면]도 유사한 관점을 제시한다.

8 전체적으로 2절의 논의는 박성창, 「베를렌느 시 번역을 통해 본 김억의 자유시 모
색과 실천」[『한국현대문학연구』 35(2011)]에 의존한다.

으로의 발전 등[9]으로 요약할 수 있다면, 첫째와 둘째 시기에 상징주의 시인과 시론을 소개한 주요 인물로 김억과 황석우를 들 수 있으며, 세 번째 시기에 이르러서는 김억과 황석우의 활동을 주목할 수 있다. 게다 가 김억이 황석우와는 달리 프랑스 상징주의 시 번역에 들인 노력과 공 헌을 생각하면 김억은 이 세 층위 즉 상징주의 시인 / 상징주의 시론/자 유시론의 번역과 소개에서 주도적인 역할을 수행했다고 말할 수 있다. 이렇듯 한국근대시의 형성과정에는 '근대시 = 자유시 = 프랑스 상징주의' 라는 등식이 내포되어 있다. 이런 점에서 번역시집 『오뇌의 무도』(1921) 와 창작시집 『해파리의 노래』(1923)로 요약되는 김억의 초기 문학은 상 징주의 시 번역을 통한 자유시의 모색이라는 과제로 요약된다. 상징주 의 시론과 시 번역은 김억에게 서구의 자유시로부터 한국근대자유시로 이행하는 일종의 '언어횡단적 실천(translingual practice)'과도 같은 것이었 다. 그러나 1920년대 초반까지만 하더라도 자유시는 기존의 정형시나 신체시로부터 탈피하려는 커다란 방향성을 지칭하던 용어였으며, 아직 그 구체적인 내용이나 형식적인 실체를 부여받지 못한 상황이었다.

상징주의 시(론)를 통한 근대적 자유시의 모색은 1916년부터 발표한 세 편의 시론인 「요구(要求)와 회한(悔恨)」[『학지광』(1916. 9.)], 「프랑스 시단(詩壇)」[『태서문예신보』(1918. 12.)], 「시형(詩形)의 음률(音律)과 호흡 (呼吸)」[『태서문예신보』(1919. 1.)]을 통해 이루어진다. 김억 초기 시학을 대표하는 이 세 편의 글은 상징주의, 자유시, 데카당스, 음악성과 같은 김억 시학의 핵심어들을 공유하면서도 각각의 글마다 논의의 중심에 놓 이는 개념들이 다르다. 「요구와 회한」은 상징주의를 논하고 있지만 그 범위가 보들레르와 베를렌느에 국한되어 있으며, 상징주의의 이념과 정 서에 초점이 맞추어져 있다. 반면에 「시형의 음률과 호흡」은 구체적인 시 인이나 작품을 언급하지 않은 채 상징주의로부터 비롯된 시의 음악성과

---

9 한계전, 「자유시 논의의 문제점」, 『한국현대시론연구』(일지사, 1983).

형식을 논하고 있다. 한편 '자유시'라는 용어가 등장하는 글은 「프란스 시단」이 유일하다.[10] 이는 여러 편의 글에서 자유시를 근대시가 지향해야 할 분명한 양식적 이념으로 제시하는 황석우의 논의와도 구분된다.[11]

김억은 상징주의의 태동 및 전개와 관련된 프랑스 시단의 움직임을 "데카당스파에서 얼마 아니하여 심볼리스트(Symbolistes)가 생기고 또 심볼리스트에 베르-립리스트(Vers-Libristes)가 생겼다"고 요약하면서 이어서 "쇠퇴파라든가 상징파라든가 자유시파라는 것을 동일시하기도 한다"고 설명하고 있다. 여기서 알 수 있는 것은 이른바 '자유시파'는 상징주의의 흐름 내에 위치한 단계이면서도 상징주의 전체를 대표할 수 있는 문학적 흐름으로 이해된다는 점이다. 김억이 자유시에 대해 본격적인 설명을 덧붙이는 대목은 다음과 같다.

自由詩는 누가 發明하였나? 랭보가 散文詩에서 發明하였다. 쥴 라프르게(Jules Laforgue)가 독일에서 가져왔다. 빌레 그리핀(Vielé-Griffin)이 월트 휘트만(Walt Whitman)의 작품을 번역할 때에 가져왔다. 마리에 크린신스카(Marie Krysinska)가 발명하였다. 구시타프 칸(Gustave Kahn)은 자기가 발명하였다하는 여러 말이 있다. 어찌하였으나, 象徵派 詩歌에 특필할 가치 있는데, 在來의 詩形과 定規를 無視하고 自由自在로 思想의 微韻을 잡으려 하는 – 다시 말하면 平仄이라든가 押韻이라든가를 重視하지 아니하고 모든 制約, 有形的 律格을 버리고 '言語의 音樂'으로 直接 詩人의 內部 生命을 表現하려는 散文詩다. // 엔리 되 레네(Henri de Regnier)는 '詩의 音만 아름

---

10 그다음 해에 발표된 「스핑쓰의 고뇌」는 이 글과 거의 동일한 내용을 담고 있다는 점에서 본고의 논의의 대상에서 제외했다.

11 황석우는 「조선시단의 발족점과 자유시」(1919. 11.)에서 "우리 시단은 적어도 자유시로부터 발족치 안으면 아니 되겠습니다"라고 하면서 '근대시 = 자유시'의 등식을 분명히 한다. 또한 이에 덧붙여 "시단이 점차 확대되면 상징시나 민요시, 인도시 혹은 사상시와 같은 시의 유파의 分化를 생각해볼 수 있다"고 말하면서 자유시를 근대시의 포괄적 '양식'으로 제시하고 상징시나 민중시는 그 전제 아래서 생겨나는 시의 개별적 '유형'으로 간주한다.

다우면 行字數는 關係업다'까지 하였다. 본래 自由詩는 17世紀부터 잇섯다. 高踏派에 대한 象徵派의 反對 運動이 나타난 것도 詩形, 押韻의 重視하는데 動機가 되었다. 여러 말을 虛費하기 전에 過去의 모든 詩形을 打破하려는 近代文藝의 暴風雨的 特色이 詩人의 內部 生命의 要求에 딸아 無形的이게 되엿다 하는 한마듸면은 그만이다, 하고 베르렌의 '作詩法'이 그이들의 經典이다.[12]

위 인용문의 맨 첫 문장과 마지막 문장은 주목할 만하다. 김억은 자유시의 '발명'을 랭보의 산문시에 두기도 하고, 베를렌느의 '작시법'을 자유시의 '경전'으로 간주하기도 한다. 자유시 발명의 기원이 랭보이건 베를렌느이건 중요한 것은 자유시란 "재래의 시형과 정규를 무시하고 자유자재로 사상의 미운을 잡으려 하는 – 다시 말하면 평측이라든가 압운이라든가를 중시하지 아니하고 모든 제약, 유형적 율격을 버리고 '언어의 음악'으로 직접 시인의 내부 생명을 표현하려는 산문시"로 이해된다는 점이다. 근대 초기 자유시 수용 과정에서 특기할 만한 사항은 "산문시의 구조가 자유시 구조로 변환되고, 자유시론의 소개와 더불어 산문시 장르는 자유시와 장르상의 격심한 혼란을 초래"[13]했다는 점이다. 프랑스의 경우 고답파의 율격을 파괴하면서 자유시로 나아간 상징주의 시인들은 자유시의 이른바 '내재율'까지 거부하기에 이르러 '산문시'에 도달했지만, 우리의 경우 자유시와 산문시는 율격과 정형에 대한 거부라는 공통점을 지닌 것으로 파악되어 동일시된 것이다. 즉, 근대 초기 자유시 수용 과정에서는 자유시와 산문시의 혼동과 이로 인한 자유시의 일반화 현상이 그 주된 특징으로 부각된다. 서구의 경우 자유시와 산문시가 동일한 개념이 아니었던 반면, 우리의 경우 '자유시 = 산문

---

12 김억, 「프랑스 시단」二, 『태서문예신보』 11(1918. 12. 14.).
13 한계전, 『한국현대시론연구』(일지사, 1983), 13면.

시'의 등식은 '전통시 = 정형시(율격시)'라는 인식과 함께 근대 초기 상당히 일반적이었다.

　상징주의와 자유시를 동일시하고 이를 산문시와 같은 층위에 놓는 것은 백대진의 경우도 마찬가지이다. 백대진은 자유시의 양식적 특성을 전통적 시법의 규범에서 벗어나 "개성의 인상"과 그것의 적절한 표현으로써 개인적인 시풍을 수립할 것에서 찾고 있다. 그는 자유시의 이러한 양식적 특성을 "시에 대한 공화적 자유사상"의 확립이란 비유를 들어 설명한다.[14] 시기적으로 이러한 시적 자유사상의 표출이 "1830년 낭만파 이래 무릇 60년 동안 전성을 지속하던 제국적 규범"이라고 본 것에서 알 수 있듯이, 백대진은 1890년대 이후로 본격화된 자유시 운동을 참조하고 있다. 상징주의 시의 특질을 현대적 의미에서의 율격으로부터의 해방이 아니라 운율 일반으로부터의 해방으로 이해한 것이다. 이는 앞선 인용문에서 김억이 자유시를 랭보로부터 발원한 산문시의 맥락에서 찾는 것과 같은 맥락이라고 할 수 있다.[15]

　김억은 「프란스 시단」에서 전통적인 시의 규범을 거부하며 리듬을 자유화시킴으로써 '시인의 내부 생명', 즉 시인의 영혼을 표현한다는 상징주의 시론에 입각한 자유시 개념을 제시한다. 그런데 「프란스 시단」의 말미에 "만일 자세한 것을 알려 하거든 Gustave Kahn의 'Symbolistes et Décadents'의 일독을 권한다"라고 적고 있음을 볼 때, 그가 「프란스 시단」에서 제시하고 있는 자유시의 개념이 귀스타브 칸의 자유시 이론에서 유래했음을 알 수 있다. 또한 랭보의 산문시에서 시작해서 쥘 라

---

14 백대진, 「최근의 태서문단」 二, 『태서문예신보』 9(1918. 11. 30).

15 자유시를 곧 산문시로 이해하려는 관습은 김억이 활동했던 시대뿐만 아니라 그 후에도 지속된 일종의 문학사적 관습에 해당한다. 예컨대, 다음과 같은 문학사적 기술을 보자. "1910년대 후반을 장식하는 시인들을 특색지우는 것은 그러므로 감정의 자유로운 유출과 그것에 합당한 시 형식을 발굴하려는 노력이다. 그 노력의 결과로 생겨난 것이 자유시 － 산문시이다. 그것은 시인의 자연스러운 감정 유출과 자유로운 운을 가능케 해준다. 사설시조에서 보여준 정형의 붕괴와 자유로운 감정의 토로는 퇴폐시의 영향을 받은 자유시·산문시를 통해 새로운 시형을 발견한다"[김윤식·김현, 『한국문학사』(민음사, 1972), 214면]

포르그와 귀스타브 칸을 거쳐 비엘레 그리펭에 이르는 자유시의 계보
는 A. Rette가 'Sur le rythme des vers'(1899)에서 제시한 자유시의 계보
와 정확하게 일치한다.

　　그러나 김억이 구체적인 시 번역과 창작의 차원에서 모색한 자유시
는 통상적으로 이해하는 '자유시'와는 보다 다른 접근을 요구한다.[16] 또
한 김억은 자유시 – 산문시의 가능성을 끝까지 밀어붙이지도 않았다.
김억에게 시와 산문은 서로 섞일 수 없는 대립적인 범주였으며, '시가
(詩歌)'라는 용어에서 드러나듯이 시를 일종의 '노래'로 인식하려는 경향
이 너무 강렬했기 때문이다. 자유시 – 산문시는 '시론' 속에서 일종의
이론적인 가능성으로 존재한다. 김억은 정형시로부터의 탈피라는 측면
에서 (이론적으로) 받아들였던 산문시를 '시가'가 마땅히 가져야 할 음악
성의 구현이라는 실천적인 측면에서 의문시하고 거부하기에 이른다.
이런 맥락에서 김억이 「시형의 음률과 호흡」에서 호흡, 리듬, 생명 등
을 시의 음악성을 구현하는 중요한 키워드로 제시하는 것은 자연스러
운 논리의 귀결이다.

　　웨트가 'Poetry is breath'라고 하였읍니다. 대단히 좋은 말이어요. 呼吸
이지요. 詩人의 呼吸을 刹那에 표현한 것은 詩歌지요, (……) 人格은 肉體
의 힘의 調요, 그 육체의 한 힘 즉 呼吸은 詩의 音律을 形成하는 것이겠지
요. 그러기에 單純한 詩가 보다 더 詩味를 주는 것이지요. 音樂的 되는 것
도 또한 할 수 없는 하나하나의 呼吸을 잘 言語 또는 文字로서 調和시킨
까닭이겠지요. (……) 詩人의 呼吸과 鼓動에 根底를 잡은 音이 詩人의 精神

---

16 예컨대, 김억이 상징주의 시인 가운데 가장 관심을 기울였던 베를렌느의 경우 그
가 표방한 '자유시'는 음절 수도 아무런 형식적 구속도 없는 넓은 의미의 자유시가 아니
라 '정형률의 틀을 간직한 채 내적으로 자유로운 시'를 지향했다. 베를렌느의 독특한 '자
유시' 개념과 김억이 자신의 번역에서 베를렌느의 독특한 자유시의 성격을 어떠한 '언어
횡단적 실천'을 통해 보여주는가에 대해서는 박성창, 「베를렌느 시 번역을 통해 본 김억
의 자유시 모색과 실천」을 참조할 것.

과 心靈의 産物인 絶對 價値를 가진 詩 될 것이오, 詩形으로의 音律과 呼吸이 이에 문제가 되는 듯합니다.[17]

위의 글은 인격(내용)과 육체(형식)으로부터 호흡이 만들어지고 호흡이 시의 운율을 결정한다고 설명하고 있다. 이는 내부의 심연을 발현해야 한다는 상징주의의 논의와 유사한 면모를 보인다. 시에서 형식의 힘을 불러일으키는 것이 다름 아닌 호흡이며, 찰나에 표현되는 시인의 호흡이 결국 시의 음률을 형성한다. 이로써 한 시인의 정신과 심령의 산물인 절대 가치를 가진 시가 만들어질 수 있다는 것이다. 여기서 김억이 강조하는 시의 리듬과 음악성은 "하나하나의 호흡을 언어 문자와 조화시켜" 얻어내는 것이며, 이것이 바로 시적 형식을 결정한다. 김억은 시에서 개인적인 음률의 독자성을 주장하면서 시적 리듬과 형식의 자율성을 다시 한 번 강조한다. 특히 그가 개개인의 호흡과 고동에 근거하여 성립되는 시적 음률의 중요성을 강조한 점이라든지, 시인마다 특유의 리듬을 가진다는 주장은 근대적인 자유시의 성립 과정에서 그 이론적인 기반을 제시하고 있다는 점에서 문학사적 의의가 인정된다. 그러나 "Poetry is breath"라고 말하며 조선에 적합한 호흡을 지적한 데서 드러나는 것처럼 김억에게 호흡률은 단지 개개인의 내면적인 것의 발현에 그치지 않는 특징이 있다. 상징주의의 시론이 개인의 영역에 초점을 가지고 있었던 것과 달리 김억은 조선말에 적합한 "공통되는 호흡과 고동"을 모색했기 때문이다. 실제로 이 글의 대부분은 "조선 사람에게도 조선 사람다운 시체(詩體)가 생길" 수 있는 가능성에 대한 탐색에 할애된다. 시 장르는 개인의 절대정신의 표현이면서 동시에 집단적인 원형성을 가질 수 있으며, 정신의 차원이 육체적 호흡을 만들고 이는 다시 시적 운율로 진화될 수 있음을 김억은 보여준다.[18]

---

17 김안서, 「시형의 음률과 호흡」, 『태서문예신보』 14(1919).

3. 타고르 시 번역과 김억 시학의 변모 양상(1922~1925)

김억은 모두 세 권의 타고르 시집을 번역·출간했다. 『기탄자리』가 1923년 4월에 출간된 것을 시작으로 『신월(新月)』이 1924년 4월에, 마지막으로 『원정(園丁)』이 1924년 12월에 간행된다. 그러나 『기탄자리』에 실린 '역자의 인사'의 말미에 '1922년'이라고 표기되어 있는 점을 감안하면 김억은 1921년 『오뇌의 무도』 출간 직후부터 1924년까지 타고르 시 번역에 몰두했음을 알 수 있다. 세 권의 번역시집 이외에도 여러 잡지에 발표한 역시까지 포함하면 김억이 1922년부터 3년 동안 발표한 타고르 시는 무려 250편에 이른다. 이렇듯 한 명의 전신자에 의해 한 사람의 외국시인이 이처럼 단시일에 다량으로 소개된 예는 한국근대문학에는 보기 드문 일로서 당시 타고르의 문학적 영향력이 얼마나 컸는지 짐작할 수 있다.

김억은 타고르에 대해 두 편의 평론을 그리고 인도의 여성 시인인 나이두의 시세계에 대해 한 편의 평론을 남기고 있다. 「타고아의 시」[『조선문단(1924. 11.)』]가 타고르의 『원정』을 『기탄자리』보다 뛰어난 서정시로 파악한 작품론이라면, 인도의 여성 시인 나이두의 시세계를 분석한 「사로지니 나이두의 서정시」[『영대』(1924. 12.~1925. 1.)]는 같은 서정시의 맥락에서 인도의 두 시인을 고찰하면서도 타고르의 시세계를 다른 관점에서 분석할 수 있는 시야를 제공한다. 김억은 이 글에서 나이두의 시에서 두드러지게 나타나는 서정성을 서양과 동양의 이분법적 대립의 구도 속에서 파악한다. 서양과 동양의 이분법은 '이지적/감정적' 그리고 '분석적/직관적'과 같은 대립을 낳는다. 그 결과 동양의 시에서는 서정적 분위기가 우월하게 되고 "서정의 아릿한 황혼이 깃든" 서정시의 모델이

---

18 이에 대한 구체적인 설명은 한수영, 『운율의 탄생』(아카넷, 2008) 144면을 참조할 수 있다.

지배적이라는 결론을 내린다.

> 동양시인의 시에는 서정의 아릿한 황혼이 맘을 꿈의 시계로 이끌어가지 아니하고는 말지 아니할 것이 곳곳마다 굿세인 芳香을 피이고 있습니다만은 서양시인의 시에는 아모리 고갈된 서정이라도 그 속에는 面紗 뒤에 숨은 눈알과 같이 이지의 빛이 반 듯 빛납니다. (……) 까닭 업시 울고만 싶은 감정을 동서양의 어떠한 노래에서도 느낄 수가 있습니다만 굿세고 굿세인 뽑으라도 뽑을 수 없는 가을날 저녁의 하소연한 생각을 멀리 떠난 애인에게 보내는 듯한 곱고도 설은 詩味的 감정을 느낄 수 없는 것은 어찌합니까?[19]

김억이 나이두의 시뿐만 아니라 타고르의 시, 특히 시집『원정』에서 발견한 "곱고도 설은 시미적 감정"을 동서양의 시를 대비시키는 구도로 활용한다는 점은 주목할 부분이다. 이에 덧붙여 김억은 바로 이런 이유 때문에 그동안 공들여 번역한 서구의 시인, 즉 예이츠·베를렌느·포르·시몬즈·보들레르의 시보다도 타고르와 나이두의 시를 더 사랑하게 되었다고까지 말하고 있다.

김억의 이러한 지적이 중요한 까닭은 서양의 이지적 특성과 구분되는 동양의 감정적인 서정성이 서양에서 동양, 그리고 동양에서 조선으로 옮겨가는 김억 시학의 변모와 깊숙하게 맞물려 있기 때문이다. 타고르와 나이두의 시세계를 통해 김억이 발견한 '동양'이란 범주는 김억의 시학이 '서구'에서 '조선'으로 이행해가는 길목에서 전환점을 이루는 매개 역할을 한다. 즉, 상징주의에서 시작하는 조선 근대시문학사의 발전 경로에서 타고르의 시문학은 상징주의와 민족주의를 연결하는 중개자로 기능한다.

1920년대 중반을 전후로 해서 김억이 민요와 같은 전통적인 시 형식

---

19 김억, 「사로지니 나이두의 서정시」, 『영대』(1924. 12.~1925. 1.).

으로 시작의 방향을 선회한 길목에 바로 타고르와 나이두의 시가 놓여 있으며, 이는 '동양'이라는 표상의 매개를 통해 이루어진다. 1925년 7월에 발표된 「광명은 동방에서」라는 타고르에 관한 평론에서 종교시로서 타고르 시의 신비롭고도 명상적인 경지를 "동방에서 생긴 광명"이라 부르면서 오리엔탈리즘적 구도에서 파악하는 것은 이런 맥락에서 자연스러운 논리적 귀결이다. 희랍이나 유럽이 세계의 문화를 이끌 임무를 다하지 못한 지금 심원한 사상의 후계자인 인도는 희랍의 사상과 예술을 부흥할 책임이 있으며 타고르 같은 이의 종교시가 그 역할을 수행한다는 것이다.

시가가 순정성을 일허바리고 평론 가튼 邪路에 빠진 서양시와는 근본부터 달라 천진스럽게 小鳥처럼 노래하는 동방의 종교와 시가가 일치되야 자연과 하느님과 사람을 융화한 신비경에서 생긴 시인의 시작이 자연과 하느님과 사람을 구별하며 종교와 시가를 분리하는 서양시인에게 적지 아니한 감흥을 주엇을 것은 물론입니다.[20]

위의 인용문은 타고르의 종교시가 신과 자연 그리고 인간을 분리시켜 문학에서 종교적 차원을 배제한 서양시의 결함과 결핍을 채워줄 수 있음을 보여준다. 김억이 서구의 상징주의 시 번역에서 타고르 시 번역으로 이행하는 과정은 한국근대시에서 서정시의 모델이 확립되는 과정과 일치한다. 기본적으로 서구의 상징주의 시가 자아와 세계, 현실과 이상이 서로 대립하고 갈등하는 이원론적 세계관을 깔고 있다면, 타고르의 시는 서로 대립되는 두 요소가 융화되는 '시적 황홀'의 세계를 보여준다. 김억은 타고르의 시가 보여주는 시적 황홀의 감정을 서정시라는 시형에 담아낸다. 그 결과 초월적 명상과 종교적 신비의 세계를 다룬

---

20 김억, 「광명은 동방에서」, 『동아일보』 1925. 7.

『기탄자리』보다 표면적으로는 여왕에게 바치는 정]원사의 연애시 구조를 갖춘『원정』이 1920년대 한국문학에 더 커다란 영향력을 발휘한다.

『기탄자리』가 보여주는 종교적인 세계를 어떤 문체로 번역할 지 고민했던 김억도『원정』에 이르면 번역의 문체에 훨씬 자신감을 갖게 된다. 이는『기탄자리』의 'thou'가 일종의 '신(God)'의 위치에서 해석되는 반면,『원정』의 'thou'는 정원사의 사랑을 받는 여왕으로서 연애시의 코드로도 충분히 해석될 수 있기 때문이다. 김억은『원정』을 "무엇이라 말할 수 없는 아름답은 설움과 사랑과 하소연이 곱은 향(香)내"를 풍기는 서정시로 파악하며, 단순한 서정시로는『원정』이『기탄자리』보다 뛰어나다고 평가한다.『기탄자리』에서『원정』으로의 이행은 종교적 형이상학에서 감정적 서정시로의 이행이며, 이는 낯선 타고르의 시세계가 김억의 시세계로 이행하고 동화되어가는 과정에 다름이 아니다.

타고르의 시를 번역하고 이를 세 권의 시집으로 출간한 시기에 김억은 상대적으로 평론 활동을 거의 하지 않았다. 이 시기(1922~1924)에 김억이 발표한 평론 가운데 가장 주목을 요하는 글은 1924년 1월 1일에 발표한「조선심을 배경 삼아」이다. 흔히 자유시에서 정형시로의 이행 과정에서 전환점을 이룬다고 평가받는 이 글을 제외하면 이 시기에 김억은 타고르 시집의 번역에 전적으로 매달렸다고 할 수 있다. 반면에 김억은 타고르 시집 출간이 완료된 1925년부터 거의 매달 평론을 발표하는 등 문예비평가로서 활발한 활동을 재개한다. 그 가운데 가장 주목할 만한 글로 1925년 4월부터 10월까지『조선문단』에 연재된「작시법」을 들 수 있다. 이 글에서 김억은 타고르 시 번역을 거치면시 확립하게 된 시에 대한 사유를 정리하고 있다. 이는 1926년 1월에 발표된「예술의 독립적 가치 : 시가의 본질과 현 시단」이란 글에서 보다 논리적인 틀을 갖추게 된다.

김억은「조선심을 배경 삼아」에서 현재 조선시단에 나타난 두 가지 경향에 대해 강도 높게 비판한다. 우선 김억은 시를 특정한 이념이나

주의에 끼워 맞추려는 경향을 비판하면서 시를 분석이나 이론이 아닌 감정의 황홀한 상태의 소산으로 보려는 자신의 관점을 매우 강하게 제시한다. 문제는 조선의 시가 담아내야 할 '감정'이란 구체적으로 무엇을 지칭하는가이다. 이 점과 관련해 김억의 비판은 매섭다. 현재 발표되는 대부분의 시가는 "조선의 사상과 감정을 재현한 것이 아니고 엇지 말하면 구두를 신고 갓을 쓴 듯한 창작도 번역도 아닌 작품"이라는 것이다. 김억은 이를 두고 "남의 작품을 모방하야 자기의 작품을 만드는 작자의 희극다운 비극"이라거나 "이러한 병신의 작품"이라는 수사적 표현을 동원하면서 강도 높게 비판한다. 여기서 김억은 "외래의 사상과 감정을 그대로 삼키고 그대로 토해낸" 시가와 조선의 사상과 감정을 담아낸 "진정한 우리의 시가"를 대립시키고 있다. 이러한 시각은 이로부터 정확히 1년 후에 발표된 「시단 1년」에서도 반복해서 드러난다.

먼저 우리는 일허진 조선혼을 찾아야 할 것이다. 파묻힌 진주의 발견만이 진정한 조선의 '만인의 거울이 한 사람의 거울'인 국민적 문예를 수립케 한다. 현대의 조선혼의 배경이 없는 시가는 아무것도 아니다. 그것이 없는 노래야말로 장난감이며 노리개에 지나지 않는다. 본질적 예술은 다 같다만은 나라마다 다른 시가가 있는 것은 다 그 '혼'의 힘이다. 그 '혼'이 없는 시가는 적어도 그 '혼'이 소유된 시대에는 한 푼의 가치도 없는 것이다.[21]

여기서 김억은 '외래의 사상과 감정'을 '조선의 사상과 감정'으로 구분하면서 그 둘을 대립시키는데, 그 구분의 근거나 '조선의 사상과 감정'이 구체적으로 무엇을 지칭하는가에 대해서는 자세히 언급하고 있지 않다. 다만 그가 초기에 몰두한 상징주의 시의 경향에 비추어볼 때

---

21 김억, 「시단 1년」, 『동아일보』 1925. 1.

'외래의 사상과 감정'을 상징주의 시가 환기하는 데카당한 정서로 해석할 수 있다. 또한 김억이 강조하는 '조선혼'이란 김억 개인의 자발적 착상이 아니라 당시 최남선과 이광수를 중심으로 문단에 팽배하던 국민문학론으로부터 영향을 받았음을 고려해야 한다. 이렇듯 1925년을 기점으로 이루어진 김억 시학의 급격한 변모와 단절의 밑바탕에는 이 시기를 전후로 김억이 이른바 국민문학파의 논리에 적극적으로 동조하며 민요시 등에 커다란 관심을 기울였다는 사실이 깔려 있다. 주지하다시피 최남선, 주요한, 김억 등은 모두 1920년대 중반부터 '조선심'[22]이나 '국민적 정조'[23]를 강조하며 '조선적'인 시가를 조선인들의 공통적 심성이 보존되어 있는 민요와 시조라고 규정한다. 이 세 시인이 조선에 서구의 근대시를 소개하는데 앞장서왔으며, 모두 '최초'라는 수식어로 문학사에 통용될 만큼 조선의 근대시사에 선구자적인 인물들이었음을 상기해본다면, 식민지 조선에서 '조선적 근대문학' 특히 '조선적 근대시(가)'를 수립하려 했던 이들의 노력은 각별한 의미를 지닌다. 그러나 최남선, 주요한, 김억 등은 서로 다른 방식을 통해 조선적 근대시가를 수립하고자 했다.[24]

---

22 최남선, 「조선국민문학으로의 시조」 『조선문단』 16(1926), 김억, 「조선심을 배경삼아」, 『동아일보』 1924. 1. 1.

23 주요한, 「노래를 지으시려는 이에게」 2, 『조선문단』 2(1924), 49면.

24 시조를 계승하고자 하며 시조를 통해 구현되는 근대적 '시형'의 특수성을 강조한 최남선과 시조를 창작하다가 결국 민요의 형식과 내용을 자유시형 속에 녹아내려고 했던 주요한은 국민문학파의 시적 실험을 잘 보여주고 있다. 그러나 김억은 대체적인 평가와는 달리 '조선혼'을 역설하는 가운데에도 조선적이라고 생각되는 기성의 형식에 대해 그리 석극석인 자세를 취한 편이 아니었다. 작품평에서 민요체 시에 대해 호의적이었고 시집 『금모래』(1924)의 부제로 '민요시집'이라는 이름을 달고 있기는 하지만, 이광수나 주요한 같은 동시대 다른 문인들처럼 민요에 대해 적극적인 발언을 하지 않는다. 또한 민요 부흥 운동이 한창이던 시절에 시조에 대한 의견을 적극적으로 개진하지도 않는다. 그는 소극적인 차원에서만 민요시 운동을 함께 하고 있다고 볼 수 있다. 특히 김억은 시조에 대해서는 비판의 강도를 높인다. 그는 1925년에 발표된 글에서 시조는 몇 개를 제하고는 제재와 사상을 중국에서 빌어온 만큼 시형은 조선적이지만 조선의 혼이 담겨 있지 않다고 비판한다. 또한 시조의 음악성을 설명하면서도 시조를 音과 調 모두 "다 중국 것이고 조선 것은 아니기 때문"에 되살려야 할 조선의 문학적 전통을 간주할 수 없다

여기서 강조하고 싶은 바는 이러한 '조선혼'에 대한 김억의 강조는 이미 타고르 번역을 통해 도입된 서양과 동양의 이분법적 대립을 통해 이루어진다는 점이다. 김억은 서구상징주의 시에서 곧바로 조선의 시가로 이행한 것이 아니라, 타고르로 대표되는 '동양'적 시가의 매개를 거쳐 이행한다. 그동안 김억 시학의 변모와 단절을 이해하는 틀로 기능한 서구와 조선의 이분법은 서구/동양/조선의 삼분법으로 보다 정교화될 필요가 있다. 예컨대, 김억은 타고르와 나이두에 대한 평론에서 드러난 서양과 동양의 이분법의 연장선상에서 서양의 시가에는 "이지의 날카로운 빛"이 두드러진 반면 동양의 시가에는 "이지가 없는 대신 감정의 흐린 눈알이 보인다"면서 이 둘의 대립을 설명한다. 마치 "타고아의 위대한 시가에 인도의 자연과 사상의 배경을 제한다면 그 속에는 위대가 업서지"는 것과 같은 논리의 연장선상에서 조선의 시가에도 조선의 자연과 사상을 배경으로 삼아야 한다는 논리가 구축된다.

「작시법」은 1925년 4월부터 10월까지 반년 동안 연재된 글로서 시가에 대한 김억의 생각이 잘 드러나 있다. 김억은 이 글을 통해 타고르 시 번역 과정에서 새롭게 깨닫거나 확인한 시의 여러 문제에 대한 생각을 정리한다. 요컨대, 이 글은 1915년 창작시를 발표하면서 문단에 등단한 이래 10년이 지난 시점에서 시에 대한 자신의 관점을 정리한다는 의미를 지닌다. 김억은 이 글에서 시가와 관련된 6가지 질문을 제기한다. 첫째 시란 무엇인가, 둘째 운문과 산문, 셋째 서양시와 한시의 운율, 넷째 조선시, 다섯째 새로운 시가와 그 역사, 여섯째 시가의 종류. 그러면서 김억은 시가란 고조된 감정의 음악적 표현이라는 지론을 되풀이한다. '시가(詩歌)'라는 용어에서 잘 드러나듯이 시와 음악의 결합,

---

고 잘라 말한다. 김억은 민요와 시조에 대해 우호적이되, 그것 자체를 조선의 표상으로 삼거나 '조선적인 것'의 전형으로 추구하지 않았다. 조선에 뚜렷한 표상을 부여하려고 했던 최남선과는 달리 그의 논의에서 '조선시형' 혹은 '조선적인 것'의 내포는 상당히 흐릿하고 애매해서 요약과 정리를 쉽게 허락하지 않는다.

음악으로서 시, 시의 음악성은 김억 시학이 변모와 단절에도 불구하고 줄곧 그 핵심에 두었던 사안이다. 이어서 김억은 산문과 운문의 구분과 같은 시 일반론에 해당하는 내용을 설명한 다음 서양시와 한시를 운율의 측면에서 비교한다. 마지막으로 김억은 조선의 새로운 시가가 탄생한 배경 및 그 역사를 개괄한 다음 신시(新詩)에 대한 자신의 의견을 피력하는데, 바로 이 대목에서 시 일반론을 벗어나 자신의 개인적 관점을 개진한다.

김억은 조선시를 "조선 사람의 손으로 조선 사람의 사상과 감정을 조선식으로 발표한 것"이라고 정의한다. 비교적 단순해 보이는 이 정의에서 김억이 우선시하는 것은 '조선 사람의 사상과 감정'이 담겨 있느냐의 여부이다. 시 형식의 문제, 즉 시가의 형식이 조선에서 만들어진 고유의 시형인가는 부차적인 문제로 간주한다. 예컨대, '우리' 고유의 대표적 시형이라 할 수 있는 시조는 시형은 조선적이지만 몇 편을 제외하고는 그 제재와 사상을 중국에서 빌어온 만큼 조선의 시가로 간주할 수 없다는 논리를 편다. 「조선심을 배경 삼아」에서 나타난 '조선혼'을 강조한 논리의 연장선상에서 파악할 수 있는 이러한 틀 속에서 한시나 시조 같은 재래의 시형들은 조선시의 범주에서 배제된다.

시의 형식이 아니라 시적 감정이 중요하다면 문제는 시형의 선택이 아니라 시적 리듬이다. 왜냐하면 김억의 말을 빌면 "감동을 받으면 감동된 감정에는 어떤 파동이 있어서 파동된 바 모든 감정의 현상(그것이 기쁨이건 슬픔이건)에는 반드시 감정으로 생기는 '고유한' 곡조가 있"기 마련이며, 시의 리듬이란 바로 이에 다름이 아니기 때문이다. 달리 말하자면 감정을 생명으로 삼는 시가에서는 감정 그 자체에 '내재화된' 리듬이 존재하기 마련이다. 이러한 김억의 리듬론은 자유시로서 근대시의 모델에 기반한다. 근대시로서 자유시의 내재율을 잘 설명해주는 이 대목은 김억이 새로운 시가의 중요한 요건으로 리듬이 내재화된 시를 들고 있음을 보여준다. 같은 감정이라도 시인마다 그 '색깔'이 다르기에 다른 리듬을 만들어내며 압운과 음절 수의 제한 같은 종래의 시적 제한과 규정을 벗어난 자유로운 시형이 생겨나는 것이다.

표면적인 진술의 내용을 따라가면 「작시법」에서 김억은 조선시의 궁극적인 귀결점으로 여전히 자유시를 강조하는 듯이 보인다. 조선의 사상과 감정이 담겨 있는 '조선혼'의 강조가 조선적인 시형의 선택으로 바로 연결되지 않고 시적 리듬에 대한 강조로 연결된 부분도 매우 흥미롭다. 그러나 김억은 신시의 역사적 흐름을 최남선·이광수로부터 시작하여『학지광』과 황석우로 이어져서 1920년대 동인지 문학으로 연결되는 흐름으로 파악하면서도 앞서 설명한 리듬의 문제나 근대시로서 자유시의 조건이 이들에게서 어떤 방식으로 나타나고 변화하는가에 대해서는 별다른 언급이 없다. 오히려 글의 마지막 부분에서 시가 너무 쉽고 안일하게 제작되는 풍토를 개탄하면서 조선처럼 시인 되기가 쉬운 나라는 없다면서 다음 발언을 「작시법」의 한 결론처럼 제시한다.

엄밀하게 말하면 우리에게는 아직도 완전한 시형과 표현 형식이 발견되지 못하여 어떤 이는 서양의 또 어떤 이는 일본의 그것을 그대로 채용하여 조선어의 성립과 조선 사람의 사상과 감정을 가장 근대적 또는 현대적으로 표현할 수 있는 통일된 시형은 없다고 해도 과언이 아니다.[25]

새로운 시가가 아직 도래하지 않은 상황에서 김억은 두 가지 갈림길에 봉착한 것으로 보인다. 즉, 자유시가 근대시의 목표로 선험적으로 주어진 상태에서 비록 그것이 아직 조선의 시형으로 정립되어 있지는 못하지만 이를 더 밀고 나가 하나의 시형으로 완성할 수 있도록 하는 방향과 자유시에 반대하여 흔히 정형시라 불리는 시적 구속과 제한을 추구하면서 조선의 혼을 담는 작업으로 나아가는 방향이 그것이다.

---

25 김억, 「작시법」, 『조선문단』(1925).

　이러한 선택의 갈림길에서 타고르 시 번역은 김억에게 어떤 영향을 미쳤을까? 김억은 이 질문에 아무런 대답도 내놓지 않고 있으며, 이러한 질문 자체를 공식적으로 표명한 적도 없다. 1920년대 초반까지 김억이 몰두했던 상징주의 시 번역이 양식상으로 볼 때 자유시의 실험과 모색으로 귀결된다면, 타고르 시 번역은 자유시의 한 극단적 형태라고 할 수 있는 '산문시'라는 새로운 시적 양식에 대한 관심을 촉구한다. 김억이 자유시 – 산문시에 대한 확신을 갖지 못한 상태에서 산문시라는 자유시의 극단적 형식에 대한 반발이 시적 구속과 제한에 기울게 한 요인이 되었으리라는 추측은 얼마든지 가능하다. 또한 당시 문단에 팽배해 있던, 방종에 가까운 시적 창작이 아무런 구속 없이 자유시라는 이름으로 발표되는 상황에 대한 김억의 비판 의식이 갈수록 공고해지고 있다는 점도 감안해야 할 필요가 있다. 예컨대, 김억은 그다음 해에 발표된 「현 시단」(1926. 1.)에서 "시가의 내암새도 나지 않는 짤막짤막한 토막 문구의 나열과 여백 만흔 문자가 늘어가는" 현상을 개탄하면서 시가란 무엇인가에 대한 시인들의 무지와 편집자들의 무책임을 비판하고 있다. 자유시 – 산문시에 대한 반작용과 자유시라는 이름으로 행해지는 시적 방종에 대한 비판 의식은 이제 번역의 층위에서 한시 번역이라는 새로운 대상과 주제를 만나면서 '격조시(格調詩)'라는 새로운 차원을 열어준다.

4. 자유시에서 격조시로의 이행(1926~1930)

　김억은 시론의 차원에서 줄곧 시인의 개성과 음악적 표현을 강조한다. 구시가가 기계적이라면 신시가의 특징은 개성적인 것에 있고, 신시가가 주도하는 흐름은 이후에도 주관적이면서도 개성적이고 개인적인 특성을 유지해나갈 것임을 분명히 하고 있다. 김억에 의하면 이러한 근대시의 흐름은 바꿀 수 있는 성질이 아니다. 이는 그가 초기에 발표한 글은 물론이고 「예술적 생활」(1915) 이래 김억 문학관의 중간 결산이라는 의미를 갖는 「작시법」(1925)에도 잘 드러난다.

> 詩歌의 本職을 밝히는 近代의 詩歌에는 어데까지든지 主觀의 意義를 놉힌 것으로 이 主觀의 意義가 놉하지쪽 놉하질사록 그 權威는 強固케 됨에 따라 近代詩歌의 特色이라 할 만한 個人的과 個性的이 舊詩歌의 그것과는 엄청나게 다른 것입니다. 이점입니다. 近代詩歌가 個性的인 것만큼 舊詩歌의 機械的에서 버서나온 것을 볼 수 있음에 따라서 이 압호로의 純實한 詩歌의 커렌트는 더욱 個性的 傾向을 가지게 될 것이니 詩歌답은 詩歌는 오직 이곳에서 그 意義와 價値가 잇음이라 합니다. 舊詩歌에서 신시가로 끄러온 功德은 프랑스의 象徵派 詩歌도 그들의 運動에 대하야는 실로 特筆 大書할 만합니다. 해가 여러 番 밧구인 今日에 와서는 비록 그 詩歌를 돌아보는 사람이 업다 하더라도 까닭스럽고 拘束 만흔 어둡은 房 안에 잠기어 窒息하랴던 詩歌를 구해내왔다는 사실 하나만은 否認할 수 없는 것입니다. 이러한 意味에서 象徵派는 個人의 感覺과 情緖에게 새롭은 解放과 價値 있는 自由를 위하야 勇敢하게 싸흔 가장 尊敬밧을 만한 犧牲된 先驅者란 感을 禁할 수가 업습니다.

그러나 김억은 「작시법」을 집필할 무렵에 조선의 문학이 나아가야 할 방향을 '조선심(朝鮮心)'에서 찾고 있다. 그 이유는 "외래의 사상과 감정을 그대로 삼키고 그대로 토(吐)하지 않도록 하여야 진정한 우리 시가가 생기게 될" 터인데, "우리 주위의 시작에는 우리의 주위를 배경 삼은 사상과 감정은 하나도 없고, 남의 주위를 배경으로 삼은 사상과 감정을 빌어다가 우리의 시작을 삼는 경향이 있음에 따라 진정한 '조선 현대의 시가'를 얻어볼 수 없다"[26]는 판단에서 연유한다. 이렇듯 김억에게는 근대적 시론의 체계화와 조선에서의 새로운 시가의 출현과 정착이라는 과제가 혼란스럽게 착종하였다. 이 두 가지 방향성은 결코 조화로운 관계가 아니다. 예컨대, 「작시법」에서 김억은 "날마다 늘어가는 소설과 희곡의 세력은 서사시가의 영역을 점차 잠식하여 시가의 영토는 순정(純正)한 감정을 표(表)함으로서 생명삼는 서정시로 환정되고 말았으니, 이것을 가르쳐 (……) '근대적'이라는 삼자(三字)로 덥허버리는 것"이라고 말함으로써 근대적인 것과 조선적인 것은 서로 충돌과 모순의 관계로 접어든다. 앞서 설명하였듯이 김억에 대한 대부분의 연구는 1925년을 전후로 그 앞과 뒤가 단절과 모순의 관계로 이행한다는 사실을 유난히 강조하면서 김억이 추구했던 근대적인 자유시의 모색이 이 시기를 기점으로 격조시라는 전근대적 정형시로 후퇴하고 만다는 결론에 도달한다.

　그러나 앞서 지적했듯이 자유시형에서 민요시형으로, 그리고 격조시형으로의 변화는 본질적인 차원의 변화로 보아야 하는가? 그의 시적 모색은 단절과 모순의 틀로 해석되어야만 하는가? 그의 시학을 관통하는 핵심적인 사안을 상정할 수는 없는가? 이러한 의문을 염두에 두면서 김억의 시와 시론을 살필 경우 우리는 그의 시와 시학을 관류하는 몇 가지 중요한 테제를 발견할 수 있다. 우선 지적할 수 있는 것은 '시의 본질 = 음악성 = 형식'이라는 등식이다. 다만 김억은 시에서 음악성이 어떠한 방식으로 형상화되어야 하는가라는 근본적인 질문에 여러 대답을 제시할 따름이다. 본질적인 변화가 아니라 음악성이라는 기본적인 원칙 아래 그것이 구현되는 범위와 양상에 있어 변화가 생길 뿐인 것이다. 예컨대, 민요시와 격조시로 접어들면서 김억에게 시의 음악성과 형식을 매개하는 것은 바로 음수율이나. 그러나 나중에 살펴보겠지만 김익이 후기로 접어들면서 단순히 음수율만을 고집한 것은 아니다. 또한 김억이 1925년을 전후로 개이의 정서와 감각의 표현을 중시하던 경향에서 민족의 정서와 집단의 감각을 표현하는 쪽으로 선회했다는 해석도 교정될

26　김억, 「조선심을 배경 삼아」, 『동아일보』 1924. 1. 1.

필요가 있다. 예컨대, 김억의 초기 시론인 「시형의 음율과 호흡」을 자세히 살펴보면 이 글이 전적으로 시인의 개성과 자유만을 옹호하고 있지는 않다는 점을 알 수 있다. 김억은 모든 인간의 호흡이 생리적인 차이를 갖고 있듯이, 모든 시인의 시는 "맘이 육체(肉體)의 조화(調和)인 이상(以上)에는 그 문장(文章)도 그 조화(調和)를 구체화(具體化)할 것"이기 때문에 각기 개성적인 시 형식을 필요로 한다는 점을 역설하고 있다. 그러나 김억은 이와는 동시에 이러한 개성적인 시 형식이 구체적으로 '조선 사람다운 시체'임을 천명하고 있다. 시인이 "찰나(刹那)에 늣기는 격동(衝動)"은 개인마다 서로 다르지만 민족이라는 큰 틀에서 보면 공통된다.

김억이 보여준 근대자유시의 열렬한 옹호자로서의 면모와 민요시나 격조시의 적극적 대변자로서의 면모 사이에 상당한 괴리가 있는 것은 부정할 수 없다. 그러나 위의 여러 발언을 종합해보면 이러한 변화의 계기들은 이미 자유시의 옹호자였던 초창기의 이론 속에 구비되어 있었던 것도 사실이다. 즉, '조선심'으로 대표된 '민족' 개념이 자유시론과 모순되지 않고 오히려 자유시론 성립의 한 축으로 기능하는 까닭은 그에게 '민족'이란 개념이 애초에 개인과 미분화된 상태로 존재하기 때문이다. 김억에게 개인의 감정을 자유롭게 표현하는 자유시와 "조선의 사상과 감정"을 완벽하게 표현하는 "조선 사람다운 시체"는 모순되는 개념이 아니다.

두 번째로 지적할 수 있는 것은 김억의 시학에는 시와 산문의 절대적인 구분이 핵심 원리로 작동한다는 점이다. 시가의 본질적 아름다움은 약속에 의해 언어를 제재하고 통일하며 조화시키는 데서 생겨난다는 것이다. 시상은 정돈된 시형을 가질 수밖에 없는데 시조 같은 정형률이나 자유시는 모두 단점을 갖고 있다. 김억은 자신이 추구하는 격조시를 설명하기 이전에 시조와 같은 전통적인 정형률과 자유시의 단점을 먼저 이야기한다.

그의 격조시론이 집약된 「격조시론 소고」를 따라가보자. 우선 시조는 현대적 사상과 감정을 담지 못하며 형식이 너무 간단해서 사용하기 어렵다는 단점이 있다. 또한 김억은 아무런 음절 수의 제한도 없는 그야말로 자유로운 시형으로서 자유시는 시인 자신의 내재율을 존중한다는 장점은 있지만, 다음과 같은 점에서 원시적인 표현 방식에 지나지 않는다고 비판한다. 우선 자유시의 내재율은 제각기 시인마다 다르기 때문에 어느 정도까지 진정한 의미에서 내재율을 자유시가 담보할 수 있을지 알기 어렵다. 또한 자유시의 가장 큰 위험은 산문과 혼동되기 쉽다는 점이다. 어디까지가 산문이며 어디부터가 자유시인지 알 수 없는 경우가 많다. 물론 시인의 개성적 시감을 자연스럽게 표현하며 시인 자신의 내재율을 존중한다는 점에서 자유시의 가치를 인정할 수 있다. 그러나 조선말처럼 "음률적으로 고저나 장단이 없는 것만큼 빈약하다는 감을 금할 수 없는 언어"에서는 자유로운 시형을 취하는 것보다는 음절 수의 정형을 가지는 것이 음률의 효과를 내는데 도움이 된다는 것이다.

여기서 중요한 것은 김억이 말하는 격조시란 흔히 말하는 정형시와는 구분되며 정형시와 자유시의 중간에 위치하는 시형으로 해석될 수 있다는 점이다. 즉, 음절 수의 제한을 가진 시형이 자유로운 시형의 자유시보다 훨씬 음률적이며, 음절 수의 제한이라는 규칙 속에서 '나름대로의 자유'를 추구하는 시형이 바로 격조시라는 점이다.

김억은 자유시의 내재율이 '십인십색'의 지나친 자율로 흐르는 것을 경계하고, "자유시형은 과도기적 시형"이기에 진정한 조선의 시형을 찾는 것이 무엇보다도 중요하다고 밝힌 바 있다. 그러나 그것이 자유시에서 정형시로의 급격한 이행이나 방향 전환을 의미하는 것은 아니다. 오히러 김익은 시조나 민요 같은 전통시가를 "혼합 질충하야 현대의 시형을 발견하여야 한다"고 주장한다. 특히 그가 김소월과 비견한 프랑스의 민요시인인 폴 포르(Paul Fort)의 시를 "근대화된 민요시인 동시에 자유시"라고 말한 것은 전통적인 시형과 자유시의 관계를 새롭게 해석한 것으로 볼 수 있다. 폴 포르는 당시 프랑스 시인으로서 알렉상드랭 12음절시와 같은 전통 시형을 산문 형식의 시체에 담아낸 인물로 알려져 있다. 김억은 폴 포르의 시 같이 "육심(內心)의 호흡을 미묘(微妙)하게 하나의 형(形) 속에 짜 넣어가는" 새로운 시형을 생각하고 있었던 것은 아닐까. 그것은 "산문과 혼동되기" 쉬운 자유시형이나 고정화된 전통시형과는 다른 새로운 시적 형식에 대한 관심으로 표출된다. 김억이 격조시의 구체적인 예로 들고 있는 김소월의 「왕십리」를 분석하면서 이 시가 "격조의 정형시"라고 한 것은 격조시가 단지 전통시가로의 복귀가 아니라 그것을 현대적으로 변용하여 새로운 형식미를 제시한 새로운 시 형식임을 뜻한다. 조금 길지만 김억의 분석을 따라가보자.

實際 詩歌라는 것은 이상하여 別行을 잡든가 또는 段落하든 句에서 숨을 쉬고 새롭히 읽어가는 데에도 그 意味와 律動이 달라지는 것이 잇습니다. 이것은 물론 내 自身의 그럿케 늣긴 것인 만큼 무엇이 달르냐고 한다면 맘을 비여 노코 고요히 읽엇보면 알 도리가 잇슬 것이라고 밧게 더 말할 수가 업습니다.

> 못미들건, 女子라 아네모네야
> 열다섯해 깁흔情 니즈란말가
> 못보앗나, 梅花를 깨끗도하지
> 童貞女 마리아도 고개 숙으려

이와 갓튼 것은 쉬지아니하고 '아네모네야'하고 읽을 때에는 現實의 '아네모네'와 問責하는 듯한 實景的 感興이 잇다는 것보다도 詩人이 그 自身의 맘에게 끗는 듯한 感이 잇스나 이것을 또다시 別行으로 잡아노코

> 못미들건, 女子라
> 아네모네야
> 열다섯해 깁흔情 니즈란말가

하며 읽을 때에는 現實의 實景的 感興을 가지고 '아네모네'에게 直接으로 問責하며 說服시키는 듯한 感(이) 잇지 아니한가 합니다. 그러기에 시를 쓰는 사람도 쓰는 사람이려니와 읽는 사람에게도 周密한 用意로의 시간적 여유가 필요한 것이외다. 그러치 안이하고는 소위 시의 의미로의 妙意는 알 수 업는 것이외다. 이러한 점에서의 素月의 詩人的 用意는 대단하다고 생각합니다. 「왕십리」에서 '비가 온다' 한 뒤에 別行 잡아서 '오누냐' 한 것 과 또는 별행 잡아서 '오는 비는' 하고 시작한 것은 다 그러한 의미와 또는 음률적 요구로 인해서 七五調를 가지고 그러케 인상적으로 변화시킨 줄 압니다. 나는 이러한 것도 格調의 定形詩라고 하고 십습니다.[27]

김억이 말하는 격조시란 흔히 오해하듯이 7·5조의 정형시가 아니라 7·5조가 가져다주는 음절 수의 제한 속에서 변화를 추구하는 시형으로 해석할 필요가 있다. 예를 들어 7·5조 한 행을 둘로 나누어 뒤의 5음절 을 다음 행으로 이동시켰을 때 생겨나는 음률의 변화를 추구하는 것이 바로 격조시라 할 수 있다. 김억은 이러한 시도가 김소월의 시에서 풍 요로운 결실을 거두고 있다고 지적하면서 이를 엄밀한 의미에서의 정 형시와 구분하기 위해 '격조의 정형시'라는 명칭을 사용한다. 이 경우 문제시되는 것은 격조시와 음수율 사이의 관계이다. 김억은 특히 음수 율을 시의 정체성과 리듬을 살리는 가장 중요한 시적 형식으로 간주하 였다. 이는 시적 리듬을 음수율, 즉 단순 율격의 규칙적인 회귀와 반복 으로 이해하던 당대의 경향과 맞물려 김억이 후기에 추구했던 격조시 를 이해하는 기본적인 전세로 기능한다. 즉, 1920년대 중반부터 일기 시작한 민요시 운동과 시조 부흥 운동은 음수율이라는 외형률이 시적 리듬의 중심부를 차지하는 직접적인 계기를 마련하며, 김억의 시적 변 모도 이러한 틀 속에서 해석 가능하다.

---

27 김억, 「격조시형론 소고」, 『동아일보』 1930.

김억의 이러한 격조시형론은 대부분의 연구자들에게 한국현대시의 새로운 정형률과 정형시형을 탐색하는 전통성을 고수하려는 태도(오세영)나 운율의 정형시의 자수율로 해석했다(김용직)는 부정적 평가를 받았다. 그러나 그의 운율론은 음수율에 바탕을 둔 음보론이라는 최근의 율격 논의와 일정 부분 연결된다. 즉, 김억이 음절 수가 어떻게 율동을 만들어내는가라는 문제를 연구하면서, 이를 발음하는 시간, 즉 "등장성(等張性) 반복(反復)" 때문임을 발견한 것은 음보의 개념에 가깝다고 볼 수 있다. 주지하다시피 영미시의 'foot' 개념에 가까운 음보의 개념은 균등하게 분할되는 시간적 등장성(等張性)을 뜻한다. 한국시가의 경우 음보는 음절의 수에 구애받지 않는다. 음보율의 관점에서 보면 음보 안의 음절 수를 따질 필요가 없으므로 한국시가의 자연스러운 율격을 표현할 수 있다는 이점이 있다.

김억 또한 음률 발생을 발음의 시간성, 즉 등장성의 반복으로 이해한다. 김억은 "음률의 단위"인 "음력(音力)들이 어군들이 가튼 시간적 구속 다시 말하자면 등장성 반복을 하면 그곳에 어떤 율동이 생기니 이것이 음률"이라고 판단한다. 즉, 등장적인 음보의 반복을 통해 시적 리듬을 확보하자는 것이다. 그러므로 김억의 격조시가 지향하는바, '정형(定形)'의 의미를 한 행의 글자 수나 음절 수로 고정시키려는 음수율의 층위에서만 이해해서는 안된다. 김억은 음수율을 바탕으로 호흡의 등장성을 근거로 한 음보율을 가미함으로써 전통 민요의 기본 율격과 자유로운 시 형식의 조화를 강조한다. 김억 시를 음수율의 관점에서 살필 경우, 그가 민요조의 7·5조 운율을 사용한다는 설명에 그칠 수밖에 없다. 그러나 음보의 층위에서 살펴보면 김억 시에 나타나는 운율의 모습은 '대비(symetry)'의 운율로 나타난다. 이를 그의 「격조시형론 소고」에 제시된 예를 통해 간략하게 살펴보자. 우선 김억은 12음절 한 행으로 이루어진 시구를 제시한다.

　　① 어느곳에 맘을 두노 코스모스

　　② 둘곳업네 나의맘 코스모스야

　①을 음률적 단위, 즉 김억이 말하는 음력으로 나눈다면 222222의 6음
보로 구성된 우수로, ②는 2221221의 7음보로 구성된 기수로 볼 수 있
다. ①은 대단히 단조롭고화가 많고 음의 굴곡이 있어 음조가 좋게 느
껴진다는 것이 김억의 평가이다. 즉, 두 시행 모두 음절 수는 동일하지
만, 음보의 수를 어떤 방식으로 구성하는가에 따라 시의 음조에 있어
커다란 차이가 발생한다. 김억은 이를 음절 수는 같지만 음보의 수를
달리해서 다음과 같이 수정된 시구로 보여준다.

　　① 어데다 맘을 두노 코스모스야

　　② 둘곳업네 나의맘 코스모스

　여기서 ①은 2122221, ②도 2221221의 7음보의 기수조로 바뀌면서 음
률의 커다란 변화가 생겨난다. 중요한 점은 김억이 시도한 격조의 정형
시가 그가 번역한 한시의 특성과 밀접하게 연결되어 있다는 사실이다.

5. 한시 번역과 격조시의 모색(1930~1949)

　김억은 시인이기도 했지만, 『오뇌의 무도』 같은 서구번역시집이나 『망
우초』 같은 한시 번역시집 등 다수의 번역시집을 펴낸 근대문학 최고의
번역자이기도 했다. 그의 번역 작업은 어느 특정 시기에 국한된 것이
아니라, 문학 활동 전반에 걸쳐 있으며, 창작시보다 번역시의 양이 많다
는 점에서 김억은 시인이라기보다는 번역자의 면모가 더 강한 것이 사
실이다. 따라서 김억의 시 번역은 시 창작이나 시 이론의 발표보다 더

중요한 문학 활동이라고 할 수 있다. 그런 대로 그의 번역시에 대한 논의들은 비교적 활발하게 이루어져 왔다고 할 수 있지만, 번역의 정오를 지적하거나 영향 관계를 살피는 것에서 크게 벗어나지 않는 것으로 보인다.

김억은 상당수의 서구시 및 한시를 우리말로 옮기는 작업을 했지만, 이에 못지않게 번역에 관한 자신의 견해를 피력하고, 때로는 양주동 등과 같은 다른 비평가들과의 논쟁을 통해 자신의 번역관을 옹호한 번역 이론가이기도 했다. 김억의 번역 태도나 번역관을 평가할 수 있는 자료들은 많다. 그 구체적인 예로 「이식 문제에 관한 관견」(『동아일보』 1927. 6. 28.), 「역시론」(『동광』 21~22), 「언어의 임무는 음향과 감정에까지」(『조선중앙일보』 1934. 9.), 「시경역에 대하야」[『삼천리』(1936. 4.)], 「두 번 다시 시경역에 대하야」[『삼천리』(1936. 6.)] 등을 통해 그의 번역론의 윤곽이 드러나며, 한시 번역집의 내용 가운데 한시 번역에 대한 그의 견해는 쉽사리 파악된다.

김억은 다른 어떤 번역가보다 창조적 의역을 강조한 번역가였다. 김억의 창조적 의역론은 역설적으로 역시 불가능론으로 이어지기도 했다. 원시의 사상과 감정 그리고 형식과 운율을 그대로 옮기기란 불가능하기 때문에 원시의 사상과 감정을 가져다가 이를 재료로 새로운 시를 창작하듯이 번역할 수밖에는 없다는 것이다. 김억은 원문의 사상과 내용을 요약하여 이를 도착어의 입맛에 맞게 굴절시키고 변형시키는 이른바 '파라프레이스(paraphrase)'로서의 번역을 비판하면서 자신의 번역관을 옹호하고 있다. 원문의 사상을 도착어의 기준에 맞게 요약하고 변형시키는 '파라프레이스'로서의 번역 정반대편에 이른바 '축자적 번역'이 존재하며, 김억은 원문의 내용을 한 자 한 자 그대로 옮기는 이러한 충실한 번역에 대해서도 비판의 시선을 보내고 있다.

김억은 자신의 번역론을 개진한 글에서 "원시를 한 개의 시상으로 그것에다가 자유로운 역자의 표현을 더하는 것이 시가로는 좋은 가치를 가지게 되는 것"으로 자유로운 역자의 표현을 더하는 것이 시가로서는 좋은 가치를 가지게 되는 것으로 같은 생각을 되풀이하여 강조하고 있다. 이와 같은 그의 생각은 "시가의 번역에서 충실을 다한다는 것처럼 위험한 것은 없습니다. 원문도 죽이고 역문도 잡고 말기 때문이외다"라는 생각에까지 치닫게 된다. 여기서 흥미로운 점은 의역과 창조적 번역을 주장하는 김억의 번역론이 서구의 상징주의 시를 번역하던 그의 번역 활동 초기가 아니라 한시 번역에 몰두하던 후기에 집중적으로 발표된다는 사실이다. 김억 번역론의 핵심이 담겨 있는 글들은 대부분 1920년대 후반부터 발표되기 시작해, 1930년대에 집중적으로 발표되는데, 이 시기는 김억이 서구시 번역을 접고 한시 및 시경 번역에 점차 몰두하던 시기이다. 다시 말해서 김억의 역시론은 서구상징주의 시가 아니라 한시를 바탕으로 정립된 것이며, 한시 번역과 밀접한 상관관계를 맺고 있다.

시기적으로 볼 때 1925년을 전후로 김억의 태도는 직역과 의역의 이분법에서 자유로워졌으며, 창작적 의역 쪽으로 완전히 기울어진다. 그리고 이 시기는 공교롭게도 김억이 한시를 번역하기 시작한 시점과 미묘하게 겹치고 있어서, 김억의 번역관의 변모와 한시 번역을 일정한 연관선상에서 논의할 수 있다. 이처럼 창작적 의역 쪽으로 기울어진 김억의 번역관이 분명하게 드러나는 글이 1927년에 발표된 「이식 문제에 대한 관견」이다.

우리가 서양소설이나 한시니 일본극이니 하면서 만히들 읽으니 도대체 들 그것늘을 읽고 얼마만한 정도까시 이해하는가. 영국인이 테니슨과 기츠를 읽고 이해하는 양으로 독일인이 괴테와 하이네를 이해하고 愛誦하는 그것과 갓튼 정도에서 우리들도 그 시가의 정조와 의미를 이해할 수가 잇슬가. 갓튼 동양에서 갓튼 동양의 한시를 오래동안 거의 우리 시가라할 만큼 읍저리고 노래해왓스니 중국인이 한시를 이해하는 그것과 꼭 갓튼 정도로 우리도 과연 한시를 이해하엿슬가 하는 것조차 주저한 다하면 인

정이니 풍속이니 종교니 무어니 하는 것이 서로 다른 서양의 시가를 이해
한다는 것은 적어도 거즛말이라 하지 안을 수가 업는 일이니 아는 것이
잇다 하면 정조니 묘미니 할 것이 아니고 문자 우에 발견되는 한갓되인
것 깍대기의 의미일 것이다.[28]

위 글에서 김억은 우리가 인정, 풍속, 종교 등이 완전히 다른 서양시
를 이해할 수 있다는 것은 거짓말일 것이며, 그나마 오랫동안 우리의
시가라고 할 수 있을 만큼 읊조려온 한시마저도 우리가 제대로 이해했
는지는 알 수 없다고 유보적인 태도를 보인다.[29] 만일 우리가 이러한
외국시들을 이해할 수 있다 해도 그것은 '의미'일 뿐이고 그 시의 '정조'
나 '묘미'는 이해할 수 없는 것이라고 말한다. 그는 언어의 임무는 "의사
표시에만 잇지아니하고 의미 이외의 고유미에 잇스니 음향이 이곳에
잇고 감정이 이곳에 잇는 것이외다"라고 말하며, 번역을 하게 되면 언
어의 그 고유미를 옮겨놓을 수 없기 때문에 번역이 불가능한 것이라고
설명하기도 했다.[30]

하지만 김억은 번역이 불가능함을 알면서도 자신은 번역할 수밖에
없다고 힘겹게 토로한다. 번역은 불가능한 작업이지만 번역을 계속해
나갈 수밖에 없는 상황에서 그는 번역자의 "적극적 기질의 표현능(表現
能)과 창작력"[31]을 통해, "원문으로부터 독립된 존재와 가치가 있는 역

---

28 김억, 「이식 문제에 대한 관견」, 『동아일보』 1927. 6. 28~29.

29 김억뿐만 아니라 당시에는 한국 사람이 지은 한시라도 중국문학으로 분류하는 것
이 일반적이었다. 이는 언어를 중심으로 국문학사를 구성하려 한 의도에서 비롯된 것으
로 한문을 중국문자로 인식한 결과 발생한 필연적인 것이었다. 국문학이 형성되는 과정
에서 한시를 비롯한 한문학이 타자의 언어로 배제되어간 과정에 대해서는 강명관, 『국문
학과 민족 그리고 근대』(소명, 2007) 참조.

30 김억, 「언어의 임무는 음향과 감정에까지 – 번역에 대한 나의 태도」, 『조선중앙일
보』 1934. 9. 27~29. 또한 그는 "만일 언어에 어혼이라는 것이 잇다하면 엄정한 의미로의
번역이라는 것이 잇을 수 잇는가 없는가 하는 것이 문제외다"라고 말하면서 "민족의 숙
명"이라고 할 수 있는 언어에는 그 민족의 혼이 있다는 관점을 드러내기도 했다. 김억,
「역시론」, 『동광』 21~22(1931. 5~6.).

문"[32]을 지어내려 한다. 이를 통해 그는 번역 텍스트와 원텍스트 사이의 이원론적인 관계를 전제하고 번역 텍스트가 원텍스트보다 열등하다는 전제에서 출발하는 관점을 벗어나, 양자의 등가성을 인정하는 관점에 도달한다. 또한 그는 번역자의 개성을 중시하는 번역을 추구하였기 때문에 자신이 번역한 작품에 대해 "김안서식 표현품"[33]이라는 설명을 덧붙이기도 했다.

기존의 한시 번역이 한학에 대한 풍부한 경륜과 박식함, 그리고 한문에 대한 깊이 있는 해독력을 기반으로 이루어진 내용 위주의 충실한 번역에 치중한 반면에, 김억의 번역은 충실한 내용 위주의 번역이 소홀하게 다룬 문체나 형식의 문제에 대한 관심을 제고했다는 점에 그 의미가 있다. 김억은 한시가 조선어로 번역되었을 때에도 시 작품으로서 문학적인 가치가 있도록 스타일의 측면까지 고려했으며, 조선인들이 그 작품을 읽고 감동을 받을 수 있도록 그에 걸맞은 형식, 즉 7·5조나 시조의 형식으로 번역을 했다. 심지어 그는 한시를 번역하는 데 전체의 음조를 고려하여 의미에 맞지 않게 번역하기도 했다는 점을 밝히기도 했다. 그는 다음 한시를 예로 들어 설명한다.

陽春二三月　草與水同色
琴傾摘香花　言是歡氣息

여기서 김억은 마지막 행을 원시의 의미에 충실히 번역한다면 "맑은 냄샌 살틀타, 그대의 입김"이라고 해야 하지만[원시에 '기식(氣息)'이라는 단어가 사용되어 '입김'이라는 뜻이 분명히 나타나기 때문에] "그대의 입김"히고 읽을 때에 "음조의 쾌간도 업고 여운도 업"었기 때문에 일부러 "맑

---

31 김억, 「이식 문제에 대한 관견」, 『동아일보』 1927. 6. 28~29.
32 김억, 「한시역에 대하야」, 『망우초』 1934. 4.
33 위의 글.

은냄새흘러나 님이그립고"라고 고쳤다고 말한다.[34] 이처럼 그는 창작적 의역관을 견지하게 된 이후 원텍스트의 '의미'를 살리는 것보다 번역 텍스트가 주는 감동이 수용자에게 얼마나 잘 전달될 수 있을 것인가에 초점을 맞추었다고 할 수 있다. 즉, 원시에 나타난 사상과는 다르다 하더라도 역시가 시로서 존재 가치를 갖고 있는가의 여부만이 중요하며, 역시의 음조는 이 과정에서 매우 중요한 기준이 된다.

게다가 김억에게 한시는 번역 과정에서 운율을 형성하는 실험을 하기에 적절한 형식을 갖춘 것이기도 했다. 특히 형식과 율격의 번역까지 염두에 두었던 김억에게 한시는 다양한 운율적 장치들을 실험해보는 계기를 제공해주었을 것으로 보인다. 한시가 형태와 구성 면에서 정형적이므로 번역시에서도 이를 반영하여 그 길이나 율격 면에서 정형시를 지향했다. 우선 한시는 5음절이나 7음절과 같이 정해진 음절 수 안에서 창작이 이루어지기 때문에, 번역할 때도 이런 규칙을 적용함으로써 정해진 음절 수 안에서 내적인 자유를 추구하는 시형으로서 격조시 형론을 고안하고 적용해보자 했다. 한시가 각 행에서 고정된 글자 수를 바탕으로 운율을 구성하는 것과 마찬가지 원리에서 출발하여 김억은 각 행의 음절 수를 고정시켜, 이를 운율을 만들기 위한 바탕으로 삼는다. 따라서 김억 시에서 행마다 동일한 음절 수가 반복되는 것은 단순히 음수율의 차원에만 그치는 것이 아니다. 음수율은 시에서 운율을 만들기 위한 외형적 조건에 불과하며, 김억은 이러한 틀에서 출발하여 다양한 운율의 형성 가능성을 모색한다.

특히 김억은 음절의 동량에 대한 분절의 차이가 만드는 운율의 차이를 한시 번역과 창작시 모두에서 집중적으로 시도한다. 김억이 시도한 여러 가지 시적 패턴 중에서 가장 비중 있고, 후대에 (예컨대, 김소월에게) 가장 커다란 영향을 미친 것이 12음절 또는 7·5조의 시이다. 김억

---

[34] 김억, 「어감과 시가 — 어의와 음향의 양면」, 『조선일보』 1930. 1. 1~2.

이 번역한 한시는 대부분 5언 절구나 7언 절구인데, 5언 절구의 경우 7·5조 3음보의 한 행으로, 7언 절구의 경우 7·5조 4음보의 한 행으로 일관되게 번역하고 있다. 또한 동일한 5언 절구나 7언 절구의 시를 4행으로 이루어진 민요풍의 격조시와 3행으로 이루어진 시조의 두 가지 형식으로 번역한 것도 김억 한시 번역의 중요한 특징 가운데 하나이다. 이는 김억이 한시가 지니고 있는 내적 특질을 민요와 시조에 이식시킴으로써 조선후기에 형성되었던 한시와 시조 그리고 민요 사이의 밀접한 상관성을 근대시에 다시 환기시켰음을 알려준다.

의미의 측면에서도 한시는 다원적인 의미로 해석될 수 있는 특성을 가지고 있어서, 오역에 대한 번역자의 부담을 덜어줄 수 있었을 것이다. 중국어 문장에서는 관사나 전치사를 사용하지 않을 수 있을 뿐 아니라 주어나 동사 또한 생략할 수 있기 때문에 의미의 애매성이 발생한다. 이처럼 한시에 쓰이는 중국문장은 서양문장에 비해 문법의 구조가 비교적 느슨하고 간략하여 탄력성이 있기 때문에 직역할 경우 오히려 그 정련된 맛을 잃을 수 있다.[35] 따라서 한시를 번역하는 데 있어서도 자연스럽게 직역보다는 의역을 하게 되는 것이며, 김억 역시 한시를 번역할 때 서양시를 번역할 때보다 고려할 수 있는 어휘 선택의 여지가 보다 넓었을 것으로 보인다.

위에서 언급한 것처럼 김억 번역관의 변모는 공교롭게도 그가 한시 번역에 착수하게 된 시기와 맞물린다. 그가 한시를 번역하기 시작한 1925년을 전후로 원문의 의미를 충실히 재현하는 것보다는 번역을 창작으로 보는 관점을 굳히게 되는 것이다. 그리고 이 과정에서 김억은 번역 텍스트를 읽게 될 수용자가 작품을 읽고 감동받을 수 있도록 수용자의 모국어를 통해 음악성을 살리는 방안을 모색한다. 한시를 번역할 때에도 이러한 태도가 반영되어 한시에 사용되는 다양한 운율적 장치

---

35 朱光潛, 『시론』, 정상홍 역(동문선, 1991), 284면.

를 번역 텍스트에 반영하려는 태도를 보이게 된다.

김억의 한시 번역은 한시의 창작이 중단되고 한시가 완전히 전통적인 장르로 고착한 이후에 이루어진 최초의 본격적인 작업이라고 할 수 있다. 애국계몽기에 한시는 잡지나 신문 등의 매체를 통해 꾸준히 작품 발표가 이어지지만 실제 창작은 막을 내리며, 신문학으로 접어들면서 한시는 사회문화적으로 문학적 창작의 범주에서 제외되었기 때문이다. 그 점에서 김억의 한시 번역은 『두시언해』 같은 조선시대에 이루어진 한시의 언해 작업과는 결정적인 차이점을 갖는다. 김억이 번역한 대부분의 한시는 여성 한시에 속한다. 특히 그가 집중적으로 번역한 이조 여성들의 한시는 『허난설헌집(許蘭雪軒集)』, 『매창집(梅窓集)』, 『죽서시집(竹西詩集)』 등 몇몇 작가들의 독립 문집 이외에 『대동시선(大東詩選)』, 『열조시집(列朝詩集)』 등 많은 시화나 야사 속에 실려 전해져 왔다. 여성 한시는 1920년대 이능화의 『조선여속고(朝鮮女俗考)』와 『조선해어화사(朝鮮解語花史)』에서 소개되지만, 본격적인 번역의 작업은 김억에 의해 이루어진다.

김억이 출판한 한시번역시집 가운데 『옥잠화』, 『금잔듸』, 『꽃다발』은 모두 여성 한시를 번역한 시집이다. 특히 『꽃다발』은 조선 여성 시인들의 한시 번역만으로 이루어진 시집이다. 김억은 1944년 4월에 출간된 이 시집의 서문에서 여류 시인들 가운데 사대부 여류 시인들은 "어째 그런지 일부러 감정을 눌러버리고 점잔은 체 꾸민 감"이 있다면, 소실과 기녀의 시에는 조금도 감정을 거짓되게 표현한 흔적이 없다는 점에서 소실이나 기녀들의 시가 훨씬 더 감동적이라고 밝히고 있다. 허난설헌 같은 예외가 있기는 하지만, 사대부 여성 시인들의 경우 거의 고전에서 용사(用事)나 전고(典故)를 가져다가 시를 짓거나, 대구 같은 작시법적 기술만을 얌전하게 시도한 경우가 많아 "정말로 자기의 성정(性情)을 그대로 여실하게 쏟아놓은 것"은 매우 드물기 때문이라는 이유를 덧붙이고 있다.

그렇다면 김억이 여성 한시 번역에 거의 집착적으로 매달린 이유는 무엇일까? 그 이전에 김억이 번역한 여성 한시 작가들의 면면을 간략히 살펴보자. 김억은 사회적으로는 홀대 받았을지언정 오히려 한시 창작처럼 개인의 취향을 펼치는 데 있어서는 한결 자유로웠던 기녀나 소실 신분의 여성 작가들의 한시를 우선적으로 그리고 집중적으로 번역했다. 황진이나 이매창 같은 기녀나 이옥봉이나 박죽서 같은 소실 출신 작가들이 이에 해당한다. 유교적 덕목에 의지한 규범적 시선에서 자유로울 수 없었던 사대부 여성들의 경우는 김억의 주의를 끌지 못했다. 그렇지만 유교적 규범에 대항하여 자신의 내면세계를 솔직하게 표현한 허난설헌이나 몰락한 양반의 여성으로 자신의 신세를 노래한 김삼의당 같은 경우는 사대부 여성이면서도 김억이 관심을 갖고 번역한 작가에 속한다.

기녀나 소실 출신 여성의 한시뿐만 아니라, 허난설헌 같은 사대부 여성의 한시에도 매우 큰 관심을 기울인 것은 김억 한시 번역의 취향을 잘 알려준다. 특히 사대부 여성이면서도 개인적인 정서의 표출을 자제하지 않고 시에 한(恨)이나 원(怨)과 같은 감정적 표출을 두드러지게 표현한 허난설헌의 경우나 몰락한 양반의 쓸쓸함을 잘 드러낸 김삼의당의 경우는 그가 유교가 지배하는 규범적 삶과는 대립되는 개인적 서정의 세계에 관심을 기울였음을 알 수 있게 한다. 서영수합처럼 전형적인 사대부가 여성의 경우라도 유교적 규범이 표출된 시는 제외되고 가족과의 이별이나 고독 같은 정서가 드러난 시만을 번역의 대상으로 선택했다.

김억에게 훌륭한 한시란 '화장기'라는 수사적 허식을 벗어던진 솔직한 감정의 표출이며, 사회가 요구하는 '부덕(婦德)'이라는 규범적 여성상에서 벗어나 여성으로서의 개개인의 체험과 정서를 진솔하게 표현한 시라고 요약할 수 있다. 그가 번역한 한시는 여성 화자가 그리움, 이별의 슬픔, 버림받은 한 등을 그 주된 정서로 표출한 시이며, '규원시(閨怨詩)'는 그 대표적 부류에 속한다. 김억이 여성 한시 번역에 매달린 사실은 김억의 시학을 특징짓는 중요한 요소가 바로 여성주의라는 점을 다시 한 번 확인해준다. 여성주의 혹은 여성성은 상징주의 시부터 타고르 시를 거쳐 한시 번역에 이르기까지 김억의 번역 작업을 관통한 핵심어이면서, 그의 창작시에도 일관되게 나타나는 주제라는 점에서 이에 대한 해석과 평가는 김억 시학을 올바르게 이해하기 위한 핵심 과제 가운데 하나이다.

박성창(朴性昌)

서울대학교 국어국문학과 교수. 대표 논저로『글로컬 시대의 한국문학』,『비교문학의 도전』,『한국근현대문학의 프랑스 문학 수용』,『수사학』,「이태준과 김용준을 통해 살펴본 문학과 회화의 상호 작용」,「민족문학 – 세계문학론의 비판적 검토」등이 있다.

참고 문헌

● 기본 자료

김억(1987), 『안서 김억 전집』(한국문화사).

● 저서 및 논문

구인모(2004), 「김억의 격조시형론에 대하여」, 『한국문학연구』 29.

______(2008), 『한국근대시의 이상과 허상』(소명출판).

곽명숙(2008), 「김억의 '조선적 시형'에 대한 고찰」, 『인문 연구』 55.

김병철(1975), 『한국근대번역문학사연구』(을유문화사).

김영미(2004), 『안서 시의 텍스트 연구』(한국문화사).

김용직(1986), 「해외 시 수용의 본격화와 그 양상」, 『한국근대시사』 상(학연사).

______(2004), 「시인의 발자취와 공적, 김억론」, 『해파리의 노래』(범우사).

김윤식(1982), 『한국근대문학사상』(서문당).

김지영(1996), 『김억의 창작적 번역과 창작시 연구』(서울대학교 대학원 석사학위논문).

김학동(1981), 『한국근대시의 비교문학적 접근』(일조각).

노춘기(2005), 「안서와 소월의 한시 번역과 창작시의 율격」, 『한국시학연구』 13.

박성창(2009), 『비교문학의 도전』(민음사).

______(2011), 「베를렌느 시 번역을 통해 본 김억의 자유시 모색과 실천」, 『한국현
        대문학연구』 35.

박수천(1993), 「근체시의 율격과 번역」, 『한국한시연구』.

박슬기(2010), 「김억의 번역론, 조선적 운율의 정초가능성」, 『한국현대문학연구』 30.

박승희(2007), 「근대 초기 시의 '격조'와 '정형성' 연구」, 『우리말글』 39.

박송덕(2001), 「김억의 번역 한시에 나타난 미의식 연구」, 『인문연구』 65.

서진영(2009), 「한국근대시에 나타난 '격조론(格調論)'의 의미 연구 – 김억과 이병기
        를 중심으로」, 『한국현대문학연구』 29.

송욱(1963), 『시학평전』(일조각).

신두환(2003), 「김억의 『詩經』 번역에 대한 일고찰」, 『한국언어문화』 24.

오세영(1980), 『한국낭만주의 시 연구』(일지사).

이규호(1981), 「안서의 한시 번역 과정」, 『국어국문학』 86.

장철환(2010), 「김소월 시의 리듬 연구」(연세대학교 대학원 박사학위논문).

전미정(1996), 「안서의 시에 미친 프랑스 상징주의의 영향」, 『김안서 연구』(새문사).

조용훈(1996), 「근대시의 형성과 격조시론」, 『김안서 연구』(새문사).

조재룡(2004), 「한국근대시와 프랑스 상징주의 시 사이의 상호 교류 연구」, 『불어불
        문학연구』 60.

조창환(1992), 「1920년대 시론의 전개」, 『한국현대시론사』(모음사).

한계전(1983), 『한국현대시론 연구』(일지사).

한수영(2008), 『운율의 탄생』(아카넷).

홍순석 편(1988), 『김억 한시 역선』(한국문화사).

XI. 김재철의 『조선연극사』 재론

1. 김재철의 부재와 국어국문학과의 현실

필자는 서울대학교 국어국문학과에서 1992년 8월 박사학위를 취득하였다. 필자 이전에 수많은 선학이 박사학위를 취득하였지만, 한국현대극을 연구 과제로 하여 박사학위를 취득한 것은 필자가 처음이었다. 한국현대희곡을 대상으로 석사학위를 취득한 것은 서울대학교 국어국문학과 대학원에서 다섯 번째였지만, 필자 이전의 네 학자는 석사학위로 만족하거나 학교를 옮겨 박사학위를 취득할 수밖에 없었다. 필자가 한국현대극을 공부할 당시, 희곡을 연구하는 것은 '3류' 연구자들이나 하는 짓으로 간주되고 있어서, 희곡으로 학위를 받아봐야 먹고살기 힘들 것이라며 많은 동료와 선배가 '진심으로' 필자를 걱정해주었다. 반면 대부분의 교수는 그런 학문을 하고자 하는 필자에게 아예 일말의 관심조차도 보여주지 않았다.

당시만 해도 국어국문학과에서 학문을 하려면 모름지기 국어학을 해야 하며, 조금 관심이 다를 경우에 한해서 고전문학(고전소설이나 고전시가)을 하는 것이 정도(正道)이자 취입의 지름길이었다. 그렇지 않은 조금 '삐딱한' 반항아들(당시의 한 현대문학 교수의 말에 의하면 '서자'들이나 '가출아'들)이 관심 갖는 분야가 현대문학이었다. 문학 창작을 하려면 '○○○ 예술대학'에나 가라는 호통에 학생들이 벌벌 떨던 때였으니 지금과는 하늘과 땅 차이의 환경이었다. 그러나 이는 한편으로는 국어국문학과를 구성하고 있던 일부 현대문학 교수들의 '고뇌의 충고'이기

"

도 하였으니, 1970년대까지만 해도 여전히 한국의 현대문학은 학문의 대상으로서 완전히 자리매김하지 못하였기 때문이다.

1946년 10월 서울대학교의 개교와 더불어 경성제국대학 시절 법문학부의 문학과에 설치되었던 조선어학조선문학전공, 외국어학외국문학전공, 지나어학지나문학전공을 계승한 국어국문학과, 영어영문학과, 중어중문학과에 독어독문학과와 불어불문학과가 추가되어 문리과 대학의 어문학전공학과들이 설립되었다. 경성제국대학 시절 일어일문학과였던 '국어국문학과'가 이제 '한국어한국문학'전공의 새로운 국어국문학과로 출발하는 셈이었다. 새 출발하는 서울대학교 국어국문학과의 초대 교수로 조윤제(1회, 국문학), 이희승(2회, 국어학), 이숭녕(4회, 국어학), 방종현(5회, 국어학) 등의 경성제국대학의 '조선어학조선문학전공' 출신의 교수들이 부임하였고, 이는 학문의 질을 위해 '불가피한 최선책'이 아닐 수 없었다. 이들뿐 아니라 김형규(7회, 국어학), 구자균(7회, 국문학), 김사엽(9회, 국문학) 등도 해방 후 국어국문학의 성립을 위해서 대학의 국어국문학 교수로 당연히 선택되었다.

해방 직후만 해도 서울대학교 국어국문학과뿐 아니라 많은 대학의 국어국문학과에는 국문학 전공 교수보다 국어학 교수가 더 많이 부임해 있었다. 이는 대다수 학자의 대학원 전공 선택에 따라 결정되는 '자연스러운' 현상이었다. 서울대학교 국어국문학과의 경우 정병욱(1955년), 전광용(1955년) 교수가 부임하면서 국문학 교수의 비율이 증가하게 되었고, 이후 1963년에 장덕순(고전문학), 1966년에 정한모(현대문학) 교수가 부임하면서 국어학과 국문학 비율이 비로소 일대일에 근접하게 되었다.

이렇게 해방 직후 국어학 중심의 국어국문학 편제는 부득이한 선택이었다고 할 수 있다. 나라를 다시 찾았으니 빼앗긴 우리말을 찾는 것이 급선무이고 이를 위해서 옛글들에 대한 조사와 연구, 정전(正典)의 확립이 시급하였던 것이다. 그러나 이 과정에서 아쉽게도 그 이전 경성제국대학에서 소외되었던 '조선문학' 분야의 전공은 쉽게 인정받기 어려웠다.[1] 특히 문자로 기록되지 않은 분야인 구비문학, 판소리, 연극 등의 민중예술은 오늘날까지도 국어국문학의 호적에 '적자(嫡子)'로 기록되지 않는다. 시대가 변해도 한번 소외된 분야의 복권은 거의 불가능하여 여전히 전국 국어국문학과에 재직하고 있는, 희곡 또는 연극 전공(고전극, 현대극을 아울러)의 전임 교수는 극소수에 지나지 않는다. 이러한 현상의 주된 원인에 경성제국대학 '조선어학조선문학전공'의 그림자가 놓여 있고, 그 핵심에 김재철(金在喆, 1907~1933)의 요절과 부재가 자리한다.

2. 김재철의 『조선연극사』에 대한 오해 또는 편견

김재철은 1933년 1월 27일 27세로 사망하였다. 이에 따라 그의 삶과 행적은 곧 잊혀졌다. 비록 1934년 사망 1주기를 맞아 추도식을 거행하며 추모 문집[2]을 간행하기도 하였지만, 갓 학생 신분을 면한 젊은 학도의 연구 성과를 계승하고자 하는 학문적 시도는 쉽게 이루어질 수 있는 성질의 것이 아니었다. 다행히도 1931년 『동아일보』 지면에 그의 저술인 '조선연극사'가 연재되고 다시 보완되어 1933년 '조선어문학회'의 총서의 하나로 출판되어 오늘날까지 전해짐[3]은 한국연극학계의 매우 소

---

1 이는 경성제국대학 시절에 '사학과' 내에 '서양사학전공'이 실립되지 않아서 전공자를 배출하지 못하였으며, 이에 따라 1962년이 되어서야 서울대학교 사학과에 '서양사학전공'이 설치된 점에서도 알 수 있다. 이에 대해서는 박광현, 「경성제국대학 안의 '동양사학' ─ 학문 제도, 문화사적 측면에서」, 『한국사상과문화』 31(한국사상문화학회, 2005), 292면 참조.

2 김재철의 仲弟가 편집하여 『蘆汀記念帖』(한성도서주식회사, 1938)이 간행되었으며, 이 문집은 2003년 공주박물관의 심우성에 의해 『조선연극사』(동문선, 2003)의 부록으로 영인·발간되었다.

3 이 저서는 1933년 '청진서적'에서 출판된 후, 1939년 학예사에서 '조선문고'로 재간

중한 자산이 아닐 수 없다.

최근 한동안 잊혀졌던 김재철과 그의 『조선연극사』에 대한 연구 성과들이 발표되면서 그의 작업에 대한 재평가가 시도되고 있다. 이 중 주목할 만한 것으로는 우선 그의 삶과 『조선연극사』에 대한 해설적인 평가를 시도한 서연호의 논문[4]을 위시하여 『조선연극사』의 체제와 내용을 당대의 연구사적 관점에서 자리매김한 정형호[5]의 논문이 있다. 이 두 논문을 통하여 김재철의 삶과 행적, 『조선연극사』의 의의와 문제점 등에 대하여 객관적인 시각을 확보할 수 있게 되었다. 박진태[6]는 연극사 서술의 관점에서 김재철의 『조선연극사』의 선구적인 의의를 인정하면서도 전통극 서술에서 드러난 많은 문제점을 지적하는 비판적 관점을 보여준 바 있다.

이러한 논의들이 상대적으로 전통극 연구의 관점에서 『조선연극사』의 선구성과 문제점을 지적하고 있는 반면, 한국현대문학 연구의 시각에서 김재철의 학문적 태도를 근대극론 또는 경성제국대학의 성격과 연결 지어 분석적으로 평가하려는 시도도 최근 이루어지고 있다. 먼저 김윤정[7]은 김재철이 근대연극의 주요소인 '희곡·배우·무대·관객'에 대한 인식을 바탕으로 전통연희의 장르성을 판단하고 있다고 평가한다. 이는 서구적 관점의 근대극의 개념을 내면화한 후 전통극사를 서술하고 있다는 관점으로 김재철의 연극사에 대한 기존의 비판적 관점을 재

되었고, 1970년 심우성에 의해 '민속극회 남사당'에서 1백 부의 복사본으로 발간된 바 있으며, 다시 1974년 '민학사'에 의해 3백 부가 복간되었다. 이후 2003년 심우성이 『노정기념첩』의 영인본을 부록으로 한 활자본을 새로 발간하였다. 이 과정에 대해서는 심우성이 재발간한 『조선연극사』(동문선, 2003)의 발간사를 참조할 것.

 4 서연호, 「演劇史 탐구의 선각자 金在喆」, 『한림일본학연구』 7(한림대학교 일본학연구소, 2002).

 5 정형호, 「金在喆의 『조선연극사』 연구」, 『한국민속학』 28(한국민속학회, 1996).

 6 박진태, 「김재철의 『조선연극사』에 대한 연구사적 검토」, 『공연문화연구』 9(한국공연문화학회, 2004).

 7 김윤정, 「김재철의 『조선연극사』를 통해 본 근대적 '연극' 개념의 학문적 정립 과정 고찰」, 『한국극예술연구』 18(한국극예술학회, 2003).

고하게 만든다. 윤진현[8]은 이전까지의 김재철 연구 성과를 비판적으로 수용하면서 정밀한 텍스트의 독해를 통해서 김재철의 생애를 복원하는 한편, 김재철이 실증주의를 넘어선 민족의 문화 주체의 관점에서 『조선연극사』를 서술하였으며, 그 연장선상에서 프롤레타리아 연극에 대하여 적극적으로 관심을 두고 있었다고 평가하고 있다. 이상우[9]는 김재철과 경성제국대학의 학문적 방법론의 관련성에 초점을 맞추어, 제국대학의 오리엔탈리즘에 함몰되지 않으려는 식민지 국문학자로서의 김재철의 학문적 모색에 주목한다.

이상에서 보듯이 대체적으로 전통극 연구자의 관점은 김재철의 『조선연극사』의 주요 내용인 제1편 가면극과 제2편 인형극의 서술 방법에 대한 비판적 인식을 드러내는 반면, 현대극 연구자들은 전통극 서술의 정합성 여부보다는 근대극의 개념, 또는 제국대학의 정치성에 대한 비판적 인식을 토대로 『조선연극사』의 근대성을 정립하려 시도한다. 이러한 관점들은 공통적으로 『조선연극사』의 한계성을 인정하면서도 그럼에도 불구하고 상대적으로 선구성을 강조하고자 하는, 김재철에 대한 연극 연구자의 애정을 은연중 드러내 보인다. 그러나 아쉽게도 이 연구들의 가장 큰 문제점은 공통적으로 아주 단순한 사실로부터 기인한다. 그것은 김재철이 『동아일보』에 연재한 「조선연극사」의 논문으로 졸업하였으며, 그 제목이 '조선연극사'[10]인 만큼 김재철이 처음부터 연극사를 서술하고자 하였다고 너무 쉽게 단정하고 있다는 점이다. 김재철의 「조선연극사」는 과연 처음부터 연극사로 서술된 '연극사'인가? 본고의 논의는 이에 대한 해답을 모색하는 깃으로부터 출발한다.

---

8 윤진현, 「김재철과 『조선연극사』」, 『민족문학사연구』 32(민족문학사연구소, 2006).

9 이상우, 「한 식민지 국문학자가 마주친 '동양 연구'의 길 - 김재철론」, 『인문연구』 52(영남대학교 인문과학연구소, 2007).

10 본고에서 '조선연극사'란 개념으로, 『동아일보』에 발표된 논문일 때는 「조선연극사」로, 단행본을 가리킬 때는 『조선연극사』로 표기한다.

3. 『조선연극사』의 성격

1) 『조선연극사』의 정체성

경성제국대학 예과는 1924년, 본과는 1926년 설립된다. 본과 내에는 법문학부와 의학부가 설치되고 법문학부 내에는 전공학과로 법학과, 문학과, 철학과, 사학과 등이 설치된다. 문학과 내에는 '국어학국문학전공'(이때 국어는 일본어를 가리킨다), '외국어학외국문학전공'(실제로는 영어영문학전공이다), '지나어학지나문학전공', '조선어학조선문학전공'의 세부전공이 설치되었다. 김재철은 이 법문학부 문학과 조선어학조선문학전공 3회 졸업생으로 1931년 3월 31일 졸업한다. 이때 제출한 졸업논문은 「조선고대연극개관(朝鮮古代演劇槪觀)」으로 논문 합격일은 1931년 3월 9일이다.[11]

이러한 사실만으로도 적어도 김재철은 졸업논문으로 '조선연극사'가 아닌 '조선고대연극'에 대한 '개괄적인' 논문을 제출한 것을 알 수 있다. 그렇다면 『동아일보』에 실려 있는 「조선연극사」는 혹시 제출된 논문을 수정·보완하여 '연극사'로 확대한 것은 아닐까?

그 논문의 대부분은 이미 재학 중에 기초한 바로 졸업 직후 <u>소화 6년 4월 15일로부터 6월 28일까지</u>에 『동아일보』 지상에 발표하야 斯界의 주목을 끌었었다. 그 후에 군은 이에 추고를 거듭하는 동시에 또 補足도 하야 일편을 완성하였으니 이것이 군의 歿後 지난 5월에 조선어문학회에서 단행본으로 출판한 「조선연극사」다.[12]

---

11 조선어학조선문학전공 동기인 李在郁의 졸업논문은 「嶺南民謠ノ硏究」였으며, 지나어학지나문학전공인 동기생 김태준의 졸업논문은 「盛明雜劇硏究」로 이들 모두 졸업논문 합격일은 동일한 1931년 3월 9일이다. 이 근거는 류준필, 「형성기 국문학 연구의 전개 양상과 특성 – 趙潤濟·金台俊·李秉岐를 중심으로」(서울대학교 대학원 박사학위논문, 1998)의 부록에 실려 있는 학적부를 참조한 것이다. 김재철의 경우는 필자가 직접 다시 이 자료의 정합성 여부를 확인하였다.

성재학인은 김재철의 졸업논문이 1931년 4월 15일부터 6월 28일까지
『동아일보』 지상에 발표된 바 있다고 회고하고 있다.[13] 하지만 실제로
「조선연극사」가 연재된 것은 6월 28일까지가 아니라 7월 17일까지이다.
그러나 공교롭게도 6월 28일까지 연재된 부분은 32회의 '제2편 인형극'의
마지막 부분으로, 그다음 33회부터는 7월 1일을 시작으로 '제3편 구극과
신극'이 연재된다. 이러한 점에서 김재철의 졸업논문과 「조선연극사」의
상이점이 발견될 가능성이 높아진다.[14] 물론 논문을 수정해서 「조선연
극사」로 확대하였을 수 있지만, 제출된 논문 초고에 '구극과 신극' 부분
만을 추가해서 '연극사'의 이름을 붙였을 가능성이 더 크다.

　『동아일보』 연재본과 단행본의 내용의 차이점도 관심을 끈다. 단순
히 1931년과 1933년의 시간 차에서 비롯되는 '신극'의 현장성을 강조한
것뿐일까? 가장 먼저 주목을 끄는 차이점은 단행본에는 실려 있지 않은
『동아일보』 연재 첫날의 '머리말'이다. 이 머리말은 매우 현실적인 내용
을 담고 있다. 상식적으로 보아도 논문의 서론이라고는 볼 수 없는 저
널리즘적인 성격을 띠고 있다. 그 일부를 보기로 하자.

　나는 우선 여기서 매몰된 조선연극을 찾아내고 그 계통을 구하여 보고
그 내용을 간단히 설명하기로 하겠다. 물론 만전을 기하는 것은 천만부당
이다. 다만 향토예술로서 상당한 가치가 있는 조선고대연극을 영원히 파묻
어두고 싶지 않은 마음에서 출발하여 여러 문헌에 조금씩 산재하여 있는
기사를 이용하여서 근린 제국의 고대극과의 관계 유무를 알고 싶었던 탓에

---

12 誠齋學人, 「故 蘆汀 金在喆君의 生涯와 그 遺著」, 『蘆汀記念帖』, 심우성 편(영인본 :
한성도서주식회사, 1938), 9면. 밑줄은 인용자, 이하 동일.

13 이러한 진술은 심우성본 『조선연극사』(동문선, 2003)의 발간사에서도 반복된다. 하
지만 심우성이 『동아일보』 연재본을 확인한 후에 서술한 것인지는 알 수 없다.

14 김재철의 의도인지는 알 수 없지만 연재본 「조선연극사」에서는 제3편을 연재하면
서 제1, 2편과는 달리 '節' 대신 숫자 1, 2, 3으로 절 제목을 대신하고 있다. 아무튼 이
점에서도 졸업논문과 추가 원고의 차별성이 발견된다.

이 소고를 기초하기 시작하였으며 <u>이왕 고대극을 써놓았으니 거기다가 구극 신극까지 집어넣게 되었다.</u> 발표까지는 고려 중이었더니[15] 처음부터 많은 원조를 하여준 天臺山人[16]의 누차 권고도 있었고 또 독자 제씨의 많은 편달을 받고 싶은 생각이 있어서 자신 없는 작품을 내놓게 되었다.[17]

왜 이러한 글을 쓰게 되었는가를 밝히는 내용이다. 일반적으로 논문의 서론이라면 논문을 쓰는 목적과 함께 연구 대상, 연구 방법 등을 기술하는 것이 학술적 태도이다. 물론 김재철의 제국대학 수준에서 그러한 논문 지도를 받지 못하였을 수도 있다. 김재철 당대 수준에서 조선문학을 연구 대상으로 한 논문을 학술적으로 저술할 수 있는 실력을 갖춘 연구자는 경성제국대학 안팎을 통해서도 쉽게 발견할 수 없다. 이는 김재철의 지도교수 다카하시 도오루(高橋亨)의 경우도 마찬가지이다.[18]

따라서 단행본에는 실려 있지 않은 위의 머리말은 『동아일보』 연재를 위한 안내문이라고 할 수 있다. 『동아일보』에 연재된 '결론'이 단행본에 실려 있는 반면, 위 머리말은 수록되어 있지 않은 것은 원래부터 「조선고대연극개관」의 졸업논문에는 머리말이 기술되지 않았기 때문일 것이다. 그 점은 위 인용문의 강조 부분에서 잘 알 수 있다. '이왕 고대극을 써놓은 것에 구극과 신극을 추가'한 것이 제3편의 내용인 것이다. 이는 다시 말하면 김재철이 졸업논문을 작성할 때부터 논문을 확대하여 '조선연극사'를 계획한 것인가, 아니면 졸업논문을 완성한 후 '의욕이 넘쳐' 범위를 확장하고는 이름만 '조선연극사'로 붙인 것인가의 문제와 연관된다.

---

15 문맥으로 보아 '발표까지는 확정하지 않았으나'의 의미로 읽힌다.

16 '김태준(天台山人)'을 가리킨다.

17 『동아일보』 1931. 4. 15. 이후 『동아일보』의 내용을 인용할 때는 현대 표기법에 준하며 인용문 뒤에 날짜만 표시한다.

18 이 점에 대해서는 4장에서 상론하기로 한다.

연재본 마지막 회인 '결론'의 끝에 김재철은 다음과 같은 문구를 부기(附記)하고 있다.

一九三一年 一月 二日

미비한 내용을 가지고 너무 지루하게 하여서 대단히 미안합니다. 사실 군데군데 억측 독단이 많았으며 더구나 五月 八日 附에 東國歲時記를 인용한 熊川谷 云云의 기사와 이에 관련된 數行은 필자의 잘못이었으니 여기서 삭제하고 아울러 후일의 연구를 위하여 독자 제씨의 많은 교시를 바랍니다. _筆者 1931. 7. 17.

연재 후 자신의 오류를 발견한 김재철은 단행본 출판에서는 이 5월 8일 자의 내용을 대폭 수정하여 싣고 있다. 『동국세시기(東國歲時記)』는 『동국여지승람(東國輿地勝覽)』으로 출전이 수정될 뿐 아니라 그 해석의 오류 부분을 버리고 이후의 서술을 포함하여 완전히 다른 내용으로 대폭 교체한다. 안타깝게도 이러한 대폭적인 수정은 제1편과 2편에서는 매우 흔하게 발견된다.[19] 『동아일보』 연재본의 내용이 위의 부기대로 1931년 1월 2일에 탈고되었다면, 김재철은 졸업논문을 제출한 후『동아일보』에 투고할 때까지도 자신의 오류를 몰랐다는 것이 된다.[20] 아마 연재 후에 누군가에 의해서 오류가 제기되었고 검토한 결과 전반적인 수정의 필요성을 깨달았을 것이다.

머리말의 내용과 성재학인의 회고, 그리고 위의 탈고 일자를 감안하면 김재철은 자신의 졸업논문 「조선고대연극개관」을 1931년 1월 2일에 완성한 후, 관심을 구극과 신극으로 확대하여, 자료를 모으고 서술 체계를

---

19 자세한 내용은 본고의 3. 2)의 논의를 참조할 것.

20 논문 심사 과정에서도 몰랐다는 것은 김재철 외에 이 분야의 전공자가 없었다는 것을 의미하는 방증이며, 한편으로는 그만큼 김재철의 선구성이 돋보이는 점이라고 할 수 있다.

구상하였을 것이라고 추정해볼 수 있다. 다음은 제3편 2장의 '3. 그 후의 신극 속(續)'에서 신흥극장에 대한 서술의 마지막 부분이다.

> 이와 같은 진용으로 剪燈新話 중의 일편인 「牧丹燈記」(5막)를 이기영씨가 번안하여 滿都의 기대와 아울리 11월 11일 밤부터 단성사 무대에서 제1회 공연을 하였다. <u>그러나 그다지 성공하지 못한 것은 유감이지마는 실패는 성공의 기초라니 그러면 제2회 공연을 기다릴 수밖에 없다.</u>
>
> 附記
>
> 대구에서 街頭劇場이 조직되고 <u>개성에서 大衆劇場이 최근에 조직되어 장차 純全한 푸로극을 하리라는 소문이 들리니 그것도 금후 주목할 바이다.</u> _1931. 7. 12.

이 서술에서는 두 가지 사항이 주목된다. 우선 처음의 강조 부분에서는 극예술연구회에 대한 유보적이고 객관적인 기술(記述)에 비할 때[21] 상대적으로 홍해성이 주도한 신흥극장에 대한 강한 애착을 발견할 수 있다. 이러한 점은 아무리 동시대적인 사건을 다룬다고 하더라도 연극사에서 서술되어서는 안 될 표현이다. 이 점에서 「조선연극사」의 제3편 역시 연극사의 방법론을 고민한 후 서술된 부분이라고는 볼 수 없다. 다만 김재철 자신이 '신극' 부분을 탈고한 시점까지의 공연 현실에 대하여 가능한 객관적인 자료를 바탕으로 정리·서술하고 있을 뿐이다.[22]

다음으로 특별히 '부기'의 형식으로 자신의 프롤레타리아 연극에 대한 주관적 관심을 드러낸 두 번째의 강조 문장을 통해서는, 단행본에서 추가로 서술되는, 프롤레타리아 연극의 상세한 정보들에 대한 김재철의 예비

---

21 이로 인해 1933년 단행본 출간 이후 서항석으로부터 유감의 서평이 제시된다. 자세한 내용은 5장에서 후술한다.

22 본고의 관점에서는 김재철의 신극에 대한 서술 태도가 전통극에 대한 서술보다 더 중요하다. 이에 대해서는 5장에서 후술한다.

적 작업을 짐작할 수 있다. 뿐만 아니라 1930년 11월 조직된 대구의 가두극장(街頭劇場)[23]과 1931년 3월 조직된 개성의 대중극장(大衆劇場)[24]이 언급된 반면, 1931년 4월 조직된 해주의 연극공장(演劇工場)[25]과 원산의 조선연극공장(朝鮮演劇工場)[26]이 언급되지 않고 있음을 볼 때,『동아일보』에 실린 1931년 7월 12일의 시점보다 훨씬 이전인, 늦어도 3월 말과 4월 초 사이의 어느 날 신극에 관한 원고가 탈고되었음을 짐작할 수 있다.

김재철은 1931년 1월 2일 졸업논문을 탈고하였다. 아마 졸업논문 제출 마감일이 1월 초 언제쯤이었을 것이고, 심사에 통과되어 서류상으로 합격이 확정된 날짜가 3월 9일이었을 것이다.[27] 1930년대 당시, 원고를 필사해놓지 않고서는 복사본을 만들 수 없음을 상기한다면, 논문을 제출한 후 그 원고를 돌려받기 전에 논문의 내용을 재검토한다는 것은 물리적으로 불가능하였을 것이다. 5월 8일 자 발표 내용의 오류를 그 전에 발견하지 못한 것은 이렇듯 원고 검토의 시간이 절대적으로 부족하였기 때문일 것이다. 이 점에서 김재철은 졸업논문을 제출한 이후, 이와는 별도로 구극과 신극에 대하여 서술하기 시작하였을 것이며, 그 서술이 마무리되어 신문사에 원고가 제출된 때가 아마도 1931년 3월의 어느 날이었을 것으로 추정할 수 있다.[28]

---

23 『조선일보』 1930. 12. 3.

24 『동아일보』 1931. 3. 8. 김재철은 이후 자신의 논문인 「조선 프롤레타리아 연극의 前兆」(『신흥』 6(1931. 12.)]에서 "개성의 대중극장은 금년 3월에 민병휘 외 數氏가 조직한 푸로레타리아 극단이며"라고 서술하고 있으며, 또 연극공장에 대해서는 "해주 연극공장은 今春에 조직된 극장이며"라고 서술하고 있다. 이러한 점에서 위의 연재본에 해주 연극공장이 언급되지 않았다는 사실은 위 원고의 마무리 시점이 1931년 4월 이전이었음을 짐작하게 해준다.

25 『동아일보』 1931. 4. 7.; 1931. 4. 18.

26 『동아일보』 1931. 4. 30.; 1931. 7. 5.

27 이는 김재철뿐 아니라 동기생인 심대준, 이재욱의 졸업논문 합격 일사가 모두 동일한 1931년 3월 9일임을 보아 추정할 수 있다.

28 41회에 이르는 방대한 분량의 연재물을 신문에 게재하기로 결정하기 위해서는 적어도 일주일 이상의 검토와 준비 기간이 필요할 것이라는 상식선에서 생각해보아도 이 원고가 4월 이후에 탈고되었을 것이라고 보기는 어렵다.

「조선연극사」는 졸업논문의 원고가 『동아일보』 지상에 연재되는 도중에 제3편의 내용이 추가로 서술된 것이 아니다. 「조선연극사」는 김재철 자신이 1931년 1월에 탈고한 「조선고대연극개관」에 3월 말경에 탈고한 제3편 '구극과 신극'의 내용을 추가한 저술이라고 할 수 있다. 따라서 신극에 대한 서술 태도를 토대로 제1편과 2편의 내용을 소급하여 평가하거나 연극사의 서술 체계 등을 문제 삼는 것은 『조선연극사』에 대한 핵심적인 이해가 될 수 없다. 이러한 점에서 「조선연극사」의 제3편 '구극과 신극'의 서술 태도는 오히려 김재철의 「조선고대연극개관」의 서술의 결과적인 관점에서 이해할 필요가 있다.

2) 연재본 「조선연극사」와 단행본 『조선연극사』의 편차

『동아일보』 연재본 「조선연극사」가 1933년 『조선연극사』[29]의 단행본으로 출간되는 과정에서 수정된 내용은 다음과 같다.

『동아일보』 연재본	조선어문학총서 단행본	수정된 내용
朝鮮演劇史 三國以前으로부터 現代까지	朝鮮演劇史	부제 생략
머리말		생략
第一編 假面劇	第一編 假面劇	
第一章 三國以前의 假面劇	第一章 三國以前의 假面劇	
第二章 新羅의 假面劇	第二章 新羅의 假面劇	
第一節 劍舞	第一節 劍舞	내용 보완[30]
第二節 五技	第二節 五技	부분 보완[31]
第三節 處容舞	第三節 處容舞	대폭 수정 보완[32]
第四節 無导舞	第四節 無导舞	부분 추가[33]
第三章 高麗李朝의 假面劇	第三章 高麗李朝의 假面劇	

---

29 본고에서는 1974년에 재간행된 학민사본을 근거로 한다. 앞으로 이 책의 내용을 인용할 때는 출전 없이 면수만 표시하도록 한다.

『동아일보』 연재본	조선어문학총서 단행본	수정된 내용
第一節 儺禮	第一節 儺禮	부분 수정[34]
第二節 山臺都監 놀이	第二節 山臺都監劇	
第四章 朝鮮 假面劇의 系統	第四章 內容으로 본 山臺劇	순서 조정[35]
第五章 山臺 假面劇의 構造	第一節 巫堂	
第六章 內容으로 본 山臺劇	第二節 山臺劇에 나타난 破戒僧과 兩班	
第一節 巫堂	第三節 俳優의 生活狀態	내용 보완[36]
第二節 山臺劇에 나타난 破戒僧과 兩班	第五章 山臺劇의 舞臺構造	내용 추가[37]
第七章 俳優와 觀衆	第六章 山臺劇 假面의 構造	장 제목 수정[38]
第一節 俳優의 生活狀態	第七章 朝鮮假面劇의 系統	수정 보완[39]
第二節 觀衆		완전 삭제[40]
第二編 人形劇	第二編 人形劇	
第一章 朝鮮人形劇槪觀	第一章 人形劇의 語義와 發生	재편집[41]
第一節 古代의 人形劇	第二章 朝鮮人形劇 槪觀	
第二節 꼭두각시(朴僉知劇)	第一節 古代의 人形劇	대폭 수정[42]
第三節 忘釋중 놀이	第二節 꼭두각시劇	부분 수정과 부연[43]
第二章 朝鮮人形劇의 系統	第三節 만석중 놀이	대폭 수정[44]
第三章 內容으로 본 人形劇	第三章 內容으로 본 人形劇	
第一節 꼭두각시劇 內容에 對하야	第一節 꼭두각시劇 內容에 對하야	
第二節 人形劇에 미친 佛敎影響	第二節 人形劇에 미친 佛敎影響	
第三節 人形劇에 나타난 兩班	第三節 兩班	
第四節 人形劇에 나타난 種種相	第四節 妻妾	
	第四章 朝鮮人形劇의 系統	편집[45]
第三編 舊劇과 新劇	第三編 舊劇과 新劇	
第一章 舊劇	第一章 舊劇	
1. 廣大	第一節 廣大	
2. 舊劇의 擡頭	第二節 舊劇의 擡頭	
3. 舊劇의 發達	第三節 舊劇의 發達	

『동아일보』 연재본	조선어문학총서 단행본	수정된 내용
4. 舊劇의 舞臺表現	第四節 舊劇의 舞臺表現	
第二章 新劇	第二章 新劇	
1. 新劇의 草創期	第一節 新劇의 草創期	마지막 헌사 생략[46]
2. 土月會	第二節 土月會	추가 설명[47]
3. 그 後의 新劇	第三節 그 後의 新劇	
4. 歌劇과 寸劇	第四節 歌劇과 寸劇	
	第五節 各地에 일어나는 푸로 演劇	
結論	結論	
	(附錄) 朝鮮人形劇 「꼭두각시劇 脚本」	

---

30 東京雜記의 官昌條와 黃昌의 記事를 근거로 黃昌에 대하여 부연 설명하였다.

31 五技와 관련된 漢詩를 한글로 번역하여 추가하였다.

32 손진태의 주장을 비판한 내용을 삭제하고 小倉進平의 향가론을 적극 수용한 후 처용무의 연행 과정을 부연 설명하였다.

33 "그리고 前述한 破閑集에 至於田翁亦效之以爲戲라 한 것을 보아 無㝵舞가 一般 民間에 廣布되어 자주 演出된 것을 想像할 수 있다"의 마지막 문장을 추가하였다.

34 나례가 중국의 영향을 받은 것처럼 서술된 부분을 생략하였다.

35 第六章 '內容으로 본 山臺劇'을 4장에 옮기고 1과장부터 12과장까지 각 과장의 설명을 보완하였다.

36 사당패의 '사당'의 어원과 단체 활동에 대해 보완하였다.

37 무대를 도면화하면서 무대 구조와 공연 방식에 대해서 새로 추가하였다.

38 5장의 장 제목 '산대가면극의 구조'를 '산대극 가면의 구조'로 바로잡았다. 내용은 별 차이 없다.

39 근거 자료를 분명히 하면서 단정적인 문구를 부드럽게 다듬었다.

40 『동아일보』 연재본에서는 산대극의 관중이 극에 흥미를 못 느끼는 점을 비판적으로 서술하였지만 단행본에서는 완전히 삭제하였다. 이 부분은 논문의 결론과 직결되는, 매우 중요한 언급이지만 '연극사'의 서술에는 사족이라고 판단한 것 같다. 이에 대해서는 본고의 3. 3)에서 다시 부연하기로 한다.

41 연재본의 第一章 第一節 '古代의 人形劇'의 내용을 편집하여 자리를 옮기고 제목을 신설하였다.

42 단행본의 第一章 '人形劇의 語義와 發生'을 신설함에 따라 편집을 새로 하고 연재 마지막에 밝힌 5월 8일 자의 오류를 대폭 수정하였다.

43 '꼭두각시'에서 '각시'의 의미와 관련된 서술을 보다 논리화하였으며, 꼭두각시극의 무대 구조, 인형 등에 대하여 부연 설명하였다.

44 A.연출 B.발생의 부분으로 나누어 서술되고 있는데, 이 중 '연출' 부분은 대동소이하나 '발생'의 부분은 새로운 자료를 근거로 하여 완전히 새로 설명하고 있다.

이상의 내용을 대조해볼 때, 전체적으로 가해진 가장 일반적인 수정
은 아래와 같이 단적으로 서술하였던 (가)의 표현이 더 절제된 추정적
표현의 (나)로 바뀐 점이라고 할 수 있다.

(가)

이 主祭하는 사람은 巫覡이었으며 춤을 추어서 신을 내려오게 하였었
다. 이와 같이 농사를 마치고 신을 즐겁게 하려는 간단한 무당의 의식에
서 점점 복잡한 가무가 발달하여 비로소 가무극이 발생하게 된다. (다시
말하면 가무는 무당에서부터 시작이 되며 幼稚한 극은 다시 그 가무에 연
원한 것인즉 무격은 극의 창시자라고 할 수 있다.)
馬韓의 天君, 濊의 舞天, 夫餘의 迎鼓와 같은 종교적 의식에 노래를 부
르고 춤을 출 때 혹은 가면(탈)을 쓰지 않았을까?_1931. 4. 16.

(나)

이 主祭하는 사람은 巫覡이었으며 춤을 추어서 신을 내려오게 하였었
다. 이와 같이 농사를 마치고 신을 즐겁게 하려는 간단한 무당의 의식에
서 점점 복잡한 가무가 발달하여 비로소 가무극이 발생하게 된 듯하다.
(……)
馬韓의 天君, 濊의 舞天, 夫餘의 迎鼓와 같은 종교적 의식에 노래를 부
르고 춤을 출 때 혹은 가면(탈)을 쓰지 않았을까?_단행본, 12면.

위 예에서 보듯 단행본에서는 단정적 어투가 지양되어 있으며, 불필

---

45 연재본의 第二章 '朝鮮人形劇의 系統'을 거의 그내로 옮겨왔다.

46 글 맨 마지막의 '尹白南氏에게 謝함'의 문구가 단행본에는 생략되어 있다. 이 글의
말미에서 김재철이 윤백남을 언급한 것은 중요한 의미를 지닌다. 이에 대해서는 3. 3)의
서술 참조.

47 1931년 후의 신극 활동을 추가하고 있다. 이후 신극에 대한 서술도 마찬가지이다.

요하다고 판단된 곳곳의 문장이 대체로 생략되었음을 확인할 수 있다. 위 표의 수정 사항에서 알 수 있듯이『조선연극사』의 제1편과 2편은 거의 모든 내용에 걸쳐 수정되었다고 할 수 있다. 작게는 문장 수준에서, 크게는 거의 전체 내용이 변개되거나 삭제·편집된 경우가 적지 않다. 그러나 제3편은 전혀 그렇지 않다. 제3편에서는 신극 단체들의 1931년 이후 활동을 추가 서술한 것 말고는 문장 하나도 수정하지 않았다.

앞 장에서 잠깐 살펴보았듯이 김재철은 수정하지 않은 졸업논문 그대로인 제1편과 2편, 그리고 1931년 3월경까지 추가 서술한 제3편 '구극과 신극'을『동아일보』에 '조선연극사'의 이름으로 게재한다. 그리고는 본격적인 수정 작업에 몰두한다. 아마도 5월 8일 자의 오류를 발견한 것이 직접적인 계기가 되었을 가능성이 크다. 그러나 수정 작업은 예상보다도 방대하였던 것으로 보인다. 그 수정은 크게 두 가지 방향에서 이루어졌다. 제1편과 2편은 관련 서지를 다시 검색하여 근거와 논지를 더욱 분명히 하는 것이고, 제3편에서는 1931년 이후 새로 활동하는 여러 신극 단체의 공연 내용을 확인하여 보충하는 일이었다. 3편 중에서도 토월회 이전까지의 서술은 문장 하나도 손대지 않은 상태에서 단행본으로 상재(上梓)된 것이 이를 잘 보여준다. 그러나 수정은 원하는 만큼 충분히 이루어지지는 못한 것 같다.[48]

군이 우리 文化田에 뿌리고 간 씨로는 각본이 있고 시가 있고 논문이 있다. 양으로 보아 반드시 많다 할 수 없으나 군의 짧은 일생에 비하야 결코 적다고는 할 수 없다. 더욱 군의 심혈을 쏟아 모아놓은 것으로「조선연극사」와 같은 것은 일찍이 東亞 紙上에 연재되어 이미 학계의 정평이

---

48 "조선의 가극과 촌극은 <u>수년 전</u>에 취성좌에서부터 시작하였으니"(1931. 7. 12.)에서 '수년 전'의 구절이 단행본에서는 '1927년(?)'으로 수정되어 있다. 이는 조금만 관심을 기울이면 확인할 수 있는 객관적 사실이나 '?'로 남아 있는 것을 보면 단행본 간행을 위한 수정 작업이 충분히 이루어지지 못하였음을 짐작할 수 있다.

있는 바이다. 군은 이것은(을) 단행본으로 上梓하려고 다소의 수정을 더하여 원고의 精書를 채 맞추기 전에 그만 쓰러지고 말았구나. 天은 군에 빌린 생명이 이다지도 인색하던가 우리는 군의 遺志를 이어 그 출판의 준비에 착수하였노라 군은 안심하고 瞑目할지어다.[49]

위와 같은 이희승(조선어학조선어문전공 2회)의 추도사를 고려해볼 때, 김재철은 병마와 싸우면서도 끊임없이 원고를 완성하기 위하여 많은 노력을 기울였다고 볼 수 있다.[50] 결국 여전히 미완인 상태의 '조선연극사'의 원고를 동문들이 수합하여 새롭게 펴낸 저서가 1933년 판 『조선연극사』인 것이다.

3) 김재철의 '연극 인식'과 『조선연극사』의 서술 태도

김재철이 연극에 대하여 어떤 관점과 태도를 지니고 있었는지 명시적으로 드러낸 자료는 쉽게 발견되지 않는다. 그의 짧은 생애 때문이기도 하지만, '조선연극사'에 대한 서술 외에는 독립적인 연극론을 남기지 않은 까닭이다. 다시 「조선연극사」와 『조선연극사』를 비교해보기로 하

---

49 李熙昇, 「故 蘆汀 金在喆君 會報 第六號를 追悼號로 내면서」, 『蘆汀記念帖』(한성도서주식회사, 1938), 15면.

50 김재철은 1932년 4월에 '평양사범학교' 敎諭로 부임한다. 경성제국대학 졸업생들의 취업이 주로 학교 당국의 주선에 의해 이루어지고 있었고, 일본인 우선의 취업 주선 정책에 따라 조선인 졸업생들은 쉽게 취직되기 힘들었다. 1931년 6월이 되도록 법문학부 분학과 조선인 졸업생 19명은, 자기 혼자의 운동으로 사립학교 교원에 채용된 한 사람을 제외하고는 단 한 명도 취직하지 못하고 있었다(정선이, 「일제강점기 경성제국대학 졸업생의 사회적 진출 양상과 특성」, 『교육비평』 23(교육비평사, 2007), 179면). 김재철의 경우, 집안의 경제적 상황으로 보아 취직이 급선무가 아니었을지 모르고, 어쩌면 「조선연극사」의 수정 · 보완 작업에 우선 매달리느라 취업에 관심이 없었을지도 모른다. 그의 막역지우인 김태준에 의하면(「故 蘆汀先生 小傳」, 『蘆汀記念帖』(한성도서주식회사, 1938), 4면) 김재철이 "직업이 없으면 그 불규칙한 생활에서 건강에 대한 장해를 초래할 걱정이 있다 해서" 졸업 이듬해에야 평양사범학교에 취직한 것을 알 수 있다. 이를 통해 김재철이 『조선연극사』를 준비하는 중에 이미 건강이 좋지 않았음을 짐작할 수 있다.

자.[51] 「조선연극사」에 게재된 '머리말'이 『조선연극사』에서는 제외된 반면, '결론'은 두 '조선연극사'에 공통적으로 실려 있다. 이는 '머리말'은 애초에 「조선고대연극개관」에 없던 내용인데 신문 독자를 위해서 추가한 것이며, '결론'은 「조선고대연극개관」의 내용이 「조선연극사」로 확대되면서 수정된 내용이라고 볼 수 있다.

머리말의 첫머리를 살펴보자.

조선문학의 어떠한 부문이 그렇지 않으리오마는 그중에도 연극은 더구나 말할 수 없이 연구 자료가 결핍하다. 수천 권의 문집을 아무리 뚫어본다 하더라도 거기에는 시, 문, 이학(理學) 등에 그칠 뿐이요 제법 조선연극을 말하는 기사는 별로 볼 수가 없다. 세계 어느 나라에 연극이 없는 곳이 있는가? 조선이라고 특수한 예외가 될 리가 만무하다. <u>조선의 완고한 학자들은 소설, 연극 등을 문제도 삼지 않았다.</u> 그들은 배우를 화랑이라고 하며 천한 계급으로 돌려버리고 광대가 연출하는 연극을 구경하는 것은 마치 큰 수치나 되는 것 같았던 모양이다. 그러니까 연극에 관한 문헌이 풍부할 리가 없다. 그러나 전연히 없는 것은 아니다. _1회, 1931. 4. 15.

위의 글은 논문의 '머리말'과는 어울리지 않게 '연극사' 또는 '조선연극사'의 서술 방법과는 전혀 관련이 없는 계몽적인 서술로 일관하고 있다. 게다가 조선의 '고대연극'이 어떤 관점에서 연구될 필요가 있는지, 그 의의는 무엇인지 등과 같은 언급은 위 '머리말'에 없다. 결국 위 머리말은 논문을 위한 머리말이 아니라 『동아일보』 독자를 위한, 논문 연재의 목적을 널리 알리기 위한 머리말인 것이다. 이러한 점에서도 이 머리말은 '조선연극사'와는 전혀 어울리지 않는다.

---

51 두 '조선연극사' 간의 내용적인 비교를 통한 상이점에 대한 세밀한 고찰은 본고의 주된 관심이 아니며, 전통극 분야에 문외한인 필자가 『조선연극사』가 무슨 근거로 수정이 이루어졌으며 그 정합성 여부가 어떤지도 판단하기 어렵다.

반면 '결론'은 다르다. 「조선연극사」의 '결론'은 『조선연극사』에도 실려 있다. 단행본에는 비록 검열로 90여 행이 누락[52]된 듯하지만, 졸업논문 「조선고대연극개관」에서 보여준 결론의 성격을 어느 정도는 지니고 있다. 아마 이 '결론'은 「조선고대연극개관」의 결론에 「조선연극사」의 결론을 위한 내용이 추가된 형식으로 보는 편이 자연스러울 것이다. 앞에서 「조선연극사」는 「조선고대연극개관」에 '구극과 신극'이 추가된 형식임을 밝혔다. 그렇다면 결론 역시 이 구성에 적합해야 할 것이다. 즉, 결론 역시 「조선연극사」의 구성에 어울리는 형식을 띠고 있어야 하나 아쉽게도 「조선연극사」의 결론은 그렇지 못하다.

결론의 내용은 아래와 같다.

산대극과 꼭두각시극은 전술한 바와 같이 유사점이 많으니

1. 무격의 예식에서 출발한 것(산대극은 종전 가면극을 집성한 것이니 이렇게 말할 수 있다).

2. 불교의 영향을 받은 것.

3. 중국(혹은 서역) 계통인 것.

4. 棚을 設하고 임시 흥행극장을 만든 것.

5. 연출 시간이 支離한 것.

6. 양반 파계승을 여지없이 모욕한 것.

7. 배우가 모두 광대이며 輾轉 流浪한 것.

8. 배우와 관중이 모두 평민적인 것.

9. 衰微의 시기를 같이 한 것.

등이다. 전 八條에 대해서 지금까지 말하여왔으니 끝으로 쇠미의 시기에

---

52 결론 말미에 '以下 九十三行 略'이라고 표기되어 있다. 「조선연극사」의 결론과 비교해보면 생략된 부분은 프롤레타리아 연극의 전망에 대한 내용임을 알 수 있다. 그러나 이 내용이 주로 1930년 9월의 '미나도좌' 공연에 대한 비판과 대안이라는 점을 고려한다면, 『조선연극사』를 위한 결론은 「조선연극사」의 결론과는 어떤 식으로든 달라졌을 것이다.

대해서 略言코자 한다.

　산대극과 꼭두각시극은 향토예술로서는 상당한 가치가 있지마는 무대
예술 상으로 보아 중대 결점이 있으니

　연출 시간이 支離한 것

　극장이 고정하지 않고 너무 支離하기 때문에 배우의 '세리프'가 관중의
귀에 잘 들어오지 않는 것 등이다. (……)_40회, 1931. 7. 15.

위에서 보듯 '제1편 가면극', '제2편 인형극'의 방대한 저술의 결론을
이 두 공연 양식의 공통점 아홉 가지를 요약하여 나열하는 것으로 끝맺
고 있다. 이는 한 논문의 결론으로 보기가 힘든, 매우 어색한 끝맺음이
다. 물론 위 내용이 김재철의 졸업논문에 실린 그대로의 결론인지 아닌
지는 단언하기 어렵다. 그러나 '신극'이 수용됨에 따라 전통극은 '자연도
태'의 운명에 처할 수밖에 없다는 김재철의 연극관이 위 내용에 이어 다
음과 같이 직접적으로 노출되고 있음을 보아 이 부분은 「조선연극사」에
가필되었을 가능성이 높다.

　歐洲의 신문명이 조선에 들어오자 <u>민족은 새것을 요구하고 연극은 간
단한 것을 좋아하게 되었으니 고정한 극장의 무대를 갖고 싶었다.</u> 이에
따라서 극장이 출현하여 신극을 연출하고 관람석도 종래의 마당에 멍석
을 깔고 무대를 쳐다보는 것과는 雲泥의 차가 있어 평면 혹은 凵字形이
되었고 관중은 벌써 배우의 세리프가 들리지 않는다고 한숨을 쉴 필요가
없어졌다. 금일에 와서는 무대장치도 혁신되어 오색등을 사용하고 레뷰
극을 연출하여 첨단을 걸어가고 있다. 에로, 그로, 넌센스로 흘러가는 이
때에 <u>케케묵은 탈바가지를 쓰고 혹은 끄나풀을 잡아 다니는 연극</u>이 자연
도태가 되는 것은 면치 못할 운명이다.

위에서 보듯, '결론'에서 전통극에 대한 개관 또는 전통극이 중심이

된 '조선연극사'의 집필자로서는 전혀 어울리지 않는, 전통극에 대한 부정적 관점이 직접 노출된다. 위 글에서 '새것', '간단한 것', '고정한 극장의 무대'는 신극과 관련된 표현이고, '케케묵은 탈바가지를 쓰고 끄나풀을 잡아 다니는 연극'은 가면극과 인형극을 직접 가리키는 표현이다. 위 글 이후 구극에 대해서도 '엉터리 무대 표현은 신극에 취미 가진 사람은 볼 수가 없을' 연극이라고 비판하는 것을 고려할 때, 김재철의 연극관은 '근대극'의 관점으로 제반 연극을 평가하고 있다고 말할 수 있다. 이 점에서 김재철이 '희곡·배우·무대·관객'의 연극 요소에 대한 인식을 바탕으로 가면극, 인형극, 판소리 등을 '연극'의 범주에 놓았다는 김윤정의 판단은 적절하다.[53] 김윤정은 이에 대한 근거로『조선연극사』내의 각 연극에 대한 서술에서 김재철의 연극 인식을 찾아내고 있다.[54]

다음의 언급을 보자.

극의 四要素는 극장의[55] 각본, 배우, 관중이다. 지금까지는 미약하나 이전 三者를 究考하여왔으니 끝으로 관중에 대하여 극히 간단히 서술하고 이 가면극 편을 마치려 한다. _17회, 1931. 5. 6.

위 글이 실려 있는 '제1편 가면극 – 제7장 배우와 관중 – 제2절 관중'의 항목(17회, 1931. 5. 6.)은『조선연극사』에서는 통째로 누락된 부분이다. 가면극에 대해서 지금까지는 극장, 각본, 배우 등에 대해 살펴보았으니 마지막으로 관중에 대해 서술하고자 한다는 내용이다. 이를 보면 김윤정의 분석처럼 김재철이 연극을 '희곡·배우·관중·무대(극장)'의 4요소로 파악하고 있음을 짐작할 수 있다. 이는 위에서 말한 바와 같이 김재철이

---

53 김윤정, 앞의 글, 122면.
54 위의 글, 121~123면.
55 '의'는 잘못 들어간 오식으로 보인다. '극장·각본·배우·관중'의 4요소로 읽는 것이 자연스럽다.

근대적 연극관으로 전통연희까지 바라보고 있었다는 방증이 된다. 하지만 이러한 연극관을 바탕으로 전통연희를 분석하는 연구 태도가 합당한가는 본고의 주된 관심사가 아니다. 본고의 관심은 이러한 연극관을 바탕으로 하다 보니 전통연극에 대한 부정적 결론에 이를 수밖에 없다는 역설을 과연 김재철이 얼마나 잘 인식하고 있었느냐의 문제의식에 놓인다.

> 산대극은 전부를 연출하려면 상당히 길다. 배우의 마음대로 시간을 伸縮할 수 있으나 대개는 열 시간은 보통 걸린다. 그러면 이와 같이 긴 시간에 관중은 싫증을 내지 않고 꾸준히 극을 끝까지 본다면 흥미를 끄는 것이 반드시 있어야 할 것이다. _17회, 1931. 5. 6.

김재철이 위와 같은 관점을 산대극, 인형극, 구극에 고루 적용하면서 '전통극'을 '신극'의 발전 과정의 틀 아래에서 살펴본 결과 앞에서 소개한 '결론'의 부정적 결말에 귀착할 수밖에 없었던 것이다. 김재철의『조선연극사』가 '연극사'가 될 수 있다면, 이와 같은 진술에서 근근이 발견되는 통시적 관점 덕분이라고 할 수 있다.

그렇다면 김재철의 이러한 연극관은 어디에서 기인하는 것일까? 그의 학적부에서 발견되는 수강 과목을 보아서는 정규 대학 수업을 통해서 얻은 지식이라기보다는 개인적인 독서와 학습에서 비롯된 것일 가능성이 높아 보인다.[56] 이 점을 염두에 두고『조선연극사』에 누락된 또 다른 간단한 서술, '윤백남 씨에게 사(謝)함'[57]의 의미를 추론해보자. 김재철의 '신극의 초창기' 항목의 서술은 윤백남의 신극에 대한 간단한 논문[58]

---

56 '문학개론'의 수업이 그중 가장 근사해 보이긴 하지만, 오늘날의 '문학개론' 수업에서도 연극에 대한 언급이 거의 이루어지지 않음을 상기한다면 그 가능성은 희박하다. 김재철의 수강 과목에 대해서는 본고 부록의 학적부를 참고할 것.

57 '제3편 구극과 신극 – 제2장 신극 – 1. 신극의 초창기'(1931. 7. 4.).

58 尹白南, 「朝鮮新劇運動의 沿革」, 『新生』, 4 · 5(1929. 1~2.).

에 전적으로 기대고 있음은 이미 알려진 사실이다.[59] 아마도 김재철의 헌사는 이에 대한 예의를 표시한 것으로 보인다. 김재철이 윤백남의 오류조차도 무비판적으로 수용[60]할 정도로 절대적 신뢰를 지녔다면, 김재철이 윤백남을 그 이전부터 직간접적으로 잘 알고 있었다고 볼 수 있다.

윤백남은 계몽주의적 연극 운동론을 주장하면서도 G. 크레이그의 상징주의 연극론을 이해[61]하고 있던 신극론자로서 당시 조선연극의 문제점을 누구보다 분명히 적시하고 있었다.[62] 윤백남이 여기서 지적하는 조선연극의 문제점들은 10여 년 후 김재철의 '전통극' 비판과 밀접히 연결된다. 또한 이러한 연극론은 1920년 이후 신극론자들에게는 부동의 규율처럼 자리 잡았다고 할 수 있다. 사실주의적 연극론에 기댄다면 다음과 같은 주장은 신극 수립의 필수적 조건이 될 수밖에 없을 것이다.

그러면 우리가 우리 사회에도 연극이 있어야 하겠다는 것은 어떠한 것인가. 묻지 아니하여도 각본이 있는 연극, 배경이 있는 연극, 광선이 있는 연극, 의상이 있는 연극, 科作이 있는 연극, 劇白이 있는 연극을 가르쳐 말하는 것이다.[63]

이러한 관점이 수용된 지 10여 년이 지난 1930년대 초의 시점에서 제국대학의 교양을 습득한 김재철이 연극의 기준을 '희곡·배우·무대·관객'의 4요소를 근거로 하여 파악한다는 것은 매우 자연스러운 일이었을

---

59 양승국, 『한국근대연극비평사연구』(태학사, 1996), 24~25면.

60 "광무 연간에 원각사 극장이 창립되어 1909년에 최초로 이인직 씨가 신극 「설중매」, 「은세계」 등을 상연하였으니 그것이 조선신극의 第一聲이었다." 이러한 진술은 연도와 연제 모두가 틀린 것으로 윤백남의 위의 글의 내용과 문체와 거의 일치한다.

61 윤백남, '演劇과 社會', 『동아일보』 1920. 5. 4~16.

62 ① 각본의 拂底 ② 大道具의 불완전 ③ 舞臺監督이 없음 ④ 극장이 없으므로 무대장치의 불완전함 ⑤ 錢主의 無理解 ⑥ 창조력이 有한 배우의 稀少 ⑦ 흥행상의 惡因習(9회, 1920. 5. 15.).

63 玄哲, '玄堂劇談' 46회, 『조선일보』 1921. 3. 14.

것이다. 다만 동일한 기준으로 '전통극'을 바라보면서, 하필이면 자신이 공들여 정리한 '조선연극사'의 결론으로 그 비근대성을 강조한 아이러니가 안타까울 뿐이다. 그렇다면 이 아이러니한 상황의 연원은 무엇일까?

4. 경성제국대학의 '조선문학'과 김재철

1) '다카하시 도오루'와 '조선문학'의 분화 가능성

1926년 4월 경성제국대학 본과가 개설되면서 법문학부의 문학과 내에 '조선어학조선문학전공'이 설치되고 전공 내에 '조선어·조선문학 제1강좌', '조선어·조선문학 제2강좌'의 2개 강좌가 개설된다. 이 '제1강좌'의 주임 교수로 다카하시 도오루가, '제2강좌'의 주임 교수로 오쿠라 신페이(小倉進平)가 부임한다. 말하자면 제1강좌는 조선문학 관련 과목, 제2강좌는 조선어학 관련 과목을 관장하는 체제였다. '조선어문학전공'은 일본의 제국대학들 중에서도 오직 경성제국대학에만 설치된 전공이었다. 법문학부 내의 총 23개 개설 강좌 중에서 식민지 본국의 제국대학에는 없는 '조선어학조선어문전공'과 '조선사학전공'만 제1, 2강좌로 구성되었다.[64]

'조선어학조선문학전공자'는 졸업을 위해서 '조선어학개론, 조선어학사, 조선어학특수강의, 조선사상 및 신앙사, 조선문학특수강의, 조선문학강독 및 연습'의 과목들 각 1단위 이상을 합쳐 8단위 이상을 수강하여야 하며, 철학과, 사학과, 문학과, 법학과에 속하는 과목 중 따로 정한 것 및 동양어(중국어, 만주어, 몽고어) 중에서 10단위 이상을 수강하여 종합 18단위 이상을 합격해야 한다.[65] 1931년에 졸업한 동기생들인

---

64 박광현, 「다카하시 도오루와 경성제대 '조선문학' 강좌」, 『한국문화』 40(서울대학교 규장각 한국학연구원, 2007), 41~42면. 박광현, 「식민지 '제국대학'의 설립을 둘러싼 경합의 양상과 교수진의 유형」, 『일본학』 28(동국대학교 일본학연구소, 2009), 212면.

김재철, 이재욱, 김태준의 학적부를 보면 김재철은 총 26과목 22.5단위 (전공과목 10.5단위), 이재욱은 총 29과목 25.5단위(전공과목 10.5단위), 김태준은 총 22과목 20단위(전공과목 11단위)를 이수하고 졸업한 것을 알 수 있다.[66]

김재철의 경우, 전공과목 중에서 조선문학 관련 과목은 '조선문학연습', '조선문학강독 및 연습', '조선문학특수강의'의 3과목을 수강하였는데 이 과목의 담당 교수가 다카하시 도오루였다.[67] 조선어학을 담당한 오쿠라 신페이는 동경제국대학 언어학과 출신으로 이미 조선어학전공자로서의 명성을 드높인 학자임에 반해, 조선문학 강의를 담당한 다카하시 도오루는 조선문학과는 거리가 먼 동경제국대학 한문과 출신의 조선유학(儒學) 연구자였다.

다카하시 도오루는 1904년 한국정부의 초청으로 한국에 건너와 관립 중학교 교사 생활을 하면서 한국어를 습득하기 시작하여 1909년 한국어사전인 『한어문전(韓語文典)』을 출간하고, 1910년에는 한국 내의 이야기와 속담을 수집하여 『조선의 물어집부리언(朝鮮の物語集附俚諺)』를 출간하는 등 조선어 전문가로 활동하기 시작한다.[68] 이후 다카하시 도오루는 1911년 조선도서조사촉탁으로 임명되어 규장각 도서를 조사하여 정한조(鄭萬朝, 1858~1936)와 함께[69] 『조선도서해제(朝鮮圖書解題)』를

---

65 장세윤, 「日帝의 京城帝國大學 설립과 운영」, 『한국독립운동사연구』 6(독립기념관 한국독립운동연구소, 1992), 35면.

66 김재철과 이재욱은 동양어 중에서 지나어(중국어) 下級을, 김태준은 지나어와 지나어 上級을 수강하였다. 정순영, 「경성제국대학과 식민지 헤게모니」(서울대학교 대학원 박사학위논문, 2009), 241면.

67 조선어학 관련 과목은 '조선어의 역사적 연구', '조선어학사', '조선어학개론'의 3과목을 수강하였는데 담당 교수는 오쿠라 신페이였다.

68 다카하시 도오루의 행적과 활동에 대해서는 李承律의 「日帝時期 '韓國儒學思想史' 著述史에 관한 一考察」[『동양철학연구』 37(동양철학연구회, 2004)]와 김미영의 「다카하시 도오루의 '한국철학관'과 내셔널리즘」[『동양철학』 34(한국동양철학회, 2010)]을 참조할 것.

69 아마도 이때의 인연으로 정만조가 경성제국대학 조선어문학과 강사로 위촉되었을 것이다. 정만조는 '조선역대시선', '조선시문' 등의 과목을 담당하였는데 김재철은 수강하

제작한다. 1912년 4월부터 12월 사이에 「조선유학대관」을 발표하면서
조선유학 연구자로서 입지를 다진 다카하시 도오루는 이후 1919년 12
월, 조선의 종교와 사상 그리고 그 정책을 역사적으로 고찰한 「조선의
교화와 교정(朝鮮の敎化と敎政)」의 논문[70]으로 동경제국대학에서 문학
박사학위를 획득한다. 이 논문은 조선불교의 역사 및 교정(敎政), 특히
종교 정책 연구에 크게 기여한 것으로 평가[71]되었는데, 이러한 경력을
인정받아 다카하시 도오루는 1923년 11월 설치된 경성제대창설위원회
의 간사로 활동하게 된다. 이렇게 경성제국대학와 관계를 맺게 된 후,
그는 1926년 4월 본과 개설과 함께 경성제국대학 조선어학조선문학전
공 제1강좌 담당 교수로 부임한 것이다.

　1930년 전후 다카하시 도오루가 부임 후 담당하였던 강의명의 일부
는 다음과 같다.[72]

　　　1929년 조선유학사 / 조선문학연습

　　　1930년 조선문학강독 및 연습 / 조선문학특수강의

　　　1931년 조선사상사개설 / 조선민요

　　　1932년 조선사상사개설 / 조선근대문학/ 조선근대문학選

　　　1933년 조선사상사개설 / 조선상대문학 / 조선상대문학選 강독 및 연습 /

　　조선의 가요

지 않았다. 또 다른 조선인 강사 어윤적은 '조선예속사'와 '鮮式한문강독'을 강의하였는데
김재철과 이재욱의 수강이 확인된다.

70 한국의 신앙과 사상에 대하여 연구한 논문으로 알려져 있지만 소재가 확인되지
않는다. 1917년에 『日本社會學院年報』 발표한 논문인 「조선인」의 수정·보완의 논문일
것으로 추정되기도 한다.

71 박광현, 「경성제대 '조선 어학 조선문학' 강좌 연구 ― 다카하시 도오루를 중심으로」,
『한국어문학연구』 41(한국어문학연구학회, 2003), 349~350면.

72 박광현, 「다카하시 도오루와 경성제대 '조선문학' 강좌」, 『한국문화』 40(서울대학교
규장각 한국학연구원, 2007), 47면.

이러한 강의명으로 짐작할 수 있는 것은 대개의 내용이 조선유학사를 중심으로 한 '조선사상사'에 중점을 둔, 한학 강의라는 점이다. 이는 일본인으로서 조선문학을 강의해야만 하는 한계를 강의 대상이 되는 텍스트를 한문 서적으로 설정함으로써 극복하고자 하는 교육지책으로 여겨지기도 하지만, 한편으로는 한글문학에 대한 무지와 편견에 기인하는 것으로 보인다. 이러한 점에서 다음과 같은 비판은 학내외로부터 적지 않은 공감을 얻었을 것이다.[73]

연전 경성제대 조선문학과에서는 조선문학 연습용 교과서로 격몽요결을 사용하였다고 한다. 이는 그 대학 조선문학과의 주임이 되는 모 교수의 선택이니 가장 권위 있는 선택이라야 할 것이다. 그러나 불행히 淺見寡聞한 나로는 격몽요결이 조선문학이란 말은 기상천외로밖에는 아니 들린다.[74]

다카하시 도오루는 경성제국대학 교수로 임용된 후 1927년 조선문학에 관련된 논문을 『일본문학강좌(日本文學講座)』 기획의 하나로 발표한다.[75] 이 글에서 그는 조선문학의 범주를 '현대 일본 및 서양 문학의 영향을 받지 않은 시대'라고 하고, 그 대상을 '시문가요의 순문학은 물론이고, 고래 조선인의 사상 및 신앙을 표현한 유학 및 불교에 관한 모든 저술, 조선인의 이상적 생활과 당시의 시대상을 표현한 모노가타리(物語), 비사(秘史), 소설류 등을 총괄하는 일체의 문학적 산물'로 규정한다.[76] 다카하시 도오루는 조선근대문학의 성립 과정은 배제하고 조선문

---

73 김사엽이 해방 이후 『朝鮮文學史』(正音社, 1948)의 '자서'에서 다카하시 도오루에 대하여 "羊頭狗肉과 같은 엉터리 교수"라고 비판하였다는 사실(박광현, 「다카하시 도오루와 경성제대 '조선문학' 강좌」, 『한국문화』 40(서울대학교 규장각 한국학연구원, 2007), 53면)도 이와 관련 있다고 할 것이다.

74 이광수, 「朝鮮文學의 槪念」, 『四海公論』(1935. 5.), 30면.

75 高橋亨, 「朝鮮文學硏究-朝鮮の小說」, 『日本文學講座』 12(新潮社, 1927). 박광현, 「다카하시 도오루와 경성제대 '조선문학' 강좌」, 『한국문화』 40(서울대학교 규장각 한국학연구원, 2007), 47면 재인용.

학을 광의의 범주의 조선성, 즉 조선의 민족성을 밝히는 학문으로 위치시키고, 조선문학은 향후 '여러 분화의 가능성'을 내포한다고 설명한다.[77] 이러한 관점은 자신의 문학 연구는 '문학적 연구'이며 분화의 가능성이 실현될 때 비로소 문학 연구로서 성립한다는 의미가 된다. 이를 위해서는 우선 순문학과 철학 사상, 역사가 분화되어야 하며, 문학 내에서도 현대적인 장르 개념이 성립해야만 한다.

이러한 다카하시 도오루의 관점에 비할 때, 조선어문전공 학생들의 문학 연구로서의 문학 수업은 오히려 일본문학 연구자인 다카기 이치노스케(高木市之助)나 다른 외국문학전공자의 수업(지나문학, 문학개론 등)을 통해서 이루어졌을 것으로 보인다.[78] 국문학(일본문학) 강의 담당인 다카기 이치노스케는 다카하시 도오루 교수, 조선문학전공 학생들과 함께 1929년 11월 제주도 민요 채록을 위한 답사에 다녀온 뒤 1930년 「민요의 문학 – 제주도의 민요에서(民謠と文學-濟州道の民謠から)」[『조선 연구(朝鮮硏究)』 제4권 1월 회]를 발표한다. 이후 다카기 이치노스케는 1931년 '조선민요'라는 강의를 개설하기도 하였는데 이러한 그의 조선민요에 대한 관심은 조선 학생의 민요 연구에 큰 자극제가 되었다. 이 영향을 가장 크게 받은 학생은 2회 졸업생인 이재욱으로 그는 졸업논문으로 「영남민요의 연구(嶺南民謠の硏究)」를 작성하였으며 졸업 후 민요 관련 논문을 발표하기도 한다.[79] 김재철[80]과 김태준[81]도 이 영향으로 민요에 대

---

76 박광현, 「다카하시 도오루와 경성제대 '조선문학' 강좌」, 『한국문화』 40(서울대학교 규장각 한국학연구원, 2007), 43면.

77 위의 글, 44면.

78 이하 다카기 이치노스케가 조선어문학전공 학생에게 준 영향에 대해서는 박광현, 「식민지 조선에 대한 '국문학'의 이식과 다카기 이치노스케(高木市之助)」, 『일본학보』 59(한국일본학회, 2004) 참조.

79 이재욱, 「소위 '산유화가'와 '산유해' '미나리'의 교섭」, 『신흥』 6(1931).

80 김재철의 민요에 대한 논의는 「민요 아리랑에 대하여」(『조선일보』 1930. 7. 11.), 「아리랑과 세태」[『조선어문학회보』 2(1931)], 「조선민요만담」[『신흥』 5(1931)] 등이 있다.

81 김태준의 민요와 시가 연구에 대해서는 류준필, 「형성기 국문학 연구의 전개 양상과 특성 – 趙潤濟·金台俊·李秉岐를 중심으로」(서울대학교 대학원 박사학위논문, 1998),

해 관심을 갖게 되고 다수의 관련 논문을 발표한다.

앞에서 살펴본 다카하시 도오루의 강좌 목록에 1931년 '조선민요'가 자리하고 있는 것은 이렇듯 그 역시 뒤늦게 조선어로 불리는 조선문학에 관심을 가지게 되었기 때문이다. 이렇듯 1931년의 시점에 가서야 부분적으로 문학 연구의 '분화 가능성'이 이루어지며 구체적으로는 조윤제의 졸업논문 「조선소설의 연구(朝鮮小說の硏究)」(1929)를 시발로 하여 김재철의 졸업논문 「조선고대연극개관」(1931), 이재욱의 졸업논문 「영남민요의 연구(嶺南民謠の硏究)」(1931) 그리고 김태준의 저서 『조선소설사』(1933)와 조윤제의 저서 『조선시가사강』(1937) 등에 의해 결실을 맺는다.

이러한 점을 종합해볼 때, 다카하시 도오루는 조선문학 연구의 분화 가능성을 강조한 것으로 그 소임을 다한 것으로 보인다. 조선문학 강좌를 담당한 조선인 강사로 정만조와 어윤적이 있었지만, 정만조는 '조선역대시선'·'조선시문', 어윤적은 '조선예속사'·'선식한문강독' 등을 담당하여 분화된 문학 연구 대상으로서의 '조선문학'과는 거리가 멀었다. 이후 다카하시 도오루가 1939년 4월 정년퇴임한 후 1945년까지 6년간 제1강좌는 공석으로 남았다. 조선문학 연구가 더 이상 분화·전문화되지 못한 연유가 여기에 있다.[82] 이러한 면에서 김재철이 보여준 분화된 대상인 조선문학 연구로서의 조선연극 연구가 더욱 돋보인다고 할 수 있다. 하지만 아쉽게도 그의 요절과 부재로 인하여 그의 선구성은 한갓 섬광으로 그치고 말았다.

146~158면 참조.

82 '조선문학'에 비할 때 '조선어학' 분야에는 오쿠라 신페이라는 걸출한 학자가 있었고(그가 1933년 동경제국대학 겸임 교수로 부임한 이후에는 방학을 이용하여 집중 강의를 담당하였다), 1943년 퇴임한 이후에는 고노 로쿠로(河野六郞)가 뒤를 이었고, 이 밖에도 언어학 강좌의 책임을 맡고 있었던 고바야시 히데오(小林英夫) 교수가 있어서 '조선어학'은 일찍부터 전문성을 획득할 수 있었다. 이러한 학문 경향에 대해서는 이준식, 「일제강점기의 대학 제도와 학문 체계 – 경성제대의 조선어문학과를 중심으로」, 『사회와 역사』 61(한국사회사학회, 2002) 참조.

2) 잡지 『신흥』과 '조선 연구'

경성제국대학의 첫 졸업생이 배출된 직후인 1929년 7월 창간된 잡지 『신흥』은 "일본에 의해 '조선 그 자체의 연구'를 위해 '특종의 학부'로서 설립된 경성제국대학 법문학부의 출신자와 재학생이 그 제도상의 학술적 경험을 재현한 종합지이다".[83] 이 잡지는 당시 발간되는 일반 잡지와는 달리 학술지로 출발한다. 일반적으로 "『신흥』지의 학문적 정체성을 구성하는 중요한 배경은 경성제국대학 출신이라는 자부심과 마르크스주의를 매개로 한 연대 의식"[84]이라고 할 수 있다.

7호 후기의 신남철의 언급을 통해 볼 때 "『신흥』에는 본격적인 아카데미즘의 세례를 받은 존재로 자신을 여타 민간 조선 지식인과 구별하고, 동시에 일본어 학술로 대변되는 제국 일본의 학지로부터 독립하고자 하는 분열적인 주체화 의지가 담겨"[85] 있다. 이러한 『신흥』에서 가장 중점을 둔 것은 '조선 연구'와 '해외문화의 동향'이다. 발표된 전체 93편의 논문 중 '조선학'과 관련된 논문은 32편으로 전체의 3분의 1을 차지한다. 이 중 조선어문학 관련 논문은 16편으로 조선학 관련 논문의 절반을 차지한다.[86]

『신흥』에 수록된 조선어문학 관련 논문의 내용은 다음과 같다.

호수	발간 연월	조선어문학 관련 논문	저작 및 발행자
1	1929. 7.	조윤제(조선어문과 1회), 「삼국시대의 가무희」	배상하 (철학과 1회)
2	1929.	조윤제, 「향토예술 부흥 운동」	〃

---

83 박광현, 「경성제대와 『新興』」, 『한국문학연구』 21(동국대학교 한국문화연구소, 2003), 247면.

84 정종현, 「신남철과 '대학' 제도의 안과 밖」, 『한국어문학연구』 54(한국어문학연구학회, 2010), 399면.

85 정종현, 위의 글, 398면.

86 『신흥』에 발표된 논문 목록은 박광현, 「경성제대와 『新興』」 참조.

호수	발간 연월	조선어문학 관련 논문	저작 및 발행자
	12.	조윤제, 「고가요 일장」	
3	1930. 7.		이강국 (법학과 2회)
4	1931. 1.	이희승(조선어문과 2회), 「조선어 '때의 조동사'에 대한 관견」 조윤제, 「시조 자수고」	〃
5	1931. 7.	김재철(조선어문과 3회), 「조선민요만담」 김태준(지나어문과 3회), 「이조의 한문학원류」 이재욱(조선어문과 3회), 「조선의 백의 속고」 이희승, 「조선어 '때의 조동사'에 대한 관견 (2)」	〃
6	1931. 12.	김재철(선풍아), 「조선 프로레타리아 연극 운동의 전조」 이재욱, 「소위 '산유화가'와 '산유해' '미나리'의 교섭」 조윤제, 「영남여성과 그 문학」	〃
7	1932. 12.		유진오 (법학과 1회)
8	1935. 5.	이숭녕(조선어문과 4회), 「모음 'ㆍ'의 음가치」 一何(방종현? 조선어문과 5회), 「방언에 나타난 'ㅿ'음의 변천」	장후영 (법학과 4회)
9	1937. 1.	조윤제, 「고려시가 '眞勺'의 시가 명칭성」 金古佛(?), 「한글 如是觀」	서재원 (법학과 8회)

　『신흥』의 편집에서 또 하나 눈여겨보아야 할 점은 편집진의 면모이다. 특히 7호까지의 편집진의 정치적 성향이 주목된다. 1926년 경성제국대학 1회 조선인 학생들이 예과에서 학부로 진학하면서 유진오, 이종수 등이 경제연구회를 조직한다. 이 모임에 이강국, 박문규, 최용달 등의 2회생들이 1927년에 합류하였고, 3회인 신남철은 1928년 합류하였다. 이 서클은 1931년 '조선사회사정연구소'로 발전한다.[87] 이 서클의 핵심 멤버인 이강국과 유진오[88]가 3호부터 7호까지 편집책임을 맡고 있

---

87 정종현, 「신남철과 '대학' 제도의 안과 밖」, 『한국어문학연구』 54(한국어문학연구학회, 2010), 394~395면.

88 『신흥』 7호의 '저작 및 발행인'은 유진오이지만, 편집후기가 'ㅂ'이라는 이니셜로

었다는 점은 『신흥』이 중점을 두었던 '해외문화의 소개'의 성격과 관련하여 시사해주는 바가 크다.[89]

『신흥』에서는 1호에서 6호까지 '해외문화의 동향'을 특집으로 소개하고 있으며, 7호부터는 '해외문화의 동향'이라는 특집 없이 작자를 표시하고 일종의 논문처럼 게재되고 있다.[90] 특집으로 편집된, 해외문화의 동향에 실린 논문들은 아래와 같다.

호수	발간 연월	해외문화의 동향	저작 및 발행자
1	1929. 7.	YC, 「현대 구가자시(謳歌者詩)와 문화」 EB, 「오네일의 근업(近業)」	배상하 (철학과 1회)
2	1929. 12.	EB, 「영국의 총선거와 '로-트 쉬타인'씨의 신저(新著) 『영국노동운동사』」 CT, 「18세기의 불란서 자유사상」 KS, 「Milne씨의 '현장부재증명'」	〃
3	1930. 7.	RK, 「'파씨슴'과 I.R.H」 SH, 「로서아의 실업 상황」 SD, 「철학의 장래」 SD, 「독일 신진작가 소개-Die Literatur지로부토」	이강국 (법학과 2회)
4	1931. 1.	EB, 「미국의 실업자 대회」	〃
5	1931. 7.	KL, 「독일 사회민주당의 계급적 활동」 SH, 「대영제국의 경제적 파멸」	〃
6	1931. 12.	편집국, 「국제 노동자 구언 제8회 세계대회」 편집국, 「서반아의 동향」 편집국, 「헤-겔 연맹 제2회 대회」 편집국, 「헤-겔이냐? 맑스냐?」	〃

작성된 것으로 보아 실질적인 편집은 신남철이 맡아서 하였으리라 추정된다. 위의 글, 397면.

89 2년 이상의 공백을 두고 간행된 8호부터는 이러한 편집진의 정치성이 거의 사라졌을 것으로 추정해볼 수 있다. 왜냐하면 8호의 편집책임자 장후영은 1931년도 법학과 3학년 때 재학 중 최초로 고등문관시험 사법과에 합격한 관료 지향의 졸업생이었기 때문이다. 이에 대해서는 정선이, 「일제강점기 경성제국대학 졸업생의 사회적 진출 양상과 특성」, 『교육비평』 23(2007), 181면 참조.

90 하재연, 「잡지 『신흥』과 문예란의 성격과 의의」, 『한국학연구』 31(고려대학교 한국학연구소, 2009), 160~161면.

위의 목록을 보면 대개의 내용이 해외의 경제·사회에 대한 마르크시
즘적 세계관을 반영한 것으로 보인다. 특히 편집국의 이름으로 기획된
6호에서는 이러한 성향이 보다 분명히 드러난다. 바로 이 6호에 김재철
의 논문 「조선(朝鮮) 프로레타리아 연극(演劇)의 전조(前兆)」가 게재된
것을 유의해 보아야 한다. 조선의 '프로연극'의 최신 동향의 소개뿐 아
니라, 이 글의 후반부에서 소개하고 있는 해외프로연극의 동향은 '해외
문화의 동향' 특집과 밀접하게 연관된다고 할 수 있다. 이렇게 다소 많
은 지면을 할애하여 해외프로연극의 움직임을 소개하고 있는 것은, 아
직 이렇다 할 실천이 없는 조선의 프로연극임에도 불구하고 그 조직과
강령, 공연 계획을 소개하는 것만으로는 지면이 남아서가 아니다. 그보
다는 변화하는 세계 정세와 보조를 맞추어가는 조선프로연극의 발전을
기대하기 때문이라고 보아야 한다.

　김재철은 "병상에서 원고 독촉을 받고 두서없이 쓰느라고 간단한 소
개에 지나지 못하게 된 것은 독자에게 미안한 일이다. 11월 13일"이라
고 이 원고 말미에 부기하고 있다. 이 문구는 1931년 11월 13일의 시점
에 이미 김재철의 건강이 좋지 않았음[91]을 짐작하게 해주지만, 그보다
는 '원고 독촉을 받고'라는 내용에 더욱 주목할 필요가 있다. 즉, 『신흥』
에 실리는 내용은 일반인이 투고하여 선별된 것이 아니라 편집진에 의
하여 청탁된 원고에 의해 채워진다는 점이다. 이렇게 볼 때, 김재철은
편집진에 의해 조선프로연극과 해외프로연극의 동향을 아울러 서술해
달라는 요청을 받았을 가능성이 크다. 이 내용은 『동아일보』 연재본에
도 없는 추가적인 서술로서, 이는 편집책임자 이강국을 비롯한 편집진
의 정치성과 김재철의 관심사가 서로 통하였음을 짐작하게 해준다.

　그러나 이것만으로 김재철이 마르크시즘에 경사되어 있었다거나, 민

---

91 이 시점에서 「조선연극사」의 수정·보완 작업이 김재철의 건강을 더욱 악화시켰을
가능성이 높다.

중사관을 견지하고 있었다고 보기는 어렵다. 왜냐하면 그의 「조선연극사」에 서술된 전통극에 대한 비판적 관점은 현실 비판의 기제로서의 전통극을 바라보는 민중적인 관점과는 거리가 멀기 때문이다.

김재철은 민요에 대하여 "민중의 사상 감정을 수식 없이 기교 없이 솔직하게 표백한 노래인 민요를 통하여 우리는 민요 발생 당시의 세태를 적나라하게 볼 수 있다"고 하면서, 시대가 불분명한 민요라도 역사와의 관련을 통해 어느 시기의 민요인지 추정할 수 있다고 하였다.[92] 이러한 관점은 김태준이 "민중의 생활 정서의 가장 속임 없는 문학적 고백"으로서 민요를 인식하는 태도와 매우 유사하다.[93] 이러한 관점은 1920년대부터 최남선, 이광수, 이은상으로부터 제기된 '향토 연구'와 앞에서 살펴본 1929년의 민요 조사를 통해서 촉발된 '조선성'에 대한 관심과 연관된다고 할 수 있다.[94]

앞에서 보인 김재철의 「조선연극사」의 머리말과 결론 부분을 다시 살펴보자.

나는 우선 여기서 매몰된 조선연극을 찾아내고 그 계통을 구하여 보고 그 내용을 간단히 설명하기로 하겠다. 물론 만전을 기하는 것은 천만부당이다. 다만 향토예술로서 상당한 가치가 있는 조선고대연극을 영원히 파묻어두고 싶지 않은 마음에서 출발하여 여러 문헌에 조금씩 산재하여 있는 기사를 이용하여서 근린 제국의 고대극과의 관계 유무를 알고 싶었던 탓에 이 소고를 기초하기 시작하였으며 이왕 고대극을 써놓았으니 거기다가 구극 신극까지 집어넣게 되었다. _1회, 1931. 4. 15.

---

92 류준필, 앞의 글, 149면.
93 위의 글, 148면.
94 『신흥』 1(1929)에 발표된 조윤제의 논문 「향토예술 부흥 운동」도 이러한 관심과 연결된다고 할 수 있을 것이다.

산대극과 꼭두각시극은 향토예술로서는 상당한 가치가 있지마는 무대
예술상으로 보아 중대 결점이 있으니

연출 시간이 支離한 것

극장이 고정하지 않고 너무 支離하기 때문에 배우의 '세리프'가 관중의
귀에 잘 들어오지 않는 것 등이다. _40회, 1931. 7. 15.

고대연극(산대극과 꼭두각시극)은 '향토예술'로서는 가치가 있지만,
'무대예술'상으로는 심각한 결점을 지닌다는 이러한 전통극에 대한 인
식은 일반적인 전통극 연구가상과는 거리가 멀다. 김재철의 민요관에
서 엿보았듯이 전통극 역시 민중의 사상 감정을 솔직히 드러낸 점에서
'향토예술'일 뿐이며, 당대에 이미 쇠퇴하여 '자연도태'할 운명에 처해진
'케케묵은' 양식일 뿐이다. '고대연극'에 대한 실증주의에 입각한 자료
탐색을 끝낸 후, 김재철은 '고대연극'의 비예술성에 '실망'한다. 이 실망
감을 보상받을 길은 '예술로서의 연극'을 찾아 떠나는 또 다른 모색일
수밖에 없다. 그렇게 김재철은 '신극'에 관심을 갖기 시작한다.

5. 김재철의 '신극'과 신극 운동론

김재철이 '신극'에 대해서 분명하게 입장을 표명한 글은 보이지 않는
다. 그러나 「조선연극사」와 『조선연극사』의 서술을 통해서 신극에 대
한 그의 관점을 어느 정도는 파악할 수 있다. 앞에서도 밝힌 바 있듯이
김재철은 『조선연극사』를 준비하는 과정에서 「조선연극사」의 제1편 산
대극과 제2편 인형극에 대해서는 수많은 수정과 보완의 작업을 수행하
였지만, 제3편 구극과 신극에서는 '구극'의 실증적인 오류도 전혀 수정
하지 않았고 1931년 이후 신극 단체들의 활동만을 추가하였을 뿐이다.

김재철은 1932년 12월에 『조선연극사』의 신극 서술을 마감한다.[95] 그

는 이 저술에서 1931년 이후부터 1932년 12월까지의 극단 활동을 상세하게 추가로 언급한다. 먼저 김재철이 「조선연극사」의 제3편의 '제2장 신극'에서 언급한 극단들을 지면 노출 순서대로 적어보면 다음과 같다.

토월회, 산유화회, 종합예술협회, 무내예술협회, 화조회, 조선연극사, 금성오페라단, 삼천가극단, 미나도좌, 신흥극장, 가두극장, 대중극장, 취성좌

『조선연극사』의 제3편, 2장의 3절 '그 후의 신극'에서 추가된 극단들은 다음과 같다.

태양극장(토월회 후신), 연극시장, 세극사, 천사좌, 신무대, 대장안, 방송극협회, 중외극장, 극영동호회, 극예술협회, 학생아동극, ×키네마연극부, 동방예술단, 형제좌, 배구자무용단, 연극공장, 이동식소형극장, 근대극장, 마산극예사, 신건설, 동북극장, 명일극장, 문외극장, 협동신무대

이렇게 언급된 극단의 명칭과 활동에 대한 소개를 볼 때 김재철이 당시 새로 조직되었거나 활동하고 있는 극단은 그 경중을 망라하고 가능한 모두 언급하고 있다는 점을 알 수 있다. 심지어는 "신불출 씨는 문외극장을 시설(始設)하였다고 한다. 또한 협동신무대와 같은 것일 것이다"(150면)라고 하여 직접 확인하지 못한 사실까지도 언급하고 있다. 김재철이 거론하는 극단들은 상업극단에서부터 학생·아동극, 프로연극까지 그 층위가 매우 다양하다. 이들 극단의 활동에 대한 언급의 비중은 오늘날 '한국현대연극사'에서 그 가치를 평가하는 기준과는 상관없이 매우 불규칙하다. 물론 당대의 '지금' 활동 중인 극단들의 연극사

---

95 극단 朝鮮硏劇舍에 대해 서술하는 내용 중에 "劇硏舍員은 처음에는 대부분이 聚星座員 그대로였으나 중간에 변동이 많았으니 지금 12월의 그 진용을 말하면"(138면)이라고 언급한 부분이 이를 보여준다.

적 위상을 온전히 평가하는 것은 불가능하겠지만, 그럼에도 불구하고 김재철의 『조선연극사』의 '신극' 서술은 대상에 대한 주관적인 나열로 객관적인 '신극사'라고 보기는 어렵다.

김재철의 신극 서술에서 또 주목되는 점은 극단의 활동을 언급하는 가운데, 자신이 관극한 경험을 직접 노출하고 있다는 사실이다.

> (극단연극시장이) <u>연기와 각본</u>이 일보도 나아가지 못하고 성악 촌극 등을 되풀이 하는 것은 <u>인제 그만 싫증이 날 지경</u>이며, 더구나 1931년에는 대중극단이 4월에 세극사가 6월에 조직되어 미나도좌에서 흥행하게 된 것과 서대문 외 흥룡관에서 흥행하던 천사좌(11월) 등은 연기상으로 보아 <u>그나마 한심한 신극이 一步進 대신에 二步退를 하여 간다는 느낌까지도 생겼다</u>. _139면

> 이해 9월에 단성사에서 제1회 공연을 하던 신무대의 출현을 보게 되었으니 신불출, 성출 제씨가 중심이 되어 새로 조직된 극단이다. 「아리랑 반대」 등을 상연하였으나 <u>내용에 있어서는 별 수 없으며</u>, 10월, 12월에 2회, 3회의 공연을 하였으나 <u>종래의 극단과 다름이 없고 더구나 전경희, 성출 양 희극 배우를 중심으로 웃는 희극의 연출에 바빴다</u>. _142면

이러한 서술은 '연극사'라기보다는 비평문이다. 이처럼 김재철은 자신이 관극한 작품을 공연한 극단에 대해서는 지면을 더 할애하여 자신의 비평을 추가하고 있다. 이러한 비평적 서술에서 확인할 수 있는 깃은 김재철이 공연 성과를 '희곡·배우·무대·관객'의 4요소를 기준으로 평가하고 있다는 점이다. 이리한 관점이 '고대연극'에두 동일하게 적용되었음은 이미 고찰한 바와 같다.

이 같은 관점에서 김재철이 가장 역점을 두어 비판하는 대상은 이른바 흥행극 단체들의 공연 활동이다.

1909년 최초로 첫소리를 지르던 소위 신극도 비록 토월회 같은 극단이 많은 힘을 썼다 하더라도 爾來 20년간에 하등의 진전을 보여주지 못하였으니 더구나 최근에는 <u>희극 혹은 희가극으로 에로味가 橫溢하고 있으니</u> 이러한 직업극단은 영리적으로 저급한 오락 본위의 각본을 내놓아 대중을 기만하고 있다. _147면

비록 신극의 기점을 1909년의 원각사 공연으로 오해하고 있지만[96] 그로부터 20여 년이 지나는 동안 하등 발전이 없었다는 평가는 이른바 '신극론자'들의 연극관과 대동소이하다. 그러면서도 김재철은 '신극'이라는 용어를 1930년대 이미 익숙해진 '근대극'의 개념이 아니라 '고대연극'과 '판소리 연극(창극)'[97]이 아닌 모든 무대극을 지칭하는 의미로 사용하였다. 이 점에서 김재철의 신극은 다른 신극론자들의 그것과 달리 몰가치적인 개념이다. 그러나 극예술연구회 단원과 프로연극 운동가 들처럼 김재철 역시 기본적으로는 연극 운동론적인 관점에서 신극을 인식한다.

그리하여 새로 생긴 토월회는 종래의 <u>우물쭈물극을 일소하고</u> 엄연히 반도극계의 중심이 되었다. <u>무대장치부</u>에는 상당한 미술가가 있었고 <u>음악부</u>에는 박세면, 최호영, 홍재유 제씨가 있었으며 <u>각본부</u>에도 김기진, 박승희씨가 있어서 일방 창작하는 반면에 타방 외국 것을 번안하여 공연을 하자 종래의 미미한 신극에 시달리던 관중들도 비로소 눈을 크게 뜨게 되었고 토월회는 민중의 기대의 的이 되었다. _134면

김재철은 극단연극시장과 신무대를 비판하는 것과 같은 기준에 의해, 토월회를 민중의 기대 목표가 되는 극단으로 매우 높이 평가한다. 토월

---

96 원각사의 「은세계」 공연이 신극이냐 아니냐를 떠나서, 공연된 시기가 1909년이 아닌 1908년이다.

97 아직 '창극'이란 용어가 보편화되기 전이다.

회가 연극을 이루는 제반 요소를 고루 갖추고 창작극과 번역극을 적절히 공연함으로써 김재철 자신의 연극관에 제대로 들어맞는 공연 활동을 펼쳤기 때문이다. 이렇듯 김재철이 1932년 12월의 시점에서 그때까지의 활동 중 가장 고평하는 극단은 토월회라고 할 수 있다. 이러한 김재철의 연극 인식은 윤백남, 현철, 김우진 등의 지식인들을 중심으로 1920년대에 제기된 신극수립론의 연장선상에 있다고 보아야 할 것이다.

다음의 '결론'을 보자.

> 원각사에서 신극이 첫소리를 지르자 무수한 신극단이 朝會暮散하다가 토월회가 출현하였고, 그 후에도 <u>무수한 극단이 조회모산하더니</u> 지금에 와서는 그 수에 있어서 몇몇이 되지 않는다. <u>이것은 모두 각본, 극장난, 배우난, 경영난의 高山峻嶺 때문이다.</u>
>
> 신극이 발달하였다는 것도 정도 문제이며 엄밀한 의미의 발달은 아니다. 더구나 7, 8년 전의 연극과 오늘의 연극과 얼마나 차이가 있을까? <u>오늘에 와서는 한낱 '넌센스'하고 '에로틱'한 기분밖에 아무 발달이 보이지 않는다.</u> _152~153면

토월회를 비롯한 많은 극단이 '조회모산'하는 이유는 각본난, 극장난, 배우난, 경영난 때문이다. 그 어려움이 너무 커서 이를 극복하는 것은 '고산준령'을 넘는 것이나 다름없다. 그동안 신극이 발달하였다 해도 질적인 차이는 없고 관객의 취향에 맞춘 상업연극만 성행할 뿐이다. 이러한 연극 인식은 1920년대 말에서 1930년대 초에 이르는 기간의 한국연극에 대한 오늘날의 연극사적 평가와도 일치한다. 실제로 이 기간은 한국연극사에서 공백기와도 다름없는 침체의 시기였다. 극예술연구회가 1931년 조직되고, 각지에서 프로연극 단체가 조직되는 것은 이러한 연극 침체를 극복하기 위한 '신극적'인 시도라고 할 수 있다.

김재철의 연극비평 관점에서는 1931~1932년의 시점에서 신극 운동

은 판단 유보 상태에 놓인다. 연학년의 무대예술협회(1928), 홍해성의 신흥극장(1930) 등이 실패한 후 김재철에게는 극예술연구회[98]의 '실험 무대'도 여전히 '실험적인' 진행형에 지나지 않는다.

또한 31년 7월에 극예술을 연구하고 신극 수립을 목적한다는 극예술연 구회가 조직되었으니 연극계의 원로격인 홍해성, 윤백남 양씨와 그 他 해 외문학파(이 레텔이 좋을는지 모르나) 제씨와의 악수로써 되었다. 이해 8월 에 극예술하기연구회를 朝劇에 열고 연극론, 배우론 등을 계몽하였으며 일방으로는 신무대의 공연이 있는 대로 동인들이 모여서 합평하여 지상 에 발표하고 11월에 와서 동회의 직속 실험무대를 조직하여 1932년 5월 고고리 작「검찰관」을 위시하여 그 후 6월에 어빈 작「애인」, 그레고리 작「옥문」, 괴링 작「해전」을 실연하여 상당한 효과를 보았을 것이나 당 시에도 신고송씨의 切評이 있었지만 나는 아직 비평의 필을 멈추고 후일 을 기다린다. 그러나 남녀 연구생의 모집, 배우 양성, 동인끼리 연극동태 집필발표 강연회 등의 개최 등 그 열성만은 크게 사고 싶다. _143~144면

김재철은 극예술연구회의 활동에 대해서는 거리를 두고 다소 냉소적 인 시선을 보내고 있다. 그 이유는, 이들이 1931년 6월 '극영동호회'를 개최하면서 산대도감극의 조악한 탈들을 전시하여 전통극 가면의 아름 다움을 제대로 보여주지 못하였을 뿐 아니라 신극 관련 전시 자료도 충 분하지 못하여[99] 신뢰를 보낼 수 없었던 데서 일차적으로 기인한 듯하 다. 다음으로는 김재철이 극예술연구회의 '실험성'을 잘 알아차리고 있 었던 때문인 것으로 보인다. 극예술연구회는 홍해성·윤백남 두 원로가 해외문학파와 손잡은 단체라는 것, 열정만은 인정해줄 수 있는 동인들

---

98 '극예술연구회'가 『조선연극사』의 본문 중의 표지로는 '극예술협회'로 인쇄되어 있 다. 이 역시 미처 퇴고되지 못한 것으로 보인다.

99 김재철, 『조선연극사』(민학사, 1974), 143면.

의 모임이라는 것 등, 이들의 '아마추어적인 성격'을 충분히 알고 있었던 듯하다. 그리고 무엇보다도 위의 문맥을 보면 김재철 자신이 1932년 5월과 6월의 공연을 보지 못하였음을 짐작할 수 있다.[100] 그런데 자신이 관극하지 못한 공연에 대하여 신고송이 비판적인 비평[101]까지 발표하니 판단을 유보할 수밖에 없었을 것이다.

이러한 판단 유보는 프롤레타리아 연극에 대해서도 마찬가지이다.

나는 주저한다. 종래의 극을 一掃한 신극의 가엾은 상태를 걱정하는 동시에 명일의 조선연극은 어떻게 될까? 언제든지요 모양대로 있을 것인가? 그렇지 않으면 이동극이 출현하야 농, 노동자가 지지하고 농촌으로 공장으로 진출하야 프로극을 연출하야 조선연극사상에 일시기를 劃하게 될 것인가? _1931. 7. 17.

김재철이 「조선연극사」를 투고한 1931년 3월경의 시점에서 조선의 프로연극은 아직 실체가 없다. 1930년에 들어서 평양의 마치극장(1930. 3.)이 조직되고 이후 대구의 가두극장(1930. 11.), 개성의 대중극장(1931. 3.) 등 전국 곳곳에서 프로연극을 표방한 극단이 조직되지만 아직 공연 성과는 없다. 그러던 중 1930년 9월 일본인 극장주 미나토야 히사키치(港谷久吉)가 운영하는 극장 미나도좌(座)에서 진보적 내용의 작품들인 「탄갱부」, 「이층의 사나이」를 최승일의 연출로 공연한 바 있다. 이 공연을 둘러싸고 박영희, 민병휘, 안함광 등에 의해 프로연극의 성격에 대한 논쟁이 벌어지게 된다. 개성의 대중극장을 주관하는 민병휘가 카프 지

---

100 1932년 4월 이후 김재철이 평양에서 지내고 있음을 상기하면 이해가 된다.

101 申鼓頌, '劇評, 實驗舞臺의 檢察官', 『조선일보』 1932. 5. 10~12. 이 글에서 신고송은 공연 자체의 수준이나 연극적 완성도에 관하여 언급하기 보다는 관객의 구성을 문제 삼아 부르주아 연극이라는 점을 비판하고 있다. 김재철이 당시 많은 비평 중에서 대표적으로 비판적인 비평을 끌고 들어온 점도 극예술연구회를 부정적으로 보고 있는 점이라고 할 수 있다.

도부를 이끌고 있는 박영희에게 가한 비판으로 촉발된 이 논쟁은 극본의 내용만으로 프로연극이라고 할 수 있느냐의 문제를 제기한 것이다. 이 공연을 비판한 민병휘와 안함광의 입장은 각본뿐 아니라 관객의 구성까지 프롤레타리아적 성격으로 이루어져야만 진정한 프로연극이 될 수 있다는 것이다. 다시 말해서 극장에서 아무리 좋은 프로연극을 공연해보아야 비싼 관람료를 지불하고 관극할 수 있는 사람들은 절대로 프롤레타리아가 될 수 없다는 것이다. 따라서 프로연극이 가능하기 위해서는 매우 저렴한 관람료를 책정하거나, 고정적인 유형(有形)의 극장이 필요 없는 이동식 극장으로 공연 활동을 전개해야만 한다.[102] 김재철은 바로 이러한 비판론에 동조하면서 이동식 극장을 기대하는 것이다.

그런데 1931년 11월 '이동식소형극장'이 조직되어 1932!년 3월 함흥 일대에서 공연의 성과를 거두게 된다.[103] 이 공연의 여부를 김재철이 알고 있었는지는 확인할 수 없지만, 그가 1931~1932년 기간에 특히 활발해진 프로연극 운동에 적지 않은 기대를 보이고 있음은 『조선연극사』에 별도의 절(節)을 두어 '각지에서 일어나는 푸로극'을 상세하게 소개하고 있음을 통하여 짐작할 수 있다. 그러나 이렇게 프로연극에 대해서 구체적인 서술을 하고 있다고 해서 김재철의 사상이 마르크스주의에 경도되어 있다고 판단하거나 그를 프로연극 운동의 동반자로 간주하는 것은 적절하지 않다. 왜냐하면 프로연극 운동에 대한 구체적인 서술만 있을 뿐이지 그에 대한 가치 판단은 보이지 않으며, 가면극에 대한 서술이나 그 밖의 『노정기념첩』에 남겨진 시에서도 계급의식을 고취하고자 한 표현은 찾기 어렵기 때문이다.

---

102 미나도좌의 공연과 관련된 논쟁에 대해서는 양승국, 앞의 책, 87~92면 참조.

103 김재철은 「朝鮮 푸로레타리아演劇의 前兆」에서 이동식소형극장에 대하여 "금월 하순경에 제1회 공연을 하리라 하며"라고 하여 추정의 표현을 하였지만, 『조선연극사』에서는 "31년 11월경에 공연을 하고"로 확정적인 표현을 사용한다. 이 극단의 공연은 1931년 11월이 아니라 1932년 3월에 이루어진다.

극예술연구회에 대한 인색한 평가와 대조적으로 위와 같이 프로연극에 대하여 많은 지면을 할애[104]한 『조선연극사』에 대하여 서항석이 비판적인 서평[105]을 제기하는 것은 일면 당연해 보인다. 그러나 1939년 『조선연극사』가 학예사에서 재출간될 때 유치진은 서평[106]에서, '신극에 대한 언급은 조루(粗漏)한 면이 있지만 핵심적인 결함은 아니며, 단지 창극(唱劇, 구극)에 대한 깊은 논의가 없어 아쉽다'면서도 『조선연극사』는 "조선연극 연구의 앞잡이요 안내자"라고 높이 평가한다. 이 역시 동경제국대학 독문학과를 졸업한 1933년의 학자 – 비평가와 릿쿄(立敎) 대학 영문과를 졸업한 1939년의 작가 – 연출가 간의 연극 인식의 편차를 보여주는 점이라고 할 수 있다. 서항석과 유치진은 모두 극예술연구회의 핵심 멤버로서 1935년 동양극장 설립 이후 극예술연구회의 실질적인 운영자였으며, 일제 말기의 대표적인 어용극단인 '현대극장'을 함께 이끌어 갈 정도로 공고한 동지였다. 하지만 해방 직후 국립극장 설치 문제를 둘러싸고 갈등하여 이후 최근까지 한국현대연극 현장의 대립적인 양대 계보를 이끌어왔다. 이 두 사람이 일찍이 보여준 『조선연극사』에 대한 인식의 차이는 오늘날의 연극에 대한 인식과 연극 연구의 방향성, 즉 실증성과 실천성 간의 간극[107]을 보여준다는 점에서 의미가 있다. 이러한 점에서 『조선연극사』는 연극 연구 방법론을 위한 비판적 '역사성'을 지닌다.

---

104 공연 현장의 자료를 확보하기 힘든 연극사 記述은 당시에 발표된 신문 기사에 주로 의지할 수밖에 없다. 1930년대에 대중극단의 기사는 거의 신문 지상에 실리지 않았던 반면 프로극단의 소식은 수시로 소개되었다. 이 점에서도 김재철이 프로연극의 활동을 보다 자세히 기술하였을 가능성이 높다.

105 '新刊評-蘆汀金在喆著 朝鮮演劇史', 『동아일보』 1933. 6. 24. 서항석은 이 글에서 『조선연극사』가 기본적인 실증적인 자료 조사조차 소홀히 하였다고 혹평에 가까운 비판을 가한다.

106 柳致眞, 「찾어진 演劇古典 朝鮮演劇史를 읽고」, 『동아일보』 1939. 6. 30.

107 한국에는 원래부터 연극이 없고 희곡문학의 유산도 미비하니 연구할 가치가 없다는 연구 태도와 세상 밖이 모두 연극판이며, 현실의 모든 삶이 '드라마'이므로 문자를 벗어난 드라마 연구가 필요하다는 두 극단론 사이의 간극을 의미한다.

6. 결론 - 김재철과 『조선연극사』의 역사성

노정(蘆汀) 김재철은 27세의 나이로 요절하였다. 그는 1926년 경성제국대학 예과에 입학하였고, 1928년 경성제국대학 법문학부 문학과 조선어학조선문학전공에 3회로 입학하여 1931년 3월 31일 졸업하였다. 김재철이 1931년 3월 9일 합격한 졸업논문은 흔히 잘못 알고 있는 것처럼 '조선연극사'가 아니라 「조선고대연극개관」이었다. 김재철은 이 졸업논문에 머리말과 제3절의 '구극과 신극'을 추가하고 결론을 수정하여 '조선연극사'라는 이름으로 1931년 4월 15일부터 1931년 7월 17일까지 총 41회에 걸쳐 『동아일보』에 연재하였다.

김재철은 『동아일보』에 연재된 원고를 1932년 12월까지 수정하였으나 수정 원고를 완성하지 못한 채 1933년 1월에 사망하였다. 이 원고는 경성제국대학 조선어문과 동문들이 정리하여 1933년 조선어문학 총서의 일환으로 발간된다. 단행본 『조선연극사』는 연재본 「조선연극사」의 제1장과 제2장의 많은 부분을 수정하였지만, 제3장의 '구극과 신극'은 거의 수정하지 않았다. 단지 1931년 이후의 신극 단체들의 활동 내용이 더 자세하게 추가되었을 뿐이다. 이러한 점에서 『조선연극사』는 처음부터 '연극사'로 기획된 저서라고 볼 수 없으며, 따라서 학적인 연극사적 관점이 드러날 수도 없다.

그러나 김재철의 '조선문학사'는 경성제국대학 조선어학조선문학전공의 제1강좌만으로는 이룰 수 없던 '조선문학'의 성립을 실천해 보였다는 점에서 매우 중요하다. 1926년 경성제국대학 학부 과정이 설립되어 법문학부 문학과 내의 세부전공의 하나로 조선어학조선문학전공이 설치되었다. 조선어학조선문학전공 내에는 조선어조선문학 제1강좌와 제2강좌가 개설되고 조선문학을 담당하는 제1강좌의 책임 교수로 조선유학을 전공한 다카하시 도오루 교수가 부임하였다. 그러나 조선어학을 담당하는 제2강좌의 오쿠라 신페이 교수가 동경제국대학 언어학과를 졸업하고 향가 연구로 명성을 떨치는 조선어학전공자임에 비해 다카하시 도오루 교수는 그렇지 못하였다. 따라서 김재철 등의 조선어학조선문학전공의 조선문학 연구자들은 다카하시 등으로부터 만족할 만한 조선문학 강의를 들을 수 없었다. 조선어로 쓰인 조선문학 강의를 이끌 수 없었던 다카하시 교수는 문학, 사상, 역사를 망라한 통합체로서의 문학의 개념을 설정하였고 이후 이 통합 개념의 문학에서 오늘날의 순문학과 그의 하위 장르의 개념에 부합하는 문학의 분화가 이루어질 것으로 기대하였다. 김재철의 '조선연극사'는 결국 이러한 분화의 실현태 중의 하나라고 할 수 있다.

그러나 김재철의 『조선연극사』는 잊혔다. '조선연극사'는 김재철의 요절로 계승되지 못하였으며, 그의 부재로 더 이상 발전되지 못하였다. 한동안 후대의 연구자들은 『조선연극사』를 단지 1930년대의 '조선문학'과 연관된 초보적인 입문서 정도로 간주하여 애써 무시하였다. 한국연극의 자산을 최초로 축적·정립하기 위해 목숨과 맞바꾼 저서인 『조선연극사』의 내용은 발간된 지 수십여 년이 지나도록 연구 대상이 되지 못하였다. 김재철의 부재로 인해 한국연극학(희곡문학)계에는 애초부터 스승이 없어서 일부 연구자들의 외침은 언제나 공허하였다. 그 사이에 김재철이 원하였던 민중예술로서의 다양한 '드라마' 양식들이 제작·향유되어오고 있지만, 김재철은 여전히 과거완료형이고, 그의 부재로 인한 한국연극학계의 빈틈은 쉽게 메워지지 않고 있다.

양승국(梁承國)

서울대학교 국어국문학과 교수. 대표 논저로 『한국근대연극비평사연구』, 『한국신연극연구』, 『한국근대극의 존재 형식과 사유 구조』, 「국민연극의 존재 형식과 공연 구조」, 「텔레비전 드라마의 재현 형식과 영상 도식(Image Schema)」, 「드라마의 소통 형식과 관객의 존재론」 등이 있다.

참고 문헌

● 기본 자료

김재철, 「조선연극사」, 『동아일보』 1931. 4. 15.~7. 17.

______(1974), 『조선연극사』(민학사).

______(2003), 『조선연극사』, 심우성 편(동문선).

● 연구 논저

김미영(2010), 「다카하시 도오루(高橋亨)의 '한국철학관'과 내셔널리즘」, 『동양철학』 34(한국동양철학회).

김윤정(2003), 「김재철의 『조선연극사』를 통해 본 근대적 '연극' 개념의 학문적 정립 과정 고찰」, 『한국극예술연구』 18(한국극예술학회).

류준필(1998), 「형성기 국문학 연구의 전개 양상과 특성 － 趙潤濟·金台俊·李秉岐를 중심으로」(서울대학교 대학원 박사학위논문).

박광현(2003), 「경성제대 '조선어학조선문학' 강좌 연구 － 다카하시 도오루(高橋亨)를 중심으로」, 『한국어문학연구』 41(한국어문학연구학회).

______(2003), 「경성제대와 『신흥』」, 『한국문학연구』 21(동국대학교 한국문화연구소).

______(2004), 「식민지 조선에 대한 '국문학'의 이식과 다카기 이치노스케(高木市之助)」, 『일본학보』 59(한국일본학회).

______(2005), 「경성제국대학 안의 '동양사학' － 학문 제도, 문화사적 측면에서」, 『한국사상과문화』 31(한국사상문화학회).

______(2007), 「다카하시 도오루와 경성제대 '조선문학' 강좌」, 『한국문화』 40(서울대학교 규장각 한국학연구원).

______(2009), 「식민지 '제국대학'의 설립을 둘러싼 경합의 양상과 교수진의 유형」, 『일본학』 28(동국대학교 일본학연구소).

______(2004), 「김재철의 『조선연극사』에 대한 연구사적 검토」, 『공연문화연구』 9

(한국공연문화학회).

서연호(2002), 「演劇史 탐구의 선각자 金在喆」, 『한림일본학연구』 7(한림대학교 일본
학연구소).

誠齋學人(1938), 「故 蘆汀 金在喆君의 生涯와 그 遺著」, 『蘆汀記念帖』(한성도서주식회사).

양승국, 『한국근대연극비평사연구』(태학사)(1996).

윤진현(2006), 「김재철과 『조선연극사』」, 『민족문학사연구』 32(민족문학사연구소).

이상우(2007), 「한 식민지 국문학자가 마주친 '동양 연구'의 길 – 김재철론」, 『인문연
구』 52(영남대학교 인문과학연구소).

李承律(2004), 「日帝時期 '韓國儒學思想史' 著述史에 관한 一考察」, 『동양철학연구』
37(동양철학연구회).

이준식(2002), 「일제강점기의 대학 제도와 학문 체계 - 경성제대의 조선어문학과를
중심으로」, 『사회와역사』 61(한국사회사학회).

장신(2011), 「경성제국대학 사학과의 자장(磁場)」, 『역사문제연구』 26(역사문제연구소).

정선이(2007), 「일제강점기 경성제국대학 졸업생의 사회적 진출 양상과 특성」, 『교육
비평』 23.

장세윤(1992), 「日帝의 京城帝國大學 설립과 운영」, 『한국독립운동사연구』 6(독립기
념관 한국독립운동연구소).

정종현(2010), 「신남철과 '대학' 제도의 안과 밖」, 『한국어문학연구』 54(한국어문학연
구학회).

정준영(2009), 「경성제국대학과 식민지 헤게모니」(서울대학교 대학원 박사학위논문).

정형호(1996), 「金在喆의 『조선연극사』 연구」, 『한국민속학』 28(한국민속학회).

하재연(2009), 「잡지 『신흥』과 문예란의 성격과 의의」, 『한국학연구』 31(고려대학교
한국학연구소).

부록

● 김재철의 학적부

本籍地	京畿道 京城府 桂洞 百三十 番地
族籍	兩班
生年月日	明治 四〇年 八月 二七日
出身學校	京城帝國大學 豫科
入學	昭和 三年 四月 一日
入學資格	本科生
學科	文學科
專攻學科	朝鮮語學朝鮮文學 專攻
卒業	昭和 六年 三月 三一日 卒業
學士號	文學士
兵役	ナシ
父兄又ハ保證人ノ住所氏名	京城府 桂洞 一三〇
其ノ他	昭和 八年 一月 廿七日 死亡